현대시론의 전개

박인기 편역

지식산업사

현대시론의 전개

초판 1쇄 인쇄   2001. 11. 9
초판 1쇄 발행   2001. 11. 15

지은이   박인기
펴낸이   김경희
펴낸곳   (주)지식산업사
        서울시 종로구 통의동 35-18
        전화(02)734-1978(대) 팩스(02)720-7900
        홈페이지 www.jisik.co.kr
         e-mail   jsp@jisik.co.kr
                   jisikco@chollian.net
        등록번호 1-363
        등록날짜 1969. 5. 8

책값   25,000원

ⓒ 박인기, 2001
ISBN 89-423-7546-4   93800

이 책을 읽고 지은이에게 문의하고자 하는 이는
지식산업사 e-mail로 연락 바랍니다.

이 연구는 2000년도 단국대학교 대학연구비의 지원으로 연구되었음.

편역자 서문

1989년에 《현대시의 이론》을 엮어 펴낸 지도 10년이 지나 21세기가 되어버렸다. 《현대시의 이론》은 시나 문학을 전공하려는 독자를 대상으로, 시의 여러 면모에 관한 논의를 소개하는 정도에 그치려고 했던 책이다. 따라서 독자들이 많으리라고 생각하지 않았다. 그러나 이런 종류의 책이 별로 없는 탓이었는지, 독자들의 후의로 판을 거듭할 수 있었다.

판을 거듭하며 부적절한 표현이나 오역을 손대려고 했으나, 편자의 사정과 출판사의 사정이 겹쳐 손대지 못했다. 힘들여 읽어준 독자들에게 늘 미안한 마음뿐이었다. 다행히 작년부터 편자에게 시간적 여유가 생겨서, 다른 일보다 먼저 《현대시의 이론》을 수정해 보려고 했다. 검토하는 과정에서 《현대시의 이론》을 발간하던 당시와 현재의 시이론이나 문학이론에 많은 변화가 있는데도, 수정판을 내는 정도로는 독자들에게 거듭 미안하다는 생각을 갖게 되었다. 그래서 변변치 않은 책을 호의적으로 읽어준 독자들에 대한 고마움에서, '시론서' 형태로 확대해서 지난 세기에 이루어진 시에 관한 논의의 여러 흐름을 살필 수 있게 편제하기로 했다. 이번에도 시에 관한 설명 위주의 글을 우선했고, 그

4

결과가 이번 책 《현대시론의 전개》다.

이런 편서는 편자의 시각이나 책의 부피가 한계로 작용할 수밖에 없다. 이론이란 자기주관의 논리적 객관화에 다름 아닌 것이라는 프랑스 어느 현상학자의 말을 원용해서, 이 책의 편제에 대한 변명을 삼는다. 필자 능력의 한계로 이 책에도 역시 부적절한 표현이나 오역이 있을 것 같아, 독자 여러분에게 송구스러울 뿐이다. '번역자는 반역자'라는 오래된 이탈리아의 경구 'traduttore, traditore'를 내세워 다시 한 번 변명에 대신한다. '편역자의 주'는 필요에 따라 각주로 처리하기도 하고, 우리 말의 흐름을 따라 본문에 섞기도 했다. 그것이 장황하게 각주를 다는 것보다 독자가 읽기에 편하다고 보았기 때문이다. 같은 이유에서 인명의 원어도 '찾아보기(인명)'에 몰아놓았다. 참고하시기 바란다.

지난 1960년대 이래로 우리가 '상식'이라고 지칭하며 보편적으로 옳다고 알던 내용이 사실은 역사적인 구성물이며 시대의 이데올로기와 관련이 있다는 것이 문학 바깥의 글들에 의해 알려지게 되었다(여기의 이데올로기라는 말은 정치적 의미를 갖는 그런 것이 아니라, 어느 시대의 삶에 관한 보편적인 사고 형태 내지 관념 체계의 일반적 지칭쯤으로 이해하면 될 것이다). 이는 문학연구에도 영향을 미쳤다. 결과적으로 언어·심리·역사·문화·존재·신체에 관한 글들이 문학연구에 영향을 미치게 되었고, 문학은 과거적인 의미의 이른바 본격적인 '문학' 자체가 아닌 인간의 조건 전반에 대한 무제한적인 글쓰기로 치부하게 되었다. 여기에서 재래의 규범적이자 관습적인 문학관에 의거해서 문학작품을 섬세하게 읽고 현란한 문체로 읽는 재미를 부여하는 비평가라고 직업화된 일단의 고급독자에 의한 '문학비평'과 다른 새로운 글쓰기 형태가 나타나게 되었다.

'문학이론'이라고 일컫는 이 새로운 형태의 글쓰기는 그 한계를 규정하기가 쉽지 않은 사고와 글쓰기의 총체라는 면모를 지니고 있다. 동시에 선행하는 지배적 개념을 비판하며, 오래되고 무시되었던 개념을 재발견하는 끝없이 이어지는 글쓰기의 면모를 띠고 있다. 사실 '문학'이란 현상은 관념상의 개념일 뿐이며, 실질적으로는 우리가 문학작품이라고 이해하는 텍스트의 집적체에 다름 아닌 것이기 때문이다. 상식에 대해 비판하고 대안적 개념을 탐구하는 문학이론은 문학연구에서 상식적인 기본적 전제나 가정을 심문하고, 보편타당한 것으로 간주해온 내용에 도전한다. 문학이나 시란 무엇인가, 저자나 시인이란 무엇인가, 글쓰기나 읽기는 무엇인가, 작품이나 텍스트란 어떤 것인가, 쓰고 읽는 행위를 하는 주체는 무엇인가 등과 같은 상식적인 문제에 의문을 제기하며 설명하려고 한다. 이러한 일련의 설명행위는 문학이란 집적체의 본질을 좀더 잘 이해해서 문학학을 수립해 보려는 갈망이다. 그러나 만일 문학의 본질이 해명되고 문학이란 현상이 규명된다면, 문학에 관한 논의는 더 이상 필요 없을지 모르겠다. 이미 완성된 이론이란 없다. 오류를 극복하고 근원을 탐구하려고 하기 때문에 이론은 계속 생동력을 갖는다.

이 책도 시에 관한 기존의 지배적 개념을 비판하며 새로운 대안적 개념을 모색하는 글들을 모아서 엮고자 했다. 따라서 어느 특정한 논자나 학파의 주장에 충실한 글보다는 현대적인 시적 개념이나 본질을 설명하고자 한 글들을 위주로 해서, 상호텍스트적인 담론이 되도록 했다. 독자도 논의에 참가할 수 있도록 하기 위함이다.

제1부는 시란 무엇인가, 산업혁명 이후의 시인의 사회적 입장은 무엇인가, 개성과 예술의 관계는 어떤 것인가와 같은 현대적 입장에서 시의 개념을 살펴본 글들을 모았다. 제2부는 시적 언어란 무엇인가, 시적 언어에 대한 논의가 형성된 배경은 무엇인가, 의미구성이란 어떤 것인가에 관한 글들을 수록했다. 제3부는 은유로 대표되는 이미지란 무엇이며, 은유의 동기는 어떤 것인가, 작품은 창조하는 것인가 생산하는 것인가에 대해 사고한 글들을 엮었다. 우리의 경우에 현대시적 시형으로 통용되는 자유시란 무엇인가, 행과 연만 적당히 갈라놓으며 단상(斷想)을 나열하는 것이 시인가, 현대시의 시적 리듬이란 무엇이며, 리듬을 만들어내는 기본요인은 어떤 것인가를 논의한 글들을 제4부에 실었다. 그렇다면 기존의 관례적, 상식적인 시해석 방법을 넘어서서 독자는 시를 어

떻게 읽을 것인가, 시와 수사학과 시학의 관계는 어떤 것인가, 시를 포함해서 문학작품의 가치를 어떻게 판단하고 설명할 것인가, 아리스토텔레스의 《시학》으로 대표되는 '위대한 문학'관에 의거하는 선진 서구의 문학체제와 다른 문학관에 서 있는 이른바 제3세계의 시란 무엇인가, 여기에서 구체화되는 저항시의 본질은 무엇인가, 문학 정전(正典)이란 무엇이며 어떻게 구성할 것인가, 문학작품과 가치판단의 관계는 어떤 것인가 등에 관한 논의들을 모아서 제5부를 짰다.

이런 유형의 책들에는 대개 수록된 견해들 사이에 존재하는 어떤 견해 차이를 메우기 위해, 전체를 해설하는 서문이 여러 페이지에 걸쳐 실리는 경우가 많다. 그러나 이런 형태의 글은 독자에게 선입관이나 야기하고, 진정한 독자의 생산미학(Produktionsästhetik)을 저해할 것 같아서 편역자의 해설을 하지 않기로 했다. 독자는 여기에 모아놓은 글들이 권위자에 의한 주장이나 견해여서 타당하리라고 여길 필요도 없으며, 어떤 일관된 논리나 준거적인 내용을 기대할 필요도 없다고 본다. 논의 차원에서 이루어지는 어떤 문제에 관한 주장이나 견해는 언제나 가설적, 가정적 차원에서 이루어지는 것이어서, 이른바 권위 있는 견해나 주장이란 근거 없는 낭설에 불과할 수 있다. 때문에 비판적 읽기가 요청되며 독자의 판단이 필요한 것이다. 어떤 현상이나 논의에 대한 근원적인 본질 추구 내지 방법론 모색이 많지 않은 우리의 현실에서 이런 유의 책은 재미없을지도 모르겠다. 그렇더라도 아무쪼록 논자들과 대화하며 즐기며 재미있게 읽어주시기를 바란다.

이번에도 출판을 맡아 여러 모로 애써 주신 지식산업사 여러분들에게 진정 도타운 마음을 금할 길이 없다.

2001년 8월
편역자

■차 례

편역자 서문 / 3

제1부 시, 시인

1. 시란 무엇인가 • 로만 야콥슨 / 11
2. 시의 현대적 개념 • 크리스천 스티드 / 29
3. 현대시 • 그래엄 휴 / 51
4. 시인과 산업혁명 • 크리스토퍼 코드윌 / 67
5. 개성과 예술 • 얀 무카르조프스키 / 85

제2부 시적 언어, 의미

1. 시적 언어 • 얀 무카르조프스키 / 111
2. 시적 언어의 세 가지 개념 • 츠베탕 토도로프 / 189
3. 의미 문맥의 구성 • 이르지 벨트루스키 / 215

제3부 은유, 이미지

1. 은유 • 마틴 몽고메리 외 / 231
2. 은유의 동기 • 노스롭 프라이 / 247
3. 시, 이미지, 생산 • 피에르 마슈레 / 261

제4부 자유시, 리듬

1. 자유시 • 그래엄 휴 / 283
2. 현대시의 자유리듬 — 구조와 기능의 비판이론 서설 • 벤야민 흐루쇼브 스키 / 317
3. 시 리듬의 기본요인 억양 • 얀 무카르조프스키 / 347

제5부 읽기, 가치판단

1. 언어예술에 대한 반응 • 펠릭스 보디츠카 / 373
2. 수사학, 시학, 시 • 조나단 컬러 / 389
3. 저항시의 읽기 — 제3세계의 시 • 바바라 할로 / 405
4. 가치판단과 정전 • 마틴 몽고메리 외 / 463

찾아보기(인명) / 476

제1부 ● 시, 시인

1. 시란 무엇인가 ▪ 로만 야콥슨

2. 시의 현대적 개념 ▪ 크리스천 스티드

3. 현대시 ▪ 그래엄 휴

4. 시인과 산업혁명 ▪ 크리스토퍼 코드월

5. 개성과 예술 ▪ 얀 무카르조프스키

1. 시란 무엇인가

로만 야콥슨

"'조화는 대비의 결과'라고 말하고 나서, '세계는 모두 대립적인 요소들로 구성되어 있다. 그런데 ……'라고 내가 계속 말하고 있었다. 그때 '그런데 시는' 하고 그가 불쑥 말참견을 하면서, '참된 시는 그 세계가 독창적이고 생동할수록, 은밀한 유사관계가 맺어지는 대립이 더욱 상반적으로 된다'고 말했다." ——체코의 낭만주의 시인 카렐 히넥 마하(1810~1836)의 절친한 친구이며 전기 작가인 카렐 사비나(1813~1877)의 말.

시란 무엇인가? 이를 정의하려면 '시란 무엇인가'라는 질문을 '시가 아닌 것은 무엇인가'라는 질문과 나란히 견주어 보아야 한다. 그러나 시가 아닌 것이 무엇인지 정하는 일도 그렇게 쉬운 일은 아니다.

신고전주의 시대나 낭만주의 시대에 인정받을 수 있는 시적 주제의 목록은 극히 제한되어 있었다. 달, 호수, 밤꾀꼬리, 해안의 절벽, 장미, 고성(古城)과 같은 전통적인 요소들은 잘 알려진 것들이다. 낭만주의적 몽상에서는 잘 알려진 관례에서 벗어나 꿈꾸는 것조차 허용되지 않을 정도였다. 카렐 마하는 "오늘 나는 내 주위에서 무너져 내리고 있는 폐허의 한가운데 서 있는 꿈을 꾸었다", "그리고 저 아래 호수에서 요정들이 목욕하는 것을 보았고, …… 애인을 만나려고 묘지로 가는 사람을 보았다. …… 그런데 뼈더미 더미가 낡은 고딕식 건물 잔해의 창문에서 날아오고 있었다"고 쓴 적이 있다. 창문을 통해 달빛이 스며들고 있으면 제격일 그런 고딕식 창문은 다른 어떤 창문보다 특히 애호되었다. 오늘날에는 백화점의 거대한 거울과 시골 여인숙의 조그맣고 파리똥 달라붙어 있는 유리창이 똑같은 시적 가치를 지닌 것으로 간주된다. 더욱이 오늘날에는 창문을 통해서 무엇이든지 날아들어 올 수 있다. 체코의 초현실주의자 비테츠슬라프 네즈발은 다음과 같이 쓴 적이 있다.

> 나는 판단의 와중에서 어쩌지 못한다.
> 정원이든 뒷간이든 차이가 없으니
> 나는 더 이상 사물을 차별하지 않는다.
> 당신이 사물에 부여해온 매력이나 비속함을 따라

　현대의 시인에게는 [소설 《카라마조프의 형제》에 나오는] 아버지 카라마조프가 그랬던 것처럼 "추한 여인과 같은 것은 없다." 어떤 후미진 곳이나 틈, 어떤 행위, 풍경, 생각도 시적 제재의 범위를 벗어나지 않는다. 다시 말해 시적 제재의 문제는 오늘날 어떤 타당성도 갖지 못한다.

　그렇다면 시적 장치의 범위를 제한하는 일은 가능할까? 전혀 그렇지 않다. 예술의 역사는 시적 장치들이 끊임없이 변해 왔다는 것을 입증하고 있다. 시적 장치에 담은 **의도**로 어떤 구속이 예술에 가해지지도 않는다. 우리는 다다이스트나 초현실주의자가 종종 시가 우연히 씌어진 것처럼 행세하는 것을 돌이켜 보았을 뿐이다. 러시아의 위대한 시인 베레미르 흘레브니코프가 잘못된 인쇄를 보고 얼마나 즐거워했는지 깨닫고 있을 뿐이다. 그는 오식이야말로 일류 예술가다운 장치와 같은 경우가 많다고 말한 적도 있다. 중세에서는 **무지한** 탓으로 고전주의 조각상들의 사지를 절단했다. 그런데 오늘날에는 조각가가 알아서 **스스로** 절단하는데, (시각적 제유라고 할 수 있는) 그 결과는 똑같다. 모데스트 무소르그스키의 음악과 앙리 루소의 그림은 어떻게 해석되고 있는가? 이들 창조자의 천재성에 의해서인가, 아니면 창조자들의 예술적 문맹에 의해서인가? 네즈발이 문법적 실수를 저지르게 된 것은 무엇 때문일까? 문법교과서적 지식이 부족해서일까, 아니면 그 지식을 의식적으로 거부한 때문일까? 우크라이나 출신의 니콜라이 고골리와 그의 불완전한 러시아어 때문이 아니라면, 러시아 문학언어의 규범이 도대체 어떻게 해서 유연해질 수 있었겠는가? 로트레아몽이 미쳤다면 《말도로르의 노래》(*Chants de Maldoror*) 대신에 무엇을 썼을까? 이와 같은 추측은

'그레트헨이 남자였다면 파우스트에게 어떻게 대답했을까?'와 같은 유명한 작문 제목처럼 일화(逸話)적인 주제 범주에 속한다.

그러나 어떤 시대의 시인을 유형화할 수 있는 시적 장치를 분리해낼 수만 있다면, 시와 시 아닌 것 사이에 분계선을 설정할 수 있을 것이다. 시에 쓰이는 것과 똑같은 두운(頭韻)이나 다른 형태의 활음조 장치들이 시대 특유의 수사로도 쓰인다. 그런데 이것들이 일상생활에서 자주 사용되면 평범한 구어투가 되어버린다. 시내의 전차 안에서 주고받는 대화 가운데에는 아주 섬세한 서정시에서나 볼 수 있는 그런 비유로 이루어진 농담이 많다. 또 쑥덕공론을 만드는 법은 (수다쟁이의 지능 정도에 따른다는 것은 말할 것도 없겠지만) 현재의 베스트셀러나 적어도 지난해의 베스트셀러에 나옴직한 구성과 일치하는 경우가 많다.

시작품을 시작품이 아닌 것과 구분하는 경계선은 중국이란 제국의 국경선만큼이나 명확하지 않다. 노발리스와 스테판 말라르메는 알파벳을 최고의 시작품으로 여겼으며, 러시아 시인들은 포도주 품목표(페트르 브야젬스키), 러시아 황제의 의복 일람표(니콜라이 고골리), 기차 시간표(보리스 파스테르나크), 심지어는 세탁소의 요금표(알렉세이 크루체니흐)에 나타나는 시적 자질을 찬양하기도 했다. 오늘날 르포르타주가 장편소설이나 단편소설보다 더 예술적 장르라고 주장하는 시인들이 얼마나 많은가? 19세기 중기 체코의 저명한 산문작가인 보제나 넴초바가 쓴 단편소설 《산골 마을》(*Pohorská vesnice*)은 오늘날 예찬자가 거의 없다 해도 여전히 자랑거리일 수 있겠지만, 우리에게는 이 여류작가의 사사로운 편지가 오히려 더 뛰어난 시작품처럼 여겨진다.

짤막한 에피소드가 이 자리에 어울릴 것 같다. 언젠가 세계 레슬링 챔피언이 승산이 없는 사람에게 졌을 때, 관객 가운데 한 사람이 링 위로 뛰어올라와 미리 짠 시합이라고 비난하면서 승자에게 도전해서 이겼다. 다음날 신문에 첫 번째 시합이나 두 번째 시합이나 다 미리 짠 것이라는 기사가 실렸다. 그러자 첫 시합의 우승자에게 도전했던 관객이 신문사로 달려가서 기사를 쓴 편집장의 따귀를 갈겨버렸다. 그러나 신문기사나 분노한 관객의 행위나 모두 다 미리 짠 사기극이란 사실이 뒤에 밝혀졌다.

그러니 진실이니 참된 세계니 무어니 하면서 시나 예술 분야에서 자기가 과거에 해놓은 일을 부정하는 시인을 믿지 말아야 한다. 레프 톨스토이는 아주 격하게 화를 내면서 자기 작품을 부정한 적이 있다. 그러나 시인 노릇을 그만두기는커녕 그는 새롭고 참신한 문학형식을 벼려냈다. 적절히 지적되어 왔듯이, 배우가 가면을 벗어버리면 화장한 얼굴이 드러난다.

진실이네 본질적이네 하는 미명으로 시인을 매도하는 비평가를 믿지 말아야 한다. 실상 그가 행하는 바는 모두 어떤 시파를 거부하는 것에 다름 아닌 것이다. 말하자면 어떤 시파의 이름을 들어서 이렇게 재료를 변형하는 일련의 장치들을, 다른 시파의 이름으로는 저렇게 변형하는 일련의 다른 장치들을 거부하는 것에 다름 아닌 것이다. 예술가가 어떤 작품이 순수한 창조품이라거나, "시 전체는 하나의 커다란 거짓말이어서 말을 시작할 때부터 뻔뻔하게 거짓말을 하지 못하는 시인은 별로 쓸모가 없다"는 식으로 청중에게 확언하는 경우처럼, 자신이 이번에는 시보다 적나라한 **진실** 쪽을 더 많이 다루었다고 주장하는 경우에도 예술가는 사실 놀이에 불과한 짓을 하는 것이다.

시인 자신보다도 시인에 대해 더 많이 알고 있는 문학사가도 있고, 시인의 작품구조를 분석하는 미학자나 시인의 정신구조를 규명하는 심리학자도 있다. 주일학교 선생과 같은 확신을 갖고 문학사가들은 시인의 작품 속에 들어 있는 다음과 같은 것들을 상세히 보여준다. 시인의 작품에서 단순히 '인간적 기록물'인 것과 '예술적 진가의 증거'인 것, '진지하고' '자연스러운 삶의 모습'인 것과 '기만적이고' '부자연스런 문학적 외양'에 불과한 것, '진심에서 우러나온' 것과 '허세적인' 것이 그것들이다. 방금 인용한 것은 전부 페도르 솔단이 쓴 책의 한 장인 〈흘라바체크의 퇴폐적 성애시〉(Hlaváček's Decadent Erotica)에서 따온 것이다. 솔단은 성애를 다룬 시와 시인의 애욕적인 삶의 관계를, 마치 끊임없이 변하는 변증법적인 연결관계를 다루기보다는 백과사전 속에 변함없이 나타나는 항목을 설명하듯이 기술한다. 또는 기호와 이 기호가 지시하는 대상이 일부일처제처럼 언제나 함께 묶여있는 것처럼 기술하고 있다. 또 자신이 오래된 심리학 원리인 감정의 양면성에 관해, 말하자면 어떤 감정도 그것에 대립적인 감정에 영향받지 않을 정도로 순수한 것이 아니라는 감정의 양면성에 관해 전혀 들어본 적이 없는 것처럼 기술하고 있다.

문학사 분야의 많은 연구는 아직도 '심리적 현실 대 시적 창조'라는 이원적 도식을 적용한다. 이는 이 두 도식 사이의 기계적 인과관계를 모색하는 것이어서, 예전에 어떤 프랑스 귀족을 괴롭혔던 문제인 꼬리가 개에 붙어 있는가 아니면 개가 꼬리에 붙어 있는가라는 문제를 떠올리지 않을 수 없게 한다.

이 두 가지 알 수 없는 사항을 등식화하는 것이 얼마나 쓸모없는 일인지 보여주는 실례로 마하의 일기를 살펴보기로 한다. 그의 일기는 대단히 유익한 기록이어서, 지금도 외설스런 부분을 상당량 삭제한 채로 계속 출판하고 있다. 문학사가들 중에는 전기적인 문제는 모두 제쳐놓고 전적으로 출간된 시인의 작품에만 관심을 집중하는 문학사가가 있는가 하면, 가능한 한 아주 상세하게 시인의 생애를 재구성하려고 노력하는 문학사가도 있다. 이런 두 가지 연구방식의 장점을 인정하면서도, 작가의 참된 전기를 공식적이고 교과서 같은 해석으로 대치하려는 그런 문학사가 투의 접근방식은 단연 거부해야 한다. 마하의 일기에서 외설스런 부분을 삭제하고 출판하는 것은 프라하의 페트르진 공원에 있는 마하의 동상을 흠모의 눈길로 경배하는 젊은이들을 실망시키지 않으려는 의도에서 그러는 것이다. 그러나 알렉산드르 푸쉬킨도 말했듯이, (문학사는 말할 것도 없고) 문학에서 15살 된 소녀들을 고려할 수 없는 일이다. 어쨌든 15살 된 소녀들은 마하의 일기보다 더 위험한 외설물들을 읽는다.

마하의 일기에서 작가의 생식기와 항문의 생리활동에 대한 묘사는 사건을 서술할 때와 같은 객관적 평정심을 갖고 기술되어 있다. 또한 고심해서 만들어낸 약호(約號, code)와 경리사원 같은 빈틈없는 정확성으로 정부(情婦) 로리와 나누었던 성적 만족감의 빈도와 그 방식을 기록해 놓고 있다. 카렐 사비나는 마하에 대해 이렇게 쓴 적이 있다. "날카롭게 응시하는 어두운 눈매, 깊은 생각으로 주름진 기품 있는 이마, 창백한 안색으로 흔히 그렇게 보이는 사색에 잠긴 듯한 태도, 이런 용모에 우아함이나 성실함 같은 여성적 성향이 덧붙여져서 특히 여성들이 그를 따르게 되었다." 마하의 시나 소설에도 이런 식으로 여성적 아름다움이 나타난다. 그러나 자기 정부의 용모에 관해 일기에서 상세히 묘사한 부분은 오히려 요세프 시마가 초현실주의풍으로 그린 머리 없는 여자의 흉상 그림을 더 연상시켜 준다.[1]

 서정시와 일기의 관계가 **시**와 **진실**의 관계와 같다고 할 수 있을까? 전혀 그렇지 않다. 이 두 면은 똑같이 타당하다. 이것들은 단지 다른 의미일 뿐이어서, 좀 학술적인 용어로 말해 본다면 같은 대상, 같은 경험의 다른 의미차원일 뿐이다. 또 영화제작자 식으로 말해 보자면, 같은 장면을 각도를 달리하는 두 가지 각도에서 촬영한 것과 같다. 마하의 일

---

1) **시**의 경우 : "그대의 푸른 눈. 딸기 같은 입술. 금발머리. 그녀에게서 모든 것을 앗아간 시간은 고혹적인 비애와 우울을 그녀의 입가에, 눈가에, 이마에 새겨 놓았다……." **산문**의 경우 : 〈마린카〉(Marinka)에서 —"굵게 말린 검은 머리는 대단한 아름다움의 흔적을 담고 있는 그녀의 창백하고 야윈 얼굴로 자연스럽게 흘러내려 순백색의 드레스 위까지 닿아있다. 드레스는 목까지 단추가 채워져 있으며 자그마한 발에 닿아 있어서 큰 키에 호리호리한 체격을 감추어 주고 있다. 검은 허리띠는 연약한 몸매를 감싸고 있으며, 검은 머리핀은 아름답고 훤칠한 이마 위쪽에 가로질러 꽂혀 있었다. 그러나 그녀의 불타는 듯하며 검고 그윽한 눈동자의 아름다움에 필적할 만한 것은 아무 것도 없다. 어떤 펜으로도 그 우수와 갈망 어린 표정을 잘 묘사할 수는 없을 것이다."; 〈집시들〉(Cikáni)에서 —"그녀의 검은 곱슬머리는 상냥해 보이는 얼굴을 감싼 아름답고 창백한 안색을 더욱 돋보이게 했다. 오늘 처음으로 미소를 머금었던 그녀의 검은 눈에는 오랜 동안 서려온 우수가 아직도 담겨 있었다." **일기**의 경우 : "난 스커트 자락을 치켜들고 앞에서 옆으로 뒤로 살펴보았다. …… 얼마나 풍만한 엉덩인지 …… 아름답고 하얀 허벅지 …… 나는 그녀의 발을 애무했고, 그녀는 스타킹을 벗고 소파에 앉았고," 등.

기는 가장 잘 알려진 그의 설화시 《오월》(*Máj*)과 단편소설 〈마린카〉
(Marinka)처럼 완벽한 시작품에 가깝다. 마하의 일기에는 공리주의적인
흔적이 전혀 없다. 말하자면 예술을 위한 순수한 예술이며 시인을 위한
시에 다름 아닌 것이다. 마하가 아직도 살아 있다면, 그는 어쩌면 자신
의 은밀한 용도를 위해 활용하던 ("귀여운 사슴, 사랑스런 흰 사슴아, 내
호소를 들어다오 …… "와 같은 식의) 서정시가 아니라 일기를 출판하려
고 했을지도 모르겠다. 결과적으로 마하는 제임스 조이스나 데이비드
로렌스와 세부적인 면에서 공통점이 많기 때문에 대비되어 왔다. 그래
서 어떤 비평가가 이 세 작가는 "모든 규칙과 규제를 스스로 벗어버리
고 이제는 순전히 동물적 본능에 따라 정처 없이 떠돌다가 우뚝 일어서
는 인간형의 참된 상을 만들어내려고 노력했다"고 쓸 수 있었으리라.
　푸쉬킨은 아래와 같이 시작하는 시를 쓴 적이 있다.

　　경이로운 순간을 회상한다.
　　그대가 내 앞에 나타나던 순간을, 떠도는 환상처럼
　　순수한 아름다움의 정령처럼 ……

　말년의 톨스토이는 푸쉬킨이 자기 친구에게 쓴 농담조의 편지에 분
개한 적이 있었다. 푸쉬킨은 편지에서 이 시의 여인에 대해 이렇게 썼
다. "하느님 덕분으로 난 오늘 안나 페트로브나를 차지했다."[2] 그런데
체코의 《고약 장사꾼》(*Mastičkář*)과 같은 중세의 광대극들은 불경스러
움과 전혀 관계가 없지 않은가! 장엄한 송시나 익살스런 희시(戲詩)나
둘 다 똑같이 정당한 것이다. 이런 것들은 단지 동일한 주제를 다른 두
가지 방식으로 표현한 두 개의 시 장르일 뿐이다.
　마하를 늘 괴롭혀 온 주제의 하나는 자기가 로리의 첫 애인이 아닐
거라는 의구심이었다. 시 《오월》에서 이 모티프는 다음과 같은 형태로
전개되어 있다.

---

2) 원문은 더 추잡한 말투로 되어 있다.

아니 이럴 수가, 그게 그 여자라니! 내 천사가!
왜 나와 만나기도 전에 순결을 잃었단 말인가?
어찌해서 아버지가 유혹했을까?

그런 다음에는 이렇게 전개하고 있다.

내 연적 — 아버지! 아버지의 살해자 — 그 아들!
내 애인의 유혹자인 그
나는 모르고 있는

일기의 한 대목에서 마하는 로리와 두 차례 관계를 가진 다음, 또 다시 "로리가 누군가에게 몸을 허락한 것에 대해 그녀에게" 어떻게 말했는지 묘사하고 있다. "로리는 죽고 싶다고 하면서, '하느님, 왜 이리도 불행한가요!'라고 중얼거렸다." 뒤이어 격렬한 정사의 묘사가 있고 난 다음에 시인은 자신이 어떤 식으로 설사를 했는지 상세히 묘사해 놓았다. 이 부분은 이렇게 끝난다. "로리가 나를 속이더라도, 하느님은 용서하시리라. 그러나 난 그럴 수가 없어. 오직 나만 사랑한다면 용서하겠지만. 그런 것도 같은데. 아, 로리가 나만 사랑한다면 창녀와도 결혼할 텐데."

이 일기가 시인이 처한 현실을 마치 사진처럼 완벽하게 재현한 것이고 《오월》은 시인이 철저히 꾸며낸 것이라고 주장하는 사람은 누구든 교과서에서 그러는 만큼이나 사태를 단순화시키는 것이다. 어느 면 《오월》은 심리노출증을 구체적으로 보여주는 일기보다 더 많은 것을 보여주는데, ("내 연적 – 아버지!"라는 식으로) 오이디푸스적 함축의미로 강화되어 있다.[3] 블라디미르 마야코프스키의 시에 나타나는 자살 모티프를

---

3) 《집시들》도 보라 : "아버지! 아버지는 어머니를 유혹했죠 — 아니, 아버지는 어머니를 죽였지 — 아버지는 어머니를 농락했지 — 아버지는 내 애인을 유혹하려고 어머니를 농락하지는 않았어 — 아버지는 아버지의 애인을 유혹했지 — 내 어머니를 — 그런데 아버지가 아버지를 살해했다니!"

단지 문학적 술책으로만 여긴 때도 있었다. 그러나 마하처럼 마야코프스키도 스물 여섯 살에 폐렴으로 죽었다고 생각하는 편이 어쩌면 오늘날에 더 어울릴는지 모르겠다.

사비나는 마하에 관해 이렇게 쓴 적이 있다. "마하의 기록에는 신낭만주의에 속하는 그런 인간 부류에 관한 단편적인 묘사가 들어 있다. 이런 묘사는 시인 자신을 충실히 묘사한 것 같다. 그가 상사병에 걸린 인물들의 본보기로 삼았던 원래의 주된 모델이 자신이었던 것과 마찬가지다." 이러한 단편적 묘사의 주인공은 "자신이 열렬히 사랑했고 자신의 사랑에 더 열정적으로 보답하던 여자의 발치에서 자살한다. 그녀가 순결을 잃었다고 믿고 그는 여자에게서 억지로 유혹자의 이름을 알아내 복수하려고 한다. 여자는 모든 것을 부인한다. 그는 분노에 차 날뛴다. 여자는 아무 일도 없었다고 맹세한다. 그러자 어떤 생각이 번개처럼 떠올랐다. '이년에게 보복하려면 그 놈의 색마를 죽여야 하리라. 내 징벌은 죽음이리라. 그러나 그를 살려두자. 난 어떻게 할 수 없으니까.'" 그래서 그는 자기 애인이 "천사여서 오래도록 고통을 참으면서도 유혹자에게 기꺼이 슬픔을 전하려고 하지 않을 것"이라는 확신에 차서 자살하기로 마음먹는다. 그렇지만 마지막 순간에 "여자가 자기를 속여 왔으며", "천사 같은 얼굴이 악마의 얼굴로 뒤바뀌는" 것을 알게 된다. 여기에서 마하가 절친한 친구에게 보낸 편지에서 어떻게 자신의 비극적인 애정사를 묘사했는지 보기로 하자. "내가 전에 나를 미치게 할 수 있는 일이 한 가지 있다고 말한 적이 있었지. 그런 일이 있어났어. 겁탈을 저지른 거야. 애인의 어머니가 죽었어. 한밤중에 그 어머니의 관 곁에서 끔찍한 맹세를 했지 …… 그런데 …… 그건 진심이 아니었어 —나는— 하 하 하! —에두아르드야, 난 미친 건 아니었어, 그렇지만 벌컥 화가 나서 큰 소리로 마구 떠들었지."

따라서 우리는 살인과 징벌, 자살 그리고 체념하는 데서 나오는 폭언과 같은 세 가지 변형을 볼 수 있다. 이것들 하나하나는 시인이 체험한 것이다. 이 세 가지 가능한 변형들 가운데 어느 것이 시인의 사생활에

서 실현된 것이고, 어느 것이 그의 작품 속에 구현된 것인지의 여부에
관계없이 세 가지는 모두 똑같이 타당하다. 푸쉬킨을 죽음으로 이끈 결
투와 같은 그런 자살행위와 마하의 고전적인 어이없는 종말 사이에 누
가 경계선을 그을 수 있단 말인가?[4]

시와 사생활 사이에 이루어지는 다양한 상호작용은 마하 식으로 특
유하게 과장된 소통능력뿐만 아니라 문학적 모티프가 삶과 뒤섞이는
은밀한 방식에도 반영된다. 더욱이 마하적인 분위기가 보여주는 사회적
기능은 이 분위기의 개별적인 심리적 근원만큼이나 탐구해 볼 가치가
있다. 마하와 동시대인으로 비평가이자 극작가인 요세프 틸은 재기 발
랄한 〈불평꾼〉(Rozervance)에서 마하의 "내 사랑은 기만당해 왔다"는
말은 그만의 개인적 관심사에 대한 언급이 아니라, 실은 그가 속한 문
학 유파의 슬로건이 "오로지 고통만이 참된 시의 모태"라는 것이기 때
문에, 결국 마하의 말은 이 유파의 어떤 역할을 표명한 것이라고 지적
한 바 있다. 문학사의 차원에서 (그리고 이런 차원에서만) 보자면, 마하
가 불행한 사랑을 했다고 말할 수 있는 것 자체가 바로 마하의 훌륭한
점이라고 말한 틸의 언급은 정확하다.

유혹자 대 질투심 많은 연인이라는 주제는 욕망이 충족된 다음에 뒤
따르는 공허감과 우울함의 시간인 막간의 시간을 채우는 데 적절한 방
법이다. 불신이란 울적한 감정은 시적 전통에서 철저히 발전되어 관행
화된 모티프다. 마하도 친구에게 보낸 편지에서 이 모티프를 문학적으
로 윤색할 필요를 강조한 적이 있다. "빅토르 위고도 외젠 쉬도 그들의

---

4) 다음은 마하가 죽기 사흘 전에 자신의 광적 상태를 묘사한 내용이다. "로리가
나가버렸다는 것을 알았을 때, 나는 분노에 휩싸여 죽을 지경이었다. 그때 이후로
상태가 아주 나빠진 것 같다. 여기 있는 모든 것을 산산조각으로 부숴버렸다. 내
게 처음 떠오른 생각은 내가 죽어버려서 로리가 하고 싶은 짓을 다 할 수 있게
하자는 것이었다. 나는 내가 왜 로리가 집나가는 것을 원하지 않는지 알고 있었
다." 그는 로리를 약강격 운율의 시구로 이렇게 위협한다. "bei meinem Leben
schwör ich Dir, Du sichst mich niemals wieder(목숨 걸고 맹세하마, 넌 두 번 다
시 날 못 볼거야)."

가장 무시무시한 소설에서 나에게 일어났던 것과 같은 그런 일들을 묘사할 수 없었네. 그런데 나는 그런 일들을 겪었네. 더구나—난 시인이야.” 마하에게 파멸을 초래한 불신이 현실에 토대를 두는 것인지, 아니면 틸이 암시한 바와 같이 자유분방한 시적 허구에서 비롯된 것인지는 오직 법의학에서만 중요하게 다룰 문제일 것이다.

어떤 의미에서든 모든 언어행위는 그것이 묘사하는 사건을 양식화하고 변형시킨다. 이렇게 하는 방법은 언어행위의 편향성, 이 행위에 담긴 정서내용, 이를 전달해줄 청중, 언어행위가 예비적으로 겪는 ‘검열’, 이런 것이 의거하는 기존 유형의 제시에 의해 결정된다. 왜냐하면 언어행위의 시성(詩性, poeticity)은 의미소통이 근본적으로 중요한 것이 아니라는 점을 분명히 보여주기 때문에, 여기에서 ‘검열’은 느슨해지고 유연해진다. 얀코 크랄리(1822~1876)는 진정 재능 있는 슬로바키아의 시인인데, 자신의 소박하고 아름다운 즉흥시에서 흥분 상태로 빚어지는 헛소리와 민요를 구분하는 경계를 탁월한 솜씨로 없애버리고 있다. 그는 마하보다 상상력이 더 자유로웠고, 방언을 좀더 자연스러우면서도 절묘하게 사용했다. 이와 같은 크랄리도 마하와 더불어 전형적인 오이디푸스적 심리 상태를 보여준다. 자기 친구에게 보낸 편지에서 넴초바는 크랄리에 대한 첫인상을 이렇게 묘사하고 있다. “그는 깜짝 놀랄 정도로 엉뚱하며, 그의 부인은 아주 젊고 멋지지만 놀랄 만큼 천진난만해. 그런데도 그는 자기 처를 하녀처럼 대해. 그는 자기가 온 넋을 기울여 사랑했던 여인이 있다고 말한 적이 있었는데, 바로 자기 어머니였어. 그는 어머니에게 지녔던 그런 격정으로 똑같이 아버지를 증오했지. 아버지가 어머니를 몹시 괴롭혔기 때문이란다(크랄리가 자기 처를 학대하듯이 말이야). 어머니가 돌아가시고 나서 자기는 누구도 사랑해본 적이 없다고 주장해. 내가 느낀 대로 이 사람은 정신병자 요양원에서 생애를 마칠 것 같아!” 대담한 넴초바조차 그의 과도한 광기에 놀라고 있지만, 크랄리의 비정상적일 정도의 유아기적 성향은 여하튼 그의 시에서 어떤 놀라움도 일으켜 주지 않는다. 《학생용 독본》(*Čítanie studujúcej mládeže*)

이라는 표제로 간행된 선집에서 보자면, 시작품들은 하나의 가면에 지나지 않는 것 같다. 그러나 실제로 그것들은 거칠고 직설적인 말로 모자간의 비극적인 사랑을 보여주는데, 이런 말들은 다른 시에는 좀처럼 나타나지 않는 말들이다.

크랄리의 발라드와 단시들은 무엇에 관한 것일까? "절대로 공유할 수 없는" 강렬한 모성애 ; "어머니의 충고"에도 불구하고 "모든 것이 허망했다. 누가 운명에 맞설 수 있겠는가? 나는 아니야"라는 확신에서 비롯되는 어쩔 수 없는 아들의 가출 ; "멀리 떨어진 이역에서 어머니의 품으로" 되돌아가는 일의 불가능함, 이런 것들에 관한 것이다. 어머니도 필사적으로 아들을 찾는다. "세상 도처에서 내 비통함은 무덤을 이루는데, 아들의 소식은 전혀 들을 수 없구나." 아들도 필사적으로 어머니를 찾는다. "나래 펼친 매야, 왜 형제들과 아버지에게 돌아가려고 하느냐? 왜 마을로 돌아가느냐? 어머니는 넓디넓은 들녘을 헤매고 계신데." 이런 것이 주제일 것이다. 어머니의 자궁에 대한 꿈과 더불어, 사형선고를 받은 적이 있는 크랄리가 신체에 대해 갖는 두려움은 오늘날의 네즈발과 같은 초현실주의 시인들의 주제를 상기시켜 준다.[5]

여기에서 네즈발의 시 〈여섯 채의 빈 집 이야기〉(Historie šesti prázdných domů)에서 일부를 인용해 본다.

> 어머니
> 나를 저기에 영원히 남겨 두시렵니까
> 어떤 손님도 오지 않는 저 빈 방에
> 나는 기꺼이 어머니 집에 세든 사람이 되렵니다.
> 그러나 결국 떠나지 않으면 안 될 때는 아주 고통스러울 겁니다.
> 얼마나 많이 옮겨 다녀야 하나요
> 가장 두려운 것은

---

5) 크랄리는 1848년에 벌어진 헝가리제국에 대한 슬로바키아인들의 봉기에 가담했다가 체포되어 사형선고를 받았으나, 처형 직전에 가까스로 도망친 일이 있다 [편역자 주].

죽음으로 이사하는 일입니다.

이번에는 크랄리의 〈신참자〉(Zverbovaný)에서 인용해 본다.

아 어머니, 진정 나를 사랑하신다면
왜 나를 운명의 손아귀에 맡겨놓았습니까?
나를 이 이역에 남겨놓으신 것을 모르십니까
꽃병에서 뽑혀버린 어린 꽃처럼
아무도 향기 맡지 않으려는 그런 꽃처럼.
솎아내기로 했다면 왜 심으셨습니까?
비 한 방울 내리지 않는 메마른 초원은 지내기가 아주, 아주 어렵습니다.
그렇지만 고통받는 얀코에게는 수백 배나 더 힘든 일입니다.

시가 급작스럽게 삶으로 밀려들어가는 데에서 생기는 어쩔 수 없는
대립은 썰물의 경우처럼 아주 급격한 것이다. 여기서 다시 한번 네즈발
이 만들어질 때에 도왔던, 예술지상주의를 표방하는 포에티즘(poetism)
파의 특징을 보여주는 시를 들어 보기로 한다.

난 이 길을 따라 걸어본 적이 없다
계란을 찾아냈던 내가 그걸 놓쳐버린 걸까?
검은 암탉의 흰 계란
계란은 사흘 동안 내내 신열(身熱)에 들떠 있었다

개는 밤새도록 청승맞게 짖어대고
사제가, 사제가 오고 있다.
그는 집집마다 축복을 내려준다
화사한 깃털의 공작새처럼

장례식이, 장례식이 있는데, 눈은 내리고
계란은 관 뒤에서 굴러다닌다
얼마나 우스운가
악마가 계란 속에 있다니

바르지 못한 양심이 나를 망치는데
그러면 계란 없이 살아가자
독자여 미친 사람이여
계란은 텅 비어 있었다.

반역의 시를 철저히 옹호하는 사람들은 이러한 포에티즘파의 놀이에 아주 당혹스러워서 이런 놀이들을 은폐하려고 급급했다. 아니면 이런 놀이가 불쾌해서 네즈발이 몰락하고 배신하게 된 원인이 놀이에 있다고 언급하기도 했다. 그렇지만 이처럼 어린애 같은 압운시들이 실은 그의 반시(反詩)들이 보여주는 꼼꼼하게 숙고되고 무자비할 정도로 논리적인 과시벽 못지않게 중대한 시적 혁신이라고 필자는 확신한다. 이런 시들은 말을 물신적(物神的)으로 다루지 못하게 저지하는 시적 연합전선의 불가결한 부분들이다. 19세기 후반기는 언어기호가 급격하게 팽창한 시기였다. 이러한 면은 사회학적 견지에서 쉽게 정당화할 수 있다. 이 시기에 가장 전형적인 문화현상들은 어떤 대가를 치루더라도 이러한 팽창을 은폐하려는 결의를 보여주며, 또한 가능한 모든 수단을 동원해서 기록된 언어에 대한 믿음을 떠받치려고 한다. 철학의 실증주의와 천진한 실재론, 정치학의 자유주의, 언어학의 신문법학파(Junggram-matiker)[6), (순진한 자연주의와 유아론적이고 퇴폐적인 다양성에 대한 환상을 갖고) 문학과 연극이 진정제 구실을 한다는 환상주의, 문학이론에서 (또 전반적인 학문과 과학 분야에서) 벌어지는 방법론의 세분화, 이런 것들은 모두 언어에 대한 신뢰도를 강화하고 그 가치에 대한 확신을 증강하는 데 기여하는 다양한 갖가지 방편들을 일컫는 지칭들이다.

그런데 오늘날은 어떠한가! 현대의 현상학은 언어학적 허구를 하나하나씩 차례로 드러내 보여주고 있다. 현상학은 기호와 지시물을 구별

---

6) 19세기말 라이프치히를 중심으로 '음성법칙은 예외가 없다'는 신조 아래, 화자가 개인적 의지에 따라 말하는 것과 전혀 무관한 불변하는 자연과학과 같은 언어법칙을, 비교방법론을 통해 수립하려고 했던 브루그만(Brugmann), 오스트호프(Osthoff) 등의 소장학파를 말함. Neogrammatiker라고도 함 [편역자 주].

하는 것이, 단어의 의미와 이 의미가 지시하는 내용을 구별하는 것이 근본적으로 중요하다는 사실을 능숙하게 구체적으로 보여주고 있다. 사회-정치적 분야에서도 유사한 현상이 나타나고 있다. 뒤범벅되고 공허할 뿐만 아니라 유해할 정도로 추상적인 유행어와 미사여구에 대한 격렬한 반대, 그림같이 아름답기만 한 표현을 사용하는 '속빈 허튼말'을 반대하는 이념론자적인 투쟁이 그런 것이다. 예술에서 언어가 여러 가지 가능한 기호체계 가운데 하나에 지나지 않는다는 점을 극명하게 보여준 것은 영화였다. 지구가 다수의 행성 가운데 하나에 불과하다는 사실을 천문학이 밝혀 주어서 인류의 세계관을 변혁시켰던 것과 마찬가지 일이다. 크리스토퍼 콜럼버스의 항해로 구대륙이 유일하다는 신화에 이미 마침표가 찍혔지만, 근래에 미국이 발흥하면서 비로소 구대륙 중심의 신화는 결정적인 타격을 받게 된다. 영화도 처음에는 단순히 예술의 색다른 식민지에 불과한 것으로 간주되었다. 그러나 영화가 단계적으로 발전하면서 예술의 식민지라는 선행하는 지배적 관념을 타파할 수 있었다. 이런 식으로 결국 포에티즘파의 시와 관련된 유파에 속한 시인들은 언어의 자율성에 대해서 확실한 보증을 할 수 있었다. 그러므로 네즈발의 장난기 섞인 압운시도 영향력 있는 동맹자를 찾아낼 수 있었다.

최근의 비평계에서는 형식주의적 문학연구라고 일컬어지는 연구방법에 대해 어떤 의혹을 표명하는 일이 유행하고 있다. 비방자들에 의하면, 형식주의파는 예술과 실제 삶의 관계를 파악하는 데 실패해서, '예술을 위한 예술' 식의 연구방법을 요구하며 임마누엘 칸트의 미학을 뒤따른다고 비방한다. 이러한 형식주의적 경향에 반대하는 비평가들은 그 과격성이 너무나 일차원적이어서, 삼차원이 존재한다는 사실을 까맣게 잊고 모든 것을 단 하나의 차원에서만 보려고 한다. 유리 티냐노프도 얀 무카르조프스키도 빅토르 쉬클로프스키도, 또 나까지 포함해서 그 누구도 예술의 자족성을 선언한 적이 없다. 우리는 예술이 사회구조의 불가결한 일부라는, 말하자면 예술도 다른 모든 구성요소들과 더불어 상호작용 하는 구성요소라는 점, 또 예술의 영역과 사회구조를 이루는 다른 구성성분들의 관계는 끊임없는 변증법적 흐름을 이루고 있어서 그 자체도 변하기 쉬운 성분이라는 점을 보여주려고 노력해 왔다. 우리가 표방한 것은 실제의 삶과 예술이 분리되어 있다는 분리론이 아니라 바로 미적 기능의 자율성이다.

이미 지적한 바와 같이, 시라는 개념이 보여주는 내용은 변하기 쉬우며 일시적으로 규정되는 것이다. 그러나 시성이라고 일컬을 수 있는 시적 기능은 '형식주의자들'이 강조한 바처럼, 그 자체가 독특한 요소여서 기계적으로 다른 요소로 바꿔칠 수 없다. 이것은 가령 입체파의 회화에서 볼 수 있는 다양한 기법들처럼 분리해낼 수도 있고 독립시킬 수도 있다. 그렇지만 이는 특별한 경우에 해당된다. 예술의 변증법적 관점에서 보자면 시성은 나름의 존재이유를 갖고 있지만, 여전히 특별한 경우다. 대개 시성은 복합구조의 한 부분에 불과하다. 그러나 필연적으로 다른 요소들을 변형시키고 그 요소들과 더불어 시 전체의 본질을 결정짓는 부분이기도 하다. 마찬가지로 식용유도 본질적으로든 자연적으로든 완전한 요리 자체는 아니다. 또한 어쩌다 음식에 첨가하는 기계적 요소도 아니다. 식용유는 음식맛을 바꿀 뿐만 아니라 때로는 음식에 깊이 스며들어 변화를 일으키기도 한다. 체코에서는 기름에 절인 생선을 일컫는 원래의 학명 sardinka(정어리)가 사라지고, olejovka(olej-[기름]+-ovka[파생접미사])라고 새 이름을 붙일 정도다. 그러므로 어떤 언어 작품이 결정적 중요성을 갖는 시적 기능인 시성을 획득할 경우에만 시에 관해 언급할 수 있다고 본다.

그러나 시성은 어떻게 스스로를 표명하는가? 시성은 언어가 언어로 지각되는 경우에 나타난다. 이름 불려진 대상이나 분출되는 정서를 단순히 재현하는 것이 아니라, 언어와 그 구성법, 언어의 의미, 언어의 외적 형식과 내적 형식이 그저 막연하게 현실을 가리키는 대신에 언어 자체의 무게와 가치를 획득하는 경우에 현존하게 된다.

왜 이 모든 것이 필요한 것일까? 왜 기호가 대상과 맞아 떨어지지 않는다는 사실을 특별히 지적할 필요가 있을까? 왜냐하면 (A는 A_1이라는 식으로) 기호와 대상이 일치하는 것을 직접적으로 인식하는 것 말고, (A는 A_1이 아니라는 식으로) 이러한 일치가 부적절할 수 있다는 것도 직접적으로 인식할 필요가 있기 때문이다. 이러한 자기모순이 본질적인 이유는, 모순 없이는 어떠한 개념의 유동성도 있을 수 없고 기호의 유동성도 있을 수 없으며, 따라서 개념과 기호의 관계가 자동화되어 버리기 때문이다. 인식하는 행위가 멈추어지면, 현실에 대한 인식도 사라지고 만다.

* 출전 : Roman Jakobson, "What Is Poetry?", Ladislav Matejka/Irwin R. Titunik(eds), *Semiotics of Art : Prague School Contributions*, Cambridge, Mass. : MIT Press, 1976, 1984, pp.164~175.
　원래 프라하의 '예술가협회'에서 체코어로 한 강연인데, "Co je poezie?"라는 제목으로 《자유 경향》(*Volné směry*) 30(1933~1934, pp.229~239)에 발표되었다.

2. 시의 현대적 개념

크리스천 스티드

《옥스퍼드 소사전》(*Concise Oxford Dictionary*)에 들어 있는 '시' 항목의 첫 번째 정의는 "시인의 예술이나 작품"이며, '시인'에 관한 첫 번째 정의는 "시작품의 작가"라는 것이다. 두 페이지 앞에 수록되어 있는 배관공의 정의는 "수도관을 설치하고 수리하는 일을 하는 인부"이며, 배관은 "배관공이 하는 일"이라고 정의되어 있다.

이와 같은 정의 방법 두 가지의 차이는 미묘한 것이지만 중요하다. '배관공이 하는 일'이 배관공에 의해 이루어진다는 것은 분명한 것이지만, 집안의 손재주 있는 사람에 의해서도 이루어진다. 반면에 '시'는 오직 시인에 의해서만 지어질 수 있다. 시는 시인이 되는 조건이다. 더욱이 '어떤 시인(a poet)'이 아니라 특정한 '그 시인(the poet)'이라는 식으로 정관사가 붙어있어서, 좀더 특정한 신원임을 보여준다. 그렇다면 '시인'이 되는 능력은 타고나는 어떤 것이다. 이러한 의미에서는 결코 한 편의 시도 써본 적이 없는 '시인'을 상상하는 일도 가능하다.

《옥스퍼드 소사전》에 실려 있는 '시'에 관한 두 번째 정의는 "고상한 생각이나 감정을 운율 형식이나 리듬 형식에 맞춰 고상하게 표현하는 것"이다. '시인'에 관한 두 번째 정의는 "운문의 작가, 특히 상상력, 표현력 등에서 뛰어난 능력을 소유한 작가"라는 것이다. '고결한 …… 고결하게 …… 뛰어난' 시인은 분명히 어떤 정점에 도달해 있거나 존경받는 대상이다. 시인과 그의 작품은 비범한 것이다. 고대에서는 시인이 곡식을 자라게 하거나 비를 오게 할 수 있는 신비하고 불가사의한 힘을 갖고 있는 존재라고 믿었다. 시인은 결혼이나 승리를 축복하고, 패배와 죽음을 애도하는 임무를 맡고 있었다. 또한 가족이나 부족이나 왕국의 역사를 잊지 않고 기억할 수 있게 구성하는 일에 전념하는 임무를 맡고 있었다. 그는 공동체의 집단적 감정의 통로였으며, 신화와 지혜와 역사를 종합해서 잘 엮어내는 자였다. 그는 신관으로, 신탁자로 종사했고, 뮤즈의 여신과 교통했으며, 신의 숨소리를 알아듣고 전달하는 존재였다. 그의 상징물에는 영감(靈感)의 바람으로 연주하는 바람의 신 아이올루스(Aeolus)의 하프가 있으며, 말굽으로 올림포스 산의 대지를 박차서 뮤즈 여신의 (시적 영감을 뜻하는) 영천(靈泉) 히포크레네(Hippocrene)를 만들어낸 천마(天馬) 페가수스(Pegasus)가 있다.

이 모든 것 가운데에서 현대의 시인 개념에 여전히 확실하게 남아 있은 것은 많지 않다. 그러나 희미하게나마 남아 있은 것도 있다. '시인'과 '시'라는 말은 전등을 꺼야 비로소 어둠 속에서 여전히 타오르고 있는 것을 볼 수 있는 작열하는 석탄과 같은 그런 분명치 않은 개념일 수도 있다. 20세기 문학경향이 낭만주의 운동에서 물려받은 시인의 예술이란 좀 지나친 주장에 반대하게 되었을 때에 '시인'과 '시'라는 말에 비로소 평온함이 깃들게 되었다. 이제 '시'는 '운문'이 되었고, '시인'은 '사업자'가 되었다. 이렇게 된 시기는 《페이버 현대시선집》(*The Faber Book of Modern Verse*, 1936), 《옥스퍼드 현대시선집》(*The Oxford Book of Modern Verse*, 1936), 《펭귄 영국낭만주의 시선집》(*The Penguin Book of English Romantic Verse*, 1968) 등과 같은 제목의 시선집들이 나타나는 시기였다. 특히 프랭크 리비스와 '스크루터니(Scrutiny)'파의 저술에서, 또한 1930, 1940, 1950년대의 다른 비평가들의 저술에서도 시의 저자들은 거의 언제나 '사업자'의 의미였지 '시인'이란 의미가 아니었다.

'시인'과 '시'라는 말에 중립적인 의미맥락을 부여한다고 해서, 그것이 중립화될 수는 없다. 시인과 시라는 말에는 아주 원대한 주장과 신비한 연상이 따라다닌다. 문학에서 이런 내용의 꾸러미를 제거하고자 했다면, 시인과 시라는 말도 한편에 제쳐놓았어야 했을 것이다. 그러나 이런 말들이 다시 쓰여졌기 때문에 연상작용도 그대로 이루어졌고, 그래서 어떤 경우에도 결코 효과적으로 폐기되지 못했다.

시라는 개념에, 따라서 시라는 말에 이처럼 신기한 힘이 들어 있는 까닭에는 많은 이유가 있다. 하나는 언어가 무엇보다도 종이라는 차원에서 우리를 다른 종과 구별시켜 준다는 점이다. 그러므로 시는 일반적으로 언어에 대해 매우 포괄적으로 많은 노력을 기울여야 하는 용법으로, 말하자면 구체적인 표현으로 인정받아 왔다. 언어는 사회적 힘을 뜻한다. 폭력에서 과학과 기술이라는 가장 현대적인 기능에 이르도록 힘이 취할 수 있는 여러 형태가 있다. 그러나 사람들은 여전히 언어에 의해 영향받고 궁극적으로 통제된다. 사실 사람들은 시에 의해서는 영향받거나 통제되지 않는다. 그러나 언어에는 세상사의 질서가 들어 있다. 시인이 더 이상 수사가나 공적인 음유시인이 아니라 하더라도, 시인이 힘의 근원을 이해하는 특별한 능력을 갖고 있다는 생각은 미신으로 여길 수도 있지만, 실은 실질적인 것으로 존중되어 왔다. 이런 사실은 퍼시 셸리가 《시의 옹호》(*Defence of Poetry*, 1821)에서 시인이란 세상에 관한 공인되지 않은 입법자라는 주장으로 나아가게 된 근거임에 틀림없다.

물론 실제적이며 특유한 기능을 전부 시에서 좋아하지 않는다는 것도 잘 알려진 바이다. 메시지와 정보는 산문으로 제일 잘 전달된다. 마찬가지로 고층건물·도로·교량에 대한 계획은 설계도와 설계시방서로 잘 전달된다. 과학과 수학은 나름의 언어를 갖고 있다. 현대철학도 그러하다. 인간의 기술이 더욱 전문화되자 시의 기능은 축소되어 왔고, 따라서 좀더 전문화되었다. 우리는 더 이상 시인이 과거에 '운율 형식이나 리듬 있는 형식'으로 전달해 왔던 그런 역사나 윤리나 농작물 관리법을

가르치기를 바라지 않는다. 시에서 이 같은 의도들이 사라지자, 시에 남
겨지게 된 것은 김빠진 맥주가 아니라 보다 강력하고 난해한 정신이다.
토머스 엘리어트가 파악한 바와 같이 시의 목적은 "다른 어떤 것도 아
닌 바로 시" 자체가 되고자 하는 것이다.[1] 특정한 기능을 갖고 있는 다
른 종류의 언어가 갖는 목적도 모두 이와 같은 기능을 수행하려는 것이
다. 이러한 기능이 수행될 때에, 말하자면 메시지가 이해되고 정보가 전
달되며 경종이 울려지고 보상이 이루어질 때에, 그것이 바로 결과라고
할 수 있다. 이런 경우의 언어는 그렇게 사용되게끔 거기에 있는 것이
어서, 폴 발레리가 말한 바와 같이 **다 소진되어 버린** 것이다.[2] 일반적으
로 문학언어, 특히 우리가 시라고 일컫는 그런 문학언어의 목적은 어떤
특별한 용법을 존속시키려는 것이다. 사실 언어는 그것이 어떤 한 가지
기능을 넘어서서 그 나름의 생명을 얻을 수 있을 정도로 포괄적일 경우
에 비로소 시가 된다고 본다.

　시 본연의 목적과 대상이 무엇인지를 놓고 심미주의자들과 도덕론자
들은 늘 논쟁을 벌여 왔다. 전통적으로 시는 향수되는 것이며, 즐거움을
주는 것이었다. 시는 아름다운 것을 묘사했고, 그 자체가 아름다운 것이
다. 이러한 면은 시 예술의 장식적 측면이다. 반면에 이러한 측면이 지
나치게 강조되면, 시는 항상 그 자체의 힘, 무게, 그리고 매슈 아널드가
말한 '고도의 진지성'[3]이 없다는 느낌이 들게 된다. 그러므로 시의 심미
적 기능에 맞서는 것은 도덕적 기능이다. 시는 즐거워야 할 뿐만 아니
라 교훈적이어야 했다. 사실 이러한 관점에서 보자면, 시의 미적 기능은

---

1) T.S. Eliot, 〈서문〉(Preface), 《성스러운 숲》(*The Sacred Wood*), 2nd ed,
　London : Faber and Faber, 1928, pp.vii-x, esp., p.viii.
2) Paul Valéry, 〈시론〉(The Art of Poetry), (ed)Jackson Matthews, 《폴 발레리
　전집》(*The Collected Works of Paul Valéry*), vol. 7, (tr)Denise Folliot, New
　York : Pantheon Books, 1958.
3) Matthew Arnold, 〈시의 연구〉(The Study of Poetry, 1888), (ed)S.R. Little-
　wood, 《비평론》(*Essays in Criticism:Second Series*), London : Macmillan, 1938,
　pp.1~40, esp., p.20.

도덕성이라는 알약을 힘들이지 않고 삼킬 수 있도록 설탕을 겉에 입힌 당의정에 불과하다.

이러한 논쟁은 한때는 이쪽이, 다른 때는 저쪽이 우세해지는 식으로 왔다갔다 하면서 전개되어 왔다. 낭만주의 운동 이래로 존 키츠가 심미주의적 시의 위대한 본보기로 여겨져 왔다. 물론 그 당시에도 시가 구체적으로 표현하려는 바는 아름다움을 위한 아름다움이 아니라 진리를 위한 아름다움이었다. 반면에 19세기의 위대한 시인들은, 특히 계관시인 앨프레드 테니슨은 도덕주의자로 이해되었다. 이런 식의 이해는 그들에게 전혀 걸맞지 않는 것일 수 있다. 그러나 많은 독자들로 말미암아 테니슨이 누릴 수 있었던 영광과 이득은 '소수이긴 하지만 잘 이해하는 독자'를 갖고 있던 시인들이 겪어보지 못한 불리한 조건이 되었다. 그러한 불리한 조건 가운데 으뜸인 것은 대부분의 독자들이, 시는 시를 넘어서는 대의(大義)를 말해야 한다고 요구했다는 점이다. 그러므로 '다른 어떤 것도 아닌 바로 시' 자체가 되려고 하는 것을 허용하지 않았다.

19세기 말엽에 도덕을 위한 시에 맞서는 반작용이, 즉 예술을 위한 예술 운동이 벌어졌다. 그러나 이 운동은 오스카 와일드에 대한 재판에서 비롯된 추문이 일으킨 차가운 돌풍으로 말미암아 짧은 전성기를 누리고 사라져 버렸다.

이런 논쟁은 모두 어쩔 수 없이 생경할 수밖에 없다. 논쟁의 맞상대들끼리 그들 사이에 놓여 있는 논쟁의 대상을 분명히 파악하려고 하지 않고 서로 응수나 하려고 했기 때문이다. 시에서 도덕성을 주장하는 논자는 항상 특정한 도덕을 주장한다. 반면에 '심미주의자'도 시 자체보다는 도덕성에 대립되는 주장을 펼치는 경우가 많다. 따라서 시는 서로 다투는 부모 사이에서 벌어진 양육권 소송에 휘말린 어린아이의 신세처럼 되어버린다. 스스로 신원을 분명히 하는 것이 허용되지 않고 부모 각자가 주장하는 소유권에 따라야 하는 어린애의 신세와 같아진다.

시인은 "사람들에게 말하는 사람"[4]이라고 윌리엄 워즈워스가 말한 적이 있다. 언뜻 생각하기에는 우리가 고찰해 왔던 숭고한 시인이란 개넘에 부합되지 않는 듯하다. 그러나 워즈워스는 계속해서 사람을 전문가로 만드는 그러한 특질과 구별되는 인간의 일반적인 특질이 유독 시인에게서 고도로 발전하게 될 것이라고 분명히 말한 바 있다. 또한 시인이 말을 건네는 사람을 "법률가나 의사나 선원이나 천문학자나 과학자가 아니라 **인간**"[5]으로 보고 의미를 전하게 될 것이라고 분명히 언급한 바 있다. 여기에서 이런 동물은 존재하지 않는다고 주장하는, 말하자면 우리는 모두 다 특정한 관심사가 있고 명확한 사회의식을 갖고 있으며, (인식하든 못하든) 이데올로기적 토대를 갖는 '전문적' 독자라고 주장하는 현대 문학이론가들의 반론에 답하는 형태로 일반 독자를 생각해 볼 수 있을 것이다. 워즈워스의 언급은 누구도 순진한 독자가 아니라는 점을 부인하는 것이 아니다. 그가 주장하는 바는 우리의 특별한 관심사와 이데올로기적이거나 이론적인 개입 저변에는 인간성이란 순진한 바탕이 놓여있다는 점이다. 일반 독자와 전문가가 별개의 사람이 아니라는 것이다. 모든 전문가 집단에도 일반 독자가 있는데, 시가 스스로를 전달하려는 '인간'이라는 것이다. 우리가 보기에는 논의의 여지조차 없는 사실이다. 시적 언어에 관해서는 특유한 중립적 면모가 존재한다. 이런 면모를 논의하고 치켜세우고 주장하게 되면 곧장 우리가 시를 읽고 있다는 생각은 감소되어 버린다. 물론 시인이 정치적이거나 '현실참여적인' 시를 쓸 수 있으며, 이런 시들이 (반드시 그런 것은 아니지만) 때로 시로서 생명을 유지하는 경우도 있다. 그러나 그렇게 된다면, 그것은 시의 진술내용이 인용부호 속에 존재하는 것처럼 보이기 때문이다. 시인들은 현실참여의 열정을 극화한다. 그러한 시 속의 열정과 극화를 논리적 사고가 대신하자마자, 이것이 바로 시로구나 하는 생각은 사라지게 된다. 20세기 비평에서는 이런 종류의 글을 '수사적'이라고 일컫는

---

4) W. Wordsworth, 〈《서정담시집》 서문〉(Preface to the *Lyrical Ballads*, 1800), (eds)W.J.B. Owen/J.W. Smyser, 《윌리엄 워즈워스 산문집》(*The Prose Works of William Wordsworth*), vol. 1, Oxford : Clarendon Press, 1974, p.138.
5) W. Wordsworth, 〈《서정담시집》 서문〉, p.139.

데, 언어를 능숙하게 다루는 일련의 기술이라는 오래된 의미가 아니라 경멸하는 의미에서 '수사적'이라고 한다. 그래서 윌리엄 예이츠는 "우리는 다른 사람과 말다툼하는 것은 수사라고 하고, 우리 자신과 다투는 것은 시라고 한다"고 말한 적이 있다.[6]

모든 예술이 그러하듯이 시에도 기교라는 요소가 있다. 그러나 예술과 기교를 구별하는 경우에 시사되는 바는 습득된 기술은 충분하지 않다는 것이다. 기술뿐만 아니라 타고난 잠재적 능력이 있어야 하기 때문이다. 더욱이 시는 오랜 역사를 지닌 예술이기 때문에 시인은 이전에 살았던 시인들이 활용하던 매체의 전통을 계승해야 한다. 이는 시인들이 시대를 거슬러 올라가며 부지런히 읽어야 한다는 뜻이 아니다(시인들이 부지런히 읽어보았자 달라질 것도 없다). 그보다는 교회의 권위를 사도(使徒)들로부터 계승했다고 주장하는 사도계승론처럼 계속 흘러내려오는 결과를 계승해야 한다는 뜻이다. 과거의 모든 시는 현재의 시 속에 현존한다. 시인은 (특히 젊은 시인은) 호흡하듯이 그렇게 읽는데, 이전에 내뿜었던 대기에서 다시 호흡하듯이 이전에 사라져버린 것에서 생명을 끌어낸다. 시인의 개인적 재능에 의거해서 시를 설명하는 것은 충분하지 않다. 비록 선별적 방법이긴 하지만, 시를 통해서 시대에서 시대로 흘러가며 현재로 흘러드는 살아있는 전통을 포착하는 시인들만이 전통을 앞으로 전달할 수 있다.

사실 시의 역사는 학파와 논쟁과 젊은이의 팔팔한 반항으로 가득 차 있다. 영국의 낭만주의 시인들은 18세기 신고전주의자들에게 반항했고, 모더니스트들은 19세기의 위대한 인물들에게 반항했다. 프랑스에서는 고전주의에 대해 낭만주의가, 낭만주의에 대해 19세기의 고답파가, 고답파에 대해 상징주의가, 상징주의에 대해 모더니즘이 반항하는 식으로 반항이 거의 필연적으로 이루어졌다. 그러나 반항이 일어나는 곳이라고

---

6) W.B. Yeats, 〈달의 침묵을 벗하며〉(Per Amica Silentia Lunae, 1918), 《신화체계》(*Mythologies*), London : Macmillan, 1959, p.331.

해서 계속 흘러오는 결과가 전혀 주목받지 못하는 것은 아니다. 더 주목받는 경우도 적지 않다. 지나가 버린 것이 어떤 결과도 남기지 않는 곳에서는 전혀 반항할 필요가 없다. 일반적으로 사회에서 그렇듯이 문학에서도 프랑스인들은 전통주의적이어서 반항할 필요가 있었다.

지금까지 무엇이 시의 본질이고 무엇이 시의 본질이 아닌지 언급하려고 하지도 않으면서 우리는 대강 주제의 변죽만 울려왔다. 시를 정상적으로 읽지 않는 사람들은, 말하자면 대중들은 시가 일반적으로 각운을 밟고 어떤 운율형을 취하는 행으로 나누어진다는 사실에 의거해 시를 다른 것과 구별해 왔다. 시는 형식에 의해 구현된다. 그러나 현대시인들이 규칙적인 형식을 포기하기 이전에도 이런 생각은 그렇게 만족스런 것으로 받아들여지지 않았다. 언제나 분명한 것은 시라는 인식을 주지 않으면서도 소네트나 아니면 다른 운문형식에서 요구하는 형식적 필요조건을 만족시킬 수 있는 표현을 할 수 있어야 한다는 사실이다. 반면에 아주 명백한 예로 《흠정본 영어성경》(*King James Bible*), 《모비 딕》(*Moby Dick*), 《폭풍의 언덕》(*Wuthering Heights*)과 같은 세 가지 예만 들겠지만, 산문의 구절들은 그것이 빚어내는 결과가 너무나 분명하고 강력해서 어떤 독자도 구절들이 시라고 주장하면서 다투려고 하지 않는다. 그러므로 당연한 말이겠지만, 시는 형식이 아니라 하나의 특징에 다름 아닌 것이다. 여기에 다음과 같은 내용을 첨가할 수 있다고 하더라도 그렇다. 만일 우리의 성향이 아주 보수적이라면, '시'라는 특징은 그것만으로 시를 이룰 수 없으며, 여러 가지 전통적 형식이 결합되는 과정에서 시적 특징을 찾아낼 수 있을 때에만 시가 이루어진다는 내용이 그것이다.

그러나 시인들이 한 옆에 설정해 놓은 범위를 역설할 요점이 있는 것 같지도 않다. '자유시', '전통적 운율에 구애받지 않는 열린 형식', '농요(農謠)나 사냥요와 같은 속요', 산문시, '기본형식을 벗어난 열린 소네트'는 마치 볼프강 모차르트의 스타일로 작곡하지만 보다 멋지게 작곡하는 현대음악가처럼, 새로운 독창적 음악을 작곡한다기보다 스타일 훈련에 더 몰두하는 것처럼 보일 수도 있다. 이런 식의 전개로 전통적 형식, 압운구도, 운율의 활용이 분명히 통제되지는 않을 것이다. 그렇지만 이러한 전개로 혼성모방적인 문학작품을 실천하는 것 같은, 과거의 운율 형식을 엄수하려는 경향이 나타난다 하더라도 그렇다.

말해 둘 것은 시는 형식을 갖추어야 하겠지만, **문제가 되는 형식이** (그리고 이것은 예컨대 전통적 소네트의 경우에는 사실이겠지만) 바로 그 시에만 특유한 형식이라는 점이다. 또 시는 그것이 이루어내는 통일성 전반에 걸쳐서 시적 특징을 구체적으로 보여주는 형식으로 이루어진 한 편의 글이라는 점이다. 덧붙여 말할 것은 시적 특징이 글짓기할 때의 (소설의 경우처럼) 어떤 고의나 (에즈라 파운드의 《시곡집》[*Cantos*]에 수록된 몇몇 시의 경우처럼) 실패에서 이루어지는 경우도 있을 수 있는데, 결과적으로 시 전반에 해당되지 않는다는 점이다. 그러므로 오늘날의 독자나 비평가는 단편적이긴 하지만 휘황찬란한 금빛 섬광들을 잘 제련된 광석보다는, 위대한 인간과 의미에 대한 관심으로 이루어진 광맥층에서 찾아내는 경우가 많다. 이는 유감스럽게 생각할 일도 아니고 그렇다고 박수칠 일도 아니다. 우리 시대의 문학적 삶이 보여주는 중요한 사실일 따름이다.

물론 이는 시의 특징이 무엇인가라는 논점을 회피하는 것일 수 있다. 그러니 우리는 이런 문제의 둘레를 (다시 한 번) 서성이며, 정의되지 않았다면 설명이라도 시도해 보아야 한다. 어떤 것을 '시'로 볼 수 있느냐 하는 것은 시대를 넘어서 독자들의 합치된 여론에 좌우되는 일이다.

시는 씌어지는 과정에서 그것을 특별한 것으로 만들어주는 힘, 말하자면 강렬성·밀접성·짜임새·작열(灼熱) 상태와 같은 몇 가지 특징들을 보여준다. 언어는 '뜻한다'고 하는 가장 뚜렷한 기능도 뛰어넘는 생명력을 갖고 있다. 시를 읽는 것은 시가 아닌 텍스트를 읽는 경우보다 더 많은 것을 독자가 요구하고 받아들이려는 경험이다. 그러나 이런 경험 전부는 문학이 아닌 텍스트와 구별되는 문학텍스트 대부분에도 들어맞는 사실이다. 실제로 최소한의 강렬함을 갖는 텍스트에서 최대한의 강렬함을 갖는 텍스트에 이르는, 최소한의 밀접도로 짜여진 텍스트에서 최대한의 밀접도를 이루는 짜임새의 텍스트에 이르는, 또 글짓는 재능이란 면에서 의미상 최소한의 의미를 갖는 텍스트에서 최대한의 활성적 의미를 갖는 텍스트에 이르는 광범위한 문학텍스트의 층이 있다. 이러한 광범위한 범위의 어디선가 우리는 '시'의 영역으로 들어선다. 전통적 형식들은 문학텍스트를 상호 구별할 수 있는 명확한 구분선을 뚜렷이 보여준다는 환상을 일으킨다. 그러나 모든 전통적 형식들이 실제로 알려주는 것은 작가 측의 의도다. 이미 살펴본 바와 같이 시는 측정할 수 있는 형식보다는 언어의 특징에 더 많이 의거해서 판별된다.

시에서 가장 공통적인 특질의 하나는 이미저리라고 하는데, 필자는 일면에서는 동의하지만 일면에서는 의문시하면서, 이미저리의 문제에 접근해 보려고 한다. 그러나 시적 언어의 당연한 자질을 절제라고 하는 편이, 이미저리라고 하는 것보다 도전받을 여지가 덜할 것 같다. 윌리엄 셰익스피어와 같은 작가의 경우에서조차 그렇다. 셰익스피어의 시에서 우리는 언뜻 보더라도 진술에 필요한 분량 이상으로 과다하게 말이 넘쳐나는 것을 볼 수 있다. 《햄릿》(*Hamlet*)의 일절인 "간결은 말의 본질"(Ⅱ : 2, 90) 등으로 절제가 문체의 미덕이라고들 흔히 말한다. 이것이 사실이라면(필자는 그렇다고 생각하는데), 여러 세대에 걸쳐 교사나 비평가들이 그렇게 말해온 것 이상의 훌륭한 이유가 틀림없이 있을 것이다. 어쩌면 비교적 단순한 이유일지도 모르겠다. 가령 기억을 불러내는 것, 의미, 감정, 청각적 효과와 시각적 효과처럼, 열두 단어로 의도했던 바가 무엇이든 그것 전체를 여덟 단어로 전달할 수 있다면, 이 여덟 단어가 좀더 강하게 작용하고 많은 의미를 전달할 수 있어서, 열두 단어로 같은 일을 하는 것보다 (많은 은유 가운데 한 가지가 핵심을 이루게 되겠지만) 좀더 활성적이고 활력에 넘치며 표현이 힘차고 방사적(放射的)일 수 있다고 본다. 여기에는 오히려 언어를 언어로 확실히 파악하게 하는 역설적 효과가 있다. 언어는 언어가 할 일을 하는 것이지만, 또한 언어 자체를 위한 나름의 권리로 존재한다. 이런 일이 벌어지면 그때 우리는 시가 활동한다는 것을 알게 될 것이다.

영문학에서 이런 내용에 관한 가장 분명하면서도 유쾌한 실례들 대다수는 셰익스피어의 작품에서 찾아낼 수 있다. 《앤터니와 클레오파트라》(*Antony and Cleopatra*)에서 율리우스 카이사르는 자신을 받아들이기 이전과 저버린 이후에만 지도자가 필요하다고 하는 대중의 변덕스러움에 대해 이렇게 비난한다.

> It hath been taught us from the primal state
> That he which is was wish'd until he were;
> And the ebb'd man, ne'er lov'd till ne'er worth love,
> Comes dear'd, by being lack'd.[7] (I : iv, 41-4)

이 시행들은 대중에게 말할 필요가 있는 극적 순간에 관해 말하고 있다. 그러나 매우 특이하고도 간결하게 말하고 있어서 언어에 대해 민감한 사람들 누구에게나, 말이 그것의 의미만 설명하는 것 이상으로 더 많이 기억해야 할 어떤 생명을 갖고 있는 것처럼 여겨진다. 그러나 그 효과가 배로 늘어나는 것처럼, 말은 강물의 흐름 속에 놓여 있는 '깃발'처럼(셰익스피어 작품의 해설에 따르면 'flag'을 붓꽃이라고도 하는데, 정말 그럴지도 모른다. 그러나 이것을 더 분명한 의미로 깃발이라고 읽을 수도 있지 않을까?) '물결'에 따라 흔들리는 변덕스러운 대중("this common body")의 이미지를 제시한다.

> This common body
> Like a vagabond flag upon a stream
> Goes to and back, lackeying the varying tide
> To rot itself with motion.[8] (I : iv, 44-7)

---

7) 사람들이 지금의 그를 원했던 것은 그가 있기 전까지였지. / 사람은 사랑할 가치가 없어져야 비로소 사랑받는 법이지. / 그래서 썰물처럼 물러가야만 그리움에 환영받으며 다시 오게 되는 것이고. / 이것이 원래부터 우리가 배워온 진리라네.

8) 대중은 / 물결 위에서 떠도는 붓꽃처럼 / 조수가 바뀔 때마다 굽실대며 오락가락

다시 한번 말하거니와 '시'를 설명하는 것은 '의미'만이 아니다. 그러나 이미지가 아름답고 명료하게 딱 들어맞는다 해도 이미지만으로 설명되지도 않는다. 다시 절제에서 솟구치는 활력도 있다. 또한 'vagabond flag upon', 'back, lackeying', 'lackeying the varying'처럼 단어들이 서로 간의 소리를 되울려 주며 닮아가는 식으로 가락이 이루어진다. 언어의 생명력은 아주 강해서 의미에 이바지할 뿐만 아니라 의미와 별개의 상태로 존재할 수도 있다.

셰익스피어의 시에서 언어가 풍부한 의미를 띠게 되는 이유가 무엇인지 후대의 시인들이 깨닫지 못하는데, 그 원인을 잘 보여주는 가장 흥미로운 실례나 일련의 사례들은 셰익스피어를 모방하려고 했던 19세기의 많은 시극에서 찾아볼 수 있다. 대부분이 기본적 진술에 함부로 '이미저리'를 마구 덧붙이려는 잘못을 범했다. 이런 이미저리는 시극에서 필연적으로 생겨나는 것이 아니라 오히려 덧씌워진 장식에 불과하다. 언어는 정태적이지만 그 결과는 인위적이다. 시행들은 어떤 인물이나 상황을 표현하기보다 시행 자체에 주의를 끌려고 하는 것 같다. 이것은 나쁜 의미에서 '시적'인 시행이다.

20세기에 들어와서 시적 이미지의 본질과 상태와 기능에 관한 견해가 많이 이루어졌지만, 모더니즘 시인과 포스트모더니즘 시인들은 시적 형식이 자유로워짐에 따라 이전보다 구어를 더 많이 강조한다. 이들이 구어를 강조함으로써 시적 언어의 주요요소인 이미저리의 우월성은 오히려 감소되었다. (아리스토텔레스의 말을 따라서) 은유를 사용하는 것은 천재의 척도이며, 직유는 확신할 용기가 부족한 약한 은유에 불과하다고들 말해 왔다. 오늘날 이러한 주장을 뒤집어서, 자체에 갖고 있지 않은 정확성을 주장하려는 직유에 다름 아닌 것이 은유라고 역설하는 것은 아무튼 그럴 듯해 보인다. 따라서 시적 이미저리가 아주 손쉬운 지름길이 될 수 있다는 주장도 그럴 듯해 보인다. 그러나 어떤 이미지에

하다가 / 부화뇌동하며 스스로 부패하지.

의거해서 '시'를 이룰 수 있다는 것을 의심하는 경우에도 그럴까! 이런 경우에 이미저리는 '시어법'이라는 또 다른 인위적 형식에 불과해진다. 이 시어법이란 워즈워스가 어정쩡한 어투로 '시인의 관용어(family language of poets)'라고 말한 그것이다.[9]

대개 '시적 이미지'라는 일반적 표제 아래 모아놓는 그런 미세하고 다양한 소항목을 갖는 은유의 전성기가 지나갔다고 지금 말하는 것은 아니다. 그러나 당장에는 현재 실천되고 있는 양식에서 언어의 특유한 '시적' 요소들이 어딘가에 들어 있다는 의미로 말하는 것이 아니라는 정도로 생각해주기 바란다.

많은 시가, 어쩌면 대부분의 시는 한두 가지 형식의 유추작용에 의거한다. 거의 언제나 어떤 층위에는 신비하거나 모호한 모습이 들어 있다. 그러나 이미저리는 그것에 의해 언어가 말하려는 것보다, 말하자면 의미하려는 것보다 더 많은 것을 말할 수 있는 유일한 방법이 아니다. 때로는 다음과 같은 윌리엄 칼러스 윌리엄스의 유명한 시에서 보듯이, 텍스트의 어느 곳에서도 전혀 언급되지 않는 주제를 시 전체가 시사하거나 표현하기도 한다.[10]

하이얀
병아리들 곁에서

빗물로
번질거리는

붉은
외바퀴 손수레에는

그리도 많은 것이

---

9) W. Wordsworth, 〈《서정담시집》 서문〉, p.131.
10) William Carlos Williams, "The Red Wheelbarrow(1923)", (ed)Charles Tomlinson, 《윌리엄 칼러스 윌리엄스 시선집》(*William Carlos Williams : Selected Poems*), Harmondsworth : Penguin, 1976.

의존하고 있다.　　　　　　　　〈붉은 외바퀴 손수레〉(The Red Wheelbarrow)

여기에는 어떤 이미저리도 없다. 그런데 **왜** 외바퀴 손수레에 그토록 많은 것이 의지하고 있으며, **무엇이** 손수레에 의지하고 있는지, 시인 자신도 말하지 않는다. 시인이 확실히 하고 있는 것은 우리가 이런 일을 경험한 적이 있다는 사실뿐이다. 또한 기본적인 경험을 넘어서서 사실상 '이것이 중요하다'고 말하는 신호를 내걸고 있다. 색채·모습·빛·대칭물들, 이러한 것들은 사고에 선행하며 사고보다 오래 남는다. 윌리엄스의 시 〈붉은 외바퀴 손수레〉는 어쩌면 지성에 맞서는 시일 수 있다. 아니면 지성을 원래의 위치에 놓으려는 시일는지 모르겠다. 그러나 그렇다 하더라도, 독자는 그저 동의해서는 안 된다. 지성이 그렇게 하도록 해야만 한다.

따라서 다음과 같은 루시의 죽음에 관한 워즈워스의 좀 낯선 시구처럼, 시에 그 시와 대립되는 내용이 포함될 수 있다고 본 시대도 있다.

이제 그녀는 움직이지도 않고 힘도 없고
듣지도 보지도 못하네.
바위와 돌멩이와 나무와 더불어
지구의 일상적 궤도를 따라 돌고 있을 뿐.
　　　〈선잠이 영혼을 봉해 놓아서〉(A Slumber Did My Spirit Seal)

2연시의 두 번째 연인 이 대목의 '힘'과 '움직임'은 이런 것이 없다고 얘기되는 죽은 루시에게 부분적으로 해당되는 것 같다. 그러나 자연계 전체는 루시를 위해 영원히 회전하는 둥근 천장이 되어 있다.

프랑스 상징주의자들이 하나의 원칙으로 천명한 이래로, 우연적이든 계획적이든 시가 이루어내는 최상의 결과 몇 가지는 개방성에 의해 달성된다는 인식이 현대시인들 사이에 퍼져왔다. 개방성이란 말은 독자가 자유롭게 언어에 개입해 '의미'를 발견하거나 부여해서 시는 그것이 말하는 것 이상의 것을 말하게 된다는 뜻이다. 시는 독자에 따라 다른 것

을 뜻할 수 있다. 시를 읽는 방법 몇 가지는 그것이 그릇되거나 멍청하
거나 근본적으로 중요한 것을 무시하기 때문에 잘못된 것일 수 있다.
그러나 많은 독법은 옳을 수도 있는데, 어떤 독법이든 절반은 독자의
몫이기 때문이다. 만일 누군가 혼자 읽는 것이 명확하고 의문의 여지가
없어서 옳다고 한다면, 그것은 시적 텍스트를 다루는 방법이 아니라고
할 수도 있다. 이러한 사실로 다른 독법을 모두 거부하는 대부분의 '확
정적인' 학술적 독법이 모호해지는 것은 피할 수 없는 일이다.

낭만주의 시인들은 '시어법'에 대해, 말하자면 시에 적절한 제한적 의
미를 갖는 언어가 있는가 없는가에 관한 18세기 전반기의 신고전주의
적 견해에 대해 이의를 제기한 일이 있다. 이러한 시도는 문학관습을
제거하고 현재 쓰이는 일상어에 좀더 가까이 다가가려는 것이었다. 19
세기를 거치며 낭만주의 시 자체가 일련의 관습처럼 굳어져버리자 구
어체라는 이름으로 또 다른 반항이 이루어졌는데, 20세기 모더니스트들
의 반항이 그것이다.

이러한 시대 전반에 걸쳐 또한 시적 언어의 특유성, 응축성에 대해
일찍이 보지 못한 강력한 주장이 제기되었다. 18세기의 대다수 문학이
론가와 시인들처럼 새무얼 존슨에게도 시의 목적은 될 수 있는 대로 나
무랄 데 없는 운문으로 일반적 진리를 제시하는 것이었다. 그러나 일반
진리에 대한 믿음이 사라져 가자, 시의 신비로움과 특유성에 대한 주장
이 동시적으로 다시 커졌다. 시는 철학이나 다른 형태의 산문적 진술에
속하는 추상관념이 아니라 구체적인 관념을 다루기 때문이다. 윌리엄스
는 "실재 속에서가 아니라면 어떤 관념도 없다"고 주장했는데,[11] 그의
외바퀴 손수레에 관한 시와 잘 어울리는 진술이다. 위스턴 오든이나 필
립 라킨처럼 시의 형식에 대해 비교적 보수적 태도를 취했거나 취하려
고 했던, 또는 이따금 추상관념을 시화하는 시인들조차 실제로는 이런

---

11) William Carlos Williams, 《패터슨》(*Paterson*), Harmondsworth : Penguin, 1983,
   p.6.

내용의 지지자들보다도 더 극적으로 어떤 입장을 나타내던 사람들이다. 이들의 시에 나타나는 '관념'을 따라 극화된 페르소나(persona)나 관념의 옹호자들이 나타나는데, 갖가지 독자들이 이들에게 다양한 방식으로 자유롭게 반응한다.

언어는 언어의 외부에 존재하거나 언어를 넘어서서 존재하는 바를 설명하고 '의미하고' 지시하고 지적한다. 반면에 언어는 나름의 구조를 갖는다. 언어는 문자 그대로 소리를 갖고 있으며, 비유적으로 말하자면 색채·맛·냄새·촉감도 갖고 있다. 또한 의미에 의거해 감각의 인상을 불러일으키기도 한다. 언어는 균형감을 갖는 문법구조로 이루어진다. 또 의미와 지시물과 무관한 아름다움을 지니기도 하는데, 이 아름다움을 의미와 지시물이 창조하는 경우도 있다. 구문의 규범적 격식을 파괴하거나 이례적으로 압축해서 언어는 개성·강건성·불안정성·불안감을 조성할 수 있다. 언어는 독자의 호흡에 편승함으로써, 마음과 상상력에 부합되는 신체적 결과를 직접 거둘 수도 있다. 실제로 언어작용의 잠재력이 하도 복잡해서, 의미가 풍부한 시적 텍스트가 어느 한 순간에 행하는 바 전부를 동시에 파악한다는 것은 거의 불가능한 일이다. 우리는 단 한 번의 경험으로도 모든 작용을 감지할 수 있으며, 언어에 담겨있는 모든 것을 파악하면서 그 언어로 되돌아가 분석해 볼 수도 있다. 가능하지 않다고 생각하는 것은 충분한 느낌을 받아들이면서 동시에 그것을 완전하게 깨닫는 일인데, 영화를 보면서 동시에 영화의 한 화면 한 화면을 알아내는 것이 가능하지 않다는 의미와 마찬가지다.

그렇다면 시인은 어떻게 해서 이런 복잡한 작용을 이루어 내는가? 생각건대 대개 정신적 전개과정에 일종의 가속도를 붙여서 그렇게 하는 것 같다. 이는 바로 시인들이 전통적으로 '영감'이라고 일컬었던 그것이다. 이런 유의 글에서는 완전히 의식적으로 통제되는 노력에 의해 만들어낼 수 없는 어떤 것이 이루어지기 때문에, 시인은 이런 경험을 마법처럼 이상한 힘을 가진 것으로, 가령 신령에 의해 '발현'되거나 음악의 여신에 의해 신들려지게 된 감정과 같은 것으로 신비하게 설명하는 경향이 있다. 토머스 엘리어트는 《황무지》(*The Waste Land*)의 마지막 부분을 완성할 때 자신이 겪었던 경험을 설명하면서 귀신에게 씌었다고 말한 적이 있다.[12] 물론 모든 시가 '영감을 받는 것'은 아니다. 20세기 시인들 가운데 예이츠와 딜런 토머스는 많은 초고를 고심해 작성하면서 힘들게 시를 써갔다. 그러나 어떻게든 예외적인 텍스트는 예외적인 상황을 요구하는 것 같다. 이는 의지의 작용으로 간단히 이루어지지 않는다. 시인들은 나름대로 필요조건을 달성하는 방법을 발전시켜 왔다. 이 조건은 차례로 시가 고도의 개인적 예술이라는 것, 그리고 단순히 창작을 요구하는 것이 아니라, 낭만주의자들이 상상력이라고 일컬었던 그 고도의 기능을 요구한다는 것을 뜻한다.

그런데도 전통적으로 시를 모방예술로, 말하자면 자연 앞에 거울을 세워서 들고 있는, 곧 '모방'하는 예술이라고 생각해 왔다. 개성적이거나 모방적이라고 하는 두 견해는 분명 다 옳은 것이다. 특정 관찰자로서의 인식이 사라져 버릴 때, 말하자면 예이츠가 말한 바와 같이 시인이 거울 뒷면의 수은막 속으로 사라져 버릴 때, 이런 견해는 아주 특이하며 개인적이고 사실상 독특해야 한다는 우리의 희망이 충족되지 못할 것이다. 반면에 (그리고 이런 일은 시가 초현실적이거나 환상적인 상상의 방향으로 너무 멀리 나아간다면 일어날 수 있으며, 혹은 문법에 의해 많은 의미를 패러디하고 있지만, 그런 의미 전부에 대해 정당한 근거를 대는 것을 거부한 존 애쉬버리와 같은 시인의 경우에도 생겨날 수 있는데) 시인이 특이성을 많이 주장하는 경우에, 만일 시인의 상상이 독자와 작가가 공유하는 공통세계에 대한 의미를 모두 상실하게 된다면, 마찬가지로 만일 시가 어떤 유행의 급변으로 지속되지 못한다면, 혹은 그런 유행이 지나가 버린다면, 희망하는 바는 좀더 반영적인 것으로 되어버리고 상상적인 것이 되지 못할 것이다.

---

12) T.S. Eliot, 〈시의 세 가지 목소리〉(The Three Voices of Poetry, 1953), 《시와 시인》(*On Poetry and Poets*), London : Faber and Faber, 1957, pp.89~102.

이 같은 대립적이자 불가피한 논의의 결말에서 모순되지만 실제로는 조화될 수 있는 시에 관한 뻔한 이치가 두 가지 나타난다. (윌프리드 오언의 "진정한 시인은 진실해야 한다"는 말처럼[13]) 진실에 종사하는 시와 (셰익스피어의 《뜻대로 하세요》[As You Like It]의 제 3막 3장에서 광대가 "가장 참된 시는 제일 잘 속이는 시"라고 한 말처럼) 허위에 종사하는 시가 그것이다. 아무튼 《국가》(Republic)에서 취하고 있는 플라톤의 입장은 좀 색다르다. 이 책에서 플라톤은 실제로 추방한 것이지만, 시인을 혹평하고 있다. 이유는 상상력의 과잉 때문이 아니라 시인이 모방하는 것이 필연적으로 이상세계의 이미지에 불과할 수밖에 없는 현실세계이기 때문이다. 시는 모방의 모방이며, 시인은 윌리스 스티븐스의 말인 '실재하는 것'[14]에 충실한 탓으로 응징당한 것이다.

매슈 아널드의 생각은 종교가 장악하고 있는 많은 영역을 점차 시가 대신하게 되리라는 것이었다. 엘리어트는 아널드의 이런 생각을 비웃었다.[15] 그렇지만 '시'라는 말의 범위를 넓혀서 모든 예술을 포괄시킨다면, 아널드의 선견지명이 옳았다는 것이 입증될 것이다. 서구사회에서 공식적인 종교 전례(典禮)는 지난 백여 년 동안 쇠퇴해 왔다. 이에 반해 (어쩌면 여전히 소수일지도 모르겠지만) 상당수의 사람들에게는 음악·문학·미술·연극 또는 이런 것들 중의 하나나 전부인 예술은 인간의 가장 드높은 지적이자 정신적인 업적을 대표하며, 동시에 오락거리이자 뛰어난 소일거리에서 계발되고 드높여진 모든 것의 원천으로 치부된다.

반면에 아널드의 시대 이래로 시단은 급격히 쇠퇴한 것 같고, 시단은 흩어져서 상당한 정도로 대학교 영문학과 기능의 일부로 흡수되었다.

---

13) Wilfred Owen, 《윌프리드 오언 시집》(*The Poems of Wilfred Owen*), (ed)E. Blunden, London : Chatto and Windus, 1955, p.41.

14) Wallace Stevens, 〈푸른 기타를 든 사람〉(The Man with the Blue Guitar, 1937), 《윌리스 스티븐스 시선집》(*The Collected Poems of Wallace Stevens*), London : Faber and Faber, 1955, p.165.

15) T.S. Eliot, 〈아널드와 페이터〉(Arnold and Pater, 1930), 《산문선집》(*Selected Essays*), 3rd ed, London : Faber and Faber, 1951, p.434.

시에 관심을 갖는 사람은 누구라도 이와 같은 전개상을 환영하는 것 외에는 할 일이 없다고 역설하거나, 심지어 영문학 연구로 소멸되어가는 시를 구할 수 있다고 주장한다 하더라도 의문의 여지는 분명히 남는다. 학계는 점점 더 이 신비하고 난해한 예술세계로 들어가는 데 필요한 열쇠의 주인으로 여겨져 왔다. 그러나 동시에 시를 '가르치고' 학생들이 읽은 시에 대해 시험을 치고 해서, 학계가 어쩌면 침범할 수 없는 신성한 개인적 영역인 곳을 침범하거나, 많은 경우에는 거기에 쓰레기더미나 잔뜩 쌓아놓아서 황폐하게 한다. 이제 시는 물리학이나 고등대수학처럼 전문적 지식의 분야가 되고 있으며, 학교 교사들은 시를 일반적인 교과과정의 당연한 일부처럼 가르치는 것을 점점 더 꺼리는 것 같다. 그러므로 대학 강의가 시에 도움이 되기도 하겠지만, 시에 해악을 끼칠 수도 있다.

뿐만 아니라 19세기 이래로 시의 잠재적 독자들이 감소하는 현상이 확실한 것인지의 여부에 대해서도 의문의 여지가 있다. 딜런 토머스의 시 대부분은 아주 모호해서 대중에게 좋은 평판을 받을 수 있을지 상상하기 어려울 정도였다. 그러나 그는 1950년대 초기에 대서양의 양안(兩岸)에서 수많은 추종자를 거느리고 있었다. 다르긴 하지만 좀더 품위 있는 방법으로 엘리어트는 일생을 통해 다량의 판매고를 올렸다. 미국에서는 앨런 긴즈버그가 1960년대와 1970년대에 대중적인 음유시인의 모습을 되살려 놓았다. 1965년 런던의 앨버트 기념관에서 긴즈버그도 낭송자로 출연하는 시낭송회가 열렸을 때, 청중이 만원을 이루어서 많은 사람들이 돌아가야 했다. 그렇지만 전혀 다른 유의 시인인 존 베처먼이 귀에 익은 일상적 이름이던 시기도 있었다. 최근 영국에서는 엘리어트가 운영하던 오래된 회사 페이버 앤드 페이버사의 시편집자이자 시인인 크레이그 레인이 또 다시 시에 대중적인 면모를 더하고 있다. 사실 시의 '대중'을 생각하는 것은 잘못인지 모르겠다. 시의 독자에는 각양각색이지만 중첩되기도 하는 다수의 대중이 포함되기 때문이다.

한편 근래의 비평이론은 '시인'과 '시'라는 말에서 최신의 시도처럼

우리가 시작하면서 논의했던 그런 힘을 제거하려는 시도를 한다. 시인
이란 말이 부적절하다고 한다. 아니, 어떤 의미에서는 전혀 존재하지 않
는다고 한다. 또한 '시'가 아니라 '텍스트'가 있을 뿐이라고 한다. 독자와
텍스트가 결합될 경우에 특유한 시가 이루어지게 된다. 그러므로 읽혀
지지 않은 상태의 텍스트 자체는 그것이 읽혀질 때에 비로소 이루어지
는 것보다 별로 중요하지 않다고 한다. 따라서 텍스트에는 어떤 위계질
서가 존재하지 않는다.

텍스트라는 제한된 범위에서 완벽하게 훌륭한 의미를 만들어낼 수
있다는 이런 견해는 대개 일종의 해방처럼, 말하자면 모든 신선하고 새
로운 읽는 법에 나타나는 온갖 학문적 비판과 주석이 갖는 권위에 맞서
는 반역처럼 제시된다. 사실 그럴는지도 모른다. 그러나 이것도 문학이
란 권위에 대한 학문적 반역이다. 시인과 시의 근본적인 중요성이 부정
된다면, 비평가는 스스로 으뜸가는 위치에서 비평해야 할 것이다. 중요
한 창조기술은 시인으로부터 독자에게 넘어가고 있으며, 비평가가 구성
하는 텍스트에서 구체적으로 표현되고 있다.

그러나 시는 언어의 생명과 의식의 본질적이자 필연적인 결과여서,
시에 대해 어떤 일이 시장바닥에서 일어나든, 시의 비평가와 이론가들
의 마음과 저술에서 일어나든 간에 이런 형태로든 저런 형태로든 여하
튼 살아남을 것이다.

* 출전 : Christian Karlson Stead, "Poetry", Martin Coyle et al.(eds), *En-
cyclopedia of Literature and Criticism*, London : Routledge, 1991, pp.164~
175.

참고문헌

Fowler, Alastair, 《문학의 종류》(*Kinds of Literature*), Oxford : Clarendon Press, 1982.

Fussell, Paul, 《시의 운율과 형식》(*Poetic Meter and Poetic Form*), New York : Random House, 1965.

Hardy, Barbara, 《서정시의 우월성》(*The Advantage of Lyric*), London : Athlone Press, 1977.

Leech, Geoffrey, 《영시의 언어학적 입문》(*A Linguistic Guide to English Poetry*), London : Longman, 1969.

Nowottney, Winifred, 《시인과 시어》(*The Language Poets Use*), London : Athlone Press, 1962.

Preminger, Alex, 《프린스턴 시학사전》(*The Princeton Encyclopedia of Poetry and Poetics*), enlarged ed, London : Macmillan, 1975.

Rosenthal, M.L., 《시인의 기법》(*The Poet's Art*), New York : Norton, 1987.

Scully, J.(ed), 《현대시와 현대시인》(*Modern Poets on Modern Poetry*), London : Collins, 1966.

Shelley, Percy Bysshe, 〈시의 옹호〉(*Defence of Poetry*, 1821), 《셸리 산문집》(*Shelley's Prose*), David Lee Clark(ed), Albuquerque : University of New Mexico Press, 1954, pp.275～297.

Stead, C.K., 《새로운 시학》(*The New Poetic*), London : Hutchinson, 1964.

Wordsworth, William, 《시집》(*Poems*) vol. 1, John O. Hayden(ed), Harmondsworth : Penguin, 1977.

3. 현대시

그래엄 휴

1.

　지금 우리는 고대가 끝나는 시점이나 중세가 막을 내리는 시점에 볼 수 있었던 어떠한 변화보다도 거대하고 급격한 문화적 변화가 이루어지는 과정에 처해 있다. 언어가 지배하던 문화는 숫자가 지배하는 문화로 바뀌고 있다. 이루어지고 있는 이런 사회에서 언어예술이 어떤 위치를 차지하게 될 것인지 그 누구도 예언할 수 없다. 시는 문명이 피어나던 초기부터 인류의 집단적 삶의 일부를 이루어 왔다. 그러나 시는 언제나 똑같은 기능을 발휘해 오지 않았다. 시는 법과 역사의 전달수단, 민족이 지녀온 기억의 저장고, 대중의 오락거리였으며, 소수의 사람들이 행한 난해한 행위였다. 우리는 시가 앞으로도 지속될 것이라고 생각해야 한다. 그러나 현대가 시작된 이래로 시의 입장에 변화가 일어났다는 것도 잘 알고 있다.

　아리스토텔레스에 따르면 시가 보여주는 최고의 모범은 비극과 서사시였다. 서양문명이 발전해온 시대 전반에서 시의 전형을 이루었던 주요한 공적 형식은 드라마와 영웅담이었다. 그것들은 형태를 바꾸며, 수 없이 많은 확장형식과 종속형식 및 부가형식을 발전시켜 왔다. 그러나 시에 대한 인간의 사고, 시에 관한 조직적인 사고는 문화나 민족이나 지배계급을 표현하는 공적 경험에 관한 것이 공통적인 주류를 이루어 왔다. 낭만주의적 주관성으로도 이런 경험이 근본적으로 바뀌지 않았다. 시인은 세계의 공인받지 않은 입법자라고 말한 사람은 퍼시 셸리였다. 그러나 이것이 명백한 진실이었다면 이런 식으로 말할 필요가 없었을 것이다. 이처럼 과장된 주장은 시인들이 생계를 유지하기가 어려워지기 시작하던 바로 그 당시에 만들어졌다. 시가 맡은 바 공적 역할에서 물러나야 하는 것이 처음으로 분명해지기 시작한 것은 낭만주의 다음의 세대에서 벌어진 일이다. 이러한 변화가 일어나게 된 사회적 원인론을 주목한다면, 현대문화의 역사에 관해 아주 길게 써야 할 것이다. 그러나 우리는 여기에서 다만 시 자체에 나타나는 그런 징후에만 관심을 기울이려고 한다. 중요한 징후는 이런 것들이다. 드라마는 대체로 산문의 영역으로 물러나 있고, 서사시의 기능은 소설에 인계되었다. 결과적으로 시의 원형은 더 이상 드라마나 영웅담에서 찾아지지 않고, 서정시에서만 찾아질 뿐이다. 그러므로 시는 그것의 완벽한 표현을 장엄한 형식이 아니라, 더없이 정교하고 엄격히 제한된 형식 속에서 이루어낸다. 공적인 발화가 아니라 사적인 의미소통에서 찾는다. 어떤 경우에는 전혀 의미소통이 이루어지지 않는 경우도 있다. 서정시에 관한 수많은 정의 가운데 가장 잘 알려진 것은 토머스 엘리어트의 정의인데, 시인의 목소리로 아무에게도 말하지 않고 자신에게만 말하는 것이 서정시라고 한다. 이는 내적 명상이거나, 아니면 어떤 화자든 청자든 개의치 않고 허공으로 울려 퍼지는 목소리이다. 지난 백여 년 동안 시에 관한 사고의 핵심에 자리잡고 있던 것은 바로 이런 생각들이었다.

2.

유럽의 초기 전통에서 서정시가 언제나 개인적 특질을 지니고 있었다는 것은 말할 나위도 없다. 우리는 셰익스피어가 "그의 절친한 친구들 사이의 감미로운 소네트"라고 말한 것을 들을 수 있는데, 이런 식으로 말하는 것이 전형이다. 그러나 서정시는 잘 알려진 여러 가지 기존방식으로 말미암아 언제나 공적 세계에 속해 왔다. 전통적으로 서정시인은 사회적으로 인정된 몇 가지 역할 가운데 한 가지를 한다고 주장하는데, 연인·알랑쇠·애국자·현인·종교적 묵상가가 그런 역할들이다. 최초의 현대시인이었던 샤를 보들레르는 이러한 역할 가운데 어떤 것도 맡을 수가 없었다. 따라서 그가 독자와 혈연관계에 있다고 주장했을 경우에(이를 보들레르는 "위선적인 독자, 내 동포, 내 형제여"[〈독자에게〉, 《악의 꽃》(Les Fleurs du Mal)]라고 계산적으로 무례한 짓을 하며 주장하고 있다), 이는 "바보짓, 과오, 죄악, 인색함"(〈독자에게〉)과 같은 독자의 삶이 갖는 어두운 측면에 의거한 것이다. 이 모든 것은 독자의 사회적 자아가 인정하지 않고 거부하는 것이며, 그가 자신도 독자와 똑같은 면이 있다고 고백한 그것이다. 그는 바보짓, 과오, 죄악, 인색함, 이런 것에 특히 권태(ennui)를 덧붙였고, 또한 영원히 도달할 수 없는 질서에 대한 전혀 가망 없는 염원을 덧붙였다.

> 거기에는 질서와 아름다움,
> 호사, 고요함과 환희뿐.

그러나 **거기에** 있지만 어디에라도 있는 것인데, 실제로 현존하거나 상상적으로 현존하는 것으로는 생각할 수 없다.

여기에서 원래 스티븐 스펜더가 현대시인과 모더니스트를 구분했던 바를 언급해야겠다. 현대시인은 시대와 역사적 단계의 문제이며, 모더니스트는 예술과 기법의 문제, 상상력을 특이하게 왜곡하는 문제다. 보들레르는 더 이상 자신이 속한 문화권의 주재자가 될 수 없는, 탈계급화되고 탈제도화된 시인의 입장을 받아들인 최초의 현대시인이다. 또한 지저분하고 천박한 현대적 도시 풍경을 받아들인 최초의 현대시인이다. 그러나 그는 모더니스트가 아니다. 그의 시가 보여주는 특이성은 전통을 수용한 언어로 새로운 소외감을 표현했다는 점이다. 그의 시적 흐름이나 심지어 시적 어법은 흔히 장 라신의 시를 생각나게 한다. 시인의 변화된 상황과 일치하는 새로운 언어와 새로운 시적 흐름은 알튀르 랭보와 같은 다음 세대의 시인들을 기다려야 했다. 1870년과 1873년 사이에 랭보가 썼던 시에 이르러서야 모더니즘적 서정시의 기원을 찾아낼 수 있다. 이런 시에 나타나는 기존 문화에 대해 변화된 관계는, 랭보의 경우에는 뚜렷이 나타나기도 하지만, 도덕률 폐기론에 있기보다 예측할 수 없는 일시적인 시적 특질에 있다. 그것은 시대가 허용하는 어떠한 도전과도 관계없이 생겨나는 방랑자의 시이자, 이단을 축복하며 우연히 출현하는 시다. 햄 샌드위치와 맥주는 변형된다(〈녹색 선술집〉[Au Cabaret vert]의 경우). 모든 이해심을 가로지르는 평온함은 백인 수녀 두 명에 의해 형상되는데, 그들은 머리 속의 이 때문에 괴로워하는 어린애의 머리칼에서 이를 잡아 죽이고 있다(〈이 잡는 사람〉[Les chercheurs de poux]). 사회질서가 가하는 주제넘은 억압의 모든 형태는 웃기는 세관원들이 대변한다(〈세관원〉(Les douaniers]). 언어와 이미저리는 전통적으로 인정된 출처에 국한되지 않는다. 그러나 같은 시에서도 상스럽고 추잡하기도 하고 아주 박식할 뿐만 아니라 시적 관행을 따르는 그런 언어와 이미저리일 수도 있다. 충족감을 보여주는 독특한 상징은 어린 시절의 그것과 같은 천진난만함이다. 이 천진난만함은 애타게 바라마지 않는 것이거나, 지저분하고 낯선 상황에서 별안간 예고도 없이 갑자기 나타나는 것일 수 있다. 무엇보다도 산문시들과 천상의 노래와 같은 단편적인 시구들에서, 그림처럼 생생한 표현을 하거나 서술적이거나 논리적인 연속체를 이루는 견고한 윤곽들은 모두 사라져 버린다. 의미는 분석할 수 없는 암시로 가득 찬 영화처럼 불확실해진다.

> 다시 찾았다.
>
> 무엇을? — 영원을.
> 영원은 태양과
> 짝 이룬 바다.
> 파수병처럼 지새운 영혼이여,
> 그토록 공허한 한밤과
> 작열하는 한낮의 고백을
> 웅얼거려 보자.

확정된 직무를 수행하는 직원처럼 시를 쓰는 시인들 사이에 있는 이 귀신들린 성스러운 아이를 놀랠 만큼 시각적으로 잘 표현한 것은 앙리 팡탱-라투르의 그림 〈테이블 모서리〉(Le Coin du Table)이다. 이 그림에 그려진 것은 한 무리의 그 시대 프랑스 지식인들이 애써 격식을 차리거나 격식을 차리지 않은 모습이다. 검정 코트, 나비넥타이, 흰 셔츠, (폴 베를렌이 입고 있는 것과 같은) 눈에 잘 띄는 커프스 달린 셔츠가 그런 것이다. 이들 한가운데에 방황하는 천사처럼 보이는 열세 살 된 랭보가 앉아있다. 그는 전혀 이 세상사람 같지 않은 아름다운 표정을 띤 채로 자신에 비해 다섯 치수 정도는 더 커 보이는 아주 커다란 낡고 두툼한 코트에 감싸여 있다.

랭보의 서정시에 관한 설명은 유럽 전역에 걸친 모더니즘적 서정시라는 커다란 범주의 특성을 설명하는 데도 똑같이 도움이 된다. 현대시의 정신은 곧 국제적인 것이 되었고, 그 대부분은 프랑스에서 영감을 취했기 때문이다. 그러나 한 가지 특성은 결함이 된다. 소설과 예측불가능성이 강조되는 바람에 현대시는 신념·신화·전설·시적 관습과 같은 계승한 문화의 거대한 크기와 무게를 주목하지 못했다. 새롭게 만들어진 약호(約號)는 공유하는 기존지식의 약호와 중첩된다. 랭보의 초기시조차 그가 학교에서 시를 짓던 때에 활용하던 아주 잘 짜여진 라틴어 운율법을 따르고 있다. 따라서 그의 초기시는 그 시대의 기성시인인 상징주의 시인 프랑수아 코페와 테오도르 방빌에 충성하는 시였다. 영국의 윌리엄 예이츠와 토머스 엘리어트, 프랑스의 스테판 말라르메와 폴 발레리, 독일의 라이너 릴케와 슈테판 게오르게, 이탈리아의 유지니오 몬탈레와 살바토레 콰지모도, 스페인의 마누엘 마차도와 페데리코 가르시아 로르카와 같은 시인들의 경우에도, 전통과 혁신의 변증법이 그들의 시가 연원하게 된 주요 원인의 하나였던 것 같다. 심지어 이데올로기적으로 미래에 대해 명확한 사회의식을 지닌 공산주의자인 독일의 벨톨트 브레히트와 칠레의 파블로 네루다조차 이 변증법이 역사와 회피할 수 없는 과거에 뿌리박고 있는 것으로 본다. 현대적 감수성과 고대적 감성 사이의 긴장관계를 이처럼 예민하게 의식하는 것은 우리 문화에서 이전의 어떤 시기보다도 지난 백여 년간의 시인들에게서 아주 뚜렷하게 나타난다. 정녕 현대시는 일반적으로 무시해도 되는 그런 것이 아니다. 변화되는 여러 사회적·정치적 확신에 의해 가해지는 다양한 해결책은 긴장관계라는 이 단일한 주제의 변주곡을 이룬다. 분명히 해결책은 다양하다. 예이츠나 게오르게에게서 보는 바와 같이 고대의 인식 방법에 관한 도발적인 주장이 있다. 엘리어트의 경우처럼 고대의 장엄함과 현대의 비속함을 반어적으로 병치시키는 주장도 있다. 릴케는 신화적인 순환에서 평범한 일상사의 순환에 이르는 모든 경험이 똑같이 명상에 의해 변형될 수 있는 유형적(有形的)인 것으로 본다. 말라르메는 예술의 전개과정 자체에서만 해결책을 찾았다. 시의 '주체'는 비물질적이거나 존재하지 않는 것이며, 작품의 핵심은 그저 그 자체의 구성법이다.

이래로 현대시는 절충주의적인 것이 되어버렸다. 이제 시는 더 이상 이전의 시파 대다수가 그러했던 것처럼 단일한 문화적 흐름에서 비롯되지 않는다. 앙드레 말로는 '가상박물관'이란 존재로 말미암아 초래된, 시각예술이 처한 상황에서 빚어진 심대한 변화에 주목했다. 현대적인 복제기술의 발달로 모든 문명, 모든 시대의 예술은 집 근처의 공공도서관에서 누구나 이용할 수 있는 것이 되었다. 다양한 언어로 말미암은 몇 가지 조건이 따르기는 하지만 시에서도 똑같은 경우를 찾아낼 수 있다. 고전주의적 문화는 독자적(獨自的)인 권위를 상실했으며, 세계교회주의처럼 교파를 초월하는 그런 종교운동도 없다. 심리학자와 인류학자는 일반적으로 인정하는 문화구조에 선행하는 상징체계를 드러내 보여준다. 시인은 자신에게 소용이 되는 세계에 관한 모든 신화를 알고 있다. 이는 그가 아무 것도 갖고 있지 않다는 의미이기도 하다. 말하자면 단순한 계승권에 의해 자신의 시에 확실하게 부과할 수 있는 신화가 아무 것도 없다는 의미다. 현대세계에서 당연한 지적 통합력의 하나는 자연과학이란 힘이다. 그러나 시인은 자연과학이 영향을 미칠 수 없는 경험의 영역과 연관되어 있어서, 자신의 신화를 만들어낼 여지가 있다. 아니면 끝없이 과거의 고물을 모아들이는 고물상처럼 광범위하고 조직적이지 못한 박물관에서 임의로 실존적인 선택을 할 여지가 있다.

시라는 관점에서 보자면, 근본적으로 우리 시대의 것인 위대한 신화적 체계들도 다른 것들처럼 결국 신화에 불과하다. 이런 체계들을 일단 약식으로 프로이트적 체계나 마르크스적 체계라고 부르기로 하자. 마르크스주의는 시가 이미 소유하지 않는 어떤 주제나 어떤 재료도 시에 제공하지 않는다. 마르크스주의는 이러한 재료들을 사회적·정치적 행위라는 구도 속에서 조직할 수 있는 가능성만 제시하는데, 일반적으로 시 쓰는 데 택해서 사용해볼 마음이 거의 나지 않는 가능성이다. 현대시가 성장해온 세계는 모든 시대의 계승자인 고급 부르주아문화라는 세계였으며, 상속받은 내용을 충분히 파악할 수 있는 기술적 수단도 갖고 있는 세계였다. 1914년 이전까지도 시에서 유력했던 사고경향은 '종말의식'이었다. 세기말이란 생각은 연대기적 의미 이상의 것을 띤다. 이 생각이 자의식적인 모더니티와 결합되어 있다 하더라도 시가 그것이 거쳐온 내용을 인식하는 것과 관련된 한에서, 시는 미래에 다가올 내용을 깨닫는 것 이상으로 훨씬 예리한 통찰을 발휘해야 한다. 이는 직접적으로 선언하는 것보다 못한 차원에서도 분명하다. 말하자면 하루의 끝이나 한 해의 끝에서는 잊혀지지 않는 매혹적인 힘이 발휘된다. 특히 독일시에서, 이를테면 후고 폰 호프만스탈, 릴케, 게오르크 트라클, 게오르게 같은 시인들의 시에는 가을의 이미지가 거의 강박적으로 나타나고 있으며, 곧잘 자연에서 문화의 문제로 확대된다. 릴케의 시 〈가을날〉(Herbsttag)은 다음과 같이 추수철의 무르익는 마지막 나날들과 인간경험의 한 단계가 마감되는 것을 음울하게 병치시키며 종결된다.

> 지금 집 없는 사람은 더 이상 지을 수 없을 것입니다.
> 지금 홀로 있는 사람은 오래도록 그러할 것입니다.
> 잠에서 깨어나 책을 읽고 긴 편지를 쓸 것이며,
> 나뭇잎이 흩날릴 때면, 불안스레
> 가로수 길을 방황할 것입니다.

또한 러시아혁명으로 시의 흐름이 다른 방향으로 바뀌지도 않았다. 혁명을 희망하던 것으로 환호하며 맞이하거나 필연적인 것으로 받아들인 사람들 사이에서조차 그러했다. 러시아에서는 알렉산드르 블로크와 후기의 보리스 파스테르나크가 새로운 것을 만들어내기보다는 혼란을 뚫고 살아남은 것을 지키려고 애썼다. 1930년대의 영국 시인들은 그들이 표면적으로는 내버리거나 변화시키고 싶었던 구세계를 정서적으로는 여전히 품고 있었다. 위스턴 오든은 '새로운 구성 스타일'을 환호하는 시를 썼다. 그러나 나중에 자신이 실제로 제일 좋아한 것은 낡은 스타일이라는 이유에서 대표작품 목록에서 빼버렸다. 기술적 진보에 이바지하려는 조류와 사회를 과학적으로 조직화하려는 경향은 흘러넘치고 있다. 그러나 사회와 정치에 대한 우리의 욕구가 무엇이든 우리는 시가 이런 것과 더불어 헤엄쳐 간다고 그럴 듯한 말로 꾸며댈 수는 없다.

이에 반해 내적 경험 속으로 여행하는 데 선도적 역할을 한 것은 심층심리학이다. 그러나 지그문트 프로이트는 자신이 무의식의 발견자가 아니라는 사실을 잘 알고 있었다. 프로이트 이전에 이미 시인과 예술가들이 알고 있었다. 프로이트는 《꿈의 해석》(*Die Traumdeutung*) 제 6장에서 상상력의 발달사에 크게 공헌했다. 이 부분의 서술은 아주 강렬한데, 시에서 발견되는 연상의 논리가 인간심리에 본질적이라는 것을 보여주기 때문이다. 주로 임상재료를 갖고 행한 프로이트의 분석은 상징적인 상상력의 전개과정에 대해 과학에 준하는 자격을 부여하려는 것인데, 시가 철수한 상상력의 세계에 시를 부분적으로나마 다시 자리잡게 하려는 과정이다. 그러나 시인들은 자신들이 탐험한 바를 조심스럽게 지켜왔는데, 정신분석학과는 전혀 관련이 없다. 릴케는 프로이트가 자신을 분석하려는 것을 거절했다. 제임스 조이스는 카를 융이 자신을 분석하겠다는 것을 거부했다. 데이비드 로렌스는 자신이 정신분석학 체계 전체를 논파했다고 생각한 적이 있다.

그러므로 대체로 시인들은 우리 시대의 위대한 공적 신화체계를 거부해 왔으며, 그들 나름대로 어느 면 웅장하며 포괄적이고, 약간은 비의적(秘儀的)이자 사적인 신화를 경쟁적으로 발전시켜 왔다. 그러나 그 누구도 과학적·역사적으로 조직된 지식 범주의 어떤 상황과도 관련이 없다. 그러나 이런 지식에 의해 세계는 그 본분을 수행하게 되는 것이다(그리스인에게 호메로스는 정치와 용병술의 안내자였다. 이런 점에서 오늘날의 시가 행위의 세계에서 얼마나 멀리 물러나 있는지 알 수 있으리라는 점만 언급해 두기로 한다). 예이츠는 고심해서 거대한 신화체계를 만들어냈는데, 역사·개인심리·사후 영혼의 운명을 포괄하는 것이라고 주장했다. 그러나 그는 이 체계를 무아지경에서 자동기술에 의거해 의미소통을 행하는, 육신에서 분리된 혼령들의 작용으로 이루어졌다고 했다. 혼령들은 처음부터 "우리는 마침내 그대에게 시를 위한 은유를 베풀게 되었노라"고 말하기 시작해서 혼령들이 행하려는 일의 범위를 알려준다. 다른 극단에서는 특이성의 극치를 이루는 가르시아 로르카가 자신이 태어난 스페인의 안달루시아 지방에 관한 신화를 만들어냈는데, 이 신화에서는 집시들이 억압적인 문명의 힘에 대한 시민적인 수호자 역할과 본능적 삶이 주는 활력을 대변하고 있다. 어쩌면 가장 위대한 신화제작자인 릴케는 기독교적 상징, 고전적인 전설, 기존의 예술작품, 여러 문화권의 골동품, 심지어는 평범한 일상의 골동품까지 활용해서, 이 모든 것을 연속되는 꿈 속으로 용해시키려고 했다. 그 목적은 일시적이고 덧없는 것을 변형시키고, 숙명적인 죽음을 초월해서 죽음을 삶 속으로 흡수하려는 것이었다.

이런 노력은 모두 그 시대의 실용적인 활동에서 비켜나 있다. 따라서 포기해 버린 지식의 영역으로, 미처 인식되지 않은 개명(開明)의 원천으로, 요컨대 일종의 신비주의를 향해 나아가는 경향이 있다. "긴 여정. 우리는 그 바깥에서 살고 있다 …… "고 영혼의 안내자는 말한다. 시는 잊어버린 예지나 은밀한 교리에 접근하게 한다는 주장도 있다. 때로 시는 고대의 실제적인 지식체계나 동양의 지혜, 혹은 오랫동안 저버렸던 역사적 노정처럼 여겨지기도 한다. 가끔 시가 심리주의로 떨어지기도 하는데, 그 비의적 원천은 내면적 삶이며 언제나 내면적 삶 속에 들어 있다. 가장 강력하게 지속된 주장은 시 자체가 일종의 주언(呪言)이며, 시인은 견자(見者)이자 자신이 꿈속에서 본 것을 현존하게 하는 주술사라는 것이다. 이러한 주장이 최대한 완전히 표명되고 동시에 이런 주장을 명료하게 거부한 내용이 찾아지는 곳은 랭보가 지은《지옥의 한 계절》(Une Saison en Enfer)의 〈언어의 연금술〉(Alchime du Verbe)편이다. 예이츠는 문학 영역에서 안도하며 좀 가벼운 마음으로 개입해서, 어디선가 "언어만 놓고 보면 분명 선한 것"이라고 말한 적이 있다. 그는 윌리엄 블레이크를 예언자로 열렬히 환영해 마지않았는데, "블레이크가 자신이 아는 세상에서 어떤 사람도 꿈꿔본 적이 없는 예술의 종교를 선언"했기 때문이다. 말라르메는 "세상의 모든 것은 결국 책 속에 존재하는 것"이라며 다른 예술과 행위 전부를 문학에 일치시키려고 했다. 그가 보기에 모든 문학은 시에 다름 아닌 것이다. 따라서 조직적인 열광자들이 공공연하게 선언하며 추구했던, 동시에 이론의 절대성을 별로 따르지 않는 대다수 다른 시인들의 작품을 은밀히 떠받치고 옹호했던 시적 신비주의가 일어나게 되었다. 이런 믿음이 만연하게 되자, 다른 정통적인 주장에 충직한 시인들은 이 신비주의적 주장에서 벗어나려면 심한 고통을 겪어야 했다. 그래서 폴 클로델은 믿을 수 없을 정도로 날렵한 솜씨로 랭보를 기독교 옹호자로 바꿔쳤다. 엘리어트도 시의 목적은 점잖은 사람들을 즐겁게 하는 것이라고 엄숙하게 말한 적이 있다. 좌익에서 전향한 오든은, 전향의 본질이 그런 것인지 모르겠으나, 쇠렌 키에르케고르처럼 심미적인 것에 대한 도덕의 우월성을 거듭해서 강조하곤 했다.

그러나 현대시가 성장해온 세계는 기독교적 세계도 도덕적 세계도 아니었다. 우리 시대의 시가 시 바깥의 어떤 신념체계에 의거할 수 있다고 생각하지도 않는다.

3.

서정시가 지배적이어서 시의 자율적 영역에 어떤 특성이 부여되고 있다. 장시와 같은 것은 없다는 에드가 포의 주장은 보들레르가 택한 바 있는데, 그의 후계자들도 암묵적으로 택해왔다. 사실 장시는 거의 사라져 버렸다. 현대에 와서 이루어진 긴 분량의 시적 작품들 대부분은 릴케의 《두이노의 비가》(*Duineser Elegien*)나 엘리어트의 《네 개의 사중주》(*The Four Quartets*)처럼 단시가 연속되어 이루어진 것들이다. 서술적이고 사변적인 긴 시도 가끔 나타나기는 하지만, 그것들은 시대정신과 분리되어서 새로 고안된 형식이 오히려 낡아 보이기조차 한다. 한결같은 구조나 잘 가공해낸 개념구도는 이제 시에서 넘쳐난다. 서사시는 윤리적으로 확립된 선택을 표현한다. 그러나 서정시는 일시적인 감정이나 순간적인 계시를 표현할 수 있다. 같은 시인이 쓴 여러 서정시들이 일관되어야 한다고 요구하지도 않는다. 따라서 시에 표현되는 감정이나 스타일이 놀랄 정도로 바뀌는 것에도 익숙해져 있다. 베를렌은 망나니 같은 짓거리에서 독실한 신앙생활로 돌아섰다. 릴케는 거의 알랑쇠 같은 언행에서 형이상학적인 추상세계로 옮겨갔다. 고트프리트 벤은 주제넘게 반항하는 데에서 아주 매혹적인 이국취향으로 바뀌었다. 엘리어트의 《황무지》(*The Waste Land*)는 명백히 이런 원리 위에서 이루어진 것이다. 이 시는 다양한 서정시적 단편(斷片)으로 구성되어 있다. 어떤 단편은 향수를 불러일으키는 전통적인 것이고, 어떤 것은 초현실주의적인 꿈의 노래인데, 극적 리얼리즘과 풍자의 구절들로 점철되어 있다. 이와 같은 유의 시에 들어 있는 커다란 통일성은 표면에서는 보이지 않거나, 쉽게 분석할 수 있는 어떤 구조 속에 나타나지도 않는다. 이 통일성은 저변에서 서서히 이루어지는 심리적 전개과정에 따라 이루어지는데, 되돌아보고 나서야 알아낼 수 있는 경우가 많다. 일련의 서정시를 쓴다는 것은 무엇보다도 정신적인 일기를 써가는 것과 흡사하다. 그러나 저자가 개인적으로 전개하는 내용 이외에 필요한 형식조건을 요구하는 규모가 큰 문학작품을 구성하는 것과는 전혀 다르다. 대다수의 20세기 비평은 시인과 그의 시 사이의 전기적 관계를 경시해 왔으며, 작품을 그것의 창작자와 무관하게 떠도는 하나의 인공물로 간주해 왔다. 그렇다고 해서 서정시를 근본적 모델로 여기는 시가 언제나 개인적 경험을 따르려는 경향이 있다는 사실을 감출 수도 없는 일이다.

　모더니즘 시는 의식적인 작시 능력을 크게 중시해 왔다. 이 같은 중시 태도를 보들레르는 에드가 포에게서 추론해 말라르메와 발레리에게 전했다. 이는 프랑스에서 시작해서 독일의 게오르게, 영국의 에즈라 파운드와 엘리어트의 시적 사고로 뻗어나갔으며, 이런 중심인물들로부터 널리 퍼져 나갔다. 그렇지만 우리 시대의 시에서 보다 깊어진 리듬의식으로 다른 식의 조건이 설정되는 것 같다. 초현실주의자들이 단언하는 바는 무의식적 구성에 의지하는 것이어서 강력하다. 그러나 자동기술법과 같은 기만적인 주장을 믿을 필요는 없다. 우리는 개별적인 시인의 서정적 산물을 심리적 전개과정의 기록물이 아니라 그 전개과정이 실현되는 실제적 수단으로 본다. 심리의 전개과정은 나름대로의 법칙을 갖고 있는데, 일반화하기가 어렵다. 모든 사태는 자아(ego)의 의지적인 행위의 결과가 아니다. 그렇다고 무의식이 멋대로 움직여가는 결과도 아니다. 사태는 바로 이 두 가지가 합쳐진 결과를 말한다. 따라서 사태가 단절되지 않는 직선을 따라 전개되는 일은 좀처럼 없다. 잠시 동안은 그럴 수도 있겠지만, 사태의 특정한 흐름을 그저 특이하게 여기는 것은 결국 어떤 결정적 단계로 나아가게 되는데, 이 단계에서 버려지거나 간과된 재료를 한데 합칠 필요가 있다. 이러한 단계들은 지난 백여 년 동안의 시적 삶의 이야기에 빈번히 나타났는데, 이 결정적 단계들을 다루는 데에 실패했다는 견해 또한 자주 일어나고 있다. 그렇지만 이런 국면이 없었더라면 시 자체가 존재하기도 어려웠을 것이다.

　　…… 모든 시도는
　전혀 새로운 출발이자, 또 다른 실패.
　이제 더 이상 말할 필요가 사라진 사물을 놓고
　말을 이길 줄 알게만 되었을 뿐이기에.

이러한 정신적 곤경에서 빠져나가는 길은 세 가지 길뿐이다. 정신분열이나 광기와 같은 임상적 의미에서의 소외, 낮은 차원의 통찰력과 경험을 재통합하는 것, 전혀 다른 요소들을 잘 개별화시켜서 보다 고차적인 통찰력을 갖고 포괄적인 경험세계로 인도하는 것이 그것이다. 이 세 가지 길은 모두 현대문학의 역사에서 이루어진 것인데, 시인들의 시적 이력을 거두절미하고 보면 세 번째 길이 최소한의 공통성을 드러낸다. 현대문학에는 괴테와 같은 인물도 없고, 끊임없이 자아를 경신하며 노년의 원숙함으로 이어질 정도로 오래도록 한결같은 발전과정을 보여주는 생애를 산 시인들도 없다. 예이츠는 걸출한 예외적 인물에 속한다. 그의 시적 생애에서 볼 수 있는 완만한 유기적 발전과정의 일부는 그 자신의 넘치는 활력과 강인함의 결과이며, 일부는 운명처럼 타고난 재능의 결과다. 여기의 운명은 드넓은 세계의 아주 매몰찬 흐름보다는, 개인적인 재능과 의지로도 이해할 수 있는 아일랜드라는 소국과 운명을 같이하게 된 그 운명을 말한다.
　전쟁·혁명·망명으로 많은 시적 이력들이 중단되었다. 그러나 그들이 가장 격렬한 현대시를 쓰기 이전에도 현대시가 자라온 세계와 이미 불화를 겪고 있었다. 재삼재사 시인들은 출발해서 목적지에 도달할 것 같지 않은 색다른 여정을 강요받는다. '한밤의 끝자락을 향한 여정'에서 가장 놀랄 만한 예는 가장 멀리 간 지점에서 극적으로 중단되긴 했지만 바로 랭보의 여정이다. 그는 스무 살이 되기도 전에 프랑스 시를 재창조했으며, 이후의 인생에서 두 번 다시 시에 관해 생각해본 적이 없다. 그가 시에 전념한 것은 전면적인 것이었다. 자신이 예상하는 목적이 거대한 망상으로 여겨지게 된 시점에서 그는 모험 전체를 완강히 거부했다. 그는 열여덟 살이 되도록 허섭스레기 같은 인생을 살았지만, 시에 대해서는 그렇지 않았다. 비록 날조된 내용이 많기는 하지만, 성실함이나 비범함이 결여된 랭보의 재능에는 극단적인 것이 그렇게 많지 않다. 뿐만 아니라 이러한 황량한 영역 바깥에는, 시적 경험을 통합하는 데는 존경할 만하나 비교적 실패한 내용도 많다. 이는 일반문화가 시인이 소속될 곳을 전혀 제시해 주지 않고, 더욱이 시인이 창조적 능력을 지닌 채 외톨이가 되는 그런 시대에서는 거의 피할 수 없는 일이다. 따라서 시인이기를 그만둔 시인은 비평감독 노릇을 하거나, '창조적 글짓기' 과목의 담당교사나 문화회의의 단골손님이나 되고 만다. 영국의 비평가이자 소설가인 시릴 커널리가 지적한 바와 같이 암소는 우유가게에나 봉사하는 법이다.

카를 융은 시적 창조의 이론을 발전시킨 바 있다. 시적 기능은 시인의 총체적 인격, 즉 시인의 사회적·역사적 존재에서 분리되어 시인의 정신에서 이루어지는 '자율적 복합체'다. 이런 견해는 시인을 촉매자로 보는 엘리어트의 시인상에 놀랄 정도로 반복되어 있다. 엘리어트는 시인이란 존재에서 시가 발생하는데, 시인의 마음은 다른 것에 별반 영향받지 않는다고 본다. 이는 일반적인 시의 설명으로는 상당히 과장된 듯하다. 그러나 현대시인이 처한 상황으로 말미암아 이런 생각이 특이하게 유발된 것 같다. 우리는 어쩌면 전반적인 경제생활에서 예술의 입장이 보다 급격한 변화를 겪는 시대의 초입에 처해 있다. 이러한 시기는 예술가에게 행복한 시대가 될 수 없다. 지난 60여 년 동안 이루어진 소름끼치는 유럽역사를 살펴볼 때, 시가 처해 있는 입장에 나타나는 불안감을 언급하는 것은 하찮은 짓거리 같다. 또한 우리가 불운한 시대에 살고 있다면, 말하자면 아주 늙은 노인네들 말고는 아무도 좋았던 시절을 모른다고 인정한다면, 시인의 소외된 상황이 어느 면 그의 유일한 구원책이 될 수 있다는 것을 인정해야 한다. 시가 경제적으로나 정치적으로나 아주 조그만 중요성도 갖지 못한다는 사실에서, 말하자면 현대세계를 지배하는 어떤 권력에도 속해 있지 않다는 사실에서 오히려 시는 이 시대에서 시가 할 수 있는 유일한 일을 하는 데 자유로울 수 있을 것 같다. 경시되어온 인간경험의 어떤 요소들이 기후가 변할 때까지 살아남게끔 하는 그 일 말이다. 이런 일은 예측할 수 없는 방식으로 이루어질 것이다.

* 출전 : Graham Hough, "The Modernist Lyric", Malcolm Bradbury / James McFarlane(eds), *Modernism : 1890~1930*, Harmondsworth : Penguin Books, 1976, 1983, pp.312~322.

4. 시인과 산업혁명

크리스토퍼 코드월

1.

이제 ('부르주아 시가 대지주 자본가들의 보호 아래 소규모 제조공장을 경영하는 부르주아지의 정신을 표현하던' 18세기 이래의) 부르주아의 환상은 다음 단계인, 자본주의가 '폭발하는' 산업혁명 단계로 넘어가게 된다. 자본주의가 성숙하면서 목가적인 모든 가부장적 관계는 '냉정한' 금전관계로 변질된다. 여기에는 계급의 염원을 토로하고 있던 시인과 그 계급의 관계가 포함된다.

물론 그렇다고 해서 시인이 자신을 상점주인으로 여기고 자신의 시를 치즈 조각으로 여기게 되었다는 뜻은 아니다. 이런 식으로 생각한다면 환상과 현실의 관계가 갖는 보완적이며 역동적인 본질을 간과하는 것이 된다. 사실은 정반대의 결과가 초래되었다. 시인은 점점 더 자신을 사회에서 동떨어진 인간으로, 오직 자기 가슴 속의 본능을 실현할 뿐이지 사회의 요구에 대해서는 책임지지 않는 개인주의자로 간주하는 결과를 빚게 되었다. 사회의 요구가 시민으로서의 의무로 표현되건, 신을 두려워하는 자나 또는 재물의 신 맘몬(Mammon)의 충실한 종복으로서의 의무로 표현되건 간에 그렇다는 말이다. 동시에 시인의 시는 점점 그 자체가 가치 있는 목적물로 여겨지게 되었다.

이것은 부르주아의 모순이 최종적으로 폭발한 것이다. 부르주아의 환상은 이미 극에서 극으로 대극적으로 동요하고 있었다. 그러나 마지막 결정적인 움직임의 결과로, 마치 회전속도조절 바퀴가 폭발하는 바람에 거기에서 튕겨나간 쇳조각이 팽팽 돌아가듯이, 환상은 부르주아적 사고범주의 궤도에서 완전히 이탈해 버리고 말았다.

18세기에 이루어진 타협의 결과로 부르주아 경제는, 수공업적 공장제도 시대의 특징인 안전망과 보호망이 그물처럼 얽힌 아래에서 기계·증기기관·동력방직기를 사용해 거대한 자기확장력을 획득하는 단계로 발전하게 되었다. 동시에 농장에서 '공장'이 떨어져 나왔고 공장은 좀더 강력한 대항세력으로 농장에 도전하게 되었다. 여기의 공장은 농장에 부속된 수공업적 작업장을 말한다.

공장 안에서는 조직화된 노동이 점차 증가하고 있었고, 반면에 공장 밖의 시장에서는 개인주의적 무정부 상태가 증가하고 있었다. 이런 일면이 있는가 하면, 다른 일면에서는 생산이 점점 더 공적 형태를 띠어가고 있었고, 점유형태는 점점 사적 형태를 띠어가고 있었다. 프롤레타리아 계급이 점점 더 토지와 생산도구를 잃어가고 있는 반면에, 다른 쪽에서는 부르주아 계급이 갈수록 부유해져 갔다. 자본주의 경제의 이와 같은 자기모순은 산업혁명이라는 무시무시한 힘을 제공하게 되었다.

나름의 혁명적이자 청교도적인 자유의 이상이 '극단적'이라는 것을 깨닫고, 영원한 이성처럼 보이는 중상주의라는 좋은 취향과 타협하기에 이르렀던 부르주아지는 이제 자신의 마음이 옳았고 이성이 틀렸다는 것을 다시 한번 알게 되었다.

이것은 처음에 이전의 지주귀족과 산업부르주아지의 분열로 드러났는데, 공장이 출현하자 농장보다 우위를 점하게 된 것이 이를 말해준다. 지주귀족 제도 및 그것이 성장하기 위해 요구하던 제한조건들은 이제 산업자본과 그것의 요구에 직면하게 된다. 자본은 기계 및 원료와 같은 외적 자원에서 끝없는 자기확장력을 찾아냈다. 제한조건의 초기 형태들은 자본에 대해 유용한 것이기커녕 수많은 구속 그 자체였다. 노동력의 대가는 내버려 두어도 틀림없이 실질가치로 떨어지게 되어 있다. 경쟁적인 기계발명으로 말미암아 기계에 종사할 프롤레타리아 계급이 창조되었기 때문이다. 노동력의 실질가치는 빵의 원료인 밀의 실질가치에 좌우되는데, 이 가치는 영국보다 미국과 다른 식민지에서 더 낮았다. 그곳에서는 밀을 생산하는 데 사회적으로 필요한 노동력이 덜 들어가기 때문이다. 따라서 농업자본가의 보호망으로 곡물수입에 무거운 세금을 물릴 수 있게 한 '곡물법'은 산업자본가에게 방해물이 된다(이 법은 1846년에 폐지되었다). 임금노동력이 부족하던 시기에는 서로 화해하고 있던 이들의 이익은 이제 대립을 빚게 된다. 산업부르주아지의 자유로운 확장에 상충되는 형태와 구속은 모두 무너뜨려야만 했다. 이를 위해서 부르주아지는 바로 청교도혁명 당시처럼 자신들의 규범 아래 다른 계급들을 모두 소환했다. 부르주아지는 압제자에게 대항하고 민중을 옹호하겠다고 주장했다. 따라서 선거법 개정(1832)과 곡물법의 폐지를 요구했고, 청교도(감리교도)로서 혹은 공공연한 회의론자로서 영국 국교회를 공격했다. 또한 평등을 제한한다고 해서 모든 법률을 공격했다. 그들은 인간이 자유롭게 태어났는데도 모든 곳에서 속박 받는다고 보는 성선설적 인간개념을 창도했다. 법률·규범·형식·전통과 같은 기존체제에 대한 이러한 저항은 언제나 이성에 대한 감성의 저항, 또 메마른 형식주의 및 과거가 행하는 압제에 대한 감정과 정서의 저항처럼 보인다. 크리스토퍼 말로우, 퍼시 셸리, 데이비드 로렌스, 초현실주의 화가 살바도르 달리는 이런 차원에서 상응하는 면이 있다. 이들 한 명 한 명은 이런 저항을 자기 시대에 적합한 양식으로 표현했기 때문이다.

단계마다 자신들이 서 있는 토대를 크게 변혁시키기 때문에 부르주아가 혁명적이라는 점을 깨닫지 못한다면 우리는 이 마지막 시적 운동을 이해할 수 없을 것이다. 그러나 부르주아는 오로지 자신들의 토대를 일관되게 부르주아적인 것으로 강화하기 위해서 자신들의 토대를 변혁시킨다. 마찬가지로 저명한 부르주아 시인들도 각기 다 혁명적이다. 그러나 그가 표현하는 것은 어떤 모순에 대해 자신의 혁명적인 시를 통해 항의할 때에 그 모순을 좀더 격렬하게 공개적으로 표명하려는 움직임이다. 그들은 '거울 속의 혁명가'일 뿐이다. 그들은 거울 속의 대상에 도달하려고 애쓰지만, 실제의 대상에서는 더 멀어질 뿐이다. 그런데 이 대상은 생산자나 시인 차원의 인간이 공통적으로 도달하려는 자유가 아니라면 무엇이겠는가? 그들의 비극과 염세주의가 보여주는 통렬함은 바로 그들이 포착하려고 다가서는 그 갈망의 대상이 다가갈수록 끊임없이 뒤로 물러선다는 데에서 통렬해지는 그것이다. 그들은 모두 (존 키츠의 발라드 〈무정한 미녀〉[La Belle Dame Sans Merci]의) '무정한 미녀'에게 붙잡혀 있다. 깨어나 보면 차디찬 산중턱에 누워있을 뿐이다.

2.

월리엄 블레이크, 조지 바이런, 키츠, 윌리엄 워즈워스, 셸리는 각각 자기 나름의 방식으로 낭만주의 혁명이라는 혁명적 이데올로기를 표현하고 있다.

바이런은 귀족이다. 그러나 그는 세력의 차원에서 자신이 속한 계급이 붕괴되어 부르주아지 계급으로 넘어가고 말리라는 필연성을 깨닫고 있던 사람이다. 여기에서 그는 냉소주의와 낭만주의를 뒤섞게 된다.

이런 이탈자들은 혁명의 순간에는 언제나 유용하면서도 위험한 동맹자들이다. 그들이 자신들이 속한 계급을 내버리고 다른 계급에 애착을 갖는 것은 '전반적인 역사의 움직임에 대한 이해' 때문이 아니다. 오히려 자신들이 속한 계급이 해체되는 데 따라 그들에게 닥쳐온 억압적 상황에 대한 반역인 경우가 너무나 많다. 또한 이기적인 무정부 상태의 기분에서 다른 계급의 갈망을 포착하여 자신들의 사적인 투쟁무기로 삼는 경우도 아주 흔하다. 그들은 모두 '태깔부리는 자(poseur)'의 면모가 강한 개인주의적이자 낭만적인 인물들이다. 그들은 자기 계급을 파괴하려고 하지만 다른 계급이 번성하는 것을 바라지도 않는다. 다른 계급의 번성이 분명해지고 사라져가는 계급에 대한 위악적인 적의를 새로운 계급에 대한 적극적인 충성으로 바꿔야 하는 경우에, 그들은 말이 아니라면 행동을 통해서라도 다시 적군의 품속으로 돌아서 버릴 수 있다. 그들은 반혁명분자가 된다. 조르주 당통과 레프 트로츠키가 이런 유형의 예에 속한다. 그리스 독립투쟁에 뛰어든 바이런이 그리스의 미솔롱기에서 죽은 것은 이런 측면이 완전히 전개되기 이전의 일이다. 그러나 그가 영국이 아니라 그리스에서 자유를 위한 투쟁을 하기로 했다는 것은 의미심장한 일이다. 이성에 대한 감성의 반역은 바이런에게 상황, 윤리, 모든 '왜소함'과 관례에 맞서는 영웅적 반역으로 나타난다. 바이런이즘(Byronism)이라고 할 수 있는 이러한 사고는 바로 징후적인 것이다. 바이런이 타인의 감수성에 대해 철저한 이기심과 무관심의 면모를 보여준다는 것 또한 징후적이다. 존 밀턴이 표현한 바 있는 사탄이 새로운 모습으로, 훨씬 덜 고귀하고 심지어 성미가 사납기까지 한 모습으로 가장하고 나타난 격이다.

바이런은 돈 후안(Don Juan)과 같은 조롱꾼일 경우에 가장 성공을 거둔다. 냉소적으로 인간존재가 벌이는 어리석은 짓거리를 비웃는가 하면 다른 한편으로는 감상적으로, 기존사회가 인간의 숭고한 능력을 고문해온 방식에 대해 불평하는 것이 바로 바이런이즘의 정수다. 이는 귀족계급에 대한 저항뿐만 아니라 귀족계급 사회의 타락을 보여주는 것이기도 하다. 따라서 귀족계급들은 항상 죽음에 관한 생각으로 가득 차 있다. 최후까지 싸우는 파시스트의 죽음에 관한 생각들, 스튜어트 왕가 지지자들(Jacobites)의 죽음에 관한 생각들이 그런 것이다. 영웅적인 죽음을 찬양하는 것은 좀 수상쩍은 미덥지 않은 삶을 정당화하는 것이기 때문이다. 이와 동일한 은밀한 죽음에의 소망 또한 귀족들이 혁명분자가 되어 뛰어난 개별적인 영웅주의적 행위를 수행할 때에도 역시 나타난다. 이런 행위는 불필요할 때도 유용할 때도 있지만, 언제나 낭만적이고 독자적(獨自的)인 것이다. 이들은 절망적인 혁명 영웅이라는 생각을 넘어설 수 없다.

그러나 셸리는 훨씬 성실하고 역동적인 힘을 표현한다. 셸리는 당시의 역사 단계에서 자신들을 사회의 역동적 힘으로 느끼며, 따라서 단순히 자신들만을 위한 것이 아니라 고통받는 인류 전체를 위한 요구를 표방하는 부르주아지를 대변한다. 부르주아지는 **자신들이** 스스로 실천하기만 한다면, 즉 자신들의 자유에 필요한 조건들을 실현하기만 한다면, 이는 저절로 모든 사람의 자유를 확보할 수 있으리라고 여긴다. 셸리는 자신이 모든 사람들, 모든 고통받는 사람들을 대변하며 그들을 더 밝은 미래로 인도할 수 있다고 믿는다. 중상주의 시대의 제약조건에 억압받는 부르주아는 바로 인간에게 불을 가져다준 자이자 기계를 장악한 자본가에게 꼭 맞는 상징인 프로메테우스다. 프로메테우스를 해방시키는 것은 세계를 해방하는 일이다. 아나키즘적 정치철학자인 윌리엄 고드윈 파였던 셸리는 인간은 성선적인데 사회제도가 인간을 타락시킨다고 믿었다. 셸리는 이 시대의 부르주아 시인 가운데 가장 혁명적인 시인이다. 그의 작품 《해방된 프로메테우스》(*Prometheus Unbound*)가 과거로의 여행을 표현한 것이 아니라 현재를 위한 혁명적 기획을 표현한 것이기 때문이다. 이는 셸리 자신이 당대의 부르주아-민주주의 혁명운동에 깊숙이 참가했다는 사실과도 일치한다.

셸리는 무신론자이긴 하지만 유물론자는 아니다. 그는 관념론자다. 그의 어휘는 최초로 의식적 관념론의 면모를 보여준다. '광명' '진실' '미' '영혼' '정기(精氣)' '날개' '넋을 잃고' '두근거리는'과 같은 뚜렷하지 않은 정서의 세계 전체를 불러일으키는 단어들로 가득 차 있다. 이러한 것이 복합되는 경우에 수많은 정서적 연상이 이루어지기 때문에 단어가 구체적 실체 하나를 분명히 가리키는 것처럼 보이기도 한다. 사실 그런 실체는 전혀 존재하지 않는다. 단어 하나하나가 여러 다양한 개념들을 의미한다 하더라도 그렇다는 말이다.

이 관념론은 인간을 구속하는 기존의 사회관계가 무너지기만 하면

'자연 그대로의 인간이 실현되리라'는, 말하자면 인간의 감정·정서·갈망이 모두 즉시 구체적인 실재로 구현되리라는 혁명적인 부르주아 신념의 반영이다. 셸리가 깨닫지 못한 것은 바로, 기존의 사회관계가 무너져버려도 이런 사회관계를 무너뜨릴 만큼 강력한 계급이 이루는 사회관계에 또 다른 위치가 부여될 뿐이라는 것, 어떤 경우든 이러한 감정·갈망·정서는 인간이 존재하고 있는 사회관계들의 산물이라는 것, 또 사회관계를 실현하려면 사회적 행위가 필요한데, 이 사회적 행위 또한 인간의 감정·갈망·정서에 영향을 미친다는 것이다.

시의 영역에서 부르주아적 환상은 하나의 반역이다. 워즈워스의 경우에서 이 반역은 셸리의 경우에서 그러하듯이 자연 그대로의 인간으로 되돌아가는 형태를 취한다. 셸리와 마찬가지로 프랑스의 장 루소의 사상에 크게 영향받은 워즈워스는 인간이 맺고 있는 사회관계 때문에 이제는 인간에 없는 것인 자유와 미를 '자연'에서 찾는다. 이제 프랑스 혁명이 개입하게 된 것이다. 자유에 대한 부르주아의 요구는 퇴영적 색조를 띠게 된다. 자유에 대한 추구를 더 이상 반역을 통해서 하는 것이 아니라 자연 그대로의 인간으로 되돌아가서 추구하는 것이다.

물론 워즈워스의 '대자연'은 영겁에 걸친 인간노동에 의해 맹수와 위험에서 벗어난 자연이다. 대자연은 그 속에서 시인이 충분한 수입을 누리면서, 산업주의로 '훼손받지 않은' 자연풍경을 즐기는 한편으로 산업주의의 생산물에 의존하여 살아가는 그런 자연이다. 농업자본주의와 산업자본주의로 분할되자 이제 농촌과 도시도 갈라지게 된다. 산업주의에 따른 노동의 분업으로 자신이 태어나 살고 있던 컴벌랜드에서 워즈워스는 노동하지 않으면서도 검소하게나마 시인 노릇을 유지할 수 있을 정도의 잉여생산이 가능해졌다. 그러나 이 두 가지의 관계를 파악하는 것, 말없는 하등한 인간 존재와 자연의 시인을 구별하는 교양, 언어의 재능, 여가가 실은 경제활동의 산물이라는 점을 파악하는 것은 바로 부르주아의 환상을 꿰뚫어 보는 일이고, '자연'을 읊은 시가 갖는 부자연스런 인위성을 폭로하는 일이다. 이런 시는 산업주의로 인간이 자기 자신이 아니라 자연을 지배하게 될 때에야 비로소 이루어질 수 있다.

그러므로 워즈워스는 비관주의자다. 셸리와 달리 그는 산업주의로 빚어진 특정한 사회관계에서 자유를 요구하면서도, 반면에 이러한 관계에서만 가능한 생산물과 자유는 그대로 계속 보유하려고 한다는 점에서 퇴영적으로 반항한 것이다. 그러나 여전히 부르주아적 방식으로 반항한 것이다.

이러한 측면은 '자연스러운', 즉 **구어체**의 언어가 '인위적인', 즉 **문어체**의 언어보다 더 낫고 따라서 더 시적이라는 이론으로 나아가게 된다. 그는 이 두 가지가 다 똑같이 인위적이며, 즉 어떤 사회적 목적을 위한 것이며, 또한 똑같이 자연스러운 것이라는, 즉 인간의 자연에 대한 투쟁의 산물이라는 점을 알지 못한다. 이런 점들은 투쟁의 다른 영역과 단계를 나타내는 것일 뿐이고 그 자체가 좋거나 나쁜 것이 아니다. 이런 투쟁에 대한 관계에서 좋고 나쁜 것일 따름이다. 워즈워스의 가장 뒤떨어지는 시들 가운데 몇 편은 이런 이론에 얽매여서 지어진 것들이다.

워즈워스식의 부르주아적 환상은 밀턴의 환상과 상당히 유사하다. 두 사람 모두 자연 그대로의 인간을 찬양하는데, 한 사람은 청교도적 '정신'의 형태로, 또 한 사람은 범신론적인 '대자연'이라는 좀더 세련된 형태로 찬양한다. 인간의 타고난 자연 그대로의 순진무구함의 증거로 한 사람은 태고적의 아담을, 또 한 사람은 태고적의 어린애를 든다. 그리고 신의 은총에서 타락한 것을 한 사람은 원죄로, 다른 사람은 사회관계로 설명한다. 따라서 이들은 의식적으로 고상하고 고양되어 있을 때가 가장 뛰어난 경우이다. 그러나 원시적 방법의 축재 및 이를 바탕으로 고지식하게 제후와 같은 욕망과 의지를 신성시하는 것에 반항하는 밀턴은 워즈워스와 마찬가지로 인간의 야성적 요소, 자연스러운 원시성을 찬미하지 않는다. 그러므로 그는 시 속으로 '함몰'하게끔 하는 그런 기법적 이론을 피할 수 있었다.

키츠는 이 같은 부르주아적 환상의 단계에서 자유시장을 위한 생산자로서 시인이 갖는 입장에 부담감을 느낀 최초의 위대한 시인이다. 워즈워스는 적으나마 수입이 있었다. 셸리도 언제나 궁핍하긴 했지만 부유한 가문출신이고 그가 궁핍한 것도 단지 부주의하고 씀씀이가 크고 타산적이지 못했다는 점에 이유가 있다. 이러한 점은 자기 집의 부유함에 대한 어떤 기질적인 반항으로 말미암은 것이 태반이다. 그러나 키츠는 하찮은 부르주아 가문출신으로 항상 금전문제에 시달렸다. 시를 팔아야 한다는 문제는 그에게 중대한 고민거리였다.

그러므로 키츠가 생각하기에 자유는 워즈워스처럼 자연으로 돌아가는 데에서 이루어지는 것이 아니다. 키츠가 말하는 자연으로 돌아간다는 말에는 어디에서 돈이 생길까 하는 마음 편치 못한 걱정이 항상 붙어 다니고 있다. 셸리의 경우처럼 이 세상의 사회관계에서 해방되는 것도 아니다. 단순한 허울만의 자유로는 생계유지 문제를 안고 있는 개인의 고민이 해결되지 않고 그대로 남기 때문이다. 따라서 키츠는 부르주아의 현실에 대해 아주 잘 알고 있었기 때문에, **현실에서** 도피하는 차원의 '혁명'이라는 개념을 미래의 부르주아 시가 갖는 기본적 경향으로 설정할 수 있었다. 키츠는 '낭만주의 부활'의 창도자가 되었다. 이제 시인은, 키츠의 시구에 빗대자면 '시의 날렵한 날개'를 타고 가난하고 가혹한 일상의 현실세계에서 벗어나 낭만과 아름다움과 감성적 삶의 세계로 도피한다. 이런 세계는 현실세계를 편안하게 해주고 그 아름다움으로 현실을 조용히 비난하는 그런 세계다.

이 세계는 (키츠의 시편들에 나오는) 라미아가 연인을 위해, 달의 여신이 엔디미언을 위해 세운 신기루와 같은 마법의 세계이다. 이것은 금으로 만든 문이 달린 하이피리언의 천상계이며, 나이팅게일 새, 그리스 항아리, 바이에이(Baiae)의 섬의 언어로 채색된 나라다. 이 이상계는 현실계와 도전적으로 맞선다.

> '아름다움은 진리이며 진리는 아름다움' — 이것이
> 그대들이 이 세상에서 아는 전부이며, 알아야 할 전부이리라.
> 〈그리스 항아리의 송가〉(Ode on a Grecian Urn)

이 세계는 언제나 현자나 적대세력이나 일상의 단조로운 힘의 형태를 띠는 냉혹한 현실에 위협받는다. 이자벨라의 사랑의 세계는 돈독이 오른 남자 형제 두 사람에 의해 무너져 버린다.《성녀 애그니스제 전야》(*The Eve of St. Agnes*)의 야성적인 사랑도 폭풍우가 휘몰아치는 사이사이에 벌어지는 에피소드에, 추위와 암흑의 한가운데에서 운 좋게 낚아챈 영롱하게 채색된 꿈에 불과하다. 그래서 마지막 연들에서 몰락하는 것의 승리가 선포된다. '무정한 미녀'는 기사가 깨어나기 전까지 잠시 동안의 환희를 줄 뿐이다. 꽃피는 나륵풀은 이자벨라가 사랑하는 연인의 썩어가는 머리에서 싹이 터서 그녀의 눈물로 키워진 것이다.

> 공상도 사람 속이는 요정이라고 이름높더라만
> 잘 속이지 못하는구나! ……
> 환각이었나 백일몽이었나?
> 음악은 사라졌다 — 나는 깨어난 것일까 잠든 것일까?
> <나이팅게일에게>(Ode to a Nightingale)

멕시코를 정복한 코르테즈(Hernán Cotéz)처럼 키츠는 시의 '신대륙'을, 조지 채프먼의 황금의 나라를 넋을 잃고 바라보며 구대륙의 균형감을 되찾기 위해 이것들을 불러낸다. 그러나 거기에서 아무리 여행해 보았자 그 곳은 여전히 공상의 나라일 뿐이다.

키츠와 더불어 미래의 시에 지배적 어휘가 된 새로운 어휘가 출현한다. 이것은 워즈워스의 어휘가 아니다. 산업화로 훼손되지 않은 시골의 소박함에 호소하는 것이 아니기 때문에 그렇다. 셸리의 어휘도 아니다. 현실적인 물질적 삶의 표면을 떠돌아서 거품처럼 걷어낼 수 있는 '관념들'에 호소하는 것이 아니기 때문에 그렇다. 시골은 현실적인 물질세계의 일부다. 거품과 같은 이런 형이상학적 세계는 너무나 비실체적이어서 언제나 그것이 생겨나게 된 현실을 떠올려준다. 바로 비현실적이기 때문에 더욱 현실적일 수밖에 없고, 마술적 속임수가 성공하는 데에서 자신감을 갖고 현실과 맞설 수 있는 충분한 내적 견고함을 갖는 세계를 구성해야만 한다.

워즈워스나 셸리처럼 현실세계의 아주 자연스럽거나 영적이거나 아름다운 부분으로 여겨지는 것을 받아들이는 대신에, 모자이크장식 화가가 그렇듯이 말을 갖고 새로운 세계를 건설해야 한다. 따라서 이 말들은 견고함과 현실감을 지니고 있어야 한다. 키츠의 어휘는 모자이크용의 네모진 돌처럼 단단한 감촉을 가진 말들로 가득하다. 그러나 그것은 온통 진홍빛으로 향기롭고 고풍스러우며 단단하면서도 반짝이는 반현대적인 그런 '인위적인' 감촉의 어휘이다. 미사용 기도서의 그림처럼 여실한 것이다. 이 세계는 점점 더 봉건주의의 세계 속에 자리하게 되지만, 봉건적 세계는 아니다. 그것은 고딕풍 성당의 세계이며 후기 봉건주의에 속하는 부르주아 계급의 모든 성장력과 활력이 넘치는 세계인 부르주아의 세계이다. 워즈워스의 경우가 그러하듯이, 여기에서도 또한 시적 혁명은 강력한 퇴영적 성격을 띤다. 그러나 가장 순수한 혁명적 시인인 셸리의 경우와는 일치하지 않는다.

개인주의, 자유경쟁, 사회관계의 폐지, 평등의 확대를 위해 신선한 요구를 행하는 부르주아는 결과적으로 보다 큰 조직체, 복잡한 사회관계, 고도의 기업합동 및 기업연합, 불평등의 심화를 초래했을 뿐이다. 그러나 이런 모순된 운동 하나하나가 부르주아의 토대를 변혁하고 새로운 생산력을 창조한 것이다. 마찬가지로 셸리, 워즈워스, 키츠의 시에 표현된 부르주아 혁명도 그것이 운동상 모순되기는 했지만, 시에 새로운 광범위한 기법의 수단을 초래하게 되었고, 예술이라는 장치 전체를 변혁시켰다.

근본적으로 이 운동은 엘리자베스 시대의 시를 낳게 되었던 원시적 방법의 축재(蓄財) 움직임과 여러 면에서 상응한다. 그러므로 이 시대의 시인들에게서 셰익스피어를 위시한 엘리자베스 시대의 문인들에 대한 관심이 다시 일어나게 된 것은 이런 이유에서다. 엘리자베스 시대의 시에 표현된 바와 같이 그 시대에서 거세게 일어난 개성의 발생은 군주라는 집합적 인물에 집중되어 있기 때문에 집합적인 외양을 띠었다. 낭만주의 시에서는 개성의 발생이 개성적 인물인 '독립적' 부르주아의 감성과 정서를 표현하는 좀더 인위적인 모습을 취한다. 시는 이야기에서 분리되고 감성은 지성에서 분리되며 개인은 사회에서 분리된다. 결국 모든 것이 좀더 인위적으로 되고 분화되고 복잡해진다.

이제 시인은 상품생산이란 표징들을 보여주기 시작한다. 이에 관해서는 이것이 나중에 시에 대한 모든 해명의 열쇠를 이루게 되는 그때에 자세히 분석해 보기로 하겠다. 현재에서 가장 주요한 표징은 키츠의 언급인데, 그는 시를 쓰고 나서 이를 태워 버리는 식으로 영원히 시를 쓸 수 있다고 말했다. 이미 시가 목적 자체가 되어버린 것이다.

그러나 더욱 주목해야 할 중요한 점은 비극적 분위기인데, 앞으로는 이것이 '위대한'이라는 형용사에 필적할 만한 모든 부르주아 시에 모습을 드러내게 된다. 시는 염세적이자 자해적인 것이 되어버렸다. 바이런, 키츠, 셸리는 요절했다. 이들이 최고의 작품을 쓰지 못하고 죽었다고 애석하게 여기지만, 워즈워스, 앨거넌 스윈번, 앨프레드 테니슨의 경우에서 보듯이 진상은 그렇지 않다는 것이 분명하다. 셸리와 바이런의 경우에는 아무튼 죽음을 자초했던 것도 같은데, 죽음이라는 개인적 비극은 바이런, 키츠, 셸리의 시에서 부르주아적 환상이라는 비극이 몰개성적으로 작용하는 것을 막아준 측면이 있다. 자본주의의 발전을 보증하는 모순이 이제는 급속하게 전개되어서, 이 모순이 시인의 생애에서 언제나 똑같은 식으로 드러나게 되기 때문이다. 젊은 시절에 시인이 가졌던 열렬한 희망과 갈망과 믿음은 녹아버리거나 아니면 변해버린 현실 앞에서 내용이 굳어버린 무미건조한 모습으로 반복될 뿐이다. 이 경직되고 빈약한 면모는 바로 확신의 부족을 드러내는 것이고 그들이 젊은 시절에 가졌던 진지함을 조롱하는 희화(戱畵)에 다름 아닌 것이다. 정녕 인간은 누구나 나이가 들면 젊은 시절의 희망을 잃어버리는 법이다. 그러나 이런 식은 아니다. 중년의 소포클레스는 숙고하는 원숙한 태도로 자기 삶의 비극성에 관해 말할 수 있었다. 여든 살이 되어서는 한 편의 희곡을 썼는데, 지혜의 자식이 나이 들어 지니게 된 흔들림 없는 평정심을 반영하는 희곡이었다. 그러나 성장한 부르주아 시인들은 비극이나 체념에 이를 능력도 없이 단지 젊은 시절의 신념을 단조롭게 반복하든가 아니면 침묵할 뿐이다. 역사의 전개에 따라 모순이 그 실상을 드러내는데도, 부르주아는 여전히 모순에 집착할 따름이다. 이 순간부터 부르주아 시인의 영혼 속에는 거짓이 스며들게 되고 필연성을 인식하는 데 눈을 감아버리게 되어, 자신의 영혼을 노예로 넘겨주게 된다.

프랑스혁명에서 부르주아지는 자유·평등·박애의 이름으로 낡아버린 사회관계에 반항했다. 그들은 셸리처럼 인류의 이름으로 말한다고 주장했다. 그 당시 처음에는 확실치 않았지만 나중에는 점점 더 계속 분명하게 자유·평등·박애를 요구하는 프롤레타리아 계급의 요구도 있었다. 그러나 프롤레타리아 계급의 이런 요구를 인정한다는 것은 부르주아 계급의 존속과 프롤레타리아의 착취를 보장해 주는 조건들을 철폐하는 것을 뜻한다. 이 때문에 처음에는 대개 인류니 뭐니 하는 말로 떠들던 자유를 위한 운동은 늘 어떤 입장에서 멈춰서고 만다. 이런 입장에 이르면 부르주아지는 시에 표현한 그들의 이상적 사회구조를 저버리고, 휴머니티를 위해 대변하겠다는 주장도 잊어버리고, 그들의 요구와 같지만 그들이 존재하는 데 양립하기 어려운 요구를 내세우는 프롤레타리아 계급을 박살내야만 한다. 일단 대중의 지지를 잃어버리게 되면, 반란을 일으켰던 부르주아 계급은 반동세력들에게 두들겨 맞고 한 단계 뒤로 물러날 수밖에 없다. 정녕 '뼈아픈 교훈'을 이미 체득한 이 반동세력들은 스스로의 힘을 과시한 바 있는 부르주아 계급과 지나치게 대적하지 않는다. 따라서 이 둘은 프롤레타리아 계급에 맞서서 제휴하게 된다. 여기에서 결과적으로 균형 상태가 이루어지게 된다. 이는 부르주아 계급이 자유에 관한 자신들의 언급을 배반하고 이상적인 사회구조에 대해 적당히 타협하면서, 좀더 반동적인 세력들과 벌인 투쟁에서 얻게 된 이상의 열매 일부만 잃게 되는 경우다. 여기의 좀더 반동적인 세력은 봉건제도에 대한 투쟁의 경우라면 봉건세력을, 농업자본주의와 산업자본주의에 대한 투쟁의 경우라면 지주와 거대금융 세력을 뜻한다.

프랑스혁명이 유럽 전지역을 휩쓸게 된 결과로 야기된 로베스피에르에서 집정관정부(Le Directoire) 및 반자코뱅 운동에 이르는 전개상도 이와 같은 흐름의 하나였다. 19세기 전체는 바로 이와 같은 배반의 기록으로 얼룩져 있다. 이런 식의 배반이 시인의 생애에서는 젊은 시절에 품었던 이상주의에 대한 배반으로 표출된다. 7월혁명이 벌어진 1830년, 프랑스 2월혁명이 벌어진 1848년, 마지막으로 프로이센과 프랑스 전쟁 및 파리 코뮌이 구성된 1871년은 바로 모든 부르주아 시인들이 워즈워스가 걸었던 길과 같은 길을 걷게 된 연도들이다. 혁명에 대한 워즈워스의 열기는 프랑스혁명의 마지막 단계에서 결국 프롤레타리아 계급의 속셈이 드러나게 되자 갑자기 싸늘하게 식어버렸고, 대신 상식과 고결함과 경건함으로 대치되어 버렸다.

키츠는 이렇게 쓴 적이 있다.

> 망령이 답하길, "그 누가 이토록 높은 곳까지 침범하겠는가
> 세상의 불행이 자신의 불행이며
> 휴식을 취할 길 없는 자들 말고는."
>
> 〈하이피리언의 몰락〉(The Fall of Hyperion)

이 시대 부르주아 시인들의 불운한 운명은 바로 자신에게 특유한 불행도 포함하는 이 세상의 불행으로 휴식을 취할 수 없는데도, 시대의 경향은 그들에게 이 불행을 일으킨 계급을 지지하라고 강요하는 데 있다. 아직은 프롤레타리아 혁명이, '역사의 전반적 움직임을 파악할 수 있는 일부 부르주아 이데올로기의 신봉자들'이 프롤레타리아 계급과 제휴할 수 있고, 그래서 고통받는 인류를 위해서든, 이제는 다수를 이루고 있으며 미래에 인간세계 전체를 이룰 계급을 위해서든 실제로 대변할 수 있는 단계로까지 전개되지 않았다. 그들이 대변하는 것은 싫든 좋든 되는 대로 미래의 세계를 창조해 나가는 계급일 뿐이다. 그러나 지금 창조되고 있는 미래의 세계에 **이런 계급이 포함되지 않을 것임**을 분명하게 깨닫고 있어서, 한 걸음 내디딜 때마다 뒤로 물러서서 이 계급의

본능적인 갈망을 배반한다.

3.

[……] 그러므로 부르주아 시의 다음 단계는 '상품물신주의', 또는 '예술을 위한 예술'의 단계로, 부르주아 시인에게 시장을 위한 생산자라는 허위의 입장을 부여한다. 이 입장은 부르주아 경제가 발전하면서 시인에게 강요된 입장이다. 당대의 풍경을 다룰 경우에 매슈 아널드의 비관주의와 젊은 시절의 테니슨, 로버트 브라우닝과 스윈번의 아주 애처롭기까지 한 낙관주의, 그리고 늙은 테니슨으로 말미암아 시인이 어쩔 수 없이 당대의 풍경을 시화하는 것을 그만두게 되자마자, 똑같이 어쩔 수 없이 시인도 상품물신주의의 희생물이 되어버렸다. 이것이 뜻하는 바는 현실세계에서 예술세계를 철저히 분리시키려는 움직임이라는 의미다. 이렇게 해서 예술 자체의 근원에서 현실이 분리되고 작품은 그것이 가장 자기확인적인 것처럼 보일 그 때에 포말처럼 터져버리게 된다.

마르크스주의 입장에 대한 일반적 해설서인 《반뒤링론》(*Anti-Düh-ring*)에서 프리드리히 엥겔스는 상품생산에 토대를 두는 모든 사회의 특징을 다음과 같이 극명하게 설명하고 있다.

특이한 점은 바로 상품생산에서 생산자가 자신의 사회적 관계에 대한 통제력을 상실한다는 점이다. 사람들은 각자 자신이 임의대로 처리할 수 있는 생산수단을 갖고, 교환수단에 의해 자신의 개인적인 필요를 충족시키기 위해서 자신의 힘으로 생산한다. 자신이 생산하는 물건이 시장에서 얼마짜리인지, 또 시장에서 이 물건에 대한 수요가 얼마나 많은지 아는 사람은 아무도 없다. 말하자면 자신의 생산물이 실제의 필요를 충족시킬 수 있는지 없는지를, 자신이 바라는 대가를 보상받을 수 있는지 없는지를, 심지어 도대체 판매할 수나 있는지를 아는 사람은 아무도 없다는 말이다. 그러므로 사회적 생산에는 무정부 상태가 군림하고 있다. 그러나 상품생산에는 다른 모든 생산형식처럼 나름의 법칙이 존재한다. 이 법칙은 상품생산에 고유한 것이자 분리할 수 없는 것이다. 따라서 이러한 법칙들은 무정부적 상태에도 불구하고 무정부 상태 속에서 무정부 상태에 의해 스스로를 주장하게 되어 있다. …… 그러므로 생산자와 분리되고 생산물에 맞서서 스스로를 주장한다. 맹목적으로 작용하면서 생산형식의 자연법인 것처럼 그렇게 한다.
생산물은 생산자를 지배한다.

엥겔스는 이 특징을 오래되었지만 좀더 보편적인 생산방법과 대비하는데, 이 생산방법은 생산물을 시장에서 교환하기보다는 사용하기 위해 생산하는 것이다. 여기에서 생산의 기원과 목적을 분명히 파악할 수 있다. 모든 행위는 사회적 행위의 일부이며, 생산물은 그것이 생산된 사회에서 어느 정도 사용되느냐에 따라 가치가 정해진다. 사회에서 이런 식으로 만들어지는 시작품도 그 가치가 집단적 상황에 따라서, 말하자면 시가 독자의 마음에 일으키는 결과나 민족의 삶에 직접적으로 분명하게 가하는 충격에 따라서 정해진다.

상품생산이 바로 더 높은 목적을 이루는 자본주의적 생산체제에서는 이 모든 것이 바뀌고 만다. 사람들은 모두 그 지배원리를 헤아릴 길 없는 시장을 위해 맹목적으로 상품을 생산한다. 비록 그들이 강철 같은 강고함을 갖고 자신을 주장한다 하더라도 그렇다. 상품이 사회적 삶에 가하는 충격은 헤아릴 수도 없고 파악할 수도 없다. '인간은 제반 사회적 관계에 대한 통제력을 상실했다.' 자본주의의 정교하게 짜여진 모든 날줄과 씨줄은, 말하자면 무정부 상태 속에 짜여진 복잡한 망조직은 필연적으로 이런 무력감을 초래하고 만다.

자본주의 시장체제는 시인에게 '공공적인' 것으로 파악된다. 인쇄술의 발명과 출판업의 발전은 전세계적인 부르주아 자유시장이 발전한 결과의 일부다. (식민지와 무역과 교역시설이 확대됨에 따라) 이런 시장이 발달하게 되자 사람들은 위치는 물론 지명조차 모르는 곳을 위해서도 상품을 생산하는 것이 가능해졌다. 따라서 이제 시인도 자신이 그 존재를 알지도 못하는 인간을 위해서, 자신에게 낯선 사회생활이나 존재방식을 갖고 있는 인간을 위해서 글을 쓰게 된다. 시인은 이런 시장을 맹목적이고 생소하고 무반응적인 그런 '공적인 시장'으로 여긴다.

이는 카를 마르크스가 '상품물신주의'라고 일컬은 바로 나아가게 된다. 예술이 이루어지는 과정의 사회적 성격은 공동체의 축제에서는 여전히 분명한데도, 이제는 사라져 버렸다. [……]

그러나 시인은 자본가가 아니다. 그는 노동을 착취할 수 없다. 자본주의의 상품물신주의는 모든 상품의 시장경제적 공분모인 돈이라는 신성화 형식을 취하고 있다. 돈은 시인에게서 고도의 신비롭고 **영적인** 가치를 획득한다. 그러나 작가는 스스로 착취당한다.

시인이 '돈을 위해 글을 쓰는' 한은 완전한 자본주의적 정신 상태를 갖게 된다. 그는 심지어 자신을 위해 '지루하고 고달픈 일'을 하는 비서나 조수의 노동을 착취하기도 한다. 그러나 돈을 위해 글 쓰는 자는 예술가가 아니다. 이런 예술가의 특징은 그의 생산물이 순응적일 뿐만 아니라, 예술적 환상도 본능과 의식 사이에, 생산력과 생산관계 사이에 긴장을 초래하기 때문이다. 바로 이런 긴장으로 모든 사회는 어쩔 수 없이 미래의 현실로 몰려가게 된다. 부르주아 사회에서 이러한 긴장은 (공장에서 사회적으로 조직된 자본주의적 기술의 힘이라고 할 수 있는) 생산력과 (사적 이익을 위한 생산 및 직접적이거나 '활용되는' 관계 대신에 보편성을 띠는 돈이나 '교환'관계에 의해 징조를 드러내는 시장 전체에서 결과적으로 빚어지게 되는 무정부 상태라고 할 수 있는) 사회적 관계 사이에서 이루어진다. 이것은 근본적으로 모순이기 때문에, 시인이 '반역하는 것'은 예술의 의미와 중요성을 무력화시키는 교환가치를 위한 생산이나 이익창출적인 체계다. 그러나 시인이 부르주아라는 범주 속에서 반항하는 한은, 즉 그가 근본적인 부르주아적 환상을 포기하지 않는 한은 그의 반역은 상품생산 체계로 말미암아 필연적으로 이루어지는 형식을 취하게 되어 있다.

＊출전 : Christopher Caudwell(Christopher St John Sprigg), *Illusion and Reality : A Study of the Sources of Poetry*, New York : International Publishers, 1937, 1977, pp.101～113, 116～119.

5. 개성과 예술

얀 무카르조프스키

우리는 현재 좀 역설적인 상황에 처해 있다. 비평가가 어떤 작품에 관해 진지하게 생각하기 시작하면, 그는 곧 어느 정도까지 예술가가 자신의 경험을 활용하고 개성을 표현하며 작품에 **사사로운 심리**를 드러내는지 확인하려고 애쓴다. 예술가는 자기 작품에 대해 질문을 받게 되면, 그는 자신의 창조과정이나 정서적 상황 등의 잠재의식적 요소들에 관해 어쩔 수 없이 말하게 된다. 개성의 가치를 최대한 신뢰하면서, 또한 개성의 아주 미묘한 변화 하나하나가 보편적인 타당성을 갖는다고 최대한 신뢰하면서 말하게 된다. 이렇게 해서 주관성이 객관성을 압도하는 경우에, 말하자면 문학이나 삶에서 외적으로 결정되지 않는 순전히 내적인 괴로움을 언급하는 호사를 부릴 수 있는 경우에 우리는 달리 선조들의 시대를 넘어섰다고 분명히 생각한다. 그런데 이 내적인 괴로움은 교양인의 삶에서 유일하게 정신적으로 기품 있는 분위기를 이루는 것인데, 사람들은 즐겨 '강렬한 내적 삶'이라고 말한다. 발전 자체와 시간의 흐름으로 말미암아 우리는 객관적인 외적 현실에 눈을 감고 살 수 없다는 것을 깨닫는다. 말하자면 우리는 더 이상 상징주의 세대처럼 '암시'의 신비로운 힘을 믿지 않아서, 모든 개인의 사사로운 심리의 전반적인 특이함을 전달할 수 없다는 점을 깨닫는다. 또한 실제로 문제되는 것은 전달될 수 있는 것뿐이기 때문에 이러한 사사로운 심리 상태에서는 다른 사람들을 전혀 개의치 않는다는 점도 깨닫는다.

그러므로 예술적 개성관과 오랜 세월 동안 주관적인 심리적 토대 이외의 것에 근거를 두어온 예술적 창조관 사이에는 모순이 생기게 된다. 예술가의 개성관에 나타나는 역설적인 불명확성의 결과들이 예술가가 인생에 대해 갖는 감정, 그의 심리구조, 일반적인 청중과 사회에 대한 태도 때문이라는 것을 여기에서 상세히 분석하지는 않겠다. 확실히 한 사람의 의식 속에서 이른바 '공민(公民)적인' 개성관과 전문적인 예술관 사이에서 빚어지는 모순을 견디어낸다는 것은 쉬운 일이 아니다. 또한 청중과 사회에 대한 의무를 알고 있으면서, 다른 면에서는 자신의 창조행위에서 독립적이고자 하는 요구를 정당화하려는 예술가가 예술적 개성에 관해 명확한 생각을 갖고 있어야 한다는 것도 분명하다. 그러나 이러한 문제에 답하고, 나아가 자신의 창조행위와 사회에 대한 예술가의 태도가 앞으로는 **어떠해야 할 것인지**, 또는 예술가가 삶에 대한 개인적 감정과 예술적 감정을 어떤 식으로 **조화시켜야** 할 것인지를 언급하려는 것이 필자의 야심은 아니다. 그러나 이런 결정적 사태가 벌어진다면, 학문의 직무는 문제를 지적하고 그것을 명확하게 처방하는 일일 수밖에 없다.

문제의 범위를 파악하기 위해 잠깐 과거지사를 살펴보기로 한다. 대충 알려지기로는 중세에서는 예술적 개성관을 전혀 이해하지 못했으며, 연관되는 예술창조의 개별성이란 개념조차 알지 못했다고 한다. 시인을 예로 들어 보자. 중세의 시각에서 보자면, 시인의 직분은 결코 위엄이 없는 일이 아니었다. 시인도 알고 있고 다른 사람들도 아는 바는, 시인이 분별력을 갖고 이해할 수 있고 일반적으로 받아들일 수 있는 형태로 신성미를 표현한다는 것이다. 그러나 시인이 달성하는 최고의 경지도 사실은 신성미를 극히 불완전하게 모방하는 단순한 모방에 불과하다. 시인은 성경이나 혹은 윤리적 진리와 형이상학적 진리에 철저히 구속받는다. 그의 입장에서 자유롭게 선택하고 창조할 수 있는 여지는 어디에도 없다. 따라서 자신의 개성을 보여줄 수 있는 여지는 더더욱 없었다. 알다시피 중세의 작품들은 익명으로 만들어진 경우가 많다. 우리가 도통 믿기 어려운 것은 중세의 어떤 시인이 자기 투로 작품을 쓰려고 했다가 심하게 비난받았다는 사실이다. 르네상스 시대에서도 한 인간의 개성을 부정하는 것에 다름 아닌 모방을 해로운 것이 아니라 덕목으로 간주했다는 증거를 (조르지오 바사리의 저술에서) 찾아볼 수 있다. 이탈리아의 화가 티치아노의 전기에서 다음과 같은 구절을 볼 수 있기 때문이다. "열여덟 살 되던 해에 티치아노는 처음으로 조르지오네의 스타일을 적용해서 친구였던 바바리고 가문 출신 귀족의 초상화를 그렸다. …… 아주 잘 그린 초상화였다. 그래서 티치아노가 어두운 배경에 자기 이름을 써넣지 않았더라면, 초상화는 조르지오네의 것이라고 여겨질 정도였다."[1]

시각예술 차원에서 이들이 하는 일을 **노예예술**(artes serviles)로, 수공업으로 분류한다는 것은 잘 알려진 사실이다. 이 사실은 말할 나위도 없이 당대의 예술적 개성관을 뚜렷이 보여준다. 중세 말에 이르러서야 예술창조의 주체가 인정되기 시작했다. "그러므로 14세기 보헤미아의 왕 카를 4세 시대 이래로 더 이상 예술형식의 원천을 어떤 개념과 추상작용에 의해서만 이해할 수 있는 사물 자체나 그 구성으로 여기지 않게 되었다. 오히려 창조하는 주체 속에서 일어나는 시각적 경험과 청각적 경험이 근원으로 이해되었다."[2] 물론 여기에서 예술사가가 언급하는 주관성을 현대적 개념의 주관성으로 생각해서는 안 된다. 사실은 예술가가 무형적인 신성미의 모방자 노릇을, 말하자면 신성미를 불완전한 인

---

1) G. Vasari, 〈화가인 카도르의 티치아노 작품〉(The Works of Titian of Cadore, Painter), 《화가, 조각가, 건축가 열전 4》(*The Lives of Painters, Sculptors and Architects 4*), (tr)A.B. Hinds, London, 1927, pp.199~200.

2) V. Mencl, 〈중세예술의 이중적 본질과 기능〉(O dvojí povaze a funkci středověkého umění), *Život* 19, 1944, No. 2, p.45.

간 언어로 옮겨놓는 노릇을 그만두었다는 의미다. 그러자 즉시 예술가에게는 그가 묘사하는 현실을 구성해야 한다는 새로운 제약이 생겨나게 되었다. 예술가는 이 구성을 '아름다움'이라고 이해했고, 따라서 필연적 규범이 되었다.

물론 이런 일은 르네상스 시대에도 합당한 것이다. 우리는 르네상스 시대의 예술가들이 주관적 시각에 의한 원근투시법이 아닌, 객관적 원근투시법을 숙달하기 위해 기울인 노력을 알고 있다(이러한 노력에서 도형기하학이 비롯되었다). 뿐만 아니라 해부학 연구를 위해 기울인 노력이나 그 밖의 노력도 알고 있다. 그러므로 중세에서 시작해서 르네상스 시대에 이르러 절정에 도달한 주관주의는 사실 현재의 관점에서는 객관주의라고 일컬어도 좋다. 마찬가지로 르네상스 시대의 예술적 개성관을 현대적 개념과 동일시해서는 안 된다. 우리는 예술가의 자신감이 어떻게 이루어졌는지 알고 있다. 예를 들어 르네상스 절정기에 미켈란젤로가 자신을 둘러싼 모든 상황에 맞서서, 심지어는 교황에게도 맞서면서 자신의 탁월함과 예술가로서의 독립성을 옹호한 사실을 알고 있다(화가이며 금세공가인 프란체스코 프란치아에게 한 다음과 같은 유명한 말이 그것이다. "당신이 당신에게 그림물감을 제공해준 이들에게 의무를 지고 있듯이, 나는 [교황의 동상 제작을 위한 청동을] 나에게 주신 율리우스 교황에게 똑같은 의무를 지고 있습니다"[3]).

그러나 이 모든 것에서 개성관은 현대적 개념과 다르기 때문에, 우리는 질적인 면보다 양적인 면에서 좀더 언급해야 하겠다. 물론 예술가는 자기 작품을 평가한다. 또 누군가가 자신이 평가하는 것보다 더 나은 방법이나 심지어 똑같은 식으로 평가할 수 없다는 것도 알고 있다. 말하자면 자신의 경쟁자를 시샘한다는 말이다. 요컨대 예술가는 자신의 개성을 하나의 힘으로 이해한다. 그러나 그는 자기 작품을 개성의 산물

---

3) Vasari, 〈화가, 조각가, 건축가인 플로렌스의 미켈란젤로〉(Michelangelo Buonarotti of Florence, Painter, Sculptor and Architect), 《화가, 조각가, 건축가 열전 4》, p.123.

로 간주하는 일은, 말하자면 개성의 특질, 개성의 성향이 나타난 것으로 간주하는 일은 꿈조차 꾸지 못한다. 그는 이런 일을 생각하지도 않으며, 이런 일에 적절한 심리학적 개념조차 모른다. 예술가에게 작품이란 의식적인 의지의 산물이자 기교의 산물이다. 예를 들어 레오나르도 다 빈치가 《회화론》(*The Art of Painting*)에서 무게를 둔 것은 화가가 당연히 준비해야 하는 실제적 훈련과 이론적 훈련이었다. 그는 예술작품에 영감을 불어넣는 사람이란 의미에서 화가의 개성에 관해 단 한 마디도 하지 않았다. 대신 우리는 오직 자신이나 자신의 환상 등에 의거해서 목적을 달성할 수 있다고 생각하는 화가들에 대해 경멸적인 언사를 거듭하는 것을 볼 수 있다. 레오나르도는 예술작품이 저자를 표현할 수 있다는 사실에서 예술작품의 가치를 찾지 않았다. 오히려 작품이 자연의 질서와 구성을 포착할 수 있다는 사실에서 작품의 가치를 찾았다. 이러한 이유로 예술작품의 판단조차 그에게는 개인적 취향의 문제가 아니라 전혀 객관적으로 정당하다고 인정할 수 있는 감상의 문제였다. 화가는 자기 작품에 대한 누구의 평가도 배척해서는 안 된다. "정녕 화가는 누구의 견해라도 듣는 일을 거부해서는 안 된다. 화가가 아니더라도, 누구나 인간의 형태에 관해 바른 견해를 지닐 수 있다는 것을 알기 때문이다. 그가 꼽추든 손이 크든, 아니면 절름발이든 다른 신체적 결함을 갖고 있든 그렇다."[4]

현대적 관점에서 보자면, 르네상스 시대의 개성관은 사실상 개인의 특유함을 인정하지 않는 아주 '비인간적인' 개념이다. 따라서 르네상스 시대인들에게는 예술가와 학자의 밀접한 공생관계가, 심지어 수학과 물리학이란 정밀과학의 전문가들까지 포함되는 밀접한 공생관계가 이루어지는 일이 흔했다. 더구나 공생관계로 개성이 외면과 내면, 주관과 객관 같은 동떨어진 두 국면으로 분리되지도 않았다. 레오나르도가 이해하기에는 그림 그리는 것과 도구와 기계를 만들어내는 것에는 어떤 차

---

4) Leonardo da Vinci, *The Art of Painting,* New York, 1957, p.28.

이도 없으며, 이 두 가지 행위는 독창성과 기술을 요구하는 똑같은 작업이다. 그러므로 르네상스 시대에 촉진된 개성 개념은 어떤 식으로든 인간에게 짐이 되는 것이 아니며, 인간의 손발을 묶거나 정신생활을 훼방하는 그런 것도 아니다. 오히려 그의 의기양양한 자신감을 떠받치는 것이다. 우리가 미래의 발전단계와 관련되는 다양한 변동 사항, 동떨어진 사례, 징조들을 무시한다면, 이 개념은 오랜 세월 동안 존속해 왔다고 본다.

19세기 초에 이르러서야 급격한 변화가 이루어졌는데, 낭만주의라고 일컫는다. 낭만주의적 개성관은 천재관에서 절정에 달했다. 천재는 더 이상 인식하거나 재구성하는 외부 현실에 주의를 기울이는 의식적 의지에 의해 창조되는 개성적 인물이 아니다. 천재는 창조적인 무의식, 곧 창조적 자발성(自發性)이다. 자연의 힘이 그러하듯이 천재는 자발적인 것이다. 천재는 자신이 원해서 창조하는 것이 아니라 당연히 그러해야 하기 때문에 창조한다. 사실 천재 자신은 창조조차 하지 않는다. 그의 내면에 있는 무언가가 창조하는 것이다("내면에서 창조한다 ; Es dichtet in mir"는 것은 낭만주의 예술가의 슬로건이다). 물론 자발성은 예술가가 자신에 대해 취하는 태도와 마찬가지로, 예술가와 그의 작품, 예술가와 현실, 예술가와 타인들의 관계를 직접적으로 변화시킨다. 별안간 작품은 예술가의 개성을 진짜 표현한 것으로, 말하자면 그의 정신 구조를 '유형적(有形的)'으로 복제한 복제품으로 여겨지게 된다. 조가비 속의 진주가 그러하듯이 작품은 본의 아니게 이루어지는 무의식적 산물이다.

이제 예술가는 더 이상 감각적으로 지각할 수 있는 자연의 구조를 추구하지 않고 자기 내면의 구조를 모색한다. 예술가 자신이 자연스런 어떤 힘이어서, 자신의 내적 자아에서 체험하고 작품 속에 실현하는 자연스런 이미지는 기계적으로 감각을 재현해서 토로하는 것보다 더 믿을 만한 것이다. 인간, 특히 예술가인 인간은 현실과 자신 사이에서 긴장과 모순을 겪게 된다. "하나로 뭉쳐져 있던 인간 정신과 자연은 때가 되면 나누어진다. 자연은 영원하고 평온하며 정해진 길을 가지만, 인간은 자연으로 나가는 모든 흔적을 없애버렸다. 따라서 자신의 본원적인 조화와 본질을 망각하게 되었다"고 카렐 마하는 말한 적이 있다.[5] 정확히 자연의 질서가 모든 창조의 토대였던 르네상스 시대인의 관점과 비교해서 도대체 어떤 차이가 있단 말인가! 낭만주의 시대에 예술가와 사람들의 관계에는 변화가 일어났는데, 예술가는 자신을 다른 사람들과 다르며 그들과 분리된 독특한 존재라고 여기게 되어서 변화가 일어났다. 예술가가 이러한 분리 상태를 하나의 특권으로 느꼈던 저주로 느꼈던 여하튼 변화가 일어났다. 모든 사람이, 심지어 예술가가 아닌 사람조차 자연을 알고 있기 때문에 작품을 만들면서 예술가는 모든 사람의 판단을 유념해야 한다고 한 레오나르도의 언급을 낭만주의 예술가들은 더 이상 되풀이하지 않았다. 예술가는 다른 사람들과 달리 자기 나름의 독특한 방식으로 현실을 바라보기 때문에 예술가라는 것이 낭만주의자들의 견해이기 때문이다.

　마침내 자아에 대한 태도가 바뀌어서 자신을, 즉 개별성을 알게 된 낭만주의 예술가들은 주위에서 벌어지는 일이 아니라 자신의 내적 자아에 근본적으로 관심을 집중하게 된다. 어떻게 보면 마하는 레오나르도의 다음과 같은 충고를 이해했던 것 같다. "자연의 모든 결과를 기억 속에 간직할 수 있다고 우쭐대는 사람은 누구나 속고 만다. 우리의 기억력이 그만큼 크지 않기 때문이다. 그러므로 모든 일에는 자연을 참고해야 한다."[6] 그러나 레오나르도는 마하의 이런 언급은 이해할 수 없었을 것이다. "나 자신을 응시하며 자신 속에서 광막한 황무지를 보는 것 같은 경우가 많다. 내 시선 앞에 정말로 혼돈이 들어차서, 결국 먹구름에 둘러싸이는 것 같았다. 이 먹구름은 납덩이처럼 나를 짓눌렀다. 이 먹구름 덩어리 너머에 무언가 있는 것 같긴 한데, 그것이 무엇인지 전혀 모르겠다."[7] 이렇게 내면을 응시하는 방향성은 레오나르도의 시대에

5) K. Sabina, 〈마하에 관한 회상〉(Upomínka na K.H. Máchu), 《사비나 문집 2》 (*Vybrané spisy K. Sabiny 2*), Prague, 1912, p.121.
6) 《회화론》, p.214.

는 존재하지 않았다. 이런 방향성이 아직 발견되지 않았기 때문이다.

이처럼 간략한 낭만주의 설명에 비추어, 르네상스 시대의 자신감과 대비해서 낭만주의를 일종의 쇠퇴, 능력의 상실로 간주해서는 안 된다. 우리가 르네상스 시대의 개성관이 보여주는 양적 측면이라고 일컬어 왔던 개성의 힘에 대한 확신은 낭만주의 시대의 인간과 예술가에게서 도 약화되지 않았다. 오직 낭만주의적 사고 영역에서만 문자 그대로의 본래적 의미인 예술적 **창조** 개념이 일어날 수 있었다. 예술가가 스스로 를 외부 현실의 질서와 무관한 존재로 느끼고, 자기 작품에 나타나는 질서의 창시자로 받아들이는 경우에만, 그는 자신을 창조자로, 삼라만 상의 제작자로, 작품이라는 약호(約號)로 느낀다. 예술적 개성에 관한 르네상스 개념과 낭만주의 개념의 괴리가 깊지만, 연속성까지 단절된 것은 아니다. 아무튼 낭만주의가 개성을 이해하는 방식은 현재까지 어 떤 근본적 변화도 일으킴이 없이, 작품을 상대하는 예술가의 상황과 그 를 둘러싼 세계의 확고한 근거를 충족시켜 왔다. 발전적인 변화도 있었 지만, 이러한 변화에도 불구하고 작품과 개성을 결합하는 자발적 관계 라는 낭만주의적 개념의 근본특질은 변함이 없다.

19세기 후반기에 이전의 사변적 미학이 심리적 미학으로 대체되었을 때에도, 그것은 창조적 자발성이란 전제 위에서 이루어졌다. 심리적 미 학자들이 자발성이란 전제 위에서 작품을 개성과 동등시했기 때문에, 그들은 작품이 발생하게 된 (혹은 작품이 지각자에게 불러일으키는) 심리 행위를 연구해서 예술을 연구하는 것을 당연시했다. 결국 이폴리트 텐 의 의견을 따르는 사회학적 미학자들도 예술적 개성과 작품 사이의 자 발적 관계라는 전제 위에서 연구하기 시작했다. 물론 텐의 이론도 예술 가의 개성을 철저히 외적 영향의 인과율적 결과로 설명하는 엄격한 결 정론이어서 전적으로 반낭만주의적 이론으로 볼 수 있다. 그러나 텐의 이론은 예술가의 개성뿐만 아니라 작품을 "둘러싸고 있는 사회적 관습

---

7) K. Sabina, 〈마하에 관한 회상〉, p.116.

을 모사한 것이자 어떤 정신 상태의 표징"이라고 보기 때문에, 낭만주의를 정복하려는 의도에 확고히 뿌리박고 있다는 점을 은연중 드러낸다. 또한 우리가 파악하는 바와 같이, 낭만주의처럼 실제로는 예술적 개성과 작품을 분리시키는 것을 모두 간과하고 있다는 점도 드러낸다. 그러므로 개성과 작품이란 한 쌍에서 개성이 작품에 손상을 입히며 개성 자체를 강조해 갈수록, 개성은 더더욱 작품을 압도하게 된다.

19세기 말의 상황은 이미 개성과 연관해서 작품은 단지 우발적인 것으로 나타나는 반면에, 개성 자체는 예술적 창조의 중요한 목적처럼 여기고 있었다. 구체적 예증을 위해 멀리 갈 필요도 없다. 프란티섹 샬다의 논문 〈개성과 작품〉(Osobnost a dílo)에서 몇 문장 인용해 보기로 한다. "어중이떠중이는 개성이 작품을 초월한다는 초월성의 신비를 조금도 이해할 수 없다. 그러나 창조자의 개성이 어느 순간의 광막하고 불가사의한 영원함과 어두움처럼 작품 배후에서 숨쉬고 있을 경우에만 작품은 정녕 진정한 예술적 업적이 된다. 도저히 저항할 수 없는 압력 밑에서 오로지 저자의 필요를 위해서만, 말하자면 그의 솜씨 좋고 민첩한 손재주의 쓸만한 본보기를 제시할 목적이 아니라, 그의 성장과 내적 이력을 위해서 가장 깊숙한 내면적 필요성에서 창조된 경우에만 작품은 위대한 것이다. …… 설령 아주 위대한 작품이라 해도 그것은, 위대한 영혼이 자신으로 말미암은 어둠 속에서 자신을 위해 조각하는 아름다운 내면적 조각상에서 흩날리는, 말하자면 천재의 조각용 끌에서 흩날리는 나무 부스러기에 불과한 것이다."[8]

이제 우리는 르네상스 시대에서 기원한 예술의 개성 개념이 발전해 온 과정의 절정에 도달했다. 이 개념은 여기에서 수정과 같은 명징성과 특이성이란 역설에 도달하는데, 바로 이런 이유 때문에 더 이상 전개해 갈 수 없어서 역설이라고 한 것이다. 필자는 이런 개념이 그 자체로 생명을 가질 수 없다고 주장하는 것이 아니다. 이렇게 하려고 했으면, 샬

---

8) 〈개성과 작품〉, 《내일을 위한 투쟁》(*Boje o zítřek*), Prague, 1905, p.29.

다가 평생 동안 일원으로 활동했던 당대의 상징주의 문학운동을 잘못된 운동으로 판단했을 것이다. 존경받을 만한 결과 이상의 것을 달성한 상징주의가 바로 이런 역설 위에서 예술의 귀족성 등과 같은 예술의 배타성 이론 전반을 수립했기 때문이다.

그러나 필자가 이미 말한 바와 같이 예술적 개성 개념을 더 이상 전개하는 것은 불가능하다. 예술과 작품의 관계에 관한 낭만주의 개념은 이론적으로는 아직도 유효하지만, **사실** 이미 쇠퇴해 버린 것이다. 점점 강조되는 것은 특이성에 대한 요구다. 작품은 그 창조자가 갖고 있는 심리적 개성의 틀림없는 등가물로 추정되지만, 동시에 동일한 창조자가 비슷하지 않은 일련의 작품들을 생산할 수 있기 때문에, **경험**이란 개념이 수반된다. 경험은 그것이 존재하게 되는 특정한 순간으로 제한되는 예술가의 개성에 다름 아닌 것이다. 물론 경험은 변할 수 있고, 작품도 변한다(작품을 심리적 행위와 동일시하려는 주장이 계속 전제된다 하더라도 그렇다). 이것이 개성의 원자화에 다름 아니라는 것은 말할 나위도 없다. 모든 예술작품이 새롭고 달라야 한다는 요구가 비평계 및 일반적 평가에서 이루어지는 경험 이론과 더불어 동시적으로 이루어지고 있다. 이제 개별성은 저자뿐만 아니라 작품에도 강요되고 있다. 그 결과는 스스로 방향을 정하기 어려운 미궁과 같은 특이한 개념이다. 한 가지만은 분명하다. 이런 원자적 방식으로 이해하는 '개별성'은 특이하게 반전되어 절충론자와 모방론자의 논쟁거리가 되고 있다. 도대체 모방론자 말고는 누가 그렇게 빈번히 작품을 쓸 때마다 자신의 개별성을 일신하고 변화시킬 수 있단 말인가?

이러한 혼란으로 과도하게 비대해진 개성 논의에 피로한 느낌이 나타나는 것은 자연스러운 일이다. 징후는 여러 가지인데 실제로는 아주 다양하다. 엄밀히 보아 다른 개념을 지향하려는 의식적 경향의 문제이기보다 부정적 저항의 문제이기 때문이다. 징후 몇 가지를 들어 보기로 한다. 하나는 전혀 개성을 강조하지 않는 좀 민속적이며 익명적인 '아주 소박한 예술'에 대한 편애다. 다른 징후는 예술가 쪽에서 행해지는 군중 속으로 사라지려는, 그래서 모든 사람을 예술가가 되게 하려는 노력인데, 적어도 이론적이거나 계획적인 노력이다. 또 다른 징후는 예술행위를 개별성이란 부담에서 해방시켜 다른 인간적인 행위의 하나로 만들려는 시도다. 예술가는 숙련된 장인이나 직공에 비견되는데, 사실 그는 다른 장인이나 직공들이 행하는 그런 노력을 기울이는 경우가 많다. 다른 징후가 또 있다. 근래에 들어 어떤 예술운동을 겪은 바 있는데, 이 운동은 작품이 심리 상태와 자동적으로 일치된다는 주장에 아주 집요하게 매달리는 경향이 있다. 반면에 개별적이고 반복되지 않는 심리 상태를 추구하는 것이 아니라, 대체로 인간적이지만 반드시 어떤 개성에 구속받지 않는 심리 상태를 추구한다고 단호하게 주장한다. 끝으로 예술적인 삶에서 생겨나는 이러한 모든 징후들 이외에, 학문의 발전을 따라 병행하는 현상들을 들 수 있다. 심리학적 미학은 객관주의적 미학에 양보하고 있는데, 객관주의적 미학은 점점 예술가의 개성과 작품의 관계를 다의적이고 간접적인 것으로 파악하려는, 따라서 자발적이 아닌 것으로 보려는 경향이 있다.

이것이 현재까지의 상황이다. 여기에서 예술의 개성 문제에 관한 역사적 개괄을 마무리 짓기로 한다. 지금까지 우리는 중세와 현대 사이의 경계에서 비롯된 예술적 개성에 대한 이해가 점점 다양하게 바뀌어온 것을 볼 수 있었다. 이런 변화의 어느 것도 예술에서 개성이 (필연적으로 존재하고 작용하더라도) 고려되지 않던 이전 상태로 되돌아가려고 하지는 않는다. 더욱이 우리가 방금 언급한 바 있는 일련의 결정적 국면처럼 예술적 개성이 배경으로 완전히 물러날 수 있고, 또 성당의 설계자인 저자가 전혀 문제시되지 않거나 또는 그냥 그의 주문을 따르는 장인보다 더 문제시되지 않던 그런 목가적인 과거로 되돌아갈 수 있다고 믿는 것은 오늘날 온당치 못하다. 이런 점을 명시적으로 지적함으로써, 아직도 지지자들이 있는 그런 골동품 애호가와 같은 견해에 필자가 동의하지 않다는 점을 명백히 보여주고자 한다. 필자가 확신하는 바는, 자명하기는 하지만 아직 충족되지 않은 필요성으로 말미암아 사회와 예

술 자체에서 예술의 개성에 관한 새로운 개념이 창조되는 경우에, 발전
과정에서는 언제나 그렇기도 하지만, 이 개념은 바로 앞 단계에서 제시
된 전제조건 위에서 구성될 수밖에 없다. 그러나 이 전제조건은 새로운
의미로 가득 차 있는 것이다. 여러 방법으로 이런 개념이 도래하는 것
을 대비할 수 있다. 어쩌면 예술과 다른 문화영역에서 이루어지는 것
대부분이 이미 이런 새로운 예술적 개성의 개념을 지향하고 있는지도
모르겠다. 현 시점에서는 명백하지 않더라도 그렇다는 말이다. 앞서 우
리가 언급한 바와 같이, 학문은 이런 과정에 존재하는 문제를 지적하고,
그것을 구체적으로 서술하는 것 이상의 다른 일은 수행할 수 없다.

　지금 이런 일을 해보려고 한다. 그러나 논의의 시초에서 일시적인 모
든 것을, 즉 역사적으로 결정되어버린 모든 것을 무시해야 하며, 사물의
불변하는 본질이 나타나도록 해야 한다. 역사적으로 결정되는 것이 사
실은 일시적이라는 점을 정확히 보여주기 위해서 미리 예술의 개성 개
념을 역사적으로 개괄해 보았다. 지금 우리가 ‘예술의 개성’을 언급한다
면, 그것은 르네상스 시대에 이해하던 방식이나 낭만주의적 개념이나
상징주의적 개념으로 생각하는 것이 아니다. 이 모든 것들은 단지 개념
일 뿐이다. 우리는 지금 어떤 개념과도 무관한 예술적 개성의 **실체**에 관
심을 기울이고 있다. 그런데 이 실체는 예술적 개성을 알지 못했던 중세
예술에도 물론 존재했으며, 마찬가지로 예술적 개성을 전혀 깨닫지 못
했던 원시예술이나 민속예술에도 존재했다. 우리는 예술작품과 이것에
창작자가 있다는 사실만을 염두에 두고 있다. 이것이 작품을 자연물과
구별할 수 있는 유일한 길이기 때문이다. 창작자는 필연적인데, 만일 자
연물이 우연히 구성되어 예술작품으로 우리에게 영향을 미치게 된다면,
창작자를 이 자연물의 배후에 존재하는 자로 자동적으로 지각하게 되리
라는 점에서 그렇다. 그렇지만 창작자는 왜 예술작품을 창조했을까? 물
론 이런 질문에 여러 가지로 답할 수 있다. 그러나 이런 대답들에는 공
통적인 내용이 한 가지 있다. 예술가는 작품을 창조하면서 다른 사람들
을 염두에 두는데, 그는 이 사람들을 위해 작품을 창조한다는 것이 그것

이다. 그렇지 않다면, 그가 창조하는 것은 우리가 예술작품이라고 일컫는 그런 것이 아니라 다른 것으로 되고 만다. 예컨대 배우는 자신을 위해서 연기하지 않으며, 연기할 수도 없다.[9] 물론 정말 자신을 위해서만 '연기'하는 사람도 있고, 관객을 필요로 하지 않을 뿐만 아니라 거부하기도 하는 배우도 있을 수 있다. 이런 존재는 어린아이뿐이다. 그러나 어린아이의 행위는 분명히 예술 이외의 것이다. 그것은 **놀이**일 뿐이다.

우리는 연극을 예로 들어 일반적인 예술에 합당한 바를 구체적으로 보여주려고 했다. 예술은 다른 사람들을 위해서, 말하자면 청중이나 관객을, 요컨대 지각자를 위해서 만들어진다. 필자는 특별히 상징주의 시대를 염두에 두고 있지만, 어떤 시대에서 청중이나 관객의 필요성을 부인했다면, 그것은 그 시대에서 짜여진 어떤 요구조건 때문이다. 우리가 실제 상황을 고려한다면, 지각자에 대한 필요성이 거기에서 낮은 소리로 들려온다는 것을 알 수 있을 것이다. 때로 예술가는 많은 청중을 거부하고 '선택된 정신'이란 좁은 범위의 청중에게만 자신을 전달하기도 한다. 다른 경우에는 현실적으로 존재하지 않지만 상상 속에서 그들이 창조하는 과정에 영향을 미칠 수 있는 미래의 청중이나 이상적인 청중을 요구하기도 한다. 그러므로 예술작품에는 언제나 두 가지 집단이 필요하다. 하나는 예술작품을 제시하는 집단이고 다른 하나는 그것을 받아들이는 집단이다. 우리는 '예술가와 관객이나 청중, 혹은 독자'라는 식으로 말하는데, 이 두 집단을 명확히 분리된 집단으로 보는 데 익숙해져 있다. 예술가는 능동적이고 주도권을 갖고 있는 반면에, 관객은 수동적이다. 예술가는 자기 일을 위해 스스로 단련하는데, 오늘날은 대개

---

9) 정말로 '자신을 위해서' 연기한다는 것은 배우에게 절대로 불가능한 일이거나 적어도 난처하거나 신경 쓰이는 일일 것이다. 바바리아의 미친 왕 루트비히 역을 하는 배우들은 국왕을 위해서만 연기해야 하는데, 그들은 무대에서 연기하는 동안에도 왕이 극장에 임석했는지 알기 위해서 귀빈석의 커튼이 흔들리기를 초조하게 기다렸다고 한다. 배우들은 왕의 임석 여부를 확신하지 못하는 동안에는 감내하기 어려울 정도로 힘든 정심적 상태에서 연기를 한다.

전문가로 친다. 그러나 관객은 이런 존재 방식으로 예술에 구속받지 않는다. 물론 어떤 과도기적 유형이 있다는 것을, 말하자면 역시 스스로 단련하는 특별한 애호가도 있다는 것을 알고 있다. 그러나 그들은 (모방에 의거해) 창조하는 데에서 근본적으로 관객의 수동성을 그대로 지닌다. 그러므로 우리는 이러한 인물들을 이차적 존재이자 비본질적 존재로 간과하는 버릇이 있다.

그러나 이는 하나의 역사적 상황이지 언제나 존재했던 상황은 아니다. 우리가 고급예술이라고 일컫는 예술의 경계선을 건너 몇 걸음만 움직여 민속예술로 관심을 옮기면, 벌써 문제는 근본적으로 달라진다. 물론 민속예술에도 저자가 알려져 있는 경우가 드물지 않다. 가령 민속예술 전문가들이 일반인들 가운데에서 재능이 뛰어난 사람을 알아내는 경우도 많다. 그러나 저자와 지각자의 차이는 느끼지 못하며, 전혀 강조되지도 않는다. 자기 영역에서 가수라고 알려져 있는 사람은 결코 작곡자가 아니며 다만 (그의 기억력, 가창력 등으로) 노래의 전승자에 불과할 뿐이다. 에바 스투데니초바의 경우가 그렇다. 스투데니초바에 관해 카렐 플리츠카는 논문을 썼고 나데츠다 파푸시코바는 자기 책에서 논의한 바 있다.[10] 자주 언급되는 예증은 쉬마바(Šumava) 출신의 독일 민족지학자 구스타프 융바우어가 말한 내용이다.[11] 우연한 기회에 융바우어는 (밤중에 연인의 집 창문 밑에서 살해된 청년에 관한) 어떤 마을의 비극을 읊은 노래를 받아 적을 수 있었다. 노래를 지은 지 60년이나 되어서 이미 노부인이 되어버린 저자 자신에 의해 불려진 노래다. 기억력이 좋아서 노부인은 자신이 지은 노래를 정확하게 재현할 수 있었는데, 21편의 4행시로 이루어진 노래였다. 동시에 융바우어는 지어진 지 60년이나 지난 이 노래가 일반인들에게 불려지는 그대로 채록하는 성과도 거둘

---

10) N. Melniková-Papoušková, 《민속예술론》(*Putování za lidovým uměním*) Prague, 1941.
11) 〈민요론〉(Zur Volksliedfrage), 《월간 게르만-로만어》(*Germanisch-romanische Monatsschrift*) 5, 1913, p.68 이하.

수 있었다. 사람들이 부르는 노래는 단지 7연으로 구성되어 있었으며, 전체적 내용도 바뀌어 있었다. 개별적인 세부적 내용을 강조하면서, 실제의 사건을 대규모로 묘사하며 일방적으로 맹렬히 비난하던 원래의 노래가 60년 동안에 매우 간결하면서도 엄격하게 구성된 발라드 형태로 바뀌어 있었다. 이렇게 해서 사라지게 된 연들은 잊혀져 버렸기 때문에 사라졌다는 것은 말할 것도 없다. 이런 식으로 망각하게 되는 것은 분명히 기계적일 뿐만 아니라 예술적 면에서 의도적인 것이기도 하다. 이런 경우에는 실제로 누가 저자일까? 저자권(著者權, authorship)이 이 사람 저 사람으로 옮겨간 것은 분명하다. 받아들인 사람이 잠시 뒤에는 저자가 되고, 반대로 저자가 받아들이는 사람이 되는 그런 식이다.

비슷한 일이 민속 시각예술의 형식에서도 벌어지고 있다. 예를 들어 부활절에 선물하는 달걀에 그려 넣는 그림, 슬로바키아의 중부 지방인 모라비아의 단층짜리 시골집과 그 방들에 그려진 그림이 그렇다. 이 모든 그림에 저자가 있다 하더라도, 어떤 저자는 다른 사람들보다 분명 재능이 뛰어나다 하더라도, 그들은 문자 그대로의 저자가 아니다. 여기에서도 저자와 단순한 관객 사이의 경계는 철저히 망각되고 있다.

끝으로 민속극의 경우가 있다. 민족지 학자들은 배우와 관객을 구별할 수 있는 경계선이 없다는 것을 여러 경우에서 확인해 왔다. 배우는 자신에게 주어진 배역을 끝마치거나 아직 배역을 연기하지 않고 있을 때에 관중 속에 섞여 있는 경우가 있다. 뿐만 아니라 관중 속의 누구든지 연극에 참가하라는 권고를 받고 참가할 수도 있다. 예술가와 지각자라는 두 집단이 언제나 존재해 왔지만, 이 두 집단은 어떤 명확한 경계선에 의해 나누어지는 것이 아니라고 결론내릴 수 있다. 대화에서 그렇듯이, 어떤 순간의 화자는 다음 순간에는 청자가 된다. 예술에서도 그렇다. 또한 다양한 예술의 역사들을 상세히 검토해 본다면, 저자의 역할과 지각자의 역할이 이미 구별되어 있는 시대에서조차 저자와 지각자의 역할이 여러 면에서 서로 얽혀있는 경우를 많이 볼 수 있다. 이렇게 서로 얽혀지는 경우의 하나는 제프리 초서의 경우다. 초서는 자신의 후원자인 귀족에게 그가 타당하다고 보는 대로 자기 시를 고쳐달라고 요청한 적이 있다(이는 시인이 속하지 않은 귀족적 환경에서 이루어진 관점을 반영하기 위한 것으로 추정된다). 시각예술에서 이렇게 서로 얽혀지는 경우는 르네상스 시대에 개화된 의뢰인이 예술가에게 주제를 제시하며 관여하는 경우가 해당된다.

우리는 근본적으로 예술가와 지각자의 관계를 발화자와 수화자의 관계와 대등하게 다루어 왔다. 대등하게 보는 것은 이들뿐만 아니라 예술작품 자체에도 적절한 것이다. 어떤 발화가 화자와 청자 사이에서 오갈 수 있는 것은 양쪽이 다 이해할 수 있는 기호로 이루어졌기 때문이다. 발화를 하려면 화자는 미리 청자가 어떤 식으로 그의 발화를 이해하게 될 것인지 고려해야 하며, 청자를 배려해서 조직적으로 말해야 한다. 예술작품에서도 바로 똑같은 일이 벌어진다. 저자가 하는 것과 똑같은 식으로 지각자도 작품을 이해하리라고 보는 것이다. 저자는 창조하면서 지각자를 유의하고 고려한다. 반면에 지각자는 저자의 발화처럼 작품을 이해하고 그 뒤에 있는 저자를 지각한다. 그러므로 예술작품을 저자의 감정과 정서가 그저 표현된 것이라고 축소시키는 이론은 그릇된 것이다. 여기에서 별안간 우리의 예술적 개성관은 관행적인 견해와 사뭇 달라진다. 우리는 더 이상 작품과 분리할 수 없게끔 묶여져 있는 저자나, 작품과 어떤 본질적인 관계도 없이 단지 우발적으로 맺어져 있는 관객을 볼 수 없게 된다. 대신 작품에 대한 저자의 태도는 근본적으로 관객의 태도와 다르지 않다는 것을 깨닫게 된다. 이들은 작품으로 매개되는 두 집단이다. 이렇게 매개하는 능력 때문에 작품은 표현이 아니라 바로 **기호**이다.

이러한 이해를 바탕 삼아 우리는 앞으로의 결론을 이끌어내야 한다. 그러나 결론을 내리기 전에 잠시 가능한 반론에도 관심을 돌려보기로 하자. 말과 예술작품 사이에는 근본적 차이가 있다고들 한다. 말은 통용화폐이자 공동자산이다. 사전에서 볼 수 있는 바와 같이, 우리는 특정한 개성적 인물이 택한 말에서는 개성의 어떤 흔적도 파악하지 못하는 반면에, 예술작품에서는 그런 흔적을 파악한다.. 이 점은 동의해야 한다. 말과 대조적으로 예술작품의 뒤에 있는 어떤 개성을 우리가 지각하게 된다는 것은 말할 필요도 없기 때문이다. 이런 면이 예술작품을 자연물과 구별짓는다는 것은 이미 언급한 바 있다. 우리는 예술작품을 '만들어진' 것으로, 말하자면 의도적인 것으로 지각한다. 의도는 그것을 전개할 **주체**를 필요로 하는데, 이 주체가 의도의 근원이다. 여기에서 의도의 문제는 인간을 전제로 하게 된다. 그러므로 예술작품의 외부뿐만 아니라 그 내부에도 주체가 있게 된다. 주체는 예술작품의 구성요소여서, 그것이 직접 명시적으로 주체적이라고 주장할 경우에만 그런 것이 아니다. 시각예술 작품에 주체가 현존하는 것은, 진정 어디에나 현존하는 것은 분명하다. 주제의 선택, 주제의 구상, 색채의 선정과 배열, 붓놀림(즉 화가의 필치), 심지어 추상적으로 주체의 위치를 상정할 수 있는 어느 특정지점에서 이루어진 원근법 등, 어디에나 주체는 현존하며, 그림 속의 모든 것은 주체를 향한다.

다른 예술에서도 마찬가지다. 주체는 작품의 예술적 통일을 이루는 본질적 원리다. 가령 연극의 대사처럼 주체를 전혀 볼 수 없는 곳에도 주체는 존재한다. 우리는 무대 위에서 대화를 나누는 등장인물들을 보는데, 보는 사람이 없어도 상대방을 향해서 말하는 것처럼 하는 인물도 있다. 그런데도 실제로는 그들의 모든 말이 상대방에게만 전달되는 것이 아니라 무대 위에 있지 않은 제 3자에게도 전달된다. 그러나 제 3자가 듣기에 말은 그들끼리 전하고자 하는 의미만 전달하는 것 같다. 이렇게 말과 그 결과를 어림하는 사람이 주체인데, 말이 전달되는 사람도 주체다. 근본적으로 주체는 둘이 아니라 바로 하나이다. 다만 처음에 주체를 운반하는 사람을 저자라고 하며 두 번째로 운반하는 사람은 지각자라고 한다. 이런 주장은 처음에는 좀 역설적으로 들릴 것이다. 그러나 저자와 지각자가 한 사람으로 뭉쳐있는 경우가 많으며, 이렇게 뭉쳐있는 사람은 대개 예술가 자신인 경우가 많다는 사실을 알아둘 필요가 있다. 작품을 창조하는 순간에 예술가는 작품이 지각자에게 어떤 결과를 초래할 것인지 고려해서 판단하는데, 이 창조의 순간에 실제로 예술가는 작품을 예술적 기호로 지각하는 것이지, 필요로 하는 이러저러한 기법적 지식과 수단으로 완성하려는 단순한 생산품으로 지각하지 않는다. 이러한 순간에 예술가는 작품에 대해 분명 지각자의 태도를 취하는 것으로 볼 수 있다. 그래서 이 순간에 저자를 지각자와 구별할 수 없는 것처럼, 똑같이 예술작품에서도 전자를 후자와 구별하는 것이 가능하지 않다. 작품에는 주체가 한 사람만 들어 있으나, 작품이 지향하는 의도에 따라 주체가 제시된다. 작품에 의도를 투영하는 사람이나, 이 의도를 이미 완성된 작품에서 지각하는 사람이 어떤 순간에 작품과 접하게 된다면, 이는 작품외적인 다른 문제다.

우리는 예술작품의 주체를 논하면서 바로 조금 전에 깊이 생각해본 다른 문제를 풀을 방법도 대비해 왔다. 작품에 대한 저자의 태도와 지각자의 태도에 근본적 차이가 없다면, 또 예술작품이 창조자의 개성이나 심리 상태의 표현이 아니라 저자와 지각자라는 두 집단을 매개하는 기호라고 한다면, 그렇다면 예술가의 심리 상태, 기질 등에 의거해 예술작품을 해석하는 이론의 입장은 무엇일까?

한 편의 일화에서 시작해 보자. 문자 그대로 "예술은 예술가의 개성을 표현하는 것에 다름 아닌 것"이라는 슬로건을 표방했던 위대한 여배우가 우리와 더불어 살았던 적이 있다. 이 여배우가 젊은 신인 배우에게 연기법에 관해 이렇게 말한 적이 있다. "꾸미지 말고 자연스럽게 연기해라. 먼저 모든 것을 겪고 난 다음에 비로소 연기하라는 뜻이다. 연기하려고 하지 말고 삶을 살도록 하라." 이 여배우는 하나 크바필로바였다. 언젠가 저명한 비평가 인드르지히 보닥이 헨릭 입센의 《로스멜숄름》(*Rosmersholm*, 1886)에서 크바필로바가 한 연기를 날카롭게 비판한 적이 있다. 그는 이렇게 썼다. "우리는 제 4막에서 고백을 한 다음에, 자기 삶에 완전히 실망하고 지친 레벡카가 낙담해서 죽음이란 해방의 암호를 간절히 기다린다고 생각한다. 그런데 크바필로바는 4막에 걸치는 연극 전체에서 아주 형편없는 로스멜 역을 했다." 이런 비판에 대해 크바필로바는 발표한 적이 없는 한 편의 글로 응답했는데, 이 글을 야로슬라프 크바필이 《하나 크바필로바의 문학 유고》(*Literární pozůstalost Hany Kvapilové*)에 수록해 놓았다. 이 글에서 특이한 언급을 볼 수 있다. "고백하건대 앞의 두 막에서 행한 연기에서 나는 치명적인 상처의 결과를 실제 그대로와 똑같이 표현하려고 해서 무조건 신파조가 아닌 연기를 해보려고 했다. 그러나 이런 시도가 철저히 실패했다는 것을 안다. 모든 것을 그토록 잘 꿰뚫어 본다고 생각하는 비평가가 아니라면, 누가 내 연기를 파악하고 바르게 평가할 수 있겠는가? 그러나 비평가는 이런 점을 보지 못했다. …… 그 순간의 신파조가 아닌 순수한 흥분은 국립극장과 그 무대의 넓은 공간 속으로 빨려 들어가고 말았다. 그 장면을 지각하는 관객 또한 같은 이유로 빨려 들어가고 말았다. 내가 연기한 레벡카와 관객과의 접촉은 철저히 차단되어 버렸다. 마지막 4막의 내 연기에 대한 치밀한 계획 전부가 완전히 헛된 것이 되어버렸다."[12]

여기에서 우리는 표현과 예술적 기호 사이에 가로놓인 심연의 아주 멋진 실례를 보게 된다. 심리 상태를 진솔하게 직접 표현하려고 했던 여배우는 예술작품이 관객을 위해 구상된 기호로, 예술가와 관객을 매개한다는 사실을 망각한 것이다. 그녀는 예술작품이 (지금 경우에는 그녀가 창조했던 인물이) 저자와 연결되어 자발성과 직접성을 갖게 된다는 견해에 붙잡혀 있었다. 이러한 부주의로 그녀는 값비싼 대가를 치루고 말았다. 예민한 지각력을 갖고 있는 그 비평가는 여배우가 연기에 불어넣고자 했던 경험의 직접성을 유의하지 않았다. 반대로 그는 여배우의 연기가 경험에 바탕을 두지 않았다고 비난했다. 결국 크바필로바의 모든 예술적 창조에 놓여 있는 근본적인 비극적 모순은 직접적인 표현과 기호 사이의 모순으로 말미암은 것이다. 우리는 이에 관한 독특한 견해를 《하나 크바필로바의 문학 유고》의 다른 곳에서도 찾아볼 수 있다.

---

12) 〈레벡카 베스토바〉(Rebekka Westová), *Literární pozůstalost Hany Kvapilové*, (ed)J. Kvapil, Prague, 1907, p.217.

크바필로바는 어떤 비평가에게 보낸 편지에서 이렇게 묻고 있다. "나는 내가 한 타냐 역이 너무 잘 알려졌다는 것을 알고 있어요. 마지막 막은 나를 육체적으로나 정신적으로나 영영 망쳐버리게 될 것입니다. 나의 흥분 상태는 그 순간부터 비롯된 것이 아닐까요? 더구나 나는 타냐를 관객에게 더 밀착시키지도 못했어요! 내가 무엇을 실수했는지 알고 싶은데, 말해줄 수 있겠어요?"[13]

필자는 이러한 인용들이 우리에게 중요한, 정말 중요한 일을 아주 분명하게 밝혀주기를 바란다. 예술가와 작품 사이에는 직접적인 관련성이 전혀 없다. 예술가가 자발성과 직접성을 갖고 창조한다는 낭만주의 명제는 실천과 이론에서 극복되어 왔다(이 명제가 충분한 타당성을 갖던 시대에서 예술적 성과가 많았다손 치더라도 그렇다). 아니, 그 이상으로 결국 실패하게 되어 있다. 예술가와 그의 작품 사이에서는 많은 일들이 벌어진다. 작품에서 초래되는 **행위**가 의식적이든 무의식적이든 다시 한 번 행위에 주의를 기울여야 할 시점이 되었다. 그런데 우리가 살펴본 바와 같이 이 행위는 르네상스 시대의 예술가와 (레오나르도 다 빈치의 경우처럼) 르네상스의 예술이론에서 똑같이 아주 명료한 것이다. 물론 예술가 쪽의 행위는 이제는 르네상스 시대인들이 여겼던 것 이상으로 아주 복잡하게 여겨지겠지만, 이 행위는 작품과 예술가의 관계를 무의식적인 것으로 생각할 수 없게 한다. 특히 예술가가 직면하는 수많은 요인들을 볼 수 있는데, 예술가는 이런 요인들과 상충하기도 하고 작품을 이루어가는 과정에서 이 요인들과 고투하기도 한다.

먼저 작품에 최대한 밀착해 보면, 살아 움직이는 **예술적 전통**이라고 일컬을 수 있는 요인을 볼 수 있다. 작품 창조는 전제조건이 없으면 불가능하다. 저자는 예술작품을 창조하려는 의도를 갖고 있어서, 이전에 이루어진 예술작품과 예술에 관한 개념, 이전의 예술적 기법과 마주치게 되어 있다. 여기의 예술적 기법은 예술작품의 개별적인 구성성분들

---

13) *Ibid.*, p.348.

이 이전에 다루어지던 방식과 현재 다루어지는 방식을 말한다. 문단에 등단할 때 마주치게 되는 예술적 상황을 근본적으로 변화시킬 결의와 힘을 갖고 있는 혁명적 예술가라 하더라도, 예술적 상황을 변화시키는 이상의 일을 할 수 없으며, 그가 변화시켰다는 것을 지각자가 알게끔 할 수도 없다. 그러나 이렇게 하려면 자기 작품에 이전의 예술상황을 이끌어 들여서 후경화(後景化)해야 한다. 이 후경화로 말미암아 작품은 새롭고 유다른 것으로 지각된다. 작품에 예술상황을 전경화(前景化)하여 직접 표현할 수 없는 것은 전통적 예술기법 때문이다. 예술가의 심리 상태가 작품에 조금이라도 나타나는 한에서, 심리 상태는 이전의 예술상황에 의해 이미 객관화되어야 하고, 그 근원에서 단절되어야 하며, 기호로 바뀌어야 한다.

우리가 말하고자 하는 바를 명확히 하기 위해, 다시 한번 크바필로바의 경우로 되돌아가 본다. 우리는 예술작품에서 그러는 것처럼, 크바필로바가 관객에게 자신의 심리 상태를 가능한 대로 정확히 표현해 보이려고 애썼다는 것을 살펴본 바 있다. 때로는 이러한 시도에서 실패하기도 했다는 것도 살펴보았다. 그러나 여러 번에 걸쳐 실제로 성공하기도 했다는 것도 의심할 여지가 없다. 이 여배우의 주관적 감정에 의하면, 그녀는 그러한 순간들을 무대 위에서 실제로 겪었다. 그렇지만 관중들이 그런 식으로 그녀의 연기를 받아들였을까? 연기법에 관한 상황은 크바필로바가 속해 있던 연극상 리얼리즘 세대가 출현하기 이전의 상황이었다는 것을 알아둘 필요가 있다. 연기법은 관행적인 표정연기와 낭독법에 근거를 두고 있었다. '사랑해요'라는 말은 언제나 특정한 관행적 몸짓과 더불어 말해야 하며, '미워요'라는 말도 좀 다르긴 하지만, 마찬가지로 관행적인 몸짓과 더불어 말해야 하는 식이다. 이러한 동작은 적절한 때에 예외 없이 모든 배우, 모든 등장인물이 임의대로 처리했다. 결과적으로 인물의 통일성을 언급할 수 없다는 것은 말할 나위도 없다. 인물이 동작을 개성화하거나 다른 것과 구별할 수 있는 것은 아무 것도 없기 때문이다. 그런데 크바필로바를 위시해서 리얼리즘 세대에 속하는 젊은 배우들은 이런 상황을 역전시켰다. 그들은 그 당시까지 무시되던 인물의 통일성을 강조했고, 이 통일성에 동작을 종속시켰다. 그들은 동작에서 독립성을 배제했고, 따라서 동작의 관행성도 배제했다. 배우의 표정연기와 동작은 더 이상 별개의 몸짓으로, 이런 때는 '사랑해요', 저런 때는 '미워요'라는 식으로 돌발적으로 표현할 수 없게 되었다. 대신 배우의 표정연기와 동작은 일상생활에서 이루어지는 '자연스럽고' 비인위적이며 비예술적인 동작과 표정을 닮은 연속되는 일련의 동작과 표정으로 점차 바뀌어졌다. 관중은 연기에 나타난 낡은 스타일과 새로운 스타일의 뚜렷한 차이를 즉각 알아챘다. 이러한 대립에서 새로운 연기도 자발적 표현이 아닌 하나의 기호로, 예술적 의도의 결과로 경험할 수 있게 되었다. 신파조의 리얼리즘이 낡은 스타일의 연기와 대립해서 관중의 의식에서 사라지는 순간에, 상황은 좀더 결정적인 것이 되어버렸다. 관행에 대립되는 것으로 여겨져 왔던 리얼리즘적 연기는 아류들에 의해 관행 자체가 되어버렸고, 따라서 그것의 기호성을 극명하게 드러냈다. 그러므로 예술에서 실제적인 직접적 표현은 없다. (의식적인 예술적 의지조차 이러한 경우가 허다하지만) 예술적 의도가 언제나 예술가와 예술작품 사이에 놓여있기 때문이다.

그렇지만 예술가와 예술작품 사이에 놓여 있는 다른 요인들이 아직 남아 있다. 먼저 예술가 쪽에서 보자면, 의식하든 않든 그가 창조하는 데 관계되는 다양한 예술외적인 동기들이 있다. 예를 들어 대개 간과해 버리기 쉬운 경제적 동기가 있다. 그러나 가령 르네상스 예술가는 이것을 아주 냉정하게 알아채고 있어서, 그들이 창조하는 데 고도의 형태로 좋든 싫든 영향을 미쳤다. 더군다나 야망, 사회적 대가 등에서 기인하는 동기들도 있다. 이것들도 예술가의 작품이 그의 개성과 직접 관련되는 것을 불가능하게 한다. 예컨대 이러한 대가 가운데 하나로 말미암아 예술가가 자신의 실제 심리 상태를 감추거나 다른 것으로 위장하게 된다면 어떻게 될 것인가? 이 모든 것들은 숙고해 볼만한 가치가 있다.

끝으로 사회에서 이루어졌든 다른 문화영역에서 이루어졌든, 예술가의 개성이 교차점을 이루는 외부적 영향들이 있다. 만일 이것들을 상세히 분석해 본다면, 텐과 그의 추종자들이 압도당했던 환상을 쉽게 볼 수 있을 것이다. 이와 같은 영향들 뿐이어서, 예술가의 개성은 도대체 존재할 수가 없다. 그렇지만 이렇게까지 멀리 나가고 싶지 않다. 반대로 우리가 예술가의 개성에서 작품으로 나가는 길이 직접적이고 즉각적이지 않다고, 특히 자발적이 아니라고 주장한다면, 예술가의 개성을 부정하기는커녕, 반대로 그것을 기꺼이 강조하는 것이 된다. 사회적 영향, 일반문화적 영향, 예술적 영향은 (의식적이든 잠재의식적이든) 개성 그 자체가 허용하는 식으로, 그리고 허용하는 만큼만 개성에 영향을 미치게 된다. 개성은 영향의 총체가 아니라 영향들이 서로서로 종속되거나, 종속을 벗어나며 이루는 영향의 평형 상태를 말한다. 이러한 이유에서 예술가의 개성은 다른 개성이나 마찬가지로 주도적 힘이라는 것이 입증된다.

요컨대 개성은 물에 탄 소금처럼 결코 외적인 영향으로 분해될 수 없다. 이 또한 예술의 개성에도 적용할 수 있다. 극복되거나 수정될 것이 있다면, 그것은 예술적 개성의 영예와 중요성이 작품을 통해 충분히, 실제로는 수동적으로 표현되어야 한다는 사실이다. 바라는 바와 같이 미래의 예술발전과 예술가의 상황이 예술가를 무언가에서 해방시키겠다면, 사라져야 할 것은 바로 정원사가 온실의 꽃을 보살피거나 테너 가수가 자기 목소리를 소중히 하듯이, 예술가의 개성과 개별성을 지켜보는 그런 따분한 일일지 모르겠다.

* 출전 : Jan Mukařovský, "Personality in Art", *Structure, Sign, and Function*, John Burbank/Peter Steiner(tr/eds), New Haven : Yale University Press, 1978, pp.150~168.

원래 1944년 2월 3일 프라하의 '예술가협회'에서 행한 강연 "Osobnost v umění"의 번역이다. 《미학연구》(*Studie z estetiky*, Prague, 1966)에 수록되어 있다.

제2부 ● 시적 언어, 의미

1. 시적 언어 ▪ 얀 무카르조프스키
2. 시적 언어의 세 가지 개념 ▪ 츠베탕 토도로프
3. 의미 문맥의 구성 ▪ 이르지 벨트루스키

1. 시적 언어

얀 무카르조프스키

1. 기능어이며 재료인 시적 언어

여러 해 동안 일반적인 시 연구, 특히 시의 언어에 관한 연구는 극심한 변화를 겪어 왔다. 이런 일이 가능해진 것은 담론이 지향하는 목적에 따라서, 또 특정한 언어기법이나 이런 기법 전체가 가리키고 조절하는 기능에 따라서 언어가 구별된다는 것을 현대 언어학자들이 깨닫게 된 데 이유가 있다. 그러므로 시적 언어는 언어체계의 일부처럼, 나름대로 규칙적으로 발전해온 지속적인 구조로 나타나고 있다. 따라서 일반 언어에 의한 인간표현법의 발전과정에서 중요한 요인이 되고 있다.

이 연구는 기능언어의 한 가지인 시적 언어에 관한 것이다. 최근까지 시적 언어에 관한 다양한 개념들이 많이 나타났기 때문에 오늘날의 관점에서 비롯된 것이 아닌, 즉 시적 언어의 본질이 들어 있지 않은 관점에서 이루어진 모든 개념을 서론 차원에서 간결하게 언급해 보는 것도 어느 면 타당성이 있어 보일 것이다.

먼저 말해 둘 것은 시적 언어가 언제나 **장식적** 표현을 이루는 것이 아니라는 점이다. 물론 표현된 내용과 언어적 표현이 나누어져 있는 것으로 보이는 발전시기에는 장식적 표현이란 특징을 지니기도 한다. 그러한 시기에는 표현이 내용을 꾸며주는 외양으로 간주된다. 그러나 이런 성분들이 서로 구별할 수 없을 정도로 뒤엉켜 있어서, 그 밀접한 관계가 시적 표현의 특질을 이루는 시기도 있다.

아름다움도 시적 언어의 변함없는 표지는 아니다. 문학의 역사는 아름다움의 기준과 무관하거나 심지어 이런 기준에서 보면 부정적이기조차 한 어휘영역에서 시인이 언어재료를 찾던 사례들로 가득 차 있다. 따라서 프란티셱 샬다의 유명한 언급에 의하면, 얀 네루다는 "길거리에서 닦이지 않고 정돈되지 않은 단어들을 주워다가 영원한 진리를 전달하는 놀랄 만한 대담성"을 갖고 있었다고 한다.[1] 시적 언어는 감정 표현을 위해 지정되어 있는 **감정의 언어**와도 다르다. 근본적인 차이는 이 두 언어가 지향하는 방향성에 있다. 본질적으로 감정의 언어는 아주 직접적인 것이어서, 말하는 개인의 특유한 심리 상태에 대해서만 타당성을 갖는 감정을 표현한다. 반면에 시적 표현의 목적은 초개인적이자 불변하는 가치를 창조하는 데 있다. 물론 문학은 감정의 언어라는 장치를 스스로의 목적에 맞게 사용할 수 있는데, 특히 시적 표현과 그 창조자의 독특한 개성이 이루는 관계가 강조되는 시기에는 이런 장치들이 대거 활용되기도 한다. 그렇지만 시가 그 목적을 위해 풍부한 언어자원에서 택하는 많은 장치들 가운데 **한 가지**가 바로 감정의 표현이다. 같은 방식으로 시는 다른 언어층에서 장치를 빌려오기도 한다. 감정의 표현에서 벗어나는 것이 문학에서 계획적으로 요구하는 사항인 시대조차 있었다. 우리나라의 시에서는 요세프 마하르와 프란티셱 젤너의 경우가 그렇다.

더욱이 시적 언어의 특징은 **구상성**(즉 '가소성(可塑性)')에 완전히 의거하지도 않는다. 또한 계획적으로 시적 언어가 추상성, 즉 비구상성(非

---

1) 〈얀 네루다의 묘소로 가는 꿈과 명상의 길〉(Alej snu a meditace ku hrobu Jana Nerudy), 《내일을 위한 투쟁》(*Boje o zítřek*), 3rd ed., Prague, 1918, p.67.

具象性)을 지향하는 시대도 있다. 그러므로 가령 고전주의 시대에서는 어떤 공인된 구체적인 지정의미조차 회피하려는 경향이 있었다. 결국 **구상성**이란 말 자체의 의미조차 모호한 것이다. 이 말이 어느 경우에도 다른 것을 의미할 수 있기 때문이다. 말하자면 분명한 이미지를 불러일으키는 경우도 있지만, 때로는 한 단어에 무한정 연상되는 이미지 다발이 수반되는 경우도 있다. 그러므로 발전과정에서 시적 언어는 언제나 구상성이란 한 축으로만 기울기보다는 구상성과 비구상성이란 두 축 사이를 시계추처럼 오가고 있다. 이것과 연관해서 **비유적** 본질도 무조건 시적 언어의 특징이라고 말할 수 없다는 점을 지적해 둔다. 일면에서 비유적인 의미부여는, 심지어 '생생한'[2] 비유적 의미부여라 해도, 이것은 시적 언어뿐만 아니라 일반적인 언어에도 공통된 특성이다. 반면에 비유적인 의미부여에서 벗어나려는, 적어도 이것의 지배에서 벗어나려는 여러 실례도 문학의 역사에 나타난다.

끝으로 언어표현에서 강조되는 특이성인 **개성**조차 일반적으로 시적 언어를 특징짓지 못한다. 명백히 개인적인 스타일이 (가령 과학적 담론과 같은) 문학 이외의 분야에도 있을 수 있다는 사실에도 불구하고, 시적 언어가 개성적 표현을 피하는 온건한 발전시기가 있었다는 사실에도 주목해야 한다. 예컨대 고전주의 시대에서는 대개 개성적인 창조를 제한하기 위해 시에 어떤 단어를, 심지어 어떤 이미지를 사용할 수 있는지 설정해 놓기도 했다. 문학의 전 영역에 걸쳐서 불변하는 구체적 관행으로 이루어지는 규범적 스타일이, 말하자면 모든 개별적인 시 창조

---

2) 예를 들자면 상황의 직접적인 특색을 묘사하기 위한 의도에서 임시변통으로 급조한 (은유, 직유 등과 같은) 비유적인 의미부여와 구어 투의 말에서 마주치는 경우도 있다. 카렐 차펙-호트는 이러한 구어체의 속성을 단편소설 〈열 차례의 매질〉(Deset deka)에서 다음과 같이 잘 보여주고 있다. "한순간 루카는 빨래를 한보따리 집어넣은 짐바구니 곁에 서 있었으며, 결국 식료품 가게에 있는 압착탈수기를 향해 '출발하는' 대신에 루카는 '많은 사람들이 걸어가고 있는 길가에, 무엇이라고 부르던 간에 마치 전동운반기처럼' 계속 서 있었다. 여기서 보는 바와 같이 레자는 은유를 다양하게 쓰는 것을 좋아했다."

자들이 의무적으로 따라야 하는 일정한 규칙이 있던 시대도 있었다(이런 면에서 '창(槍)의 길게 드리운 그림자', '흰 가슴', '하늘빛 바다'와 같은 그리스나 슬라브의 영웅담시에서 볼 수 있는 사례를 생각해 보라). 음성학자 마르셀 주스는 이 점에 관해 《언어심리학연구》(*Etudes de psychologie linguistique*)에서 다음과 같이 언급한 바 있다. "외줄 현악기 구슬라(guslar)로 반주하며 낭송하는 음유시인들, 즉 구슬라들(guslars)의 서사형식은 이 면에서 호메로스나 예언자들, 유대교 율법학자들의 서사투와 흡사하고, 바루크, 베드로, 바울의 사도 서간과 비슷한데 …… 비교적 얼마 안 되는 상투적 표현과 병행한다. 이 상투적 표현들 하나하나의 전개과정은 일정한 규칙을 따라 자동적으로 이루어진다. 단지 그것들의 순서만 달라질 뿐이다. 구슬라를 갖고 반주하며 공연하는 재간있는 구슬라는 카드놀이를 하듯이, 자신의 상투적 표현들을 갖고 놀이를 한다. 그는 자신이 상투적 표현에서 만들어내려고 하는 결과를 따라 여러 가지 방식으로 이런 표현들을 배열한다."[3] 따라서 이런 시적 배열에서 개성은 분명히 이차적인 위치로 밀려나며, 남는 것이라고는 기껏해야 일차적으로 주어진 일정 규칙의 배열에 미칠 수 있는 영향력뿐이다.

이상과 같이 열거한 내용들이 일반적인 시적 언어의 특성이라고 대개 공언되어 왔고, 여전히 부분적으로 공언되는 시적 속성들이다. 그러나 실제로 이러한 속성들은 단지 문학의 개별적인 발전시기나 특유한 양상만을 뚜렷이 보여줄 뿐이다. 열거한 내용에서 단 하나의 속성도 시적 언어를 영원히 일반적으로 특징짓지 못한다고 볼 수 있다. 시적 언어는 기능에 의해서만 영원히 규정될 수 있다. 그러나 기능은 속성이 아니라, 어떤 주어진 현상의 속성들을 **활용하는 방식**이다. 시적 언어는 여타의 수많은 기능언어들 가운데 하나인데, 이 언어들 하나하나는 어떤 표현목적을 위해 언어체계를 적용한다. 시적 표현의 목적은 미적 효

---

3) Marcel Jousse, 《언어심리학 연구》(*Etudes de psychologie linguistique*), Paris, 1925, p.113.

과에 있다. 그렇지만 (다른 기능언어에서는 부수적 현상에 불과할 뿐이지만) 시적 언어를 지배하는 미적 기능은 언어기호 자체에 주의를 집중시킨다. 따라서 언어로 의사소통 한다는 목표를 지향하는 실제의 방향과 정반대의 입장이 되어버린다.

말할 것도 없이 언어표현과 언어예술뿐만 아니라 모든 예술과 여하한 미적 영역에서도 타당한 미적인 '표현 자체를 지향하는 방향'은 논리적 표현을 지향하는 방향과 **본질적으로** 다른 현상이다. 이 논리적 표현 지향성이 맡은 일은 ('비엔나학파'라고도 일컬어지는) 이른바 논리실증주의 운동에 의해서, 특히 루돌프 카르납이 강조한 바에 의해 보다 정확한 표현을 하자는 것이다. 무엇보다 먼저 논리학의 언어 개념은 미학의 그것과 전혀 다르다. 논리실증주의가 (현대논리학의 다른 경향들과 맥을 같이 하면서) 전반적 문맥에서 문장으로, 문장에서 개념으로 진행해 나가는 데 낡은 논리보다는 실제의 언어에 더 의존한다 하더라도 그렇다.[4] 시적 언어와 일반 언어의 미학에서 '언어'는 역사적 발전과정에서 생성되었고, 계속해서 생성되고 있는 모든 구체적 속성을 갖춘 특정한 민족어(국어)를 뜻한다. 그러나 논리실증주의에서는 '언어'가 다음과 같은 사실로 규정되는 특별한 논리적 문맥조직을 의미한다. 여기의 사실은 문맥조직에서 의미 단위들이 뜻을 결정하는 논리적 상관관계에 따라서 결합되는 것을 말한다. 누구든 "(예컨대 단어와 같은) 기호의 의미와 …… (가령 문장과 같은) 표현의 의미"를 무시하고 단지 "표현이 이루어지는 기호의 유형과 연쇄"만을 고려한다는 사실이다.[5] 그러므로 논리실증주의자들의 견해에 따르면, 논리의 '언어'에서 의미적 맥락의 유일한 토대와 법칙을 창출하는 것은 구문관계다. 그러나 우리가 이해하는

---

4) M. Schlick, 〈비엔나학파와 전통철학〉(L'Ecole de Vienne et le philosophie traditionelle), 《제9차 국제철학대회 보고서》(*Travaux du IXe Congrès international de philosophie 4*), Paris, 1937.

5) R. Carnap, 《언어의 논리적 구문》(*Logische Syntax der Sprache*), Vienna, 1934, p.1.

바와 같이, '자연적으로 이루어진' 언어에서 의미의 맥락은 구문관계와 (텍스트의 의미를 구조화하는) 순수한 의미관계라는 두 종류의 관계로 말미암아 동시적으로 통제된다. 이 두 가지 관계가 언제나 전면적으로 공존하는 것은 아니다. 어떤 학자라도 논리실증주의자들이 염두에 두는 그런 언어를 스스로 창조해낼 수 있다.[6] 개별적인 과학은 이러한 독립된 언어를 갖고 있어서, 모든 과학은 함께 '통일된' 과학어를 창조하려고 한다('통일된 과학'을 창조하려는 논리실증주의자들의 널리 알려진 노력을 생각해 보라).

따라서 논리실증주의자의 언어관은 일상생활의 의사소통 수단이라는 언어관과 전혀 다르다. 한쪽에 타당한 것이 반드시 다른 쪽에도 타당하다는 법은 없다. 그러므로 미학이 관심을 기울이는 표현을 지향하는 방향은 논리실증주의자들이 마음에 두는 방향과 철저히 대립된다. 이 두 가지 지향이 보여주는 특유한 차이에 주의를 기울이는 것은 쓸데없는 짓이다. 그러나 논리실증주의자들은 이 특유한 차이에 대해 문제를 제기하며, 시를 감정 표현의 문제로 간주한다. 이러한 면에서 그들이 샤를 바이와 견해를 같이하고 있을지라도, 현대적인 연구 관점에서 보자면 이런 견해의 오류는 분명하다.

그러나 '표현을 지향하는 방향'이라는 개념조차, 이것이 현대미학에 대해 갖는 의미와 똑같은 의미를 논리실증주의에 대해 갖고 있다. 미학에서 이 개념은 표현의 모든 다양성에, 특히 기능의 다양성에 관심을 집중하는 것을 뜻한다. 이러한 과정에서 지각자도 언어기호의 미적 기능 이외의 기능에 대한, 특히 카를 뷜러가 《언어이론》(*Sprachtheorie*)에서 제시적 기능, 표현적 기능, 호명적 기능이라고 지칭한 세 가지 기본 기능에 대한 통찰을 결코 놓치지 않는다.[7] 언어표현은 자체의 미적 방

---

6) R. Carnap, 《철학적 구문과 논리적 구문》(*Philosophical and Logical Syntax*), London, 1935, p.77.
7) 편집자 주 : 언어기호의 세 가지 기본기능을 오늘날은 대개 지시적·정서적·친교적 기능이라고 각각 일컫는다. 이에 관해서는 로만 야콥슨의 〈언어학과 시학〉

향 안에서 이 세 가지 기능 사이를 자유롭게 오간다. 말하자면 언어표현은 언제든지 이 기능들 가운데 하나에 속하기도 하고 벗어나기도 하면서, 다양한 방법으로 기능들을 서로 결합한다. 이는 정확히 어느 한 기능에 스스로 '에워싸임'으로써 이루어지는 일방적인 결합 상태에서 벗어나 자유롭게 된 인식론의 결과라고 하겠다. 반면에 논리적인 '표현지향성'은 언어표현이 논리적 고려에 종속된다는 것을 뜻한다. 따라서 언어기호의 기능들 가운데에서 **단 한 가지만**이 뚜렷하게 강조된다. 나아가 이러한 기능의 단절현상은 논리 외적인 것도 모두 고려하는 발화를 순화시켜 깨끗하게 하려는 노력에 의해 분명하게 표명된다. 논리라는 관점에서 보자면 현실의 언어는 결코 완벽하지 않다.[8] 논리적 언어가 갖는 극단적인 한계와 이상은 '절대적' 기호다. 그런데 이 기호에 경험적 현실과 연관되어 부여되는 의미는 (수학공식의 '언어'처럼) 논리적 맥락에서 도출되는 명료한 '의미'에 완전히 무력해진다. 그러나 이것이 현실과 맺는 관계에서 빚어지는 문제라면(논리학의 전문용어로 '종합문'의 문제라면), 이 관계는 진실성의 문제(논리실증주의의 용어로는 종합적 판단의 '타당성'과 '반타당성'의 문제)가 관련되는 한에서 최대한 억제된다. 이와 반대로 진실성의 문제는 미적 기능이 우세한 시에서는 아무 의미도 없다. 여기에서 발화는 직접적으로 주제를 구성하는 현실을 '의미'하는 것이 아니라, 한 덩어리를 이룬 모든 현실, 우주 전체, 더 정확히 말하자면 작가, 아니 차라리 지각자라고 일컬어야 마땅할 사람의 모든 실존 차원의 경험을 '의미'한다. 그러므로 미적 '표현지향성'과 논리적 표현지향성이 상반되는 것은 언어의 개념이라는 측면뿐만 아니라 '방향성'이라는 개념 자체에서도 입증된다.

　논의가 본론에서 벗어나고 있으니, 시적 언어의 문제로 다시 돌아가 보기로 하자. 시적 담론이 표현 자체를 목적으로 삼는다는 사실로 시적

(Linguistics and Poetics), 《언어의 스타일》(*Style in Language*), (ed)Thomas A. Sebeok(Cambridge, Mass., 1960, pp.353~337)을 참조하라.
 8) R. Karnap, 《언어의 논리적 구문》, p.3.

언어에서 실용적 의미가 제거되는 것은 아니다. 바로 이 미적인 '자기중심적 지향성' 때문에 시적 언어는 다른 기능언어들보다 다음과 같은 점에 더 적절한 언어다. 언어에 대한 인간의 태도 및 현실과 언어의 관계를 끊임없이 되살려낸다는 점에서, 언어기호의 내적 조직을 새로운 방식으로 계속 드러낸다는 점에서, 또 언어기호의 사용에 새로운 가능성을 보여준다는 점에서 더 적절한 것이다. 물론 시적 언어에서 미적 기능이 지배적이라는 것은 절대적이지 않다. 자기중심적 지향과 의사소통 사이에는 끊임없는 투쟁과 긴장이 존재한다. 따라서 시적 언어는 자기중심적 지향이라는 면에서 다른 기능언어들과 대립되는 입장에 놓여 있어도, 극복할 수 없는 경계선으로 기능언어들과 단절되어 있는 것이 아니다. 결국 시적 언어는 흔히 어휘론적인 면모를 띠긴 하지만, 때로는 형태론적이거나 구문론적인 그런 문법적 형태도 띠는 이른바 시중심주의(poeticism)라고 할 수 있는 자체의 언어 장치가 거의 없다. 대개 시적 언어를 언어의 다른 층위에 저장되어 있는 관련어휘에서 끌어다 쓰는데, 흔히 정상적인 어법에서는 단일한 언어층에 국한된 아주 특이한 표현수단에서 차용해 온다. 이것으로 시적 언어와 다른 언어층이 구별된다. 왜냐하면 일반적으로 다른 언어층은 두 말할 나위도 없이 공통된 언어 속성을 제외한 그 자체의 수단만을 사용하기 때문이다. 또한 시적 언어를 다른 언어층에 밀접하게 연관시켜 주는데, 이는 시적 언어가 다른 언어층과 서로 관계를 맺거나 서로 스며드는 데에 매개자 역할을 하기 때문이다.

그렇지만 기능언어들 가운데 시적 언어가 특히 관련되는 것이 하나 있는데, 그것은 표준 문어다.[9] 물론 문학과 시적 언어는 표준 문어적 형

---

9) 편집자 주 : 표준 문어 문제에 관한 대표적 전문가인 '프라하언어학회' 소속의 보후슬라프 하브라넥은 백과사전에 수록된 글에서 다음과 같이 규정하고 있다. "표준 문어(spisovný jazyk)는 문화와 문명의 전달체이자 매개물로 독립국가의 존재를 알려주는 척도다. 이것은 근본적으로 기능에서 민족의 일반 언어와 다르다. 맡은 바 직분이 일반언어의 그것보다 훨씬 광범해서, 무엇보다 먼저 직분을

식이 결여된 민족어나 혹은 (민요시처럼) 표준 문어와 아무 관련이 없는 언어구조에 존재하는 데 어려움이 전혀 없다. 그러나 '기예적(技藝的)' 문학이라고 일컬어지는 것에서 시적 언어와 표준 문어의 결합관계는 아주 밀접해서, 가령 표준 문어를 체계적으로 집성한 사전과 문법서에 인용된 실례들은 대개 시작품에서 뽑아온 것들이다. 이것은 도대체 무슨 연관관계란 말인가?

학자들은 시적 언어를 표준 문어가 변형된 것의 하나로, 즉 상부구조의 일반적 규칙에 좌우되는 변형이라고 논의해서 이 관계를 설명하는 경우도 있다. 특히 언어순화론자들은 시적 언어와 표준 문어의 상호관계를 이런 식으로 이해한다. 이는 그들이 표준 문어에서 외국적인 것이든 자국적인 것이든 모든 이질적 요소들을 깨끗이 제거하려고 하기 때문인데, 이 요소들은 표준 문어의 규범과 일치하지 않는 것들이다. 그러나 그들이 이런 식으로 시적 언어를 통제하려고 하면, 상당수에 달하는 시적 언어의 예술적 장치들은 언어의 '순수성'에 대한 자의적인 왜곡처럼 여겨질 것이다. 그런데 언어장치들을 단일한 범위로 제한하는 것은 문학과 전혀 어울리지 않는다. 여기에서 창조의 자유에 대한 권리와 창조를 제한할 수 있는 권리에 대한 시인과 언어순화론자의 투쟁이 벌어지게 된다. 얼마 전 우리나라에서도 그러한 운동이 벌어진 적이 있다.[10]

좀더 정확히 깊이 있게 구별해야 한다. 이러한 이유로 표준 문어는 보다 풍부한 기능적, 양식적인 층위구조를 보여준다. 더욱이 표준 문어의 준거는 일반언어의 준거보다 더 의식적이고 강제적이다. 따라서 이 준거의 안정성이란 필요조건은 더욱 강할 수밖에 없다. 끝으로 공적으로 씌어지는 (인쇄되는) 발화는 표준 문어로 된 발화 가운데 가장 두드러진 것이다"(〈표준 문어〉[Spisovný jazyk], 《새백과사전》[*Ottu slovník naucný nové dovy*] 6, Prague, 1940, p.180).

10) 편집자 주 : 무카르조프스키는 (오타카르 피셔르, 이반 올브라흐트, 블라디슬라프 반추라 등과 같은) 체코의 몇몇 작가들과 《우리말》(*Naše reč*)지의 편집장 할러의 논쟁에 대해 언급하고 있는 것이다. 1930년에 벌어진 이 논쟁에서 '프라하언어학회' 회원들은 작가들 편을 들었다. 그들의 견해는 논문 선집인 《표준 체코어와 바른 언어》(*Spisovná čeština a jazyková kultura*, ed, B. Havránek/M. Weingart, Prague, 1932)에서 찾아볼 수 있다.

그러므로 명백히 시적 언어와 표준 문어 사이에는 다른 점이 있다. 그렇지만 이 차이가 둘 사이의 긴밀한 관계를 손상시키지 않는다. 시가 표준 문어의 규범을 극심하게 왜곡하는 시대에서도 표준 문어는 시작품의 언어적 국면을 지각할 수 있는 배경을 이루기 때문에 관계가 손상되지 않았다. 시에서 예술적 장치로 평가되는 것은 바로 표준 문어의 어법에서 **일탈**되는 경우다. 이러한 일탈은 (기능적, 사회적 층위 등과 같은) 다른 언어 층위에는 적용되지 않으며, 심지어 어떤 순간에 시가 가장 근접하게 되는 그런 층위에도 적용되지 않는다. 가령 완벽하게 은어나 방언으로 씌어진 시가 '기예적' 시에 속하는 것으로 여겨지는 한, 비록 표준 문어의 규범을 철저히 왜곡하더라도 이런 시는 표준 문어를 배경으로 삼은 것으로 보여진다.

시적 언어와 표준 문어의 밀접한 관계는 시가 표준 문어 규범의 발전에 미치는 영향력에서 구체적으로 나타난다. 물론 이러한 영향으로 언어 측면에서 시가 창조하는 모든 것이 즉각 자동적으로 표준 문어 규범의 일부가 된다는 것은 아니다. 시에서 이루어지는 가장 놀라운 언어 창조의 결과인 새 말이 표준 문어에 뿌리내리는 일은 거의 없다. 시적 언어는 예컨대 새로운 어구, 새로운 형태의 의미론적 문장구조 등을 표준 문어의 어법으로 제시해서, 담론을 좀더 효율적으로 조직하는 데 영향을 미친다. 시적 언어가 표준 문어에 미치는 영향 또한 시대에 따라 다양하다. 예를 들어 우리나라에서는 의식적으로 의도해서 표준 문어의 규범을 재건하려는 시도가 행해지던 '국가부흥운동' 시대에 그 영향이 가장 강력했다. 이 운동이 요세프 융만의 시 번역과 더불어 시작되었다는 사실은 이 운동의 특징을 잘 보여준다. 그런데도 표준 문어와 시적 언어는 함께 발전과정의 독자성과 규범의 절대권을 주장한다. 표준 문어에서 혁신적 변화일 수 있는 것이 시에서는 단순한 예술적 장치에 불과할 수도 있다. 반면에 시적 견지에서 보면 아주 개성적이고 특이한 문체 형식이 현재의 표준 문어적 규범에서 보자면 아주 규칙적인 경우도 많다. 보후슬라프 하브라넥은 카렐 마하가 사용하는 언어를 토대로

해서 이런 경우의 본질적인 타당성을 잘 보여준다.[11]

우리는 시적 언어의 입장을 언어체계 전반에서 확인해 보았다. 그러나 이제는 정반대의 입장에서 고찰해 보기로 한다. 말하자면 문학작품에서 언어가 차지하는 입장에 관심을 집중해 보기로 하겠다. 문학에서 언어는 무엇일까? 그것은 조각의 금속이나 석재, 미술의 물감이나 화판재료와 같은 **재료**이다. 언어 또한 재료가 아닌 구조의 전달수단이 되려면 감각적으로 지각할 수 있는 현상처럼 외부에서 예술작품 속으로 들어가야 한다. 이런 목적을 위해서는 예술작품에서 언어가 다듬어지고 재구성되는 과정을 겪어야 한다. 그런데도 언어와 다른 예술의 재료 사이에는 뚜렷한 차이가 있다. 돌·금속·그림물감은 예술에서만 기호적 성질을 띠는 단순한 자연현상으로 예술 속으로 들어가는데, 그때에 비로소 무언가 '의미'하게 된다. 본질적으로 언어는 이미 기호다. 언어의 토대인 인간의 목소리와 같은 자연현상조차 기호적인 목적을 위해 이미 이루어져 있는 발성기관에서 나오는 것이다. 단순한 자연의 소리가 아니라 음조체계의 구성성분인 음악적 재료, 즉 음조만이 언어를 기호적 성격을 갖는 예술재료로 만든다(우리는 언어를 음조체계의 일부로만 이해한다). 음악의 음조 역시 그것이 음성으로 실현되는 것과는 어느 정도 무관하다. 독자가 소리 내지 않고 책을 읽듯이, 숙련된 음악가도 소리 내지 않고 악보를 읽을 수 있다.

그러나 언어와 달리 음조는 거의 전적으로 음악에만 국한된다. 하찮은 예외를 제외한다면, 자연은 음조를 갖고 있지 않다(모래언덕이 무너져 내리는 소리는 대개 자연이 내는 음조의 아주 특이한 경우다). 음악 이외에 음조는 인간행위의 주변에서만 나타난다. 따라서 인간행위와 긴밀한 관계를 이루는데, 예컨대 사냥할 때의 뿔피리 신호가 그런 것이다. 그러므로 음조는 일상생활에 뿌리내린 것도 아니고 특별한 의미의 전

---

11) 〈마하의 언어〉(Jazky Máchův), 《토르소와 마하 작품의 비밀》(*Torso a tajemství Máchova díla*), (ed)J. Mukařovský, Prague, 1938, pp.279~331.

달수단도 아니다. 음악적 멜로디의 '의미'는 특성이 없는 단순한 의도, 거의 무제한으로 구체적인 의미들을 흡수할 수 있는 의도로만 존재한다. 반대로 언어는 가장 중요한 기호체계나 기호로 문학의 외부에 존재하며 작용한다. 언어는 인간이 공존할 수 있게 하는 접합체이자 현실과 사회에 대한 인간의 태도를 통제한다.

따라서 조각이나 미술의 재료들과 달리 언어는 기호적 성격을 갖고 있으며, 이런 이유 때문에 감각적인 지각과 비교적 무관하다. 그러므로 시는 인간의 어떤 감각에 직접 호소하지 않고(물론 우리가 그 음성적인 실현을 무시한다면 말이다. 음성적 실현은 예술적 견지에서 보자면 특정한 예술의 문제, 곧 낭송의 문제다), 모든 감각에 간접적으로 호소한다. 음악의 재료와 달리 언어도 예술 외부에 존재하면서 작용하는데, 언어는 그것이 보여주는 의미의 명확성을 예술에 신세지고 있으며, 일상적 생활의 맥락과 밀접한 관계를 맺는 데에도 예술에 신세지고 있다. 그러므로 우리가 예술적 재료인 언어의 이점을 칭송한다 하더라도, 언어의 약점도 잊어서는 안 된다. 중요한 것은 언어에 근거하는 문학작품은 역사적으로 변하기 쉬운 현상인데, 다른 예술작품들보다 완성된 다음에 더 쉽게 변한다는 점이다. 문학작품의 예술적 구조는 언어의 발전에 따라서 명백히 혼란을 일으키거나 심지어 파괴되는 경우도 있다. 시인이 의도적으로 미적 효과를 일으키려고 했던 것이 효과를 잃는가 하면, 반면에 시인의 예술적 의도가 미치지 않았던 구성성분이 미적 효과를 이루는 경우도 있다.

전자의 경우는 특정한 언어 구성성분이 미적 효과를 위해 의도적으로 변형되어 일반적 어법이 되어버리는 경우에 일어난다. 후자의 경우는 시인이 살고 있는 시대의 일반적 어법이 변화된 언어적 감수성으로 말미암아 이상하거나 특이하게 여겨질 경우에 일어난다. 시적 재료라는 면에서 언어가 갖는 또 다른 약점은 문학작품이 어떤 언어공동체의 구성원에게만 국한된다는 점이다. 문학작품은 작품에 사용된 언어를 모르는 사람들을 위한 것이 아니다. 따라서 작품에 사용된 언어를 알기는 하지만 모국어만큼 잘 알지 못하는 사람들은 완전하지 못하고 철저하지 못한 상태에서 작품을 대하게 된다. 말하자면 그들은 주어진 언어의 단어와 형식이 함께 결합되어 현실에 대해 일으키는 풍부한 연상작용을 전반적으로 구사하지 못한다. 문학작품에서 언어적 국면이 강조되면 될수록, 그것은 더더욱 어떤 민족어에 강력하게 소속된다. 여기에서 어떤 시작품의 번역에, 특히 서정시의 번역에 어려움이 따르게 되는데, 심지어 번역이 불가능한 경우까지도 있다.

그러므로 아무튼 모든 기능언어와 마찬가지로, 시적 언어도 **특정한** 민족어 체계에 뿌리내리고 있다. 외견상 모두 명백한 이런 사실은 최근까지 시의 이론가나 문학사가들에게도 잘 알려지지 않은 중대한 결과를 야기해 왔다. 이런 결과는 특정한 시적 장치가 어떤 언어에서 특징을 이루기 때문에 빚어진다. 그러나 이 특징은 다른 언어의 특징과 완연히 다른데, 서로 다른 성질 때문이다. 근래의 연구에서 풍부한 사례를 들 수 있지만, 우선 로만 야콥슨의《체코시의 토대》(*Základy českého verše*)[12]에서 한 가지 예를 드는 것으로 족할 것이다. 바츨라프 융은 알렉산드르 푸쉬킨의 강약격 4보율 시구인 "Burja mgloju nebo kroet"를 체코어로 "Boure mlhou nebe kryje ; 폭풍이 하늘을 물안개로 가린다"라고 한 자 한 자씩 그대로 직역했다. 그런데도 체코어 번역은 러시아어 원문과 큰 차이가 난다. 이는 음량의 측면에서(러시아어에서는 음량이 강세성분이지만, 체코어에서는 그렇지 않다), 음보경계와 단어경계가 정확히 일치한다는 측면에서 그렇다. 이 일치는 첫 음절에 강세가 오는 체코어에서는 아주 흔한 일이다. 그러나 강세에 얽매이지 않는 러시아어에서는 비교적 드물게 일어난다. 그러므로 체코어로 번역된 시행에는 의성어적 효과까지 나타난다.

이와 같이 어떤 언어체계의 본성에 시적 표현이 의존하는 것은 다른 언어에서도 마찬가지다. 그러므로 각기 다른 언어에 동일하게 짜여진

---

12) *Základy českého verše*, Prague, 1926, p.52.

요구조건을 적용하려는 데에서, 상징주의나 미래파와 같은 범유럽적인 문학운동은 개별적인 민족문학 하나하나에서 뚜렷이 다른 결과를 빚게 된다. 가령 프랑스의 상징주의나 러시아의 상징주의와 같이 국지적으로 이루어진 문학발전과 체코 상징주의는 본질적으로 다른 의미를 갖는 별개의 현상이다. 비록 상징주의 자체의 이론이 전 유럽을 통해 아주 비슷하다 하더라도 그렇다. 여기에서 그토록 국제적 교류가 빈번하던 19세기와 20세기에서조차 유럽문학의 발전이 같은 시대의 미술이나 건축의 발전보다 훨씬 더 큰 이질성을 보여주게 된 이유를 이해할 수 있을 것이다.

2. 시적 언어의 발전적 가변성, 그 일반적 구별 및 완전성

시적 언어가 한편으로는 특정한 지역어의 운명과 긴밀히 연관되어 있고, 다른 한편으로는 국지적인 시의 발전 및 세계적인 시의 발전과 긴밀히 연관되어 있는데도, 시적 언어가 이러한 이중의 움직임 속에서 변화를 일으키지 않을 도리는 없다. 결국 시적 언어의 유력한 미적 특성조차 가변성을 초래하게 된다. 어떤 시적 장치의 미적 효과는 어느 정도 시간이 흐르면 세속화되고 일반화되어서, 즉 자동화되어서 사라지기 때문이다. 그렇다면 시적 언어의 발전을 이루는 것은 무엇일까? 어떤 민족어 전반에 들어 있는 언어장치를 시에서 사용하는 데 끊임없는 변화가 있으며, 이런 장치들의 전체 목록도 변한다는 사실에 있다. 변화는 급격하게 이루어지는 일이 잦다. 한 세대에 걸치는 작품들조차 전반적인 전개과정에서 보면 언어 측면에서 한결같지 않다. 한 작가의 작품들에서도 작품에 따라 언어의 변화가 이루어지는 것을 자주 볼 수 있다. 가령 블라디슬라프 반추라의 시적 언어는 비교적 단기간에 얼마나 많이 변했는가! 성서의 언어가 지금까지 반추라가 이룬 모든 창작에서 문장구조의 기본을 이루어왔지만, 다다이즘적인 뜻에서 의미의 전도(顚

倒)로 가득 찬 작품인 《빵굽는 얀 마르호울》(*Pekař Jan Marhoul*, 1924)이나 《마지막 심판》(*Poslendní soud*, 1929)의 문장과 그의 기념비적인 최후작품 《체코민족사의 상황》(*Obrazy z dějin národa českého*, 1939~1940)의 문장에는 근본적인 차이가 있다.

시적 언어의 쇄신은 이전의 발전시기와 관련해서 보거나 표준 문어의 규범과 비교해 보면, 언어에 대한 일종의 왜곡현상으로 나타난다. 그렇기 때문에 우리는 시적 언어의 **변형적** 성격에 관해 언급할 수 있는 것이다. 이 말이 상당히 효과적이기는 하지만, 조심스럽게 사용할 필요가 있다. 어떤 학파나 시대에서 이는 단지 진정한 파괴를 지향하거나 최소한 이전의 시적 표현형식이나 표준 문어의 소통형식을 느슨하게 하려는 **명백한** 왜곡의 문제이기 때문이다. 다른 시대에서는 시적 전통이나 표준 문어의 어법으로부터 벗어나는 현상이 잘 구별되지 않는다. 대신 어떤 표현수단을 특수하게 적용할 뿐이다. 어떤 시대에는 (또한 어떤 문학장르에서는) 시적 언어와 표준 문어의 뚜렷한 수렴현상이 일어나기도 해서 일탈적인 시적 표현이란 인상이 거의 사라져 버린다. 그래서 시장르는 문학의 다른 의미소통적 장르들과 아주 근접하게 되어 식별할 수 없게 된다. 이것은 의미소통적인 문학의 언어가 강렬한 미적 색조를 띠게 되는 경우에 일어나는 현상이다. 말하자면 길거리 한복판에서 두 편이 정면으로 맞닥칠 때 일어나는 현상이다. 이런 현상을 특히 고전주의 시대에서 볼 수 있는데, 이것은 고전주의를 염두에 두는 모든 이론가들이 바라는 바이기도 하다. 그러나 표준 문어와 시적 언어가 최대한 서로 떨어지려는 것도 아니고 합쳐지는 것도 아니고, 그렇다고 결국 중용의 미덕을 발휘하는 것도 아니어서, 이런 현상 가운데 어느 것도 불변의 이상이라고 할 수 없다. 시적 언어는 끊임없이 변하기 때문이다.

그렇다면 시적 언어에서 발전적 변화의 본질은 과연 무엇일까? 그것은 발화 전체가 갖는 미적 효과 차원에서 언어의 구성성분들을 계속해서 다시 구성하는 데 있다. 매번 다른 구성성분이 앞으로 나오고, 이에 따라 다른 모든 성분들의 배열에도 변화가 일어나게 된다. 문학작품의 구성성분은 모두 다 작품 구조가 맺는 복합적 관계에 따라 서로 연관되어 있기 때문이다. 어떤 구성성분이 앞장을 서게 되면, 이것은 즉시 가장 가까이 있는 다른 성분들을 이끌고 나가면서 다른 성분들은 후면으로 밀어 넣는다. 예를 들어 억양이 지배적 구성성분이라고 해보자. 억양은 아주 많은 의미를 전달하는 연속된 시행에 합쳐져서 주도적 위치를 차지하게 된다. 이 연속성을 방해하는 것은 모두 다 즉각 후면으로 물러나게 된다. 방해하는 것은 바로 개별적 음소가 명확히 분절되는 것, 단어가 강세되어서 음운론적 차원에서 독립적인 것으로 되는 것, 구문상의 강세와 휴지에 의해 문장이 뚜렷한 마디를 이루게 되는 것이다. 그런데 억양으로 이 모든 것들이 분명한 형태를 상실하고 하나의 부드러운 음의 파동 속으로 합쳐지고 만다(예컨대 야로슬라프 브르흘리츠키, 비테츠슬라프 네즈발의 시가 그렇다). 동시에 이러한 변화는 의미영역에도 영향을 미친다. 시인은 의미상 분명히 제한되는 단어들을 피하고, 이미지와 감정적 면에서 연상작용이 풍부한 표현을 택하기 때문이다. 따라서 문장구조 또한 억양이 작용하는 시행의 연속성에 따르게 된다. 종속절들은 적층되지 않을 것이며, 음조의 높이에 급격한 변화를 요구하는 지배와 종속의 대립관계도 억눌려질 것이다. 여기에서 주절들은 분명한 구문경계와 의미경계 없이 서로 잇달으며, 구문 측면에서 분명하지 않은 유형과 합쳐지는 경우가 많다. 글짓기에서 주제를 전개하는 방식에 억양이 영향을 미치는 것을 확인하는 것까지 가능한 경우도 많다. 짧은 서정시에서는 때로 억양이 주제표현의 전달체가 되는 경우도 있다. 그러므로 발화의 복합구조 전체가 어떻게 구성성분 단 하나의 영향 아래 작용하게 되는지, 이에 따라 시인의 표현이 일반적 표현방식과 어떻게 달라지는지 알게 된다.

따라서 시적 흐름의 변화와 더불어 지배적인 구성성분에 어떤 변화가 일어나면, 이전의 상황과 일반적 어법에서 시적 언어를 다시 분리하여 새롭게 재구성하게 된다. 우리가 개괄해온 단순한 구도에도 어떤 구도에나 있게 마련인 장점과 단점이 있다는 것은 말할 나위도 없다. 확실히 이 구도는 시적 언어에 일어나는 변화의 방식을 그림처럼 생생하게 보여주고 있지만, 변화의 실제적인 복잡성이나 이질성은 공평하게 보여주지 못한다. 이것들에 대해서 잘 알고자 한다면, 적어도 실제의 구체적인 발전과정의 어떤 부분을 상세히 고찰하는 것 말고는 달리 선택의 여지가 있을 것 같지 않다. 그렇지만 이것은 기본적인 연구범위를 넘어서게 된다.

더 언급해야 할 것은 '시적 언어'라고 말할 때 우리가 이미 도식적인 추상화를 행하고 있다는 사실이다. 사실 여러 민족뿐만 아니라 어느 한 민족의 문학에도 많은 시적 언어가 존재한다. 모든 문학장르는 어느 정도 자족적인 언어구조를 재현한다. 개별적 장르들이 갖는 언어적 차이는 고대 그리스 시에서 보는 바와 같이 다른 방언들의 사용에서 두드러지는 경우가 많다. 특히 기본적인 문학구조 세 가지는 언어 측면에서 서로 유별되는데, 서사적 구조, 서정적 구조, 극적 구조가 그것이다. 드라마는 대화로 이루어진 시인데 반해, 서사시와 서정시는 독백구조로 이루어진다. 바로 이런 차이에서 다양한 언어장치와 그 사용법들이 이루어지게 된다.

대개 서정시는 언어의 시라고 특별히 규정하는데, 시적 언어가 발전하는 주요한 수단이기도 하다. 여기에서 특히 리듬은 시의 언어적 구성성분을 끊임없이 작용하게 하는 촉매다. 모든 언어적 (또한 말할 것도 없이 언어 외적인) 구성성분들은 리듬구도와 관계가 있다. 예를 들어 활음조[13]는 구성성분에 직접 겹쳐질 수 있으며(마하의 시 《오월》[*Máj*]을 보라), 억양은 시를 행으로 분절하거나 행에서 리듬의 단절로 내적 분할이 이루어지는 것을 유지하거나 억제하기도 한다. 또 단어들은 운율구도가 요구하는 조건으로 말미암아 음절수에 맞춰 선택된다(따라서 체코시의

---

13) 편집자 주 : 무카르조프스키는 활음조(euphony)라는 용어를 시작품에서 음성재료를 미적인 의도에 따라 조직하는 것을 가리키는 데에 사용하고 있다. 그는 다음의 제 3절에서 이 현상에 관해 논의한다.

강약격은 같은 수의 음절을 가진 단어, 특히 2음절어를 좋아한다). 문장의 구문구조와 의미구조는 리듬의 분절에 따르거나 벗어나는 경우가 있다.

이 모든 것은 언어학적 관점에서 많은 것을 의미한다. 예컨대 루미르 파가, 특히 브르흘리츠키가 시행의 끝과 문장의 끝을 대개 일치시키게 되어 있던 것을 완화시킨·것은 앞으로의 체코시 발전을 위해 얼마나 중요한 승리였던가! 만약 다음 세대의 시가 오타카르 브르제지나가 15세기의 다성악적 양식인 칸틸레나(cantilena) 선율을 활용해서 쓴 자유시의 기념비적인 그런 선율로 울려 퍼질 수 있다면, 이는 넓은 의미에서 앞 세대가 리듬과 언어에서 이룩해낸 결과 때문이라고 하겠다. 서사적 산문과 드라마의 언어도 포괄하는 광범위한 시적 언어가 갖는 운명을 어느 정도 통제하는 필연적인 한 쌍이 바로 리듬과 서정시다.

서사적 산문의 언어 역시 그것에 맡겨진 직분으로 부여된 자체의 특징을 갖고 있다. 무엇보다도 주제와 긴밀한 관계를 맺고 있지만, 자체의 응집성으로 말미암아 언어의 자기지향적인 노정에 장애물로 작용한다. 그러므로 흔히 수단에 불과한 것으로 여기는 서사적 표현은 시적 언어와 의사소통적 언어 사이의 경계선에 근접해 있다. 그러나 극단적인 경우에 단어에 대한 서사작가의 태도는 단순한 전언에만 관심을 두는 화자의 태도와 다르다. 작가는 언제나 "특성·스타일·구조·질서를 갖고 있어야 하는 문장에 대해서, 또 단어 및 단어의 풍성함·진부함·함축성·고식성에 대해서, 그리고 자신을 위해 사용하는 재료가 갖고 있는 모든 위험에 관해서" 생각한다.[14] 서사적 언어의 중심요소는 문장인데, 문장은 언어와 주제를 매개하는 구성성분이자, 가장 하위에 속하는 (시간의 흐름을 따라 실현되는) 역동적 의미단위이고, 담론 전반의 의미를 구조화하는 축소된 모델이다. 따라서 서사의 전개과정은 문장의 전개과정과 연관된다. 그러므로 서사조차 서정시가 차지한 것을 떠맡아 이것이 소통가능한 언어로 전이되도록 매개해 줌으로써 시적 언어의 발전과정에

---

14) Marie Majerová, 《작업장 둘러보기》(*Pohled do dílny*), Prague, 1929, p.13.

뿌리내리게 된다.

시적 언어의 속성적 차이에 대해서는 이쯤 해 두기로 하자. 남는 문제는 시적 언어의 진화가 도대체 완성에 이를 수 있는지 여부에 관한 문제다. 만일 절대적이고 변함없는 의무로 이행해야 하는 완성을 염두에 둔다면, 해답은 틀림없이 모든 시대와 개별적인 시적 구조의 상황이 어느 정도 나름대로의 언어적 완성뿐만 아니라 예술적 완성도 이루게 된다는 것이 되리라. 예술적으로 보자면 고대 체코문학의 언어는 600여 년이나 오래된 것이긴 하지만, 오늘날의 시적 언어에 못지않을 정도로 완벽하다. 그러나 시적 표현을 달리 완성할 수 있는 길도 있다. 이는 일반적인 문학경향이나 내재적 발전의 전제조건에 의해서 특정의 문학에 과해진 직분에 능통하게끔, 어떤 민족어가 갖고 있는 능력을 잘 발휘할 수 있는 실질적인 완성을 뜻한다. 해결된 문제가 쌓여 가면 이 능력도 증가한다. 발전과정에서 동일한 상황이 절대로 두 번 다시 반복되지 않는다 해도, 다소간 유사한 상황은 종종 일어난다. 여기에서 이전에 언어장치를 다루어본 경험들은 새로운 해결책에 대해 좀더 유연하고 단순한 접근방식이 아니라 오히려 더 복잡하고 인위적인 접근을 용이하게 해준다. 위에서 규정했던 것처럼, 실질적인 완성에는 자동적으로 모델을 모방하는 경향이 아니라 부과된 문제와 그 해결의 수준을 높이려는 경향이 나타나게 된다.

특히 문학전통의 재구성에 착수했던 국가부흥운동과 더불어 시작된 체코문학은 이런 의미에서 '완성'에 관한 흥미 있는 실례를 많이 보여준다. 예컨대 푸흐마예르파와 루미르파의 시를 비교해 보라. 이 두 파는 시적 리듬에서 대단한 유사성을 갖고 있어서 서로 관련되어 있다. 운율적 구도와 운율의 관계를 완화시킨 낭만주의 이전의 푸흐마예르파와, 이런 것을 완전히 제거한 다음의 루미르파는 둘 다 최대한 정확하게 운율을 구현하려고 했다. 그러나 정확한 운율구현을 푸흐마예르파는 여러 방법으로 감추려고 시도했으나, 성공하지 못한 단조로운 리듬을 초래하고 말았다. 반면에 루미르파는 거의 1세기 뒤에 이 목적을 달성하기 위한 효과적인 장치로 억양을 택했다. 루미르파는 모든 장벽을 헐어버리고 리듬을 전체적 인상이란 배경 속으로 밀어 넣었다. 특히 (파베르 샤파르직의 경우처럼) 푸흐마예르파에서도 해결하기 위해 한때 소극적인 시도나마 해보았다는 사실을 안다면, 여기에서 완성이란 문제에 관해 달리 더 언급할 것이 없다. 그래서 체코시가 억양을 다루게 되자마자, 이 언어 구성성분은 빈번히 미적인 탈자동화(脫自動化)의 대상이 되었다. 그렇지만 이를 활용하는 방법은 점점 더 세련되어 갔다. 루미르파가 억양을 뚜렷이 나타내려고 단어의 음절구성과 어순을 불균형하게 왜곡할 필요가 있었다면(루미르파가 사용한 '축약어'인 sledni, hled[15]를 살펴보라), 후세의 유파들은 훨씬 적은 수단으로, 심지어는 정상적 어순을 다시 뒤섞지 않고서도 연속되는 억양이 담긴 시행(intonational line)을 이룰 수 있었다(카렐 차펙의 번역문과 네즈발의 시를 보라). 그러므로 만일 이러한 완성을 역동적 요인으로 친다면, 발전과정에서 시적 언어가 완성될 수 있는 가능성을 부인해야 할 하등의 이유는 없을 것이다.

3. 시적 언어의 음성적 양상

이제부터는 언어체계의 구성성분 하나하나가 문학작품의 구조에 어느 정도로 관여하는지 알아보기 위해 구성성분들을 살펴보기로 한다. 먼저 이 구성성분들이 언어기호의 구조에 따라 두 무리로 나누어진다는 것을 기억해야 한다. 첫 번째 무리는 당연히 그렇거나 무조건 그런 것은 아니더라도, 의미에 따라 지각할 수 있는 실상을 달성할 수 있는 것들로 이루어진다. 그러므로 이는 언어기호의 무형적인 의미 전달체인 '실체'이다. 언어기호의 근본적 양상을 구별할 수 있게 한 명예가 돌아

---

15) 편집자 주 : 꼭 같지는 않지만 영어에서 이와 비슷한 축약어는, 예컨대 시어로 쓰이는 "o'er", "'tis" 같은 것들이다.

가는 페르디낭드 드 소쉬르는 이것들을 **기표**라고 지칭했다. 꼭 정확한 것은 아니지만, 일반적 명칭인 '음성성분'이란 말도 사용하기로 한다(정확한 용어인 '음운론적 성분'이란 말은, 성조와 같은 음운론 체계에 속하지 않는 구성소들도 포함하는 시적 언어의 음성 측면 전반을 빠짐없이 포괄하지 못한다). 두 번째 무리는 단순한 잠재적인 지각가능성조차 결여된 구성성분들을 포괄한다. 단어의 광의적 측면에서 보자면 이것들은 의미적 성분들이어서, 문법적 성분이기도 하다. 소쉬르는 이를 **기의**라는 용어로 지칭한다.

그렇지만 이렇게 양분하는 것이 언어기호의 본질적 통일성을 부정하는 것은 아니다. 이는 두 무리 가운데 어느 쪽에도 다른 쪽의 속성이 완전히 결여되어 있지 않다는 사실에서 입증된다. '음'의 구성성분은 의미를 감각적으로 지각할 수 있게 하는 전달체일 뿐만 아니라, 이것 자체가 의미적 성질도 갖는다. 따라서 음의 구성성분은 '사고'를 표현하는 언어처럼 소리라든가 또 다른 (예컨대 시각적인) 구현방식을 갖지 못하는 경우에도 계속 존재한다. 무엇보다 이것들은 언어기호의 일부이며, 그 다음에야 비로소 청각적 현상을 이룬다. 의성어의 경우에서 보듯이, 비언어적인 소리를 '기의화'할 때 아주 구체적인 의미를 띨 수 있게 된다. 반면에 의미 구성성분의 무리가 지각할 수 있는 가능성을 확보하지 못했다 하더라도, 여기에 실재와 이루는 연계가 결여되어 있지는 않다. 말하자면 의미의 규정 그것은 기호가 의미하는 실재와 연관되어 이루어진다. 따라서 언어기호는 사실상 실재에 대해 대칭을 이룬다. (말하기에 의해 환기되는 이미지·감정·의지작용과 같은) 심리현상의 매개를 통해서만 이루어진다 하더라도, 음성적 양상은 실재로부터 생겨나며 의미의 측면은 실재를 향해 나아가려는 경향이 있다.

소쉬르가 언어기호의 내면구조를 이루는 토대를 발견해서, 기호를 (자연음과 같은) 단순한 청각적인 '것'이나 정신적 과정과 변별할 수 있게 되었다. 그러므로 언어학뿐만 아니라 장차 문학이론을 위해서도 새로운 길이 열리게 되었다. 무엇보다도 그 이래로 시에 대한 연구는 시

작품이 청각적 구현에 직접적으로 의존한다는 올바르지 못한 믿음에서
영구히 벗어날 수 있게 되었다. 결과적으로 하나의 시작품은 구송될 때
에만 실질적인 생명을 가질 수 있다는 주장은 그릇된 주장으로 반박받
게 되었다. 왜냐하면 (독자뿐만 아니라) 시인들 가운데에는 말해진 시가
아니라 씌어진 시가 마음 속에 존재하는 시인들도 있기 때문이다. 더욱
이 개별적인 음성언어의 명료한 의성적이거나 감정적인 표현성을 숙고
하는 것은 이제 아무런 의미도 갖지 못하게 되었다. 다른 한편에서는
문학작품의 전반적 또는 부분적인 기호적 성격에 대한 새로운 시각이
이루어졌다. 문학작품은 그 내용에 따라 표현된 실재와 아주 명료한 관
계를 맺게 된다는 관점, 그리고 작가와 독자의 정신적 과정에 명백히
의존한다는 관점에서 풀려나게 되었다. 그러므로 문학작품을 둘러싸고
있는 현상의 맥락에서 작품의 존재를 추론해 내려고 하지 말고, 다시
한번 말하거니와 그 기호적 성격 때문인데, 작품의 내면조직에 관심을
돌려야 한다.

그러나 동시에 (시인·독자·사회현실 등과 같이) 작품과 접촉하는 현상
들을 작품이 다의적으로만 '기의화'할 수 있다는 것과 이런 현상들 가운
데 어느 한 가지가 기계적으로 당연하고 분명한 결과를 이룰 수 없다는
것이 분명해졌다. 예를 들자면 똑같은 상태의 문학구조에서는 다른 환
경에 속하는 상이한 사회조직의 상황을 '기의화'할 수 있다. 언어 현상
의 모델에 따르면, 시적 창조는 작가와 지각자가 이루는 상호협력의 결
과로 생각되지, 더 이상 작가의 한정 없는 자기표현이나 아니면 사회적
요구에 부응하는 자동적 반응으로 생각되지 않는다. 다음 절에서는 현
대언어학이 시학에 끼친 영향이 더욱 분명해질 것이다. 언어학이 단순
히 작품의 언어적 양상만이 아니라 문학작품의 **전면적인** 구조분석을
위한 모델도 제시했기 때문이다. 자연히 소쉬르의 업적은 독창성에도
불구하고, 이 같은 분석을 주도했다는 점에서만 의의를 지닌다. 소쉬르
가 가한 충격으로 빚어진 그 이후의 언어학에서 이루어진 중대한 발전
만이 언어기호가 어떻게 구조화되는지 보여주며, 앞으로도 계속해서 상

세히 밝혀줄 것이다. 더욱이 한걸음 더 나아간 이런 발전만이 언어학적 방법들을 시학의 문제에 적용하는 것을 가능하게 한다.

이제부터는 문학작품의 두 가지 커다란 구성성분 가운데 첫 번째인 **음성 양상**을 논의해 보기로 한다. 앞서 언급한 바에서 분명해진 바와 같이, 이 양상은 시적 텍스트가 청각적으로 실현되는 것과 결코 동일시해서는 안 된다. 오타카르 지히는 텍스트 자체에 부여된 음성자질과 구송자의 결정에 따르는 음성자질을 이미 구별한 바 있다.[16] 이 가운데 앞의 것만이 문학작품에서 실질적인 '소리'의 측면을 이룬다. 물론 지히가 보여주었던 것처럼, 우리는 어떤 작품에 들어 있는 '음성'의 구성성분과, 텍스트와 무관하게 존재하는 소리의 성분 사이에 명확한 경계선이 있다고 미리 전제하지 말아야 한다. 이 구성성분들 하나하나는 다소간 텍스트에 의해 주어지지만 동시에 텍스트와 어느 정도 무관한 것이기도 하다. 시적 언어가 갖고 있는 음성 양상의 특징화는 음운론적 연구로 더욱 용이해졌는데, 음운론적 연구의 주제는 정확히 말해 언어체계의 구성성분을 이루는 데에서 언어적으로 '관련되어 있는' 이 같은 소리의 속성들이다. 그러나 우리는 음성의 실현과 무관한, 문학텍스트에 담겨있는 모든 소리의 속성들이 엄밀한 의미에서 음운론적인 것은 아니라는 점을 덧붙여 말해 두어야겠다. 그런데 이는 **언어체계**(즉 랑그[langue])의 음성 측면만을 음운론의 참된 대상으로 간주한다고 가정할 경우다. 시적 언어의 이론이 관심을 기울이는 소리의 속성들은 대부분이 추상적 체계라는 의미의 '언어' 법칙보다는 덜 추상적인 규범의 영역에, 이를테면 이른바 발화(즉 파롤[parole])의 영역에 속한다. 예컨대 음성의 색조라고 할 수 있는 성조는 본래 음운론에 속하지 않는다. 그러나 텍스트에서 음의 색조가 자주 변하게 된다고 믿는 시인들도 있다. 그러므로 성조는 문학구조의 구성성분이자 시 연구의 대상임에 틀림없다.

---

16) 〈시적 유형론〉(O typech básnických), 《현대언어학보》(*Časopis pro moderní filologii*) 6, 1917~1918, pp.1~19, 97~112, 202~214. 편집자 주 : 이 글은 뒤에 같은 제목으로 출판되었다(Prague, 1937).

이제 언어의 개별적인 음성성분을 시적으로 이용할 수 있는 가능성을 개괄적으로 논의해 보기로 한다. 이 성분은 발화의 어음(語音)조직, 억양, 내쉬는 숨의 힘, 성조, 소리의 빠르기(tempo)이다. 이미 제시한 바와 같이 이것들 하나하나는 텍스트에 따라 각각 다르게 이미 결정되어 있다. 그러므로 발화의 어음조직은 텍스트에 의해 완벽하게 제시되며, 다만 분절음의 부차적 속성만이 어느 정도 구송자의 영향권 안에 있다. 텍스트는 억양과 내쉬는 숨의 힘에 대해서는 어느 정도 통제한다. 그러나 성조와 빠르기에 대해서는 별로 영향을 미치지 못한다. 구송자가 (억양을 다루는 데에서) 이 구성성분들을 텍스트가 한정하는 범위를 넘어서서까지 배열할 권리를 요구하는 경우가 많다는 것도 부언해 두어야겠다. 그런데 이는 텍스트를 서투르게 실현하거나 생리적인 '발성 장애'를 일으키는 대가를 치르면서 이루어진다는 것은 말할 나위도 없다.[17] 만약 텍스트의 음성적 양상에 대해 예정된 사항을 언급하려면, 작품이 제시하는 요구에 따르는 적절하며 음성적으로도 정상적인 구성만을 염두에 두어야 한다.

첫 번째 음성성분은 텍스트의 어음조직과 어음의 연속체다. 어음조직이란 텍스트가 씌어진 민족어의 음운체계가 부여하는 개별적인 어음을 상대적으로 재현하는 것을 뜻한다. 이 재현은 문학적 발화뿐만 아니라 다른 발화에 따라서도 달라지며, 또한 부여된 언어에서 일반적으로 타당한 것과도 다를 수 있다. 문학에서 빚어지는 이런 일탈은, 비록 어음의 선택이 작가의 의식적 의도 없이 빚어진다 해도, 미적 효과의 한 요인으로 마땅히 평가되어야 한다. 예술의 어느 영역에서나 마찬가지겠지만, 여기에서도 미적 의도가 반드시 의식적인 의도를 전제로 하지 않는다는 것이 사실이다. 어음조직의 특성을 알아내려면 텍스트에 표출되어 있는 어음의 통계와 일반적인 언어에 나타나는 개별적인 어음의 평

---

17) 이 문제에 관해서는 에두아르드 지버스의 논저 《소리 분석의 목적과 방법》 (*Ziele und Wege der Schallanalyse*, Heidelberg, 1924)을 참조하라.

균빈도수를 비교해 볼 필요가 있다. 또한 우리는 길이가 긴 작품에서 어음조직이 변함없이 똑같은가 아니면 텍스트의 전개방향에 따라 달라지는가의 여부를 문제시할 수도 있다.[18]

어음의 연속체는 문학작품이 이루는 미적 효과의 요인으로 어음조직보다 훨씬 잘 식별해낼 수 있다. **활음조**라는 음성효과는 어음의 연속체를 의도적으로 구성하는 데에서 빚어진다. 오늘날 어음의 미적 효과가 어음에 주의를 끄는 일련의 연속된 배열에 근원을 둔다는 것은 명명백백한 사실이다. 반면에 의미상 가치는 음조가 듣기 좋은 어음유형과 그 내용이 맞닿은 결과로 단지 부수적으로만 충실히 지켜진다. 따라서 활음조는 (의성어, 감정적이며 적확한 구상적 표현처럼) 다형태적일 뿐만 아니라 다의적이다. 그러므로 이 어음 다발이나 저 어음 다발이, 또 이런 저런 어음이 반드시 저절로 청각적 실체라든가, 혹은 시각적 이미지나 다른 이미지를, 또 어느 경우에는 감정을 표현한다고 절대로 주장할 수 없다. 그런데 이런 감정은 경우에 따라 모방되거나 묘사되거나 표현된 것으로 나타난다. 특히 개별적인 어음은 실질적으로 의미와 무관하다. 따라서 이것들 하나하나는 서로 상충되는 소리·이미지·감정까지 표현할 수 있다. 어음 연속체에서 활음조가 조직되는 방식은 대개 다음과 같이 이루어진다. 즉 어떤 어음이 여러 번 반복되는 방식으로 이루어지거나, 또는 어떤 어음 다발 전부가 한 번 반복되거나, 경우에 따라 동일한 유형이나 약간 바뀐 유형으로 여러 번 반복되는 식으로 이루어진다. 또한 다른 어음들 사이에서 빚어지는 질적 관계가 이용되는 경우도 가끔 있다. 예를 들어 모음들은 (체코어의 u, o, a, e, i 라는 음계처럼) 배음(倍音)의 높이에 따라 연속체로 배열되거나, 서로 대립되어서 (u ― i의 경우처럼) 음의 높이에서 빚어지는 대조가 두드러지는 경우도 있다. 체코어에서는 장모음도 활음조를 위한 요인이다. 모음이 작용하는 음의

---

18) 작품의 예술적 구조에 미치는 어음조직의 영향에 대해서는 아르튀쉬코프의 《음성과 시》(*Zvuk i stix*, Petrograd, 1923)를 보라.

길이를 다루는 데에서 활음조에 대한 의도는 한편에서는 그 길이를 통계상으로 알아낼 수 있을 정도로 지나치게 사용하는 것으로 나타나며, 다른 한편에서는 시행 끝의 경우처럼 텍스트에서 분명한 위치에 장모음을 적층시켜서 나타낸다. 그러나 활음조의 기능에서 음의 길이는 시간상 지속보다는 어떤 조음(調音) 자질로 좀더 강조된다. 음량운율론(quantitative prosody)의 경우처럼, 지속은 장모음과 단모음 사이의 시간적 차이가 시적 리듬의 기본이 될 경우에만 독자의 주의를 끈다.

그러나 앞에서 언급한 경우 전부에서 활음조는 일반적으로 문맥에 나타나는 리듬이나 구문이나 의미 차원의 조음에 대해 부가적인 도움을 요청한다. 이렇게 강조되는 어형(語形)만이 의도적인 것으로 나타난다. 활음조적 의도가, 그러니까 미적 의도가 결여된 텍스트에서도 동일한 어음이나 반복되는 어음 다발 전체가 빚어내는 우연한 어형은 한정된 어음목록 때문에 이루어지는 것이다. 가령 체코어는 5개의 모음만을 갖고 있어서 빚어지게 된다. 그러나 이러한 형태는 산문에서 우연히 연속되는 일련의 강약격이나 강약약격 단어들의 연쇄체가 그렇듯이, 대개 독자의 주의를 끌지 못한다. 시행에서 리듬을 띠는 발음은 대개 활음조를 유지하는 가장 효과적이며 빈번한 방식인데, 그 보상으로 시작품에서 강력하게 강조되는 활음조는 리듬의 중요한 이차적 요인이 된다. 가령 마하의 시《오월》을 생각해 보라.《오월》에 나타나는 활음조 유형으로 말미암아 일반적으로 시행이 하나의 단위로 강조될 뿐만 아니라 흔히 그 내적인 조음까지 강조된다.

또한 두운을 맞추게 되어 있는 고대 독일어의 시타브라임(Stabreim)처럼, 활음조가 기본적인 리듬요인의 기능을 갖는 운율체계의 예도 있다. 물론 압운과 이것과 연관되는 현상, 가령 모음운과 같은 현상이 활음조와 시리듬 사이에 놓여 있는 것은 사실이다. 리듬기능과 마찬가지로 압운이 때로 활음조 기능을 능가하는 수도 있는데, 압운이 기본적 리듬 단위인 시행의 종결신호이기 때문이다. 활음조가 시텍스트에서 가장 외부적으로 나타나는 구성성분이라 해도, 이것은 다른 구성성분들처럼 구조상 지배적인 구성성분의 위치를 차지한다. 여기의 구조상 지배적 성분이란, 정확히 그것이 뚜렷하기 때문에 다른 성분들을 작동하게 하고 다른 성분들이 탈자동화되는 정도를 통제하는 성분을 말한다. 이것이 바로 시《오월》에 나타나는 활음조의 경우다.

이미 의미와 어음 및 이것의 연속체가 맺는 관계에 대해 우리는 적어도 한 번 이상 당면해서 언급한 적이 있다. 그러나 한편으로 어음 자체에 내재해 있는 의미의 문제를, 아니 더 정확히 의미의 착각에 대한 문제를 다루기도 했다. 그렇지만 어음이나 그 연속체 역시 소리가 비슷한 단어들을 의미 측면에서 서로 접촉하게 해서 의미의 매개자가 되기 때문에 간접적인 의미요인이 된다. 이러한 기능에 근거하는 것은 두운법과 같은 수사법이나, 부분적이긴 하지만 음이 비슷한 말에 의거하는 재담(paronomasia)이다. 동음이의어를 이용하는 말장난도 이 기능을 이용하는데, 압운이 전형적인 예가 된다. 압운은 단어들 사이에 감추어진 의미관계의 가능성을 밝히기 위한, 활음조 기능과 리듬 기능뿐만 아니라 의미 기능도 갖고 있다. 보들레르는 이러한 의미의 관련성을 다음과 같이 밝힌 바 있다. " …… 단어 하나하나가 얼마나 많은 압운을 허용하는지 정확히 모르는 시인은 어떤 관념도 제대로 표현할 능력이 없다."[19]

어음 다음으로 최저층을 이루는 언어단위는 **음절**이다. 그러나 이것은 아직 독립된 의미전달체가 아니어서 전적으로 (음운론적인) '음'의 영역에 속한다. 단음절어도 단순한 음절이 아니라 정확히 하나의 단어다. 억양, 내쉬는 날숨에 의한 호기음(呼氣音), 빠르기, 리듬, 의미와 관련해서 단어의 음절구성을 시적으로 활용할 수 있다. 따라서 단어의 음절구성은 다면적이며 이에 대한 탐구는 시학에서 대단히 중요하다.[20] 어떤

---

19) 《유고와 미발간 서한문 전집》(*Oeuvres posthumes et correspondances inédites*), Paris, 1887, p.9.
20) 체코의 시학에서는 오타카르 지히가 〈체코 산문의 리듬론〉(O rytmu české prózy), 《생동하는 언어》(*Živé slovo*) 1(1920, pp.66~78)에서 이런 연구의 토대를 수립한 바 있다.

불변의 음절수를 갖는 단어가 탈자동화된 억양으로 이루어진 텍스트에
서 때로 억양의 종결율조(intonational cadences)의 근거로 작용한다는
사실 때문에, 단어의 음절구성은 억양에 대해 중요성을 갖는다. 똑같이
호기음을 현저하게 강조하는 텍스트에서는 문장종결부(clausulae)의 기
본으로 일정 길이의 음절유형을 사용한다.[21] 많은 다음절어가 필연적으
로 발음을 지연시킨다는 사실로 음절 구성은 빠르기에 영향을 미친다.
특히 체코어에서는 힘주지 않은 어두 강세음은 비강세 음절을 압도할
만큼 충분하지 못하다.[22] 리듬단위인 시행을 음절수로 규정하는 경우에
음절은 시리듬의 운율적 토대까지 될 수 있다. 이러한 유형의 운문을
음절위주적(syllabic) 운문이라고 한다. 그러나 음절은 엄격한 운율체계
에서도 중요한 리듬 역할을 수행한다. 여기에서 운율의 단조로움을 제
거해 주는 리듬의 차이는 주로 어휘재료의 음절 구성에 따라 결정되는
수가 많다. 그러므로 예를 들어 강약격 시행이 보여주는 리듬 특성은,
만일 이 행이 주로 2음절어보다는 압도적일 정도로 4음절어로 구성되
어 있다면 전혀 달라지게 된다. 끝으로 단어의 음절 구성은 의미의 측
면에도 영향을 미친다. 이는 단어의 어떤 의미범주를 그 범주에 속해
있는 단어들의 비교적 고정된 음절수에 따라 규정할 수 있다는 사실에
서 가능하다. 예를 들어 체코어에서 동명사는 다음절어인 경우가 많고,
시제와 장소를 알려주는 부사는 흔히 단음절어다. 결과적으로 단어의
어떤 음절구성 유형이 (가령 리듬의 이유로) 텍스트에서 강조된다면, 이
런 유형의 단어가 우세한 의미범주 또한 강조된다. 반면에 음절구성에
의해 어떤 의미범주가 강조되는 것은 리듬에 영향을 미칠 수 있다.[23]

---

21) 문장종결부에 대한 논의로는 노보트니의 《그리스와 라틴어 산문의 리듬 조화》
  (*Eurhythmie řecké a latinské prózy*, Prague, 1918~1921)를 보라.
22) 체코어의 강세는 언제나 단어의 첫 음절에 오게 되어 있다. 따라서 비음소적이
  다. 체코어는 모음 길이로 단어를 변별하는 언어체계다. 그러나 현대체코시의 운
  율론은 강세음절과 비강세음절의 규칙적인 교차에 근거하고 있어서, 그 리듬창조
  요인으로 무카르조프스키와 미로슬라프 체르벤카는 강세라고, 로만 야콥슨은 단
  어경계라고 주장한다[편역자 주].

억양은 언어의 또 다른 음성 구성성분이다. 언어학에서는 대개 이 용어로 음성의 높이에 관련된 현상을 가리킨다. 이 현상은 텍스트 전체나 텍스트의 좀 긴 부분에 합당한 음성 높이의 (고음 — 중음 — 저음이라는) 상대적 층위를 말하며, 또한 어떤 층위의 높낮이 사이를 오가는 언어적 '선율'을 말한다. 물론 이것은 실제의 음악적 선율과 다른데, 선율의 진행과정에서 변함없이 고정되어 있는 음 높이의 가치를, 즉 특정한 체계에 얽매여 있는 음조를 인정하지 않기 때문이다. 언어에서 억양의 기능은 다양하다. 무엇보다도 억양은 구문의 요인이며, 이런 기능의 차원에서 맡고 있는 역할은 다음과 같이 다채롭다. (1) 억양은 (복합적 구문단위인) 문장을 구성하는 단어와 언어표현을 통일시킨다. 따라서 억양은 문장 기본자질의 하나다. (2) 억양은 서술문·감탄문·의문문을 구별할 수 있게 한다. (3) 억양은 접속사 없이 병렬된 언어표현 사이의 관계를, 어떤 경우에는 문장 전체의 관계를 보여주는 데 도움이 된다.[24]

물론 구문 요인이란 차원에서 억양은 엄격히 규제된다. 따라서 구문음운론의 문제가 된다.[25] 억양의 또 다른 기능은 의미적 기능이다. 예를 들자면, 음의 높이가 대조되는 것은 단어와 문장 사이의 의미 대비를 강조하는 데 도움이 된다. 억양의 뉘앙스는 의미의 농도를 표시하는 표시기 노릇을 한다. 구문의 분절 기능 이외에도 억양은 문장의 의미 분할을 도와준다. 끝으로 억양의 세 번째 기능은 표출적이자 호명적인 기능이다. 이 기능은 한편으로는 단어나 문장의 감정적 색조를 표출할 수 있고, 다른 한편으로는 얼핏 보기에 호명적이 아닌 것 같지만, 발화가 청자에게 전달하는 호소에 대해 알려준다. 마지막으로 언급한 두 가지

---

23) 우리가 행한 연구인 〈폴락의 위대한 자연〉(Polákova Vznešenost přírody), 《언어학 논문선집》(*Sborník filologický*) 10(Prague, 1934, pp.1~68)을 보라.

24) Aleksandr Peškovskij, 《과학에 비추어 본 러시아어 구문》(*Russkij syntaksis v naučnom osveščenii*), Moscow, 1914.

25) Sergej Karcevskij, 〈문장음운론〉(Sur la phonologie de la phrase), 《프라하 언어학회보》(*Travaux du Cercle linguistique de Prague*) 4, Prague, 1931, pp.188~227.

기능에서 억양은 구문의 억양에 속하는 분명한 규칙성을 갖고 있지 않
다. 그렇지만 그 형식은 의미나 텍스트 조직에 의해 결정된다.[26]

　시적 언어는 세 가지 기능 전부에서 억양을 활용한다. 이 세 가지 기
능 가운데 어느 것에서 억양이 가장 자주 사용되는지 결정해서, 어떤
텍스트의 예술적 구조를 규정해 볼 수도 있다. 문학텍스트의 억양에 관
해 좀더 상세히 분석하려면, 특히 미적 측면의 탈자동화라는 차원과 관
련해서 억양이 어떻게 다른 구성성분들에 영향을 미치며 또한 역으로
이 성분들에 따라 어떻게 영향을 받는지 정할 필요가 있다. 이러한 분
석은 또한 억양의 구조적인 지배와 종속에 관한 문제와도 관련이 있다.
억양이 작용하는 시행, 즉 (원활하거나, 분절되지 않거나, 차단되지 않는)
억양행(intonational line)의 진행과정과 텍스트의 낭송에 요구되는 억양
의 높이는 문학작품에서 중요한 의미를 갖는다. 억양곡선의 촉급한 상
승이나 점진적인 상승, 그리고 억양 절정의 사이가 밀접하거나 성긴 것
도 텍스트의 음성조직에 영향을 미친다. 에두아르드 지버스의 유명한
연구 〈독일시의 언어 선율론〉(Über Sprachmelodisches in der deutschen
Dichtung)[27]은 시적 억양의 이러한 속성들을 모두 다루고 있다. 그러나
지버스와 달리 우리는 억양의 특수한 속성들과 (문장의 구문적, 의미적
구조화나 어휘재료의 선택과 같은) 작품의 다른 구성성분들의 관계를 연
구함으로써, 억양이 어떻게 텍스트에 의해 결정되는지 입증할 수 있고,
또한 언어학적으로 규정할 수 있다는 것을 강조해 둔다. 억양의 '자유로
움' 때문에, 즉 문법구조와 거의 무관하기 때문에 어순은 체코어에서 억
양행을 창출하는 데 특히 유용한 수단이다. 루미르파는 이러한 목적을

---

26) "Pojd' sem!"과 "Sem pojd!"의 억양 차이를 참고해 보라. 이 문장들은 어순만이
　　아니라 당연히 억양에서도 서로 다르다. 편집자 주 : 이들 문장의 영어식 대응문
　　도 같은 어순을 갖고 있다. 다만 억양이 바뀔 뿐이다. 즉 "Come here!"와
　　"Come here!"의 경우가 그것이다.

27) "Über Sprachmelodisches in der deutschen Dichtung", 《리듬-멜로디 연구》
　　(*Rhythmisch-melodische Studien*), Heidelberg, 1921.

위해 아주 빈번하게 어순을 활용했다. 비록 1차 대전 이후의 시가 다시 한번 억양을 탈자동화시켰지만, 그런 시는 어순의 도치에 의거하지 않았다(차펙과 네즈발의 경우가 그렇다).

텍스트에서 구두점은 억양에 상응하는 도상(圖象)기호다. 그러므로 문학텍스트의 억양을 분석하려면 시인의 구두점 사용법과 구두점의 일반적 용법의 관계를 확인해 보는 것이 매우 중요하다. 심지어 시인이 구두점과 이것의 규칙에 대해 긍정적이거나 부정적인 태도를 의식적으로 강조하지 않는 경우에도 중요하다. 상징주의자들이 즐겨 그러했듯이, 이러한 목적을 위해 정상적으로 인쇄된 텍스트에 (초서체나 대문자체 인쇄와 같은) 다른 종류의 인쇄도 사용된다면, 이런 식의 인쇄는 텍스트의 억양 속성을 보여주는 도상기호가 될 수 있다. 텍스트를 여러 행으로 분할하는 것이 억양의 상승과 하강을 암시하거나 심지어 억양의 다른 특질들을 시사하는 것이라면, 이것도 동일한 가치의 도상기호가 된다. 자신의 시《주사위 던지기》(*Un coup de dés*)에 붙인 서문에서 스테판 말라르메는 지면을 '악보'처럼 도상적으로 구성하는 일에 관해 특별히 언급한 적이 있다.

나아가 텍스트에서 문단을 나누는 것도 억양과 관련이 있다. 독립된 문단으로 텍스트에 들어 있는 문장은 이것이 좀더 긴 문단의 일부라면 갖고 있었을 억양과는 사뭇 다른 억양을 갖는다(또한 의미도, 특히 의미적 관련성도 달라진다는 것은 말할 것도 없다). 그렇지만 더 긴 문단도 종결을 맺는 특정한 억양의 종결율조에 의해 특별하게 규정되는 억양 형태를 보여준다. 특히 서정시에서 그렇지만, 억양은 또한 작품의 전면적인 구도를 구성하는 데에서 중요한 역할을 한다. 이런 경우에 텍스트는 대개 텍스트의 모든 부분을 꿰뚫고 흘러가거나, 적어도 '종결율조'의 형태로 이런 부분의 끝이나 심지어 처음을 규정하는 억양유형의 반복에 의해 나누어진다.[28]

---

28) Viktor Žirmunskij, 《서정시 작시법》(*Kompozicija liričeskix stixotvorenij*),

끝으로 억양과 시적 리듬의 관계를 언급하려고 한다. 전통적인 운율론이 여기에 관해 관심을 두지 않는다 해도, 이것은 본질적 관계다. 만약 시에 다른 주도적인 운율요인이 없다면, (현대체코시의 '가장 자유로운' 형태에서 그러한 것처럼) 자동적으로 억양이 이러한 기능 자체로 여겨지게 된다. 그러나 강세와 같은 다른 음성요소가 주도적인 운율요인이라고 한다면, 억양은 율격구도가 펼쳐 보여주는 것에 대해서 계속 후경화(後景化)되려고 할 것이다. 시행은 문장과 흡사하다. 문장처럼 시행은 억양구조의 통일성에 따라 규정되며, 이 '시행'의 억양은 시의 전개과정에서 구문의 억양과 부단히 일치하거나 교차한다. 그러므로 억양은 시 리듬에서 기본단위의 범위를 한정하는데, 이 단위 없이는 연속되는 가장 규칙적인 리듬신호조차 '시행'의 인상을 만들어내지 못한다. 여기에 시적 리듬에 대해 억양이 갖는 근본적인 중요성이 있다. 더욱이 억양은 리듬을 구별하는 것도 손쉽게 하는데, 특히 구문억양과 부단히 잠재적으로 충돌하는 데에서 그렇게 조장한다. 이 충돌은 다양한 '연행(連行, enjambment)' 형태로 탈자동화될 수 있는 그런 것이다.[29]

모든 음성성분 가운데 숨을 내쉬는 작용, 즉 **호기음의 강도(強度)**는 억양에 가장 가깝다. 시는 자체의 목적을 위해 내쉬는 날숨을 활용한다. 체코어에서는 호기음이 강세의 중요한 음성성분이다. 그러므로 이것은 '악센트율'의 운문에서 운율구도의 주도적인 전달체가 된다. 그러나 동시에 내쉬는 호기음의 흐름이 부단히 파동치며 전개되기 때문에 호기음은 리듬을 변별하는 요인이며, 또한 강도(強度)라는 차원에서 호기음의 흐름이 이루는 절정들 역시 서로 잘 구별된다. 다만 인접한 두 단어의 강세가 똑같은 강도를 갖는 경우가 아주 드물 뿐이다. 특히 얀 게바우어와 프란티섹 트라브니첵이 체코시를 위해 전개한 '구문'의 강세 이론은 이렇듯 풍부한 다양성을 포착하는 데에는 전혀 충분하지 못하다.

Petrograd, 1921.
29) 우리가 행한 연구 〈시 리듬의 기본요인 억양〉(Intonace jako činitel básnického rytmu)을 보라[이 책의 제 4부 제 3장 참조].

이와 같은 다양함의 이유는 여러 가지인데, 그 특징은 구문적·의미적·리듬적인 특징이다(여기에서는 일반적인 말의 '자연스러운' 리듬을 염두에 두고 있다).

내쉬는 호기음의 강도가 이루는 파동과 억양의 관계는 각별하다. 어느 면 이 두 현상은 동시발생적인 것이다. 예컨대 억양이 문장, 구문단위 그리고 종결율조에 의한 의미마디를 종결짓는 것과 똑같이, 호기음은 그 자체가 종결되어서 '문장종결부'를 제시한다. 일정수의 음절로 이루어진 단어 단위로 전달되는 종결짓는 음성유형은 동시에 종결율조이자 종결부인 경우가 많다. 어떤 텍스트에서 억양이나 호기음의 우세는 이 두 가지 음성유형 가운데 어느 것이 더 잘 나타나게 될 것인지 결정하게 된다. 다시 말해 억양과 호기음은 서로 상쇄한다. 억양이 우세하면 중단되지 않는 호기음의 흐름을 지향하려는 지배적 경향이, 말하자면 단어, 구문단위, 문장의 의미상 분절 사이의 모든 경계선을 지워버리려는 지배적 경향이 나타나게 된다. 반면에 내쉬는 호기음이 우세해지면, 그 경계선을 강조하려고 한다. 따라서 호기음의 흐름을 분절해서 분할하려고 하게 된다. 첫 번째 경우의 예는 야로슬라프 브르흘리츠키의 시이며, 두 번째 경우는 얀 네루다의 시에 해당한다. 이러한 차이를 보여주는 첫 번째 표지는 청각적 인상이다. 그러나 억양의 경우와 마찬가지로 객관적인 결정은 구문적 분석과 의미적 분석에 의해서만 이루어질 수 있는데, 이런 분석은 텍스트의 어떤 특질이 억양이나 호기음의 우위성을 제공해 주는지 보여주게 된다. 이는 또한 호기음 자체의 뉘앙스를 결정하는 데에도 적용된다.

이제부터는 문학작품의 다른 음성성분인 **음성의 어조**(tone)에 대해 살펴보기로 한다. 이것은 **음색**(timbre)이란 모호한 용어로 지칭되는 경우도 있다(언어학에서는 이 용어로 음성의 색조뿐만 아니라 모음의 배음(倍音) 높이도 가리킨다). 하나하나가 다소간에 음운론적으로 타당성을 갖는 앞서 기술한 바 있는 모든 음성성분들과 달리, 적어도 체코어에서는 음성의 어조가 음운론적 성분은 아니다. 또한 이것은 여하튼 텍스트의 구조에 의해 결정된다고 주장할 수도 없다. 내용에 나타나는 감정의 미묘한 변화만이 이것을 암시적으로나마 바꿔놓을 수 있는 유일한 방법이기 때문이다. 그러나 이 방법조차 근본적으로 충분한 것은 아니다. 희곡텍스트의 ('화가 나서' '즐겁게' '변덕스럽게' 등과 같은) 많은 지시어들은 이러한 방법의 증거인데, 극작가는 이 지시어로 어조 변화에 대한 자신의 생각을 배우에게 전하려고 한다.

그렇다고 해도 음성의 어조는 단순한 '소리'의 문제가 아니다. 이것이 텍스트의 의미에 결정적인 영향을 미치는 경우가 많기 때문이다. 또한 이것은 경쾌한 감정적 색조뿐만 아니라 아이러니와 같은 체계적인 의미의 뉘앙스도 표현한다. 물론 아이러니도 (특히 다른 종류의 모호성과 같은) 임의대로 사용할 수 있는 적절한 의미상 방법을 갖고 있다. 그렇지만 글로 씌어진 텍스트의 아이러니는 음성의 아이러니한 어조라는 중요한 수단을 빼앗기고 있다. 아이러니는 때로 스스로를 꾸미기 위해 이러한 빼앗김을 의도적으로 활용하는 경우도 있다(예컨대 《이 사람을 보라》[Ejhle člověk]에 들어 있는 야로슬라프 두리히의 아이러니컬한 에세이를 보라). 따라서 음성의 어조는 주관적인 감정의 뉘앙스뿐만 아니라 객관성을 주장하는 가치판단까지도 표현한다. 말하자면 사람과 사물에 대한 새로운 시각을 텍스트의 의미 국면에 이끌어 들인다. 그러므로 어조의 변화를 확정하는 일은 문학작품의 분석에서 중요하다. 그렇지만 위에서 언급한 조건에서 이런 일이 가능할까? 그것은 우리의 목적이 무엇인가에 달려 있다. 텍스트의 어느 위치에서 어조의 변화가 일어나며 그 성질이 무엇인지를 차례로 확정해 보려고 한다면, 우리가 결정적이며 일반적으로 타당할 수 있는 그런 진술에 이르지 못하리라는 것은 말할 것도 없다. 이는 소리의 등가물이 음성의 어조라는 판단은 객관성을 지향하는 데도 불구하고, 단지 작가에 의해 텍스트에 전해진 의미에만 의거하는 것이 아니라, 독자의 해석과 관점에도 의거한다는 이유 때문이다. 그러나 우리의 의도 때문에 이러한 자세한 탐구는 필요하지 않다고 본다. 그렇지만 이것은 과학적인 방도 이외의 길, 즉 예술적 창조라는 길을 따라 거기에 이르고자 하는 배우와 낭송자에게는 필요할 것이다. 어떤 텍스트가 어조를 참작하는지의 여부와 그 참작의 정도를 일반적으로 잘 보여줄 수 있다면, 이론가에게는 그것으로 충분하다. 개별적인 변화의 위치나 성질은 그의 관심거리가 아니기 때문이다.

이러한 주장은 불가능한 것이 아니다. 문자로 씌어진 텍스트에서 가치판단적인 관점의 가변성과 연계되어 있는 풍부한 가치판단적 표현과 구절들, 넘쳐나는 경쾌하고 대조적인 감정의 뉘앙스는 연구자에게 어조 변화의 숨겨진 면모를 입증해 주는 것들이다. 나아가 어조와 억양의 관계는 그러한 진단을 용이하게 해준다. 텍스트에서 억양이 지배적인 한은 연속되는 소리로 이루어지는 행이 필요할 것이고, 반면에 음성의 어조가 느껴진다면 억양은 반드시 이러한 행에 급격한 변화를 초래하려고 할 것이다. 그러므로 어떤 텍스트가 억양을 지향한다면, 이는 동시에 음색을 활용할 수 없게 된다.[30] 억양과 어조 가운데에서 이렇게 하나를 택하면 탈자동화된 억양을 담고 있는 텍스트를 한 발 앞서 제외시킴으로써 연구를 용이하게 할 수 있다. 그런데 언뜻 보더라도 이런 텍스트는 탈자동화된 어조를 담고 있는 텍스트보다 더 손쉽게 파악할 수 있다. 어조가 대화에서 아주 빈번하게 쓰이면서 정녕 뚜렷하게 그 존재를 내세운다는 것은 자연스러운 일이다. 대화에서는 사물들과 이것들의 감정적 상호관계에 대한 대화참여자들의 가치판단적 태도가 직접 상충된다. 그러므로 음성의 어조와 그 구조적 기능을 정하는 것은 드라마의 시학에서 특히 중요한 구실을 한다. 그렇지만 어조가 드라마의 대화 전부에서 지배적이지는 않다. 억양이 우세한 대화형식도 있기 때문이다.

---

30) 이 문제에 관해 우리는 〈서정적 선율과 대화 차원의 카렐 차펙 산문〉(Próza Karla Čapka jako lyrická melodie a dialog), 《말과 언어문화》(*Slovo a slovesnost*) 5, (1939, pp.1~12)에서 입증해 보려고 한 적이 있다[편집자 주 : 이 논문을 좀 압축해서 영역한 것은 《미학, 문학구조, 양식에 관한 프라하학파 논문선집》(*A Prague School Reader on Esthetics, Literary Structure, and Style*), (ed)Paul L. Garvin, Washington, D.C., 1964, pp.133~149에 수록되어 있다].

또한 어조가 서정시와 서사작품에서 뚜렷하게 표출될 수도 있다. 이것
은 가령 카렐 에르벤의 작품《키티체》(*Kytice*)가 보여주는 음성의 양상
에서 명백히 드러나기 때문이다. 유리우스 텐너는〈시의 멜로디론〉
(Über Versmelodie)에서 시의 음조가 갖는 중요성을 지적한 바 있는데,
"**음의 색조**는 시의 표현상 선율법의 핵심과 본질에 대해 가장 결정적인
요인이다 …… "[31]라는 텐너의 기본적인 명제는 말할 나위도 없이 분명
과장된 것이다. 이러한 오류는 저자의 다른 언급에도 영향을 미치고 있
다. 무엇보다도 이런 오류로 음성의 어조와 활음조의 표현효과를 혼동
하는 결과를 초래하고 있다.

　이제부터 관심을 돌리려는 음의 구성성분인 **빠르기**(tempo)는 지금까
지 언급해온 모든 성분들과 현격히 다른 특성을 갖고 있다. 빠르기는
음성 자질이 아니라 지속의 속성이다. 그런데도 발화의 빠르기가 듣는
사람에게는 원래 의미의 문제라는 사실로 간접적으로 음질적(音質的)
성격을 띤다. 따라서 빠르기는 시적이 아닌 언어에도, 특히 말하기에도
적용된다. 빠르기의 변화는 의미의 중요도에 단계적 변화를 일으킬 수
있다든가, 빠르기는 의미의 감정적 색조를 표현할 수 있다는 식으로 적
용된다. 텍스트에서 빠르기가 미리 정해질 수 있는 가능성을 지나치게
고려할 필요는 없다. 이 가능성은 (시나 리듬 있는 산문과 같은) 리듬이
들어 있는 텍스트에서만 좀 고차적 수준에 이른다. 전달 과정에서 요구
되는 빠르기는 분절된 리듬 마디들의 배열과 상대적인 길이에 따라 제
시되기 때문이다. 여기에는 근본적으로 두 가지 문제가 관련된다. 텍스
트의 전체적인 빠르기와 텍스트의 전개과정에 나타나는 빠르기의 변화
가 그것이다. 텍스트 전체의 빠르기는 음성 조직과 텍스트 의미에 의해
어느 정도 규정된다. 분명한 활음조 구도로 가득 찬 텍스트를 낭송으로
재현하는 데에는 내쉬는 호기음의 강도가 강한 텍스트보다 더 천천히

---

31) "Über Versmelodie",《미학과 일반예술 학보》(*Zeitschrift für Ästhetik und
　　allgemeine Kunstwissenschaft*) 8, 1913, p.353.

낭송해야 한다. 의미가 관련되는 한에서는 즐거운 감정의 뉘앙스가 들어 있는 텍스트를 슬픔이나 체념으로 채색된 텍스트보다 더 빠른 속도로 낭송해야 한다.

그러나 텍스트 전체의 빠르기보다 더 중요한 것은, 텍스트에 따라 미리 결정된다는 전제 아래에서는 낭송 중에 일어나는 빠르기의 변화를 뜻하는 완급법(agogics)이다. 시작품에서 빠르기의 변화가 일어나는 것은 인접한 리듬 마디들의 똑같지 않은 길이 때문이다. 다음과 같은 경우다. 가령 자유리듬(free rhythm)에서 좀 긴 시행이 아주 짧은 시행 다음에 오는 경우나, 또는 성조 위주의 시에서 다음절적 '율조'가 짧은 '율조'와 불규칙하게 교차되는 경우다. 빠르기가 교체되는 현상은 규칙적인 운율의 시에서도 일어나는데, 가령 2보격으로 분할된 시행들이 2보격으로 분절되지 않았으나 똑같은 운율을 갖는 시행과 병행하는 경우에도 일어난다. 2보격 시행은 낭송에서 다른 시행들보다 더 빠른 빠르기를 요구한다. 얀 네루다는 시 〈발라드 호르스카〉(Balada horská)에서 이런 식으로 노파와 소녀의 말을 구분한 적이 있다.

빠르기와 관련해서 **휴지**(pause)에 대해서도 좀 언급해 두겠다. 물론 언어적 휴지는 여러 방법에 의해서, 특히 억양의 율조, 내쉬는 호기음의 종결구, 또는 행의 중간휴지에 의해서 나타난다. 휴지는 발화를 나누는 데 필수요인이다. 문장을 구문적으로 나누고 문장의 종결을 표현하는 그런 휴지들처럼, 어떤 휴지는 문법체계의 일부를 이룬다. 아직 체계화가 덜 되었지만, 다른 휴지들은 의미를 나누는 수단으로도 쓰인다. 시에서는 모든 종류의 휴지가 적층이나 놀랄 정도의 규칙적 반복 혹은 (예컨대 마하[32]나 빅토르 딕의 작품에 나타나는 관례적이 아닌 낯선 위치에서 이루어지는 탈자동화된 휴지처럼) 예기치 않았던 위치에서 휴지를 사용하는 것에 의해 탈자동화되기도 한다. 가령 화자가 흥분해서 그것이 주

---

32) F.X. Šalda, 〈마하와 그의 유산〉(K.H. Mácha a jeho dědictví), 《영혼과 작품》 (*Duše a dílo*), Prague, 1913, pp.43~98.

제 차원의 동기가 되면 휴지를 특이하게 사용할 수 있다. 그러나 이런 식의 동기유발이 없더라도, 휴지는 의미의 전달체다. 그 자체가 충분히 감정적 흥분을 '기의화'할 수 있기 때문이다. 휴지가 주위의 맥락과 합쳐져 결정되는 것이라면, 휴지는 명백한 의미와 대등한 것이 될 수도 있다. 이것은 대화의 경우가 그러한데, 대화에서는 단순한 휴지가 대답이나 또는 반대로 질문의 의미를 지닐 수 있다. 다른 경우에는 휴지가 의미의 흐름을 암시해 주기도 하는데, 의미의 구체적 내용을 시사해 주지 못하는 경우도 있다. 말해진 것을 독자가 '추정'하게끔 하는 몇 개의 점으로 텍스트에 표시되는 (말하자면 말없음표로 표시되는) 휴지가 이 경우에 해당한다. 서정적으로 모호한 의미의 윤곽은 이런 식으로 이루어지기도 한다. 반면에 작가가 직접 말하고 싶지 않은 것을 분명히 암시하는 일도 이런 식으로 표현할 수 있다. 시에는 구문적 휴지와 의미적 휴지뿐만 아니라 리듬 분절에 의거하는 리듬 휴지도 있다. 이런 여러 종류의 휴지는 복합적인 긍정과 부정의 관계(즉 동질적인 것과 이질적인 것)로 이행되는데, 이 복합관계는 리듬의 변별성과 의미의 농담(濃淡)이란 풍부한 방법을 말한다. 휴지는 일시적으로 시에서 리듬 맥락이나 의미 맥락의 유일한 전달체가 되기도 한다. 이것은 휴지로만 채워진 한 행이나 심지어 한 연이 시의 한가운데 나타날 때 이루어진다.[33]

휴지라는 말은 원래 음악의 용어다. 그러나 음악의 휴지와 언어의 휴지는 분명히 구별해야 한다. 음악적 휴지는 음악의 리듬을 측정할 수 있는 시간 연속체의 일부인데 반해, 언어적 휴지는 이미 언급한 바와 같이, 이것이 실제의 중간휴지로 말미암아 청각적으로 파악할 수 있는 경우에도 측정가능한 시간적 특질로 느껴지지 않는다. 특히 리듬화되지 않은 언어에서 이루어지는 경우에는 더욱 그렇다. 물론 시에서 언어적 휴지는 운문화되지 않은 언어보다는 좀더 음악적 휴지에 접근한다. 그

---

33) Ju. Tynjanov, 《시적 언어의 문제》(*Problema stixotvornogo jazyka*), Leningrad, 1924, p.22.

러나 이 경우에도 언어의 휴지가 음악의 휴지와 일치하지 않는다. 왜냐
하면 시적 리듬이 '음량률적(quantitative)'[34]이 아닐 때만 시적 리듬은 일
련의 시간적 연속체를 이 연속체의 지속 차원에서 비교할 수 있는 마디
들로 나누는 것보다, 연속체의 주기성에 더 많이 근거하고 있기 때문이
다. 그러므로 만약 운율법 전문가가 때로 음악적 휴지의 도상기호(圖象
記號)를 운율법에 이끌어 들이려고 한다면, 이는 잘못된 일이다. 예를
들어 완전각운 시행(acatalectic line)과 음절이 부족한 불완전각운 시행
(catalectic line)의 차이를 구별하는 경우나, 같은 시련(詩聯)에서 엇갈리
고 있으나 단어수에 차이가 있는 시행들을 '균형잡으려고' 하는 경우에
전문가들이 음악적 휴지의 도상기호를 이끌어 들이려고 한다면, 잘못된
일이다. 이런 식으로 대부분의 경우 시적 리듬으로 이질적인 그런 시간
적 측정이 가능하다는 환상을 시적 구도에 이끌어 들인다. 물론 휴지의
측정가능성과 이 휴지들 사이의 거리가, 리듬화되지 않은 문학텍스트의
청각적 구현으로 분명히 나타난다면, 이는 음악적 리듬이 갖는 규칙성
을 발화 속으로 끌어 들여 예술적 차원에서 의도적으로 **자리바꿈**을 하
려는 문제일 것이다. 그러나 이것은 이미 텍스트를 실현하는 예술가의
입장에서 행하는 자유로운 선택의 문제이지 텍스트 자체의 문제는 아
니다.[35]

 이제 시적 언어의 음성성분에 대한 개괄을 끝낼 때가 되었다. 이미
언급했거나 다음에 우연히 언급하게 되는 경우를 제외하고는 시의 리

---

34) '음량률적'이란 말을 인용부호로 묶었다. 그 이유는 이 말을 여기에서 언어적인
   음량의 차이에 근거하는 운문에만 사용하는 것이 아니라, 각각의 리듬에 나타나
   는 강박(强拍)들 사이의 시간상 거리를 측정할 수 있는 가능성을 따라 정해지는
   모든 종류의 운문에 대해서도 사용하기 때문이다. 어린아이들의 셈놀이 동요나
   자장가 등의 성조율이 그 예가 될 것이다.
35) 에밀 부리안의 연극에 관한 연구를 참조할 것. 무대언어의 리듬 성질에 관한 원
   리는 그의 이론적 논문인 〈무대언어의 문제에 관한 제언(提言)〉(Příspěvek k
   problému jevištní mluvy), 《말과 언어문화》 5(1939, pp.24~32)에 구체적으로 서
   술되어 있다.

듬 문제를 한쪽에 밀어두기로 했다는 점을 말해둔다. 비록 시적 리듬을 감각적으로 지각할 수 있는 매개체가 항상 일련의 음성 구성성분이며, 특히 어떤 운율체계의 기본요소가 되는 것이 하나뿐이라 하더라도 그렇다. 좀더 상세히 운율론과 운율법을 개괄해서 이미 광범위해져 버린 이 연구에 더 이상 부담을 줄 필요는 없을 것이다. 더군다나 그런 개괄은 이미 출판도 되어 있으니 더욱 그렇다.[36]

4. 시의 단어

이 장과 앞으로 전개될 장들의 주제는 단어에서 시작해서 고도의 질서를 이루는 의미구조로 끝나는, 넓은 의미의 의미론이 될 것이다. 명확히 하기 위해 단어, 문장 그리고 고차적인 의미단위를 하나씩 차례차례 다룬 다음, 독백과 대화와 '표현되지 않는' 의미를 다루겠다. 이러한 구분은 이론적으로 딱 들어맞는 것은 아니지만, 가장 단순한 의미현상에서 아주 복잡한 의미현상으로 전개할 수 있어서 제일 바람직한 것 같다.

단어는 언어에서 맨 밑에 있는 비교적 독립적인 의미단위이기는 하지만, 언어에서 제일 기본적이고 단순한 의미요소는 아니다. 이 요소는 단어의 일부로서만 이루어지기 때문에 말할 것도 없이 독립성이 결여된 형태소다. 형태소에는 어근형태소, 파생형태소, 어미형태소가 있다. 어근형태소는 어휘의미의 핵심을 운반한다. 파생형태소는 단어를 어떤 어휘군에 자리잡아 준다. 그렇게 해서 이 형태소에 의해 파생되는 모든 단어들에 공통된 뉘앙스를 단어의 의미에 끌어 들인다. 파생접미사와 마찬가지로 접두사도 파생형태소라는 점을 부언해 둔다. 끝으로 어미형태소는 한 단어를 형태론적 체계 속에 집어넣는 동시에, 그 단어가 문

---

36) 〈현대체코시의 발전과 일반원리〉(Obecné zásady a vývoj novočeského verše), 《체코슬로바키아 민족사 3 : 언어》(*Československá vlastivěda III : Jazyk*), Prague, 1934, pp.376～429 참조.

장의 구문구조와 일치되도록 한다. 이제부터는 이와 같은 단어의 내적 구성이 시적으로 탈자동화되어 낯설게 되는 방법을 살펴보기로 한다.

첫 번째 방법은 서로 어울려서 단어를 구성하는 개별적인 형태소를 분리시키는 '형태론적 결(morphological seams)'에 주의를 기울인다. 이는 가령 두 단어가 문맥 속에서 각운이나 인접성에 의해 병치될 경우에 빚어지는데, 이때 한 단어는 그 음성구조 속에 다른 단어를 '포괄'한다. 이렇게 해서 둘 가운데에서 좀더 긴 단어가 갖는 합성적 성질로 말미암아 닮은 것, 그리고 이에 상응하는 형태론적 결을 닮은 것이 이루어지게 된다.[37] 다른 경우에는 각기 다른 위치에서 형태론적 결을 갖고 있는, 음성적으로 흡사한 두 단어가 병치된다. 말하자면 (카렐 흘라바첵이 사용한 각운인) 'dodnes – odnes ; 오늘날까지 – 전해지다'처럼 병치된다. 단어가 이루는 내적 분할에 대한 불확실한 미적 효과는 이런 식으로 나타난다. 단어의 형태론적 구성을 방해하는 것인 유사한 말장난도 단어 경계에서 만들어진다. (예컨대 흘라바첵이 사용한 각운 'do karty – okarty ; 카드 속으로 – 눈 입술'의 경우처럼) 한 단어로 이루어진 단위가 병치 때문에 두 개로 갈라진 것처럼 보일 수도 있다. 또 (흘라바첵이 사용한 또 다른 각운인 'plazili se – lysé ; 기어다녔다 – 대머리로'의 경우처럼) 단어경계가 분명히 옮겨질 수도 있다. 단어 중간의 단어경계에 대한 착각은 다음과 같이 한 단어가 둘로 나누어져서 생기는 각운에서 일어나는데, 이 각운은 희극적 의도에서 만들어지는 경우가 많다. 'Mysliveček a je-l ho pes šli do háje 사냥꾼과 그-l 의 개가 작은 숲으로 갔다.'[38]

---

37) 카렐 흘라바첵이 사용한 각운 'natryskla — skla ; 약간 솟아오르다 — 유리 / 안경의'나 야쿱 데믈의 《발자취》(*Šlépěje* 1, Jinošov, Moravia, 1917, p.60)에 들어 있는 다음과 같은 문장을 참고해 보라. "Ten slaviči klokot opsal jsem z Velkého Přírodopisu jen proto, aby se vědělo, že se v Šlépějích pěje. Šlépěje. Pěje ; 내가 나이팅게일이 지저귀는 소리를 《대자연과학 편람》에서 베껴 놓아서 《발자취》에도 노래가 있다는 것이 알려지게 되리라. 발자취. 노래."
38) F. Hajniš, 〈민요시인과 리듬〉(Na veršotepce a rymohonce), 《쐐기풀》(Kopřivy), Prague, 1853, p.36.

이제부터는 의미 창출요소인 개개의 형태소를 시적으로 활용하는 방법들이 갖는 특징을 설명해 보기로 한다. 그러나 파생형태소와 접미형태소만 분석하겠다. 의미의 전달체가 어근형태소인, 어휘의미의 핵에 관해서는 뒤에 다른 문맥에서 별개의 것으로 다루려고 하기 때문이다.

파생형태소는 무엇보다도 과도한 적층으로 말미암아 탈자동화된다. 만약 어떤 접미사에 의해 파생된 많은 단어들이 텍스트 전체에 걸쳐서 사용되거나 또는 텍스트의 나누어진 한 부분에 사용되면, 어음 유형인 접미사가 주목받게 될 뿐만 아니라, 이 접미사가 단어들에 이끌어 들이는 의미의 뉘앙스도 강조된다. 예를 들자면 (영어의 -ness에 해당하는) 접미사 -ost가 강조되면 독자는 구체성을 구체적이 아닌 것처럼, 다시 말하자면 구체성의 속성이란 관점에서 보게 된다(실사는 형용사에 이런 접미사를 붙여 파생되는 경우가 많다). 위에서 언급한 바와 달리, 파생형태소를 탈자동화하는 다른 방법은 동일한 어근에서 나온 여러 가지 파생어를 한 덩어리로 묶는 것이다. 여기에서 어근의 일치는 어근 음절이 어음과 일치되는 경우에만 분명해진다. 곧 "spí *myrty* s *mímými* lístky i *mímými* stíny ; 도금양 관목들은 나뭇잎과 그림자를 평화롭게 드리우고 잠들어 있다"(〈화음〉[Akord])나 "házi vám dolů s oblohy květy *šeříku* – zvolna se *šeří* ; 그는 하늘에서 그대에게 라일락꽃을 던지고 있다 – 날은 점점 어두어져 간다"(〈만종 소리〉[Klekání])[39]가 그것이다.

우리는 (명사·형용사·동사 등과 같은) 이른바 문법범주의 문제와, 언제나 문법범주에 속하는 것은 아니지만 파생접미사를 갖고 있는 동사의 상(相, aspect) 문제도 여기에 포함시킬 수 있다. 어떤 경우에나 그런 것은 아니지만, 이 두 현상은 파생적 방법으로 표현되는 경우가 많다(체코어에서 -ost는 실사접미사이고 -ný는 형용사적 접미사이며, 동사의 상은 접두사에 의해 표현되는 경우가 많다). 문법범주는 여기에 속하는 단어들

---

39) K. Biebl, 《황금사슬》(*Zlatými řetězy*), Prague, 1926.

을 적층시켜서, 특히 텍스트에서 눈에 띄는 위치에 적층시켜서 미적 효과를 얻는다. 그러므로 마하의 시《오월》에서 시행 하나하나의 끝에 동사가 무리지어 연속되어 있는 것은 텍스트 전체를 (샬다가 언급한 바와 같은) '행위'라는 면에서 의미의 뉘앙스로 채색하게 된다. 말하자면 동사라는 문법범주가 갖는 특징적 속성으로 채색하게 된다. 동사의 상 또한 어떤 상적(相的) 유형이 적층되어 탈자동화되는 경우가 가끔 있다. 게다가 좀 흔치 않은 상적 형식을 과도하게 사용하는 것은 미적 효과를 더해준다. 네루다가 사용하는 동사의 상은 흔히 이런 방법에 의해 탈자동화 된다. 예를 들어 그가 즐겨 사용하는 'pozajásat ; 좀 즐거워하다'와 같은 상적 지소어(指小語)들을 생각해 보라. 이것들은 물론 ('povyskočit 약간 뛰어오르다'와 같은) 일반적 용법에서 본보기를 구하고 있지만 흔히 쓰이지 않는 것들이다. 우리는 파생접미사를 시적으로 활용하는 경우에서 한 발 앞서 나간 실례로 시적 신조어들을 들 수 있다. 그러나 이것들은 동시에 시적 어휘부(lexicon)의 어떤 특징적인 '환경'을 이룬다. 그러므로 이제부터는 이에 관해 언급해 보려고 한다.

단어 구성에서 **접미형태소**는 용어 그대로 문법적 요소의 역할을 수행한다. 그러므로 이것들은 자체의 체계성과 의미의 추상성 때문에 시적인 탈자동화를 수행할 수 없는 것으로 보이기도 한다. 그러나 어떤 문법적 형태를 지나치게 사용해서 접미형태소들에 주의를 기울이게 되면, (마하의 시《오월》에서 볼 수 있는 흔치 않은 기구격의 부사적 수식어의 경우처럼) 이것들도 미적 효과를 얻게 된다. 시인은 또한 어떤 단어가 들어 있는 특정한 종결구를 사용해서 접미사를 미적인 효과를 띠게 할 수 있는데, 이 결구로 창출되는 어형(語形)은 이질적인 것이다. 예컨대 오타카르 브르제지나의 시행 "a ze stromu tvého slzami horkými *teku* ; 너의 나무에서 흘러나오는 뜨거운 눈물 속으로 **나는 흘러 든다**"[40]에서 우리는 일인칭 단수동사인 '흘러 든다'를 볼 수 있는데, 이 어

---

40)《신비로운 거리》(*Tajemné dálky*, 1895)에 수록되어 있는 시〈쏟아져 내리는 시

형은 잘 해야 문법적인 어형변화표에서나 찾아낼 수 있는 그런 것이다. 물론 접미사를 탈자동화해서 낯설게 하는 것은 무엇보다도 종결구가 어형에 끌어 들이는 의미에 주의를 불러 일으킨다. 그러나 이 의미가 '추상적'일 뿐이라는 것은 별로 문제되지 않는다. 반면에 시의 단어는 바로 접미사의 이 같은 의미의 추상성으로 말미암아 시인이 인식하는 근원에 정확히 스며드는 경우가 많다. 그러므로 동사 '흐르다'의 일인칭을 예외적으로 사용하는 것은 인간행위라는 주제에 대한 브르제지나의 견해를 잘 보여주는 것이다.

지금부터는 단어의 내적 구조에서 **어휘적 의미**에 대한 논의로 옮겨 가기로 한다. 먼저 우리는 시인의 어휘, 즉 어떤 시에 사용된 일련의 단어들에 대한 견해와 마주치게 된다. 이 일련의 단어에서 특징을 잘 보여주는 것은 주로, 시인이 아주 빈번히 사용할 뿐만 아니라 가장 의도적으로 활용하는 단어들이라는 것은 말할 필요도 없다. 어떤 시에 사용된 어휘재료의 완벽한 목록은 시론보다는 언어학에서 더 관심거리가 된다. 여기에서 개개인이 어떤 언어의 어휘목록 전체에서 특별히 선별해낸 자신만의 단어저장고를 갖고 있다는 사실을 강조할 필요는 없다고 본다. 이러한 어휘선별은 흔히 (자신의 관심 분야, 자신이 속해 있는 사회적 계층과 사회적 영역, 교육 정도 등과 같은) 어떤 개인의 성향과 발화의 실제적 목표에 의해 지배받는다. 개인이 어떤 단어를 선호하거나, 경우에 따라서 다른 단어를 혐오하는 심리가 이와 같은 어휘선별에 간섭하는 한, 미적인 의도는 언제나 존재하며, 적어도 부분적으로라도 존재한다고 본다. 물론 이 의도는 시적 언어의 선별에서 매우 강조된다. 그러나 우리는 결코 시인이 언제나 '아름다운' 표현만을 추구한다고 주장하려는 것은 아니다. 이미 이러한 견해를 이 글의 서두에서 거부한 바 있다. 심지어 시적 언어를 선별하는 데에서 언제나 절대적이거나 결정적으로 미적 효과를 고려해야만 한다고 주장하려는 것도 아니다. 시

간〉(Čas lije se).

는 미적 기능과 그 밖의 다른 기능 사이를 시계추처럼 오가고 있기 때문이다. 그렇지만 주장하려는 바는 바로 문학작품에서 어휘를 선택하는 것이, 이 선택의 포인트가 무엇이든 간에, 필연적으로 작품의 예술적 구성의 일부가 되고 작품의 다른 구성성분들과 복잡한 관계를 맺고 있어서, 따라서 구조에 대한 의도라는 관점에서 판단하고 연구해야 한다는 점이다. 예를 들자면 어떤 작품에서 어휘의 구성성분으로 종교적 용어가 사용되는 것은 발생론적 측면에서 시인의 교육 정도나 사회적 위치라든가 그의 직업과 같은 요인들의 결과로 설명할 수 있다는 것은 말할 나위도 없다. 나아가 어떤 경우에는 특정한 독자계(reading public)의 구성원들로부터 이해를 얻고자 하거나 또는 독자층에 능동적으로 영향을 미치려고 하는 시인의 시도를 구체적으로 보여준다고 설명할 수 있을 것이다.

그러나 연구자가 예술작품에 관심을 갖고 있는 동안은 이렇듯 유사한 고려사항들은 이차적으로만 연구대상이 될 수 있다. 우선 분명히 해야 할 것은 어휘재료의 선택이 작품에서 어떤 **예술적** 직분을 수행하는가라는 점이다. 따라서 다음과 같은 의문들이 제기된다. 일반적인 어휘의 어떤 분야에서 작품의 어휘가 도출되었는가? 이들 개별 분야의 의미적 상관관계는 무엇인가? 한 분야가 다른 분야보다 우세한가, 아니면 모든 분야가 대등하게 나타나는가? 또 이것들이 대등하게 제시된다면 상호관계는 일치되는가, 아니면 충돌하거나 심지어 모순되는가? 이것들은 여하튼 의미의 면에서 서로 영향을 미치는가? 이것들의 상호관계는 작품구조에 어떻게 투영되는가? 어휘재료의 선택이 작품 전반에 걸쳐 동질적인가, 아니면 (가령 서사시에서 서사 부분과 대비되는 묘사 부분의 몇 가지 어휘 구성성분이 강조되듯이) 작품의 전개과정에서 구조적 변화가 있는가? (통합의미론[synsemantics]처럼) 의미상 종속되는 단어들의 관계가 의미적으로 독립된 단어들의 관계와 비례하는가, 아니면 역으로 의미적으로 종속된 단어들이 너무 지나치게 쓰이고 있지 않은가? 시인이 사용하는 어휘는 광범위한가, 아니면 제한적인가? 문학작품에서 어휘재료의 선별을 좌우하는 고려사항들이 어떻게 (리듬·문장구조·주제 등과 같은) 예술적 구조의 다른 구성성분들과 관련되는가?

이와 같은 의문 목록은 물론 예술적 구조의 경계선을 넘어서지 않으면서 확대할 수 있다. 시인이 끌어 들이고 있는 어휘의 영역을 설정하는 일조차 어느 정도는 시 자체의 입장에서 이루어져야 한다. 그래서 예컨대 고어와 신조어에 관한 견해도 시의 이론 차원에서는 다른 언어학 분야들과 좀 다르다. 실제적이며 소통 가능한 신조어는 새로운 사물에, 적어도 지금까지 특정한 명칭이 없는 사물에 새 이름을 붙여보려는 필요에서 이루어진다. 그렇지만 시적 신조어는 이러한 필요에서 생겨나는 것이 아니다. 반대로 새로운 말의 창조라는 바로 그 사실에 주의를 끌기 위해서 이미 알려져 있는 사물의 일반적 명칭을 대치하는 경우가 많다. 이는 실제적 차원에서 보자면 전혀 쓸모없는 대치행위다. 이러한 상황에서는 시적 신조어를 만드는 일이 전혀 다른 규칙에 통제받는 일이어서, 실제적 차원에서 신어를 조어하는 것과 완연히 다른 모습을 보여주게 될 것은 틀림없다. 이 차이는 시적인 조어를 일반적으로 통용하고 계속 사용해야 한다고 요구하지 않는다는 사실에 근거한다. 이 같은 요구는 명명행위가 자동화되는 것에 반대하는, 시적 조어의 가장 고유한 목적과 상충되기 때문이다. 고어투라는 말에 관해 살펴보자면, 대개 이 용어는 좀 오래되어서 이미 잘 쓰이고 있지 않으나, 한때는 실제로 통용되었던 단어나 표현양식을 사용하는 것을 뜻한다. 시에서는 '인위적인' 고어 사용 또한 가능하다. 말하자면 이런 고어투는 결코 실제적 용법으로 쓰이는 것이 아니지만, 옛날의 표현방식에 대한 **인상**을 만들어내게 된다. 이 경우에 표현의 기원이 문제되는 것이 아니라, 현재의 어떤 텍스트 구조에서 표현을 달성해 보려는 그 기능이 문제시된다.

그러면 시인은 어떤 어휘영역을 자기 마음대로 처리할 수 있을까? 다른 어떤 발화보다도 시가 어휘를 선택하는 데에서 실제적인 어떤 고려조건에도 얽매이지 않는다는 이유 때문에, 시인은 어휘영역 전부를 마음대로 할 수 있다고 주장할 수 있다. 이러한 선별은 다음과 같은 몇 가지 연관맥락을 따라 움직인다. (예컨대 '집 – 창문 – 지붕'과 같은) **지시적 관계**, ('láska[사랑] – máj[오월] – čas[시간] – hlas[목소리] – háj[작은 숲]'과 같은) **음성 관계**, (단어의 광의적 의미에서 'dům[명사, 집] – domácí[명사, 집주인/형용사, 집의] – domovní[형용사, 집에 관하여] – doma[형용사, 집에서] ; dům[주격 / 강세격, 단수] – domu[속격/여격/처격, 단수] – domem[조격, 단수] – domy[주격 / 강세격 / 조격, 복수]'와 같은) **형태론적 관계**, (다양한 사회적 환경, 다채로운 방언 및 수많은 기능적 문체의 어휘들과 같은) **어휘적 관계**가 그것이다. 시적 언어에 '고유한' 어휘적 의미는 이른바 시중심주의라고 일컫는다. 그러나 이런 의미들은 시인이 골라낸 어휘영역들 가운데의 하나만으로 이루어지는 것이어서, 시인이 의미를 회피하던 시대도 있었다. **시중심주의**라는 용어도 전적으로 확실한 것은 아니다. 때로 이 용어는 '시적'이라고 여기는 ('oř[승마용 말]'과 같은) 전통적인 단어군을 뜻하며, 어느 때는 어떤 시인이나 시파가 사용하는 어휘를 명확히 특징지어 주는 일련의 단어들을 가리키기도 한다(가령 'pecen[빵 한 덩어리]'이란 단어는 이르지 볼케르와 그의 추종자들이 보여주는 시중심주의 가운데의 하나다).

시인이 사용하는 어휘의 의미적 성격은, 시인이 단어를 이끌어내는 어휘 영역뿐만 아니라 그의 시에서 단어의 선별과 적용을 좌우하는 전반적인 의미론적 의도에 의해서도 영향받는다. 이미지적이든 감정적이든, 최고조의 강렬함이라고 일컬을 수 있는 의미의 채색을 지향하는 시인이나 시파도 있다. 실례를 들어 본다면, 야로슬라프 브르흘리츠키는 이러한 감정적인 '어휘의 과장법'과 같은 것을 지향한 적이 있다. 다른 시인들은 생생한 이미저리나 감정을 억제하려는 경향이 있다. 그러므로 요세프 마하르는 감정의 차원에서 브르흘리츠키와 대립된다. 다른 시인들이나 시파들 가운데에서도 '평범함'이나 '탁월함', '고상함'이나 '비속함'과 같은 의미의 뉘앙스에 따라 어휘부를 채색하려는 일반적 경향을 검증해낼 수 있다. 그러한 전면적인 어휘의 채색은 주제의 선택과 관련이 있기는 하지만, 이 관련성은 무조건적이거나 일면적인 것이 아니다.

달리 이루어진 두 가지의 정교한 구성은 단지 다른 어휘적 색조라는 이유에서 동일한 주제를 두 가지의 다른 의미적 '기조(基調)' 속에 자리잡게 할 수도 있다. 나아가 똑같은 작품이 서로 스며드는 다양한 어휘적 색조를 동시에 담고 있는 경우도 있는데, 이렇게 해서 상반된 효과가 이루어진다. 이러한 어휘 차원의 기법에 대한 예는 블라디슬라프 반추라의 산문에서 볼 수 있다.

우리는 어떤 단어의 의미적 양상이 이 단어가 나오게 된 어휘영역에 의해서만 이루어지지 않고, 이것이 들어 있는 텍스트에서 인접한 다른 단어들과 대비되어서도 이루어진다는 사실을 이미 한 번 이상 살펴본 바 있다. 가깝게는 바로 앞의 문장에서도 살펴본 바 있다. 그러나 여기에서는 나중에 언급하려고 하는 문맥구조의 의미적 동역학을 염두에 두고 있는 것이 아니다. 그보다는 서로 충돌하는 의미의 '반영'이라고 부를 수 있는, 본질적으로 **정역학적인** 효과를 염두에 두고 있다. 의미 반영의 정태적 성격에 대한 외적 증거는 텍스트에서 가능한 대로 아주 짧은 거리에서도 의미의 반영이 이루어진다는 사실이다. 즉 문법적으로 긴밀히 연결되는 인접된 두 단어에서도 자주 의미의 반영이 이루어진다. 형용사와 실사를 연결시키는 것은 이런 말마디의 한 유형이다. 샤를 보들레르는《악의 꽃》(*Fleurs du mal*)의 서문을 위한 초고 가운데 하나에서 이렇게 서술한 적이 있다. "시는 어떤 명사를 유사하거나 상반되게 어떤 형용사와 **결합해서** 달콤함이나 괴로움, 희열감이나 공포감과 같은 감정을 표현할 수 있는 능력으로 말미암아 미술·요리·미용술과 같은 예술과 연관된다"[강조는 인용자].[41] 역설적인 서술이지만, 반영은 여기에서 병치된 두 단어들 가운데 어느 것에도 포함되지 않은 **새로운** 의미를 창출하는 것으로 규정된다.

카렐 토만의 시 〈엑 상 프로방스〉(Aix-en-Provence)에서 찾아지는 'smyslné chrámy(관능적인 신전들)'[42]이란 말마디의 실례를 들어보자.

---

41)《유고집》(*Oeuvres posthumes*), p.9.

일반적이긴 하지만 이질적인 의미 영역에서 파생된 이 두 단어가 충돌하는 데에서 도대체 어떤 의미의 전개과정이 이루어지는가? 먼저 두 단어에 각각 잠재되어 있는 의미적 연관성이 나타난다. **관능적**이란 단어는 즉각 의미상 에로틱하고 감각적인 지각 영역의 일부로 느껴지게 되고, 기쁨에 넘친 감정의 악센트가 그 안에서 울려 퍼지게 된다. 반면에 **신전**이란 단어는 즉각 종교적 제의의 의미 영역을 연상시키며, 엄숙한 감정적 색조를 띠게 한다. 따라서 어울리지 않는 이 두 의미의 복합체는 복잡하게 얽혀지는 의미의 분위기 속으로 동화된다. 왜냐하면 직접적이고 명확한 표현을 하려면 거기에는 두 단어 이상의 많은 단어가 필요하기 때문이다. 이는 전체적으로 하나의 문화적·역사적 에세이가 되고 만다. 단어들이 의미의 면에서 대조되는 것은 이런 식으로 표현된다. 이것이 연속되는 언어 단위들로 말미암아 생성되는 것이라고 해도, 결과는 정태적인 '의미의 분위기(semantic ambience)'라고 하겠다. 단어들이 맞부딪히는 것이 꼭 직접적으로 이루어지는 것이 아니라 일정한 거리를 두고 일어난다고 하는 사실까지도, 만일 부딪힌 단어들이 의미적으로 일치한다는 점이 어떻게든 나타난다 하더라도, 의미의 분위기를 변경시킬 수 없다. 예컨대 각운의 경우가 그렇다. 각운이 의미의 차원에서 보여주는 가장 본질적인 구실의 하나는 각운 되는 말들로 표현하려는 의미영역을 정확히 맞닿게 하는 일이다. 우리가 토만의 '관능적인 신전들'과 같은 직접적인 단어 결합에 대해 깊이 생각했던 것과 똑같은 식으로 네즈발의 각운 'hruškou – tužkou ; 배나무 – 연필'(조격)에 대해서도 숙고해 볼 수 있을 것이다.

특정한 대립이 같은 단어의 반복에서, 특히 바로 인접해 있으나(즉 외접성[epizeuxis]) 일정한 거리를 유지하면서 반복되는 데에서도 일어나는 경우가 있다. 두 번 반복되는 동일한 의미는 자체에 반영되어 확실

---

42) "Tvé platany a kašny se mnou jdou – tvé chrámy smyslné i modré nebe ; 그대의 플라타너스 나무와 샘물은 나와 어울린다 – 그대의 관능적인 신전들과 푸른 하늘", 〈만세력〉(Stoletý kalendář), 1926.

한 제한적 의미에서 무한정한 의미의 분위기로 변해간다. 끝으로 의미
의 대립은 서로 아주 다른 의미를 한데 모을 수 있는 능력 때문에 미적
으로 효과적인 문체의 '축약'(즉 간략법[brachylogy])을 초래할 수 있다
는 점을 언급해 둔다. 이런 식으로 사용된 많은 실례를 얀 네루다의 시
에서 찾아볼 수 있다. 예컨대 "na zvonivých jedem saních ; 우리는 종
소리 울리는 썰매를 타고 있다"[43](즉 마구에 딸랑거리는 방울이 달려 있어
서 달리는 동안에 종소리가 나는 한 쌍의 동물이 끄는 썰매를 타고 있다)와
같은 예가 그것이다. 그러므로 많은 단어로 이루어진 두 개의 종속절이
시인의 텍스트에서 하나의 형용사적 축약을 잘 표현하기 위해서 필요
하다. 물론 특정한 의미의 각도에서 인접된 실사로 쏠려 가는 형용사적
축약이다.

우리는 단어가 맨 아래의 독립적 의미단위라는 생각을 결코 떨쳐버
리지 못하면서도, 분기점에 와 있다. 따라서 시적 어휘에 대한 문제에서
이제는 **시적 의미부여**의 문제로 나아가야 한다. 말하자면 일반적인 어
휘선택의 문제에서, 물질적이든 심리적이든 언어 외적인 특정한 실재라
는 특별한 경우에 실제로 단어를 적용해 보는 문제로 나아가야겠다. 어
휘단위인 단어는 실재에 대해 잠재적 관계만 맺는다. 실제로 적용해 볼
가능성이 많다는 말이다. 단어가 어휘부의 일부로 인식되는 동안은 가
능한 모든 지시관계(reference)[44]의 **경계범위**만이 의미에 의해 정해진다.
물론 이 경계범위는 특정한 실재에 대한 실질적 의미의 등가물이기보

---

43) 〈겨울 4〉(Zimní IV), 《소박한 모티프》(*Prosté motivy*), Prague, 1883.

44) 편집자 주 : 여기와 다른 곳에서 우리는 무카르조프스키의 용어인 věcný vztah
를 번역한 지시관계라는 말을 사용하고 있다. 무카르조프스키의 용어도 에드문트
후설의 개념인 '대상관계(gegenständliche Beziehung)'를 체코어로 옮긴 것이다.
우리는 더 정확한 '대상관계'(D. Cairns, 《후설 번역 지침서》[*Guide to Trans-
lating Husserl*], The Hague, 1973, p.58 참조)라는 말보다는 '지시관계'라는 용어
를 더 좋아한다. 이유는 이 말의 의미가 후설의 연구를 잘 모르는 사람들에게도
쉽게 전달되는 것 같고, 아울러 현상학 용어는 무카르조프스키가 사용하는 용어
에서 중요한 구실을 하지 않기 때문이다.

다 주어진 단어가 갖고 있는 모든 의미상 능력이 가능한 대로 집합된 것으로 여겨진다. 실제로 적용하는 경우에는 단어의 지시관계와 의미는 이것들의 잠재적 상태로부터 이루어진다. 단어에서 가능한 모든 지시관계 가운데 하나만이 의미적으로 활기찬 에너지로 적용된다. 의미 또한 에너지의 영향 아래 확정적으로 된다. 바꿔 말하자면 우리가 단어를 어휘단위로 생각하는 한에서 단어의 의미가 분명해지는 것이다(그러므로 사전에서 단어의 의미를 정의할 수 있다). 그러나 단어가 의미부여의 목적으로 쓰이자마자, 전면에 나타나는 것은 주로 단어의 지시관계다. 이처럼 의미보다 지시관계가 우세한 것은 특히 비유적인 의미부여에서 명백히 나타나는 현상인데, 비유적 의미부여로 독자는 지시된 실재와 단어 사이의 지시관계를 찾아내야 하는 임무를 지닌다. 비유적 의미부여를 위해 사용되는 단어의 의미는 배경으로 남는 경우가 많다. 지히는 비유적 의미부여에서 이러한 의미의 '이차성'에 대해 이미 다음과 같이 주의를 환기시킨 적이 있다. "만일 네루다의 〈헬고란드스카의 로맨스〉(Romance helgolandská)에서 'A člunek jeho jako liška běží …… ; 그리고 그의 작은 보트는 여우처럼 달려간다 …… '라는 구절을 읽어보면, 여기에는 단지 보트의, 더 정확히 말하자면 보트의 주인인 산적의 속도감과 약탈성만 표현되어 있다. 이 비유적 구절을 완전히 이해하기 위해 독자에게 달려가는 여우 ─ 어쩌면 파도 위에서 달려가고 있는 여우?! ─를 상상하라는 요구는 전적으로 무리한 일일 것이다. 여기서 '시적 비유'나 '이미지'라는 용어는 그릇된 해석을 초래하게 된다."[45]

언어기호를 실제로 적용하는 것이 바로 의미부여인데, 여기의 실제적 적용이란 갑작스런 **행위**를 통해 적절한 단어를 찾아내는 일이다. 적절한 단어가 선택되는 관련단어의 무리는 근본적으로 어떤 언어의 어휘부 전체다. 그런데 이 관련단어군에서 이것을 엮어가는 단어들의 상호관계와 계층화가 이루어진다. 물론 이것은 절대적으로 독창적인 의미

---

45) 〈시적 유형론〉, p.104.

부여에서만 전적으로 타당하다. 다시 말해 의미부여된 사실이 바로 실재에서 분리된 것이거나, 어떤 경우처럼 '추상적' 개념의 문제라면, 의미부여 행위 자체로 창출된 경우에만 전적으로 타당하다. 단어를 일반적으로 적용하면 어느 정도 자동화된다는 것은 분명하다. 단어와 어떤 실재 사이에는 필연적이자 본질적인 연관관계가 있다는 착각이 일어나는 경우가 많기 때문이다. 이것을 아동심리학에서 확인되는 어떤 사실과 비교해 보자. 그것은 아이들이 흔히 사물의 속성은 의미를 가리키는 데에 쓰여지는 단어에서 비롯된다고 생각한다는 것이다. "왜 구름을 구름이라고 부르느냐?"라는 질문에 대해 아이들은 "구름이 회색이기 때문"이라고 답한다. 또 아이들은 **우산**이란 말에 어떤 힘을 부여하는데, "누군가가 **우산**으로 우리 눈을 찌르거나 죽일 수도 있기 때문"이라는 것이다.[46] 여기에서 우리는 비교적 드문 독창적인 의미부여의 경우나 이와 근접한 경우에서만 의미부여에 의해 적절히 작용하게 되는 어휘부 전체에 관해 언급할 수 있다. 그러나 어휘부의 철저한 탈자동화와 의미부여 행위의 절대적인 자동화라는 극단적인 두 경우에도 다양한 뉘앙스가 아주 빈번히 이루어진다는 사실을 잊지 말아야 한다. 우리는 금방 생각나지 않는 단어를 찾는 일이 있는데, 일상생활의 언어소통 행위에서는 흔히 볼 수 있는 일이다. 가령 과학적·법률적·외교적 표현처럼 책임이 뒤따르는 표현의 경우는 더 말할 것도 없다. 일반적으로 이렇게 부분적으로라도 새로운 활력을 불어넣는 의미부여 행위를 실제로 작용하게 하는 것은, 어휘체계 전체가 아니라 단지 이것의 일부라는 점은 말할 필요도 없다.

그러나 의미부여 행위를 인위적으로 고양시켜서 다시 활성화할 수도 있다. 심지어 어떤 사물에 대해 잘 쓰이지 않는 단어를 선택해 사용해서 독창적인 의미부여의 차원으로 끌어올릴 수도 있다. 여기에는 몇 가

---

46) J. Piaget, 《아동의 세계표현법》(*La répresentation du monde chez l'enfant*), 2nd ed., Paris, 1938, p.51, 31.

지 단계가 있다. 먼저 어떤 사물과 연관되어 있지만 실제로는 그 사물과 별로 관계가 없는 단어가, 말하자면 평소의 의미와 좀 거리가 있는 동의어가 선택될 수 있다. 의미부여 행위를 다시 일으킬 수 있는 좀더 높은 단계는 대개 다른 사물과 연관된 단어가 의미부여를 위해 쓰여지는 경우에 이루어진다. 이러한 의미부여는 비유적이다. 그렇다면 의미부여 행위에서 가장 고차적인 탈자동화의 단계는, 비유적인 의미부여가 적절한 일반적 의미부여와 완전히 다른 의미 영역에서 선택될 경우에 이루어진다. 따라서 그 이미지는 독창적인 의미부여의 수준에 이르게 된다. 물론 의미부여에서 탈자동화되는 이런 여러 다른 단계들은 언제나 미적인 의도와 결합되어 있을 필요가 없으며, 시에서만 쓰여질 필요도 없다. 그렇지만 그 단계들 하나하나는 다른 어떤 곳보다 시에서 더 많이 이루어진다.

지금까지 우리는 적절한 표현의 '추구'라는 차원에서 의미부여 행위에 관해 논의해 왔다. 그러나 여기에서는 이것의 좀더 정확한 언어적 특성을 제시해 보기로 한다. 세르게이 카르체프스키는 논문 〈언어기호의 비대칭적 이원론〉(Du dualisme asymétrique du signe linguistique)[47] 에서, 의미부여를 위한 언어표현의 추구가 두 방향에서 동시에 이루어진다는 것을 보여주며 그 언어적 특성을 제시한 바 있다. 여기의 두 방향이란 (동일한 사물에 대해 가능한 여러 가지 의미를 부여하는) 동의어의 계열과 (동일한 단어에서 가능한 여러 가지 의미라는) 동음이의어의 계열이다. 그러므로 의미부여의 면에서 언어는 의미부여된 실재(즉 동의성)의 견지에서 보아야 하며, 동시에 의미부여된 실재는 어떤 어휘체계(즉 동음이의성)의 관점에서 보아야 한다. 이러한 전개과정에서 어휘체계와 실재는, 실제로는 그렇지 않다 하더라도, 적어도 잠재적으로나마 병치되어 한 덩어리로 작용하게 된다. 동의어와 동음이의어라는 두 계열체

---

47) "Du dualisme asymétrique du signe linguistique",《프라하 언어학회보》 (*Travaux du Cercle linguistique de Prague*) 1, Prague, 1929, pp.88～93.

가 실제로 무한한 것이기 때문이다. 이상적 차원에서 보자면, 모든 사물은 어떤 단어로도 지칭할 수 있고, 반면에 모든 단어는 여하한 사물도 표현할 수 있다. 이는 이미 소쉬르가 재론할 여지없게 입증해 놓은 것으로 실재와 언어기호 사이의 근본적인 '관례적' 관계에서 이루어진다. 화자가 의미를 부여하는 행위에서 택하는 의미부여는 동음이의어와 동의어라는 두 계열체의 교차점에 놓여진다. 물론 이 교차점은 특히 독창적인 의미부여의 경우처럼 미리 제시되는 것이 아니라, 단어와 실재 사이의 지시적 관계를 수립하는 의미부여 행위에서만 나타난다. 이러한 주장은 시적 이미지를 이론적으로 이해하는 데 중요하다. 즉 의미부여된 사물과 그 명칭이 이미 사용되고 있는 사물 사이의 어떤 '유사성'이 시적 이미지의 원천으로 필연적이라고 항상 가정되어 왔다.[48] 그러므로 바로 시적 이미지 자체의 경우에서조차 단어와 사물에는 미리 설정된 어떤 관계가 있다고 전제되어 왔다. 그렇지만 현실적으로 이렇게 미리 설정된다는 것은 환상에 불과하다. 낡은 시학에서 전제하는 '유사성'은 의미부여에서만 비롯되기 때문이다.

시적 의미부여에 관해 이미 많은 것을 언급해 왔지만, 이제부터는 이것의 특징 몇 가지를 좀더 체계적으로 밝혀 보기로 한다. 우선 **시적 의미부여**(poetic designation)라는 용어의 의미부터 명확히 밝히기로 한다. 이 글의 서두에서 우리는 비유적 의미부여와 시적 의미부여를 무조건 동일시하려는 견해를 부정한 바 있다. 그러나 우리는 일반적인 의미부여와 뚜렷하게 구별되는 '예외성'조차 시적 의미부여의 필수적 특질을 이루지 않는다는 점을 덧붙여 말해둔다. 가장 일반적인 의미부여도 거의 모든 시적 텍스트에서 찾아볼 수 있으며, 이것은 또한 시적 구조의 구성성분이기도 하다. 만일 텍스트에서 의미부여의 기법과 구조적 기능을 확인하려면, 모든 의미부여가 당연히 고려대상이 되어야 한다. 따라서 앞으로의 연구방향을 알려줄 수 있는 것은 어떤 텍스트에 나타나는

---

48) Aristotle, 《시학》(*Poetics*), (tr)S.H. Butcher, New York, 1961, p.99.

일반적인 의미부여와 예외적인 의미부여, 즉 비유적 의미부여와 비유적이 아닌 의미부여 사이의 양적 관계와 질적 관계다. 더욱이 우리는 이미 비유적 의미부여와 비유적이 아닌 의미부여의 차이가 확고히 고정된 것이 아니라, 이 두 가지에는 여러 가지의 정도와 변이가 있다는 점도 살펴본 바 있다. 말하자면 비유적 의미부여는 아주 뚜렷하게 표현된 동의어나 동음이의어에 불과하다. 시에서조차 이미지가 언제나 '새롭고' '특이한' 의미부여만 담는 것이 아니라는 점도 덧붙여 말해 두어야겠다. 비유적이 아닌 의미부여보다 아주 '일반적인', 이른바 상투적 이미지도 있기 때문이다.

비유적 의미부여와 비유적이 아닌 의미부여 사이에서 이루어지는 전이가 계속된다 해도, 우리는 시에서 비유적 의미부여가 갖는 특정한 위치와 특별한 문제점들을 간과해서는 안 된다. 먼저 선택의 시점 문제가 있다. 어떤 시텍스트에 들어 있는 비유적 의미부여는 비유적이 아닌 의미부여가 이루어지는 동일한 어휘영역에서 선택되는가, 아니면 다른 영역에서 선택되는가? 이것들은 단 하나의 환경에서 선택되는가, 아니면 몇 가지 대립적인 환경에서 선택되는가? 다음으로 어떤 사물의 비유적 의미부여와 일상적 의미부여 사이에 관계가 이루어지는 시점이 있다. 이 두 가지는 동일한 어휘영역에서 이루어지는가, 아니면 다른 영역에서 이루어지는가? 이것들은 같은 감정적 악센트를 갖는 것일까, 아니면 다른 감정적 악센트를 갖는 것일까, 심지어 대립적인 감정적 악센트를 갖는 것일까? 마지막으로 이미지 유형의 문제가 있다. 어떤 텍스트에서 우세한 것은 은유적 이미지인가, 아니면 환유적 이미지나 제유적 이미지인가? 가령 은유적 지향은 루미르파에서 우세하게 나타나며, 환유-제유적 지향은 상징주의자들에게서 우세하게 나타난다.

비유적 의미부여는 겨우 한 단어에 국한되는 문제가 아니다. 일반적으로 비유적 의미부여는 그것을 둘러싸고 있는 문맥구조보다 더 큰 부분을 에워싼다. 말하자면 (비유적인 주어는 동사를 그 의미영역으로 끌어들이는 식으로) '펼쳐 보여준다'. 만약 이미지 전개를 의도적으로 강조하면, 결과적으로 광범위한 이미지 국면을 빚어내게 되는데, 독립적인 이미지의 주제로 보일 정도로 특수해진다. 예를 들어 이미 전개된 고전적 직유에서 이루어지는 경우가 그렇다. 상징주의 시 가운데에는 이미 전개된 이미지를 구성하는 단어들이 이루는 문자 그대로의 의미와 비유적 의미 사이를 끊임없이 오가면서 시적 이미지가 주제 차원으로 발전된 경우도 있다. 이런 식으로 시적 이미지의 언어적 '구현'에서 의미론적 효과가 창출되는데, 후기 상징주의 시에는 이미지로서의 이미지가 이것이 표현하는 실재를 압도할 정도로 강화되어 있다. 끝으로 단어보다 한층 높은 차원의 의미단위조차 비유적 성격을 지닐 수 있다는 점을 덧붙여 둔다. (가령 마하의 시《오월》에 나타나는 사랑과 오월의 모티프와 같은) 어떤 모티프, 서사시적이거나 극적인 비유, 어떤 의미에서는 작품 전체까지도 비유일 수 있기 때문이다.

5. 문맥조직의 의미론적 동역학

단어와 그 의미의 문제를 논의하면서 우리는 계속 의미론의 **정역학** 영역에 머물러 왔다. 비록 하나의 행위인 의미부여의 경우에서 이미 의미론의 **동역학적** 경계에 이르렀던 적이 있긴 해도 그렇다. 의미론에서 이 두 가지 대립되는 개념은 무엇을 뜻하는 것일까? 어느 때 의미단위가 역동적으로 되고, 어느 때 정태적(靜態的)으로 되는가? 정태적 단위의 한 유형인 단어와 의미론적 동역학의 대표격인 발화 전체라는 극단적인 두 경우를 병치시켜 보기로 하자. 단어의 의미상 정태성(靜態性)은 그 의미가 발음되는 순간에 곧바로 우리에게 전체적으로 전달된다는 사실에 있다. 발화의 '의미'는 물론 잠재적이긴 하지만, 발화가 시작되는 순간에 역시 존재하게 되는 것이라 하더라도, 시간의 흐름을 따라 점진적으로 실현된다. 그러므로 발화는 의미의 흐름이다. 이 흐름은 개별적인 단어들을 끊임없는 흐름 속으로 이끌어 들이면서, 단어들에서 독립적인 지시관계와 의미의 상당부분을 제거한다. 발화 속의 단어 하나하나는 의미적으로 발화가 종결되는 순간까지 '열려' 있다. 발화가 계속되는 동안은 각각의 단어가 그 지시관계의 추가적인 변화와 앞으로의 문맥에 따라 빚어지게 되는 의미변화에 쉽게 영향받는다. 예를 들어 어떤 단어가 처음에 띠는 감정적 색조는 이러한 영향 아래에서 바로 정반대의 색조로 변할 수도 있고, 아니면 결과적으로 단어의 의미가 수축되거나 확장되기도 한다.

그러므로 동적인 의미단위가 점진적으로 실현되는 **문맥조직**에 나타난다는 사실 때문에 이 의미단위는 정태적 의미단위와 다르다. 정태적 의미단위와 동적 의미단위의 관계는 분명히 상호작용적이다. 동적 단위는 본래 의미의 의도에 불과하기 때문에 실현되기 위해서는 정태적 단위를 필요로 한다. 반면에 정태적 단위는 실재에 대한 실제적 관계를 문맥에서만 달성할 수 있다. 이런 상호관계가 구성-구성재료라는 한 쌍의 모델에 의거한다고 보는 것은 전적으로 잘못된 생각이다. 동적 단위는 정태적 단위들로 '구성'될 뿐만 아니라 이것들을 재형성하기도 한다. 이와 달리 정태적 단위는 문맥조직에 대해 피동적으로만 작용하는 것이 아니라 저항하기도 한다. 이 저항은 문맥조직에서 이루어지는 의미의 연상을 통해 문맥조직이 의미하고자 의도하는 방향에 압력을 가해서 이루어진다. 심지어 완전한 독립을 쟁취하려고까지 한다. 의미의 정역학과 동역학은 서로 대립되면서도 내적으로는 결합되어 있는 두 힘으로, 이것들은 함께 모든 의미의 전개과정에서 근본적으로 변증법적인 자체모순을 일으킨다. 단어와 발화가 빚는 구체적 대립은 우리가 인용할 수 있는 많은 예들 가운데 하나에 불과하다. 단어 하나도, 어떤 경우에는 어휘화된(즉 의미상으로 잘 포착되어서 완벽하게 통합된) 말마디도 정태적 단위일 뿐만 아니라, 내용의 최소단위인 모티프도 정적 단위가 된다. 반면에 어떤 발화 전체가 동적 단위일 뿐만 아니라 한 문장, 한 문단 등과 같은 것들도 동적 단위들이다. 의미의 정역학과 동역학이 빚는 대립은 언어적이나 언어학적으로 표현할 수 있는 의미에만 한정되는 것이 아니다. 그것은 일시적인 의미단위와, 이 단위가 합쳐지는 연속적인 문맥이 병치되어 있는 곳이면 어디에서나 이루어진다. 이런 대립은 예컨대 정신생활에서 이미지와, 연속적으로 이루어지는 정신활동 사이의 모순이라는 모습을 취한다. 이를 영화에 적용시켜 보면 한 장면과 전체적인 장면진행의 대립이 된다. 역사에서는 '실제 사실'과 '사건 의미'의 대립이라는 형식으로 나타난다.

그러나 하나가 다른 하나에 종속되는 두 가지 의미단위가 의미의 정역학과 동역학에서 빚어지는 모순에 대해 반드시 필요하지는 않다. 단어 하나만을 택해 보더라도, 이것은 모든 의미적 사실에 포함되는 것이어서 말 그대로 어디에나 있는 셈이다. 예컨대 앞 절에서 의미구조를 분석해본 단어와, 다음 단락에서 언급하게 될 문장에 대해 살펴보기로 하자. 단어에서 문장으로 옮겨가면서 우리가 의미의 정역학과 동역학의 경계선을 넘어서고 있다는 것은 자명하다. 그러나 단어를 실재에 바로 적용하면서 우리는 역동성을 시사하는 용어인 **의미부여 행위**라는 용어를 사용한 바 있다. 이 용어의 적절한 의미에서 보자면 독창적인 의미부여는, 아이들이 사용하는 "말[馬]!", "마차!"와 같은 일어문(一語文)처럼 단어 하나가 동시에 한 문장을 이루는 식으로 실현되는 경우가 제일 흔하다. 그러므로 의미적 동역학의 요소는 이미 잠재적으로 단어 속에 들어 있다. 반면에 정태적 의미를 이룰 가능성은 문장 속에 감추어져 있다. 이 사실은 ("대단히 고맙습니다" 등과 같은) 인사말이나 틀에 박힌 상투어와 같은 아주 일반적인 문장에서 이루어지는 어휘화로 입증된다. 요컨대 완결된 문장은 모두 바로 잇달아 시작되는 다음 문장의 의미상 역동성에 대립해서 정태적 단위로 나타난다.

지금까지 일반적 견해를 논의해 왔으니, 가장 기본적인 역동적 언어단위인 **문장**으로 논의의 방향을 돌리기로 한다. 그렇게 해서 우리는 문장구조의 시적 활용에 대한 문제를 제기할 수 있다. 사실 문장구조는 문법구조와 순수한 의미구조라는 양면을 갖고 있다.

문법적 구조를 시적으로 이용할 수 있는 가능성은 비교적 단순한 것이다. 의도적으로 이런 가능성 가운데 하나가 우세해지게끔 설정된다면, 최소문장과 발전된 문장[49]의 차이는 미적 효과의 원천이 될 수 있다. 동사로 이루어진 문장과 동사가 아닌 서술어로 이루어진 문장의 차이도 시적으로 활용할 수 있다. 이 한 쌍의 '유표(有標)된 ; marked' 요소는 동사가 아닌 술어로 된 문장이어서, 이러한 문장들을 과도하게 남용하면 구문구조에 미적인 탈자동화를 초래하게 된다.[50] 문장들은 중문이나 복문으로 결합되어 있으며, 미적 효과는 텍스트에서 이 두 가지 유형 가운데 하나가 우세해질 경우에 이루어진다. 중문이 우세해질 경우에 하나의 구문으로 통합된 인접한 문장들의 계사적(繫辭的) 결합이 강조된다. 반면에 의미론적으로 (단계적 이행, 대비, 원인, 조건, 반대 등과 같은) 좀더 한정적인 관계가 강조되는 경우도 있다. 예를 들어 빅토르 딕의 시에서 보는 바와 같이 구문구조는 이런 방법 가운데 두 번째 방법에 의해 탈자동화된다. 만약 복문이 우세해지는 경우에는 복문의 예술적 활용 또한 두 가지 방법으로 이루어진다. (모든 종류의 관계절들처럼) 주절의 단어 하나와 결합된 종속절이 과도하게 사용되거나, 주절 전체와 연관된 (가령 시제를 나타내는 절처럼) 종속절들이 강조된다. 문장의 전체 길이에 대한 중문과 복문의 개별적인 구문요소나 절들의 상대적 비율도 미적 요인이 된다. 물론 선험적으로 제시되는 완성에 대한 규범적 기준이 없는 그런 미적 요인일 뿐이다. 구문구조의 균형과 불균형은 작가의 예술적 의도에 상응한다. 끝으로 (파격구문[anacoluthon]과 같은) 구문구조의 왜곡조차 미적 효과가 이루어질 가능성을 배제하지 못한다. 물론 단순히 문장의 구문구조에 관해 이러저러한 속성을 설정

---

49) 편집자 주 : 최소문장(holá věta)은 주어와 서술어 하나씩으로 이루어지는 데 반해, 발전된 문장(rozvitá věta)은 하나 이상의 주어와 서술어로 이루어진 구문단위를 갖는다.

50) 선집 《마헨 작품집》(*Mahenovi*, Prague, 1933)에 수록된 〈마헨의 시적 언어〉 (Mahenova. básnická mluva)와 이르지 마헨의 저서 《사고와 의사소통의 도구》 (*Nástroj myšlení a dorozumění*, Prague, 1940)에 실려 있는 마헨의 명사로 된 비동사 문장에 관한 프란티섹 트라브니첵의 주장을 참조해 보라.

하는 것만으로는 전혀 충분하지 않다. 다른 구성성분보다 바로 이런 '형식적 본질' 때문에 구문을 작품의 전체구조와 병치시켜 볼 필요가 있다.

그러나 문장의 **의미적** 구조란 무엇일까? 언뜻 보기에 이것은 구문구조와 일치하는 것처럼 나타나기도 한다. 그러나 신문법학자들(neo-grammarians)조차 문장이 구문관계에 의해 제시되는 의미맥락과는 다른 의미맥락을 갖는다는 점을 의심했다. 바로 여기에서 문법적인 주어와 술어, 그리고 '심리적인' 주어와 술어에 차별이 있게 된다. 이 차별은 문장의 '기능적인' 의미 전망[51]이 형식적인 구문분할과 언제나 일치하지 않는다고 이해하는 데에서 생겨난다. '심리적' 주어는 이것에서부터 문장이 전개되고 이것에 관해 서술어가 무엇인가 말해 주는 의미의 복합체를 뜻한다. 그러나 심리적 주어는 언제나 문법적 주어와 일치하지 않는다(다음과 같은 문장, "In a fish pond ─ there were many fish ; 양어장에는 ─ 많은 물고기가 있었다"를 생각해 보라). 똑같이 '심리적' 술어도 문법적 술어와 일치하지 않는다("On the moon ─ there are no living beings ; 달에는 ─ 생물이 없다"라는 문장에서 심리적 술어는 주된 구문요소 두 가지를 다 포괄한다). 현대언어학은 구문의미의 통일성을 강조해

─────────────

51) 이는 빌렘 마테시우스의 용어다. 편집자 주 : 요셉 바첵은 《프라하 언어학파》 (*The Linguistic School of Prague : An Introduction to Its Theory and Practice*, Bloomington, Indiana, 1966)에서 마테시우스의 용어 'aktualní větně členění'를 '기능적 문장 전망'이라고 번역했다. 바첵에 의하면, "마테시우스의 접근방식은 …… 발화된 문장을 그것이 전하고 있는 정보라는 관점에서 고찰한 것이다. 지금은 흔히 이 접근방식이 기능적인 문장 전망법을 수립한다고 말한다. 이런 각도에서 보자면, 어떤 발화된 문장은 두 부분으로 이루어진다. 첫 부분은 근래에 대개 **주제소**(主題素, theme)라고 일컫는데, 앞의 문맥에서 이미 알려진 하나의 사실이나 여러 사실들과, 혹은 당연한 것으로 용인할 수 있는 사실들과 관련되는 발화의 부분이다. 그래서 어떤 발화된 문장으로 제공된 정보에 도움이 될 수 없거나 최소한으로만 도움이 되는 부분이다. 다른 부분은 현재 대개 **평어소**(評語素, rheme)라고 하는데, 발화된 문장으로 전달된 사실상 새로운 정보를 포함하고 있어서 실질적으로 청자나 독자의 지식을 풍부하게 해준다"(p.89). 우리는 차례대로 바첵의 역어를 따랐고, 무카르조프스키가 사용한 용어 'aktualní významové členění'를 '기능적인 의미 전망'이라고 번역했다.

서 이 문제를 더 발전시켜 나가고 있다.[52] 구문의 의미와 억양의 관계에
관해 카르체프스키가 다음과 같이 주장한 내용도 중요하다. "문장은 실
현된 의미소통 단위인데, 나름의 문법구조를 갖추고 있지 않다. 그러나
문장은 억양에 의해 제시되는 특정한 음성구조를 갖는다. 문장을 구성
하는 것은 바로 억양이다. 어떤 단어나 단어군(單語群)이든, 문법형태이
든, 감탄사이든, 상황에 따라 소통단위의 기능을 수행할 수 있다."[53] 발
렌틴 볼로쉬노프의 연구들, 특히 논문 〈발화의 구조〉(Konstrukcija
vyskazyvanija)[54]는 의미의 동역학에 대한 사실을 잘 밝혀주고 있다. 따
라서 우리는 〈마하 시의 의미발생론〉(Genetika smyslu v Máchově
poesii)[55]에서 의미의 정역학과 동역학 사이의 양극성을 주장한 바 있다.
여기에서 언급한 바 있는 전제에서 더 나아가, 문장 의미구조의 주요원
리를 열거하고 특징지어 보고자 한다. 다음과 같이 모두 세 가지다.

1. 첫째 원리는 우리가 막 시작된 어떤 의미 계열체를 하나의 문장으
로 생각하는 순간부터 추구하게 되는 구문의미의 통일성이다. 이 계열
체의 전체 의미가 문장이 종결될 때까지 우리에게 잠정적인 것으로 남
아 있다 하더라도 통일성을 추구하게 된다. 카르체프스키는 일련의 단
어들이 구문의 억양에 의해 문장으로 파악된다면, 이 단어들은 우리에
게 의미소통 단위(unité de communication)가 된다는 점을 올바르게 지
적한 바 있다. 그래서 우리는 전체 의미를 억지로라도 의미소통 단위에
소속시키게 된다. 현대시는 의미구조의 이러한 근본속성을 다양한 방법
으로 널리 활용한다. 구문의미의 자명한 통일성을 근거로 해서, 상징주
의는 독자가 문장 안에서 교차되는 여러 가지 이미지 '국면들' 사이의

---

52) 율리우스 슈텐젤의 논문 〈이해, 의미, 개념, 정의〉(Sinn, Bedeutung, Begriff,
    Definition), 《언어학연감》(*Jahrbuch für Philologie*) 1, 1925, pp.160~201을 보라.
53) "Sur la phonologie de la phrase", p.190.
54) 〈Konstrukcija vyskazyvanija〉, 《문학연구》(*Literaturnaja učěba*) 1, No. 3, 1930,
    pp.65~87.
55) "Genetika smyslu v Máchově poesii", 《토르소와 마하 작품의 비밀》, pp.13~
    110.

연관관계를 찾아보도록 강요했다. 그 뒤의 (미래파, 다다이즘과 같은) 몇
몇 운동들도 독자가, 의미에 대한 의도를 우연히 이루어진 단어 묶음에
속하는 것으로 여기도록 강요한다. 이것도 문장의 의미적 통일이란 근
거 위에서 강요하는 것이다.

  2. 문장의 의미구조에 관한 두 번째 원리는 '의미의 적층'이라고 일
컬을 수 있다. 이것은 두 가지 사실에 근거한다. 첫째는 문장을 구성하
는 의미단위들을, 구문상의 종속과 지배라는 복잡한 구성방식에도 불구
하고 끊임없이 연속되는 것으로 지각한다는 사실이다. 그러므로 a-b-
c-d 등처럼 도식화해서 표현할 수 있는 일련의 계열체가 이루어진다.
그렇지만 이때에 다음과 같은 두 번째 사실이 작용하게 된다. 즉 다른
단위에 잇따라 일어나는 하나하나의 단위는 각각 선행하는 모든 단위
들을 배경으로 해서 지각된다는 사실이다. 따라서 문장을 구성하는 의
미단위 전체는 문장이 종결되면 그때에 동시적으로 청자나 독자의 마
음에 나타나게 된다. 이러한 식으로 이루어지는 의미의 적층과정은 다
음과 같이 도식화할 수 있다.

```
a - b - c - d - e - f
a - b - c - d - e
a - b - c - d
a - b - c
a - b
a
```

  이 도식의 첫 행에 알파벳 순서를 따라 수평으로 배열된 일련의 문자
는 구문 전체에서 의미단위가 연속되는 것을 표시한다. 첫 행의 문자 하
나하나 아래에 늘어서 있는 수직열은 의미가 적층되는 과정을 도식화한
것이다. 우리가 단위 b를 지각하는 순간에 단위 a는 이미 우리 의식 속
에 들어와 있으며, 단위 c를 지각하는 순간에는 단위 a와 b를 이미 알고
있다는 그런 식으로 계속되는 것이다. 문장의 모든 의미단위가 빚어내
는 적층과정에서도 적층이 일어나는 순서가 중요하다는 점을 언급해 둔

다. "On the table among the books stood the lamp ; 테이블 위 책들 사이에 등잔이 있었다"는 문장은 의미의 전체적인 조직에서 문법적으로 똑같은 문장인 "The lamp stood on the table among the books ; 등잔은 테이블 위 책들 사이에 있었다"와 똑같지 않다. 또 이 두 문장은 문법적으로 똑같은 제 3의 문장인 "Among the books on the table stood the lamp ; 테이블 위 책들 사이에 등잔이 있었다"와 의미에서 차이가 난다. 이 문장들이 의미상으로 차이가 나는 까닭은 각각의 문장에서 이루어지는 의미의 적층이 다른 순서로 이루어졌기 때문이다. '심리적' 주어와 서술어라는 이론으로는 이 모든 차이를 충분히 설명할 수 없다. 심리상의 주어와 서술어 사이의 경계가 첫 번째 문장과 세 번째 문장에서 동일하기 때문이다. 구문구조를 '기능적 전망'으로 보는 마테시우스의 개념은 '어순'을 구문구조의 요인으로 강조하기 때문에 우리의 적층 개념과 흡사하다.

의미의 적층에서 빚어지는 시적 탈자동화는 똑같은 구문 전체에서 근본적으로 다른 의미들이 무리를 이룸으로써 적층과정이 복잡해지거나 지연되는 식으로 이루어진다. 예를 들어 이런 경향이 실험의 토대가 되고 있는 블라디슬라프 반추라의 《최종심(最終審)》(*Poslední soud*)에 나오는 다음과 같은 문장 유형을 비교해 보라. "이유 있는 즐거움으로 제금(提琴)의 활을 앞치마 위로 흔들어대는 아낙네처럼, 그는 늘 총을 메고 다니던 어깨를 흔들어 대면서 웃었다."[56]

3. 세 번째 원리는 의미상의 정역학과 동역학 사이를 시계추처럼 오간다. 이는 (구문단위인 단어처럼) 구문적으로 결합되는 모든 의미단위가 일면에서는 나름대로 표현하는 실재에 대해 직접적인 지시관계를 설정하는 경향이 있고, 다른 면으로는 문장 전체의 문맥에 구속받으면서도 문장 전체에 의해서만 실재와 접촉하는 경향이 있다는 사실에 근

---

56) "Smál se potrhuje ramenem, které nosívá střelnou zbraň, jako hospodyně, jež
  v důvodném veselí roztřese nad zástěrou kličku tkalounu."

거한다. 그러므로 이것은 의미부여와 문맥조직 사이의 양극성이란 문제에 다름 아닌 것이다. 이 문제는 경우에 따라 다른 해결방식을 초래한다. 예를 들자면 개별적인 의미부여에서 지시관계의 독립성은 마하의 작품에 나타나는 구문 문맥의 결집력보다 우세하다. 이것이 가령 마하의 문체에서 하나의 동사나 형용사로 다른 두 개 이상의 명사를 무리하게 수식하려는 수많은 액어법(軛語法, zeugma)이 나타나는 근원이자, 문장에서 이루어지는 구문의 비결집성뿐만 아니라 'večerní máj(오월 저녁)', 'rozlehlý strom(장대한 나무)'처럼 단어의 결합에서 부조화를 일으키는 의미의 근원을 이룬다. 반면에 카렐 차펙의 작품에서는 개별적인 의미부여의 독립성에 대해 문맥조직의 연속성이 우세하다. 그러므로 여기에서 구문적 억양(syntactic intonation)이 완만하게 파동치는 현상과 구문의 경계를 완화하려는 경향이 나타나게 된다. 브르제지나의 시는 좀더 복잡한 경우다. 개별적인 비유적 의미부여 행위 하나하나가 특정한 문맥을 형성하기 때문이다. 이는 확장된 이미지의 '국면들'로 특정한 문맥을 전개해 감으로써 그렇게 하는데, 이 국면들은 서로 부딪친다. 그러면 이 여러 다른 부분적 문맥들을 대등하게 조정하는 역할은 문맥 전반에 놓여지게 되는데, 문맥 자체는 단순한 의미상 의도라는 상태로 남아 있은 경우가 많다. 이렇기 때문에 브르제지나의 몇몇 시에서 전체적 의미가 모호성을 띠게 된다.

요컨대 '형식적' 구조라기보다 구문적 구조이기 때문에 문장의 의미구조는 문장 하나하나에 들어 있는 개별적인 의미의 충전과 구문구조를 매개한다고 말할 수 있다. 그렇지만 동시에 이 의미구조는 학문적인 분석이 가능할 만큼 분명한 일반적 속성도 충분히 갖추고 있다. 이러한 두 가지 이유 때문에 시적 언어 이론이 학문적 분석에 주의를 기울이는 것은 중요하다. 특히 문학적 산문의 예술적 구조와 이 구조의 내재적 발전에 관한 연구는 문장의 의미구조를 고려하지 않고서는 불가능하다. 이는 또한 산문의 학문적 연구가 이제까지 시에 관한 연구보다 더 발전하지 못했던 이유를 설명해 줄 것이다. 산문의 학문적 연구가 음성 양상, 어휘부, 구문을 분석하는 데 한동안 만족해온 것도 사실이다. 물론 단어와 발화 전체 사이의 간격을 메우는 의미단위의 계층구조에서 문장이 제일 높은 마지막 단계는 아니다. 더 높은 단계의 단위는 예컨대 문단과 장(章)이다. 그렇지만 이런 것들도 언어단위일까? 이것들이 발화의 구성성분이라는 의미에서는 그렇다. 연속되는 언어기호로 제시되는 바는 언어의 일정한 틀을 벗어날 수 없다. 만약 언어학이 문단과 장을 다루지 않는다면, 그것은 이들 구조가 문법적 규칙에 지배받지 않기 때문일 뿐이다. 언어에서 최고 단계의 문법단위는 문장이다. 그러나 문장은 구문구조일 뿐만 아니라 동시에 의미구조이기도 하다. 우리가 앞에서 열거해 본 문장의 의미구조 원리 전부는 문장보다 더 높은 단계의 구조 전체에도 적용할 수 있다고 본다.

문장은 의미 차원에서 좀더 광범위한 문맥에, 특히 선행하는 문맥과 연관되는 경우가 아주 많다. 의미의 적층원리를 설명하기 위해서, 우리는 앞에서 똑같은 어휘로 구성되거나 동일한 문법구조를 갖고 있으나, 의미단위의 순서는 다른 문장 세 가지를 언급한 바 있다. 여기에서는 한 문장이 좀더 폭넓은 의미맥락과 연관되는 방식을 확인해 보기 위해서, 세 문장 가운데 두 문장을 다시 한 번 활용해 본다. 그것은 다음과 같은 문장이다. (a) "The lamp stood on the table among the piled books ; 등잔은 테이블 위에 쌓아놓은 책들 사이에 있었다." (b) "Among the piled books on the table stood the lamp ; 테이블 위에 쌓아놓은 책들 사이에 등잔이 있었다." 첫 번째 문장은 **등잔**이 이미 앞서 언급된 적이 있다는 사실을 전제하고 있으며, 두 번째 문장은 선행 문맥에서 **테이블**을 이미 언급한 적이 있다는 것을 전제하고 있다. 이 두 문장을 다음의 문맥과 연관시켜 보면, 의미가 명확해지지 않는다. 예를 들자면, "Sitting next to it[the lamp] was someone immersed in reading ; 그것[등잔] 곁에서 누군가 독서 삼매경에 빠져있었다"는 문장은 두 문장에 똑같이 잘 이어진다. 그러나 "There were a great many books ; 거기에는 아주 많은 책이 있었다"는 문장은 두 번째 문장보다는 첫 번째 문장에 더 잘 어울리는 것 같다. 그러므로 문맥에 의한 소급적인 의미결정이 진행중인 의미결정보다 더 강력하게 입증되는데, 이는 아주 자연스러운 일이다. 이것이 도움이 되는 것은 하나의 문장이 더 높은 단계의 의미단위로 전환되는 것은 어떤 본질적인 단절 없이도 지속될 수 있다는 사실이다. 끝으로 문법적 양상에서조차 고정된 경계선이 전혀 없다는 점을 언급해 둔다. 이는 어떤 문장과 바로 뒤에 이어지는 다음 문장이 결합되는 것은 문법적 방법에 따라 이루어질 수 있다는 뜻이다. 예컨대 여기의 두 문장은 두 번째 문장에 나오는 지시대명사나 지시부사에 의해 결합될 수도 있지만, 첫 번째 문장의 어떤 요소와 연관되기도 한다. 주어 하나가 두 개나 심지어는 여러 개의 연속된 문장에 공통적일 수 있다.

문장의 의미구조와 더 높은 단계의 의미단위 구조가, 심지어는 텍스트 전체의 의미구조가 일치한다는 사실은 문학이론에서 아주 중요한 가설이다. 말하자면 이는 우리가 언어학적 분석에서 텍스트의 의미구조 전반에 대한 연구로 나아갈 수 있는 교량 구실을 한다. 만일 우리가 문장의 의미구조를 분석할 때에 제시했던 열거사항인 의미의 동역학 원리를 '구성의 분석'에 적용한다면, 이 구성의 분석은 반드시 엄격한 정태성을 애초부터 지니지 않을 것이다. 이런 식으로 구성의 분석은 '형식적'인 데도 불구하고, 구체적인 의미 표징(semantic gesture)을 결정하는 데로 이끌 수 있는 가능성을 갖고 있다. 그런데 이 의미의 표징으로 말미암아 작품은 제일 단순한 요소들에서 가장 일반적인 윤곽에 이르기까지 역동적인 통일성을 갖게끔 조직된다. 표면적인 '형식적 특질'에도 불구하고 의미의 표징은, 작품의 외면적 '의상'으로 생각하는 형식과는 완연히 다른 것이다. 비록 질적 차원에서 결정할 수 없는 것이긴 하지만, 의미의 표징은 의미적 사실이자 의미상 의도라고 하겠다. 그리고 바로 이 의미의 본질 때문에 의미의 표징은 시인의 성격, 사회 그 밖의 다른 문화영역과 더불어 작품의 외적 연결관계를 이해하고 결정할 수 있게 해준다. 비록 이것이 작품의 **내적** 구조와 연관되어 있다 해도, 의미

표징에 관한 견해로 말미암아 문학의 구조이론에서 헤르바르트적 형식주의의 마지막 잔재가 제거될 수 있었다.[57]

의미 차원에서 구체화시켜야 하는 더 높은 단계의 의미단위들, 즉 흔히 문학작품의 주제적 구성성분이라고 일컬어지는 것에 관해 좀더 설명할 필요가 있다. 여기에서 우리는 주로 모티프, 플롯, 전반적 주제에 관해 관심을 갖는다. 이러한 요소들을 언어의 문맥 밖에 놓아두거나, 아니면 기껏해야 언어와 이 요소들의 관계를 내용이 형식을 결정한다는 원리에 따라 수동적인 것으로 규정하는 것이 통례였다. 그러나 이런 요소들과 언어적 요소들의 경계가 아주 분명해서, 이 두 가지는 결코 완전히 별개의 것처럼 무조건 서로 대립되지 않는다. 우리는 이미 (시적 이미지에 관한 앞서의 고찰에서) 언어적이거나 구어적인 의미조차 주제화될 수 있다는 것을 보았고, 또한 내용단위인 모티프가 흔히 단 하나의 단어로 표현될 수 있어서 구어적 의미에 섞여질 수 있다는 것도 살펴 보았다. 모티프의 어휘화, 즉 어떤 단어와 흡사한 직접적이고 관습적인 의미단위로 고정하는 것도 불가능한 일은 아니다. 민담이 그것을 구성하는 어휘소화(語彙素化)된 모티프들로 생생하게 표현되는 것처럼 불가능한 일은 아니다.

더욱이 현대적 연구는 주제까지도, 특히 시적 주제조차 언어와 양면적으로 관련된다는 점을 설득력 있게 보여주고 있다. 말하자면 언어 표현은 주제에 의해 지배될 뿐만 아니라 주제 또한 언어 표현에 따라 지배받는다는 것이다. 이에 관해 로만 야콥슨은 〈마하 시의 묘사론〉(K popisu Máchova verše)[58]에서 아주 구체적인 실례를 제시한 적이 있다.

---

57) 헤르바르트적 형식주의는 19세기 말에 독일 철학자 요한 헤르바르트의 심리학 개념을 받아들여 이루어진 체코의 경험주의적 미학 전통을 가리킨다. 요세프 두르딕(Josef Durdík), 오타카르 호스틴스키(Otakar Hostinský) 등이 주도했다[편역자 주].

58) 〈K popisu Máchova verše〉, 《토르소와 마하 작품의 비밀》, pp.207~278. 편집자 주 : 이 논문은 피터 스타이너(Peter Steiner)와 웬디 스타이너(Wendy Steiner)에 의해 영역되어 《로만 야콥슨 선집 제5권》(Selected Writings of

그는 공간에 대한 마하의 개념이 강약격 시행보다 약강격 시행에서 달라지는 것을 보여주었다. 약강격 시행에서는 관찰자에게서 배경으로 이동함에 따라 바뀌는 공간이 계속해서 한 방향으로 나타나지만, 강약격 시행에서는 쉴 새 없이 다양한 방향으로 이동한다는 것이다. 그러므로 마하의 공간개념은 리듬과 밀접한 관계를 맺고 있는데, 이 개념은 양면적 관계이기 때문에 두 구성성분 가운데 어느 것이 다른 성분에 앞서 결정되는지 말하기 곤란하다고 본다. 그러나 리듬은 분명히 텍스트의 (음운론적인) 음성조직에 근거하는 언어적 문제이다. 반면에 공간개념은 주제 측면에 속한다. 그러므로 아무리 주제라 해도 그 임무와 영역이 문학작품의 구조 전반에 걸치는 언어학적 분석에서 벗어날 수 없다. 여기에서 언어학적 연구는 학문연구에서 빚어지는 주제의 한계를 뜻하는 것이 아니라 하나의 방법론적 방향설정을 뜻한다.

6. 독백과 대화, '감춰진' 의미

우리는 앞의 여러 장에 걸쳐서 문학작품의 음과 의미를 이루는 구성성분의 계층구조를 살펴보았다. 그러나 이러한 고찰로 시적 언어에 관한 모든 문제가 다 철저히 규명된 것은 아니다. 무엇보다도 주체가 발화에 참여하는 문제, 즉 독백과 대화의 차이, 그리고 단어 뒤에 감춰진 '표현되지 않은' 의미의 문제가 남아 있다.

독백과 대화는 발화의 의미조직 차원에서 두 가지 근본양상이자 동시에 기능적인 면에서 서로 대립하는 언어구조의 두 가지 형태다. 그러므로 언어학은 독백적이거나 대화적인 '말하기'에 관해 언급하는 경우가 많다.[59] 그러나 독백과 대화는 단순한 기능언어 이상의 것이다. 발화

Roman Jakobson 5, The Hague, 1979)에 수록되어 있다.

59) Lev P. Jakubinskij, 〈대화적 말하기론〉(O dialogičeskoj reči), 《러시아말》 (*Russkaja reč*) 1, (ed)L.V. Ščerba, Petrograd, 1923, pp.96~194.

의 독백적이거나 대화적인 본질은 발화가 한 사람의 주체에게서 나오
는지 또는 그 이상의 주체에게서 나오는지에 따라 결정되기 때문이다.
그렇지만 다른 어떤 기능언어의 적용은 단 한 사람의 주체가 결정되는
바에 따라 정해진다. 따라서 독백과 대화의 차이는 기능언어 가운데의
다른 차이들보다 더 근본적인 것이다. 또한 이것은 대화에서 참여자들
이 제각기 다른 기능적 스타일을 택할 수 있다는 사실로도 자명해진다.
그러므로 기능의 차이는 독백과 대화의 차이라는 면에서 이차적인 상
부구조로 나타난다.

　문학은 독백적 말하기와 대화적 말하기라는 차이로 대등하지 않은
두 부분으로 나누어진다. 즉 독백형식인 서정시와 서사시, 그리고 대화
의 시인 드라마가 그것이다. 물론 이것은 언어표현 방식인 대화가 원칙
적으로 서정시와 서사시에서 제외될 수 있다는 것을 뜻하지 않는다(서
정시적인 '논쟁들'과 서사시에서 등장인물들의 대화를 생각해 보라). 반면
에 독백이 드라마에서 제외될 수 있다는 것을 뜻하지도 않는다(드라마
의 대화에 삽입된 내레이션을 고려해 보라). 이는 단지 서정적 발화와 서
사적 발화는 ('시인'인) 단 한 명의 화자를 전제로 하지만, 드라마는 여
러 명의 화자를 전제로 한다는 것을 뜻할 뿐이다. (때로는 상상적인 것에
불과하지만) 이런 경계선을 넘어서게 되면, 서정시와 서사시는 드라마
로 바뀌거나 아니면 반대로 바뀐다. 예를 들자면 (체코의 중세시 《영혼
과 육신의 논쟁》 등과 같은) 서정시적인 '논쟁'에서 논쟁하는 양쪽의 대
화는 드라마로 간주할 수도 있다. 그러나 서사시와 서정시가 보여주는
독백투의 방향과 드라마가 보여주는 대화투의 방향에서 나타나는 차이
는 언어적으로 표명될 뿐만 아니라 다른 방식으로도 표명된다. 드라마
적인 대화는 청자가 보여주는 시간의 두 가지 속성, 즉 시간의 순간적
인 현재와 그 흐름(오타카르 지히의 용어로는 '일시성[60]')에 얽매여 있지
만, 반면에 서사적 독백과 서정적 독백은 이런 속성들 가운데 **하나만을**

---

60) 《극예술 미학》(*Estetika dramtického umění*), Prague, 1931, p.219.

갖고 있다. 말하자면 서사시는 흘러가기만 할 뿐이지 현재가 아닌 시간을, 서정시는 현재이긴 하지만 흘러가지 않는 시간을 갖는다. 그러므로 만약 독백적 본질과 대화적 본질의 차이가 바로 발화의 인식론적 근거에 깊숙이 스며들어 간다면, 이 두 방향성의 대립은 언어적인 면에서 기능적 대립이 아니라 본질적 대립이라는 것이 분명해진다.

그러나 방향이 상반되는 데도 불구하고, 독백적 방향과 대화적 방향은 서로 배치되지 않을 뿐만 아니라 서로 스며들기까지 한다. 우리는 분명히 독백적 발화에도 대화가 잠재해 있는 것을 분별해내는 경우가 많으며, 역으로 대화에서 독백적 발화를 분별해내기도 한다. 이는 문학적 발화에서만 타당한 것이 아니라 일반적 발화에서도 그렇다. 물론 문학은 이런 식으로 생겨나는 의미의 뉘앙스를 이용하는 경우가 많다. 바로 이런 특질 때문에, 결합적인 것이 아니라 반의적(反意的)·단계적·주석적인 중문을 선호하는 빅토르 딕의 문체는 감춰진 대화로 가득 차 있다. 에밀 부리안이 단편소설 〈하멜린의 피리꾼〉(Krysař)에서 텍스트를 전혀 변경시키지 않으면서도 시인의 독백을 여러 극중 인물의 대화로 바꿔놓았는데, 그는 감춰진 대화를 극작기법 차원에서 활용한 것이다. 이 경우에 극작기법의 적용은 대화의 성격을 창조하는 것이 아니라 단지 그 성격을 보여줄 뿐이다. 성격은 의미구조의 요소로, 또 시인의 서술적 설명으로 이루어지는 작품의 미적 효과의 요소로 이미 존재해 있다. 대화 속에 감추어져 있는 독백이란 반대의 현상을 설명하기 위해서, 상징주의 드라마, 특히 모리스 메테를링크의 드라마에서 몇 구절을 참고해 볼 수 있다. 거기에서는 여러 극중 인물의 발화가 쉴 새 없이 맞물려 이어지고 있어서 발화들은 사실상 끊임없이 이어지는 독백적인 문맥조직을 이룬다. 문맥조직은 몇 사람의 대화상대자들이 나누어 맡고 있다. 결국 이는 친밀한 사적인 대화에서 흔히 일어나는 그런 것이기보다 상황을 문학적으로 활용하는 것일 따름이다. 사담에서는 화자들이 공통적인 관심사와 감정에 얽매여 있어서, 통상적으로 화자들이 대화에서 분담하는 역할의 토대가 되는 의미 사이의 긴장이 아주 약해져 버린다.

그러므로 발화의 외견상 형식이 독백적이든 대화적이든, 대화적 특성과 독백적 특성은 둘 다 모든 발화의 근원에 사실상 들어 있다. 정녕 이것들은 발화가 일어나는 바로 그 정신적 과정 속에 이미 들어 있는 것이다. 대화의 토대를 이루는 '나'와 '너'의 관계는 대화를 작동시키기 위해 두 사람을 반드시 필요로 하지 않는다. 모든 개인이 행하는 정신생활의 역동성에 의해 나타나는 내적 긴장, 모순된 행위, 예기치 못했던 반전을 필요로 한다. 그러므로 발화의 분명하거나 잠재적인 대화의 성격은 정신적 삶이 보여주는 진행과정에 감추어져 있는 '대화적 본질'에 뿌리를 둔다. 역시 이러한 이유에서 심리적 전개과정은 독백보다 여러 명의 참여자들이 이루는 대화에 좀더 직접적으로 반영된다. 대화의 참여자들 사이에서 이루어지는 '심리적 상황'은 대화적 발화가 진행되는 과정에 끊임없이 영향을 미친다. 이런 상황이 대화에 직접 개재되는 경우가 아주 흔해서, 화자 가운데 한 명이 자기 상대방의 말에 응답하고 있다기보다 오히려 화자들의 말에 수반되는 심리적 전개과정에 응답하고 있다고 보일 정도다. 화자는 심지어 상대방이 말할 틈도 주지 않고 ("넌 아무 말도 할 필요 없어, 네가 뭐라고 그럴지 다 알고 있으니까, 그런데 나는 말이야 …… "라는 식으로) 즉각적으로 반응하는 식으로 분명히 응답해서 (의사소통을 위한 몸짓이나 찡그리는 표정으로 표현하기보다 무심결에 이런 것을 드러내는 식으로) 심리적 반응까지 보여준다.

이제 우리는 언어와 심리적 전개과정의 경계선에 서 있다. 진정 우리는 심리의 전개과정이 발화 구성성분들의 하나로 발화에 스며든다는 것도 알 수 있다. 상대방의 심리적 반응이 하나의 응답이 될 때에 이루어지는 심리의 직접적인 관여가, 이 심리적 전개과정이 본질적으로 변하지 않고 **소통가능한** 의미가 되는 조건에서만 이루어진다는 것은 말할 필요도 없다. 심리적 상태 및 심리적 활동이 갖는 의미적 본질이 관계되는 한에서, 현대심리학에서 보자면 모든 정신적 삶에 의미요소가 충만해 있다는 것은 분명하다. 더욱이 이 의미요소가 의사소통의 문제가 아닌 경우에도 그렇다. 외부의 자극은 통일된 '의미'에 따라, 말하자면 일정한 의미에 따라 구성되는 형태로 즉시 개인의 의식 속에 자연스럽게 배열된다는 전제에서 형태심리학의 모든 내용이 비롯되는 것이다. 정신적 활동의 **모든** 영역이 의미구조를 구성한다고 믿는 (볼로쉬노프와 같은) 학자들도 있다. 이들에 의하면 의미가 없는 것은 어느 것이나 심리적 사건이라기보다 생물학적인 진행과정이라고 한다. 이런 견해는 전혀 근거 없는 것이 아니다. 면밀히 분석해 보면 상당수의 지각 구성성분을 찾아낼 수 있다. 비록 지각되는 현실에 고유한 것으로 겪었다 하더라도, 지각행위를 구성하는 성분은 본질적으로 지각하는 주체가 거기에 귀속시키는 의미다. 예를 들자면 우리는 시각만으로도 똑바로 놓여 있는 테이블과 뒤집혀진 테이블을 분명히 구별할 수 있다. 똑바로 놓여 있는 테이블의 위치를 정상적으로 파악하는 데 테이블의 기능에 관한 지식이 전제되는 것이라 해도 그렇다. 테이블을 지각하면서 우리는 그것을 먹고 일할 때 사용하는 용구로 파악한다. 그러므로 이런 행위들을 용이하게 하는 위치만이 자연히 정상적인 것으로 보이게 된다. 더욱이 우리는 다양한 대상들이 어떤 목적에 소용되는지 아는 경우에만 대상의 형상을 체계적으로 정돈된 것이라고 **파악한다**. 기능을 알지 못하는 대상은 형태적으로 이해할 수 없으며, 심지어 형체가 없는 것으로도 보일 수 있다.

그러므로 만일 발화와 이와 관련된 심리적 전개과정의 상호관계를, 동시에 일어나며 서로 연관되는 두 가지 의미 계열체의 관계라고 규정한다면, 우리는 실상에서 과히 멀지 않게 된다. 두 계열체의 차이가 다음과 같은 점에 있다는 것은 말할 나위도 없다. 즉 임의대로 할 수 있는 감각적으로 지각가능한 기호체계로 되어 있는 언어의 의미만이 충분히 소통될 수 있는데 반해, 심리적 의미는 체계적으로 표현할 수 있는 가능성이 적다는 점이다. 심리적 의미는 단지 표징만을 마음대로 할 수 있는데, 이 표징은 기껏해야 아주 불완전한, 즉 **자연발생적인** 얼굴 표정, 몸짓, 행위 등, 요컨대 '행동'으로만 그 의미를 표현한다. 우리는 '자연발생적'이란 말을 강조해 둔다. 만약 몸짓, 얼굴 표정 등이 의식적이거나 심지어 체계적이기조차 하다면, 정신과정이 어떤 기호체계로 **자리바꿈**하는 데에는 우리가 언어기호를 수단으로 해서 기호들을 의식적으로 소통할 때와 똑같은 방식이 관련되기 때문이다.

언어와 심리 전개과정의 관계에 대한 연구는 언어학과 심리학에서 똑같은 관심거리다. 언어학에서 특히 관심을 두는 것은 다음과 같은 문제 때문이다. 즉 어떻게 발화와 동시에 일어나는 심리적 전개과정이 그 현존을 나타낼 수 있을까, 또는 어느 경우에 규칙성을 갖는 언어기호 체계로 자리바꿈 하면서도 왜곡되지 않고 **즉각적으로** 심리과정의 구체적인 의미 특성을 어떻게 보여줄 수 있을까라는 문제다. 그러나 우리의 연구목적은 이런 문제를 모든 범위에 걸쳐 상론하려는 것이 아니다. 다만 심리적 행위의 의미 전개과정과 언어의 의미 전개과정의 상관관계를 **시적으로** 활용하는 방식만을 개괄해 보려고 한 것이다. 그것도 기껏 거칠게 윤곽이나마 살펴보려고 한 것이다.

심리적 행위의 첫 번째 경우는 상대적으로 말해 아주 단순하다. 이것은 근본적으로 이미 언어적인 의미를, 즉 단어로 쉽게 구체적으로 표현할 수 있는 의미를 **은폐하는 것**에 관심이 있다. 우리는 이른바 인유(引喩)를 염두에 두고 있다. 만일 화자가 나름대로 어떤 사실이나 생각이나 판단에 대한 단순한 힌트에 국한한다면, 인유는 의미소통을 위한 언어에서도 빈번히 이루어질 수 있다. 이러한 은폐는 대화상대방의 개인적이거나 윤리적인 감정을 고려하는 데에서, 어떤 경우에는 사회적, 정치적 검열이나 그 밖의 다른 검열을 고려하는 데에서 유발되는 일이 많다. 그러므로 의미소통의 언어에서 '실제적' 고려에 의해 제시되는 바는, 문학의 미적 효과에 대한 자기지향적 수단이 된다. 이 자기지향성이 위에서 언급한 바 있는 실제적 고려에서 오는 은폐행위가 이루어지던 발생 당시의 영향을 제외하지 않더라도 그렇게 된다. 인유는 문학에서 체계적인 예술 장치로 발전할 수 있다. 가령 빅토르 딕의 시에서 의미구조는 인유에 근거하는데, '은폐'가 아무런 실제적 이유도 갖지 않는 그의 내밀한 서정시의 의미구조에서도 인유에 근거하고 있다. 여기의 인유 기법은 전적으로 구체적 사실들을 격언적 특징을 띠는 일반적 문장으로 표현하는 것이다. 독자는 은폐된 구체적 의미를 이런 격언적인 문장들이 이루는 의미의 상호관계에서 추정하도록 요구받는다. 이 경우에 구체적 의미는 문장들 '사이에' 문자 그대로 은폐된다.

좀더 복잡한 경우는 '표현할 수 없는' 심리적 의미를 언어로 표현하는 경우다. 우리들은 각자 자신의 체험에서 다음과 같은 사실을 알고 있다. 그것은 외적 현실을 비교적 쉽게 제어해서 구사하는 언어 표현이, 만일 정신적 전개과정을 표현하려고 하면 즉시 무기력하고 불충분한 수단이 되어버린다는 사실이다. 이 경우에 우리는 언어의 본질과 목적에서 동떨어진 어떤 것을 요구하게 된다. 말하자면 감각적으로 지각할 수 있는 언어적 상징이, 즉 **언어적** 의미의 전달체가 **심리적** 의미의 전달체가 되도록 요구한다. 바로 이 역설적인 실험이 상징주의라고 일컫는 문학운동의 예술적 문젯거리였다. 우리는 체코문학의 경우에서 특히 브르제지나가 대표하던 상징주의 시가 적어도 가장 순수한 형식으로 어떻게 이 문제를 해결하려고 했었는지 알고 있다. 상징주의 시에서 의미구조는 **모든** 단어를 비유어로 느끼게끔 짜여져 있다. 이러한 일이 이루어진다면, 특유한 의미현상이 일어난다. 시인이 끊임없이 외부세계의 물질적 현실을 언급한다 하더라도, 그의 진술은 외적 현실보다는 어딘가 다른 곳에 투사되는데, 이는 그 진술들이 언제나 비유적이기 때문이다. 진술의 '적절한' 의미는 바로 '표현할 수 없는' 심리적 의미의 영역에 놓여진다. 우리는 앞에서 브르제지나의 시적 이미지가 주제화되는 경우가 많다고 언급한 일이 있다. 그러나 이 과정에서, 사실은 바로 이 과정 때문이지만, 시 전체의 중심주제가 막연해지거나 가끔 실제로 표현할 수 없는 채로 남게 된다. 그러나 브르제지나가 공연히 자기 시 하나에 물음표가 딸린 제목 《대지?》(Zem?)를 붙였던 것은 아니다. 브르제지나의 시에서 '의미'의 정당한 거주지는 언어의 바깥인 심리적 의미가 숨겨져 있는 영역이다.

끝으로 언어와 심리과정의 상관관계를 문학적으로 활용하는 세 번째 경우는 앞의 두 경우보다 더 역설적이다. 이는 정신의 전개과정이 의미의 '어휘부'보다는 의미들이 연관되는 방식에 의해 좀더 명확히 규정된다는 이해에서 비롯한다. 반면에 어휘단위들의 언어적 결속력은 구문논리적인 데 반해, 연상적 방식으로 단위에서 단위로 움직여가는 것은 심리적 흐름에서 고유한 것이다. 그런데 논리의 관점에서 보자면, 연상은 설명할 수 없는 우발적 인상을 만들어낸다(물론 이는 논리적 관점에서 그런 것일 뿐이고, 심리적 전개과정 자체의 관점에서 보자면, 현대의 심층심리학이 이미 보여준 바와 같이 연상도 아주 복잡하긴 하지만 나름의 엄격한 규칙을 갖추고 있다). 심리적인 의미의 연결관계라는 연상적 토대에 대한 이해에서 더 나아가 보면, 문학은 언어의미의 연상적 집합체를 의미의 정상적인 논리적 연결관계로 대치시켜서 가능한 대로 언어를 정신적 전개과정의 직접적 표현이 되도록 시도한다. 논리적 관계는 구체적 의미보다 **우선한다**. 수학 공식이나 논리학 공식에서 이 목표에 거의 도달하고 있는 논리관계의 본질적 경향은 구체적 의미를 최소한의 잔류물로 축소시켜 제거하려는 것이다. 이와 대조적으로 연상적 결합은 그 원천을 의미 자체에 두고서, 단계별로 의미가 의미를 결정하도록 한다. 구체적 의미와 무관하기 때문에, 논리적 관계는 선험적으로 결정되어 주어지는 논리적 문맥에 적절한 의미만을 선택할 가능성을 갖는다. 반면에 구체적 의미에 좌우되고 또 그 의미에서 솟아나오는 연상관계는, 성공적인 전개를 위해 가능한 대로 아주 풍부한 구체적 의미를 필요로 한다. 그러므로 단어로 심리의 전개과정을 암시적으로 표현하기보다 직접 표현하고자 하는 문학은, 정신과정의 개별적인 각 단계를 가급적 완벽하게 기록하려고 애쓴다. 물론 전적으로 정확한 복사는 생각할 수 없다. 왜냐하면 언어에서 논리적 관계를 제거하는 일은 불가능하기 때문이며, 다른 한편으로 예술에 고유한 전제조건의 하나가 재료와 이것의 예술적 재창조 사이에 벌어져 있는 거리감이기 때문이다. 예술적 문제에 관한 해결책이 모두 그렇듯이, 우리도 여기에서 단순한 예술적 경향만을 보여준다.

이러한 것의 증거로는 몇 가지 해결책이 이미 제시되어 왔다는 사실을 들 수 있다. 또한 이 해결책 하나하나가 나름대로 타당하다 해도, 이것들이 기록상 완성된 단계를 대표하는 것은 아니다. 에두아르 뒤자르댕은 일찍이 1880년대에 쓴 소설 《베어진 월계수》(*Les lauriers sont coupés*)에서 처음으로 이러한 해결책을 제시한 적이 있다. 뒤자르댕은 단형 중문들 사이에서 이루어진 의미의 결합관계를 불시에 바꿔쳐서 이른바 내적 독백이란 기법을 만들어냈다. 그때 이래로 뒤자르댕이 택한 길은 포기되어 본 적이 없다. 이 노정에서 가장 최근에 이루어진 것은 '자동기술법'인데, 이것은 특히 인접해 있는 두 의미단위의 거리가 전혀 동떨어진 것이라고 강조한다. 합리적 차원에서 보자면 이 의미단위들이 관련된다는 것은 거의 불가능해 보이기까지 한다. 이렇게 해서 의미단위는 단지 상징으로만 나타나며, '적절한' 의미는 도달할 길 없는 무의식 속에서만 만날 수 있다. 여기에서 연상적 결합이 빚어내는 '우발성'은 가능성의 한계를 고양시키게 된다. '내적 독백' 방법이 나중에 생겨난 '자동기술법'으로 여겨져서 (밀라다 수츠코바의 소설에서 보듯이) 동시적으로 체코문학에 영향을 미치게 된 것은 이런 여러 가지 예술방법의 상호관계라는 특징 때문이다. 과학에서는 이와 같은 전개상을 도저히 생각할 수 없는데, 과학에서는 모든 방법이 좀더 완벽한 다른 방법에 의해 압도될 때까지는 타당성을 갖기 때문이다. 이것이 '내적 독백'으로 시작된 방법들이 예술의 발전을 보여주는 사실들이라는 더 나은 증거일 것이다.

이제 우리는 시적 언어 문제의 고찰을 끝낼 때가 되었다. 이 고찰을 다듬는 데 오랜 시간이 걸렸는데도(브뤼셀에서 발간된 1939년도 국제 언어학 대회 보고서의 처음 요지본을 보라[61]), 우리는 이 고찰을 그처럼 중요한 문제들에 대한 견해의 집대성이라고는 전혀 생각하지 않는다. 앞

---

61) 〈시적 언어〉(La langue poétique), 《브뤼셀 제5차 국제 언어학대회 보고서 : 1939. 8. 28.~9. 2.》(*Rapports du Ve Congrès international des linguistes, Bruxelles, 28 août-2 septembre 1939*), Bruges, 1939, pp.94~102.

으로 10년 내에 비슷한 고찰이 이루어진다면, 틀림없이 전혀 다른 모습으로 이루어질 것이다. 이는 몇 해 전에[62] 우리가 시적 언어에 대한 당시의 연구성과를 개괄해 보려고 했던 논문이 현재의 이 연구와 완전히 다른 모습인 것과 마찬가지다. 사물을 파악하는 현재의 방법과 예전 방법의 차이로 미래의 연구에서도 마찬가지로 주의를 기울여야 할 것이다. 이 연구에서 우리의 유일한 야심은 오늘날의 시적 언어 연구가 나아갈 방향을 제시하고 아울러 현 시점에서 제일 급선무로 해결할 필요가 있는 문제를 지적해 보려는 것이었다. 10년 전에는 시적 언어의 음성 양상이 제일 중요한 것이었으며, 의미의 문제에서는 어휘와 이것의 시적 용법에 관한 문제들만이 겨우 보이기 시작했을 뿐이다. 그러나 오늘날 의미의 문제는 전면에 부각되고 있으며 심지어 음성 양상 자체에 관한 연구에서조차 의미의 문제가 중시되고 있다. 이런 문제 가운데에서 가장 시급한 것은 의미의 정역학과 동역학의 상호관계라는 문제, 의미구조와 관련된 문제들인 것 같다. 일면에서 보자면, 토대에서 더 고차적인 차원으로 나아가는 이와 같은 전개는 당연한 일이며, 그래서 모든 학문의 동향처럼 (결국 이는 구조주의 언어학과 마주치게 되었는데) 구조주의적 문학연구도 이러한 과정을 겪어 왔다. 다른 면에서 보자면, 이것은 학문적 실천을 요구하는 압력의 소산이기도 하다. 시에 관한 문제는 이미 적어도 기본적인 어떤 해결책을 이루어 왔으므로, 산문과 이것의 발전에 관한 해결을 시도할 차례가 되었다. 이는 앞에서 이미 언급한 바처럼, 문장을 시작하는 역동적인 의미 단위의 구조에 대한 좀더 상세한 지식이 없으면 해결할 수 없는 문제다. 더욱이 예술의 비교이론은 기호론적 토대 위에서 이제 막 모습을 갖추고 있다. 다양한 예술에 공통되는 것은 바로 의미구조와 일반적인 의미이지, 시에서 소리가 그렇듯이 이 의미를 전달하는 물질적 기층들(즉 재료들)은 아니다. 이것들은 예술에 따라 각각 다르며, 비교할 수 없는 일이 다반사이기 때문이다.

---

62) 〈현대시학론〉(O současné poetice), 《구도》(*Plán*) 1, 1929, pp.387~397.

앞에서 언급한 모든 상황은 시적 언어의 이론과 일반적인 시학이, 특히 체코 시학이 의미구조의 문제를 가장 시급한 문제로 이해하기 시작하는 데 기여하리라고 본다.

이미 언급한 바와 같이, 형식주의를 결정적으로 극복하는 문제 또한 시적 언어에 대한 현재의 학문연구 상황에서 특색을 이루고 있다. 의미의 동역학에 관한 발견, 그리고 이것과 의미의 정역학이 일으키는 대립은 의미를 심리적 전개과정의 역동성에 좀더 접근시킨다. 이제부터는 '심리주의'라는 위험부담 없이 의미와 심리의 상관관계를 연구하는 것이 가능하리라. 정태적 의미 자체가 언어기호의 '형식적인' 상호작용에 대한 수동적 구성성분으로 간주되는 한은 심리주의가 위협이었다. 오늘날 내재적인 주도권이 의미의 영역에 속한다는 사실은 분명하다. 따라서 의미는 더 이상 현실의 단순한 환상적 반영으로 나타나는 것이 아니라 에너지의 원천으로 나타난다. 그러므로 우리는 의미가 인간의 다른 삶이 갖는 힘과 직면하는 것을 두려워할 필요가 없다고 본다. 감히 말하건대, 바로 여기에 시적 언어에 관한 현대적 이론이 보여줄 수 있는 가장 의미 있는 미덕이 놓여있다고 하겠다.

* 출전 : Jan Mukařovský, "On Poetic Language", *The Word and Verbal Art*, J. Burbank/P. Steiner(tr/eds), New Haven : Yale University Press, 1977, pp.1~64.

원문은 "O jazyce básnickém", 《말과 언어문화》(*Slovo a slovesnost*) 6(1940)이다.

2. 시적 언어의 세 가지 개념

츠베탕 토도로프

1.

러시아 형식주의에서 시적 언어의 '표준 이론'이라고 할만한 것은 이 운동의 첫 번째 논문 선집인 《시적 언어 이론 선집》(*Sborniki po teorii poèticheskogo jazyka*, 1916)의 첫째 권에 수록된 레프 야쿠빈스키의 논문에 명쾌하게 서술되어 있다. 야쿠빈스키는 형식주의파에 참여하기는 했으나 주변적 인물로 머물러 있었다. 그러나 논문을 발표하며 그는 동료들이 제기하기 시작한 명제에 대해 언어학자다운 확신을 제시했으며, 따라서 중요한 기여를 한 것이다. 야쿠빈스키는 거칠지만 언어학적인 용어로 시적 언어에 관한 정의의 토대를 설정해 나갔는데, 다음과 같이 언어의 여러 가지 용법에 대해 포괄적으로 기술해 보려는 의도에서 그렇게 했다.

화자가 각각의 경우에 따라 자신의 언어적 재현물을 활용하면서 지니는 목적에 따라 언어현상을 분류해야 한다. 만일 화자가 자신의 언어 재현물을 의사소통이란 순전히 실제적 목적에 따라 활용한다면, (언어적 사고에서) 실용적 언어체계를 다루는 것이 된다. 여기에서 (음성, 형태론적 요소 등과 같은) 언어 재현물들은 어떠한 독립된 가치도 갖지 못하고, 단지 의사소통의 수단에 불과한 것이 되고 만다. 그렇지만 다른 언어체계들도 상정해 볼 수 있는데, 그런 것들은 실제로 있다. 이런 체계에서 실용적 목표는 (완전히 사라지지 않는다 하더라도) 이차적인 것이 되며, 언어 재현물은 자율적인 가치를 갖게 된다.[1]

엄밀한 의미에서 시는 이러한 '다른 언어체계'의 한 예에 속한다. 실제로는 특별취급을 받는 실례다. 따라서 우리는 '시적인 것'과 '자율적 가치를 갖는 것' 사이에 어떤 등가성을 설정해 볼 수도 있다. 형식주의파의 세 번째 논문 선집으로 발간된 《시학》(*Poètika*, 1919)에 수록된 야쿠빈스키의 다른 텍스트에는 다음과 같이 논증되어 있다. "본질적이자 나름의 가치를 갖는 인간행위를, 외적인 목적을 추구하면서 동시에 목적 달성을 위한 수단으로 가치를 갖는 그런 행위와 구별해 볼 필요가 있다. 만일 우리가 전자와 같은 행위를 **시적** 행위라고 한다면 ……."[2]

이는 아주 간단명료한 것이다. 말하자면 실용적 언어는 생각을 전달하거나 개인 상호간에 의사를 소통하면서도 그 자체의 외부에서 정당화의 근거를 찾는다는 뜻이다. 실용언어는 수단이지 목적이 아니다. 학술용어를 사용해 보자면 타설적(他說的)이다. 반면에 시적 언어는 자체에서 정당화의 근거를 찾는 것이어서, 따라서 자체에서 전반적 가치를 찾는다. 말하자면 시적 언어는 그 자체가 목적이어서, 더 이상 수단이 아니다. 그러므로 자율적인, 즉 자설적(自說的)이다. 이러한 공식적 견해는 형식주의파의 다른 구성원들을 기쁘게 해주었던 것 같다. 이 시기의 형식주의자들의 저술에서 전체적으로 흡사한 견해들을 볼 수 있기 때문이다. 예컨대 빅토르 쉬클로프스키도 이런 견해를 알렉산드르 포테브냐에 관한 글(1919)에서 시적 자설론(自說論)을, 다음에서 보게 되는 것

---

1) L. Jakubinskij, 〈시적 언어의 소리〉(O zvukakh stikhotvornogo jazyka), 《시적 언어 이론 선집》 1, St. Petersburg, 1916, p.16.

2) Jakubinskij, 〈시적 어휘결합론〉(O poèticheskom glossemosochetanii), 《시학》 (*Poètika*), Petrograd, 1919, p.12.

처럼 도저히 우연이라고 할 수 없는 그런 어감을 갖는 지각이란 말로 바꿔쳐서 설정하고 있다. "시적 언어는 그 구성을 뚜렷이 감지할 수 있어서 산문언어와 다르다. 우리는 언어에서 음향적 측면이나 조음적 측면이나 의미론적 측면을 느낄 수 있다. 때로는 분명히 지각할 수 있는 것이 언어의 구조가 아니라 언어의 구성, 그 배열인 경우도 있다."[3]

같은 해에 로만 야콥슨은 벨레미르 흘레브니코프에 관한 책에서 지금도 널리 알려져 있고 야쿠빈스키의 정의와 완벽하게 일치하는 다음과 같은 공식적인 견해를 제시하고 있다. "시는 **표현을 지향하는 발화**다. …… 만일 조형예술이 시각적 재현물이란 자율적 질료로, 음악이 자율적인 음향 질료로, 무용이 자율적 몸짓이라는 질료로 이루어진다면, 그렇다면 시는 흘레브니코프가 '자체적 말(samovitoe slovo)'이라고 일컬었던 자율적인 단어로 이루어진다."[4] "이와 같은 표현지향적인, 말하자면 언어 덩어리를 지향하는 경향을 시가 갖는 유일한 본질적 특질이라고 규정한다 …… ."[5]

시가 자율적이거나 자설적인 언어라고 말하는 것은 시를 기능상으로, 말하자면 그 본질보다는 행하는 바에 따라 규정하는 셈이다. 어떤 언어 형식들이 이러한 기능 자체를 깨닫게 하는가? 우리는 자체 속에서 결과(와 가치)를 찾아내는 언어를 어떻게 깨달을 수 있을까? 이러한 문제에 관해 형식주의는 두 가지 해답을 제시한다. 첫 번째 해답은 실질적이란 의미에서 문자 그대로, 언어 자체의 외적인 어떤 것과도 연관되지 않는 언어란 도대체 무엇인가라는 진술형태를 취한다. 이는 있는 그대로의 기표나 음성이나 문자로 환원되는 언어, 의미를 거부하는 언어를 말한

---

3) V. Šklovskij, 〈포테브냐〉(Potebnja), 《시학》, Petrograd, 1919, p.4.

4) R. Jakobson, 《최근의 러시아 시》(*Novejshaja russkaja poèzija*), Prague, 1921, pp.10~11 ; Jakobson, 《선집 제 5권》(*Selected Writings V : On Verse, Its Masters and Explorers*, The Hague-Paris : Mouton, 1979, p.305)에 재록됨. 이하에서는 《SW V》로 줄여 표기한다.

5) *Ibid.*, p.41(《SW V》, p.330).

다. 이런 해답은 순전히 논리적 추론에서 생겨나는 것이 아니다. 반대로 우리는 시대의 이데올로기들이 벌이는 싸움판에 미리부터 존재하는 언어라는 존재로 말미암아, 형식주의자들이 형식주의의 좀더 나은 정당성을 추구하고, 자설적 언어라는 차원에서 시론을 구성하게 되었다고 추정한다. 핵심은 형식주의자들의 이론적 성찰이 당대의 미래파적 실천과 밀접하다는 점이다. 형식주의자들은 미래파에 근거를 두고 있으며, 결과적으로 미래파에서 유래했기 때문이다. 이러한 실천의 극단적 양상은 바로 순수한 기표, 또는 언어를 초월하는 음성과 문자의 시라고 할 수 있는 '초의미'나 '초의식적 언어활동'이란 뜻의 '자움(zaum')'이다. 야콥슨의 경우에서 볼 수 있는 바와 같이, 흘레브니코프가 사용했던 '자체발동적'이거나 '자체적 말'이라고 할 'samovitoe slovo(흘레브니코프는 거의 자움이란 말을 쓰지 않는다)'와 형식주의자들이 사용했던 자주적 가치를 갖는 '자기가치적 말'이나 담론이라고 할 수 있는 'samotsennoe slovo' 사이에는 전혀 두드러진 차이가 없다. 그러므로 이 시기를 회고하는 글에서 보리스 에이헨바움은 다음과 같이 자설적 원리가 극단적으로 표현된 것이 '초의미적 언어'라고 정확히 판단하고 있다. "'초의미적 언어'를 지향하는 미래파적 경향은 '자율적 가치'를 최대한으로 드러내려는 것이다 …… ."[6]

이보다 10년 전에 빅토르 쉬클로프스키는 단지 어떤 위장이나 구실에 다름 아닌 '동기'를 부여하기 위해 대부분의 시간을 의미에 매달리는 시인들이 행하는 모든 사고가 실질적으로는 초의미적 생각이 아닐까라고 생각한 적이 있었다.

시인은 '초의미어'를 말하려고 작정하지 않는다. 대체로 초의미적 요소들

---

6) B. Èjchenbaum, 〈형식적 방법 이론〉(Teorija formal'nogo metoda), 《문학》(*Literatura*), Leningrad, 1927, p.122 ; 영역은 "Theory of the Formal Method", 《러시아 시학 선집》(*Readings in Russian Poetics : Formalist and Strcuturalist Views*), (eds)L. Matejka/K. Pomorska(Cambridge, Mass. : MIT, 1971), p.9를 보라.

은 어떤 내용의 가면 뒤에 숨겨져 있다. 이 내용은 시인이 스스로 자신이 쓴 시의 내용을 이해할 수 없다고 깨닫도록 강요하는 그런 기만적이거나 현혹적 내용인 경우가 많다. …… 예증해온 사실로 우리는 잠재적으로 초의미적 화법이 아니라 시적 화법에서 말이 언제나 의미를 갖고 있는지의 여부를 생각하게 된다. 그런데 이러한 견해는 바로 허구이거나 우리가 태만해서 빚어지는 결과가 아닐까?[7]

야콥슨도 같은 식으로 생각한 적이 있다.

시적 언어는 한계에 이르도록 힘들여 음성언어를 지향한다. 좀더 정확히 말하자면, 상응하는 말 한 조가 있다면 애써 어조가 좋은 말을, 초의미어를 지향하려고 한다.[8]

형식주의의 다른 대표자들은 이렇게까지 극단적으로 나아가지는 않았지만, 모두들 시에서 음성이 본질적인 가치를, 무엇보다도 자율적인 가치를 갖는다는 데 동의했다. 따라서 야쿠빈스키는 **"운율적 언어로 표현한 사고**에서 우리가 주목하는 대상은 소리다. 소리는 나름의 자율적 가치를 나타내며, 명백한 의식 영역에서 생겨난다"[9]고 쓴 바 있다. 오시프 브리크도 "이미지와 소리의 상호관계를 여하히 간주하든 부인할 수 없는 일이 하나 있다. 즉 소리와 화음은 활음조의 종속물이 아니라, 독립된 시적 충동의 결과"[10]라고 했다.

그렇지만 의미를 거부하는 언어를 여전히 언어라고 할 수 있을까? 동시적으로 현존하기도 하고 부재하기도 하는 소리와 의미로 이루어진 언어를 순수한 물리적 객체의 상태로 환원시킨다는 것은 바로 언어의

---

7) Šklovskij, 〈시와 자움어〉(O poèzii i zaumnom jazyke), 《시적 언어 이론 선집》 1, St. Petersburg, 1916, p.10, 13.

8) Jakobson, 《최근의 러시아 시》, p.68(《SW V》, p.354).

9) Jakubinskij, 〈시적 언어의 소리〉 pp.18~19.

10) O. Brik, 〈소리의 반복〉(Zvukovye povtory), 《시학》(*Poètika*), Petrograd, 1919, p.60.

본질적 특성을 말소시키는 일이 아닐까? 나아가 그러한 자동사적 특징을 단순한 소음으로 생각하는 이유는 무엇일까? 극단적으로 나아가면, 시적 언어의 형식 문제에 관한 해답은 나름의 불합리함을 드러내고 만다. 형식주의자들이 이 문제를 명확하게 언급한 바가 없지만, 이것이 바로 두 번째 해답이 나타나게 되는 이유다. 해답은 좀 추상적이긴 하지만 문자 그대로의 것은 아니며, 보다 구조적이긴 하지만 실질적인 것도 아니다. 이는 시적 언어가 실제적인 일상어보다는 좀더 체계적인 언어에 의거하는 것이어서, 어떤 외적 기능이 부재하는 것이라고 말할 수 있는 그 자체의 자설적 기능을 충족한다고 가정하는 것이다. 시작품은 그 안에서 모든 것이 혼연일체를 이루는 과도하게 구조화된 담론이다. 이것이 바로 우리가 시작품을 본질적인 것으로 지각하게 되는 이유다. 따라서 시작품은 '다른 경우'에 관련되지 않는다. 그러므로 니콜라이 고골리의 작품 〈외투〉(Šinel, 1918)를 분석한 유명한 글에서 에이헨바움은 구성과 놀이라는 비유에 의거하는 텍스트의 외적인 면을 논의하면서, 외적 목적은 결여되어 있으나 내적으로는 일관되어 있는 것이 특징인 대상이나 행위에 관한 논의를 고의적으로 회피했다. "예술작품에서 단 한 문장도 본질적으로 저자의 개인적 감정을 그냥 '반영'할 수 있는 것이 없다. 문장은 언제나 구성되는 것이자 놀이다."[11]

같은 시기에 발표된 논문 〈플롯구성 장치와 일반적 문체 장치의 관계〉(Svjaz' priemov sjuzhetoslozhenija s obshchimi priemami stilja)에서 쉬클로프스키도 자설론에 관한 구조적 견해를 주장한 바 있다. 시에서, 특히 산문에서 모든 것이 반드시 초의미적 언어는 아니지만, 서사적 산문 자체는 기악의 악기편성과 같은 음성의 '편제(編制)'를 창조하는 음성의 조합 법칙과 구성의 규칙을 따른다. "플롯구성(sjuzhetoslozhenie)

---

11) Èjchenbaum, 〈고골리의 '외투'는 어떻게 만들어졌나〉(Kak sdelana 'Shine'' Gogolja), *Poètika* (Petrograd, 1919), p.131 ; 영역은 "How Gogol's 'Overcoat' is Made", 《도스토예프스키와 고골리》(*Dostoevsky and Gogol : Texts and Criticism*), (eds)P. Meyer/S. Rudy(Ann Arbor : Ardis, 1979), p.131.

의 방법과 장치는 적어도 음성편제의 장치와 같거나 이론상 동일하다. 문학작품은 소리, 음절의 흐름, 사고가 얽혀서 짜여지는 것(pletenie)을 보여준다.”[12] 그러므로 작품의 체계적 특질에 대한 확신은 “작품은 전적으로 구성되는 것이며, 작품의 모든 재료는 조직되는 것”[13]이라는 쉬클로프스키의 공식적 언급에서 다음과 같은 유리 티냐노프의 말에 이르는 형식주의의 일반적 견해를 이루게 된다. “문학 발전이라는 근본문제를 분석하려면, 맨 먼저 문학작품이 문학 그 자체이듯이 문학작품도 일종의 체계라는 사실에 동의해야만 한다. 이러한 기본적 동의를 한 다음에야 비로소 **문학과학**(literary science)을 창조하는 일이 가능해진다.”[14]

야콥슨도 이러한 두 가지 해답 가운데에서 오락가락하고 있다. 우리는 앞에서 그가 초의미적 시에 돌리고 있는 역할을 본 바 있다. 그렇지만 〈최근의 러시아 시〉(Novejsaja russkaja poèzija, 1921)를 발표하던 시기에는 다른 설명에도 의거한다. 그 가운데 하나는 기본적으로 중간 입장이긴 하지만, 니콜라이 크루셰브스키의 주장을 구체적으로 언급한 데 들어 있다. 크루셰브스키는 당시의 일반적인 심리학 연구에 공통된 타개책이었던 대립관계에 의거해서, 즉 유사성과 인접성의 대립이라는 관점에 의거해서 언어의 제반 관계를 체계적으로 설명했다. 그는 여기에

---

12) Šklovskij, "Svjaz' priemov sjuzhetoslozhenija s obshchimi priemami stilja", 《산문의 이론》(*Teorija prozy*), Moscow, 1929, p.50 ; 영역은 "On the Connection between Devices of Syuzhet Construction and General Stylistic Devices", 《러시아 형식주의》(*Russian Formalism*), (eds)S. Bann/J.E. Bowlt, Edinburgh : Scottish Academic Press, 1973, p.70 참조.
13) Šklovskij, 《제 3공장》(*Tret'ja fabrika*), Moscow, 1926, p.99.
14) Ju. Tynjanov, 〈문학발전론〉(O literaturnoj èvoljutsii, 1927), 《의고주의자와 혁신주의자》(*Arkhaistry i novatory*), Leningrad, 1929, p.33 ; 영역은 "On Literary Evolution", 《러시아 시학 선집》, p.67 참조. 이러한 공식적 견해가 《비평의 해부》(*Anatomy of Criticism*, New York, 1957)가 발간될 당시에 표방된 노스롭 프라이의 다음과 같은 믿음과 얼마나 밀접해 있는지 주목할 필요가 있다. "새로운 문학연구의 첫 번째 원리인 전체적 일관성이란 원리는 어떤 학문에나 동일한 것이다"(p.16).

'보수적'이니 '진보적'이니 하는 말을 써서 초기 단계적인 가치판단을 덧붙이고 있는데, 이 말들은 러시아에서는 특정한 정치적 색채를 띠는 말들이다. "어떤 관점에서 보자면, 언어가 발전하는 과정은 유사성 관계에 따라 결정되는 진보적 세력과 인접성에 의거하는 결합작용으로 결정되는 보수적 세력 간의 지속적인 적대관계로 보인다."[15] 야콥슨은 논거를 여기에서 취한 것이다. 즉 일상어의 타설성(他說性, heterotelism)은 손쉽게 기표와 기의 사이의 (임의적인 것인) 인접성 관계와 더불어 이루어진다. 반면에 시적 언어의 자설성(自說性, autotelism)은 (기호를 동기화하는) 유사성이란 동질적인 적절한 관계를 찾는 것이다. 더욱이 야콥슨은 '진보적인' 데에서 '혁명적인' 데로 옮겨 갔는데, 새로운 시대적 맥락에서 '시'니 '혁명'이니 하는 용어를 각각 인정함으로써 두 말을 다 긍정한다. "정서적 언어와 시적 언어에서, 음성적 언어표현이나 의미적 언어표현은 자체에 보다 강한 주의를 집중시킨다. 음성적 양상과 의미의 연결은 더 단단하고 긴밀하다. 결과적으로 인접성에 의거하는 습관적인 연상작용이 그것이 이루어진 배경 속으로 물러나기 때문에 언어는 보다 혁명적으로 된다."[16] "인접성에 의거하는 소리와 의미의 기계적인 연상작용은 습관적으로 이루어지는 것처럼 아주 신속하게 파악된다. 그러므로 보수주의적 경향을 띠는 실제의 말이 있다. 단어의 형태는 급속히 소멸된다. 따라서 시에서 기계적인 연상작용의 역할은 최소한으로 축소되고 만다."[17]

소리와 의미 사이의 '더 단단하고 긴밀한' 결합에 함축되어 있는 바와 같은, 인접성에 따른 연상작용을 대신하는 유사성에 의한 연상작용은 실제로는 담론 체계의 본질에 대한 확증이다. 인접성은 임의성에 대한 다른 용어에 불과하다. 말하자면 동기부여가 이루어지지 않은 관행에 대한 다른 용어에 불과한 것이다. 그러나 같은 글에서 야콥슨은 동기화

---

15) N. Kruszewski, 《언어의 개요》(*Ocherk nauki o jazyke*), Kazan', 1883, pp.124ff.
16) Jakobson, 《최근의 러시아 시》 p.10(《SW V》, p.304).
17) *Ibid.*, p.41(《SW V》, p.330).

의 다른 형태도 고찰하는데, 기표에서 기의로 넘어가는 형태인 '수직적' 동기화가 아니라, 연속되는 일련의 담론에서 한 단어가 다른 단어로 옮겨가는 형태인 '수평적' 동기화가 그것이다. 여기에서 자설론의 토대는 시적 표현에 관한 정의로 되어버린다. "어떤 언어체계에서 단어가 반복되지 않는다면 우리는 그 단어의 형태를 파악할 수 없다."[18] 40년 뒤에 이러한 해석은 야콥슨의 신념이 된다. 따라서 1919년의 문장과 1960년대 이래로 더 널리 알려지게 된 구체적 견해 사이에는 대수롭지 않은 용어상의 차이만이 나타난다. 하나는 시적 언어가 자설론에 의해 규정된다는 점이다. "**전언** 그 자체에 초점을 맞추려고 하는 그러한 입장이 바로 언어의 **시적** 기능이다."[19] 더욱이 자설론은 반복이 이루어지는 과도한 구조화라는 특이한 형태로 스스로를 표방한다. "시적 기능은 선택의 축에서 결합의 축으로 나아가는 등가의 원리를 반영한다."[20] "모든 언어 층위에서 보더라도 시적인 인공물의 핵심은 되풀이되는 회귀성에 있다."[21]

　이러한 것이 시적 언어에 관한 형식주의의 첫 번째 개념인데, 연대순적인 의미에서가 아니라 중요성에 있어서 첫 번째라는 뜻이다. 그러나 이런 개념을 반드시 독창적 개념이라고 할 수 있을까? 형식주의파가 러시아 미래파의 직계라는 사실을 무시하는 사람은 없다. 그러나 이러한 직계적 관계는 형식주의 이론의 진정한 이념적 뿌리를 밝혀주는 것 이상으로 어떤 면을 위장하고 있는 직접적인 연결관계에 다름 아닌 것이다. 더욱이 1920년대 초기에 빅토르 지르문스키는 〈시학의 임무〉 (Zadachi poètiki)에서 이미, 시적 언어에 관한 형식주의 원리의 골격은

---

18) *Ibid.*, p.48(《SW V》, p.336).
19) Jakobson, 〈언어학과 시학〉(Linguistics and Poetics), 《선집 제 3권》(*Selected Writings III : Poetry of Grammar and Grammar of Poetry*), The Hague-Paris-New York : Mouton, 1981, p.23. 이하에서는 《SW III》으로 표기.
20) *Ibid.*, p.27.
21) Jakobson, 〈문법적 병렬현상과 러시아어의 양상〉(Grammatical Parallelism and Its Russian Facet), 1966, 《SW III》, p.98.

임마누엘 칸트의 미학으로 소급되며, 여기에 덧붙여 이 원리가 나중에
결과적으로 세련될 수 있었던 것은 독일 낭만주의와 관련이 있다고 언
급한 적이 있다. 미와 예술의 정의인 자설론 개념은 칸트와 카를 모리
츠의 미학 연구에서 직접 연원한 것이다. 이들은 자설론과 음가(音價)의
관련성뿐만 아니라 심지어 자설론과 체계성 사이에 숨겨져 있는 관련
성까지도 명확히 언급한 바 있다.[22] 1785년에 발표된 미학에 관한 첫 번
째 논고에서 모리츠는 예술에 외적 목적이 결여된 것은 내적인 목적을
강화해서 보충해야 한다고 말하기도 했다.

　　대상에 외적인 유용성이나 목적이 결여되어 있는 경우에, 만일 그 대상이
나에게 즐거움을 일으켜 준다면, 유용성이나 의도는 마땅히 대상 자체에서
모색해야 한다. 그렇지 않다면, 대상의 개별적인 부분들에서 궁극적인 합목
적성을 찾아내야 하기 때문에 도대체 전체적으로 좋은 것이 무엇인가라고 묻
는 것을 잊어버리게 된다. 달리 말한다면 아름다운 대상을 바라본다는 것은
나름대로 독특한 즐거움을 느껴야 하는 것이다. 결국 외적인 합목적성의 부
재는 내적인 합목적성으로 보충되어야 한다. 대상은 본질적으로 충분히 이해
할 수 있는 것이어야 한다.[23]

프리드리히 셸링도 비슷한 말을 한 적이 있다. 외적 기능을 상실하면
더 큰 내적 질서에 의해 보충해야 한다는 것이다.

　　시작품은 …… 예술작품이 스스로를 표현하는 수단인 담론이라는 총체적
언어에서 분리되어야 가능해진다. 그러나 만일 담론이 세계라는 실체처럼 본
질적으로 독립된 움직임과 이 움직임에 따른 자체의 시간을 갖고 있지 않다
면, 한 쪽의 분리라는 측면과 다른 쪽의 절대성이란 측면은 이루어질 수가 없
다. 그러므로 담론은 내적 질서에 순응하면서 다른 모든 것에서 스스로 분리

---

22) 필자는 《상징 이론》(*Théories du symbole*, Paris, 1977)의 제 6장에서 낭만주의
　　미학의 원리를 고찰한 바 있다. 영역본은 *Theories of the Symbol*), Ithaca :
　　Cornell University Press, 1982, pp.147~222 참조.
23) K. Ph. Moritz, 《미학과 시학 논고》(*Schriften zur Aesthetik und Poetik*),
　　Tubingen, 1962, p.6.

된다. 외적 관점에서 보자면, 담론은 자유롭게 자율적으로 움직인다. 담론은 본질적으로 규칙성을 따라 질서를 이루거나 규칙성에 좌우된다.[24]

이번에는 아우구스트 슐레겔의 경우를 보자. 그는 시적 담론의 자율성을 주장하려고 해서 특히 (시에서 운율을 강요하는 요소인) 소리의 반복이 정당하다고 본다.

담론이 산문적일수록, 그것은 더더욱 낭송할 때의 강세 유형을 상실하고 무미건조한 소리를 내게 된다. 시는 정반대다. 그러므로 시는 나름의 목적을 갖는 담론이라는 점을 분명히 하기 위해 자체에 연속되는 시간을 만들어내야 한다. 또한 외부의 관심에 따르지 않으며, 어딘가 다른 곳에서 결정되는 시간의 연속성을 방해하게 되리라는 점을 분명히 하기 위해서도 자체에 연속되는 시간을 만들어내야 한다. 이런 식으로 청자는 현실에서 이끌어내 상상적인 시간의 흐름에 끼워 넣어서 연속성이 규칙적으로 세분되는 것을, 말하자면 담론 자체에 고유한 운율을 지각하게 된다. 그러므로 이는 아주 놀라운 현상이다. 놀이로 사용될 경우에 가장 내밀한 표현에서 언어는 자발적으로 그것의 임의적 성격을 상실하기 때문이다. 이 임의성은 다른 방법으로 언어를 엄격하게 통제한다. 이렇게 되면 언어는 이제부터 그 내용과 분명히 동떨어진 법칙을 따르게 된다. 이 법칙이 바로 운율이니 종결율조니 리듬이니 하는 그런 것이다.[25]

형식주의자들이 이런 유산을 알고 있었는지 의문스럽다. 그들이 의식하지 않았다 해도 별로 문제될 것은 없다. 그들은 근원으로 가보지도 않고 낭만주의적 관념에 빠져들 수 있었기 때문이다. 그들은 프랑스나 러시아의 상징주의를 통해 그런 관념을 겪을 수 있었다는 말이다. 그러므로 1933년에 자신이 보기에 너무 지나친 것 같은 대조적 내용에 맞서 야콥슨이 주장한 다음과 같은 진술에 대해 우리는 회의를 품지 않을 수

---

24) F.W.J. Schelling, 〈예술철학〉(Philosophie der Kunst, 1803), 《전집》(*Sämtliche Werke*), Stuttgart/Augsburg, 1859, vol. 5, pp.635~636.

25) A.W. Schlegel, 〈문학과 예술 논고〉(Vorlesungen über schöne Literatur und Kunst, 1801), 《예술론》(*Die Kunstlehre*), Stuttgart, 1963, vol. 1, pp.103~104.

없다. "비방자들은 이 파[형식주의]가 …… 예술을 위한 예술이라는 연구방식을 요구하며 칸트의 미학을 뒤따르고 있다고 비방한다. …… 티냐노프도 얀 무카르조프스키도 쉬클로프스키도 또 나까지 포함해서 그 누구도 예술의 자족성을 선언한 적이 없다!"[26] 그러나 실제로 야콥슨의 초기 저술에는 정확히 핵심적인 보증인 두 사람이 나타나는데, 스테판 말라르메와 노발리스다. 말라르메의 미학은 낭만주의 원리의 과격한 변형에 다름 아닌 것이며, 노발리스는 이 원리의 중요한 설계자 중 한 사람이다. 근래에 발표한 텍스트에서 야콥슨은 자신에게 끼친 노발리스의 영향에 관해 아래와 같이 회고한 바 있다.

그런데 [야콥슨이 에드문트 후설의 책을 읽었던 해인 1915년보다] 더 이른 [16살 때인] 1912년경에 당시 국립고등학교 학생이었던 나는 장래의 연구대상으로 언어와 시를 확고하게 택하고 있었는데, 우연한 기회에 노발리스의 글을 읽게 되었다. 그런데 말라르메의 글을 읽으면서도 그러했지만, 노발리스의 글에서 위대한 시인과 심원한 언어이론가라는 두 면이 분리될 수 없을 정도로 뒤엉켜 있다는 것을 알고 영영 그에게 매료되고 말았다. …… 1차 대전 전에 이른바 형식주의 학파는 아직 싹트는 시기에 처해 있었다. 노발리스의 용어로 형식의 자율성(Selbstgesetzmässigkeit)이라고 하는 말 많은 개념은 형식주의 운동의 진전에 따라, 처음의 기계론적 입장에서 진정한 변증법적 개념으로 전개되어 갔다. 이 개념은 노발리스의 유명한 〈독백편〉(Monologue)에서 완전히 합명제적 출발점을 찾아볼 수 있는데, 나는 처음부터 그것에 아주 놀랐고 매료되었다.[27]

그러나 유래를 안다는 것이 확인은 아니며, 정녕 슐레겔이나 노발리스도 야콥슨이 전념했던 시의 문법적 분석에 대한 글을 쓴 적이 없다.

---

26) Jakobson, 〈시란 무엇인가〉(Co je poesie?, 1933), 《언어예술론》(*Studies in Verbal Art : Texts in Czech and Slovak*), Ann Arbor, 1971, p.30 ; 영역은 "What Is Poetry?", 《SW Ⅲ》, p.749 참조[이 책의 제 1부 제 1장 참조].
27) Jakobson, 〈후기〉(Nachwort), 《형식과 의미》(*Form und Sinn*), Munich, 1974, p.77.

핵심은 형식주의자들이 낭만주의자들과 공유했던 이데올로기적 선택이, 즉 시적 언어에 대한 정의가 형식주의자들의 연구를 철저히 규정할 수 있을 만큼 충분하지 않다는 점이다. 말하자면 노발리스는 시적 단상(斷想)을 썼고 야콥슨은 학술지에 논문을 썼다는 사실이 차이라면 차이일 것이다. 그렇지만 사실로 남는 것은 형식주의자들의 이같이 극히 대중적인 개념이 그들만의 독창적 개념이 아니라는 점이다.

2.

그러나 이와 같은 시적 언어 개념은 러시아 형식주의의 역사에서 보더라도 유일한 것도, 최초의 것도 아니다. 쉬클로프스키가 쓴 최초의 이론적 글을 보게 되면, 거기에는 위에서 언급된 원리와 다른 원리가 기묘하게 뒤섞여 있는 것을 볼 수 있다. 이 글은 1914년으로 거슬러 올라가며 따라서 형식주의파의 형성에서 윗자리를 차지하는 글이다. 쉬클로프스키는 이 두 원리를 변별하려고 한 것 같지 않다. 그렇지만 실제로 두 번째 원리는 가까스로 첫 번째 원리와 연계될 수 있을 정도의 이론이다.

그런데도 쉬클로프스키는 다음과 같이 우리가 이미 익히 알고 있는 말투로 설명하고 있다. "우리가 일반적으로 시적인 지각과 예술적인 지각을 규정하려고 하면, 아마 다음과 같은 정의에 부딪히게 될 것이다. 예술적 지각은 우리가 형식(어쩌면 충분한 근거가 있는 타당한 형식이 아니라 부득이하게 이루어지는 그런 형식)을 체험할 경우에 이루어지게 된다는 것이 그것이다."[28] 일반적인 어조는 익숙한 것이지만, 어감의 차이

---

28) Šklovskij, 〈말의 부활〉(Voskreshenie slova, 1914), 《러시아 형식주의 논문선집》(*Texte der russischen Formalisten*) vol. 2, (ed)W.-D. Stempel(Munich, 1972), pp.2~4 ; 영역은 "The Resurrection of the Word", 《러시아 형식주의》(*Russian Formalism*), (eds)S. Bann/J.E. Bowlt, p.42 참조.

를 느낄 수 있다. 이는 위에서 언급한 저술들에도 나타날 뿐만 아니라, 집단적으로 표방된 원리에 대해 쉬클로프스키가 개인적으로 기여한 글에서도 나타난다. 예술작품 자체에 관해, 즉 시적 언어에 관해 기술하는 대신에, 쉬클로프스키는 언제나 이런 것을 지각하게 되는 과정에 관심을 갖고 있었다. 언어 자체가 아니라 독자나 청자가 언어를 받아들이는 과정이 바로 자설적인 것이다.

반면에 쉬클로프스키는 내친 김에 예술에 관한 다른 정의까지 제시한다. 우리가 보아온 바처럼, 이 정의도 여전히 지각하는 것과 연계된 것이긴 하지만, 이제는 자설론에 등을 돌리고 있는 정의다. "(토마스 칼라일의 말인) 예술의 정수를 구성하는 구체적인 것에 대한 갈망은 쇄신을 요구한다."[29] 칼라일은 낭만주의 개념의 또 다른 도수로(導水路)로 알려져 있는데, 그의 예술개념은 유한한 것과 무한한 것을 종합하고, 추상적인 내용을 구체적 형태로 구현한다는 셸링의 개념에서 유래한다. 그러므로 아직 낭만주의적 전통의 영역 속에 머물러 있는 셈이다. 그러나 어느 면 쉬클로프스키는 (특히 지각에 대해서 그가 강조한 바를 유념한다면) 시대를 관통하는 또 다른 반복적으로 상용되는 개념(topos)에 관해, 즉 인상주의 미학으로 말미암아 대중화된 반복적 개념에 대해 시사하고 있다. 이제 예술은 본질을 묘사하는 데에서 돌아서서, 그 대신 인상과 지각을 표현하기 시작한 것이다. 다시 말해 오직 대상에 관한 개인의 통찰력만이 존재하는 것이지, 대상 자체가 존재하는 것이 아니라는 말이다. 통찰력은 대상을 쇄신함으로써 대상을 구성하게 된다.

어떤 경우든 쉬클로프스키는 이와 같은 예술의 기능이, 즉 우리가 세계를 지각하는 것을 쇄신시켜 주는 기능이 더 이상 외적 목적이 부재된 상태나 자설론과 융화될 수 없다는 사실을 깨달으려 하지 않은 것 같다. 자설론이나 외재적 목적의 부재는 두 가지 모두 예술의 특징이다. 따라서 그는 자신의 다음 번 저술들에서 이 두 가지를 동시적으로 계속 주

---

29) *Ibid.*, p.4.

장한다. 유명한 개념인 '낯설게 하기(ostranenie)'를 이끌어 들였던 〈장치 차원의 예술〉(Iskusstvo kak priem)에서 특히 놀라운 것은 생각의 표현이 명확하지 않다는 점이다. 이 글에는 〈말의 부활〉(Voskreshenie slova)에서 이미 인용한 바 있는 러시아 정교회에서 사용하는 슬라브어, 12세기 프로방스지방의 음유시인 아르노 다니엘, 아리스토텔레스의 시적 언어에 관한 설명(《Poetics》, Ch. XXI)과 같은 예들에 뒤이어 다음과 같은 주장이 이어지는 것을 볼 수 있기 때문이다. "그러므로 시의 언어는 난해하고 뒤얽혀 모호하며(zatrudnennyj) 방해받아 더듬거리는 언어다. …… 따라서 우리는 시를 더듬거리는 모호한 말하기라고 정의하고자 한다."[30]

여기에 사실상 첫 번째의 시적 언어 개념이 나타나고 있다. 그런데 때로는 여기에 들어 있기도 하지만, 이 개념 다음에 저자가 실제로 강조하는 두 번째 개념이 나타난다. 따라서 쉬클로프스키는 첫 번째 개념과 완전히 일치하는 투로 다음과 같이 기술한다. "시적 이미지는 인상을 강렬하게 하는 방법이다. …… 시적 이미지는 가능한 대로 가장 강력한 인상을 창조하려는 방법의 한 가지다. 그러므로 …… 이것은 (단어뿐만 아니라 단어와 마찬가지로 대상이 되는 작품의 소리까지도 포함하는) 대상에 대한 감각을 강화하는 데에 적합한 모든 방법들과 대등한 것이다."[31] 여기에서 우리는 괄호 안의 말이 어떻게 상황을 벌충하는지 볼 수 있다. 말하자면 예술이 그 밖에 나머지 세계와 다르다는 점을 우리가 잊고 있다면, 다시 한 번 예술적 자설론 이론과 직면하게 된다는 것이다! 그렇지만 이미지의 '방법'을 이미지의 '대상'과, 말하자면 '방법'을 '목적'과 일치시킬 수 있을까? 아니 그보다는 "이미지의 목적은 우리가 이미지의 의미를 더 잘 이해할 수 있게 하려는 것이 아니라, 대상에 대한 특수한 지각을 창조하려는 데 있다. 다시 말해 이미지에 대한 '통찰

---

30) Šklovskij, "Iskusstvo kak priem"(1917), 《산문의 이론》, pp.21~22.
31) *Ibid.*, pp.9~10.

력'을 창조하려는 것이지 '인식'을 창조하려는 것이 아니다."[32]

시적 언어와 실용어의 대립관계는 단순명쾌하다. 그러나 대립되는 요소는 더 이상 자설론과 타설론이 아니다. 오히려 구체적인 것과 추상적인 것, 지각할 수 있는 것과 이해할 수 있는 것, 세계와 사고, 특수한 것과 일반적인 것이다. 쉬클로프스키의 논문에서 중심을 이루는 다음과 같은 대목에서 보는 바와 같이, 그는 때로 단 한 문장 속에 두 가지 입장을 다 담으려고 하기도 한다. "삶에 대한 감각을 되찾거나, 사물을 느끼거나, 돌을 돌처럼 여기게 되는 데에는 우리가 예술이라고 일컫는 바가 존재한다. 예술의 목적은 사물에 대한 감각을 인식의 차원이 아니라 통찰력의 차원에서 부여하려는 것이다. 예술의 장치는 낯설게 하는 기법이며 형식을 이해하기 어렵게 하는 기법이다. 또한 지각을 되도록 어렵게 하고 지각하는 데 소요되는 시간을 늘여주는 기법이다. 예술의 지각과정은 그 자체가 자율적이어서 지연되어야 하기 때문이다. 예술은 대상이 이루어지는 과정을 지각하는 방법의 하나다. 따라서 이미 이루어진 것은 예술에서 문제되지 않는다."[33] '낯설게 하기'라는 말에 이르면, 두 번째 형식주의 개념의 영역에 들어서게 된다. '낯설게 하는'에서 '때문이다'의 구절에 이르게 되면, 예술을 순수한 지각의 도구로 생각하지 않는다면 예술 자체를 지각할 필요가 없다는 첫 번째 개념으로 되돌아가게 된다. 지각과정이 형식의 난해함으로 말미암아 본질적 목적이 된다면, 우리는 대상을 더 많이 지각하는 것이 아니라 오히려 덜 지각하게 된다. 만일 낯설게 하기가 예술의 정의를 결정한다면, 지각하는 과정은 지각할 수 없는 것이어서, 대신 우리는 마치 처음 겪어보는 것처럼 대상을 바라보게 된다.

쉬클로프스키는 자신이 제기하는 문제의 까다로움을 알고 있다는 어떤 내색도 하지 않는다. 필자가 알고 있는 한, 두 가지 개념을 연관시키

---

32) *Ibid.*, p.18.
33) *Ibid.*, p.13.

려는 시도는 단 한 번만 있었다. 그것은 15년이나 지나서 발표된 야콥 슨의 〈시란 무엇인가〉(Co je poesie?)라는 논문에 나타난다. 이 논문의 끝부분에서 야콥슨은 형식주의자의 입장에 대해 일종의 요약을 제시하는 한편, 다음과 같이 시적 언어나 시성(詩性)에 관한 정의와 씨름하고 있다. "그러나 시성은 어떻게 스스로를 표명하는가? 시성은 언어가 언어로 지각되는 경우에 나타난다. 이름 불려진 대상이나 분출되는 정서를 단순히 재현하는 것이 아니라, 언어와 그 구성법, 언어의 의미, 언어의 외적 형식과 내적 형식이 그저 막연하게 현실을 가리키는 대신에 언어 자체의 무게와 가치를 획득하는 경우에 현존하게 된다."[34]

이런 논지에 이르면 자설론이란 첫 번째 형식주의 개념의 아주 순수한 이론적 설명을 만나게 된다. 그러나 그 다음의 문장은 다음과 같이 관점을 달리한다. "왜 이 모든 것이 필요한 것일까? 왜 기호가 대상과 맞아 떨어지지 않는다는 사실을 특별히 지적할 필요가 있을까? 왜냐하면 (A는 A₁이라는 식으로) 기호와 대상이 일치하는 것을 직접적으로 인식하는 것 말고, (A는 A₁이 아니라는 식으로) 이러한 일치가 부적절할 수 있다는 것도 직접적으로 인식할 필요가 있기 때문이다. 이러한 자기 모순이 본질적인 이유는, 모순 없이는 어떠한 개념의 유동성도 있을 수 없고 기호의 유동성도 있을 수 없으며, 따라서 개념과 기호의 관계는 자동화되어 버리기 때문이다. 인식하는 행위가 멈추어지면, 현실에 대한 인식도 소멸되고 만다. …… 시는 우리가 관행으로 자동화되는 것을 막아준다. 사랑과 증오, 반항과 체념, 믿음과 부정이라는 관용적 표현이 부식되는 것을 막아준다."[35]

이러한 추론을 '일반의미론학회(1938)'를 창립한 앨프레드 코르지브스키를 따라 일반의미론의 관점에서 해석하는 것도 가능하다. 그것은 말과 대상을 자동적으로 연결시키는 것은 두 가지에 다 치명적이라는

---

34) Jakobson, 〈시란 무엇인가〉, p.31(《SW Ⅲ》, p.750).
35) *Ibid.*, p.31.

관점이다. 이런 연결관계로 말과 대상은 지각되는 데에서 물러나고 지적인 이해만이 선호되기 때문이다. 우리는 자동화 과정을 깨뜨림으로써 양쪽의 최전선에서 승리할 수 있다. 말하자면 우리는 말을 말로 지각하지만, 또한 대상이 '진정한' 대상이라면 이름붙이는 여하한 행위를 넘어서서도 대상을 진정한 것으로 지각한다.[36]

말과 낯설게 하기 개념은 대단한 성공을 거두었다. 그러나 형식주의자들의 연구 대부분에서 낯설게 하기의 역할이 진정 중요한 것인지 분명하지 않다. 쉬클로프스키가 계속 이를 언급하고 있어서 정녕 중요하기는 하지만, (예컨대 둘 다 1925년에 발표된 에이헨바움의 〈형식적 방법의 이론〉[Teorija formal'nogo metoda]이나 보리스 토마셰프스키의 《문학의 이론》[*Teorija literatury*]과 같은) 체계적 개괄에서는 이 장치에 관해 그저 언급하는 정도에 불과하다. 예술의 정의라고 할 수조차 없다. 다른 예로 토마셰프스키는 낯설게 하기를 "예술적 동기부여의 특수한 경우"[37]라고만 말한다. 형식주의의 미학체계에서 낯설게 하기가 맡고 있는 역할은 무엇일까? 쉬클로프스키가 그랬던 것처럼 제일 먼저 예술의 정의라고 상정해 볼 수 있다. 그러나 시적 언어에 관한 두 번째 개념의 먼 원천이 낭만주의라면, 이 개념이 제시하는 구체적인 내용은 첫 번째

---

36) 10여 년 뒤의 모리스 블랑쇼의 책 《불의 역할》(*La part du feu*, Paris, 1949)에서도 비슷한 동화현상을 발견할 수 있다. 여기에서도 언어를 대상으로 지각하는 것은 다음과 같은 대상에 대한 지각으로 나아가고 있다. "이름은 비존재물이 덧없이 흐르는 것을 멈추게 해서 구체적 덩어리, 존재의 덩어리가 되게 한다. 언어는 배타적인 것이 되고자 하는 이런 의미를 포기해버리고 무의미해지려고 한다. 가장 중요한 역할은 리듬·무게·덩어리·형상과 같은 물질적인 것에 속해 있으며, 그 다음에 글을 쓰는 종이, 잉크의 흔적, 책에 속해 있다. 그런데 다행히도 언어는 대상이다. 그것은 글로 씌어진 객체, 한 도막의 개 짖는 소리, 바위덩어리의 한 조각, 지상의 실체를 보존하고 있는 진흙 한 덩어리와 같은 것이다. 단어는 관념적인 힘이 아니라 모호한 힘이다. 마치 강제로 대상을 그 자체의 외부에 정말로 현존할 수 있게 하는 주문과 같은 것이다"(p.330).

37) B. Tomaševskij, 《문학이론. 시학》(*Teorija literatury. Poètika*), Moscow, 1927, p.153.

개념을 직접 부정하고 있다. 첫 번째 개념은 모든 외적 기능을 거부하는 데 반해, 두 번째 개념은 외적 기능을 강조하기 때문이다. 낭만주의 미학에서 '모방'이라는 이름으로 무시되었던 그런 외적 세계에 대한 관계는 이제 좀더 쓸모 있는 연관관계로 돌아가고 있다. 예술은 세계를 모방하는 것이 아니라 드러내 주는 것이다.

반면에 우리는 지각과정에 관해 쉬클로프스키가 반복적으로 행한 강조를 간직한 채, 이 낯설게 하기 개념을 읽기 이론의 초벌 이론으로 간주할 수도 있다. 그러나 이런 면에서도 이 개념은 형식주의자들의 주요한 실천 대부분과 모순된다. 형식주의자들이 모두 동의하고 있는 바이지만, 그들에 따르면 문학연구의 대상은 작품 자체이지 작품이 독자에게 일으키는 인상이 아니라고 한다. 최소한 이론상으로 형식주의자들은 작품에 관한 연구와 작품의 구성 및 수용에 관한 연구를 구별한다. 또한 그들은 선배들이 주위 상황에 불과한 것을 갖고서, 좀더 분명히 말하자면 인상을 갖고서 성가시게 한다고 계속 투덜댔다. 읽기의 이론으로 형식주의 이론은 밀수품으로 여겨지게 되었다.

끝으로 세 번째의 가능성이 있는데, 낯설게 하기가 문학사 이론의 토대로 기여했다는 점이다. 이는 1920년대 초부터 쉬클로프스키, 야콥슨, 토마셰프스키의 저술에서 당연시해 온 그런 취지를 이룬다. 따라서 자동화 과정이 순환된다는 생각과 장치를 그대로 드러낸다는 생각이 생겨나게 되는데, 이는 유산이 삼촌에게서 조카한테 상속된다는 비유의 뒤에 놓여 있는 생각이다. 그러나 엄밀한 뜻으로 낯설게 하기 개념을 취한다면, 아주 한정된 경우에만 적용해 볼 수 있을 것이다. 이 개념을 일반화하려면 티냐노프의 저술에 나타나는 그것과 같이, 개념의 의미를 바꿔쳐야만 한다. 따라서 시적 언어에 관한 세 번째 개념으로 나아가야 한다.

3.

시적 언어에 관한 세 번째 개념을 논의하기 전에, 우리는 형식주의자들의 구체적 행위를 구성하는 내용에 대해 돌이켜 보아야 한다. 아울러 그들이 의도한 계획의 어떤 부분과 어느 정도로 상응하는지도 판단해 보아야 한다. 그들 저술의 대부분은 독창적이든 피상적이든 미적 체계를 정교화하는 데 전념하지 않으며, 예술의 본질을 모색하지도 않는다. 우리는 이런 사실에 대해 개탄할 수도 있고 칭찬할 수도 있겠지만, 바로 여기에는 형식주의자들이 '철학자'가 아니라는 측면이 놓여있다. 반면에 그들은 운문의 다양한 양상(브리크, 야콥슨, 토마셰프스키, 에이헨바움, 지르문스키, 티냐노프), 서사적 담론 구조(에이헨바움, 티냐노프, 빅토르 비노그라도프), 플롯 구성(쉬클로프스키, 토마셰프스키, 레포르마츠키, 블라디미르 프로프) 등에 관한 아주 많은 연구업적을 생산해냈다.

따라서 언뜻 보기에 필자가 시적 언어의 '첫 번째 개념'이라고 한 것과 형식주의자들의 구체적 연구 사이에는 어떤 틈이 있다고 볼 수도 있다. 그들의 잇따른 연구에서 중시되는 가설이 얼마나 필연적인 것인지 이해하기 어렵기 때문이다. 그러나 좀더 면밀하게 검토해 보면, 이와 같은 연구들이 주요한 가정으로 말미암아 (바로 그대로 확정된 것은 아니지만) 가능해졌다는 사실을 알 수 있다. 예술작품은 본질적으로 자연스럽게 지각되지 다른 것에 의해서 지각되지 않는다는 낭만주의자들의 좀 추상적이고 공허한 믿음이 작품 자체를 지각하려는 형식주의자들에게는, 독자라기보다 정녕 학자이고자 했던 형식주의자들에게는 독단이 아니라 실제적 근거가 될 수 있었다. 때문에 그들은 설명하는 법을 반드시 배워야 하는 리듬이 있고, 마땅히 식별해낼 수 있는 화자가 있으며, 보편적이면서도 무한히 다양한 서사기법이 있다는 것을 발견할 수 있었다. 바꿔 말하자면 낭만주의 미학에서 찾아낸 출발점으로 그들은 새로운 **담론학**(science of discourse)을 실천할 수 있었으며, 이런 의미에서 그들은 진정한 혁신자들이다. 다른 비평가들과 달리, 형식주의자들은 다른 사람들이 그저 의견이나 표명하는 곳에서도 진실을 말한다는 뜻은 아니다. 이러한 입장은 허상적일 수 있기 때문이다. 그러나 그들은 아리스토텔레스의 《시학》에서 비롯된 학문적 계획으로 되돌아 갔는데, 아리스토텔레스가 논의한 대상은 담론의 여러 형식이지 특정한 작품이 아니었다. 아리스토텔레스적 전통과 낭만주의 이데올로기를 이렇게 혼합한 데에 바로 형식주의 운동이 독창성을 갖게 된 이유가 있다. 따라서 이 점은 그들이 시적 단상보다 학술적 논문을 선호했던 까닭도 설명해 줄 것이다.

에이헨바움은 형식주의의 이러한 특징적 면모를 각별히 알고 있었던 것 같다. 그래서 〈형식적 방법의 이론〉이란 연구에서 이 점을 아래와 같이 되풀이해서 언급해 놓았다. "형식주의자들의 유일한 이론적 관심사는 문학연구의 방법이 아니라 연구의 **대상**인 문학 그것이다. …… 이런 면에서 이론과 신념 사이에는 어떤 차이가 있어서 학문이 당연히 그러해야 하는 것처럼, 우리는 우리 자신의 여러 이론에 상대적으로 얽매이지 않는다. 이미 완성된 학문이란 없다. 학문의 생동력은 만들어낸 진리에 의거해서 측정되는 것이 아니라 오류를 극복하려는 능력에 의해 측정된다. …… 이 글에서 나의 주된 목적은 형식적 방법이 점차 연구영역을 발전시키고 확대시켜서, 어떻게 대개 방법론이라고 일컬어지는 것을 잘 극복하고 특정사실들의 체계인 문학과 관련되는 특정한 학문으로 바뀌어 가는지 보여주려고 한 것이다. …… 우리를 특징짓는 것은 미학이론 차원의 '형식주의'도 아니고, 충분히 공식화된 과학적 체계 차원의 '방법론'도 아니다. 차라리 그것은 문학적 재료의 특성에 근거를 두는 자율적인 **문학과학**을 창조하려는 노력이라고 하겠다."[38] "시어연구회(Opoyaz)와 관계가 없는 사람들조차 확실시하게 되었던 것은, 우리가

---

38) Èjchenbaum, 〈형식적 방법 이론〉, pp.116~117 ; 《러시아 시학 선집》, p.4 참조.

하는 연구의 본질이 어떤 엄격한 '형식적 방법'을 수립하려는 것이 아니라 언어예술의 독자성(獨自性)을 연구하는 데 있다는 사실이다. 또 연구의 핵심은 방법에 있지 않고 연구의 대상에 있다는 사실이다."[39]

형식주의의 두드러진 특색은 이론이 아니라 대상에 의거한다는 점이다. 이 대상은 '특이한 사실들의 체계인 문학'이자 '언어예술의 독자적 속성'이다. 그러나 우리가 다루고 있는 독자성(獨自性)이란 도대체 어떤 것일까? 새로운 학문 창조를 정당화하려면, 독자성은 문학에 관한 이해에서 모든 경우에 언제나 똑같은 것이어야 한다. 그런데도 문학적 독자성을 전제로 가능한 대로 '작품 자체'를 면밀히 분석해 보아도 독자성이 존재하지 않는다는 사실이 형식주의에 의해 밝혀졌다. 좀더 정확히 말하자면, 독자성은 역사적이자 문화적으로 제한받는다는 의미에서만 존재하는 것이지, 보편적이거나 영속적인 의미에서 존재하는 것이 아니다. 역설적으로 형식주의자들은 바로 그들이 갖고 있던 낭만주의적 전제로 말미암아 반낭만주의적 결론에 도달하고 만 것이다.

이런 사실을 처음으로 깨달은 티냐노프는 〈문학적 사실〉(Literaturnyj fakt, 1924)에서 이를 밝혀놓고 있다. 먼저 다음과 같은 점에 주목한다.

점점 확고한 문학정의를 제시하기가 어려워지자, 오늘날의 어떤 사람이라도 문학적 사실이 무엇인지 지적할 수 있게 되었다. …… 한두 번이든 여러 번이든 문학혁명을 겪으며 살아온 나이 많은 사람들은 자신이 활동하던 시기에는 이러저러한 사건이 문학적 사실로 간주되지 않았는데, 지금은 이러저러한 것이 문학적 사실로 간주된다는 것을 알 수 있으리라. 물론 역으로도 그렇다.[40]

티냐노프는 "문학적 사실은 이질적인 것이고, 이런 의미에서 문학이

---

39) *Ibid.*, p.141 ;《러시아 시학 선집》, pp.28ff 참조.
40) Tynjanov, 〈문학적 사실〉(Literaturnyj fakt),《의고주의자와 혁신주의자》, Leningrad, 1929, p.9.

란 따로따로 떨어져서 발전하는 계열체"라고 결론 맺는다.[41]

우리는 낯설게 하기 개념이 어떻게 정리되어서 티냐노프의 새로운 문학 이론이 되었는지 살펴보았다(그의 논문이 쉬클로프스키에게 헌정된 것은 우연한 일일까?). 문화적 사실을 분류하는 데 활용된 범주들의 역사성이라는 좀더 커다란 현상의 한 가지 사례에 불과한 것이 다름 아닌 낯설게 하기다. 문화적 사실은 화학물질이 그러하듯이, 절대적 상태로 존재하지 않는다. 오히려 사용자가 어떻게 지각하느냐에 좌우된다.

〈문학발전론〉(O literaturnoj èvoljutsii, 1927)에서 같은 주제로 되돌아오면서 티냐노프도 다음과 같이 좀더 분명하게 설명한다. "문학적 사실이 존재한다는 것은 그것의 변별적 특질에 좌우된다. 문학적 계열체와 문학외적 계열체의 상호관계에, 바꿔 말해서 그 기능에 좌우된다. 어느 시대의 문학적 사실이 다른 시대에서는 평범한 말 속에 나타나는 일상적 사실일 수 있다. 그 안에서 이런 사실이 발전되고 있는 문학체계 전반에 좌우된다. 역도 가능하다. 그러므로 가브릴라 데르차빈의 개인적 서한은 사회적 사실이지만, 알렉산드르 푸쉬킨과 니콜라이 카람진이 살던 시대에서는 사신도 문학적 사실이 된다. 따라서 어떤 문학체계에서는 회상록과 일기가 문학성을 갖지만, 다른 문학체계에서는 문학외적인 성격을 갖는다."[42] '자동화'와 '낯설게 하기'는 문학이 변형되는 과정의 구체적 사례다.

이러한 인식에는 형식주의 원리를 파괴할 수 있는 의미가 함축되어 있다. 그러므로 이 글이 발표된 직후에 형식주의파가 해체되는 바람에 이러한 인식이 틀림없이 유발시켰을 반동적인 내용들이 출판되는 것을 막을 수 있었다. 이를 깨닫는 것은 바로 에이헨바움이 형식주의의 정체성을 보증하는 것으로 간주했던 것인 문학의 초역사적 특수성을 부인하는 것이다. 그렇지만 상호모순적인 반발 두 가지를 유의해야 한다.

---

41) *Ibid.*, p.29.
42) Tynjanov, 〈문학발전론〉, p.35 ;《러시아 시학 선집》, p.69.

첫 번째 것은 에이헨바움의 《나의 연대기》(*Moj vremennik*, 1929)에
나타난다. 그는 자신이 활용한 실례와 자신이 내린 결론에서 근본적으
로 티냐노프의 견해에 완전히 동의한다. "그러므로 어떤 시대에서 잡지
나 심지어 편집실의 일상적 활동도 문학적 사실이라는 의미를 띠지만,
다른 시대에서는 협회나 서클이나 동호인 모임과 같은 조직도 동일한
의미를 띤다." "문학을 구성하는 요소들과 그 기능의 상호관계는 변할
수 있기에 문학적 사실과 문학적 시기는 복잡한 개념이자 변화하는 개
념이다."[43] 그러나 이러한 생각이 에이헨바움의 초기 주장과 어떻게 부
합되는지에 관해서는 전혀 언급하지 않고 있다.

야콥슨은 이런 새로 발견된 개념들로 흔들리는 것 같지 않다. 〈시란
무엇인가〉에서 그는 자신을 단지 일반적으로 바뀌고 있는 전체적 내용
의 핵심에서 변하지 않는 핵심만을 가려 뽑는 데 국한시키고 있을 뿐이
다. 그러므로 적용가능한 자신의 명제들을 좀 제한하고 있긴 하지만, 명
제들의 취지까지 수정하지는 않았다. "이미 지적한 바와 같이, 시라는
개념이 보여주는 내용은 변하기 쉬운 것이며 일시적으로 규정되는 것
이다. 그러나 시성이라고 일컬을 수 있는 시적 기능은 형식주의자들이
강조한 바처럼 그 자체가 독특한 요소여서 기계적으로 다른 요소로 바
꿔칠 수 없다."[44] 1960년대에 이루어진 야콥슨의 연구는 시 자체가 아니
라 시적 기능에 관해 언어학적이자 초역사적인 정의를 내릴 수 있다는
자신의 믿음을 증언하고 있다.

티냐노프의 명제에는 근본적인 어떤 의미가 시사되어 있다. 사실 그
것은 문학에 대한 자율적인 지식을 인정하지 않지만, 대신 두 가지 상
보적인 학문으로 이끌어 간다. 하나는 담론학인데, 고정된 언어형식을
연구하는 것이지만 시성을 확정짓지는 못한다. 다른 하나는 일종의 역
사인데, 각각의 시대에 나타나는 문학관의 내용을 동일한 수준의 다른

---

43) Èjchenbaum, *Moj vremennik* (Leningrad, 1929), p.55, 59.
44) Jakobson, 〈시란 무엇인가〉, p.31(《SW Ⅲ》, p.750).

견해들과 관련시켜서 계통적으로 공식화한다. 시적 언어에 관한 이 세 번째 개념은 사실상 개념 자체를 해체한다. 이 개념이 나타나는 곳에서 철학적 범주라기보다 역사적 범주라고 할 수 있는 '문학적 사실'도 나타나고 있다. 티냐노프는 선배들에게 신세지고 있다. 그런데도 그는 낭만주의 원리를 단절시키려고 했다. 문학을 그것이 차지하고 있는 특권적 입장에서 떼어놓고, 문학과 다른 담론형식의 관계를 대립적인 것이 아니라 교환할 수 있고 변형할 수 있는 것으로 간주해서 단절시키려고 했다. 사고의 구조는 변하고 있으며, 우리는 일상의 원숙함이나 시적으로 뛰어난 스타 대신에 담론 양식의 다양성을 찾아내고 있다. 이와 같은 주장에서 형식주의 학파의 마지막 훈시를 들을 수 있었으리라.

   * 출전 : Tzvetan Todorov, "Three Concepts of Poetic Language", Robert L. Jackson/Stephen Rudy(eds), *Russian Formalism : A Retrospective Glance*, New Haven : Yale Center for International and Area Studies, 1985, pp.130~147.

3. 의미 문맥의 구성

이르지 벨트루스키

시간이 흐르면서 차츰 그 의미가 나타난다는 뜻에서 문맥은 의미의 동적 단위다. 여기에서 어떤 명칭처럼 그 의미가 한꺼번에 모두 나타나는 정적 단위와 문맥을 구별하게 된다.[1] 그러므로 언어의 문맥도 근본적으로 어떤 시간적 객체를 지배하는 원리와 동일한 원리에 따라 지배받는다. 시간적 객체라는 용어는 강의에서(1904~1905년) 이 문제에 관해 통찰력 있는 연구를 했던 에드문트 후설에게서 빌려온 술어다.[2]

후설은 과거 의식을 계기적 단계를 따라 구별했다. 이에 따라 어떤 시간적 객체 전체가 끊임없이 흘러가는 데도 불구하고 어떻게 하나의 통일체로 지각되는지 설명할 수 있었다. 시간적 객체가 지속되고 있는 어떤 소여된 순간에는 그 지속되는 단계들 가운데 한 단계만 실제로 현존한다. 그런 다음에 그것은 즉각 과거 속으로 물러나기 시작해서, 다음

---

1) Jan Mukařovský, 〈시적 언어〉(O jazyce básnickém), 《체코 시학 선집》 (*Kapitely z české poetiky*) 1, Prague, 1948, p.124.
2) Edmund Husserl, 〈내적 시간의식의 현상학〉(Zur Phänomenologie des inneren Zeitbewusstseins), Martin Heidegger(ed), 《철학과 현상학 논고 연보》(*Jahrbuch für Philosophie und phänomenologische Forschung*) vol. IX, 1928.

단계와 대체된다. 그러나 지각자는 시간이 경과된 단계들을 여전히 잊지 않고 있다. 이런 이유에서 지각자는 발단에서 어떤 순간에 이르는 모든 단계를 현존하는 것으로 의식한다. 달리 말하자면 그는 동일한 시간적 객체가 현재 지속되는 것으로 의식한다. 기억력은 현 단계를 이미 흘러가 버린 단계와 결합시킨다. 반면에 현재의 단계가 점점 멀어지는 과거 속으로 잊혀져 가게 되면, 경과된 단계 하나하나는 점차 변화를 일으키게 된다.[3] 후설은 이런 전개과정을 다음과 같이 도해한 바 있다. (O는 시간적 객체의 발단점이고, E는 도달점이다. P는 객체 내부에 있는 임의의 시점이다. 수평선은 단계들이 연속되는 것을 표시하며, 사선은 이 단계들이 과거 속으로 흘러가는 것을 표시한다. 수직선은 기억의 방향을 표시하며 단계들의 연속성을 보여준다. 이를 후설은 '과거현상의 범위'라고도 일컬었다. 경과되어 흘러가는 단계들을 표시하는 문자들에 덧붙여진 프라임 부호(′)는 이 단계들이 과거 속으로 함몰되며 겪는 변화를 표시한다.)

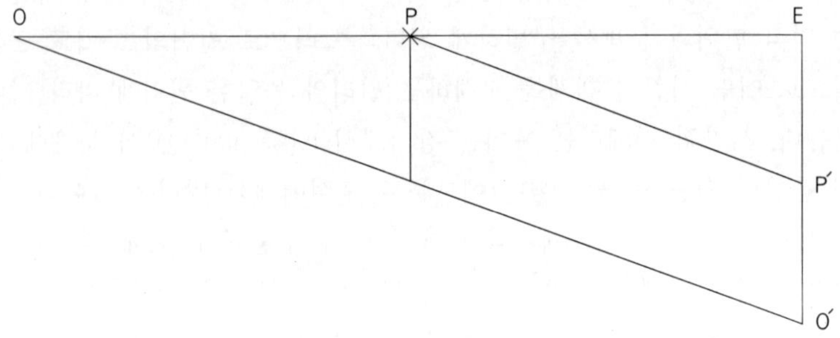

도해를 좀더 이해하기 쉽게 그릴 수도 있다. 예를 들어 O와 E 사이의 연속선 안에 시점을 하나 이상 표시하거나, 과거 속으로 함몰되는 단계에 맞춰서 변화되는 단계를 표시하는 프라임부호를 더 첨가해서 도해할 수 있다.

---

3) M. Heidegger(ed), 《철학과 현상학 논고 연보》 vol. IX, p.285 이하를 보라.

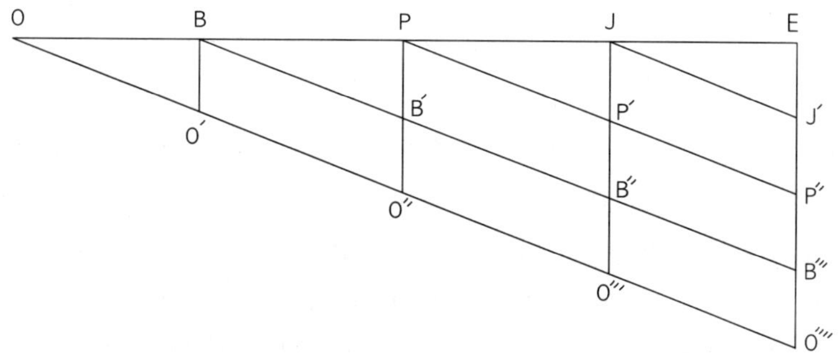

그러나 의미 맥락에 적용할 경우에는 여하튼 이 도해가 후설의 개념에 나타나는 결정적인 일면성을 보여준다. 시간적 객체의 다양성은 이 객체가 갖는 연속성의 제물이 된다. 발단점과 도달점, 그리고 이 사이에서 임의로 선택된 어떤 시점들을 제외한, 동적 단위를 구성하는 정적 단위들은 무시된다. 이는 후설의 다음과 같은 언급과 완전히 일치한다. "경과되어 사라지는 현상들에 관해 우리는 그것들이 끊임없는 변화의 연속이라고 이해한다. 그런데 이 연속성은 독립적인 순간들로 분해할 수 없으며 독립적인 단계들로, 연속되는 시점들로 분할할 수도 없는 그런 분해될 수 없는 통일체를 이룬다."[4] 이러한 일면성은 후설이 시간적 객체에 대한 본보기로 음조를 선택한 때문이라는 것은 말할 나위도 없다. 음조는 그것이 제아무리 길어 보았자, 실제의 문맥이 아니라 단일한 단위일 뿐이다.

더 복잡한 동적 단위 개념은 발렌틴 볼로쉬노프가 표명한 적이 있는데, 그는 이 개념을 언어 발화에 관한 연구에 근거해서 표명했다. 볼로쉬노프는 정적 단위가 존재한다는 것과 정적 단위들이 의미를 전달한다는 것을 알았다.[5] 비록 그 단계가 덜 하긴 하지만, 그의 개념조차 후

---

4) M. Heidegger(ed), 《철학과 현상학 논고 연보》 vol. IX, p.388.
5) V. N. Vološinov, 《마르크스주의와 언어철학》(*Marxism and the Philosophy of Language*), (trs)L.Matejka/I.R.Titunik(New York, 1973), p.101.

설의 개념과 같은 일면성을 특징으로 한다. 볼로쉬노프에 의하면, "어떤 말의 의미는 전적으로 그 문맥에 따라 결정되며", "그 말의 용법에 따른 여러 문맥이 있듯이 말에도 많은 의미가 있다"고 한다. 반면에 "말의 의미단위는 말의 의미 전체에 공통되는 통일성의 요인에 …… 의해 확인된다"고 한다.[6] 그런데 이 요인은 결국 정적 단위가 일반적 의미를 갖는 것을 부인하고 일반적 의미를 말의 특정한 의미를 가리키는 어떤 공분모로 환원시키고 만다. 이는 의미론의 기본원리와 상충된다. 의미가 부여된 언어의 구성성분 하나하나는 일반적 의미를 갖는다. 그런데 일반적 의미는 계층구조적으로 정해진 특정의미로 이루어지는데, 이 특정의미는 일반의미가 변형된 것이다.

동적 단위의 변증법에 대해서는 얀 무카르조프스키가 설명한 바 있다. 그는 의미의 정적 단위와 동적 단위가 상호작용적 관계라고, 말하자면 동적 단위와 정적 단위는 상호의존적 관계이자 상충적 관계라고 강조한다.[7] 이러한 상위성은 무카르조프스키가 고안한 도해에 반영되어 있는데, 아래와 같은 이 도해는 프라임부호 말고는 기호체계가 후설의 그것과 일치한다. 의미의 정적 단위를 표시하기 위해서 각각의 열들에 문자를 집어넣었다.

```
a — b — c — d — e — f
    a   b   c   d   e
        a   b   c   d
            a   b   c
                a   b
                    a
```

무카르조프스키는 문맥의 의미구성에 관해 세 가지 기본원리를 설정했다. 문맥 전체 의미의 통일성, 의미의 적층, 의미의 정역학과 동역학

---

6) V. N. Vološinov, 《마르크스주의와 언어철학》, p.79 이하 참조.
7) Mukařovský, 〈시적 언어〉, p.124 이하를 보라.

사이의 왕복운동이 그것이다.[8]

　의미의 통일성은 수신자나 독자가 일련의 의미를 문맥으로 지각하기 시작하자마자 그에게 밀어닥치는 어떤 것이다. 말하자면 그는 문맥이 끝나지 않는 동안은 잠재적이라 해도 문맥의 전체 의미를 파악하려고 한다. 문맥의 좀더 고차적 범주인 문장의 의미 구성에서 이런 원리가 행하는 역할은 이미 로만 잉가르덴이 강조한 바 있다.[9]

　의미의 적층은 문맥을 구성하는 의미의 단위들로 이루어지는데, 이 의미의 단위들은 어떤 구문적 결합이나 종속관계 등에 관계없이 의미가 계속해서 잇따르는 것으로 지각된다. 이와 달리 이들 단위 하나하나가 선행하는 단위들의 배경에 맞서서 지각되기도 한다. 이렇게 해서 문맥이 끝날 경우에는 구성되어 있는 모든 단위들이 발화되는 순서대로 수신자나 독자의 마음에 현존하게 된다. 무카르조프스키의 도해에서 a−b−c−d−e−f라는 지평선은 문맥에서 단위들이 연속적으로 이루어지는 것을 표시하며, 각각의 문자 아래에 놓인 수직열은 모든 새로운 단위들이 지각되는 것의 배경으로 적층되는 단위들을 보여준다.

　의미의 적층은 후설이 분석한 바와 같은 동일한 과정이다. 그러나 후설과 달리 무카르조프스키는 '새로운' 시점에서 점점 더 멀어져 가는 모든 단위들이 점차 변화를 일으키는 것에 관해서는 언급하지 않았다. 이것이 그의 도해에서 프라임부호가 빠져 있는 이유이기도 하다. 그러나 이 상당히 중요한 측면은 무카르조프스키의 "문장의 의미단위가 궁극적으로 적층되는 과정에서조차 이런 적층이 이루어지는 차례는 타당하다"는 언급에 어느 정도 시사되어 있다. 사실 이것은 각각의 단위가 과거 속으로 함몰되면서 점차 겪게 되는 의미변화에 따라서만 설명될 수 있다. 왜냐하면 '과거현상의 범위' 안에 켜켜로 놓여 있는 층은 그러한 의미변화가 일어나는 단계의 명확함에 따르는 것이 특징이기 때문이다.

---

8) Mukařovský, 〈시적 언어〉, p.128 이하를 보라.

9) Roman Ingarden, 《문학예술작품》(*Das literarische Kunstwerk*, Halle, 1930), 제 18절을 보라.

무카르조프스키의 도해에서 예컨대 단위 c의 범위(수직열) 안에 있는 b
단위는 단위 d의 범위 안에 있는 c단위처럼 동일한 단계의 의미변화에
따라 구분된다. 반면에 같은 단위 d의 범위에서는 더 강력한 의미변화
가 이미 b단위에 표시되어 있는 식이다. 바꿔 말해 보자면, 만일 수직열
이 도해의 모든 층에 그어진다면, 이 층 하나하나에서 같은 단계의 의
미변화를 기호로 나타낼 수 있다. 단위들이 적층되는 순서가 마지막 적
층과정에서도 똑같게 되는 이유는 바로 단위들이 개별적으로 의미변화
를 일으키는 단계에 반영되기 때문이다.

 의미의 정역학과 동역학 사이에서 벌어지는 시계추와 같은 왕복운동
은 이 운동이 이루어지는 문맥과 그 의미 단위들의 상호의존 관계에서
일어난다. 무카르조프스키는 이에 대해 다음과 같이 언급한 적이 있다.
"동적 단위는 정적 단위들을 변화시키기 때문에 그저 정적 단위들로
'구성되는' 것이 아니다. 이번에는 정적 단위가 문맥을 향해 피동적으로
움직여 가지 않고 문맥에 저항하기도 하는데, 연상작용에 의거해 문맥
의미가 지향하는 방향으로 압력을 가한다. 심지어 완벽할 정도로 벗어
나 자유롭게 되려고까지 한다."[10] 의미단위와 문맥의 능동적 관계는 잉
가르덴에 의해서도 지적된 바 있다.[11] 그러나 무카르조프스키와 달리
잉가르덴은 이와 같은 관계를 이율배반적으로 보지 않는다.

 자연히 극적 대화도 의미 구조가 다른 언어문맥 유형처럼 동일한 세
가지 원리에 의해 통제된다. 그러나 이 원리들의 작용에는 다른 어떤
곳에서도 찾아볼 수 없는 특질들이 나타난다.

 극적 대화의 독자는 문맥 하나하나의 의미를 통일시키려는 경향이
있는데, 어떤 등장인물의 모든 발화가 그 인물의 이름으로 통일되기 때
문이다. 이러한 통일성은 그것이 속하는 모든 발화에 특징적인 언어용
법에 따라 강조될 수도 있는데, 어떤 단어나 구절이 이상하게 빈발하는

---

10) Mukařovský, 〈시적 언어〉, p.25.
11) Ingarden, 《문학예술작품》, 제 19절을 보라.

것, 특이한 구문구조, 방언이나 기능어의 활용 등과 같은 것이 그것이다. 반면에 대화에서는 문맥 하나하나의 의미상 통일이, 동일한 인물이 행하는 여러 가지 발화들이 연속되지 않는다는 사실로 방해받는다. 이 발화들로 문맥이 뚜렷해지더라도 그렇다. 이미 언급한 바와 같이 통일성이 분명한 부분에서도 개개의 문맥은 단편(斷片)을 이룬다. 다른 극중 인물들이 문맥을 단편으로 분리시키는 말하기에 도움을 받아 이 단편들 사이에 연결고리를 설정하는 것은 독자가 할 일이다. 이런 것이 상호작용 하는 문맥들 하나하나에서 의미를 통일시키려고 독자가 행하는 노력의 객관적인 선행조건들이다. 개별적 문맥의 전체 의미는 각 문맥과 연결된 등장인물이 대화의 언어외적 상황에서 차지하는 위치에 따라 결정된다.

특정한 대화에서 이루어지는 의미의 적층은 모든 문맥에 대해 동일하게 진행된다. 의미는 모두 동일한 순서에 따라 배열된 동일한 단위들로 이루어진다. 이는 문맥 하나하나가 문맥을 나르는 사람들의 발화를 이루는 의미단위뿐만 아니라, 다른 대화 상대자가 발화하고 따라서 관련된 인물이 지각하기만 하는 그런 의미단위로도 구성되기 때문이다. 그렇지만 화자가 발화하는 의미단위 하나하나는 새로운 행위를 통해 수신자의 문맥으로 편입되는데, 이 새로운 행위는 문맥의 의미를 변화시킬 뿐만 아니라, 변화된 의미를 전달하는 데 가장 적절해 보이는 말조차 변하게 할 수 있다. 이러한 변화는 지각된 단위가 그 속으로 들어가서 당연히 조정하게 되는 문맥의 전체 의미 때문에 일어난다. 그러므로 단일한 문맥들도 서로 달라진다. 의미단위의 적층과정에서 이루어지는 것이 아니라, 이들 문맥의 개별적인 전체 의미와 이 전체 의미가 의미단위들에 강요하는 변화과정에서 그렇게 된다. 이는 무카르조프스키의 도해를 다음과 같이 고쳐서 도식화해 볼 수 있다(x와 y는 대화 속의 두 문맥 각각의 전체 의미와 이것들의 공통 단위에 상응하는 변화를 가리킨다).

<table>
<tr><td>문맥 x</td><td>문맥 y</td></tr>
</table>

$$ax - bx - cx - dx - ex - fx$$
$$ax - bx - cx - dx - ex$$
$$ax - bx - cx - dx$$
$$ax - bx - cx$$
$$ax - bx$$
$$ax$$

$$ay - by - cy - dy - ey - fy$$
$$ay - by - cy - dy - ey$$
$$ay - by - cy - dy$$
$$ay - by - cy$$
$$ay - by$$
$$ay$$

그러나 이것은 복잡하게 얽혀지는 과정의 첫 번째 단계에 불과하다. 실제로 어떤 단위의 의미가 수신자와 결합된 문맥에 끼어드는 경우에 겪는 변화는 화자와 결합된 문맥에도 개재되는데, 화자가 자기 발화에 대한 수신자의 해석을 예상하는 한에서 그렇다. 대화에서 동음이의어적 계열체와 동의어적 계열체의 다양한 교차점을 상기해 보자. 똑같은 의미단위가 자리잡고 있는 이 계열체들은 시간의 흐름 속에서 교차될 뿐만 아니라 동시적으로도 작용한다. 서로 배제할 수 없이 상이하며 다소 대립적인 가치들을 포착하는 데에서 여러 문맥의 동일한 의미단위를 사실상 다양하게 한다. 앞의 도해와 연관해서 문맥 x와 문맥 y에서 각각 적층되는 단위들은 다음과 같은 기호로 좀더 정확하게 제시할 수 있다. $ayx - byx - cyx - dyx'$에 대립되는 $axy - bxy - cxy - dxy'$가 그것이다.

더욱이 이 모든 것은 대화 상대자가 대화 전체에 관여하는 한에서 적용될 수 있다. 그렇지만 연극에서 대화 상대자들은 대화 도중에 대개 바뀐다. 어떤 대화 상대자는 대화 중간에 들어오고, 어떤 사람은 나갔다가 대화가 끝나기 전에 다시 되돌아오기도 한다. 대화 상대자는 바뀌지 않았는데도 대화가 나누어지는 것은 장면이라고 일컫는다.[12] 장면과 장

---

12) 이 분야에서 현재 쓰이는 용어는 아주 모호하다. 어떤 극작가가 보기에 한 장면인 것이 다른 극작가에게는 장면의 연속이 된다. 역사가나 이론가들도 이 용어를 극작가들만큼이나 모호하게 사용한다. 더욱이 일단의 참여자들에 의해서만 앞의 장면과 구별되는 그런 장면과, 다른 장소에서 벌어지고 있는 장면을 구별하는 용어도 아직 설정되어 있지 않다.

면이 바뀌는 경우에 대화 상대자는 그대로 남아 있고 다른 사람들만 바뀌는 것을 어떤 극작가들은 아주 중요한 장치로 활용하기도 한다. 다른 인물들이 다른 장면에 참가하기 때문에, 의미의 적층은 모든 문맥에서 똑같이 이루어지지 않는다. 예를 들면 문맥 a－b－c－d－e－f는 문맥 a－b－e－f 및 문맥 b－c－d－e와 대비될 수 있다.

문맥의 의미를 구성하는 세 번째 원리인 의미의 정역학과 동역학 사이를 시계추처럼 오가는 원리는 대화에서 이루어지는 문맥의 다양성에 크게 영향받는다. 문맥 하나하나는 모두 다른 문맥에서 생겨나는 단위들에 어쩔 수 없이 관여해야 하기 때문에 자체의 결합력과 통일성을 손상받는다. 그런데 이런 단위의 의미는 관련된 문맥의 전체의미에 부합될 수 있도록 쉽게 변하지 않는 경우가 많다. 더구나 의미의 모든 정적 단위가 한 가지 이상의 문맥의 일부가 되기 때문에, 이 단위가 문맥의 압력에 맞서는 저항은 일반적으로 독백보다는 대화에서 좀더 강경하게 이루어진다. 어떤 문맥도 의미를 축소하거나 흡수할 수 없다. 여기의 의미는 단위가 문맥 자체의 전체의미를 방해하지 않으면서 다른 문맥에서 취하게 되는 그런 것이다. 그러므로 대화에서 문맥 하나하나가 갖는 통일성은 의미의 단일한 단위들에 의해 전달되는 의미의 미묘한 차이와 불협화음을 내는 의미들에 의해 끊임없이 공격받는다.

결과적으로 대화에서 이루어지는 여러 가지 문맥들의 관계는 경쟁 상태다. 하나하나의 문맥은 다른 문맥을 손상시켜서라도 통일성을 달성하려고 한다. 말하자면 어느 문맥 자체의 의미를 방해받지 않으려고 다른 문맥 전부의 의미를 변화시킨다. 의미 단위의 선택과 발화의 실현에는 관련된 현실 및 이 현실에 화자가 부여하는 의미뿐만 아니라, 화자가 경쟁 상태의 문맥들이나 이것에 대한 자신의 태도에 부여하는 의미도 반영된다. 다시 말해 화자는 자신이 말하는 바를 대화 상대자들이 특정한 방식으로 이해하게 될 것이며, 그들이 전달하는 문맥의 의미에도 영향을 미치게 되리라고 확신한다. 대화에서 각각의 발화는, 심지어 말 한 마디 한 마디도 행동이다. 이런 행동에 대한 반동이 바로 화자가 선택한 의미단위 하나하나를 다른 대화 참여자가 변형시키거나 변화시키는 행위들이다. 동시에 이 행위들도 문제시되는 의미단위가 생겨나는 문맥의 의미에 영향을 미치려고 하기 때문에 그 자체가 행동이다.

대화는 일련의 작용과 반작용의 연쇄체로 설명되기도 한다. 그러나 이는 작용과 반작용이 같은 차원에서 진행되는 것이 아니기 때문에 그릇된 이미지일 수 있다. 어느 화자의 발화에 대한 반작용은 다른 화자의 응답뿐만 아니라, 각각의 의미단위가 수신자가 지각하는 다른 문맥의 일부가 되자마자 이 의미단위에서 일어나는 변화로도 이루어진다. 작용과 반작용이 작동하는 것과 대화가 각각의 발화로 나누어지는 것 사이에 일치도 이루어지지만 아주 중요하지는 않다. 작용과 반작용의 작동은 시간뿐만 아니라 흘러가는 시간의 매 시점마다 존재하는 공간 속에서도 끊임없이 진행된다. 만일 어떤 비유적 표현이 필요하다면, 대화는 작용과 반작용으로 이루어지는 사슬이기보다 망상(網狀)조직이라고 하는 것이 더 정확할 것이다.

발화를 이루는 데에서 경쟁적 문맥에 대한 관심은 관련된 현실에 대한 관심을 압도하기도 한다. 따라서 말과 현실의 관련성은 약화되며 극단적인 경우에 말하기는 허구적인 경우조차 있다. 예를 들어 몰리에르의 희곡 《스카팽의 간계》(*Fourberies de Scapin*, II : 7)에서 스카팽은 아들 레앙드르를 핑계 삼아 제롱트에게서 은화 오백 냥을 꾸려고 하는데, 사실 스카팽은 집시에게서 자기 정부(情婦)의 자유를 사려는 것이다. 제롱트와 관련된 문맥은 전부 그의 근본성격인 금전욕에 지배되고 있다. 그런 맥락의 통일성을 깨뜨리려고 하는 스카팽의 목적은 이루어지기가 극히 어렵다. 그러므로 그의 모든 말에 나타나는 연관된 사실에 대한 관심은 이런 목적에 완전히 종속된다. 그는 레앙드르 때문에 오백 냥이 필요하다고 말한다. 그러나 제롱트가 그 돈을 내놓도록 설득할 수 있는 실제의 이유를 대지 않고, 자기가 두 시간 안에 돈을 마련하지 못하면 레앙드르가 알제리아인에게 노예로 팔려가게 된다고 거짓 이유를 둘러댄다. 돈의 액수, 누군가의 자유를 사야 할 필요성과 그 마감시간이란 사실만이 현실에 부합되고, 나머지는 꾸며낸 것이다. 관련된 현실을 이런 식으로 다루는 것은 제롱트와 연관된 문맥의 본질이 요구하는 것이다. 그렇다 해도 제롱트는 돈을 내주려고 하지 않는다.

대화에서 발화가 경쟁적인 문맥 하나하나를 따라 이루어지는 정도는, 화자가 다른 수신자에게 하는 똑같은 말 속에서 흔히 일어나는 의미상의 역전현상에 의해 분명해진다. 때로 이러한 역전현상은 어떤 화자의 말이 다른 화자에 의해 중계되는 경우에 나타나는 역전현상만큼 분명해지기도 한다. 극의 대화에서는 역전현상이 다음과 같이 고도로 세련된 방식으로 활용될 수 있다.

> 도랑트 : 주르댕 씨, 그 정도면 됐어요. 부인께서는 인사치레를 좋아하시지 않습니다. 당신이 재치 있는 사람이라는 걸 알고 있습니다. [낮은 소리로 도리멘느에게] 당신이 보다시피 그는 하는 짓이 우스꽝스럽긴 하지만 멋진 부르주아입니다.
>
> 도리멘느[낮은 소리로 도랑트에게] : 금방 알아차리기에 어렵지 않아요.
>
> 도랑트 : 부인, 저의 친구 가운데 제일 훌륭한 친구입니다.
>
> 주르댕 : 뵙게 되어서 대단한 영광입니다.
>
> 도랑트 : 아주 대단한 신사이십니다.
>
> 도리멘느 : 아주 존경합니다.
>
> 주르댕 : 부인, 저는 이런 호의를 받을 만한 자격이 없는 것 같습니다.
>
> 도랑트[낮은 소리로 주르댕에게] : 어쨌든 당신이 준 다이아몬드에 관한 얘기는 그에게 일절 하지 않도록 조심하십시오.
>
> 주르댕[낮은 소리로 도랑트에게] : 하여튼 다이아몬드가 어떠했는지 물어보아도 안 될까요?
>
> 도랑트[낮은 소리로 주르댕에게] : 뭐라고요? 그런 소리하면 안 됩니다. 그건 비열한 행동입니다. 신사답게 행동하려면, 당신이 주지 않은 것처럼 모르는 듯이 행동해야 합니다. [거만하게] 부인, 주르댕 씨가 당신을 뵙게 되어서 참으로 기쁘다고 합니다.
>
> 도리멘느 : 대단한 영광입니다.
>
> 몰리에르, 《부르주아 신사》(*Le bourgeois gentilhomme*), Ⅲ : 16.

　　화자들이 교차되며 하는 말에서 벌어지는 동일한 의미의 역전현상은, 이른바 방백처럼 말의 일부는 대화 상대자에게 전달되지만 일부는 아무에게도 전달되지 않는 경우에도 똑같은 말 속에서 이루어진다. 역전현상은 말에서 전달되는 부분이 관련된 현실과 수신자의 맥락을 고려하는 데에서 비롯되는데 반해, 독자에게 다소간 직접적으로 전달되는 방백은 대화 상대자의 문맥을 무시해버린다. 이러한 수법이 충분히 전개되는 곳에서는 대화 속의 대화도 이루어진다. 이는 대화자들이 나누는 대화에서 전달되는 말과 이 말들 중의 방백에 다른 대화가 대립되는 식이다.

　　의미의 효과에서 아주 비슷한 것은 대화 관여자들 가운데 한 사람에 의한 모호성을 이용하는 것인데, 특히 그의 말이 자신과 독자에 대해서만 모호할 경우다. 반면에 그의 대화 상대자는 어떤 상황인지 모르기 때문에 말 속에 숨겨진 의미를 파악하지 못한다. 그래서 다음과 같이 남자로 가장한 비올라가 올시노 공작에 대한 사랑을 은밀히 표현했을 경우에 올시노는 알아채지 못한다.

올시노 : 말도 잘 하는구나. 너는 젊긴 해도 누군가 사랑해서 눈길을 준 적
　　이 있을 테지, 안 그러냐?
비올라 : 죄송하오나, 조금요.
올시노 : 어떤 여자인데?
비올라 : 공작님과 같은 용모였어요.
올시노 : 그렇다면 별로였구나. 참, 나이는?
비올라 : 공작님 정도의 나이예요.
올시노 : 이런, 나이가 너무 많구나. 여자는 나이가 위인 남편을 택하는 것
　　이 좋지. 그래야 해로하기 좋고, 남편 마음에 들을 수 있지. 그런데 남자
　　들은 자화자찬도 잘 하지만, 여자들보다 바람기가 심해서 흔들리기 쉽
　　고, 사랑도 하고 반하기도 하지만, 금방 다른 여자에게 정신 팔리고 싫증
　　내곤 하지.
비올라 : 정말 그렇습니다, 공작님.
　　　　　　셰익스피어, 《열두 번 째 밤》(*Twelfth Night*), II : 4.

　수신자의 문맥에 대한 관심은 발화에 영향을 미칠 수 있어서 화자가
투입하는 의미는 독자가 파악할 수 있는 범위를 완전히 넘어서고 만다.
　다른 대화 참여자가 전달하는 문맥에 관해 부단한 관심을 갖는 것은
상호작용 하는 문맥을 깨뜨리려고 하는 대화의 다른 요인들을 이룬다.
통일성이나 결합력이 약한 의미는 이런 문맥들의 보편적 특질이다.
　그러나 이 모든 것이 극의 대화에 의미단위가 문맥 전반을 압도하게
하는, 말하자면 의미의 정역학이 의미의 동역학을 압도하는 어떤 본질
적 흐름이 있다는 뜻은 아니다. 의미구성에 관한 이런 일반원리에 관한
어떠한 결론도 경쟁적인 문맥을 분석해서 도출할 수 있는 것이 아니다.
경쟁적 문맥은 부분적인 것에 불과하다. 의미의 정역학과 동역학의 관
계는 이와 같은 부분적 문맥의 통일성이나 통일성의 결여라는 차원에
서 적절히 연구될 수 있는 것이 아니다. 극중 대화의 온전한 전체라고
할 수 있는 완전하고 단일한 문맥 차원에서만 연구될 수 있다. 이는 대
화 자체가 이루는 통일성의 문제다.

　* 출전 : Jiří Veltruský, "Construction of Semantic Contexts", Ladislav
Matejka/Irwin R. Titunik(eds), *Semiotics of Art*, Cambridge, Mass. : MIT
Press, 1976, pp.134〜144.
　원문은 "Výstavba významových kontextů", B. Havránek/J. Mukařovský
(eds), 《언어와 시론 선집》(*Čtení o jazyce a poesii*, Prague, 1942, pp.434〜
442)이다.

제3부 ● 은유, 이미지

1. 은유 ▪ 마틴 몽고메리 외

2. 은유의 동기 ▪ 노스롭 프라이

3. 시, 이미지, 생산 ▪ 피에르 마슈레

1. 은 유

마틴 몽고메리 외

1. 문자적 언어와 비문자적 언어

여기에서는 문자 그대로의 뜻으로 사용하지 않는 비문자적(非文字的) 언어의 다양한 용법을 살펴보기로 한다. 문학적 기법 차원에서 통틀어 **비유적 언어**라고 일컫는 그것이다. 전통적으로 어떤 유의 비유적 언어를 **비유법**(tropes)이라고 한다. 여기에는 은유·직유·환유·제유 그리고 말의 의미와 관계가 있는 언어적 아이러니(verbal irony)가 포함된다.

말해진 발화나 씌어진 문장에는 근본적으로 다른 의미가 두 가지 담겨있을 가능성이 있다. 문자적(文字的) 의미와 (때로는) 암시적인 비문자적 의미가 그것이다. 의미는 1) 문자적 의미대로 해독하는 단계와 다음에 2) 그것의 암시적(즉 비문자적) 의미를 추론해내는 두 단계를 거쳐 해석된다.

문자적 의미는 특정한 단어나 단어군(單語群)에 고정되어 있는 의미로, 화자들이 항상 예상할 수 있는 것으로 동일하게 공유하는 의미다. 가령 '둘'이란 단어에는 특정한 수를 가리키는 문자적 의미가 들어 있다. '고양이'라는 단어에는 특정한 짐승을 가리키는 문자적 의미가 들어 있다. 대부분의 단어에는 이런 유의 의미가 담겨 있다. 단어들이 구로, 다음에는 문장으로 합쳐지면, 단어의 개별적인 문자적 의미도 결합되어 집합적인 문자적 의미를 이루게 된다. 따라서 '고양이 두 마리'라는 말의 의미는 '고양이'와 '둘'이라는 단어의 개별적인 의미에서 예상할 수 있다. 이런 식으로 (단어로 이루어지는) 문장은 문장을 구성하는 단어들의 문자적 의미에서 이루어지는 문자 그대로의 의미를 갖고 있다.

그러나 많은 문장에는 문자 그대로의 의미가 아닌 비문자적 의미도 담겨 있는데, 이를 **함축적 의미**라고 일컫는다. 누가 몇 시냐고 물어서, 내가 '5시 30분'이라고 말했다고 치자. 그러나 이 말은 문자 그대로 사실이 아니다(실제로는 5시 28분일 수도 있고, 5시 31분일 수도 있기 때문이다). 그러나 말을 듣는 사람은 내 말을 들으며 머릿속에서 '대략'이란 의미를 덧붙여 보충해서 이해한다. 따라서 '5시 30분'이란 말은 '대략 5시 30분쯤'이란 뜻이 된다. 내가 이 사람과 함께 영화관에 가는 경우에, 그가 몇 시냐고 물어서 내가 '너무 늦었어'라고 대답하면, 그는 '정각에 영화관 가기에는 너무 늦었구나'라는 의미를 덧붙여서 이해하게 된다. 내가 문자 그대로 이렇게 말하지 않았다 해도, 그는 내가 뜻하려는 의미를 이런 식으로 이해한다. 이렇듯이 문자적 의미에 다른 의미를 덧붙이거나, 문자적 의미에서 부가적 의미를 만들어내는 과정을 **미루어 짐작하기**(inferencing)라고 한다. 말하자면 그는 내가 한 말에서 의미를 짐작해 내는 것이다.

어떤 비유적인 단어나 구나 문장은 비문자적 의미의 실례라고 하겠다. 따라서 이런 것을 미루어 짐작해서 해석하는 데에는, 텍스트에 문자 그대로 표출되지 않은 의미를 덧붙이는 행위가 필요하다. 이런 식의 의미는 독자나 청취자나 시청자에게서 나타나게 되는데, 그는 자신이 알고 있는 바에 따라서 의미를 제시한다. 다른 독자나 청취자는 다른 것을 알고 있기 때문에, 아이러니나 은유 등은 사람에 따라 다르게 해석된다.

문자 그대로의 의미로도 비유적으로도 사용되는 '죽은'이라는 말을 예로 해서 문자적 용법과 비유적 용법을 구체적으로 구별해 보기로 한다. 우리는 단어가 문자 그대로의 의미대로 사용되거나 해석될 경우에는 표면적 의미 그대로 이해한다. 그러나 누가 '윈스턴 처칠이 죽었다'고 말하면, '죽은'이란 말을 문자 그대로 파악해서 '더 이상 살아 있지 않다'는 의미로 단순히 받아들이게 된다. 반면에 비유적인 용법이나 해석에서는 어떤 단어나 구절을 다른 비유적 의미 차원에서 이해하게 된다. 누가 '난 오늘 죽을 것만 같아'라고 말한다면, 이 말을 문자 그대로 진실로 받아들이는 것은 전혀 의미가 없다. 대신 이 말을 한 사람이 아주 피곤하다는 것을 강조하려는 전형적인 표현으로 받아들여서 비유적으로 해석해야 한다. 그러므로 '죽은'이라는 말은 문자적이거나 비유적인 두 가지 방식으로 사용할 수 있고 이해할 수 있다.

1.1. 비유 언어의 신호

우리는 어떻게 어떤 진술이 문자적 의미를 택하는지 비유적 의미를 택하는지 정할 수 있을까? 비유가 사용되었다면 대개 어떻게든 신호를 보낸다. 신호가 전혀 없으면, 우리는 대개 문자 그대로의 의미대로 읽는다. 비유적으로 언어를 사용했다는 신호는 두 가지다. 텍스트 차원의 신호와 문맥 차원의 신호이다.

텍스트 차원의 신호는 언어가 사용된 상황이 어떻든 관계없이, 사용된 언어 자체의 일부에 유별난 것이 들어 있어서 표시된다. 흔히 이런 신호는 언어를 문자적인 뜻 그대로 이해할 수 없게 한다. 예를 들어 우리는 '난 죽을 것만 같아'라는 진술을 비유적으로 이해하는데, 어떤 문맥에서도 '난 죽을 것만 같아'라는 표현이 문자 그대로의 의미라고 생각하기가 어렵기 때문이다.

반면에 단어 자체가 문자 그대로의 의미를 드러낸다 해도, 이 단어가 사용된 문맥에서 단어가 어딘가 좀 부적절해 보이고 해석하는 데 많은 과정이 필요한 경우에는 문맥 차원의 신호가 나타나게 된다. 흔히 언어적 아이러니의 경우가 그렇다.

그러나 문자적 의미와 비유적 의미를 구별하는 일은, 많은 표현이 문자적으로든 비유적으로든 의미를 만들어낼 수 있다는 사실로 말미암아 뒤얽혀 복잡해지게 된다. '윈스턴 처칠이 죽었다'고 하는 주장은 문자적 차원에서는 분명히 사실이다. 그러나 영국인의 성격을 논의하는 맥락에서 '처칠이 죽었다'고 하는 것은 이른바 '불도그 개와 같은 완강한 정신'이라고 할 수 있는 특정한 호전적 태도가 사라졌다는 것을 뜻할 수 있다. 어떤 표현을 비유적으로 해석할지 문자적으로 해석할 것인지를 (아니면 동시에 두 가지로 해석할 것인지를) 결정하는 것은 그렇게 쉬운 일이 아니다. 텍스트적 신호와 문맥적 신호를 함께 고려해야 하는 경우에는 더군다나 쉬운 일이 아니다.

2. 은유

은유(metaphor)라는 말은 '옮겨놓다', '넘겨주다'라는 의미를 갖는 그리스어 'metaphora'에서 유래했다. 은유가 빚어지는 경우는 어떤 단락의 단어나 구절이 명백히 화제에서 벗어나 있지만, 그런데도 이 단어나 구절과 언급되는 것 사이의 어떤 유사성으로 말미암아 의미가 만들어지는 경우다. 이러한 단어나 구절을 해석하려면, 우리는 자동적으로 유사성의 요소를 찾아내서 이것을 새로운 맥락으로 옮겨 놓아야 한다. 이렇게 하면서 은유적으로 해석한다.

2인조 포크 그룹 '사이먼과 가펑클(Simon and Garfunkel)'의 폴 사이먼이 〈돌이고 싶어〉(I am a rock, 1966)라는 노래를 부를 때 우리는 그가 돌로 만들어졌다고 생각하거나 돌이 어떻게 노래 부르나 의아해 하지도 않는다. 그보다는 이 가수가 어떤 식으로 느끼고 자신을 표현하고자 하는지 그 특징을 나타낼 수 있는 돌의 그러한 면모를 택해서 이를 새로운 맥락으로 옮겨 놓는다. 결과적으로 은유는 아주 효과적이다. '돌'이라는 말로 심리적 경험을 묘사하는 데에서, 우리가 돌에서 연상되는 단단함이나 고립감이나 무감각함과 같은 것을 가수에게 생생하게 옮겨 놓을 수 있기 때문이다(이 노래에는 또한 성서에서 '바위'라는 말을 비유적으로 사용하는 것도 넌지시 암시되어 있어서, 사이먼의 노래 가사에 또 다른 의미를 덧붙이거나 시사하기도 한다).

이와 흡사하게 '2000년에는 현재 태동 단계에 있는 산업들이 제조업을 지배하게 될 것이다'라는 표현에서 '태동'이라는 말은 산업과 제조업을 논의하는 데 전혀 어울리지 않는 것 같다(문자 그대로 이 말은 난세포에서 태어나거나 깨어나기 직전의 동물의 새끼를 가리키는 말이기 때문이다). 이처럼 유별난 문맥에서 '태동'이란 말이 의미를 지니려면, 산업에 관한 논의에서 이 말을 해석할 수 있게 하는 그런 의미의 일부를 선별해야 한다. '태동 단계에 있는'이란 표현은 아직 발전의 초보 단계에 있는 미래의 산업에 대해 비유적으로 말하는 것이다. 그러나 자연적 회임(懷姙)이란 생각 또한 새로운 문맥으로 옮겨져야 하며, 따라서 우리는 산업의 발전을 어떤 면에서 자연적인 과정처럼 파악하게 된다. 이는 새로운 산업이 환영받게 되리라는 확신을 우리에게 불어 넣는다. 이처럼 은유는 우리가 묘사되는 대상을 지각하거나 이에 반응하는 방식에 중대한 영향을 미친다.

2.1. 직유

직유(simile)는 은유의 한 범주인데, 명칭이 시사하는 바와 같이 두 말 사이의 유사성에 주목하는 것이다. 그러나 은유에는 말 사이의 관련성이 암시되어 있는 반면에, 직유는 텍스트에 나타나는 ('같이', '처럼' 등과 같은) 명시적인 신호로 이루어진다. 엄밀히 말해서, 직유에는 언제나 비유적 언어가 수반되지 않는다. '같이, 처럼'과 같이 직유를 이루는 두 말이 문자 그대로의 의미대로 이해되는 경우가 많기 때문이다. 예를 들어 '하늘은 잘 닦인 거울과 같다'라는 직유는 청자나 독자로 하여금 하늘이 실제로 얼마나 잘 닦인 거울처럼 보이는지 상상하게 한다. 이와 같은 직유와 은유의 차이는 직유를 은유로 바꿔보면 구체적으로 잘 알 수 있다. 우리가 '하늘은 잘 닦인 거울'이라고 말한다면, 이런 표현은 더 이상 문자 그대로 이해될 수 없다. 하늘이 잘 닦인 거울처럼 보인다 하더라도, 우리는 실제로 하늘이 잘 닦인 거울이 아니라는 것을 안다. 그러므로 '잘 닦인 거울'이란 표현은 은유적으로 읽어야 한다.

2.2. 환유

환유(metonymy)는 '명칭의 변경'을 뜻하는 그리스어 'metonymia'에서 유래했다. 은유가 유사성에 의해 작용하는 반면에, 환유는 (예컨대 원인과 결과, 속성, 포괄하기 등과 같은) 다른 연상작용에 의해 작용한다는 점에서 환유와 은유는 구별된다.

'모스크바는 짤막한 성명을 냈다'는 문장은 '모스크바'란 말이 옛 소련의 지도자를 뜻하는 것으로 받아들여서 비유적으로 이해할 경우에만 의미를 띠게 된다. 이러한 비유가 가능할 수 있는 까닭은 모스크바와 그곳의 사람들 사이에 어떤 유사성이 분명히 있기 때문이 아니라, 이 두 말이 서로 연관되기 때문이다(모스크바는 사람들이 살며 일하는 지역이다). 환유는 여러 가지 연상적 결합관계에 의해 이루어진다. 예를 들어 정장차림이란 말은 정장을 착용한 사람을 환유적으로 표현하는 데 사용할 수 있다. 누가 '연회장에 큰 가발들이 많이 왔어'라고 한다면, '큰 가발(big wig)'은 '유력인사'를 가리킨다고 이해한다(이런 환유는 유럽에서 수세기 전부터 상류계급들이 공식석상에서 잘 만든 가발을 쓰는 것이 유행했다는 사실에서 유래한다. 오늘날에도 법정에서 판사나 변호사들이 따르고 있다).

2.3. 제유

제유(synecdoche)는 '함께 받아들이다'라는 뜻의 그리스어 'synekdoche'에서 유래했다. 제유는 환유의 하위범주에 속한다. 제유는 비유적 의미와 문자적 의미 사이에서 이루어지는 연상작용이 바로 부분과 이 부분이 속한 전체 사이에서 이루어지는 연상작용인 경우에 빚어진다.

'farm hands'는 농장 일꾼에 대한 상투적 제유다. 'a new motor'는 자동차의 한 부분인 엔진을 활용해서 전체를 뜻함으로써 '새 차'라는 의미를 갖게 된다. ('큰 가발'은 이것이 속하는 사람의 일부분이 아니라는 점에 주의해야 한다. 따라서 제유라고 일컫지 않는다. 대신 머리에 쓴 사람을 연상시킬 뿐이어서, '지체 높은 양반, 유력인사'라는 의미를 갖는다.)

3. 은유의 분석

3.1. 원대상, 매개대상, 근거

은유는 두 가지 말이나 층으로 이루어지는데, 비유적인 것과 문자적인 것이 그것이다. 아이버 리처즈는 문자적 층은 **원대상**(元對象, tenor)이라고, 비유적 층은 **매개대상**(vehicle)이라고 일컫자고 제안한 바 있다.[1] 폴 사이먼이 부른 노래의 은유에서 매개대상인 비유적 말은 '돌'이다(이 말의 의미를 문자 그대로의 의미대로 받아들일 수 없기 때문이다). 반면에 (어떤 것에 관해서 실제로 말해진 것인) 원대상은 '나(즉 가수)'다. 미래의 산업에 관한 논의에서 매개대상은 '태동 단계'이며, 원대상은 '초기 발전 단계에 있는' 것과 같은 산업의 현 상태에 관해 문자 그대로 언급한 그것이다. 은유의 작용으로 의미가 옮겨지는 과정은, 어떤 말이 정상적으로 사용된 문맥과 이 말이 적용된 새로운 문맥 사이에 연결관계가 맺어질 경우에만 이루어질 수 있다. 리처즈는 이러한 연결관계를 **근거**(ground)라고 일컫자고 제안한 바 있다. 은유의 경우에 근거는 유사성의 일종이다. 환유의 경우에 근거는 어떤 사물이 다른 사물과 바로 이어지거나 다른 사물의 내부에 들어 있는 것과 같은 식의 연상작용이 이루어지는 것과 관계가 있다.

---

1) I.A. Richards, 《수사 철학》(*Philosophy of Rhetoric*), Oxford : Oxford University Press, 1936.

3.2. 명시적 은유와 함축적 은유

명시적 은유에서는 어떤 사물을 마치 다른 사물처럼 묘사한다. '나는 돌이고 싶어'라는 표현은 명시적 은유다. 이는 원대상('나')과 그 매개대상('돌')이 둘 다 텍스트 속에 명기되어 있기 때문이 아니다. be 동사('I am a rock')를 사용해서 원대상과 매개대상의 연결관계를 분명하게 했기 때문이다. 포크 가수인 밥 딜런의 "시대는 제트기, 너무 빨리 가네 ; time is a jetplane — it moves too fast"(〈넌 이제 소녀가 아니야〉[You're a big girl now, 1974])라는 표현은 명시적 은유의 또 다른 예다. 이 예에는 원대상('시대'), 매개대상('제트기') 및 이 둘을 연결시키는 be 동사('is')의 형태가 제시되어 있을 뿐만 아니라, 구절 또한 은유의 근거를 명기하고 있다(시대나 제트기는 둘 다 '너무 빨리 가기' 때문에 시대는 제트기라고 일컬을 수 있다). 이것은 근거를 명시적으로 보여주기 때문에 사실 색다른 은유라고 하겠다. 다시 말해 대부분의 경우에는 근거를 추론해 내야 한다.

명시적 은유와 달리, 함축적 은유는 어떤 단어나 구절이 다른 단어나 구절의 자리에 바로 놓이게 될 경우에 빚어진다. 비교하는 반쪽(원대상)이 나타나지 않아서 함축적인 것이 되고 만다. 어떤 산업이 태동 단계에 있다고 시사하는 것은 매개대상인 은유적 말('태동')을 담고 있지만, 독자에게 원대상이 무엇인지 추론하도록 한다. 매개대상은 원대상을 대신하는데, 원대상은 달리 문장 속의 자기 자리에 들어 있다.

3.3. 은유로 활용되는 다른 품사

지금까지 우리가 고찰한 대부분의 은유에는 명사가 관련된다. 그러나 다음에 열거하는 바와 같이, 다른 품사들도 은유로 활용할 수 있다.

명사 : '시대는 **제트기**'(밥 딜런, 〈넌 이제 소녀가 아니야〉) ; '그대는 나의 눈동자'('장중보옥(掌中寶玉)'이란 뜻)

동사 : '시간은 우리를 **내쫓는다**' ; '모래시계는 포효하는 사자에게 **속삭인
다**'[W.H. Auden, 〈편견〉[Our bias], 1940)

형용사 : '**금빛** 피부' ; '**뻣뻣한** 연기(演技)'

부사 : '지난해의 바람에 **뻣뻣하게** 말라버린 엉겅퀴대들이 / **벌거숭이로** 서
있다 / 서서히 희여져가는 벌판에 / **음울하게** 서 있다.'
(Adrienne Rich, 〈태양의 지점(至點)〉(Toward the solstice, 1977)

3.4. 은유의 분류

은유에 포함되는 품사에 의해 은유를 분류하는 방법 이외에, 활용하
려는 의미를 옮겨놓는 형태에 따라 분류하는 것도 가능하다.[2] **구상 은유**
는 추상물을 언급하는 데 구체적인 말을 활용한다. '책임감이란 무거운
짐'이나, 괴로움이 있는 반면에 즐거움도 있다는 뜻의 속담 '어떤 구름도
뒤쪽은 은빛으로 빛난다'와 같은 것을 예로 들 수 있다. 종교적인 이야
기에서는 추상적인 생각을 좀더 생생하게 표현하기 위해 응결된 구상적
은유를 사용하는 경우가 많다. 〈요한복음〉 제 14장 2절의 "내 아버지의
집에 거할 곳이 많도다"처럼, 천국을 어떤 장소나 건물처럼 언급하는 경
우가 많다. **물활 은유**(animistic metaphor)는 무생물에 대해 언급하는 경
우에 통상 생물과 연관되는 말을 활용한다. 이런 예로는 '탁자의 다리'
나 술병을 비운다는 의미로 '술병을 죽인다'고 표현하는 것이 해당된다.
인간화 은유 또는 **인격화 은유**(anthropomorphic metaphor ; 의인유[per-
sonification]라고도 한다)는 대개 인간이 아닌 사물을 언급하면서 인간과
관련되는 말을 사용한다. 해당되는 예로는 시침을 뜻하는 '시계의 손'이
나 주전자의 물 끓는 소리와 관련된 '주전자의 슬픈 노래'가 있다. 인간
화 은유는 (자신의 감정에 따라 세계를 바라보거나 세계에 관여한다는 개
념인) **감정의 오류**와 관련이 있다. '주전자의 슬픈 노래'라는 은유는 주
전자의 물 끓는 소리를 어떻게 받아들이는지 암시적으로 묘사해서 듣는

---

2) Geoffrey Leech, 《언어학적 영시입문》(*A Linguistic Guide to English Poetry*),
London : Longman, 1969, pp.147~165.

인물의 기분을 나타내는 방법으로 사용한다.

3.5. 확장 은유

말 한 마디로 동일한 사고영역에 속하는 여러 가지 매개대상을 활용하는 경우에는 **확장 은유**라고 한다. 확장 은유는 통상적인 문학기법이다. 〈영혼과 육신의 대화〉(A dialogue between the soul and body, 1681)에서 앤드루 마블은 다음과 같이 영혼과 육신의 관계에 대해서 말하고 있다.

> 아 누가 있어 이 지하감옥에서
> 꼼짝없이 갇혀버린 영혼을 구해 내리오?
> 목에 칼 차고, 발에 족쇄 차고,
> 손에 수갑 찬 이 영혼을.

마블은 육신은 영혼의 감옥이라는 상투적인 은유를 취하고 있다. 그런데 (지하감옥, 갇혀버린, 형틀인 칼, 족쇄, 수갑과 같은) 구금 상태와 관련 있는 일련의 매개대상을 택하고, 이 의미를 다시 육신에 전이시켜서 은유를 확장했다.

3.6. 혼성 은유

'좋은 문체'에 관해 쓴 책들은 일반적으로 혼성 은유의 사용을 비난한다(매개대상이 모순된 여러 영역에 걸치는 두 가지 이상의 은유를 결합해서 사용하는 것이 혼성 은유다). 이는 매개대상이 부지불식간에 어이없는 우스꽝스러운 결과를 자아내기 때문이다. 바로 이런 이유 때문에 농담에서 혼성 은유를 많이 사용한다(예컨대 '집안의 수치스런 비밀에 전혀 개의치 않겠다'는 의미의 'I shall make no bones about the skeletons in the cupboard'의 경우). 마이어 에이브럼스는 다음과 같은 《햄릿》(*Hamlet*, 1601 ; Ⅲ : i, 56-60)의 일절에서 보듯이, 시에서 혼성 은유는 어떤 기능적 효과를 자아낸다고 주장한다.[3]

사느냐 죽느냐, 이것이 문제구나.
가혹한 운명의 팔맷돌과 화살을 맞아도
참는 것이 장한 일이냐,
아니면 조수처럼 밀려드는 재앙을 두 손으로 막아,
싸워 없애는 것이 장한 일이냐?

이 구절에서 햄릿은 개인과 운명의 투쟁을 전투로 표현하려고 은유를 뒤섞고 있다(운명은 '팔맷돌과 화살'을 갖고 있고, 개인은 '무기를 들 수' 있다). 그러나 다음의 ('조수'라는) 은유는 전혀 다른 영역에서 택하고 있다. 말 그대로의 뜻에서 칼을 들고 바다와 싸운다고 상상해 보면 분명 어이없는 일이다. 그러나 에이브럼스는 이와 같은 혼성 은유는 햄릿의 고뇌에 찬 심정을 보여주는 징후일 수 있다고 시사한다. 또한 이 혼성 은유는 '가혹한 운명'에 저항하려는 시도의 공허함을 강조한다고 볼 수도 있다.

4. 은유와 사회관계

4.1. 은유와 언어 변화

은유는 언어가 변화를 일으키는 데 결정적이어서, 실제로 진행되는 변화의 과정처럼 파악할 수 있다. 새로운 경험이나 생각을 새롭게 묘사할 말이 필요할 때마다 항상 새로운 은유가 발전된다.

새로운 말이 필요하게 되면, 새 말을 만들어내기보다 다른 영역에서 말을 빌려와 낯선 것을 잘 아는 것으로 만들려는 경향이 있다(그래서 은유가 이루어진다). '온실 효과'란 말이 있는데, 이 말은 지구의 전체적인 조직체계를 하나의 거대한 온실에 비유하는 은유와 관련이 있다. 이 말

---

3) M.H. Abrams, 〈비유어〉(Figurative language), 《문학용어사전》(*A Glossary of Literary Terms*), 5th ed., New York : Holt, Reinhart and Winston, 1988.

은 낯선 생각을 이해하는 데 도움이 된다. 그러나 문제시하는 효과를 집안 일 정도로 만들어버려서 우리가 경고하려는 의미를 퇴색시키는 면도 있다.

그러나 어떤 은유가 시간이 지나면서 점점 익숙해져 버리면, 우리는 전혀 은유로 깨닫지 못하게 된다. 이런 일이 벌어지면 은유는 은유로서의 효과를 갖고 우리와 직면하게 되는 능력을 상실하고 만다. 일상어는 일찍이 은유적 해석을 요구받은 적이 있었지만, 이제는 너무나 낯익어서 은유적 효과를 전혀 자아내지 못하는 말들로 가득 차 있다. 영어를 하는 사람이라면 지난 주에 그 팀이 산사태와 같은 압승을 거둔 이래로 상황이 그 팀을 마치 우러러 보기라도 하듯이 유리하게 돌아가고 있다는 뜻으로, "things are looking up for the team since the landslide victory last week"라고 하면서 (전혀 다른) 은유 두 가지가 만들어지는 것을 의식하지 못하는 일이 비일비재하다. 그렇지만 '상황이 우러러 본다 ; things are looking up'와 '산사태(landslide)'는 문맥에서 문자 그대로의 의미로 파악할 수 없어서 은유로 파악해야 한다.

은유적인 단어나 구인데도 은유처럼 취급받지 못하는 단어나 구는 **죽은 은유**라고 한다(여담이지만 '죽은 은유'라는 말 자체도 죽은 은유라는 점을 주목하라). 그렇지만 죽은 은유도 그것이 은유라는 사실에 주목한다면 되살려낼 수 있다. '피를 끓게 했다 ; made my blood boil'는 표현의 은유적 본질을 일시적으로 되살려서 '내 피를 끓게 해서 귀에서 김이 솟아올랐다 ; it made my blood boil and steam come out of my ears'는 식으로 은유를 확장할 수 있다.

때때로 시사되는 바는 문학을 비문학적 담론에서 구별해낼 수 있다는 것인데, 문학에서는 언어를 은유적으로 사용하는 반면에 비문학적 담론에서는 문자 그대로의 의미로 사용하기 때문이다. 그러나 은유가 어떻게 사용되는지에 관해 좀더 효과적으로 사고하는 방법은 언어 형태의 '분포'를 생각해 보는 일이다. 대체로 분포의 범위는 글자 그대로의 문자적 용법과 죽은 은유로 이루어지는 담론에서, 아주 의식적으로 생동감 넘치는 새로운 은유를 사용하는 담론에 이른다.

4.2. 은유의 설득적 효과

세계에 관한 이미지를 강화하거나 아니면 이런 이미지에 도전하는 데 은유를 사용할 수 있다. 비유적 언어는 논의 중인 화제에 대한 우리의 태도에 중대한 영향을 미친다. 심지어 (어쩌면 유별나게) 비유적 언어가 쓰였다는 것을 의식적으로 알아채지 못하더라도 우리에게 영향을 미칠 수 있다. 이것이 아마 광고나 정치나 언론에 비유적 언어가 공통적으로 활용되는 이유일 것이다. 그렇다 하더라도 은유의 수사적 의도나 암시를 일반적으로 잘 포착하려면, 은유가 새로운 문맥에서 일으키는 함축적 의미(내포의미)를 생각해 보아야 한다. 그 다음에 언급되는 바를 우리가 파악하거나 그것에 반응하는 데 함축적 의미가 어떤 영향을 미치는지 물어야 한다(앞서 살펴본 '태동'이나 '온실'과 같은 예를 생각해 보라).

남성이 여성에게 말을 걸려고 할 때에 원래 아주 잘 쓰는 호칭이 있는데, 'honey, baby, doll, hen' 등이 그것이다. 이 말들은 모두 죽은 은유인데, 여성을 음식물, 미숙한 존재, 노리개, 동물 등에 비유하고 있다. 이러한 은유들은 관행적인 이미지와 태도를 강화하는 식으로 여성을 비유하는데, 이렇게 해서 관행들을 반영하고 재생산한다. 이 같은 은유적인 '애정표시의 말들'에 함축된 의미를 이끌어내 보면, 이런 관행들이 폭넓은 죽은 은유의 형태로 언어에 새겨져 있는 모습을 보여주는 데 도움이 된다.

반면에 은유가 관행에 맞서 대립적으로 작용하게 되면, 기존의 사고방식에 대해 강력히 도전하게 된다. 월리스 스티븐스는 이 점을 다음과 같이 에둘러서 지적한 적이 있다. "현실은 우리가 은유에 의해 도피하려고 하는 상투어에 다름 아닌 것이다." 세계를 관습적으로 바라보는 방식을 촉진하기보다, 하나의 은유로서 그 자체에 주목하게 하는 은유는 우리가 창조적으로 해석하는 힘을 기르도록 요구한다. 예를 들어 노먼 맥케이그의 시 〈소몰이〉(Fetching cows, 1965)의 결말에서 화자는 은유를 만들어내는데, 그 은유는 우리가 가축에 대해 흔히 갖는 감상적 태도를 재고하고, 대신 우리가 어떻게 가축을 먹을거리로 이용하는지 생각하도록 요구한다.

> 검은 암소는 두 명의 원주민 운반자
> 소의 뱃살을 막대기에 꿰어 어깨에 걸매고 집으로 가져오는.

이와 같은 도전적인 은유가 만들어질 때마다, 언어로 세계의 지도를 그리는 방식이 변하게 된다. 대개 언어가 분리시켜 놓은 영역들을 일시적으로 융합해서 새로운 의미를 일으킨다.

4.3. 역사 속의 은유

역사적으로 은유는 급진적인 목적과 보수적인 목적에 다같이 기여해 왔다. 이러한 측면은 영문학사에 나타나는 은유에 대한 태도의 변화에 잘 반영되어 있다.

(대략 1660년에서 1790년에 걸치는) 신고전주의 시대에는 시를 일반적으로 인정하고 공유하는 진실을 다시 말하는 과정처럼 생각하는 흐름이 널리 퍼져 있었다. 그러나 알렉산더 포프는 《비평론》(*Essay on Criticism*, 1709)에서 "흔히 생각하는 바는 결코 멋지게 잘 표현되지 않는다"고 지적했다. 이러한 견해는 새로운 의미를 창조하기보다는 기존의 의미를 반영하도록 강조하는 보수적 견해로 본다. 이 시대에서는 은유의 사용이 사회적 관습이나 '격식(decorum)'에 의해 인정받아야만 하는, 잠재적으로 거짓을 꾸미는 수법 정도로 여겨져서 은유를 불신했다. 인정받거나 인정할 수 있는 진실을 '장식하거나' 윤색하는 데 은유를 사용할 수 있다 해도, 은유가 그러한 목적에 종속되게끔 주의를 기울여야 했다. 심지어 1670년에는 '표현이 역겹고 수식이 지나쳐 넌더리나는' 은유의 사용을 금지하는 법령을 제정하려고 한 일도 있다.

이와 반대로 낭만주의 시인들은 은유가 사고를 미화하는 것이 아니라 상상적 사고 그 자체의 수단이라고 여겼다. 그들은 오래된 사물을 새로운 방식으로 말하는 것이 시이므로 시를 제한해서는 아니 되며, 시가 새로운 사고와 관념을 창조할 수 있도록 해야 한다고 주장했다. 이 같은 견해는 셸리의 〈시의 옹호〉(A defence of poetry, 1821)에 명료히 표현되어 영향을 끼친 바 있다.

　　[시인의 언어는] 근본적으로 은유다. 말하자면 이제까지 이해되지 못했던 사물의 관계를 명확히 해주며 관계에 대한 이해가 지속되게 한다. …… 새로운 시인이 나타나서 혼란에 빠져 있는 연상을 새롭게 창조하지 못한다면, 언어는 인간의 상호관계라는 보다 고상한 모든 목적에 대해서 죽은 것이 되고 만다.

이와 같은 견해에서 사고와 관념은 은유에 앞서 존재하는 것이 아니다. 차라리 사고와 관념은 은유에 의해 만들어지는 것이라고 하겠다. '흔히 생각하는 바'를 제시하기는커녕, 시적 은유는 이제까지 '이해되지 못했던' 관계를 드러내려고 관행적인 유추관계를 '혼란에 빠뜨린다'. 이렇기 때문에 은유를 세계에 관한 우리의 지각을 상당히 변화시킬 수 있는 작용력으로 파악하는 것도 가능하다. 셸리의 견해대로 '시적' 은유가 반드시 시에 국한되는 것이 아니다. 그러므로 은유를 만들어내고 은유에 반응하고 은유를 분석하는 것이 바로 사회에 의미를 통용시키고 비판하는 적극적인 참여의 한 형태가 된다는 생각을 셸리의 주장에서 귀납해내는 일도 가능할 것이다.

　　* 출전 : Martin Montgomery, Alan Durant, Nigel Fabb, Tom Furniss, Sara Mills, "Metaphor", *Ways of Reading : Advanced reading skills for students of English literature*, London : Routledge, 1992, pp.127～137.

참고문헌

Abrams, M.H., 〈비유어〉(Figurative language), 《문학용어사전》(*A Glossary of Literary Terms*), 5th ed., New York : Holt, Reinhart and Winston, 1988.

Hawkes, Terence, 《은유》(*Metaphor*), London : Methuen, 1972.

Jakobson, Roman, 〈언어의 두 가지 양상과 실어증의 두 가지 유형〉(Two aspects of language and two types of aphasic disturbances), R. Jakobson/M. Halle, 《언어의 근본》(*Fundamentals of Language*), The Hague : Mouton, 1956.

Lakoff, G./M. Johnson, 《은유와 우리의 삶》(*Metaphors We Live By*), Chicago : Chicago University Press, 1980, esp., pp.3～40.

Leech, Geoffrey, 《언어학적 영시입문》(*A Linguistic Guide to English Poetry*), London : Longman, 1969, pp.147～165.

Lodge, D., 《현대의 글쓰기 방식 : 은유, 환유, 현대문학 유형》(*The Modes of Modern Writing : Metaphor, Metonymy and the Typology of Modern Literature*), London : Edward Arnold, 1977.

McLaughlin, T., 〈비유어〉(Figurative language), F. Lentricchia/T. McLaughlin(eds), 《문학연구의 비평용어》(*Critical Terms for Literary Study*), Chicago : University of Chicago Press, 1990, pp.80～90.

Richards, I.A., 《수사 철학》(*Philosophy of Rhetoric*), Oxford : Oxford University Press, 1936.

2. 은유의 동기

노스롭 프라이

지난 25년 동안 대학에서 영문학을 가르치고 연구해 왔다. 다른 직업도 그렇겠지만, 마음에서 떠나지 않는 의문이 있다. 사람들이 계속 물어보아서 그런 것이 아니라 가르치고 연구하는 입장에 있다는 사실로 품게 된 의문들이다. 문학을 연구한다는 것은 무슨 소용이 있을까? 문학을 연구하는 것은 이 일을 하지 않는 경우보다 더 명확히 생각하게 되고, 더 섬세하게 느끼게 되며, 보다 나은 삶을 영위하는 데 도움이 되는 일일까? 교사이자 학자인 사람이나, 나와 같이 문학비평가라고 불려지는 사람의 직능은 무엇일까? 문학을 연구하면 우리의 사회적·정치적·종교적 태도에 어떤 차이가 생길까? 지난날에는 이러한 의문에 대해 별로 생각해 보지 않았다. 어떤 해답이 있어서가 아니라, 이런 질문을 하는 사람은 누구든 순진한 사람이라고 생각했기 때문이다. 그러나 지금은 이렇게 아주 단순한 의문들이 답변하기에 오히려 어려울 뿐만 아니라, 아주 중요한 것이라고 생각한다. 그래서 이렇게 의문을 제기하고 현시점에서 어떤 대답이 가능한지 시도해 보려고 한다. 시도해 보겠다고 한 것은 다소 부적절한 해답밖에 할 수 없기 때문이다. 사실 정확한 해답은 있을 수 없다. 문학이 제기하는 문제는 우리가 이미 '풀어냈다'고 말할 수 있는 그런 것이 아니다. 옳던 그르던 내가 제시하는 해답은 이런 문제를 상당히 생각해본 결과를 보여줄 것이다. 토론토의 '캐나다 방송국(CBC, 1963)'에서 6회에 걸쳐 하는 라디오 강연이어서 나는 청중을 볼 수 없기 때문에 말하는 스타일을 내가 정하겠는데, 강의하는 식으로 하겠다. 청중을 학생으로 생각하는 것이 제일 편안하기 때문이다.

특히 두 가지를 여러분과 더불어 논의해 보려고 한다. 영어를 사용하는 나라의 학교나 대학에는 '영어'라는 과목이 있다. 먼저 영어는 모국어를 뜻한다. 그렇기 때문에 세상에서 가장 실용적인 과목이어서 영어를 모르면 사회에서 아무 것도 이해할 수 없으며, 어떤 역할도 할 수 없다. 문맹이 문제되는 곳이라면 어디서든, 문맹은 의식주를 확보하는 문제처럼 근본적인 문젯거리가 된다. 국어는 다른 어떤 과목보다 우선한다. 유용성이란 측면에서 국어와 비교될 수 있는 과목은 아무 것도 없다. 그러나 다른 한편으로는 어떤 선진사회나 문명사회에서도 국어가 문학이라고 일컬어지는 것으로 바뀌는 현상을 볼 수 있다. '영어'를 공부하다 보면, 어느덧 셰익스피어나 존 밀턴의 작품을 읽게 되는 자신을 보게 될 것이다. 문학은 미술이나 음악과 더불어 예술의 하나라고 한다. 난해한 단어나 고전에서 이끌어낸 인유(引喩)를 사전에서 찾아보거나, 이미저리나 어법과 같은 말이 무슨 뜻인지 배우고 난 다음에, 문학을 이해하는 데 유용한 것은 상상력이라고 말하게 될 것이다. 그렇다고 해도 여러분은 상상력이 실용적이고 유용한 범주에 전적으로 속한다고 보지 않을 것이다. 셰익스피어와 밀턴이 아무리 가치 있는 존재라 하더라도, 그들은 여러분이 어떤 사회적 위치를 유지하는 데 반드시 알아야 할 그런 인물은 아니다. 문학에 관해 전혀 모르는 사람은 무식한 사람일 수 있지만, 대다수의 사람들은 문학 같은 것에 신경 쓰지 않고도 살아간다. 어린애 같은 사람들은 모두 문학이 직접적으로 유용하지 않은 방향으로 이끌어 간다고, 큰 소리로 불평하는 경우가 많다. 따라서 내가 다루고자 하는 문제는 두 가지다. 첫 번째는 모국어로서 영어와 문학으로서 영어의 관계가 무엇인가라는 문제다. 두 번째는 문학연구의 사회적 가치는 무엇이며, 문학을 배우는 과정에서 문학이 우리에게 알려주는 상상력의 입장은 무엇인가라는 문제다.

우리가 살고 있는 세상을 다루는 여러 가지 방법에서부터 시작해 보기로 한다. 여러분이 남해의 어떤 무인도 근처에서 조난당했다고 해보자. 우선 할 일은 우리를 둘러싼 세계, 말하자면 하늘과 바다와 땅과 별과 수목과 언덕으로 이루어진 세계를 둘러보는 일일 것이다. 우리는 이 세계를 우리의 것도 아니고 우리와 전혀 관계도 없고 우리에게 반감을 품기까지 하는 그런 객관적 세계로 본다. 따라서 이 객관적 세계의 두 가지 사실에 주목하게 된다. 우선 어떤 대화도 없다는 사실이다. 이 세계에는 자기 일에만 몰두해 있는 짐승과 식물과 곤충으로 가득 차 있지만, 우리와 말을 주고받는 것은 아무 것도 없다. 그것들은 어떤 윤리나 지성도 없다. 아무튼 우리가 이해할 수 있는 것은 하나도 없다. 형태와 의미를 지닐 수는 있겠지만, 그것들을 인간적인 형태나 의미로 파악할 수는 없다. 먹을거리가 많고 위험한 짐승이 없다 해도, 우리는 고독하고 무서워서 그런 세계를 바라지 않을 것이다.

둘째로 우리에게 맞서는 듯한 이 세계를 바라보면서 우리는 마음이 두 가지로 갈라지는 것을 느낀다. 우리는 이 세계에 대해 호기심을 느끼고 연구하려는 지성을 갖고 있다. 또한 이 세계가 아름답다거나 엄숙하다거나 무섭다고 느끼는 감각이나 감정도 갖고 있다. 적어도 이 두 가지 태도에는 어떤 현실감이 있다는 것을 알 수 있다. 난파된 배가 서양인의 배라면, 그의 지성은 외부세계가 실제로 있는 바에 관해 많은 것을 알려줄 것이며, 감정은 내면의 움직임에 관해 많은 것을 알려줄 것이다. 만일 조난자가 동양인이라면, 이러한 면은 역전되어 서양인의 경우와 반대로 아름다움이나 공포가 외부세계에 실제로 있는 것이라고 말할 것이며, 계산하고 분류하고 측정하고 분석하는 본능은 자기 마음의 내면에 존재한다고 말할 것이다. 그러나 서양인의 관점이든 동양인의 관점이든, 세계를 그저 바라만 보는 한에서는 마음 속에서 지성과 감정이 결코 합치되지 않는다. 지성과 감정은 교차하며, 그의 마음을 분열시킨다.

이와 같은 심리 단계에서 사용하는 말은 의식 혹은 깨달음의 언어로, 대개 명사와 형용사에 속하는 말이다. 우리는 사물에 이름을 붙여야 하며, 사물이 어떻게 보이는지 묘사하려면 '축축하다'든가 '풀빛이다'든가 '아름답다'든가 하는 속성을 파악할 필요가 있다. 이는 심리가 취하는 사유하거나 관조하는 입장이며, 이런 입장에서 예술과 과학이 생겨난다. 그렇지만 예술과 과학은 이런 입장에 오래 머물지 않는다. 과학은 외부세계에 관한 사실이나 증거를 바꾸려고 하지 않고 그대로 받아들인다. 과학은 정확한 측정과 설명에 의해 시작되며, 감정보다는 이성의 요구에 따른다. 우리가 좋아하든 싫어하든, 과학이 다루는 바는 거기에 그렇게 있는 대상이다. 감정은 이성을 따르지 않아서, 좋아한다든가 싫어한다든가 하는 것이 맨 처음에 나타나게 된다. 우리는 과학과 달리 예술이 감정의 움직임을 따른다고 생각하는 자연스러운 경향이 있다. 어느 정도까지 그렇기는 하지만, 거기에는 복잡하게 얽혀진 요인도 있다.

이 복잡한 요인은 바로 '난 이것을 좋아한다'와 '나는 이것을 싫어한다'의 차이다. 내가 여러분에게 예로 든 것과 같은 로빈슨 크루소 식의 생활은 완전한 평화와 환희의 기분을 줄 수 있는데, 여러분 주위의 모든 것과 조난당해 도착한 고도를 받아들일 때 이루어지는 감정이다. 이러한 감정을 번번이 가질 수는 없겠지만 여러분이 이런 감정을 갖는다면, 말하자면 섬이 여러분의 일부이며 여러분이 섬의 일부라고 느끼는 경우에, 그것은 동일성의 감정이라고 할 수 있다. 여러분이 여러분의 지각하는 자아가 아닌 다른 모든 것에서 분리되어 있다고 느끼는 데에서, 이 감정은 의식이나 깨달음의 감정이 아니다. 여러분의 습관적인 심리 상태는 의식되는 바와 더불어 나타나는 동떨어져 있다는 감정일 것이다. '이것은 나의 일부가 아니다'라는 감정은 곧 '이것은 내가 욕구하는 그것이 아니다'라는 감정으로 변하게 된다. '욕구하다'라는 말에 주의해 주기 바란다. 우리는 이 말을 다시 살펴볼 것이다.

따라서 우리는 우리가 현재 살고 있는 세계와 앞으로 살아보았으면하고 바라는 세계에 차이가 있다는 것을 곧 깨닫게 된다. 살아보고 싶은 세계는 인간적 세계이지 객관적 세계가 아니다. 둘러싸고 있는 환경이 아니라 가정과 같은 세계다. 다시 말해 우리가 바라보고 있는 세계가 아니라 보이는 것을 갖고 구축하는 세계다. 우리는 오두막을 세우거나 정원 가꾸는 일을 하는데, 일을 시작하자마자 곧 다른 차원의 삶을 향해 나아간다. 이제 우리는 자연에서 자신을 떼어놓고 생각하는 것이 아니라, 인간적 세계를 구축하고 이 세계를 나머지의 다른 세계와 구별한다. 우리의 지성과 감정은 동일한 활동을 하고 있어서, 더 이상 이것들 사이에 어떤 실제적 구별이 존재하지 않는다. 우리가 정원을 가꾸거나 농작물을 기르게 되면, 곧 우리는 그곳에 있지 않기를 바라는 풀인 '잡초'라는 개념을 만들어낸다. 그러나 '잡초'가 지적 개념인지 감정적 개념인지 말할 수 없다. 그것은 지적이자 동시에 감정적인 개념이기 때문이다. 더군다나 우리는 일을 해야 하는데, 그것은 일을 해야 하기 때문이며, 일의 결과로 무엇인가를 원하기 때문이다. 이런 말은 우리 삶의 중요한 범주가 더 이상 주체와 객체, 즉 관찰자와 관찰당하는 대상이 아니라는 것을 뜻한다. 여기의 중요한 범주는 우리가 당연히 해야 할 것과 하고자 하는 것, 다시 말해서 필연성과 자유 그것이다.

혼자 살아가는 사람은 완전한 인간이 아니다. 그래서 여러분이 이성(異性)인 다른 조난자와 가정을 이루는 것으로 해두겠다. 이제 여러분은 인간사회의 일원이다. 이 인간사회로 말미암아 오래지 않아 무인도는 인간적 형태로 바뀌게 된다. 인간적 형태가 무엇인가라는 것은 우리가 하는 일의 형태 속에 나타난다. 무인도에 지어진 보잘것없는 건조물, 오솔길, 짐승들이 먹지 못하게끔 울타리를 치고 기른 농작물이 바로 우리가 한 일의 형태다. 도시·간선도로·정원·농장과 같은 이런 기본적인 것들은 자연의 인간적 형태이거나 아니면 인간본성의 형태이다. 우리가 어느 쪽을 좋아하든 그렇다. 이는 응용예술과 응용과학의 영역이며, 우리 사회에서는 공학·농학·의학·건축학이라고 표현한다. 이 영역에서는 어디에서 예술이 끝나고 과학이 시작되는지, 또는 그 반대의 경우를 이루는 곳은 어디인지 결코 분명히 말할 수 없다.

이 단계에서 사용하는 언어는 실용적 의미를 띠는 언어인데, 행동과 움직임의 언어에 속하는 동사가 그것이다. 그러나 실용적 세계는 언어보다 행동이 더 크게 말하는 세계다. 어느 면에서는 사변적 단계보다 더 높은 단계인 존재의 세계다. 세계를 그저 바라보는 것이 아니라 세계에 대해 어떤 행위를 가하기 때문이다. 그러나 실용적 세계 자체는 아주 원시적인 단계로, 환경에 적응하는 과정이다. 정확하게 말하자면 환경을 어떤 종의 이해관계에 따라 변형시키는 과정인데, 이는 인간과 마찬가지로 동식물에서도 이루어지는 일이다. 동물은 우리가 갖고 있는 것과 같은 실용적 기능을 많이 갖고 있다. 어떤 곤충 종류는 상당한 건조물을 지으며, 비버와 같은 짐승은 공학에 대해 꽤 많이 알고 있다. 이 섬에 우리만 홀로 있다고 한다면, 어쩌면 우리는 이류 동물로 치부될지도 모르겠다. 우리의 실용적 생활을 인간적인 것으로 만드는 것은 바로 세 번째의 심리적 단계인 의식과 실제적 기술이 일치되는 단계다.

이 세 번째 단계는 우리가 마음 속에서 이룩하기를 원하는 미래상이나 모델이다. 여기에서 '욕구한다'는 말이 다시 나타나게 된다. 인간 행위는 욕구에 의해 이루어지며, 욕구 가운데 몇 가지는 의식주와 같이 꼭 필요한 것이다. 이런 욕구의 하나는 성적인 것인데, 인간을 번식하고 기르려는 욕망이다. 그러나 또한 문명이라고 일컫는 도시와 정원과 농장의 형태와 같은 사회적인 인간형태를 이루어 보려는 욕망도 있다. 많은 동물과 곤충도 이러한 사회적 형태를 갖고 있다. 그러나 인간은 자신이 갖고 있는 바를 인식한다. 말하자면 인간은 자신이 실제로 행하는 바와 상상으로 행하는 바를 비교할 수 있다. 그러므로 우리는 인간사라는 구도 속에서 상상력이 어떤 위치에 속하는지 알고 있다. 상상력은 인간경험으로 가능한 모델을 구성하는 능력이다. 상상의 세계에서는 상상할 수 있는 것이라면 무엇이든 이루어질 수 있다. 그러나 실제로는 아무 것도 이루어지지 않는다. 이루어졌다고 한다면, 그것은 상상의 세계에서 실제의 행위세계로 옮겨간 것이다.

이제 우리는 세 가지의 심리적 단계와 각 단계에 상응하는 언어를 갖게 되었는데, 영어를 사용하는 사회에서는 각 단계에 상응하는 영어를 뜻한다. 여기에는 의식과 깨달음의 단계가 있는데, 이 단계에서 가장 중요한 점은 나와 나 이외의 모든 것들이 이루는 차이다. 이 단계의 영어는 일상적 대화의 영어라고 하겠다. 우리 자신의 말을 조금만 엿듣거나 귀 기울여 들어보면 곧 알 수 있는 것처럼, 그것은 대부분 독백이다. 이를 자기표현의 언어라고 일컬을 수 있다. 다음은 사회적 참여의 단계가 있는데, 교사·목사·정치가·광고업자·법률가·언론종사자·과학자들이 사용하는 실용적이거나 기술적인 언어가 그것이다. 우리는 이미 이를 실용적 의미를 갖는 언어라고 말한 적이 있다. 끝으로 상상의 단계가 있는데, 시나 희곡이나 소설에 사용하는 문학적 언어를 만들어낸다. 물론 이런 것들이 실제로 상이한 언어라고 말하는 것은 아니지만, 말의 용법에 상응하는 세 가지 이유가 있다는 의미다.

이러한 근거에서 본다면, 예술과 과학을 구별할 수 있을 법하다. 과학은 우리가 살아가고 있는 세계에서 시작하는데, 이 세계에 관한 정보를 받아들이고 그 법칙을 설명하려고 한다. 여기에서 과학은 상상력을 향해 나가게 된다. 말하자면 과학은 경험을 설명할 수 있는 방법의 모델로 지적 구성물이다. 이러한 방향으로 나아갈수록, 과학은 수학적 언어로 말하려는 경향이 점점 강해진다. 수학적 언어는 문학이나 음악과 마찬가지로 사실상 상상력의 언어다. 반면에 예술은 우리가 바라보는 세계가 아니라 우리가 이룩하려는 세계와 더불어 시작된다. 예술은 상상력으로 시작해서 일상적 경험의 방향으로 움직여간다. 즉 예술은 스스로 설득력이 있고 이해가 가능한 존재인 것처럼 되려고 애쓴다. 우리가 과학을 지적인 것으로, 예술을 감정적인 것으로 생각하는 이유를 알 수 있을 것이다. 과학은 존재하는 바 그대로의 세계에서 출발하며, 예술은 우리가 갖게 되기를 원하는 세계와 더불어 시작하기 때문이다. 과학은 실재에 관한 지적 관점을 보여주고, 예술은 과학이 지성에 대해 그러는 것처럼 감정을 엄밀하게 단련시키려고 한다는 것은 어느 정도 사실이다. 그러나 과학자를 감정에 좌우되지 않는 냉정한 추론가로 생각하고, 예술가를 언제나 감정적으로 격앙된 상태에 있는 사람으로 생각하는 것은 가당찮은 일이다. 종사하는 사람의 정신적 과정에 따라 예술과 과학을 구별할 수는 없다. 예술가와 과학자는 직감과 상식이 뒤섞여 있는 상태에서 일을 한다. 고도로 발전된 과학과 예술은 심리적인 면이나 그 밖의 다른 면에서 보더라도 아주 흡사하다.

그러나 예술과 과학이 중간지점에서 합류할 수 있다 해도, 이 둘이 정반대의 끝에서 출발한다는 사실에서 중요한 차이 한 가지가 나타난다. 과학은 진행되고 있는 세계에 관해 점점 잘 알게 한다. 말하자면 과학은 발전하고 진보한다. 현대의 물리학자는 위대한 과학자가 아니더라도, 물리학에 관해 아이작 뉴턴(Isaac Newton)보다 더 많이 안다. 그러나 문학은 경험상 가능한 모델에서 비롯하며, 산출되는 것은 고전이라고 일컫는 문학적 모델이다. 따라서 문학은 진보되지도 향상되지도 발전되지도 않는다. 전혀 다른 것이긴 하지만, 장차 셰익스피어의 《리어왕》(*King Lear*)만큼 훌륭한 희곡을 쓸 수 있는 극작가가 나타날 수도 있다. 그러나 연극 전반에 걸쳐서 《리어왕》보다 더 우수한 작품은 결코 나타나지 못할 것이다. 연극 차원에서 보자면 《리어왕》은 극치를 이루는 작품이다. 《리어왕》보다 2000년 전에 씌어진 소포클레스의 《오이디푸스 대왕》(*Oedipus Rex*)도 그러하다. 이 두 작품은 인간이란 종족이 존속하는 한 극작의 모범이 될 것이다. 사회적 상황은 향상되는 것이어서, 우리들은 13세기의 이탈리아에서 살기보다는 19세기의 미국에서 살려고 한다. 단테의 《신곡》(*Divina Commedia*) 첫째 편에 나오는 지옥보다는 월트 휘트먼이 민주주의를 찬양한 시를 더 잘 이해할 수 있다. 그렇다고 해도 휘트먼이 단테보다 더 훌륭한 시인은 아니다. 문학은 이런 식의 진보와 어깨를 나란히 하지 않는다.

그러므로 과학을 비롯해서 진보하는 모든 것들은 문학가들을 냉대한다. 작가는 온갖 미신을 밑천 삼아 자라나지만, 과학의 진보에서 많은 혜택을 누리는 것 같지 않다. 우리는 20세기를 살아가면서 현대시인을 길잡이나 지도자로 삼지 않는다. 우리는 파시즘과 사회적 평판과 유교와 반유태주의적 사고를 지녔던 에즈라 파운드에 의지하지 않는다. 접신술(接神術)과 요정과 점성술에 정통한 윌리엄 예이츠에게 의지하지도 않는다. 데이비드 로렌스에게 가지도 않는다. 그는 주인과 하인 사이에 고귀한 피가 교류하도록 하기 위해서는 하인을 매질하는 짓이 미덕이라고 떠들 것이다. 또한 토머스 엘리어트를 길잡이로 삼지도 않는다. 그는 문화를 번영시키려면 선택된 엘리트를 교육시켜야 하고, 사람들을 한 장소에서 살도록 해야 하며, 영국 국교회 제도를 절대로 폐지해서는 안 된다고 말할 것이다. 소설가들은 자신들이 살아가는 현실세계에 좀 더 밀착된 듯이 보이겠지만, 사실은 그렇지도 않다. 이는 공산주의자들이 부르주아 문화의 퇴폐성을 언급하는 경우에 언제나 제기하는 문제다. 그렇다고 공산주의 작가들이 현실의 문제를 더 잘 아는 것 같지도 않다. 차라리 둔감하다고 할 정도다. 그러므로 진짜 문제는 더 큰 것이다. 현재 우리가 이룩한 것과 같은 과학문명이 결과적으로 크게 성장하면 그때에도 문학이, 특히 시가 중요하리라는 생각이 가능할까? 인간은 언제나 하늘을 날고 싶어 했다. 그래서 수천 년 전의 아시리아인들처럼 날개달린 소의 조각상을 만들었고, 그리스 신화의 이카루스처럼 인공 날개를 달고 하늘 높이 날아오르다가 햇볕에 날개가 녹아버려 지상에 떨어진 사람들의 이야기를 해왔다. 1500년 전의 인도 연극 《사쿤탈라》(*Sakuntala*)에는 현대의 독자들이라면 자가용 비행기처럼 여길 두 바퀴 달린 전투용 마차를 타고 하늘을 날아다니는 신이 등장한다. 작가에게 그런 풍부한 상상력이 있었다는 것은 흥미로운 일이지만, 자가용 비행기가 있는 현대에서도 이런 이야기가 필요하겠는가?

이는 전혀 새로운 문제가 아니다. 시인이자 소설가였던 뛰어난 재사 토머스 러브 피콕이 이미 150여 년 전에 제기했던 문제이기 때문이다. 그는 《시의 네 가지 시대》(*Four Ages of Poetry*, 1820)라는 글에서 물론 빈정거리는 투지만, 시는 유년기 인류의 상상력을 깨우치는 정신적인 딸랑이 장난감이었는데, 현재와 같은 과학과 기술의 시대에서 그만 시인은 사회적 기능을 잃어버리고 말았다고 말하면서, 다음과 같이 언급한 바 있다. "우리 시대의 시인은 문명사회 속의 반(半)야만인이다. 그는 과거가 되어버린 시대 속에서 여전히 살고 있다. 그의 관념·사고·감정·연상은 모두 야만적인 풍속, 진부하기 짝이 없는 습관, 타파되어 버린 미신과 함께 하고 있다. 그의 지성은 게처럼 거꾸로 나아간다." 피콕의 글은 그의 친구 퍼시 셸리를 약 오르게 했고, 셸리는 피콕의 견해를 반박하기 위해서 《시의 옹호》(*A Defence of Poetry*, 1821)라는 글을 썼다. 셸리의 글이 탁월한 것이긴 하지만, 납득하고자 하는 사람들을 전부 납득시키는 것 같지 않다. 현대 세계에서 문학이 갖는 타당성이라는 문제에는 많은 시간을 투입해야 하겠지만, 내가 해보려는 해답에서 취할 수 있는 개략적인 방향만은 제시할 수 있다. 지금 여기에서 제시할 수 있는 요점은 두 가지인데, 하나는 단순한 것이고 다른 하나는 좀 복잡한 것이다.

단순한 요점은 인간이 바라보는 세계에 문학이 속하는 것이 아니라, 그가 이룩하는 세계에 속한다는 것이다. 말하자면 그가 속한 가정적 환경에 속하는 것이지 외부 환경에 속하는 것이 아니라는 말이다. 문학의 세계는 직접적인 경험으로 이루어지는 구체적인 인간 세계에 관한 것이다. 시인은 추상적 관념을 사용하는 것보다 훨씬 많은 이미지와 사물과 감각을 활용한다. 소설가는 토론하는 것보다 이야기를 하는 데 관심이 더 있다. 문학의 세계는 외형상 인간적인 세계다. 이 세계에서 태양은 동쪽에서 떠올라 3차원의 평평한 대지 저 끝의 서쪽으로 지며, 근본적인 실재들은 원자나 전자가 아닌 구체적 실체로 이루어지며, 본원적인 힘은 에너지나 중력이 아닌 사랑과 죽음과 열정과 환희로 이루어진다. 만일 작가가 아주 단순한 인간인 경우가 많으며, 우리가 생각하는 것처럼 반드시 지성인도 아니고, 또 분명히 다른 사람들보다 더 어리석고 괴팍한 성격의 자유인이라 해도, 그다지 놀랄 만한 일은 아니다. 우리가 관심을 두는 것은 작가들의 본성이 아니라 그들이 만들어내는 작품이다. 잘 알다시피 밀턴에 의하면, 시는 철학이나 과학보다 "더 단순하고 감각적이며 정열적"이다.

좀더 복잡한 요점은 우리가 남해의 무인도에 있다고 할 경우에 언급했던 문제로 돌아가게 한다. 세계에 대한 우리의 감정적 반응은 '난 이것이 좋아'라는 감정에서 '나는 이것이 싫다'라는 감정에 이르기까지 다양하다. 이미 앞서 언급했던 바와 같이, 전자는 우리 주위의 모든 것이 우리의 일부라고 느끼는 감정인 동일성의 감정이며, 후자는 일상적 의식의 상태, 즉 떨어져 있다고 느끼는 감정인데, 여기에서 예술과 과학이 시작된다. '나는 이것이 싫어'라는 느낌이 '이것은 내가 상상할 수 있는 그런 식이 아니야'라는 감정으로 바뀌게 되자마자 예술은 시작된다. 내친 김에 말하자면, 창조적 마음과 신경증적 마음에는 공통성이 많다는 사실에 주목해야 한다. 이런 마음들은 둘 다 그것이 바라보는 것에 만족하지 않는다. 거기에 무언가 있어야 한다고 믿는다. 그래서 무언가가 거기에 있는 척하거나 거기에 있게끔 하려고 한다. 이 차이가 좀더 중요하지만, 아직 이것에 관해 언급할 준비가 되어 있지 않다.

일상적 의식의 단계에서는 개인이 모든 것의 중심인데, 그는 자신을 둘러싸고 있는 주위의 모든 것이 자신의 것이 아니라고 느낀다. 실용적 의미의 단계, 즉 문명의 단계에서는 인간적 영역이라고 말할 수 있는 조그만 세계가 있다. 울타리로 밀림과 분리되고 바다와 하늘에 둘러싸여 인간적 형태로 경작되는 조그마한 세계다. 그러나 상상의 세계 속에서는 상상할 수 있는 것이 모두 이루어지는데, 상상력이 미치는 한계는 전적으로 인간적인 세계다. 이 상상력의 세계에서 우리는 충만된 의식을 갖고, 우리를 둘러싸고 있는 주위의 모든 것들과 이루는 동일성이라는 상실된 근원적 감각을 회복하려고 한다. 인간의 마음을 넘어선 외부에는 아무 것도 존재하지 않으며 인간의 마음과 동일시되는 것만 존재하기 때문이다. 종교는 우리에게 영원하고 무한한 천국이나 낙원에 대한 통찰력을 제시한다. 이 통찰력은 성서의 예루살렘이나 에덴동산처럼 인간이 이룬 문명 속의 도시와 정원이라는 형태를 취하는데, 일상생활에서는 그토록 커 보이는 좌절감과 곤궁의 상태에서 완전히 절연되어 있다. 우리는 이러한 통찰력에 대해 종교 차원에서 관심을 갖는 것이 아니다. 그러나 이런 통찰력은 상상력의 한계가 어떤 것인지 잘 보여준다. 나의 견해에 동조한다면, 통찰력은 인간세계에서는 상상력에 어떤 한계도 없다는 점을 잘 보여준다. 날고 싶은 욕망에서 비행기를 만들어냈다고 앞서 말한 바 있다. 그러나 사람들은 날고 싶다는 욕망 때문에 비행기를 타는 것이 아니다. 어디론가 좀더 빨리 가고 싶기 때문에 비행기를 타기도 한다. 비행기를 만들게 된 것은 날고 싶다는 욕망보다는 시간과 공간의 횡포에 도전하려는 반항심이다. 우주비행사들이 아무리 하늘 높이 비상하더라도 절대로 멈추지 않는 것과 같은 그런 반항의 과정이다.

이번 강연의 제목은 미국의 현대시인 월리스 스티븐스의 시 〈은유의 동기〉(The Motive of Metaphor)에서 빌려 왔는데, 시는 다음과 같다.

가을엔 나무 밑을 좋아한다.
모두가 절반은 죽어가기에.
바람은 잎 사이에서 절름발이처럼
의미 없는 말을 속삭인다.

이처럼 당신은 봄에 행복했다.
사계절의 하나인 반쯤 푸르른 봄에,
청명해진 하늘, 스러지는 구름,
새 한 마리, 희미한 달—

희미한 달은 희미한 세계를 비추고
결코 분명히 표현할 수 없는 사물의 세계를,
결코 당신이 당신 자신이 아니고
그러길 원하지도 않고 그럴 필요도 없는 그곳을.

욕구하는 바는 변화의 희열.
원초적 한낮의 중압감에서
존재의 A B C에서
잦아드는 은유의 동기.

울컥 치솟는 성마름,
빨갛고 파란 망치, 둔탁한 소리—
암시에 맞서는 강철 같은 단호함—번쩍이는 섬광,
생기가 넘치고, 오만하고, 숙명적이며, 위압적인 X.[1]

스티븐스가 원초적 한낮의 중압감, 존재의 A B C, 위압적인 X라고 일컫는 것은 객관적 세계로 우리와 대립되는 세계다. 문학 이외에 글을 쓰는 주요한 동기는 이 객관적 세계를 서술해 보려는 것이다. 그러나 문학 자체는 우리의 마음과 이 세계를 결합하는 방법으로 언어를 사용한다. 결합하는 언어를 사용하는 그 순간부터 우리는 비유적 표현을 사용하게 된다. 여러분이 이 강연이 무미건조해서 지루하다고(dry and dull) 말한다면, ['dry'에는 버터 바르지 않은 빵이라는 의미가 있고, 'dull'에는 칼날이 무디어져서 잘 들지 않는다는 의미가 들어 있어서] 빵과 톱날 달린 빵칼을 결합하는 비유를 사용하고 있는 셈이다. 중요한 결합 관계에는 두 가지가 있는데, 서로 닮은 관계의 두 가지 사물을 표현하는 유추와 서로 동일한 관계를 갖는 두 가지 사물을 표현하는 동일화가 그것이다. 여러분은 로버트 번스처럼 "내 애인은 붉디붉은 장미와 같다"고 말할 수도 있고, 셰익스피어처럼 다음과 같이 말할 수도 있다.

---

1) You like it under the trees in autumn, / Because everything is half dead. / The wind moves like a cripple among the leaves / And repeats words without meaning. //

In the same way, you were happy in spring, / With the half colors of quater-things,/ The slightly brighter sky, the melting clouds, / The single bird, the obscure moon — //

The obscure moon lighting an obscure world / Of things that would never be quite expressed, / Where you yourself were never quite yourself/ And did not want nor have to be, //

Desiring the exhilarations of changes : / The motive for metaphor, shrinking from / The weight of primary noon, / The A B C of being, //

The ruddy temper, the hammer / Of red and blue, the hard sound — / Steel against intimation — the sharp flash, / The vital, arrogant, fatal, dominant X.

바야흐로 이 세상을 장식하는 싱싱한 장식품이며
화려한 봄을 예고하는 유일한 전령인 그대. 〈소네트 제1번〉(Sonnet 1)

전자인 유추는 직유라고 일컫는 비유를 만들어내고, 후자인 동일화는 은유라고 일컫는 비유를 만들어낸다.

묘사적인 글에서는 결합적 언어에 주의해야 한다. 다른 사물과 상사 관계를 맺는 유추를 묘사에서 다루는 데에는 까다로움이 있다. 닮은 점만큼이나 차이도 중요하기 때문이다. 실제로 '이것은 저것이다'라고 말하는 은유에서는 논리와 이성을 완전히 등지고 있어야 한다. 두 사물은 논리적으로 결코 동일할 수 없으며 여전히 두 사물로 남아 있기 때문이다. 그러나 시인은 이와 같은 두 종류의 자연 그대로이자 원초적이고 고풍스런 형태의 사고를 자유자재로 사용한다. 시인의 일은 자연을 묘사하는 것이 아니라, 우리의 마음 속에 완전히 흡수되어 융합된 세계를 보여주는 데 있기 때문이다. 그러므로 시인은 샤를 보들레르가 〈철학적 예술〉(L'art philosophique)에서 말한 "객체와 주체, 곧 예술가의 외부 세계와 예술가 자신을 동시에 포괄하는 암시의 마술"을 이루어낸다. 스티븐스에 의하면, 은유의 동기는 인간의 마음과 그 외부의 현상을 결합해서 궁극적으로 동일화하려는 욕망이다. 성 바울이 고린도 사람에게 보낸 첫 번째 편지(13 : 12)에서 말한 대로, 우리가 가질 수 있는 유일하고도 순수한 즐거움은 바로 우리가 그 일부밖에 알지 못하지만, 우리 또한 알고 있는 것의 일부라고 느끼는 그런 희귀한 순간들 속에 있기 때문이다.

* 출전 : Northrop Frye, "The Motive for Metaphor", *The Educated Imagination*, Hisaaki Yamanouchi(ed), Tokyo : Tsurumi Shoten, 1968, pp. 1~16.

3. 시, 이미지, 생산

피에르 마슈레

1. 시의 발생

　비평은 작품을 소비의 대상으로 다루려고 한다. 따라서 (처음에는 권위적으로) 경험적 오류에 빠져들게 된다. 비평은 주어진 대상을 어떤 식으로 **받아들여야 할 것인지** 물어야 하기 때문이다. 그러나 이 첫 번째 오류에는 규범적 오류인 두 번째 오류가 곧장 뒤따르게 된다. 이 두 번째 오류에서 비평은 작품을 더 철저하게 비평에 동화시키기 위해 변형시킨다. 비평은 작품에 나타나는 실제적 현실을 단지 실현되지 않은 의도의 잠정적인 표현으로 보고 거부하면서 그렇게 한다.

　두 번째 오류는 첫 번째 오류의 변형이자 그것을 바꿔치기 한 것에 불과하다. 사실 작품의 경험적 특성들을 어떤 본이 되는 모델에 부여해서 자리를 바꾼 것이다. 이 모델은 작품과 나란히 존재하는 독립적 실체로, 작품의 일관성과 읽을 가치가 있다는 것을 보증하고 작품을 판단 대상이 될 수 있게 한다. 규범적 오류는 이전에 확정된 어떤 한계 안에서만 대상을 변화시키려고 한다. 이는 경험론의 승화이자 경험론의 이상적 이미지다. 그러나 결국 동일한 원리들에 근거한다.

세 번째로 관련되는 오류는 해석의 오류다.

우리가 방금 보았듯이, 규범적 오류는 마지막과 시작에서 어떤 문제들을 펼쳐놓는다. 작품이 동경하며 지향하는 모델은 실제적이거나 이상적인 한계 안에서 이루어지는 작품의 목적, 작품이 달성하려는 바가 무엇인가라는 문제를 제기한다. 작품은 한정적이고 닫혀 있음에도 불구하고 찢겨서 열려진다. 어쩌면 객실로 가는 긴 복도라고 빗대어 말할 수 있는 그런 순수한 예비적 해설 같은 것이다. 겉모습에도 불구하고 작품에 분명히 나타나는 진행과정은 정해져 있지 않으며, 나아가는 길은 방해받고 왜곡된다. 작품에 가해지는 왜곡으로 말미암아 규범적 오류는 적어도 작품이 변하게 한다. 작품을 연구하면 전혀 결실이 없는 것은 아니다. 엄밀한 의미에서 작품은 아무 것도 가르쳐 주지 않을 수도 있지만, 적어도 무언가 새로운 것은 보여줄 수 있다.

작품은 표면적으로 나타나는 바 그대로가 아니다. 이런 진술이 (이데올로기적으로 실재와 현상을 구별하는 것에 의거해서) 이론적 가치를 갖지 못한다 하더라도 고려해 볼 가치는 있다. 전혀 다른 차원에서도 이런 견해가 비평가의 담론뿐만 아니라 작가 자신의 담론에도 나타날 수 있어서 더욱 그러하다. 그러므로 이런 견해는 이데올로기적 맥락에서 벗어나 다른 가치나 의미를 부여받을 수 있다. 결코 어떤 지식을 이루지 못한다 하더라도 그렇다.

어떤 사례들을 살펴보기 전에 중요한 반론 한 가지를 살펴보기로 한다. 그것은 이러한 원리에 근거한 작품들이 어느 면 허위적이라는 것이다. 말하자면 진짜 담론인 것처럼 위장하면서 담론의 본질에 의문을 제기하는 비평적 작품들이 허위적이라는 것이다. 비평가들은 잘 알면 철저히 분쇄할 수 있다고 해서, 위험을 무릅쓰고 지하 범죄세계를 은밀히 내사하는 법관과 흡사하다. 에드가 포가 유명한 〈창작법 원리〉(The Philosophy of Composition)에서 시작은 끝에 있다고 말했을 때, 말하는 자는 분명 시인이기보다 주석자라는 의미다. 따라서 그는 지엽적으로 흐르고 주류에서 이탈될 위험에 빠진다. 시와 비평에 거의 동시에 쓸데

없는 것들을 끌어 들여서 성공한 폴 발레리처럼, 포는 자신이 시도해
볼 수 없는 것을 판단해 보겠다고 선언한 셈이다. 그렇지만 포의 이 텍
스트는 검토해 볼 가치가 있다. 문제의 언급이 비평적 의미가 아니라
바로 시적 의미에서 의도된 것이기 때문이다. 따라서 이 언급은 작품에
도전하게 되는 어떤 이유라기보다 지표로서의 기능을 수행한다고 본다.
이러한 해석은 앤 래드클리프의 사려 깊지 않은 작품에서도 거의 같은
주제를 발견할 수 있어서 믿을 수 있다.

그러나 중요한 반론은 그대로 남아 있다. **문학적** 텍스트에서 즉각 추
출해낸 주제는 개념 차원에서 어떤 중요한 가치도 지닐 수 없기 때문이
다. 이처럼 '표면(endroit)'과 '이면(envers)'은 암시적 비유에 불과한 것
으로 당연히 간주할 수 있다. '관념'의 차원에서 이것들은 규범적 오류
에 의해 오염되어 왔는데, 이런 오류에서 인위적으로 분리되어 왔다. 아
래의 논의에서는 '표면'과 '이면'을 괄호 속에 넣어 사용해야 하겠지만,
너무 문자 그대로의 의미로 받아들일 필요는 없다.

> 포가 좋아하는 원리의 하나는 언제나 이런 것이었다. "소설처럼 시에서도,
> 중편소설처럼 소네트에서도 모든 요소는 종결에 도움이 되어야 한다. 훌륭한
> 작가는 첫 행을 쓸 때에 이미 마지막 행을 예상한다." 이런 놀랄 만한 방법에
> 힘입어, 구성자는 작품의 끝에서 시작할 수 있으며 어떤 부분이건 마음대로
> 택해서 써 내려갈 수 있다. 격앙된 영감을 믿는 사람들은 이런 냉소적인 좌우
> 명에 기분이 상할 수도 있다. 그러나 그들도 바로 우리가 택한 것처럼 해석할
> 수 있다. 일반인들에게 예술이 심사숙고해서 이끌어내는 이점을 납득시키고,
> 시라는 호사스런 일용품에 어떤 장황한 노력이 필요한지 보여주는 것은 언제
> 나 유익하다.[1]

포가 **드러낸** 바와 같이, 시 제작의 메커니즘은 분명히 작가의 작업에
나타나는 규범적 오류에 대한 평결이다. 결말을 향해 집중되는 작품 전

---

1)《에드가 앨런 포 산문집》(*Oeuvres en prose d'Edgar Allan Poe*), (tr)Ch.
Baudelaire, Paris : Pléide, 1951, p.979.

체는 모든 것이 마지막 말과 관련되는 근사값이자 대비에 다름 아닌 것이다. 구성되자 축소되는 격인 작품은 표면적 현상을 축적해서 본질을 언급한다. 보들레르가 정확히 파악했듯이, 준엄한 평결은 냉소적인 유죄가 되고 만다. 그는 사전에 조정된 계획을 다음과 같이 변호한다. "구성 전체를 통하여 의도가 나타나지 않는 단 한 구절도 허용해서는 안 된다. 직접적이든 간접적이든 사전에 계획된 구도에 기여하지 않는 것은 단 하나도 없다." 시인은 자신의 작업 방법들을 보여주는데, 이 방법들의 매개적 기능과 종속적 기능을, 서사의 실제적 의도에서 방법들이 행하는 역할을 강조하면서 보여준다. 단순히 기법상의 비법에 의해 생산된 작품은 결코 있는 모습 그대로 나타나지 않는다. 작품은 기만하며 실제의 의미 **뒤에** 숨어버린다. 이렇게 자인하며 작가는 저 멀리 떨어져 있으면서, 입 밖에 내지도 않는 모든 표현의 근원이자 진실인 시초의 현실로 되돌아가도록 우리를 이끈다. 충실하게 작품만 따라가는 단순한 독자와 달리, 우리는 작품에 앞서 달려가면서 길 위에 표시를 하며 이런 진실에 도달할 수 있다. 이제 우리는 더 이상 작품이 펼쳐지는 대로 복종하는 것이 아니라, 작품의 체계적인 허구 구성에 참가한다.

보들레르가 옳게 지적했듯이, 시인은 구성자이고 시작품은 본질적으로 구성적이자 혼성적인 것이다. 텍스트의 독특한 요소들은 분명히 끝에서 끝으로만 이어진다. 따라서 **문자의 다양성**이 강조된다. 말하자면 텍스트는 여러 가지를 동시에 말하고 있어서, 따라서 그것들이 동시에 이루어지는 것만큼이나 다른 요소들로도 이루어진다. 포는 이런 다양성에 대해 심리적인 설명을 가한 적이 있다. "정신적 필요에 의해 일어나는 모든 강렬한 충동은 오래 지속되지 못한다." 이러한 설명이 단지 변명이라 하더라도, **텍스트의 불균등한 전개**라는 중요한 견해를 이끌어낼 수 있다. 이는 특히 **한 편**의 시로 이루어진 것이 아니라 일련의 개별적인 시들로 이루어진 장시에서 분명해진다. "이런 이유에서 적어도 《실락원》(*Paradise Lost*)의 절반은 근본적으로, 상응하는 침울함이 **불가피하게** 점철되어 있는 일련의 연속되는 시적 흥분으로 이루어진 산문이다. 지나치게 길게 되어 있어서 작품 전체에는 효과의 총체성이나 통일성과 같은 아주 중요한 예술적 요소가 제외되어 있다.” 포는 이러한 불균등성을 결점이라고 보고, 텍스트의 통일성은 텍스트가 짧아야 유지될 수 있는 것이라는 법칙을 제시했다. 그러나 이런 견해는 전혀 다른 결론을 도출할 수도 있다. 앞으로 보게 되겠지만, 불균등성은 모든 텍스트의 특징이다.

먼저, 포에 의하면 시를 짓는 것은 구성하는 것이다. 이렇듯이 큰 주장은 두 가지 예비적 고찰을 끌어 들이게 된다. 먼저 발생의 신화는 (일반적 의미의) 읽기와 쓰기를 분리하는 것과 중요한 관련이 있다. 포의 언급에 따르면, 오로지 독자의 눈만 갖고 읽는 것은 단지 결과만을 보기 위해서, 작품의 의미를 이루는 제반 조건에 대해서는 맹목적이 된다고 한다. 실제로 작가의 의도를 알고자 한다면, 우선 이런 조건들을 설정하고 이 조건들이 발생시키는 움직임을 따라가야 한다. 읽기와 쓰기는 상반적인 행위여서 작품의 실상에 대해 극히 무지할 경우에만 혼동할 수 있다.

다음으로, 포가 내세우는 주장은 전혀 이론적 가치가 없다. 모든 신화처럼 근본적으로 논쟁적 목적에나 활용할 수 있다. 보들레르가 자신이 번역한 포의 작품을 ‘기괴하며 엄숙한 작품’이라고 평가했을 때에 그는 이런 점을 깨달았다고 본다. (이론적 분석이기보다 한 편의 이야기임으로) 이야기의 근본목적은 자발적 창조에 관한 오류를 반박하는 것이다. 이 진부한 오류는 작가의 작품이 **환상적이라는** 설명의 반론으로 본질적인 것이다. 단순하게 읽는 것은 평범한 표면만을 드러낼 뿐이다. 그러나 표면적 장면 뒤에서는 깜짝 놀랄 정도로 잘 통제된 **발생**의 드라마가 연출된다. 독자의 자발성은 저자의 이지적인 계산과 대조된다. “내가 갖고 있는 의도는 작품 구성의 어떤 핵심도 우발적이거나 직관적인 것에 이유를 댈 수 없는 그런 구체적인 것으로 만들려는 것이다. 말하자면 작품이 수학문제와 같은 정확성과 엄밀한 결과로 완성되게끔 한 걸음씩 한 걸음씩 진행되도록 구체화하려고 한다.” 수학적 문제는 바로 작품의 환상에 넘친 이미지다. 수학문제의 해법은 다른 것의 결말에 상응한다. 그러나 작품의 해법 또한 필연적으로 소멸되고 만다. 그러므로 해답이 제시되어야 하는 의문에 의해서만 작품이 지속될 수 있다.

　이런 견해가 부정할 수 없는 비평적 가치를 갖는다 하더라도, 지식은 아니다. 일단 일반적 오류에 대한 풍자가 이해되고 나면, 포의 텍스트에서 사실 아무 것도 배울 것이 없다. 긍정적 요구가 전개되면 주로 비난받는 오류를 그저 재현할 따름이다. 읽기와 쓰기는 대립적이어서 너무도 쉽게 뒤바뀐다는 것을 깨달아야 한다.[2] 다시 말해, 뒤바꾼다는 것은 자리를 바꾸어 놓는 것일 뿐이다. 똑같은 일을 다르지만 좀더 받아들이기 쉬운 형식으로 말하는 것이다. 포는 작품에 (악마가 '뒤바뀐 신'에 다름 아닌 것이라면) 악마적 양면성을 복원시켰다. 그러나 결정적인 것으로 여겨지기 때문에 보다 기만적인 유비관계와 관련되는 '표면'과 '이면'이란 두 면을 남겨놓게 된다. 그러나 작품의 안(이면)과 겉(표면)을 살펴보더라도, 작품은 변하지 않는다. 말하자면 구성된 것이기 때문에 작품은 안정된 채로 유지된다. 적극적으로 완성되든 수동적으로 뒤쫓든 작품은 똑같은 통일성을 보여주는데, 이 통일성은 관심이 없는 대로 (우리가 사용하는 공간적 비유를 변형하자면, '앞'과 '뒤'에서) 다른 방식으로라도 고려할 수 있는 것이다. 우연한 겉모습이나 엄밀한 추론, 이것은 동일한 현실에 대한 두 가지 견해나 측면이다. 결말은 이 두 가지를 통일하며, 이러한 통일성을 지각해서 우리는 작품을 필요조건과 연관시킨다. 안과 겉은 담론의 일관성 원리를 구체적으로 보여주기 위해 잠정적으로나마 구별되어 왔다.

　따라서 포는 시 〈갈가마귀〉(The Raven)의 일부를 중심적이자 궁극적인 의도에서 추론할 수 있다고 주장하는데, 이 의도는 시의 의미에 대한 패러디이기도 하다. 보들레르는 이런 점을 이 텍스트의 '방자한 오

---

2) Louis Althusser, 《마르크스를 위하여》(*For Marx*), London : Allen Lane, 1969 참조.

만함'을 지적할 때에 알아채고 있었다. "포는 고상한 생각뿐만 아니라 그의 짓궂은 장난으로도 언제나 멋들어진 인물이다." 포는 별난 위인이자 동시에 진지할 수 있는 위인이다. 우리가 포의 주장을 진지하게 받아들인다면, 그것이 사실상 불합리하다는 사실을 놓쳐버리게 된다. 작가는 처음의 의도에서 그 의도를 실현할 수 있는 방법을 추론할 수 없다. 이러한 과정 또한 텍스트가 진행하며 그리는 곡선이 단순하지도 계속적이지도 않다는 사실을 무시하는 것이다. 포 자신도 이를 알고 있어서, 텍스트의 담론이 균등하지 않게 전개된다는 점과 따라서 이런 전개상이 추론적이 아니라는 점을 어디선가 확언한 적이 있다. 그러나 이런 경우에 때로 패러디가 어떻게든 그 자체를 진지하게 여기게 되면 시적인 것이 된다. 서사는 포가 주장하는 그런 이유가 아니더라도 필연적으로 중단된다. 서사는 '미의 관조'라는 우스꽝스러운 플라톤주의에 끌려서 부자연스런 이데올로기적 고찰을 중단하게 되는데, 이런 고찰로 포는 전통미학이란 영역으로 다시 돌아가게 된다. 바로 이런 점에서 비이론적 상태를 드러내는 포의 설명에 틈이 벌어지게 된다. 시의 구성, 말하자면 어떤 목적을 위해 방법을 배열하는 것은 그 자체가 외적 목적에 종속되는 것이다. 시적 담론은 바로 그 속으로 시가 사라지게 되는 통일성과 총체성을 시에 부여하려는 신비한 신화적 과업인 미의 실현을 지향한다. 텍스트는 매 순간마다 반어적인 '결코 다시는 없으리 (nevermore)'라는 시구로 텍스트의 무화(無化)를 달성하려는 의도를 알려준다. 그러므로 시는 시 자체가 진행되는 과정을 보여주는 다소 이해하기 쉬운 이미지라고 본다. 말하자면 텍스트와 그 대상이 일치하는 것은 시의 발생이 시작품과 상관관계적임을 보여준다. 시의 내재적 진실은 시작품 자체에 유추적으로 제시된다. 이 진실은 그것이 바로 지식의 이미지이기 때문에 이해할 수 있다. 이와 같은 이데올로기적 맥락에서 규범적 오류가 또다시 개입하여 장애를 이룬다. 또한 주목해야 할 것은 규범적인 미학의 개입으로, 어떤 노동의 산물이자 수동적 관조의 산물이 작품이라는 아주 난처한 모순에 관한 논의가 일어나게 된다는 점이다. 이와 마찬가지로 포도 실제적으로 환상적 이야기의 작가가 되고자 할 경우에만 플라톤의 이론을 내세운다.

포의 텍스트에서 타당해 보이는 모든 것이 이제는 그 자체를 넘어서서 다른 의미와 의도를 갖는 것으로 파악된다. 관념은 그것이 이루어진 맥락을 벗어나서 존속할 수 없다. 포가 궁극적으로 언급하는 모든 내용은 신고전주의적 견해를 표명한 것으로 볼 수 있는데, 이 견해는 텍스트 및 텍스트에 관한 설명은, 설혹 그 관계가 뒤바뀐 관계라 하더라도 대등한 관계를 이룬다는 것이다. 아니면 텍스트와 설명은 다른 방식일 수도 있지만, 같은 공간을 차지하며, 동일한 구성원리에서 나타나는 것이다. 탈중심화되고 타당하기는커녕, 작품은 닫혀있는 구조의 한계 속에서 이중으로 고정된다. 뒤틀어지고 해체된 것 같이 보이는 작품의 결말 또한 작품이 멈춰서는 곳이다.

결과적으로 작품의 내적 존재에 관한 비유는 어디선가 구체적으로 표명되어야 할 지식을 희화(戲畵)한 것으로 관심의 대상이 될 뿐이다. 포의 텍스트는 문학을 분석하자고 분명히 제시하지 않는다. 뒤팽의 모험에 적절한 것으로 자리잡아 줄 수 있는 것이 바로 이야기이기 때문이다. 〈창작법 원리〉는 실제의 내용보다는 허구에 관심을 갖는 유명한 분석의 모델로 지어진 것이다. 우리가 나름대로 진지함을 유지하는 것으로 괴기함을 이해할 때에만 그것은 의미를 띠게 된다. 일인칭 서술에 구현되는 바처럼, 저자와 작품의 관계는 결국 기만적이다. 소설의 주인공처럼 잘 지껄여대며 자신의 창작과정을 분석하는 이런 작가는 (다음과 같은 포의 견해에 의하면) 너무 영리해서 진실을 말할 수 없다.

> 진실은 언제나 샘과 같은 근원 속에 있지 않네. 사실 가장 중요한 지식을 생각해 보면, 진실은 언제나 표면적인 것이라고 믿고 있네. 우리는 골짜기에서 진실을 찾지만 진실은 거기에 있지 않고, 산꼭대기에서 찾아지는 법이지.
> 〈모그가의 살인사건〉(The Murders in the Rue Morgue)

외관상 단순해 보이는 윤곽을 다른 윤곽으로 직접 뒤바꿔 놓는 이런 투의 텍스트는 전혀 없다. 이것이 시의 발생이 비유거나 신화인 이유다. 그러나 우리는 이 신화를 신화가 말할 수 없는 진실과 결부시켜 사용할 수는 있다. 말하자면 텍스트를 한 가지 이상의 방향으로 읽을 수 있어서, 아무튼 텍스트에는 겉과 안이 공존한다. 책을 감고 있는 선에 불과한 텍스트 담론의 빈약한 체계에도 불구하고, 그 복합성과 밀도에서 (포의 표현을 따르자면) 어떤 '풍성함'을 이끌어낸다. 텍스트는 단순한 것도 직접적인 것도 아니어서, 여하튼 (독서로 드러나는) 밝은 면이, 어두운 면이 현존한다는 것을 시사하지 않는다. 포가 신봉하는 그 이데올로기를 거부하기 때문에, 텍스트의 원리는 **다양성**이라고 제안하는 것이다. 포의 텍스트가 중요한 이유는 편향성이라는 새로운 신화 속에서 (거꾸로 작용하거나 반대로 작용하는 신화적 말투로 표현된다 하더라도) 텍스트 안에서 텍스트를 변형시킬 가능성, 즉 (다른 환상담 작가에게서 이미지를 빌려오면) 방향을 돌리거나 **비스듬하게 기울일** 수 있는 가능성을 일으키기 때문이다. 일종의 내면적 망설임이라고 할 수 있는 것에 의해 텍스트는 다양한 목소리를 내게 된다. 해명을 요구받는 것은 이런 다양성과 다원성이다.

작품의 담론, 그것은 봉인되어도 끝없이 계속되고, 완결되더라도 끝없이 다시 시작되고, 흩어졌다 밀집되고, 은폐할 수도 폭로할 수도 없는 부재하는 중심 둘레로 감겨드는 그런 것이다.

2. 이미지와 개념 : 아름다운 언어와 진실한 언어

작가의 행위는 우리가 그것을 뒤따르기보다 **확인하려고** 시도하면 근본적으로 노동으로, 작업으로 나타난다. 이는 언어에 근거하는 언어의 작업이며 언어에 부여되는 형태다. 이런 표현의 어느 것도 작가의 행위를 적절하게 규정하지 못하더라도 그렇다. 대중연설, 개인의 사사로운 편지, 대화, 신문기사, 과학보고서, 이런 것들도 언어를 사용한다. 그러나 이것들은 작가의 행위와 전혀 다르다. 이것들은 성실성이니 설득력이니 사교적인 점잖음이니 하는 관행을 받아들이는 반면에, 문학은 전통적으로 예술 영역에 속하며 전문화된 미적 판단만을 인정하기 때문이다.

적어도 아직 이론상으로 보편화되어 있는 어떤 전통 속에서 어떤 종류의 문학적 대상을 '아름답다'고 판단할 수 있다는 것(사실 아름다움의 미학은 추함의 미학을 수립하려고 했던 낭만주의와 초현실주의의 노력으로 말미암아 뒤집혀지고 도전받았지만, 다른 **이론**으로 대치되지는 않았다. 보들레르와 초현실주의자들이 논란의 여지가 없는 중요한 예술혁명을 달성했다고 하지만, 그것은 플라톤주의라는 다른 세계로 되돌아가는 값비싼 이론적 퇴보의 대가를 치르고 나서 달성한 것이다. 이 퇴보는 유리한 것일 수 있겠지만, 결코 결정적인 것은 아니다. 초현실주의적 혁명이론은 아직도 제대로 공식화되지 않았지만, 이 일은 초현실주의자들의 능력을 벗어나는 일로 믿어진다), 이런 아름다움의 개념이 르네상스 시대에 성립되었다는 것, 그리고 (헤겔 미학이 그러하듯이) 우리가 갖고 있는 예술이론이 원칙적으로 문학이론이라는 것에는 아무런 차이도 없다. 어느 특정한 시기의 작가들은 어떤 일련의 법칙에 자신들을 소속시켰는데, 그들의 결정은 여전히 우리를 구속한다. 작가들이 부여받은 언어라는 본질과 아름다움이라는 관습적 사고가 만나는 지점에서 아름다운 언어를 형성하는 데에 헌신해온 작가들은 문학작품을 창안해냈다. 그러나 언어와 예술이라는 차원에서 글 쓰는 행위를 분석하는 대신에 이러한 행위의 특수성을 고찰해 보기로 한다.

작가의 언어는 그 구체적 형태가 아니라 어법의 차원에서 새로운 것이다. 잠정적으로 이런 언어가 환상을 만들어낸다고 해두자. 그러면 언어의 근본특질은 진실성이 된다. 언어는 그것이 어떤 외재적 기준에 합치되지 않을수록 점점 더 믿게 된다. 언어는 그것이 환기시키는 힘에 의해 규정된다. 언어가 의미를 구성하기 때문이다. 그러나 이러한 분석은 묘사의 수준에 불과한 것이다. 언어의 환기력은 작가의 언어에만 특유한 것이 아니다. 문학작품에 **필연성**을 부여하는 **현실적 인상**을 만들어내는 것은 일반 언어에서도 그러하며, 작가가 이를 만들어내는 특수한 용법과 구별되지도 않는다.

문학작품에는 필연적인 언어가 배열된다고 언급하는 것으로도 충분하지 않다. 사실 많은 형태의 필연적 언어들이 있다. 이를테면 과학적 담론은 그 엄격한 형식으로 역시 어떤 종류의 필연성을 시사한다. 이 필연성은 사고에 정확한 한계를 설정한다. 따라서 학자들은 적어도 그들이 동일한 연구영역에서 동일한 언어로 말한다는 한 가지 점에서는 일치한다. 또한 그들이 하는 토론이 이 공통된 가정에 좌우된다는 점에도 동의한다. 그들 담론의 지평은 어떤 이치로 이루어지는데, 여러 정의에 견고하게 뿌리내리고 있는 개념의 이치성이다. 극도의 불일치 속에서조차 학자들이 갖고 있는 개념이 하도 견고해서, 그들이 같은 사물에 대해 의견의 일치를 이루지 못한다는 것을 아는 정도에 불과한 것이 정의(定義)의 힘이라고 하겠다. 이러한 이치의 필연성은 **그 어떤** 필연성도 **여하한 모든** 필연성도 아니고 결정적인 필연성일 뿐이다. 요컨대 과학과 이론의 언어는 분명히 완성되어 정지된 상태에 있는 것이 아니라 해도, 확정된 언어에 다름 아닌 것이다.

그러나 문학적 시도를 경계짓는 지평은 이성이 아니라 환상이다. 문학담론의 표면은 바로 환상이 이루어지는 무대다. 진실과 허위를 구별하는 이쪽저쪽에는 나름의 논리를 따르며 조밀하게 조직된 텍스트가 있다(문체론은 이런 논리의 일부이다). 그러므로 말이 난 김에 일단 문학적 담론이 이루어지는 장소를 지도로 만들고 나면, 작가의 작품을 순수한 환상을 낳는 거짓 속임수로 서술하는 것이 어렵게 된다는 점을 주의해야 한다. 진실과 허위를 구분하는 어떤 구분선도 없다면, 텍스트에 대해 어떤 관할권도 갖지 않는 그런 텍스트 밖의 세계나 의도의 진실이라고 할 수 있는 다른 진실과 맺는 관계 말고, 어떻게 우리가 어떤 기만을 간파할 수 있다는 말인가? 환상이 진정 구성되는 것이라면, 그러면 텍스트에 감추어져 있거나 포함된 환상은 고립될 수도 축소될 수도 없다.

아주 불확실한 게임을 한다는 토대 위에서 현실에 반대하기커녕, 이런 환상은 자체 속에 어떤 현실을 담고 있어야 한다.

그러나 환상의 메커니즘에 특유한 엄밀성은 그것이 진행하면서 동화시키는 대상의 본질에 의해 우선 규정된다. 이 메커니즘은 명확한 개념보다는 강력한 이미지에 따라 결정된다고 해두자. 우리는 무엇보다도 들러붙어 있는 특질로 (말이나 표현법이나 창작기교와 같은) **문체**의 요소 자체를 문학적 대상으로 단정한다. 말하자면 문학은 변한 것처럼 위장하지만 실제로는 반복에 의해서만 존재하는 반면에, 과학적 담론은 될 수 있는 대로 쓸데없는 말을 피하면서 동시에 생략의 모습을 갖춘다. 문학텍스트에서 융합되는 구성요소들은 어떤 독립된 현실도 가질 수 없다. 한 이론에서 다른 이론으로 옮겨갈 수 있는 과학적 개념과 달리, 이 구성요소들은 그것들이 이해될 수 있는 유일한 지평을 한정하는 특정한 맥락에 구속받는다. 이 구성요소들이 암시적 힘을 획득하고 대표성을 갖게 되는 것은 특정한 서적이란 테두리 안에서인데, 어떤 바꿔치기로 이 요소들이 약화될 수 있다. 논리적 엄밀성이라기보다 특정한 시적 엄밀성이 어떻게 형식과 내용을 통합하는지 알고 있다. 즉 말의 배후에 있는 이미지는 따로 분리되어 괴롭힘을 당할 수도 있겠지만, 텍스트 체계 속에서만 의미와 힘을 갖는다.

그러므로 쉬운 예로 《인간희극》(*La Comédie humaine*)에 나오는 프랑스의 수도 파리는 그것이 글 쓰는 노력의 산물인 한에서 문학적 대상이 된다. 이것에 선행하는 존재는 없다. 그러나 이 대상을 이루는 요소들, 이 요소들에 일관성을 부여하는 제반 관계들은 상호결정적이다. 이것들은 '진실'을 다른 어떤 것에서도 끌어내지 못하고 서로에게서 이끌어낸다. 발자크의 파리는 실제의 파리라는 구체적인 일반성을 표현한 것이 아니다(이에 반하여 개념은 추상적인 일반성이다). 발자크의 파리는 현실이 아닌 작품에 의해 요구된 어떤 노동의 산물이다. 그것은 현실이나 경험이 반영된 것이 아니라 인위성이 반영된 것이다. 이 인위적 기교는 전적으로 제반 관계의 복합체계를 수립하려는 것이다. 따라서 각각의 구성요소(이미지)는 다른 어떤 외재적 질서를 준수한다기보다 책의 내재적 질서에서 차지하는 위치에 따라 의미를 이끌어낸다.

발자크는 대도시에서 신비의 원천을 발견했고 그의 호기심은 전에 없이 민첩해졌다. 호기심은 바로 그의 뮤즈다. 그는 결코 희극적이지도 비극적이지도 않다. 그는 호기심이 많은 인물이다. 그는 신비를 알아채고 파헤치려는 사람의 태도를 갖고 뒤얽혀진 사물 속으로 들어간다. 마치 엄격하면서도 빈틈없이 기쁨에 넘쳐 기계를 하나씩 하나씩 분해하는 사람처럼 그렇게 한다. 그가 어떤 식으로 새로운 인물에 접근하는지 보라. 그는 그들을 희귀한 물건처럼 자세히 살펴보고 규정하고 조각하고 설명한다. 또한 그들의 특성을 드러내고 불가사의한 면을 파헤친다. 그의 판단·관찰·장광설·언어는 심리적 진실이 아니라 예심판사가 갖는 의혹과 요령이며, 반드시 규명해야 하는 이 신비에 대해 타격을 가하려는 것이다.

파베즈(C. Pavese), 《생업》(*Le Métier de Vivre*)

분명 호기심이 강한 천재에 대한 이런 묘사는, 묘사가 드러내는 것이 '진실'이 아니 듯이 심리적인 것도 아니다. 여기에서 호기심은 비유적 가치를 갖는다. 널리 알려지지 않은 세계를 탐색하는 것처럼, 작가를 인도하는 탐구의 충동은 (빅토르 쉬클로프스키가 톨스토이에게 적용한 견해에 따르면) **특이화**라는 과정에 상당하는데, 작품의 구성은 이 특이화 과정에 의거한다. 허구의 대상은 홀로 나타나지 않는다. 허구의 대상은 뒤얽혀지고, 이 대상을 활용하는 텍스트 속에 다른 것에 대한 징표로 각인되어서, 끊임없이 다른 것으로 확장되면서 다음에 오는 자극을 예고하기 때문이다.

이렇게 세련화시키는 과정 이전에 이미지는 어떤 실체도, 어떤 자기 정체성도 지니지 못한다. 이미지는 미끄러지고, 흘러나오고, 넘치고, 그 자체를 넘어서는 어떤 목적을 찾는다. 이런 설명과 이미지의 관계는 논증과 개념의 관계와 같다. 따라서 발자크의 파리는 책과 유사한 것이다. 말하자면 파리는 새로운 탐색을 위해 책을 구성하려고 응시하는 시선 앞에서 가로질러 왔다갔다하고 이동하며, 이런 시선 앞에서 끊임없이 파헤쳐진다. 이와 같은 탐색은 구성의 일부를 이룬다. 결과적으로 대상을 창조하기 때문이다. 허구적 현실은 그것을 탐색하는 이런 시선에 의존하지 않더라도, 시선과 밀접한 관계가 있다. 응시하는 시선이 꿰뚫어볼 수 있는 한, 대상은 구체화된 대상이다. 그러나 그것은 결코 완결되지 않으며, 언제나 고정된 시선에서 벗어나고 있으며, 절대로 완벽하게 포착되지도, 지배되지도, 소모되지도 않는다. 대상은 언제나 확장되어야 하기 때문이다. 나중에 알게 되겠지만, 책은 불완전하기 때문에 **한데 뭉쳐놓을 수** 있다. 그러므로 제시된 대상은 다 소진되지 않는 것 같이 보인다. 책에 나타나는 이미지는 자체적으로나 다른 것들 속에서 끊임없이 증식될 필요가 있어서 현실과 같은 환상을 일으킨다.

작가의 담론이 현실과 같은 결과를 만들어낸다면, 이는 그가 이미지에 의해 일어나는 매혹의 한계까지 의식적으로 활용하기 때문이다(작가는 매혹되어 넋을 잃기는커녕, 장난까지 한다). 텍스트를 종결하는 것이 불가능하기에, 작가는 텍스트의 진로를 정교하게 할 수 있는 **반복의 기회**를 끊임없이 찾는다. 진로는 겉보기처럼 단순하지 않다. 텍스트를 구성하는 혼란스런 무언가를 계속 간직하고 있기 때문이다.

작가가 이미지의 부정적 면모와 긍정적 면모를 활용하는 방법은 작품이 갖는 환상적 특성을 드러내준다. 비록 이 환상을 분명히 규정할 수 없다 하더라도 그러하다. 사실 이 정도에서 분석을 그만둔다면, 우리는 문학을 순전히 **기교적인 것**으로 간주하게 되는 지점에, 말하자면 문학을 그저 운용되는 체계 정도로 축소시키는 그런 지점에나 도달한 것이 되고 만다.

이제 우리는 이처럼 순전히 기교적인 현실 뒤에 놓여 있는 생산체계를 확인해야 한다. 작품은 이러한 수단들을 어떻게 이용하는가? 수단들은 작품에 대해 어떤 쓸모가 있는가? 다시 말하자면 이미지를 환상으로 꾸며내는 이런 이미지의 논리는 어떤 유의 엄밀성을 수립하는가?

요컨대 작가의 행위는 전적으로 발화의 차원에서 실현된다. 이 행위는 담론을 구성하는 것이고 담론에 의해 구성된다. 외재적인 것은 하나도 없다. 작가행위의 진실이나 권위는 모두 담론이라는 얇은 표면에서 구체화된다. 그러나 이렇게 규정하는 것은 내용이 하찮고 순전히 형식적이기 때문에 만족스럽지 못하다. 특히 담론은, 심지어 일상적 대화의 담론조차 담론의 대상이 일시적으로 부재하는 현상을 수반한다. 말하자면 대상은 무시되고 침묵 속으로 쫓겨난다. 말하기는 그것이 적용되는 현실을 변화시키는 빼어난 행위다. '꽃에 이름을 붙이는 것'은 꽃을 따는 것과 같은 행위다. 또한 말이 갖는 얇은 외형만으로 '모든 꽃다발의 부재'를 창조하고, 이미지에서 이미지로 옮겨가는 것을 가능하게 하는 이행성에서 말의 유일한 깊이를 받아들이고, 어떤 특정한 이미지가 비길 데 없는 유일한 것이 되지 않게 하는 것과 같은 행위다. 말하기에 의해서 현실이 구체적으로 표명되는 암흑의 지평으로 추방된 현실은 그것이 부재된 채로 다른 곳에서만 이야기될 뿐이다. 모든 언어의 특징은 언어가 발화되는 순간까지 어떤 존재성도 띠지 못하는 특이한 객체를 이룬다는 점이다. 담론과 사물의 세계가 부합된다는 생각은 언제나 착각이다. 표현을 달성할 수 있는 적절한 담론을 모색하는 것은 사물이 아니다. 언어는 그 형식과 대상에 대해 스스로 말한다. 사물에 대한 편견은 바로 언어에 대한 편견에 다름 아닌 것이다.

그러므로 작가의 담론은 선택에 따라 다른 것을 말할 수 있다는 그런 환상의 특권을 갖고 있지 않다. 담론은 그 대상의 부재를 시사하며, 말해지는 것을 추방해서 비워진 공간 속에 자리잡는다. 이것은 문학담론에서 그렇듯이 일상의 말하기에서도 사실이며, 개념의 순서가 객관적 견지에서 구성되는 과학적 명제에서도 사실이다. 또한 이것은 특정한 법칙이 지배하는 (독립적은 아니라 해도) 자율적인 현실 차원을 분명하게 규정한다. 문학담론은 개념보다는 이미지를 모으는데, 이미지는 본질적으로 분명하게 한정하는 짓을 무시한다. 그러나 이미 살펴본 바와 같이, 이미지의 매력은 그것이 행하는 평소의 기능에서 우회된 것이다. 말하자면 이미지의 매력은 일상적 말을 지배하는 것보다는 다른 목적을 위해 **이용된다**. 또한 자율적 총체인 문학작품을 구성할 수 있게 한다. 이러한 변화는 **어떤 필요한 텍스트**의 한계 안에 이미지들이 잘 정렬되도록 이미지를 엄밀하게 사용해서 달성된다.

이런 면모로 우리는 작가의 담론이 지니는 자율성이, 일상적 말, 과학적 명제와 같은 다른 언어용법들과 맺는 관계에서 이루어진다고 말할 수 있다. 활기차면서도 엉성해서 문학담론은 이론적 담론을 흉내 내는데, 이론적 담론이란 대본을 연습하기는 하는데, 절대로 그대로 실행하지는 못한다. 그러나 어떤 특수한 현실을 나타내는 환기시키는 힘으로 문학담론도 이데올로기의 언어인 일상적 말을 모방한다. 우리는 문학의 잠정적 정의로 문학의 특징은 이 패러디하는 능력이라고 제시할 수 있다. 끊임없는 대치 속에서 언어의 실제적 용법을 뒤섞고 있는 문학은 그 진실을 **드러냄으로써** 종결된다. 언어를 창안하기보다 언어를 실험하는 문학작품은 지식의 유사물이자 관례적인 이데올로기를 서툴게 모방한다.

우리는 결과적으로 언제나 텍스트의 가장자리에서, 부재로 말미암아 순간적으로는 은폐되지만 결국 뚜렷이 표현되고 마는 이데올로기의 언어를 찾아낸다. 문학작품의 이런 패러디적 특성은 문학작품에서 명백한 자발성을 박탈하고 문학작품을 이차적인 작품으로 만든다. 문학작품이 현존하는 방식의 다양성에 의해 작품의 다양한 요소들은 통일될 뿐만 아니라 그 이상으로 대립을 빚는다. 문학작품에서 그 메아리를 들을 수 있는 일상적 말에 의해 납치된 '삶'은 (현실적 결과를 초래해서 수반하는) 나름의 비현실성을 띠는 말과 직면하게 된다. 이에 반해 완성된 문학작품은 (어떤 것도 부가될 수 없기 때문에) 이데올로기 속에서 결함을 **드러낸다**. 문학은 그 자체가 보여주는 신화의 신화학이다. 말하자면 문학은 그 비밀을 밝혀줄 점쟁이가 전혀 필요하지 않다.

3. 창조와 생산

작가나 예술가가 창조자라는 주장은 휴머니즘 이데올로기에 속한다. 이런 이데올로기에서 인간은 외재적인 질서 속에서 자신의 기능을 해방하고, 자신의 이른바 권능을 회복한다. 자신의 본성에 의해서만 한계가 정해지기 때문에 그는 나름대로의 법칙을 설정하는 자가 된다. 그는 창조한다. 무엇을 창조하는가? 인간이다. (인간에 의한, 인간을 위한 모든 것이라고 할 수 있는) 휴머니즘적 사상은 순환적이고 동의어를 반복하며, 단일한 이미지를 반복하는 데 전심전력한다. '인간은 인간을 만든다'(이런 의미에서 아리스토텔레스는 휴머니즘 이론가다). 말하자면 중단 없이 계속되는 탐구로 인간은 자신의 내면에 이미 주어져 있는 것을 해방시킨다. 창조는 자기증식적이다. 신학과 인간학 사이에는 근본적인 차이가 있다. 인간은 연속성 속에서만 창조할 수 있고, 잠재적 능력을 현실화해서 창조할 수 있으나, 타고난 본성으로 말미암아 독창성과 혁신에서는 배제된다. 그러나 이러한 차이는 적응의 문제에 불과하다.

인간학은 단지 빈약하고 뒤바뀐 신학에 불과하다. 말하자면 신인(神人, god-man)의 자리에 자기 자신을 넘어선 신격인 인간(Man)을 설치했는데, 그는 이미 자기 내면에 안고 있는 운명을 영원히 반복하는 존재다. 이렇듯이 도치되어서 창조자 차원의 인간과 상반되는 것은 자기 자신을 상실하고 타인이 되어버린 소외된 인간이다. 타자가 되는 것(즉 소외)과 자기 자신이 되는 것(즉 창조), 이 두 개념은 똑같은 문제틀에 속해 있는 한은 대등한 개념이다. 소외된 인간은 인간 없는 인간이다. 즉 인간의 차원에서 인간 자신인 그런 신이 없는, 신 없는 인간이다.

이와 같이 단계적으로 제기된 '인간'의 문제에는 풀을 길 없는 모순이 수반된다. 인간은 타인이 되지 않고 어떻게 변할 수 있는가? 따라서 그는 보호되어야 하고, 있는 그대로 존재할 수 있어야 한다. 다시 말해 그가 갖고 있는 조건을 변화시키는 일을 금해야 한다. 휴머니즘의 이데올로기는 이론과 실천 두 차원에서 무의식적으로 이루어지는 극히 반동적인 것이다. 인간신(man-god)에게 허용되는 유일한 행위는 자신의 정체성을 유지하는 일이다. 인간의 변화를 가능하게 하는 유일한 합법적행위는, 설혹 인간이 결코 실제로 소유해본 적이 없다 하더라도 인간에게 이미 속해 있는 것을, 즉 그의 자산을 돌려주는 일이다. 휴머니즘의기념비인 '인권선언'은 제도가 아니라 하나의 선언이다. 그것은 인간의보편적이며 필연적인 영원한 권리를 인간에게서 나누어 놓는 간격을없애버렸다. 인간은 자신의 본질에서 바뀌어 왔다(그래서 휴머니즘 이데올로기는 '종교적 소외'를 설명한다). 그러므로 인간을 이전의 상태로 되돌아가게 하는 것으로, 모든 것을 이전의 상태로 되돌리는 것으로 충분하다. 소외는 그 자체가 해로운 것이 아니라, 그것이 이끄는 방향 때문에 해로운 것이다. 따라서 소외에 포함되어 있지만 무시되는 진실을 방출하는 쪽으로 방향을 바꾸는 것으로도 충분하다. 휴머니즘은 단지 종교적 이데올로기에 관한 아주 피상적인 비판에 지나지 않는다. 휴머니즘은 이와 같은 이데올로기와 경쟁하지 않는다. 단지 그것이 대체하려고 하는 특정한 이데올로기와 경쟁한다.

휴머니즘의 가장 순수한 산물은 예술이라는 종교다. 로제 가로디는예술창조에 관한 최고의 사변론자인데, 그의 목적은 인간을 자신의 끝없는 공간으로 '여행'하게 해서 그에게 자신의 '가능성'을 되돌려 주려는것이다. "미학은 미래의 윤리학"이라는 막심 고르키의 경솔한 말을 차용해서 가로디는 예술의 종교로 되돌아가서 인간을 해방하자고 제안하는데, 그는 예술이 이런 식으로 이용당해서 허약해진 종교에 불과하다는 것을 알지 못하고 있다(고르키의 말이 경솔하다는 것은 그것이 어떤 논증에 의한 지지를 받는 것도 아니고, 이론적 관점에서 보더라도 전혀 틀린말에 불과하기 때문이다). 이제 예술은 인간의 창조물이 아니라 하나의생산물에 다름 아닌 것이다(게다가 생산자는 자신이 행하는 창조의 중심이 되는 주체가 아니라, 어떤 상황이나 체제의 한 요소에 불과하다). 생산물이어서 종교와 다르지만, 예술은 자발성이란 모든 자발적 환상 사이에 주거를 정해 놓고 있어서, 분명히 일종의 창조이긴 하다. 세련되게 둘러 대서 인간의 것이라고 말할 수도 있겠지만, 이런 예술작품을 마음대로 처리하기 전에, 인간은 마법에 의해서가 아니라 생산이란 실제적인 노동에 의해 작품을 **생산해야** 한다. 만일 인간이 인간을 창조한다면, 예술가는 **일정한 조건에서** 작품을 생산한다. 그는 자신을 위해 일하는 것이 아니라 여러 방법으로 자신에게서 벗어나려는 사물을 위해 일하는데, 사건이 벌어지기 전까지는 결코 예술가가 소유할 수 없는 사물이다.

창조에 관한 다양한 '이론들'은 모두 제작과정을 무시한다. 생산에 관한 설명은 아예 빼버리고 있다. 중요성이 줄어들지 않는 것을 창조할 수 있다면, 역설적으로 창조는 이미 거기에 그렇게 존재하는 것을 해방시켜 주는 것이 된다. 아니면 허깨비처럼 급작스럽게 출현하는 것을 목격하게 된다. 그러면 창조는 일종의 돌연한 침입이자 현현(顯現)이고 신비인 것이다. 이 두 경우에는 변화에 관해 설명할 수 있는 어떤 것도 배제되어 있다. 말하자면 전자의 경우에서는 아무 일도 일어나지 않은 것이고, 후자의 경우에는 일어난 일을 설명할 수 없다. 인간을 창조자로 간주하는 사고는 모두 다, '창조적 과정'은 정확히 말해 하나의 과정이 아니라 일종의 노동이라는 실질적인 인식을 의도적으로 배제한 것이다. '창조적 과정'은 추모비에서나 볼 수 있는 상투적인 종교적 문구에 불과하다.

같은 이유에서 타고난 천재성이니 예술가의 주관성이니 예술가의 영혼이니 하는 것에 관해 이루어지는 모든 고찰은 **원칙적으로** 관심거리가 되지 못한다.

여러분은 이 책에서 어째서 '창조'라는 말이 억제되고, '생산'이란 말로 체계적으로 대치되어 있는지 그 이유를 이해할 수 있을 것이다.

* 출전 : Pierre Macherey, *A Theory of Literary Production*, Geoffrey

Wall(tr), London : Routledge and Kegan Paul, 1978, pp.19~27, 54~60, 66~68.

원본은 *Pour une théorie de la production littéraire*(Paris : Librairie François Maspero, 1966)이다.

제4부 ● 자유시, 리듬

1. 자유시 · 그래엄 휴

2. 현대시의 자유리듬 - 구조와 기능의
   비판이론 서설 · 벤야민 흐루쇼브스키

3. 시 리듬의 기본요인 억양 · 얀 무카르조프스키

1. 자유시

그래엄 휴

1.

　자유시(free verse) 개념은 몇 가지 이유 때문에 영어로 충분히 동화되지 못한 상태다. 사람들은 자유시를 여전히 **베르 리브르**(vers libre)라고 일컫는다. 이 프랑스 말이 영어로 동화되지 못하는 것은 그것이 현재 이루어지고 있는 영시에서 일반적인 것으로 간주되지 않는다는 뜻이다. 그렇지만 지난 50여 년 동안 지어진 시의 상당 부분은 이런 저런 유형의 자유시로 씌어졌다. 대부분의 자유시 유형은 단명했다. 그렇지만 여기에는 토머스 엘리어트, 에즈라 파운드, 데이비드 로렌스, 이디스 시트월 같은 시인들의 시가 포함되는데, 이 시들은 영시의 일부이자 그들이 존재했던 시대의 시에 특색을 부여해온 시들이다. 따라서 영국 시사에서 자유시에 관해 아직 씌어지지 않은 한 장(章)을 위한 자료를 이루는 시들이기도 하다. 이는 어쩌면 그렇게 길지 않은 한 장을, 단 한 장을 이룰지도 모르겠다. 20세기 이전에 자유시에 관한 논의가 비교적 드물며, 현재에도 아주 드물기 때문이다. 대다수의 젊은 시인들은 잠시나마 상당히 엄격한 형식으로 시를 쓰는 것 같고, 나이든 시인들도 젊은 시절에 사용하던 것보다 더 엄격한 형식으로 시를 쓰는 것 같다. 허버트 리드 경은 1932년에 이미 감상적(感傷的) 어투로 자유시가 전개되기 시작한 초기 모습을 기록한 바 있는데, 필자가 보기에는 학문적인 소심함으로 말미암은 부정확한 논의 같다.[1] 프랑스에서는 상황이 사뭇 다르다. 프랑스에서는 1900년 이전에 이미 베르 리브르가 잘 이루어져 있었을 뿐만 아니라 현재도 잘 확립되어 있다. 베르 리브르의 확립은 프랑스에서 이루어진 주요한 시적 혁명의 하나로, 1880년대와 1890년대의 가장 명민한 문학가들 몇 사람의 주목을 받은 바 있다. 이들 가운데에는 스테판 말라르메처럼 실제로 베르 리브르를 쓰지 않은 사람도 있다. 레미 드 구르몽은 베르 리브르가 가장 뚜렷한 특색을 이루는 시적 형식의 혁명이 바로 상징주의 운동이 후대에 남겨놓은 유산의 하나라고까지 말할 정도다. 오늘날에도 현대비평가인 제프리 브러레턴이 언급한 바를 따라 말할 수 있다. "소수가 사용하는 수단이 되고 나서 다종다양한 자유시는 좀더 일반적인 매체가 되었다. 반면에 규칙적인 형식은 예외적인 것이 되어버렸다."[2]

이러한 전개과정에서 이루어진 자연스런 결과는 프랑스에서 베르 리브르 개념이 현재 어떤 특별한 반발을 불러일으키지 않는다는 사실이다. 베르 리브르는 알렉상드랭(alexandrin)이나 소네트나 다른 시적 형식들처럼 기법적 용어로 인정받고 있다. 반면에 영국에서는 자유시가 처음 나타난 때부터 그 개념은 언제나 어떤 의심과 제한을 받아 왔다. 젊은 시절의 내 또래로 옛날식으로 시를 읽던 사람들 중에는 순진하게도 자유시를, 운율을 살려 시를 쓰는 데 따르는 실제적인 어려움을 회피하려는 일종의 속임수로 간주하는 사람도 있었다. 오늘날의 아주 세련되고 첨단적인 대중들 사이에도 자유연애와 같이 좀 낡기는 했으나 색

---

1) H. Read, 〈서문〉(Preface), 《현대 영시의 형식》(*Form in Modern Poetry*), 1932.

2) G. Brereton, 《프랑스 시인론》(*An Introduction to the French Poets*), 1956, p.237.

다른 것을 추구하는 기질이 있지 않나 생각한다. 자유시를 확실히 썼던 사람들 가운데는 이런 기질을 조심스럽게 내보이는 사람도 있다. "좋은 시를 쓰려고 하는 사람에게는 어떤 시도 자유롭지 않다"고 엘리어트는 밝힌 적이 있는데, 그의 비평서들에 가득 들어 있는 미묘한 다의적 표현의 하나다. 현대적인 운율 실험을 앞장서서 주장했던 에즈라 파운드도 중년에 이르러 자유시에 대해 극도의 혐오감을 가졌던 적이 있다. 그렇다 하더라도 오늘날 자유시에 대해 막연한 의문을 품는 이들에게 가령, 엘리어트의 〈재의 수요일〉(Ash Wednesday), 로렌스의 〈뱀〉(Snake), 파운드가 중국시를 영어로 번역한 시와 같이 실제로 자유시형으로 만들어진 시들을 제시한다면, 그들도 즉시 자신들이 오랫동안 잘 알고 있는 훌륭한 시라고 인정할 것이다. 여기에 연구할 주제가 있다고 본다. 자유시로 씌어진 가치 있고 독창적인 시들이 많기 때문에 우리는 자유시라는 말을 기꺼이 비평용어로 인정하지 않을 수 없다. 따라서 이런 목적에 좀 도움이 되었으면 해서 필자의 견해를 밝히고자 한다.

  자유시라는 말을 다루는 데 조심해야 할 아주 타당한 이유가 있는데, 그것은 영어에서 이 말이 무엇을 뜻하는지 분명하지 않다는 점이다. 이 글은 자유시의 본질에 대한 탐구이기 때문에 지금 단계에서는 이 말을 정의할 수 있는 입장이 아니다. 더욱이 아주 면밀하게 설명할 수 있는 입장도 아니다. 대신 전통시·규칙시·운율시 등, 우리가 무어라고 일컫든 간에 이런 시와 자유시를 구별할 수 있는 뚜렷한 속성들을 좀 허술한 대로 분류하며 시작해 보기로 한다. 분명한 식별표지는 이러하다. 먼저 가장 뚜렷한 것은 시행의 길이가 불규칙하다는 점이다. 이 같은 길이의 다양함은 어떤 확정적인 유형에서 비롯된 것이 아니다. 반면에 기본적인 길이는 표준적 영시로 10음절로 이루어지는 영웅시행의 길이와 비슷하기는 하지만, 더 짧은 시행도 많고, 전통적인 작시법에서 알려진 것보다 훨씬 긴 것도 많다. 둘째로 대부분의 시행은 알려져 있는 어떤 운율구도에 부합되지 않는다. 따라서 약강격·강약격·약약강격이나 그 밖의 어떤 것으로도 분류할 수 없다. 어떤 시행도 우리가 알고 있는 운율형으로 이루어지지 않는 전혀 극단적인 경우도 있다. 따라서 이러한 행들이 보여주는 바는 시가 아니라 짧은 길이로 인쇄된 산문일 뿐이라고 의심하는 사람들도 있다. 자유시를 싫어하는 사람들은 이런 의심으로 자유시가 상당히 손상되었다고 치는 반면에, 자유시를 인정하는 사람들은 이런 의심을 풋내기의 속물근성 정도로 여긴다. 그러나 자유시에 대해 가치판단을 유보하는 것도 결국 어떤 의미를 띨 수 있다. 셋째로 운율이 전혀 부재한다는 점이다. 있다손 치더라도, 도대체 규칙적인 형태가 아니고 드문드문 나타나는 식이어서, 대부분의 시행에는 운율이 나타나지 않는다.

이런 언급은 개략적으로 일반적 설명을 하는 데는 도움이 될 것이다. 그러나 실제의 예를 들어 상세히 고찰하기 시작하면, 이런 식으로도 아주 다양한 결과를 얻을 수 있다는 것도 분명하다. 필자도 사례들을 비교해 보면 한 가지 이상의 원리가 작용하고 있어서, 자유시는 전혀 통일된 현상이 아니라는 의심이 든다.

20세기 이전에는 우리가 설명하는 자유시와 같은 유의 시를 거의 찾아볼 수 없다. 몇 가지 예가 있기는 하지만, 그런 것들은 대개 아주 특수한 경우다. 말하자면 이국적인 형식과 대등한 형식을 찾거나 수긍할 수 있는 특이한 결과를 이루는 방법을 찾으려는 시도에서 이루어진 것들이다. 존 밀턴의 비극 《투사 삼손》(*Samson Agonistes*, 1671)에 나오는 합창곡의 예가 있는데, 이는 그리스 비극의 합창곡을 모방한 것으로 친다. 특히 토르콰토 타소의 전원극 《아민타》(*Aminta*)에 나오는 합창곡과 같은 이탈리아 시의 모델에 크게 영향받았다. 매슈 아널드의 〈길 잃은 난봉꾼〉(Strayed Reveller)이란 시가 있는데, 이 시의 운율은 주인공이 난봉꾼으로 방황한다는 점으로 설명할 수 있다. 이러한 것과 전혀 달리 이루어진 월트 휘트먼의 예도 있다. 대다수의 시인들이 정상적인 표현방식으로 자유시를 활용하게 된 것은 대강 지난 50여 년 동안이라고 본다.[3] 필자가 주로 관심을 기울이는 것은 이런 현대의 자유시다.

이쯤에서 프랑스 시의 도움을 받아 보기로 하자. 우리가 아는 바와 같이 프랑스에서는 자유시가 좀더 강력하게 수립되어 있는데, 거기에서는 영국보다 더 열의를 갖고 집요하게 문학적 탐구를 수행하는 일이 잦다. 사실 프랑스에서는 자유시를 보다 이론적으로 다루는 경향이 있었으며, 그 결과로 아주 명확하게 구별할 수 있었다. 명확하다고 했지만 거의 어지러울 정도다. 기원, 의도, 기법적 원칙 등 모든 것이 논의의 대상이었기 때문이다. 우리는 즉시 프랑스 시에서 자유시라고 할 수 있는 베르 리브르(vers libre)와 파격시라고 할 수 있는 베르 리베레(vers libéré)를 구별한 것을 알 수 있는데, 베르 리베레는 태생적으로 자유로운 시로, 말하자면 기존의 속박에서 해방된 시를 말한다. 영어에서는 이러한 구별을 하지 않는다. 부분적인 이유겠지만, libre와 libéré라는 말 사이에서 이루어지는 멋진 대립관계에 어울리는 영어가 적당하지 않기 때문이다. 그러나 좀더 근사한 이유로 프랑스 문학의 역사에서는 엄격한 운율법에서 해방되겠다는 생각이 아주 중요했다는 사실을 들 수 있겠다. 프랑스의 고전적 운율법의 관습은 영국에서 알고 있는 것 이상으로 강력하고 정교한 것이었다. 탁월한 프랑스 시 대부분은 이런 관습 속에서 지어졌는데, 특히 이런 관습은 오랜 기간 동안 유지되어 왔다. **마침내 말레르브가 당도했다.**[4] 프랑수아 드 말레르브가 마침내 당도하기는 했으나 1600년경이었다. 40년이 지나서야 존 데넘과 에드먼드 월러는 기억해야 할 정도로 대단하게 영국의 운율을 다듬었다.[5] 이들이 시작한 일은 말레르브가 당도하고 나서 한 세기 이상이 지난 알렉산더 포프의 시대에 와서 완결되었다. 이 이야기의 다른 끝에는 낭만주의적 해방론자인 새무얼 콜리지가 있는데, 그는 자신이 말한 대로 "새로운

---

3) 이 글은 원래 1950년대에 씌어진 것이다. 그러므로 필자는 20세기에 들어와서 자유시가 널리 쓰여지게 되었다는 뜻으로 말한 것이다 [편역자 주].

4) "마침내 말레르브가 당도했다. 프랑스에서 맨 먼저 한 일은, / 운율에 엄격함과 조화를 이끌어 들인 일." ─니콜라 부알로(Nicolas Boileau, 1636~1711), 《시론》(*L'art poétique*), i : 131-2.

5) 영국시의 고전주의 시대는 대개 존 데넘 경(1615~1669)과 에드먼드 월러(1606~1687)와 더불어 시작된 것으로 본다.

원칙에 근거한” 운율로 고딕풍 발라드인 《크리스타벨》(Christabel)을 1799년에 지었다. 프랑스 문학에서 빅토르 위고의 초기 서정시가 분출하기 30년 전의 일이었다. 운율 관습의 힘에 관해 말하자면, 연행(連行, enjambement)이 영국문학이란 무대에서는 소동을 일으킨 적이 없다는 사실에 주목하는 것으로 충분하리라. 따라서 프랑스 시사에서 일련의 정해진 규칙에서 벗어난다는 것은 영국보다 훨씬 더 심각한 문제를 일으킨다. 이 규칙이란 중간휴지(caesura)의 정확한 자리잡기, 남성운과 여성운의 교차, 완전압운(rime riche) 및 이와 관련된 그 밖의 규칙을 지키라고 요구하는 것을 말한다. 그러므로 프랑스에는 전통적 작시법에 출발점을 둔 시형인 베르 리베레 개념이 있지만, 이것은 아주 많은 시적 자유와 더불어 오래된 관습에서 별로 중요하게 여기지 않는 것들을 대개 무시한다. 더구나 프랑스에서는 베르 리베레와 베르 리브르를 구별하는데, 베르 리브르는 말 그대로 전통적 작시법과 전혀 관련이 없다. 영국에서 위대한 시는 대부분 원초적 자유를 구가하거나 법석 떨지 않으면서도 운율 관습에서 해방된 시로 씌어진 것들이다. 때문에 좀더 일반적인 베르 리베레가 당연하게 여겨졌으며 명칭조차 부여되지 않았다. 그러므로 극단적인 베르 리베레와 형식상 유별난 것들을 한데 뒤섞어서, 이것들을 모두 ‘자유시(free verse)’라고 통칭해 왔다. 그렇지만 프랑스에서 행한 구별은 의미 있는 일이다. 나중에 이 문제를 다시 논의해 보겠다.

　잠시 프랑스 비평가들이 자기 나라의 베르 리브르의 기원과 의도에 관해 언급한 바를 살펴보기로 한다. 거기에서 어떤 시사를 받을 수도 있기 때문이다. 기원의 문제는 언제나 뜨거운 논쟁거리다. 물론 프랑스는 영국보다 훨씬 오래된 기원을 갖고 있다. 이 문제는 19세기 후기의 상징주의 실험과 관련이 있으며, 대부분의 출발점은 이미 제시된 바 있다. 베르 리베레가 베르 리브르로 더더욱 해방될 수 있었던 폴 베를렌의 “흐릿하고 모호한(vague dt soluble)” 작시법, 1880년대 귀스타브 칸의 실험과 선전, 주디트 고티에의 《비취의 권(卷)》(Livre de Jade), 랭보의 《일뤼미나시옹》(*Illuminations*), 일반적인 시적 산문, 특히 보들레르의 《소산문시집》(*Petits Poèmes en Prose*), 이들에게 부분적으로 영향을 미친 알로이시스 베르트랑의 《밤의 가스파르》(*Gaspard de la Nuit*), 월트 휘트먼의 시, 거의 연관된 것으로 여겨지는 형식인 성경의 단시(verset) 형태 등이 그것이다. 이런 문제들은 먼셀 존스의 《현대 프랑스 시의 배경》(*Background to Modern French Poetry*)에 박식하게 논의되어 있다. 그러나 그의 상세한 설명에도 불구하고 이렇게 많은 증거는 오히려 모호함을 야기한다. 어느 정도 분명한 것은 베르 리베레와 베르 리브르의 공통된 근거가 무엇이든 간에, 극단적 종류인 베르 리브르는 거의 시적 산문에 의거한다는 점이다. 베르 리브르는 전통적인 작시법의 어떤 것을 고쳐 사용하지 않고 산문 리듬을 고쳐 쓴 것이다. 이는 영국의 자유시 논의에서 결코 진지하게 언급된 적이 없다. 따라서 이러한 시사점은 검토해 볼 필요가 있다.

새로운 작시법의 뒤에 놓여 있는 직접적인 의도가 상징주의 운동의 특징인 감성의 전면적인 해방이라는 것은 말할 나위도 없는데, 이는 다양한 형식으로 표현된다. 예를 들어 귀스타브 칸은 자신이 자유시에서 "좀더 뒤얽힌 음악을(musique plus complexe)" 추구했다고 말한 적이 있다. 반면에 그와 동시대인인 쥘 라포르그는 가능한 대로 직접 감성을 표현하는 방식인 즉각적인 심리적 자발성을 추구했다.[6] 말라르메는 《시의 위기》(*Crise de Vers*)에서 엄숙한 공식적 행사를 위해 국기를 아껴두듯이 알렉상드랭의 사용도 자제해야 한다고 말했지만, 반면에 크고 작은 개인사에는 자유시의 다양한 형식이 더 적합하다고 보았다.[7] 그러나 당시의 자유시를 싫어했던 초기의 베를렌은 자기 나름의 베르 리베레를 진지하게 추구했는데, 이 베르 리베레는 공식적인 프랑스 시의 리듬과 달리 좀 주춤거리는 리듬을 담고 있다. 이와 유사한 견해들이 영국

---

6) G. Khan, 《초기 시집》(*Premiers poèmes, avec une préface sur les vers libres*), 1897, p.17.
7) S. Mallarmé, 《전집》(*Oeuvres complètes*), Paris : Pléiade, 1945, p.362.

에도 있다. 윌리엄 예이츠의 초기 글은 자유시를 갖고 분명한 실험을 하던 같은 시대인들의 견해와 다르긴 하지만, 희미하고 여리며 흐르는 듯한 시적 리듬이 필요하다고 언급한 베를렌의 견해를 한바탕 되풀이하고 있다.[8] 사실 시에 새로운 음악적 표현이 필요하다고 요구한 칸의 희망은 영국에서도 지난 19세기 말과 20세기 초에 끊임없이 반복된 바 있다. 토머스 흄은 1908년경에 쓴 현대시에 관한 글에서 실제로 칸의 말을 인용하면서, 그의 작품에서 자유시의 기원을 추적해 본 적이 있다.[9] 그러나 흄의 언급에는 새로운 작시법의 의도에 좀더 심리적인 편향을 부여해서, 보다 폭넓은 개성적 표현과 자발성을 갈망하는 면모가 나타난다. 같은 글의 뒷부분에서 흄은 낡은 작시법과 새로운 작시법을 구별한 말라르메의 견해와 거의 흡사한 견해를 표명한다. 흄은 전통시를 불변성·영원성·절대미와 동일시하고, 자유시는 자신이 유동적인 것, 최대한의 개성적이자 개인적인 표현을 현대적으로 추구하는 것이라고 설명한 바와 동일시한다. 고정된 형식은, 예컨대 영웅적 행위를 표현한 예전 시의 주제에 적합하고, 현대시는 규모가 작고 내밀한 개인적 주제에 적합하다고 본다. "이와 같은 현대적인 시적 정신의 개념, 즉 주저하고 좀 수줍어하며 사물을 바라보는 태도를 규칙적인 운율에 담는 것은 어린애를 무장시키는 것과 같다." 이처럼 말라르메가 《시의 위기》에서 말했던 바를 그대로 말하는 것은 좀 엉성하고 신중하지 못한 시도라고 본다. 도리어 나중에 파운드는 주저하고 좀 수줍어한다는 식의 허튼 소리를 하지 않으면서도 라포르그와 말라르메의 견해를 되풀이한 적이 있다.[10] 훨씬

---

8) W.B. Yeats, 《산문집》(*Essays*), 1924, p.201.
9) T.E. Hulme, 《새로운 사색록》(*Further Speculations*), Minnesota, 1955, pp.67ff.
10) T.S. Eliot(ed), 《에즈라 파운드 문학론집》(*Literary Essays of Ezra Pound*), 1954, p.9 : "**리듬**. 필자는 '절대적' 리듬을 신봉한다. 이 리듬은 표현하려는 감정이나 감정의 음영에 정확히 대응하는 시의 리듬이다. 한 사람의 리듬은 해석될 수 있어야 한다. 그러므로 결국 모조하지도 않고 모조할 수도 없는 그 자신만의 것이어야 한다 …… **형식**. 대부분의 균형 잡힌 형식은 어떤 쓸모가 있다. 균형적인 형식 속에서 광범위한 주제는 정확히 표현될 수 없으며, 따라서 적절히 표현될 수

뒤에 로렌스는 자유시에 대해 나름대로의 존재이유를 댔는데, 전혀 다른 측면을 강조하고 있긴 하지만, 그도 또한 즉각적인 심리적 자발성에서 존재이유를 찾는다.[11]

2.

그러나 시적 영감(靈感)의 원천인 카스탈리(Castalie)에서 흘러나오는 물을 조금도 흘러가지 않게 하면서 수로를 판다는 것은 심히 힘든 일이다. 그래서 이럭저럭 찾아낼 수 있는 역사적이며 이론적인 힌트 몇 가지를 갖고 실제적인 예를 살펴보기로 한다. 이를 위해 좀더 비판적인 견해 하나만 더 들어보겠다. 엘리어트는 자유시에 도달하는 방법이 두 가지 있을 뿐이라고 언급한 적이 있다. 하나는 관례적인 유형에서 출발해서 거기에서 계속 멀어져 가는 방식이다. 다른 하나는 전혀 어떤 유형 없이 출발해서 관례적인 것으로 계속 접근해 가는 방식이다. 엘리어트의 시에서 한 대목을 들어 그것이 어떻게 이런 규정에 부합되는지 보

없다.”
11) D.H. Lawrence, 《불사조》(*Phoenix*), 1936, pp.220~224 : “이런 시는 혼란스럽고 포착할 수 없는 현재를 읊는 시이며, 그 불변성은 바람처럼 스쳐가고 마는 시다. …… 자유시에 관한 언급이 많이 있다. 그러나 결국 말하는 바는 모두 자유시가 현 순간의 인간이 직접 말하는 것이거나 그런 것이어야 한다는 점이다. …… 혼란도 있고 부조화도 있다. 그러나 혼란과 부조화는 물을 퍼부을 때 소음이 나듯이, 현실적인 것일 뿐이다. …… 우리가 말할 수 있는 것은 자유시가 규칙에 제한받는 시와 똑같은 특질을 갖고 있지 않다는 점이다. 그것은 회상적인 것이 아니다. 양손에 쥐고 그 극치를 소중히 여기는 과거가 아니다. 우리가 응시하는 수정과 같이 완벽한 미래도 아니다. …… 자유시에서는 순간이 적나라하게 밀려오며 고동친다. 운율시의 멋지기만 한 형식을 깨뜨리려면, 단편적인 것을 새로운 실체처럼 들려주려면 베르 리브르를 요구해야 한다. 이것이 대다수 자유시 작시자들이 달성한 그것이다. 그들은 자유시가 나름의 본질을 갖고 있다는 것을 모른다. 본질은 빛나는 별도 찬란한 진주도 아니다. 바로 플라스마(plasma)와 같은 순간성이다.”

기로 한다. 이런 예로 뛰어난 실례가 되는 〈프루프록의 연가〉(The Love Song of J. Alfred Prufrock)의 처음 20행을 인용해 본다.

> Let us go then, you and I,
> When the evening is spread out against the sky
> Like a patient etherised upon a table;
> Let us go, through certain halr-deserted streets,
> The muttering retreats
> Of restless nights in one-night cheap hotels
> And sawdust restaurants with oyster-shells :
> Streets that follow like a tedious argument
> Of insideous intent
> To lead you to an overwhelming question ……
> Oh, do not ask, What is it?
> Let us go and make our visit.
>
> In the room the women come and go
> Talking of Michelangelo.
>
> The yellow fog that rubs its back upon the window-panes
> The yellow smoke that rubs its muzzle on the window-panes
> Licked its tongue into the corner of the evening,
> Lingered upon the pools that stand in drains,
> Let fall upon its back the soot that falls from chimneys,
> Slipped by the terrace, made a sudden leap,
> And seeing that it was a soft October night,
> Curled once about the house and fell asleep.[12]

---

12) 자, 갑시다, 당신과 나, / 수술대 위에 마취된 환자처럼 / 저녁 노을이 하늘에 퍼지면. / 우리 갑시다, 인적이 끊어진 거리를 지나 / 편치 않은 싸구려 여인숙과 / 굴껍질 내놓는 톱밥 깔린 식당 / 투덜대는 말소리 흘러나오는 골목을 거쳐. / 음험한 의도에서 나오는 / 진저리나는 시비처럼 잇달은 거리는 / 압도적인 문제로 당신을 끌어 들이는데 …… / 아, 무엇이냐고 묻지 마세요 / 우리 가보기로 합시다. //
　　방 안에선 여인네들이 오가며 / 미켈란젤로를 이야기하고. //

이 대목은 영어식의 느슨한 의미에서 보더라도 틀림없는 자유시다. 시행의 길이는 6음절에서 14음절에 이를 정도로 다양하다. 처음 읽을 때에 시행은 전부 일반적인 리듬의 흐름에 속하는 것으로 여겨지지도 않는다.

Like a patient etherised upon a table;

Of insideous intent

위의 시행들은 도대체 어떤 운율 유형에도 들어맞지 않는다. 압운은 불규칙적으로 배열되어 있다. 어느 때는 대구(對句)식으로, 어느 때는 한 행 걸러 번갈아 나타나기도 하는데, 대부분의 시행에 운이 없다.

반면에 어느 순간에는 자신이 시를 읽고 있다는 사실을 의심할 수도 없다. 실제로 다음과 같이 개별적으로 뽑아낸 몇몇 행들은 완벽하게 규칙적인 시행이다.

Of restless nights in one-night cheap hotels
And sawdust restaurants with oyster-shells :

Lingered upon the pools that stand in drains,

Slipped by the terrace, made a sudden leap,

Curled once about the house and fell asleep.

물론 이런 시행들은 완벽할 정도로 정상적인 약강격 10음절 시행이다. 현재 영국 시에서 약강격 리듬은 엄청난 지배력을 갖고 있다. 이런

유리창에 등을 비비는 노오란 안개 / 유리창에 주둥이를 비비는 노오란 연기 / 저녁의 구석구석을 핥고는 / 수채에 고인 물에서 서성거리다가 / 굴뚝에서 떨어지는 그을음을 등에 뒤집어쓰고 / 테라스를 끼고 돌다 갑자기 뛰어 내려 / 아늑한 시월달 밤인 줄 알았는지 / 집을 끼고 한 바퀴 돌고 잠들어 버렸다.

현상이 역사적으로 우연한 일인지, 아니면 언어의 내재적 본질인지 필자는 모르겠다. 좌우간 약강격 10음절 시는 제프리 초서 이래로 영시에서 중요한 기본적 시행을 이루고 있다. 이것이 보여주는 효과는 이처럼 운율이 다양하게 뒤섞인 시행들이 찾아지는 곳에서는 나머지 시행들도 이와 같다는 암시가 이루어진다는 점이다. 따라서 이러한 구절을 읽는 것은 불규칙하게 압운된 시를 읽는 것이기보다 무운시를 읽는 것과 흡사한 경험을 갖게 한다고 본다.

이는 모순된 말처럼 들릴 것이다. 그러나 필자가 뜻하는 바는 일반적인 시적 흐름이 무운시와 같다는 것이지, 대구나 어떤 연형식과 같다는 것이 아니다. 실제로 압운이 이루어지더라도 그렇다. 물론 단행(短行)도 많이 있다. 그러나 우리는 무운시의 단행에는 결코 놀라지 않는다. 그 이유의 일부는 극시에서 벌어지는 말의 말미에서 행이 단절되는 것에 익숙해져 있기 때문이며, 일부는 베르길리우스 시의 단행이 일종의 고전적 선례를 이루고 있기 때문이다.

장행(長行)이 오히려 더 많은 문제를 제기한다.

The yellow fog that rubs its back upon the window-panes

이 행은 운율구도에 맞추기 어렵다. 그러나 살펴보면 이 행과 다음에 이어지는 행들은 실제로 약강격 5보율의 무운시를 담고 있는 것으로 판명된다. 이러한 행들이 지면에서는 그렇게 보이지 않더라도 그렇다. 다음과 같이 다시 읽어 보자.

The yellow fog that rubs its back upon
The window-panes, the yellow smoke that rubs
Its muzzle on the window-panes, licked
Its tongue into the corner of the evening,

그러면 실제로는 이런 식으로 인쇄되지 않았지만, 완전한 무운시로 파악할 수 있을 것이다. 지금과 같은 행배열은 말하자면 일종의 구두법인데, 무운시적 흐름이 이런 배열에 들어 있다 하더라도 무운시와 다른 흐름이라는 것을 시사한다. 실제로 17세기 전기인 제임스 1세 시절의 심하게 잘못 인쇄된 비극작품에 잘못 배열되어 있는 시행들과 흡사한 면이 있다. 여기에서 우리는 엘리어트가 자신의 작시법은 부분적으로 17세기의 극작가인 존 웹스터와 시릴 터너의 작시법에 근거한다고 말한 사실을 상기할 필요가 있다. 따라서 이 구절이 웹스터와 터너가 무운시를 다룬 솜씨와 아주 흡사하다는 것을 알 수 있을 것이다. 이들의 믿을 만한 운율적 재능 이외에도 엘리어트는 어쩌면 17세기의 인쇄소에서 불충분한 능력으로 말미암아 일으킨 우발적인 오식을 잘 포착해서, 그것으로 긍정적인 운율효과를 빚어내고 있다.

따라서 여기에서 당면하게 되는 운율이 어떤 것인지 명백해진다. 그것은 첫 번째 유형의 자유시로 관례적인 형식에서 출발해서 계속해서 그것에서 멀어지는 유형이다. 결과는 이전부터 우리가 알고 있는 시적 리듬관에 아주 쉽게 적응하는 리듬을 빚어낸다. 그렇지만 놀랄 정도로 독창적인 것이다. 필자가 이 시행들을 30여 년 전에 처음 읽었을 때 아주 강렬한 인상을 받았던 것은 시행들이 보여주는 새로움 때문이었다. 이 새로움은 제임스 1세 시절에 진정 아주 자유롭게 다루어지던 무운시가 극히 자연스럽게 발전된 것처럼 읽을 수 있다는 사실에서 이제는 전통적 특질이 되어버린 그것이다. 그러나 엘리어트가 연구했던 극작가들이 활용하던 것과 똑같은 자유로움을 갖는 특질이다. 사실 이런 시는 베르 리브르라기보다 베르 리베레에 속한다.

이미 언급한 자유로운 작시법의 동기를 생각해 본다면, 〈프루프록의 연가〉에서 인용한 대목에 제일 잘 어울릴 것 같은 동기는 무엇일까? 새로운 음악? 그렇기도 할 것이다. 이 시가 명백히 음악적 효과나 청각적 효과를 노리는 것으로 여겨지지 않더라도 그렇다. 시인의 개성적인 감성의 자유로운 표현? 엘리어트는 이런 의도를 반복해서 부인하고 있다. 특정한 순간의 경험을 직접 옮겨 적은 것? 인용한 대목은 많은 순간을 합쳐놓은 것이어서, 직접 옮겨 적으려고 했다기보다 근본적으로 명상적이거나 회상적인 것 같다. 이제까지 알려져 온 어떤 의견도 이런 유의 베르 리베레가 갖는 참된 존재이유를 제시한다고 보지 않는다. 앞으로 제시하겠지만, 참된 존재이유는 시인의 감성을 완벽하게 표현하는 것이 아니라 보다 단순하면서도 꼭 자기본위적이지는 않다고 본다. 덧없이 흘러가는 순간을 좀 머뭇거리며 낚아채려는 것이 아니라 좀더 활달하면서도 **순진한 척하지 않으며** 낚아채는 것이다. 엘리어트는 20세기 초기의 시가 담당한 특별한 직분은 적절한 현대적인 시적 어법을 발전시키는 것이라는 견해를 밝힌 적이 있다.[13] 이 어법은 현대의 구어체 화법과 관련이 있는데, 현대적인 시적 언어 대부분이 그러하듯이 근래의 문학에서 지칠 정도로 선별해 내는 일과는 오히려 관련이 없다. 새로운 시형식을 동시에 발전시키지 않으면서 새로운 시적 어법을 발전시킨다는 것은 심히 어려운 일이다. 현존하는 형식은 우발적이 아니라 필연적으로 어떤 시적 어법이나 어휘와 연관되어 있기 때문이다. 엘리어트와 같은 시기에 파운드가 품었던 약강격 운율의 독재체제를 깨뜨려 버리겠다는 욕망은 같은 뿌리에서 나온 것이다. 우리가 논의하는 자유시 종류는 이러한 자유나 비형식성에 대한 열망에서 나타난 것 같지 않다. 오히려 그런 시기에 이루어지고 있었거나 이루어진 시의 어법을 쇄신하려는 데에서 필연적으로 동반되어 일어난 것 같다.[14]

해결책을 찾았던 "또 다른 시인은 생각건대 존 던"인데, 그는 낡은 운율을 확장시키고 뒤집어서 자신의 새로운 어휘에 적응시킬 필요에서 해결책을 모색했다. 주기적으로 반복해서 이렇게 할 필요가 있을 것이

---

13) T.S. Eliot, 《시의 음악》(*The Music of Poetry*), W.P. Ker Memorial Lecture, Glasgow, 1942, p.27.

14) 엘리어트의 초기 작시법은 칸이 랭보와 베를렌의 작시법에 관해 다음과 같이 언급한 내용과 흡사하다고 말할 수 있다. "전통적인 운율법에 도입된 독창적인 불협화음은 새로운 악기가 연주하는 것으로 여겨졌다. 그러나 이런 일은 환상에 불과했다. 아주 매력적이고 융통성이 풍부할 뿐만 아니라 대단히 비판적인 성향에도 불구하고, 실제로는 여전히 낡은 운율에 사로잡혀 있었다"(《초기 시집》, p.15).

다. 그러나 이러한 일을 정상적이거나 필연적인 시적 상황이라고 이해
해서는 안 된다. 《현대시의 형식》(*Form in Modern Poetry*)에서 허버트
리드 경이 보여준 바와 같이 1920년대에 애착을 갖는 비평가들은 이러
한 사태를 연년세세 거듭되는 일처럼 요구하는 경향이 있다. 시인들은
더 잘 안다. 엘리어트는 방금 인용한 구절에 뒤이어, 현대적 어법이 수
립되면 음악적으로 세련된 표현을 할 수 있는 시기가 이어진다고 말했
다. 이제 우리가 기대하는 시기는 《네 개의 사중주》(*Four Quartets*)처
럼 공식적이자 정확한 작시법에 의거하는 시기다. 그렇지만 자유시의
시대에 이루어지는 바에서 많은 것을 배워야 하는 그런 공식적인 작시
법이다.

　이제 두 번째 사례를 들어보기로 하는데, 이번에는 데이비드 로렌스
의 시 〈뱀〉(Snake)이다. 필자가 보기에 로렌스의 시 대부분은 형식보다
는 다른 것 때문에 존경할 만하다고 본다. 어떤 시는 형식적 토대에서
실패하기도 했기 때문이다. 필자는 분명 훌륭한 시일 뿐만 아니라 작시
법 차원에서도 흥미로운 시의 한 대목을 들어 보기로 한다.

A snake came to my water-trough
On a hot, hot day, and I in pyjamas for the heat,
To drink there.

In the deep, strange-scented shade of the great dark carob-tree
I came down the steps with my pitcher
And must wait, must stand and wait, for there he was at the trough
before me.

He reached down from a fissure in the earth-wall in the gloom
And trailed his yellow-brown slackness soft-bellied down, over the
edge of the stone trough
And rested his throat upon the stone bottom,
And where the water had dripped from the tap, in a small clearness
He sipped with his straight mouth,

Softly drank through his straight gums, into his slack long body,
Silently.

Someone was before me at my water-trough,
And I, like a second comer, waiting.

He lifted his head from his drinking, as cattle do,
And looked at me vaguely, as drinking cattle do,
And flickered his two-forked tongue from his lips, and mused a
moment,
And stooped and drank a little more,
Being earth-brown, earth-golden from the burning bowels of the earth
On the day of Sicilian July, with Etna smoking.[15]

서두의 문장은 세 행으로 이루어진 독립된 연인데, 여하한 관례적 시 형식에서도 출발하지 않은 리듬이 여기에 있다는 광고로 보기에 충분하다. 다음의 한 무리의 시행들에서는 감정을 감독하고 지시하는 긍정

---

15) 뱀이 내 물통에 와 있었다 / 몹시 더운 날이어서 파자마 바람으로, / 물 마시러 갔다. //

짙푸르게 무성한 캐럽나무 생소한 냄새나는 짙은 그늘로 / 물주전자를 들고 층층대로 내려갔다. / 그러나 기다려야 했다. 서서 기다려야 했다. 그놈이 나보다 앞서 물통에 와 있기에. //

그놈은 그늘진 토담 틈새에서 나와 / 황갈색의 처진 부드러운 배때기를 끌어 돌로 만든 물통 전에 걸친 채 / 모가지를 돌바닥에 쉬고 있었다. / 거기 수도꼭지에서 물방울이 똑똑 듣고 있는데 / 그놈은 쭉 째진 아가리로 물을 마시고 있었다. / 쭉 내민 잇몸 사이로 해서 건방진 길쭉한 몸뚱어리 속으로 슬슬 들이키고 있었다. / 조용히. //

나보다 앞서 물통에 온 놈이 있어, / 나는 두 번째로 온 사람처럼 기다려야 했다. //

물을 마시다가 대가리를 쳐든다, 마소가 그러하듯이, / 물끄러미 나를 바라본다. 물 마시는 마소가 그러하듯이, / 두 갈래진 혓바닥을 날름거리다가, 잠시 가만히 있다가, / 대가리를 숙이고 조금 더 물을 마셨다, / 대지의 끓어오르는 내장에서 나온 흑갈색, 황토색을 하고 / 에트나 화산이 연기를 내뿜는 시칠리아의 칠월 그 날에.

적인 미적 도구로 리듬을 파악할 수 있다. 모호한 것보다는 어린애처럼 분명한 것이 좋아서, 강세된 장음절이 연달아 이어지면서 그늘이 짙어져 가는 모습을 보여주는 지점을 "d'eep, str'ange-sc'ented sh'ade, gr'eat d'ark carob-tr'ee"처럼 표시해 둔다. 한편 "must wait, must stand and wait"에 나타나는 지연되거나 스스로 지체하는 움직임은 "for there he was at the trough before me"라는 갑작스런 신속함과 대비된다. 그러나 이처럼 박력 있게 사용하는 리듬은 시의 리듬이 아니다. 느슨하기는 하지만 어떤 관례적인 운율 유형과 일치하지 않기 때문이다.

잠시 멈춰서 상세히 설명하지는 않겠지만, 다음 부분인 "He reached down from a fissure ⋯⋯ "에 대해서도 같은 말을 할 수 있다. 효과의 일부는 "slack, stone, straight"처럼 말을 리듬감 있게 반복하고 반복하는 데에서 이루어지며, 일부는 뱀의 축 처진 움직임을 표현하는 축 처진 리듬에 의해 이루어진다. 그러나 역시 관례적인 운율에 근접된 것이 아니다.

그렇다면 어떤 일이 벌어지는지 살펴보자. 거의 구두법을 표시한 것과 흡사한, 짧지만 단조로운 2행씩으로 이루어진 구절이 있는데, 다음과 같다.

> He lifted his head from his drinking, as cattle do,
> And looked at me vaguely, as drinking cattle do,
> And flickered his two-forked tongue from his lips, and mused a moment,
> And stooped and drank a little more,
> Being earth-brown, earth-golden from the burning bowels of the earth
> On the day of Sicilian July, with Etna smoking.

여기에서 알 수 있는 것은 완전히 다른 것이다. 이것은 사실 자유롭게 다루어진 무운시 구절이다. 말하자면 아주 자유롭게 약약강격이 대신 사용된 정상적인 무운시다. 첫 두 행에서는 아주 솔직하게 사용되고 있다. 세 번째, 네 번째 행에서는 행분할로 말미암아 좀 모호하다. 그러나 조판 상황을 변경시켜서 'mused' 다음에서 행을 끊으면, 아주 솔직한 무운시행 두 행을 볼 수 있다. 다섯 번째 행은 상당히 수정되고 확장되어서, 현재로서는 기본형과 가까스로 부합된다. 그러나 마지막 행에서는 확고하게 규범적 형태로 돌아간다.

On the day of Sicilian July, with Etna smoking.

여기에서 벌어진 일은 〈프루프록의 연가〉에서 인용한 대목에서 이루어진 것의 역전현상이다. 중요한 순간에는 무운시의 리듬이 나타나는데, 상당한 정도로 확장되고 수정되고 변형되어 있다. 여기의 중요한 순간에는 식별할 수 있는 시리듬이 전혀 없다. 괜찮다면 산문리듬이라고 할 수 있는데, 뜨겁고 고요한 시칠리아의 한낮에 뱀이 움직이는 모습이란 경험 자체에 전적으로 제한받는 산문리듬이다. 이 리듬은 미적 효과를 얻기 위한 주요한 요소로 극히 의도적으로 사용되고 있다. 그러므로 아주 리드미컬한 영어 산문에서 흔히 그렇듯이, 약강격 10음절 시행의 매력은 아주 커서 리듬은 그 속으로 슬며시 미끄러져 들어가 일종의 무운시가 된다. 그런데 아주 미묘하게 다루어져서 나머지 행들과 전혀 조화를 이루지 못한다. 시가 전개됨에 따라 이렇게 파악할 수 있는 시적 리듬이 다시 깨어져서 산문리듬으로 돌아가는데, 솔직하게 대화투의 산문리듬인 경우가 많다. 그러나 반복과 병렬에 의해 지시되고 강조된다. 때로는 모호하게 때로는 확고하게 무운시적 시행으로 돌아가는 경우도 가끔 있다. 필자는 로렌스가 이런 식으로 분명히 생각했으리라고는 잠시라도 의심하지 않는다. 그렇지만 달리 생각할 수 있는 리듬의 근거에서 본다면, 이와 같이 간헐적으로 규범적인 시적 리듬으로 다가가는 것은 이 멋들어진 시가 빚어낸 결과의 중요한 일부라고 본다.

이제 세 번째의 사례를 들어보겠는데, 이번에는 아주 의도적인 기교가(技巧家) 파운드의 시에서 들어보기로 한다. 실제로는 두 가지 예로 이루어질 것인데, 아주 조심해서 두 가지 예로 국한한다. 파운드가 다양한 자유시와 많은 전통적 운율을 실험해본 우리 시대의 지칠 줄 모르는 실험가이기 때문이다. 다음은 첫 번째 예다.

> Dark eyed,
> O woman of my dreams,
> Ivory sandalled,
> There is none like thee among the dancers,
> None with swift feet.
>
> I have not found thee in the tents,
> In the broken darkness.
> I have not found thee at the well-head
> Among the women with pitchers.
>
> Thine arms are as a young sapling under the bark;
> Thy face as a river with lights.[16]

여기에서는 어떤 관례적인 시적 리듬의 흔적조차 찾아낼 수 없다. 가장 분명한 형식적 특질은 반복과 병렬이다. 이런 특질은 즉시 성서의 산문을 연상시킨다. 아니 정확히 말하자면 성서의 시구를 영어 산문으로 번역한 것을 연상시킨다. 구약성서의 〈아가(雅歌)〉를 생각나게 하는데, 아주 잘 어울린다. 이 대목을 취해온 시의 제목이 〈무희, 갈릴리 가나 마을의 혼례식을 위해〉(Dancing Figure, For the Marriage in Cana of Galilee)이기 때문이다. 이에 덧붙여 아주 강하게 강조된 강세가 있다.

---

16) 검은 눈동자 / 상아빛 샌들 / 아, 꿈에 그리던 여인이여, / 그대처럼 민첩하게 발놀림하는 / 무희도 없어라. //

어둠이 접혀진 텐트에서 / 그대를 보지 못했네. / 물동이 인 아낙네들 사이 우물가에서도 / 그대를 보지 못했네. //

그대의 팔은 묵은 등걸에 피어난 한 겹 벗겨진 풋나무 가지 / 그대의 얼굴은 빛이 넘실대는 강물.

파운드는 이 점을 이렇게 설명했다. "북소리처럼 강하게 표지된 악센트가 들어 있는 자유시가 있다(예를 들자면 내가 지은 〈무희〉가 그렇다)."[17] 이것이 어떻게 이루졌다는 것인지 필자는 잘 모르겠다. 그러나 각각 두 개씩의 강한 강세를 갖는 서두의 세 행이 균형 잡힌 것은 아니지만, 분명히 강한 악센트의 리듬을 처음부터 기대하게끔 한다. 이것은 베르 리베레가 아니라 베르 리브르다. 그렇지만 주로 강세음절과 비강세음절에 의해 강력하게 표지된 유형을 찾아낼 수 있다. 이와 같은 악센트의 배열은 나름대로 화음을 만들어내게 된다. 여기에서 우리는 새로운 음악에 대한 욕망이 베르 리브르의 존재이유라는 칸이 제시한 이유를 분명 떠올리지 않을 수 없다. 필자가 뜻하는 바는 바로 이 시에서 악센트가 일반적인 산문에서 그렇듯이 주로 우연한 방식으로 배열되어 있지 않다는 점이다. 로렌스의 시 〈뱀〉처럼 근본적으로 묘사의 결과를 강화하려는 것도 아니고, 미약한 대로 관례적인 시리듬을 예상하는 어떤 기대감과 관련된 것도 아니다. 독립적인 새로운 음악 구성체를 달성하려는 것이다.

이번에는 훨씬 까다로운 예를 들어 보겠다. 《섹스투스 프로페르티우스에 대한 경의》(*Homage to Sextus Propertius*)에서 택해 보겠다. 이 시에서 파운드는 프로페르티우스라는 가면(persona)를 쓰고서 말하는데, 프로페르티우스가 쓴 시를 다소 변형시켜서 그렇게 하고 있다. 이 대목은 일련의 반복되는 주제 가운데 하나를 다루고 있다. 자기 자신의 (즉 프로페르티우스와 파운드의 것인) 시심(詩心)의 한계, 위대한 공적 주제의 거부, 그리고 자신의 시를 그렇게 지적이지도 않고 공공심이 있지도 않은 자기 애인을 즐겁게 해주려는 주제에 국한하는 것이 그런 것이다.

When, when, and whenever death closes our eyelids,

Moving naked over Acheron

---

17) 《에즈라 파운드 문학론집》, p.12.

Upon the one raft, victor and conquered together,
Marius and Jugurtha together,
                one tangle of shadows.
Caesar plots against India,
Tigris and Euphrates shall, from now on, flow at his bidding,
Tibet shall be full of Roman policemen,
The Parthians shall get used to our statuary
              and acquire a Roman religion;
One raft on the veiled flood of Acheron,
      Marius and Jugurtha together.

Nor at my funeral either will there be any long trail,
      bearing ancestral lares and images;
No trumpets filled with my emptiness,
Nor shall it be on an Atalic bed;
      The perfumed clothes shall be absent.
A small plebeian procession.
      Enough, enough and in plenty
There will be three books at my obsequies
Which I take, my not unworthy gift, to Persephone.[18]

---

18) 죽음이 우리의 눈꺼풀을 닫을 때가 되면, 그때마다, //

같은 뗏목을 타고 승자와 패자가 함께 / 같이 싸웠던 [로마의 집정관] 마리우스와 [누미디아의 왕] 유그르타가 함께 / 한 무리의 그림자 되어 / 벌거벗고 저승의 강을 건넌다. //

카이사르는 인도 정복의 꿈을 꾼다 / 티그리스 강도 유프라테스 강도 이제부터는 그의 분부대로 흐를 것이다 / 티베트에도 로마의 수비대가 가득하리라 / 파르티아 왕국에서는 우리의 조각술을 쓸 것이며 / 로마의 종교를 믿게 되리라. / 마리우스와 유그르타는 함께 / 희미한 저승의 강을 뗏목 타고 건너간다. //

내 장례식에는 긴 행렬도 없으리라 / 가문의 수호신상(守護神像)과 문장(紋章) 깃발을 치켜들고 따르는. / 나의 무상함을 위해 불어줄 나팔소리도 없으리라. / 아탈리아의 침상 같은 곳에서도 내 장례식은 거행되지 않으리. / 향기로운 수의도 없으리라. / 얼마 안 되는 평민의 행렬만 있으리. / 내 장례식에는 세 권의 시집만 있으리라 / 그것이라도 족해, 너무나 족해 / 나는 시집들을 저승의 여왕에게 받치러 가리라 / 무가치하지 않은 나의 선물일진저.

　　지금 우리는 존경할 시를 보고 있기는 하나, 의지하기에는 친숙한 것이 거의 없다. 분명하게 표지된 악센트 리듬도 없고, 성서 속의 운문을 되울려 주는 것도 없다. 방금 인용한 〈무희〉에 관해 파운드는 이렇게 언급했다. "반면에 될 수 있는 대로 반대방향으로 나가는 것이 유리하다는 생각도 있다(내 생각에는 너무 나가지 않았나 생각한다). 필자가 사용해 온 것보다 더 빈약하고 알아내기 어려운 미세한 리듬을 사용해서는 아무 이득도 없을 것으로 본다. 그런 일들을 무분별하게 고려하는 것보다는, (베껴서는 **절대 안 되겠지만**) 고전적인 음량운율에 접근하는 데 진전이 있으리라고 생각한다."[19] 이 발언이 이루어진 때(1917. 8.)와 《섹스투스 프로페르티우스에 대한 경의》가 이루어진 시점은 같다. 때문에 발언은 우리가 고찰하고 있는 시와 어떤 관련이 있다고 추정하는 것이 합리적이리라. 《섹스투스 프로페르티우스에 대한 경의》의 리듬은 분명 빈약한 측면이 있다. 이 시가 고전적 주제에 관한 것이어서 리듬이 어딘가에 있다 하더라도, 그것은 파운드가 말한 고전적인 음량운율에 근사한 것으로 예상할 수 있다. 그렇다 하더라도, 위에 인용한 견해는 휘황찬란한 빛이라기보다 희미하게 깜박이는 빛에 불과하다. 분명 이 시는 어떤 고전적 운율을 직접 모방한 것이 아니다. 또한 고전적 운율에서 찾아낼 수 있는 규칙적인 음량율의 유형도 아니다. 뿐만 아니라 필자는 파운드의 작품 어디에서도 규칙적인 음량율을 찾아내지 못했다. 영어는 강력한 악센트 언어여서 영어에서 음량율을 찾아내려는 시도는 어느 것이나 실패하게 마련이다. 악센트 유형이 다른 어떤 유형도 압도하기 때문이다. 사람들이 영어의 고전적 운율에 관해 말할 경우에 그들은 대개 악센트율의 유형이 고대 시가의 음량율적 유형을 모방했다는 뜻으로 말한다. 그러므로 고전적 음량율에 관한 이런 견해는 에누리해서 받아들여야 한다고 보며, 이 시에서 전개된 것으로 보는 바를 필자의 말씨로 설명하려고 한다. 첫째는 대부분의 영시에서 강요하는 약강격-약약강

---

19) 《에즈라 파운드 문학론집》, p.12.

격 리듬을 꾸준히 일관되게 회피한다는 점이다. 어떤 규칙적인 악센트율을 시사하는 바가 있다면 그것은 강약격-강약약격 유형인데, 영시에서는 계속 사용하는 경우가 드문 까다로운 운율이다. 사실 아주 평범하면서도 강하게 표지되지 않는다면 드물게 밖에 나타나지 않는다. 여기에서는 확실치 않아서 전혀 쉽게 파악할 수 없다. 둘째는 악센트율 리듬을 조절하기 위해 음량율적 효과를 임의로 사용한다는 점이다. 셋째는 형식적 구성의 방법으로, 공공연히 드러내기도 하고 감추기도 하는 리듬을 맞춘 병렬, 말의 반복과 병렬과 같은 여러 가지 기법을 사용한다는 점이다.

구체적으로 설명해 보겠다. "Caesar plots against India"로 시작하는 네 개의 행은 어떤 공통된 시적 리듬이 암시되는 것을 아주 잘 회피해서 그저 산문처럼 읽을 수 있으며, 거의 그렇게 여기도록 구성되어 있다. 한 걸음 더 나아가 살펴보면 정통적인 악센트 리듬이 머뭇거리며 모습을 드러내지만, 결코 명백한 약강격-약약강격은 아니다. 언제나 강약격-강약약격 리듬이다.

C'aesˇar pl'ots ˇagaˇinst 'Indˇiˇa,

Tˇib'et shˇall bˇe f'ull ˇof R'omˇan pˇol'icemˇen,

시행 "Moving naked over Acheron"은 처음 보기에는 어떤 시적 리듬도 있을 것 같지 않다. 리듬을 보여주지 않는 것은 주로 음절 '-ing'이 악센트가 들어가지는 않지만 음량적으로 장음이기 때문이다(라틴어 차원에서는 음절의 위치로 말미암아 길어진다. 'moving'의 어말음 '-ng'과 'naked'의 어두음 'n-'도 그렇다). 또한 이 음절은 우리가 일상적으로 악센트가 들어가지 않는 음절을 발음할 때 더듬거리는데, 그렇게 더듬거리지 못하게 하는 구실을 한다. 우리가 계속 말을 더듬게 되면 오히려 어설픈 강약격 시행이 되어버린다. 지금까지 파운드가 자신이 실제로 악센트 리듬을 변경시키거나 모호하게 하려고 음량적 효과를 활용했다고 한 음량에 관한 그의 언급은 타당한 면이 있다. 리듬의 병렬 문제는 첫 행에 분명히 구체적으로 나타난다.

> Wh'en, wh'en, and when'ever
> d'eath cl'oses our e'yelids,

이처럼 방금 필자가 거의 산문처럼 읽지 않을 수 없다고 말한 다음과 같은 행들에는 같은 종류의 리듬이 병행하는 것으로 나타난다.

> Tigris and Euphrates shall, from now on, flow at his bidding,
> Tibet shall be full of Roman policemen,

다음에서 알 수 있는 바와 같이, 두 행 사이에서 이루어지는 분명한 리듬의 반향을 휩쓸어 버리는 것은 유프라테스 강이라는 존재뿐이다.

> Tigris shall, from now on, flow at his bidding,
> Tibet shall be full of Roman policemen,

그러므로 어떤 한 가지 구도로 분류할 수는 없겠지만, 이처럼 분명 비형식적인 시행에도 다양한 형식적 기법이 나타난다.

이런 문제에 관해서는 많이 논의할 수 있다. 그러나 이런 시행은 약간 위장한 전통적 작시법에 의거하는 것도 아니고 짧은 길이로 잘라낸 산문도 아니라는 것을 충분히 보여주었으리라고 생각한다. 이러한 기법에는 지도적 원리가 분명하지도 않고, 잘 설명해 주는 편리한 명칭이 있지도 않다. 철저히 분석할 수 있는 것도 아니다. 사용된 기법은 그 자체가 새로운 것도 아니다. 강약격 리듬, 음량에 대한 고려, 병렬된 말이나 리듬은 모두 전통적 시에서도 자기 몫을 수행해 왔다. 그러나 전통적 시에서 이런 것들은 10음절 시, 8음절 시 등과 같이 운율이 정연한 일반적인 악센트율 리듬에 대개 종속된다. 더구나 영시는 거의 언제나 약강격이다. 여기에서 운율이 정연한 일반적인 악센트율 리듬이 사라지게 된다. 어떤 단일한 기법적 원칙도 제자리에 끼어넣을 수 없다. 형식적 구성이란 부담은 대개 일단의 종속적 요소들이 짊어지고 있다. 이 요소들은 결코 형식상 규칙의 문제가 아니기 때문에 아주 다양하고 개별적이며 예측할 수 없는 방식으로 활용된다.

이러한 이유에서 위와 같은 시가 18세기의 2행 연구(連句)와 같이 일반적으로 대다수 일반인들이 잘 사용하고 학교에서 전형적인 것으로 가르치는 그런 표준이 될 수 있는지 의심스럽다. 비유하건대 이런 망망대해의 모험가들은 청각적 감수성이 본능적으로 특별히 예민하지 않다면, 해도도 없고 키도 없이 떠돌게 된다. 성공의 조건은 너무나 까다롭고, 실패한다고 하면 아주 완벽할 정도로 실패한다. 이것이 우리가 인용한 언급이 이루어지고 나서 2년 가량 지난 다음에 파운드 자신이 일시적인 감정의 격변을 겪게 되었던 이유일 것이다. 이 당시 파운드는 "베르 리브르, 이미지스트인 에이미 로웰의 에이미지즘(Amygism), 리 매스터스의 리 매스터리즘(Lee Masterism)이 잡다하게 뒤섞인 것이, 말하자면 대충 이루어진 것이 지나치게 멀리까지 가버린 것이다. 따라서 이와 대립되는 흐름이 이루어져야 한다. …… 교정책이 필요하다. 칠보 공예용 유약과 옥석 세공. 압운과 규칙적인 시절(詩節)이 필요하다"고 판단했다.[20]

3.

영어로는 모두 자유시라고 일컫는 세 가지 형태의 작시법을 찾아냈다. 첫 번째 형태는 단지 전통시가 확장된 것으로 여러 가지로 변형되어 있다. 두 번째 것은 경험 자체의 본질로 말미암아 받아 적게 된 자유리듬을 제외한다면, 분명 형식적인 원리 없이 출발한 시다. 그렇지만 끊

---

20) 《크라이테리언》(*Criterion*, 1923. 7.)지의 후기.

임없이 전통적인 약강격 운율법을 향해 가는데, 슬며시 미끄러져 들어가는 경우도 있다. 세 번째 것은 전형적인 약강격 시의 율조를 아주 조심스럽게 피하면서, 계획적으로 복잡하게 얽은 형식 구성을 이루어내는 다양한 방법을 사용한다. 그런데도 이는 거의 설명하기 어렵다. 여기의 다양한 방법에는 음량이 빚어내는 결과, 말과 리듬의 병렬 그리고 필자가 보기에 소리의 속도와 음질과 관련이 있는 것들이 속한다. 이런 것들에 통칭을 부여하는 것이 정말 적절할까? 공통원리에 근거하고 있는 것일까? 그렇게 생각하지 않는다. 〈프루프록의 연가〉에는 새로운 원리가 전혀 필요하지 않다(이는 또한 엘리어트의 〈제런션〉[Gerontion], 《황무지》[*The Waste Land*], 초기시에도 적용된다). 우리는 영시의 역사 대부분에서 통례적인 것인 자유의 확장이란 문제와 직면해 있다. 그러나 이 문제는 로렌스의 뒤섞이고 느슨한 작시법에는 꼭 해당되지 않는다. 아주 전통적인 시로 분명히 이해할 수 있는 시의 경우에도 그러하다. 또한 파운드의 자유시는 도대체 전통적인 작시법으로 당연히 환원시킬 수 있다고 생각하지도 않는다. 그는 모든 것을 영어로 작업해 왔지만, 의심할 바 없이 그가 활용하는 모든 형식적 기법은 과거의 어디선가 찾아낼 수 있는 그런 것들이다. 그렇지만 그는 기법을 택해 여러 비율로 조합해서 사실상 새로운 기법을 만들어내는 결과를 빚어내고 있다.

병렬법이나 반복법과 같은 그런 기법들로 시는 언제나 산문과 공통성을 지녀 왔다. 따라서 이와 같은 기법이 즉시 파악할 수 있는 시적 리듬의 부재 상태에 근거하는 것이라면, 이런 자유시는 산문에서 유래했다고 말하는 편이 손쉽고 자연스러운 일일 것이다. 실제로 이런 것은 프랑스의 베르 리브르를 설명하며 언급해 왔던 내용이다. 그러나 프랑스 시에서 옳든 그르든 간에, 역사적 사실이란 측면에서 영국의 자유시 대부분에도 옳은 것인지에 대해서는 여전히 의문이 든다. 휘트먼의 경우는 예외일 것이다. 대개 상당히 장황하게 늘어놓는 영국식 시적 산문과, 비교적 짧은 형식의 자유시 사이에는 구체적으로 설명할 수 있는 이행(移行) 현상이 없다. 더욱이 영국에는 보들레르의 《소산문시집》이나 말라르메의 시에 필적할 만큼 대단한 것이 없다. 그러나 자유시가 산문에 가까워지기 시작한 중요한 국면이 한 가지는 있다. 그것은 이러하다. 산문에 나타나는 문체상의 작은 도막은 필연적으로 구문 분절(分節)이다. 만일 산문에서 구절이 리듬상 통일성을 갖는다면, 이는 문장이거나 문장 구문의 일부이기 때문이다. 이것에 통일성을 부여할 수 있는 것은 달리 아무것도 없다. 리듬의 형태를 부여할 수 있도록 작용하는 다른 결정적 요소도 없다. 리듬 형태는 언제나 제럴드 홉킨스가 일컬은 '문법의 형상(figure of grammar)'을 취한다. 자유시에도 달리 어떤 것이 있지 않다. 자유시의 행을 시행으로 만드는 것은 도대체 무엇일까? 알렉상드랭이나 8음절 시행이 그런 것처럼, 자유시의 행을 외면적으로 결정하는 정해진 길이는 없다. 오직 리듬단위이기 때문에 시행이며, 의미단위, 구문단위이기 때문에 리듬단위일 뿐이다.

물론 전통적인 시에서는 이렇지 않다. 전통적인 시에서 시행은 의미나 구문과 무관한 길이와 형태를 갖고 있다. 여기의 길이나 형태는 우리가 알렉상드랭이나 8음절 시라고 일컬을 경우에 설명하게 되는 그런 것이다.

> I have met them at close of day
> Coming with vivid faces
> From counter or desk among grey
> Eighteenth-century houses.[21]

"From counter or desk among grey"라는 행은 구문단위가 아니다. 형용사에서 분절되어, 다른 형용사와 구상명사는 다음 행에 들어 있다. 길이와 형태는 다른 행들에 의해 결정되기 때문에 하나의 행을 이룬다. 이제 자유시에서는 이런 효과를 이룰 수가 없다. 시행에 어떤 결정적인

---

21) 해질녘 그들과 마주쳤다 / 우중충한 18세기식 건물의 / 계산대에서 책상에서 / 활기찬 얼굴을 하고 나오는.

유형이 설정되어 있지 않기 때문이다. 따라서 〈프루프록의 연가〉처럼 복잡하게 얽혀져 있지 않은 경우라도, 거의 모든 행은 문장이거나 하나의 문장을 문법적으로 잘게 나눈 것이거나 독립된 묘사적 구절이다. 혹은 이런 것들과 유사한 어떤 것이다.

이런 것은 아주 단조롭다. 그러나 가장 중요한 결과는 별로 그런 것 같지 않다. 그것은 관례적인 운율시에는 언제나 두 가지 리듬이 작용하기 때문이다. 하나는 여하튼 간에 이상적인 운율규범에 의해 제시되고, 다른 하나는 구문구조에 의해 제시된다. 반면에 자유시에는 한 가지 리듬만 있는데, 구문구조에 의해 제시된다. 전통시의 가장 강력한 결과가 구문의 흐름을 운율의 흐름에 맞서게 해서 이루어진다고 하는 것은, 말하자면 신고전주의 시대의 2행 연구(連句)처럼 이 두 흐름을 일치시키거나, 밀턴의 무운시처럼 광범위하게 갈라지게 해서 이루어진다는 것은 상투적인 말에 불과하다. 자유시에는 이런 결과가 강하게 미칠 수 있는 범위가 전부 막혀 있다. 자유시에는 의거할 이상적인 운율규범이 없기 때문이다. 이런 면이 언제나 자유시에는 리듬이 빈약하고 하찮다고 여기거나, 일반적으로 인정하는 운율형식에서 멀어지면 멀어질수록 자유시의 리듬은 더더욱 그렇게 된다고 여기는 이유라고 본다. 사실 자유는 익히 알고 있는 기존질서의 배경과 대립하는 경우에 가장 중시된다. 자유시에서 리듬을 하찮게 여기기 때문에 말라르메, 흄, 로렌스와 같은 전혀 이질적인 문학 인물을 찾게 된다고 본다. 이들은 모두 운율을 따르는 시가 전혀 변하지 않고 계속되는 공적 주제를 위한 매체라면, 자유시는 좀더 사소하고 덧없는 일시적인 주제를 위한 매체라고 언급하거나 시사한 인물들이다.

이처럼 분업화하는 데에는 논쟁의 여지가 있을 수 있다. 자유시 운동은 운율시처럼 두 가지 리듬의 대립적인 작용에 의존하기보다 오히려 산문처럼 한 가지 리듬에만 의존하는데, 쟁론할 수 없는 것은 모든 자유시 운동이 산문과 시의 구별을 모호하게 만든다는 측면이다. 이에 관한 많은 예를 들 수 있는데, 이런 모호함은 아주 이른 시기부터 나타났다.

예를 들어 노발리스의 《밤의 찬가》(*Hymnen an die Nacht*, 1800)는 초고 때는 시로 썼으나, 처음 인쇄할 때는 산문으로 인쇄했다. 랭보의 《일뤼미나시옹》의 한 편인 〈선원〉(Marine)은 랭보의 작품집에는 시로 인쇄되어 있다. 그러나 1886년 상징주의파의 정기간행물인 《보그》(*La Vogue*) 지에 처음 발표할 때는 산문으로 배치되어 있었다.[22] 좀더 근래의 편집자들도 이와 비슷한 일을 한 적이 있다. 예이츠는 자신이 편집한 《옥스포드판 현대시집》(*Oxford Book of Modern Verse*)의 맨 앞에 대담하게도 월터 페이터의 《르네상스》(*Renaissance*)에 수록된 유명한 모나리자의 대목을 자유시라고 인쇄해 놓았다. 미국에서 발간된 극히 학문적이고 유용한 시선집인 브린닌과 프라이어의 《현대시》(*Modern Poetry*)에는 정상적인 산문으로 인쇄된 제임스 조이스의 《피네건의 경야(經夜)》(*Finnegans Wake*)와 쥐너 반스의 《한밤의 숲》(*Nightwood*)에서 발췌한 부분이 들어 있는데, 이것들은 공식적으로 분류하자면 소설이라고 할 수밖에 없는 것들이다.

이미 언급했던 바와 같이 일반적으로 유포되어 있는 의심은 자유시 대부분이 실제로는 산문인데, 정중한 말투와 인쇄술로 산문과 구별될 뿐이라는 것이다. 필자도 지금처럼 자유시를 한참 동안 진지하게 고찰하다 보니, 가끔 이런 의심이 드는 것을 인정하지 않을 수 없다. 파운드의 경쾌하고 아주 매혹적인 글 한 대목을 예로 들어본다.

> The very small children in patched clothing,
> Being smitten with an unusual wisdom,
> Stopped in their play as she passed them
> And cried up from their cobbles :
> > *Guarda! Ahi, guarda! ch' e be'a!*

---

22) P. Mansell Jones, 《현대 프랑스시의 배경》(*Background to Modern French Poetry*, 1951), p.121. 필자는 이 책에서 많은 도움을 받았는데, 특히 서지적 사항에 관해 큰 도움을 받았다.

But three years after this
I heard the young Dante, whose last name I do not know —
For there are, in Sirmione, twenty-eight young Dantes
and thirty-four Catulli;
And there had been a great catch of sardines,
And his elders
Were packing them in the great wooden boxes
For the market in Brescia, and he
Leapt about, snatching at the bright fish
And getting in both of their ways;
And in vain they commanded him to *sta fermo!*
And when they would not let him arrange
The fish in the boxes
He stroked those which were already arranged,
Murmuring for his own satisfaction
The identical phrase:
　Ch' e be'a.
And at this I was mildly abashed.[23]

　이렇게 하찮은 시를 갖고 크게 혹평하고 싶지도 않지만, 사실 도대체
이런 글을 시로 간주해야 할 어떤 이유도 없다고 본다. 독립적인 단편

---

23) 그 여자가 지나가자 / 꿰맨 옷 입은 아이들이 / 평소에 몰랐던 바를 깨닫고 넋이
　　빠져, / 자갈길에서 하던 놀이를 멈추고 소리질렀네. / 이것 봐! 야아 —, 우와! 죽여
　　주네! //
　　　이러고 삼년이 지나 / 젊은 단테의 목소리를 들었는데, 그의 성은 모른다 — /
　　왜냐하면 실미오네에는 어린 단테가 스물 여덟 명, 카툴루스가 서른 네 명이나 살
　　고 있기 때문에. / 대대적인 정어리잡이가 벌어졌다 / 어른들은 / 커다란 나무상자
　　에 정어리를 담고 있었다 / 브래쉬아의 시장에 팔려고, 그런데 어린 단테는 / 팔짝
　　대며 물좋은 고기를 잡아채며 / 늘어놓은 정어리더미 사이를 헤집고 다닌다. / 가
　　만 있어! 어른들이 명령해도 소용없는 일. / 상자 속의 생선을 / 정돈하지 못하게
　　하자 / 그 애는 가지런히 담겨있는 고기를 어루만지며, / 스스로 흡족해서 / 같은
　　말을 되뇌이네. / 야아 — 죽여주네. / 이걸 보고 난 슬며시 얼굴이 붉어졌다.

적(斷片的)인 글이란 점 말고는 그렇다. 그렇다고 이런 유의 단편적 글을 산문으로 인쇄하는 어떤 특별한 선례가 영국에 있는 것도 아니다. 그러므로 이런 단편적인 글을 시의 신분으로 격상시키기는 쉬운 노릇이다.

이 모든 것은 근래의 문학에서 산문과 시의 구별을 이전부터 그래왔던 것보다 훨씬 중요하지 않게 여긴다는 점을 시사한다. 시는 규칙적인 운율이란 명백한 변별자질을 내던지고, 산문과 공통되는 많은 기법에 의존한다. 산문은 일찍부터 특히 시에 속했던 언어구성에 필요한 서정성이나 빈틈없는 솜씨를 위해서 기꺼이 산문의 많은 묘사기능과 서술기능이 슬그머니 사라지도록 내버려 두고 있다. 어쩌면 우리는 이를 알아채지 못한 채 서정성이나 솜씨를 활용하는지 모르겠다. 실제로 우리는 말라르메가 비평문에서 제시한 바 있는 관점에 접근하고 있다. 그것은 근본적으로 구별할 것은 산문과 시의 구별이 아니라, 순전히 실용적 방식으로 사용된 언어와 미적 목적을 위해 조직된 언어를 구별해야 한다는 것이다. 말라르메는 전자를 '언어의 가공되지 않은 원료 상태 ; l'état brut de la parole', 후자를 '언어의 정련된 본질 상태 ; l'état essentiel'라고 했다.[24] 가공되지 않거나 실용적 상태인 전자에서 말은 마음과 마음을 교환할 수 있는 화폐이자 액면가치를 갖는 금전이다. 본질적이거나 미적 상태인 후자에서 고정된 교환가치를 갖는 말은 시로, 시적 구절로 사라졌다가, 새로운 총체로 재창조된다. 말라르메의 섬세하고 완곡한 표현법을 내던져버린다면, 말의 지시적 가치는 별반 중요하지 않게 된다는 뜻이다. 말은 이제 그 나름의 다른 가치를 갖는 미적 통일체의 일부이기 때문이다. 분명히 이런 일은 시뿐만 아니라 산문에서도 일어날 수 있다. 사실 지시적인 금전 차원의 단순한 교환 역할을 벗어나려는 의도를 갖자마자 이런 일이 벌어지기 시작한다. 실제로 어떤 미적 조직을 이루려고 시도하면 그 순간에 곧장 시가 시작된다. 이

---

24) S. Mallarmé, 《전집》, p.368.

는 말라르메가 다음과 같이 상징주의의 위대한 발견의 하나라고 환호
해 마지않았던 그것이다.

> 완전하지 않으나 당당한 생각. 그것은 '시'라고 일컫는 것이 사실은 문학
> 자체라는 생각이다. 어법이 강조되는 곳이라면 어디든 시가 존재한다. 스타
> 일이 강조되는 곳이라면 어디든 리듬이 존재한다.[25]

그러므로 이러한 관점에서 본다면 자유시라는 현상은 20세기의 특징
인 상상력이 풍부한 산문과 시가 일반적으로 융합되어 구현된 것이다.
그러나 여기에서 일종의 시적 민주화가 이미 사라져 버렸다고 판단한
다면, 엄격한 형식을 내버리고 범속한 삶의 목적에 좀더 가까이 다가가
게 되었다고 판단한다면, 매우 잘못된 생각이다. 필자가 언급하는 시와
산문을 함께 끌어 들이는 일은 세계에 대한 서곡이 아니라, 오히려 세
계에 대한 계층화를 종결짓는 일이다. 과학과 구성과 사건의 세계와 상
상적 문학의 세계 사이의 갈라진 틈에 관해 언급하는 것은 다른 주제에
관계하는 일일 것이다. 그러나 여기에서도 필자는 각자 여러 가지 속셈
을 갖고 있으면서도 증언하려고 애쓰는 많은 증인들에게서 벗어날 수
가 없다. 빌리에 드 릴라당의 희곡 《악셀》(Axel)의 주인공 악셀은 "삶
은 하인들이 우리 대신 해줄 거요"라고 말한다. 예이츠는 사람들이 신
문에 실린 일이나 얘기하려고 하기 때문에 런던에서는 시 쓰는 것이 불
가능하다고 불평한 적이 있다. 버지니아 울프는 아널드 베네트의 소설
이 보여주는 유물론을 반대한다. 오늘날에는 검증 원리 때문에 논리실
증주의자들을 해산시킨다. 감성의 분열을 언급하는 비평가도 있다. 과
학적 언어와 정서적 언어를 논하는 비평가도 있다. 자신들이 하는 일에
관해 어떻게 생각하든, 그들은 모두 똑같은 진행과정을 증언하고 있다.
이러한 진행과정에 의해, 우리가 거쳐 온 후기상징주의 국면에서 문학

---

25) S. Mallarmé, 《전집》, p.361.

은 스스로를 외부 세계와 분리하려고 둘레에 원환(圓環)을 엮어 짜고 있다. 외부세계는 기꺼이 그렇게 되도록 하고 있다. 이처럼 깊게 갈라진 틈으로 문학의 모든 측면이 둘러싸이는 경우에, 산문과 시 사이에서 벌어지는 것과 같은 내면적 구분이 중요하지 않게 치부되어 물러나야 하는 것도 그리 놀랄 일이 아니다.

* 출전 : Graham Hough, "Free Verse", Graham Martin/ P.N. Furbank(eds), *Twentieth Century Poetry : Critical Essays and Documents*, Stony Stratford, UK. : The Open University Press, 1979, pp.105~125.

2. 현대시의 자유리듬 — 구조와 기능의 비판이론 서설

벤야민 흐루쇼브스키

1.

자유시가 존재한다는 사실을 직시할 수 있는 방식이 두 가지 있다.[1] 하나는 (자유시의 '형식'은 '검출할 수 있는'[2] 것이 아니라고 생각해서) 시에

---

1) 이 분야의 문헌들은 ('주 17'의 참고문헌들처럼) 너무 이질적이어서 어떤 비평가들은 사소하게 여기는 반면에 다른 비평가들은 의문을 품기도 하겠지만, 필자는 쟁론이 필연적이라고 본다. 이 글은 몇 가지 일반적 측면을 논한 최초의 시론적 논의인데, (현재 준비하고 있는) 현대 유럽과 미국의 자유리듬에 관한 유형론을 고찰하면서 발전시킨 것이다. 그러나 유감스럽게도 여기에서는 구체적인 설명을 통해 보여줄 수 없다. 적은 부분만 발표대회에서 제시했다. 그렇지만 (주로 개인적 이유 때문이지만) 시간과 공간의 심한 제약으로 말미암아 이 논문은 많은 측면에서 내가 제출하고자 했던 그런 것은 아니다. 이 논문을 준비하면서 받은 토머스 시벅(Thomas A. Sebeok)의 도움과 뒷받침에 감사드린다). [이 글은 원래 1958년 4월 17일부터 19일까지 미국 블루밍턴의 인디애나 대학교에서 열린 "스타일 학술대회(Conference on Style)"에서 발표한 것이다 : 편역자 주]

2) 도널드 스터퍼가 "만일 자유시가 실제적 의미의 형식을 갖고 있다면, 이 형식은 검출할 수 있을 것"이라고 언급할 때에 우리는 왜 '검출할 수 있는' 것이, 전제되는 엄격한 음절수의 규칙보다 아래에 놓여져야 하는지 그 이유를 모르겠다 (Donald Stauffer, 《시의 본질》[*The Nature of Poetry*], New York, 1946, p.204).

서 자유리듬을 제외하는 것이다. 다른 하나는 (괴테, 하인리히 하이네, 프리드리히 횔덜린, 성서 등처럼) 현대시에서 중요시하는 부분을 간단히 제거해버릴 수 없다면, (과거에 시적 언어의 '장식' 이론에 대해 그랬던 것처럼) 구태의연한 시적 리듬 개념을 철저히 고쳐서 자유-리듬 현상에 관해 의미있는 구조적 설명으로 돌아가는 것이다.

이와 같은 수정이 여태 시도되지 않았다는 말은 아니다. 독창적인 통찰력들이 일으키는 행복하다고 할 혼돈 상태에서 타당하면서도 구체적인 지식에 이르는 긴 노정을 아직 다 가보지 못했다고 말하는 것이다.

이 분야를 계속 연구하려는 사람은 누구나 엄청나게 다양한 운율이론에 빠져들고 마는 헛수고를 겪는다.[3] 대부분의 이론들은 현대문학 비평이 이루어 놓은 실천에서 동떨어진 것이며, 반대로 현대문학 비평에서 이루어진 결과 또한 운율이론에서 동떨어진 것들이다. 자기 세대의 누구보다도 이 분야에서 영어로 씌어진 저술들을 많이 알고 있던 칼 샤피로는 다음과 같이 언급했다.

형식론적으로든 작시법적으로든, 영시 운율 연구에서 가장 괴로운 측면의 하나는 절대적인 기본원칙에서 출발해서, **비과학적인 연구**, 공통적인 전제조차 없는 분석들, 그리고 지난 3세기 반 동안에 걸치는 시인, 비평가, 연구자들의 편견, 이런 것에서 이루어진 엄청난 양의 저술들을 갖고 연구해야 한다는 점이다. 전문가가 아닌 아마추어라는 점 말고 필자가 이 모든 일을 해왔거나 하려고 했다고 말하지는 않겠다. 그러나 출발점에서 지적하려는 바는 운율 연구에 어떤 확신이 한 가지 있다면, 그것은 이 분야에서 의견의 불일치가 시

다른 면에서는 어떻게 '검출할 수 있는' 것이 '정확한, 강렬한, 의미 있는' 등과 같은 그의 다른 말들을 뜻하게 되는지 의아스럽다. 또한 장 쉬베르비유가 "엄밀하게 말해, 명확한 척도가 없는 시는 존재하지 않는다"고 한 언급을 참고해 보라(Jean Suberville, 《프랑스 작시법의 역사와 이론》[*Histoire et théorie de la versification française*], Paris, 1956, p.158). 이 독단적 규범론자가 보기에는 자유시가 저지른 상당한 잘못은 대다수의 사람들을 시에서 멀어지게 한 것이다.

3) René Wellek/A. Warren, 《문학의 이론》(*Theory of Literature*), New York, 1956, p.168.

작에서 끝까지 규칙처럼 존재해 왔다는 점일 것이다.[4]

너무 날카로운 느낌이 있지만, 이 진술의 두 부분이 필자의 의견과 같다고 생각해서 좀 길게 인용해 보았다. 이렇게 하는 것이 입증하는 일보다 쉽기 때문이다. 그런데 비슷한 비관적 견해가 최근 들어 좀더 중요한 논거에서 들려오고 있다. 존 랜섬은 다음과 같이 회고조로 언급하고 있다.

우리들처럼 민감하고 독창적인 비평세대가 시의 음악을 듣게 되는 경우에, 오해를 피하기 위해 다시 말하자면, 시의 운율을 듣게 되는 경우에 아주 시대에 뒤지고 전혀 냉담한 세대처럼 되는 것이 이상할 지경이다. 공공연한 스캔들을 피할 수 있는 유일한 방법은 우리가 운율에 넌더리를 내기 때문에 운율의 권위가 사라지고 있거나 사라졌다고 생각하는 것이리라. 그러니까 이 사태는 무엇인가 시도해 보아야만 한다는 것을 뜻한다.[5]

정확히 요지는 '무엇인가 시도해 보아야만 한다'는 것이다. 문학권에서 운율론에 관한 관심이 부족한 것은 다름 아니라, 운율에 그저 이름이나 붙이는 것이 250개나 되는 수사적 비유의 분류만큼이나 시를 이해하는 데 중요하지 않다고 당연시하기 때문이다.[6] 시의 복잡한 구조가 갖는 유기성(有機性)을 (지나치게 강조하지는 않더라도) 올바르게 강조할 줄 알았던 세대도 '시의 음악'에 관해 실제로 추상적인 설명을 하는 데

---

4) Karl Shapiro, 〈영시 운율론과 현대시〉(English Prosody and Modern Poetry), 《ELH》 14(1947), pp.77~92, esp., p.77. 이것은 확실히 과장되어 있다. 전통적인 연구서에는 지적이고 정확한 고찰도 많다. 우리가 조심스럽게 분석하고 다시 해석해 보면, 상당한 지식을 모아서 사용할 수 있다는 점을 인정해야 한다. 그러나 무비판적으로 쌓여온 사실들의 신뢰성에 대한 의문 때문에 방대한 양의 시를 다시 새롭게 면밀히 분석하는 작업을 해야 하는 경우도 있다.
5) John C. Ransom, 〈영시의 낯선 음악〉(The Strange Music of English Verse), 《캐년 리뷰》(*Kenyon Review*) 18, 1956.
6) Wolfgang Kayser, 《언어예술작품》(*Das sprachliche Kunstwerk*), 2nd ed (Bern, 1951).

에, 말하자면 '산문적' '과학적' '합리적'이라면서 지극히 서투른 설명을 하는 데 관심을 갖지 않았다.

반면에 운율론을 부적절한 그저 '형식적'이거나 부차적인 문제로 쳐서 제외할 수도 없다. 대대로 시인들은 중심적이며 시로 만들어 주는 리듬의 중요성을 입증해 왔다. 시의 구조에서 특유한 리듬을 구현하지 않으면서, 비유적이거나 모호한 시적 언어만으로 시의 의미론적이거나 '존재론적인' 특유성을 설명할 수 있다는 것은 환상에 불과하다. 문제는 시인과 비평가의 감정을 어떻게 다방면으로 정확하게 식별할 수 있는 관찰대상으로 바꿔놓을 수 있는가라는 점이다.

시비평가가 섬세해지는 경우는 리처드 블랙머처럼 다음과 같이 느끼는 경우다. " …… 단어들이 그것의 산문적 힘을 넘어서서 비할 바 없이 감동적인 주의력을 기울여 노래하는 경우다."[7] 또 "스타일은 지각행위에 속하는 것이긴 하지만 단순한 활동이어서, 절박하게 느낀 바와 리듬이 결합되지 않는다면 우리를 감동시킬 수 없다"는 경우다.[8] 이런 원칙에 따라 블랙머는 가령 (윌리엄 예이츠, 토머스 엘리어트, 에즈라 파운드와 대비되는) 월리스 스티븐스, 매리앤 무어, E.E. 커밍스, "이들 가운데 누구도 자신들의 운율론이나 언어를 잘 통찰해서 시가 자신들만의 음악이나 의미가 되도록 하지 못했다"고 판단한다.[9] 왜냐하면 "운율론에 의해서만, 말하자면 언어의 의미변화에 대한 충실한 관심에 의해서만

---

7) Richard Blackmur, 〈테니슨 경의 가위〉(Lord Tennyson's Scissors), 《현대시의 형식과 가치》(*Form and Value in Modern Poetry*), Garden City, 1957, pp.369~388, esp., p.369.

8) *Ibid.*, p.371. 이 두 가지 선언은 근본적으로 유리 티냐노프의 《시적 언어의 문제》(*Problema stixotvornogo jazyka*, Leningrad, 1924)의 견해와 아주 흡사하다. 티냐노프의 견해는 시적 언어의 원리에 관한 가장 흥미로운 연구서들 가운데 하나인 《시적 언어의 문제》에 구체적으로 기술되어 있다.

9) 서정시는 말의 의미와 그 소리가 완벽하게 통합된 것이라고 주장하는 에밀 슈타이거의 견해를 참조하라(Emil Steiger, 《시학의 근본개념》[*Grundbegriffe der Poetik*], Zürich 1951, p.16). 그렇지만 언제 그런 일이 일어나고 어느 때 일어나지 않는지 우리가 어떻게 알 수 있단 말인가?

시인은 자신이 '축복받았고 축복할 수 있다'고 입증할 수 있기" 때문이
다.[10] 비록 그가 시적 언어를 분석하는 경우에 택하는 구체적 분석에 의
거해 자신의 비유적 진술을 뒷받침하지 못했더라도, 블랙머는 우리가
제기하는 문제의 정곡을 찌르고 있다.

만약 은유가 "실제의 비평에서 불가피한"[11] 것이라면, 비평의 은유는
시의 은유와 다르다는 점을 인정해야 한다. 적어도 상대적 측면이 보다
덜한 진리를 전달하겠다는 의도에서 보더라도 그렇다. 이런 의도는 시
의 구조 안에서 면밀히 분석해낸 사실 자체에 근거해야 한다. 이런 사
실은 시 속의 여러 가지 리듬이 보여주는 결과와 기능 전반에 대해 책
임을 져야 한다. 심지어 시의 구조에 관한 단순한 설명이 개별적인 시
의 독특한 결과를 제대로 전하지 못하는 경우라도 그러하다. 요컨대
"객관적 사실로 파악해서 표현하지 않고, 리듬을 언제나 아름답고 즐겁
고 힘차고 부드럽고 뚜렷한 것이라느니 하며 형용하는 것은, 오늘날 이
미 하찮은 짓거리에 불과하다."[12]

세계의 수많은 시들 가운데 가장 뛰어난 것들은 대부분 자유리듬으
로 지어진 것들이다.[13] 현대시에서 가장 흥미로운 일련의 운동은 엄격
한 운율 없이는 최악의 운동이었거나 최상의 운동이었다. 몇몇 운동은
문학사에서 이미 골동품이 되어 버렸고, 몇 가지 운동은 혁명적 운동에
서 거의 고전으로 바뀌어 버렸다. 리듬 문제는 이런 운동에서 중요한
시도였거나 중심적인 논란거리였다.[14] 지금까지 나타난 가장 다양한 리

---

10) R. Blackmur, 〈테니슨 경의 가위〉, p.383, 388.

11) W.K. Wimsatt, Jr./C. Brooks, 《문학비평 소사》(*Literary Criticism : a Short History*), New York, 1957, p.750.

12) W. Kayser, 《언어예술작품》, p.262.

13) 음악과 관련되는 문제에 관해서는 C. Sachs, 《리듬과 템포》(*Rhythm and Tempo*, New York, 1953)를 참조하라.

14) 어떤 시인들에게 리듬은 시라는 말 이상의 것이었다. 리듬은 삶의 역동적 힘에
대한 상징이었으며, 자신의 시 속에서 울려 나오기를 바라는 그런 것이었다. 러시
아 상징주의자인 알렉산드르 블로크는 '시대의 음악', '혁명의 결정적 리듬'에 관
해 언급한 적이 있다. 이탈리아의 미래주의자 필립포 마리네티는 그림이 대상의

듬표현은 거의 지난 한 세대 동안에 시도된 것들이다. 우리는 이 모든 시도를, 과거의 문학관습에 맞서는 슬로건으로 시인들이 지어낸 용어인 **자유시**(free verse)라는 부정적 용어로 다루어 보려고 한다. 그렇지만 엘리어트와 E.E. 커밍스, 벨톨트 브레히트와 게오르크 트라클, 블라디미르 마야코프스키와 아우구스트 슈트람, 라이너 릴케와 메리앤 무어, H.D.(힐다 둘리틀), 월리스 스티븐스와 같은 다양한 시인들을 단 한 줄로 단정적으로 기술하는 것도 의미 없는 일이다.

시인들은 자유시 개념이 그저 부정적인 것은 아니라고 알고 있었다. 앙리 드 레니에가 1891년에 표명한 다음과 같은 견해는 지금도 비평에 대해 도발적이다. "더 많은 자유가 있다고 해서, 말하자면 시행의 수효가 많다고 해서 리듬이 더 **아름다운가?**"[15] 또한 엘리어트의 다음과 같은 경구도 그렇다. "좋은 작품을 쓰려고 하는 사람에게는 어떤 시도 자유롭지 않습니다. …… 자유시(vers libre)는 자유를 외치는 함성이지만, 예술에는 자유가 없습니다."[16] 이는 예술가가 언어재료를 조직하는 경우에 예술가의 내적 책임을 강조한 것이다. 그러나 많은 증거에 의하면 언어재료를 구성하는 일은 운율적인 기본틀의 뒷받침이 없으면 상당히 어렵다. 1942년에 엘리어트는 회고하면서 다음과 같이 썼다. "단지 졸렬

외형보다는 특유한 리듬을 포착한다고 선언했다. 쿠르트 핀투스는 자신이 편집한 유명한 표현주의시 모음집인 《인류의 여명》(*Menschheitsdämmerung*, Berlin, 1920)에 붙인 서문에 다음과 같이 썼다. " …… 요란스런 불협화음, 선율의 하모니, 협화음의 장중한 화음, 파격의 반음(半音)과 4분의 1음에서 — 세계사적으로 거칠고 황폐해진 시대의 모티프와 테마를 듣고 알아내는 일은 중요하다." 그러나 자신들의 시에서 '음악성'을 피하고 산문이란 환상을 일으키려고 한 사람들조차 실제로는 넓은 의미에서 리듬의 문제에 몰두했는데, 이는 언어, 의미, 모방의 문제와 관련된다.

15) P.M. Jones, 《현대 프랑스 시의 배경》(*The Background of Modern French Poetry*), Cambridge, UK, 1951, p.94.

16) T.S. Eliot, 〈자유시론〉(Reflections on Vers Libre), 《뉴 스테이츠먼》(*The New Statesman*) 8(1917), pp.518~519. 이는 엘리어트가 좀더 대담한 시도를 하기 전인 1917년에 논쟁하는 기분으로 썼던 글이라는 점을 주목할 필요가 있다.

한 시인만이 자유시를 형식에서 해방되는 것으로 환영했습니다. 자유시
는 죽은 형식에 대한 반역이었고, 새로운 형식을 위한, 또는 낡은 형식
의 신생을 위한 준비였습니다. 그것은 전형적인 외면적 통일에 반대해
서 시 하나하나에 독특한 내면적 통일을 주장한 것입니다."

그러나 의미 분야나 시적 언어의 차원에서 '어떤 시에나 독특한 내면
적 통일'을 이해하는 데 아주 유용했던 비평도, 개괄적으로 말해 보자면
전통적으로 전제되는 일련의 규칙들이 나타나지 못하자마자 바로 리듬
분야에서 빈약한 결과만 초래했다.

(흔히 근본문제에 관한 순진한 견해를 뒤섞은 것이지만) 유용한 많은 통
찰에도 불구하고, 우리 문제에 대해 어떤 체계적인 비판적 분석이 있었
던 적은 없다.[17] 시도된 몇 가지 해결책은 아주 빈약한 것이다. 예를 들

---

17) 근래의 자유리듬에 관한 저술의 서지는 독일에서만 입수할 수 있다(W. Mohr,
〈자유리듬〉[Freie Rhythmen], P. Merker/W. Stammler(eds), 《독일문학사 사전》
[*Reallexikon der deutschen Literaturgeschichte*], 2nd ed., Berlin, 1955, pp.479~
481). 영국에서는 글랜 휴즈가 이미지즘 운동에서 벌어진 논쟁 단계를 다루었다
(Glenn Hughes, 《이미지즘과 이미지스트》[*Imagism and the Imagists : A Study
in Modern Poetry*], London, 1931). 그러나 이 시기의 저술들은 역사적 관심거리
로 주목할 만하지만, 구조적 측면에서는 거의 가치가 없다. 1930년대에 논쟁이 끝
나면서, '자유시' 항목은 미국의 서지용 정기간행물에서 사라져 버렸다. 완벽하지
는 못하나 유용한 주석이 달려 있는, 운율론에 관한 일반 서지는 칼 샤피로의 《현
대 운율론 서지》(*A Bibliography of Modern Prosody*, Baltimore, 1948)에서 찾아
볼 수 있다. 현대의 실천비평에서 행해진 리듬분석에 관한 쓸모 있는 서지는 아직
통용되지 않는다. 러시아의 많은 운율론 저술들은 유리 쉬토크마르(Jurij Štokmar)
의 《작시법 논고 서지》(*Bibliografija rabot po stixosloženiju*, Moscow, 1933)에
수록되어 있는데, 색인도 달려 있다.

고대 슬라브어 운율론에 관해서는 로만 야콥슨의 〈슬라브어 운율론 비교연구〉
([Studies in Comparative Slavic Metrics], 《옥스포드대학 슬라브 문헌 시리즈》
[*Oxford Slavonic Papers*] 3, 1952, pp.21~66)를 보라. 서구의 슬라브문학 연구로는
빅터 얼리치(Victor Erlich)의 《러시아 형식주의》(*Russian Formalism*, The Hague,
1955)를 보라. 프랑스의 경우는 작지만 필수적인 목록을 갖추고 있는 앙리 모리에
(Henri Morier)의 《상징주의 자유시의 리듬》(*Le rhythme de vers libre symboliste
étudié chez Verhaeren, Henri de Regnier, Vielé-Griffin, et ses relations avec
le sens*, Geneve, 1943~1944)을 참조하라. 또한 성서 리듬에 관한 광범위한 문헌도

어 독일에서 근래 이 분야에 관해 이루어진 연구는 주로 어쩌다 자유리듬으로 쓴 시나 시인들에 대해 설명하고 있다.[18] '고전적인' 자유리듬에 근거한 본격문학이 독일에는 존재한다.[19] 그러나 표현주의 시와 관련된 전혀 다른 문제들은 개괄적인 것 말고는 거의 다루지 않고 있다. 본격적인 독일문학 전통에서는 자유리듬을 일종의 '영감형식(靈感形式, die Form der Begeisterung)'[20]의 장르로 파악한다. 그러나 이런 것은 모더니즘의 다양성과 직면할 경우에 무너지고 만다. 그의 시야와 업적에 국한된 것이지만, 이버 윈터스 한 사람을 제외하고는 저명한 영미의 '신비평가들'도 (에세이적인 의도 말고는) 이 문제에 접근하지 않았다.[21] 이는 비

있다. 일반적 문제에 관한 개괄과 서지는 빅터 얼리치의 《러시아 형식주의》, 볼프강 카이저의 《언어예술작품》, 르네 웰렉과 워렌의 《문학의 이론》을 보라. 최근의 심리학적 연구에 관해서는 피에르 프레즈(Pierre Fraisse)의 《리듬 구조 : 심리학적 연구》(*Les structures rythmique : étude psychologique*, London, 1956)를 보라.

18) A. Closs, 《독일시의 자유리듬》(*Die freien Rhythmen in der deutschen Lyrik*, Bern, 1947). 이에 관한 비판으로는 E. Feise, 〈클로스의 "독일시의 자유리듬" 서평〉([Closs, A. : Die freien Rhythmen in der deutschen Lyrik], 《현대어학보》 [*Modern Language Notes*] 65, 1950, pp.127~130)을 보라.

19) 예컨대 횔덜린에 관한 다음과 같은 논의를 참조하라. E. Lachmann, 《횔덜린의 송시와 자유 시절(詩節)》(*Hölderlins Hymnen in freien Strophen : eine metrische Untersuchung*), Frankfurt am Main, 1937 ; H. Maeder, 〈횔덜린과 언어〉 (Hölderlin und das Wort : zur Problem der freien Rhythmen in Hölderlins Dichtung), 《트리비움》(*Trivium*) 2, 1944, pp.42~59 ; D. Seckel, 《횔덜린의 언어리듬》(*Hölderlin Sprachrythmus*), Leipzig, 1937.

20) M. Kommerell, 《시에 관한 상념》(*Gedanken über Gedichte*), Frankfurt am Main, 1943.

21) Yvor Winters, 《원시주의와 퇴폐성》(*Primitivism and Decadence*), New York, 1937. 토머스 엘리어트에 관한 문헌도 많지만, 그가 쓴 시의 '음악'과 그 전개에 관한 실제적으로 정밀한 분석은 거의 없는 것 같다. 15편의 시와 몇 가지 시 구절에 관한 기계적이고 가끔 무비판적인 통계(M.M. Barry, 《엘리어트 시의 운율구조 분석》[An Analysis of the Prosodic Structure of Selected Poems of T.S. Eliot], Dissert., Catholic Univ. of America, Washington, 1948 ; 이에 관해서는 '주 33, 34'를 참조)와 헬렌 가드너(Helen Gardner)의 《엘리어트의 예술》(*The Art of T.S. Eliot*], London, 1949)에 간결하게 언급된 장을 제외하고는 없는 것 같다.

평이란 것과 학문적 연구 사이의 간극, '정확한' 운율측정에 대한 불신, 쌓여가는 연구결과에 부족한 연관관계, (러시아 형식주의자들은 실천했지만) 세부사항에 관한 폭넓은 비교연구의 결여로 말미암은 것으로 설명할 수 있다.

가장 상세한 자유시 연구는 프랑스에서 이루어졌다.[22] 프랑스에서는 리듬문제가 일반적인 문학이론에서 활기차게 논의되었다. 또한 운율적인 시에서조차 복잡한 리듬을 이해하는 것이 일반화되어 있는데, 대개 리듬구조에 관한 미학이론을 남긴 루마니아의 피위스 세르비엥에 관한 연구 이래로 그렇다.[23] 그러나 프랑스에서는 이 문제가, 이제부터 필자가 다루려고 하는 (영국, 독일, 러시아의) 음절-성조적(聲調的) 규범에 대립해서 음절의 규범에서 해방되려는 것이어서 좀 다르다.

러시아 형식주의자들이 이룬 최대의 업적은 운율시에 관한 논의인데,[24] 그들은 연구를 너무 일찍 중단해서 자유리듬의 구조에 관한 당대의 문제들을 설명해서 해결할 수 없었다(더욱이 러시아의 '자유'리듬은 독일이나 영국처럼 자유롭지 못하다). 게다가 구체적인 운율분석에서 형식주의자들 몇 명은 시 전반과 개별적인 시의 접촉점을 놓쳐버렸다. 그들은 한 편의 시보다는 세대별 경향에 관심이 많아서, (야콥슨의 용어인) 구조의 국지적 계층구조(local hierarchies of structure)보다는 지배적인 일반규칙을 더 추구했다. 이런 규칙은 자유리듬의 차원에서는 아주 모호한 일반화를 뜻한다. 그러나 조심스럽게 음절수나 헤아리는 짓보다는 폭넓은 관심을 보여주는 몇 가지 시도들은 우리의 관심 분야에서 아주 가치 있는 저술에 속한다. 특히 마야코프스키의 리듬에 나타나는 의미

---

22) H. Morier, 《상징주의의 자유시 리듬》; 토마(L.P. Thomas), 《현대시》(*Le vers moderne*), Bruxelles, 1943 참조. 물론 여기의 미학적 결론이 균형 잡힌 것인지의 여부는 별개의 문제다.
23) 예컨대 P. Guiraud, 《발레리 이후의 언어와 작시법》(*Langage et Versification d'après l'Oeuvre de Paul Valéry*), Paris, 1953 참조.
24) V. Erlich, 《러시아 형식주의》; R. Wellek/A. Warren, 《문학의 이론》.

론적 요소에 관한 야콥슨의 탁월한 분석, 자유리듬을 예리하게 파악했
던 유리 티냐노프의 리듬과 시적 언어의 관계에 대한 분석, '리듬과 구
문'에 관한 오시프 브리크의 견해, '리듬과 운문'에 관한 보리스 토마셰
프스키의 통찰력 넘치는 논문, 통계학적인 연구와 더불어 운율을 담은
시의 복합성을 보여주는 이들의 연구는 정밀한 구조분석을 위한 출발
점으로 기여할 것이다.[25] 이런 구조분석이 ('신비평주의'에 나타나거나 독
일 현상학에 고무된 저술들에 나타나는 바와 같은) 언어의 복합성과 '유기
성', 그리고 시에 관한 현대적 이해의 기본틀로 폭넓게 비교 연구된다
면, 구체적이고 타당하며 의미 있는 결과를 도출하리라고 본다.[26]

새로운 논의를 위한 최선의 출발은 상이한 시들을 철저히 분석하는
일련의 작업이다. 그러나 신중한 비평적 시각에서 수행할 때에만 최선
이 될 것이다. (필자가 어디선가 제시하고자 하는) 이런 일은 '자연스런'
글로 보여지는 것의 기교적인 구성을 보여줄 수 있을 것이다. 또한 비
평의 차원에서는 말로 설명하기 어려운 감정의 문제 같은 것을 명백히
보여줄 수 있을 것이다. 그러나 이러한 분석은 심하게 오염된 개념을
사용해야 하기 때문에, 필자는 처음에 몇 가지 일반적 개괄을 하려고
한다. 이것이 비록 명확한 설명을 필요한 대로 다 펼치지는 못하더라도,
필자는 시의 리듬에 관한 광범위한 탐구에서 빚어지는 분명한 귀결로

<hr>

25) R. Jakobson, 《체코의 작시법》(*O češskom stixe preimuščestvenno v sopo-
stavlenii s russkim*), Berlin / Moscow, 1923 ; J. Tynjanov, 《시적 언어의 문제》
(*Problema stixotvornogo jazyka*), Leningrad, 1924 ; O.M. Brik, 〈리듬과 구문〉
(Ritm i sintaksis), 《신좌익전선》(*Novyj LEF*, 1927), 3 : pp.15~20, 4 : pp.23 ~29,
5 : pp.32~37, 6 : pp.33~9 ; B. Tomaševskij, 《운문에 관해》(*O stixe*), Lenin-
grad, 1929.

26) 필자는 초기의 시도(〈현대 이디시어 시의 자유리듬〉[On Free Rhythms in
Modern Yiddish Poetry], ed, U. Weinreich, 《이디시어의 영역》[*The Field of
Yiddish*], New York, 1954)에서 자유리듬의 구조분석과 분류의 방법을 발전시켜
서, 비교적 잘 알려지지 않은 시 전반에 들어 있는 역사적·비평적·언어적인 함축
의미를 탐구하려고 한 적이 있다. 이에 관해서는 《비교문학》(*Comparative Lit-
erature*) 8(1956, pp.254~255)에 수록된 빅터 얼리치의 서평을 참조하라.

보려고 한다. 이러한 전개로 우리가 제기하는 문제의 어떤 복잡성을 보여주었으면 하는데, 이는 잘 입증되고 충실히 전개된 논의에 의거해야 한다.

2.

우리는 운율 개념과 리듬 개념을 구별해야 한다.[27] 비록 운율이 전통적 규범이란 가치를 지니고 있으며 시를 읽게 하는 지속적인 자극이라 하더라도, 운율은 결코 정확히 이해할 수 없는 하나의 추상관념이다. 반면에 시에 나타나는 리듬 양상은 시를 읽는 경우에 언어재료가 일으키는 총체적인 결과를 뜻한다. 이와 같이 구별함으로써 우리는 운율 개념이 정확하게 운율을 측정하겠다는 짓거리에 의해 무너지지 않게 할 수 있다. 다른 면에서는 시라는 예술작품 전체에 대해 리듬이 효과적으로 기여하는 바를 이해하는 일과 (이것도 중요한 것인데) 운율을 체계화하는 일이 혼동되는 것을 피할 수 있을 것이다.[28]

---

27) 다양하게 강조되고 있긴 하지만, 이와 같이 구별하는 것은 유럽 대륙에서 일반적이다. 물론 대다수의 본격적인 비평가들은 이 사실을 잘 알고 있다. 가령 이버 윈터스가 "밀턴 식의 무운시는 시의 역사에서 가장 위대한 운율 창조의 하나"이며 《실락원》(*Paradise Lost*)을 위해 "밀턴이 만들어낸 것"이라고 단언했을 때, 윈터스는 그저 운율만 언급하지 않았다. "운율을 표현하는 언어의 총체적인 음성 특질"이라는 그의 언급은 바로 리듬을 뜻한다(W. Empson, 《애매성의 일곱 가지 유형》[*Seven Types of Ambiguity*], 3rd ed, New York, 1955, p.37도 참조할 것).
28) 물론 독일 철학자 루드비히 클라게스(Ludwig Klages)가 《리듬 본질론》(*Vom Wesen des Rhythmus,* 1931)에서 행한 것과 같은 무조건적인 이분법과는 거리가 멀다. 그는 리듬과 박자(즉 각운)라는 대극을 혼(Seele)과 정신(Geist)이라는 형이상학적 구별에서 끌어냈는데, 후자를 경시하는 것이 분명하다. 그의 제자인 헬런 브레히트(H. Hellenbrecht)는 자유리듬에 관한 연구에서 다음과 같이 설명했다. "의식이란 쇠사슬에 억압받지 않는 혼은 해방되어, 측정하고 한계 짓는 정신의 원리에서 자유로워질 수 있다"(〈니체와 자유리듬의 문제〉[Das Problem der freien Rhythmen mit Bezug auf Niestzsche], 《언어와 시》[*Sprache und Dichtung*] vol.

동일한 운율구도를 지닌 시라 해도 전혀 다른 리듬을 가질 수 있으며, 또한 다른 운율구도를 가진 시보다 오히려 리듬 차원에서 같을 수도 있다. 이러한 이유는 중심되는 리듬요인인 운율이 반드시 제일 중요한 요인이거나 가장 변별적인 요인이 아니기 때문이다. 라이너 릴케가 완전히 도치된 문장으로 썼던 어떤 소네트는, 시에서 또 다른 중심적 리듬요인인 구문구조 차원에서 고전적 소네트와 다른 것으로 이해할 수 있다. 여기의 혁신적 방법은 현대 자유리듬이 이루는 어떤 구문적 경향 이상의 것도 아니고, 이 경향에서 아주 동떨어져 있는 것도 아니다. 그러나 그 시적 기능으로, 말하자면 리듬적 기능으로 빚어지는 구문의 문제가 강세수(强勢數)에 못지않은 언어요소와 관련이 있는데도 전혀 연구되지 않고 있다.[29]

좋은 시를 쓰려면 운율만으로 충분하지 않다. 이 점은 자유시 시인들이 그들의 선배들이 행한 실천에 반발한 중요한 동기들 가운데 하나였다. 블랙머가 지적한 바와 같이 "이 점이 우리가 운문이라고 부르는 시의 그 같은 측면에 반대해서 가한 중요한 비난이다. 음절과 강세는 서투른 시를 짓는 데는 충분하겠지만, 운율을 양식화하는 데는 충분하지 않다."[30] 이는 단지 (빅토르 지르문스키의 초기 사고처럼) '언어재료의 저항'도 아니고, 그렇다고 유연한 운율질서에서 일탈하는 것을 설명해 주는 '시적 자유(licencia poetica)'와 같은 어떤 허용도 아니다. 이런 면에서 시와 음악의 차이는 일반적으로 인정되었던 것처럼 시에 불리한 것만

─────────────

48, Bern, 1931, p.33). 따라서 그는 규칙적인 약강격에 상대적으로 근접해 있다는 이유에서 괴테의 자유리듬을 인정하지 않는다. 말할 나위도 없이 대부분의 시에서 운율은 변함없는 구성요인이며, 운율에서 총체적인 리듬표현뿐 아니라 국지적인 리듬형태도 이루어진다.

29) 이런 연구는 이제 막 시작되고 있다. O.M. Brik, 〈리듬과 구문〉; D. Davie, 《영시 구문론》(*Articulate Energy : An Enquiry into the Syntax of English Poetry*), New York, 1958 ; F. Lockemann, 《시와 음률형》(*Das Gedicht und seine Klanggestalt*), Emsdetten, 1952 참조.

30) R. Blackmur, 〈테니슨 경의 가위〉, p.373.

은 아니다. 감각적인 (또는 감각적만도 아닌) 요소들에 특유한 시적인 비유의 배합을 알아내려고 '무엇보다도 시적인 그림을 ; ut pictura poesis' 이라는 오류에서 벗어난 것처럼, 우리는 다층적으로 표현되는 리듬의 다양성이 갖는 긍정적 가치를 강조하고자 한다. 이 다양성은 중요한 역할을 수행하는 의미요소를 갖고 있는 시에서 달성될 수 있다. 물론 은유 없는 시가 있듯이, 어떤 운율도 갖지 않는 시적 리듬도 있다.

그러므로 운율에 그저 이름이나 붙이는 짓은 개별적인 시에 나타나는 일반적 관념에 이름 붙여서 시를 해석하려는 것만큼이나 의미 없는 짓거리다. 이 두 가지 짓은 다 추상적이기 때문이다. 이처럼 추상적인 차원에서 형식 유형과 주제 유형을 결합하는 일은 지금까지 빈번히 그래왔지만,[31] 대개 부질없는 짓이다.

한 편의 시는 리듬요소·의미요소 등과 같은 별개의 요소들로 철저히 분해할 수 없다. 그러므로 시를 설명하려면 의미측면·리듬측면 등과 같은 상이한 여러 측면을 전체적으로 살펴보아야 한다. 이것들 하나하나는 시의 요소들이 이루는 총체성 가운데의 어떤 기능에 불과하기 때문이다. 아주 단순화시킨 비유를 써 보자면, 한 편의 시는 많은 각을 지닌 수정과 같은 존재다. 따라서 그 내적 속성을 한 번에 한 측면에서만 관찰할 수 있다. 그러나 전체구조는 여러 방면에 걸쳐 다양하게 강조되는 이런 특이한 외양을 통해서 나타난다.

시를 읽을 때에 리듬을 귀담아 듣는다면, 의미가 시의 창작에 관여하는 바를 파악하거나, 리듬이 의미를 창조하는 데 행하는 역할을 파악하는 일에 실수하지 않을 것이다. 그러므로 형식 대 내용이라는 낡은 이

---

31) 예컨대 로버트 그레이브스와 폴라 라이딩의 다음과 같은 언급을 보라. "관습에 의하여 고정된 형태로 인정되는 운율이 현재 조직되어 있는 사회의 권리를 뜻하는 것과 같이, 운율의 변이형은 개인의 권리를 뜻한다"(Robert Graves/Paula Riding, 《시의 현대적 기법 : 정치적 유추》[*Contemporary Techniques of Poetry : A Political Analogy*], London, 1925, p.24). 우리는 자유시의 '본질'에 관한 이와 같은 선언적 진술들을 모아서 한 권의 책을 엮어낼 수 있을 정도다.

분법적 오류에서 벗어날 수 있고, 그러면서도 여러 측면에 걸쳐서 시를 연구하는 것을 포기하지 않을 수 있다. 그러나 조건이 하나 있는데, 그 것은 시를 전반적으로 다루어야지, 단순히 어떤 관념이나 운율과 같이 선험적으로 이미 알고 있는 요소만을 다루어서는 안 된다는 점이다. 우리는 음절의 기계적인 상관관계가 아니라 리듬의 역동적인 속성을 이해해야 한다.

리듬은 '유기적' 현상이어서 시에 현상학적으로 접근해야 충분히 감상할 수 있다. 말하자면 시 속으로 들어가서 전체에서 부분으로 또는 거꾸로 부분에서 전체로 이어지는 해석학적 순환 속에서 접근해야 충분히 감상할 수 있다.[32] 그런데도 이런 상호주관적 특성에 기여하는 요인들은 찾아낼 수 있다. 더욱이 우리는 한 편의 시나 시인의 리듬양식을, 또는 좀더 유연하게 한 시대나 장르의 리듬양식을 설명할 수 있는 특질도 찾아낼 수 있다.

우리는 다음과 같이 많은 리듬요인을 고찰할 수 있다. 운율적 연속체와 이것이 이상적 규범에서 일탈하는 현상 ; 단어경계 및 이것과 음보경계의 관계 ; 구문과 휴지(休止) 및 이런 것들과 (시행, 중간휴지와 같은) 운율의 관계 ; 통어적(統語的) 관계, 어순, 구문의 긴장상황 ; 소리, 의미요소 등의 반복과 병치가 그것이다. 사실 언어로 씌어진 시 속의 모든 것은 리듬을 형성하는 데 기여하는데, 비록 시 속의 요소 하나하나가 시에서 다른 기능을 갖고 행할 수 있고 행한다 하더라도 그렇다. 여기의 모든 것은, 무엇이라고 일컫든 간에 어조, 기질(ethos), 분위기, (현대독일 문학비평의 핵심용어인) '정조(情調, Stimmung)' 등과 같이 시행에서 은연중에 이루어지는 전반적인 양상뿐만 아니라 다층적인 구성

---

32) 필자는 특히 근래에 아주 영향력 있는 마르틴 하이데거의 이론과 에밀 슈타이거 (《시학의 근본개념》, 1951 ;《해석의 기예》[*Die Kunst der Interpretation*], Zürich, 1955)처럼 현상학적인 유럽 비평가들의 이론을 언급하고 있다. 미국 비평가들은 철학적 배경이 다르지만, 주요한 고찰대상인 시에 대해 비슷한 활동을 보여주고 있어서, 유럽 비평가들과 방법론에서 비슷한 작업을 하는 경우가 많다.

에 들어 있는 단어들을 말한다.

의미요소나 혹은 통어적 관계가 리듬형성에 관여하기 때문에, 이것들을 씌어진 시 속에 존재하는 실질적인 구조적 요소로 설명해야 한다. 리듬형식과 리듬효과가 일반적 기질이나 어조로 빚어지는 감정에 의해 영향받는다면, 우리는 단어의 선택, 구문유형, 그리고 이 유형을 형성하는 주제요소를 검출해야 한다. 더구나 구조, 의미, 모든 차원의 기능, 또 모든 차원들 사이에서 작용하는 기능은 서로 관계를 맺는다. 구조는 이러한 조건들 속에서만 존재한다. 강세의 유형은 다음과 같은 경우에 실현된다. 어디서 어떻게 강세할 것인가에 관한 결정, 어디서 어떻게 휴지를 '느낄 것인가'에 대한 결정 등. 이런 것은 시를 전체적으로 읽는다는 근거 위에서 행해진다. 이러한 언어재료의 구성에는 (형태[Gestalt]를 지각하는 방법처럼) 좁은 의미에서 리듬요인이 의미, 전통과 같은 요인들처럼 관여한다.

존재하는 모든 요소가 다 개개의 구체적 경우에 동등한 가치를 갖는 것은 아니다. 우리는 무엇이 변별요소인지 결정해야 한다. 뿐만 아니라 이것들이 다른 시에서 보여주는 구체적 형태에서 어떻게 작용하는지도 결정해야 한다.[33]

시를 낭송하는 것을 녹음해서 이런 결정을 내릴 수는 없다. 그것은 1) 낭송에 주관적 요소가 있기 때문이고, 2) 녹음은 심리적 사실이 아니라 물리적 사실인 소리는 들려주지만, 그 의미를 제시해 주지 못하기 때문이다. 3) 시의 비유언어를 그림으로 완벽히 그려내는 일이 불가능하듯이, 목소리로 낭송해서 리듬을 완벽히 실현해내는 것도 불가능하기 때

---

33) 리듬요소가 몇 가지 있다는 식의 단순한 지식은 충분하지 못하다. 그러므로 베리 수녀(M.M. Barry), 《엘리어트 시의 운율구조 분석》(*An Analysis of the Prosodic Structure of Selected Poems of T.S. Eliot*, 1948)는 상이한 유형의 시들에 존재하는 구체적인 상호관계를 이해하려고 하지 않고, 엘리어트 시의 '종결율조(cadence)'를 몇 가지로 나누어 분석하고 있다(다음의 '주 34'를 참조하라). 가치 있는 부분이 몇 군데 있긴 하지만, 전체 요지가 애매한 일반론에 머물고 있다.

문이다. 리듬에서 긴장의 역할이 분명하다 해도, 단 한 번의 낭송으로 실현되지 않는 긴장 상태들이 있다('리듬의 모순어법'이나 '리듬의 애매성'과 마찬가지로 실제의 낭송과 낭송하는 동안 이루어지는 운율규범 사이에 그런 긴장이 존재한다). 그러나 리듬이 '청각적 상상력'으로만 존재한다는 것은 말할 나위도 없다(운율은 텍스트 자체에 존재하지 않는다 해도, 잠재적 상태로는 들어 있다). 우리는 텍스트가 독자를 위해서 무리짓기·휴지·강조·호흡 등으로 제시하는 실마리를 분석해야 한다. 이는 무리짓기·휴지·강조·호흡 등을 통해 생리적으로 가능한 실현을 탐구하는 것이 아니라, 문맥과 전통 속에서 이것들이 보여주는 의미를 추구하려는 것이다.

특히 러시아 형식주의자들이 잘 보여준 바와 같이, 많은 시에서 통계적 증거가 어떤 표현경향을 구별하는 데 도움이 되긴 하지만, 이런 증거만으로는 충분하지 않다. 비슷한 숫자를 갖고 다른 이유를 대는 것은 오해를 불러일으킬 수 있고, 아니면 우리가 규범적 요소에서 점점 멀어질수록, 더더욱 부차적인 변형이나 부차적인 의미를 등한시할 수도 있기 때문이다.

하나의 양식은 다수에 의해 만들어지는 것이 아니다. 어떤 요소들을 명확히 사용하는 데에서 만들어진다. 말하자면 은유 하나가 개별적 가치나 기능에서 다른 열 가지 '공식적인' 은유보다 더 많은 것을 의미하는 경우도 있다. 또한 우리 분야에서는 (문학적 중요성이 언어적 중요성과 같지 않기 때문에) 사례별로 어떤 것을 강세로 활용할 것인지 결정해야 하는데, 통계적 사실이 맡는 역할과 마찬가지로 요소들의 계층구조도 이것들의 특정한 기능에 따라 판단해야 한다.[34] 어떤 기본틀 안에서

---

34) 아주 중요한 사례는 다음과 같다. 현재까지 토머스 엘리어트의 운율론에 관한 유일한 연구서에서 베리 수녀는 이렇게 쓰고 있다. "엘리어트가 어느 정도로 구절에 의하는 종결율조(phrasal cadence)를 활용하는지 정해 보려고 그의 시를 고찰해 보면, 단 한 번만 이런 율조를 조합한 것이 5편이나 되는 시에 거듭되는 것을 볼 수 있다." 그런데 이것은 '구절의 종결율조'가 베리 수녀의 임의적인 단정에 의

활용할 수 있는 요인들의 효과를 선택하고 강조하는 데에는 비판적 연구가 필연적이다. 그러므로 리듬 분석은 '해석의 기예(技藝) ; art of interpretation'의 일부에 불과할 수 있다. 이것이 언어로 씌어진 텍스트에 근거를 두는 정확한 용어로 설명될 수 있다고, 또는 설명되어야 한다고 하더라도 그렇다.[35]

앞에서 언급한 견해들은 리듬을 분석하면서 시의 모든 문제를 다루어야 한다고 시사하는 것이 아니다. 이런 문제들을 항상 염두에 두고 필요한 만큼 고찰해야 한다는 뜻이다.

요소들을 체계화하는 것은 유용하다. 그러나 쉽게 만들어진 체계로 말미암아 리듬의 본질을 파악하는 것이 방해받아서는 안 되며,[36] 시의 전반적 현상이 보여주는 실제의 결과를 이루는 중요한 요소를 설명하

하더라도, 시 한 편의 전체 시행 가운데 적어도 15퍼센트 범위에서 이루어지는 율조군(律調群)을 조합한 것이라는 점을 잊고 있는 것이다. 그러므로 만일 14퍼센트만 이루어진다면(말하자면 연속되는 50개의 시행 중 7개의 행에서만 이루어진다면), 구절의 종결율조는 존재하지 않는 셈이다. 더욱이 '구절의 종결율조' 하나는 상승하는 2개의 2음절어군, 말하자면 2개의 약강격으로 짜여지는 수가 있는데, 이것은 운율적인 시와 운율적이 아닌 시를 구별하지 않는 분석이다. 엘리어트의 시 한 편 이상에서 2개의 약강격으로 짜여진 연속체가 이루어질 수 있다는 통계에 앞서 우리가 어떻게 의문을 품지 않을 수 있을까? 게다가 '구절의 종결율조'라는 개념은 아예 잘못된 것이다. 이는 리듬의 동력학적 역할에 관해서는 어떤 고려도 하지 않는 전혀 임의적인 음절군이기 때문이다.

35) 에밀 슈타이거는 《해석의 기예》에서 시의 해석은 (최선으로 선택한 용어는 아니지만) 기예라고 주장한다. '해석의 기예'는 일종의 과학이다. 그것은 객관적 증거에 대해 모든 책임을 지고, 만일 부정확한 것으로 입증되면 제외시켜 버릴 수 있기 때문이다.

36) '단순한' 요소라 해도 단지 입맛에 맞는 환상에 의해 단순한 것이므로, 리듬의 복잡성으로 저지당해서는 안 된다. 그러므로 근래의 어떤 정의에 의하면(P. Habermann, 〈악센트〉[Akzent], P. Merker/W. Stammler(eds), 《독일문학사 사전》, pp.16~21), 강세는 "음의 높이, 음의 길이, 음색, 강음(强音), 음의 지속에서 이루어지는 매우 복잡한 결합관계"라고 한다. 또 대개 이것들 하나하나는 위의 차례대로 복잡한 것 같다. 따라서 필자는 현상학적 연구보다는 원자론적 연구를 더 선호한다.

는 데 오류를 범해서도 안 된다. 반면에 현상학적 연구는 그것이 구조적 용어나 비교의 방법을 사용하지 않더라도, 설명하는 데 무비판적인 상대주의와 인상주의 혹은 신비화의 위험을 안고 있다.[37] 현상학적 연구는 ('운율론[metrics]'과 구별되는) **리듬론**(rhythmology)이 할 일이다. 이는 자유리듬의 범위에서도 가능하다. 준고전주의적 미신으로 구속받지 않는다면, 자유리듬에서 언제나 기층의 구조를 찾아낼 수 있다.

3.

필자는 자유리듬으로 1) 일관된 운율구도가 없는, 말하자면 성조위주적 음절 시에서 강세음절과 비강세음절이 일반적으로 예정된 배열방식에 대해 자유로움을 갖는 시를 뜻한다. 그러나 2) 어떤 인상을 만들어내고 시적 리듬의 기능을 충족시킬 수 있도록 조직된 시적 언어로 이루어진 시도 뜻한다.

필자는 프랑스어의 'vers libre'라는 말보다 독일어의 'freie Rhythmen'을 더 좋아한다. 베르 리브르는 규범적인 음절체계에서 자유로운 것을 시사하기 때문이다. 말하자면 강세음절과 비강세음절의 관계에서 자유로운 것보다는 근본적으로 시행의 길이에서 자유로운 것을 뜻하기 때문이다.

의심할 여지없이 운율규범에서 자유롭고자 하는 첫 번째의 현대적 충동은 프랑스에서 시작해서 유럽 전체로 확산되었다.[38] 이것은 모더니

---

37) 따라서 주목할 만한 것은 헬런브레히트《니체와 자유리듬의 문제》(1931), 프파이퍼(J. Pfeiffer)의《시적 순례》(*Umgang mit Dichtung*, Hamburg, 1936)와《시와 철학》(*Zwischen Dichtung und Philosophie*, Bremen, 1947)이다. 대다수는 별로 "리듬지향적이지 않은" 실제 비평가들이다. 그들은 대개 직접 고찰하는 데에서는 훌륭하지만 구체적이지 못하고, 좀더 폭넓은 분야의 증거와 직면하게 되면 일반화하는 데 실패하는 경우가 많다.

38) 프랑스 시인 르네 길(René Ghil)에 의해 야기된 자유시 논쟁에 관한 러시아 측

스트 운동의 여러 가지 '이데올로기들'의 내적 논리에 멋지게 부합되었다. 그러나 면밀한 분석에서 보는 바와 같이, 이 영향은 비유적 언어보다는 오히려 구체적이지 못한 슬로건으로 국한되었다. 어떤 합리적 방법으로 구체화되어 표명된 것은 아니지만, 구체적인 구조적 장치의 사용은 이런 장치가 이루어진 특유한 원천에 의거하는 개개의 언어가 주도하고 발전시켰으며, 자신의 습관과 시적 필요에 따르는 예술가 개개인이 주도하고 발전시켰다.

(일반적 경향은 그렇다 치더라도) 구체적인 음절관계·어군(語群)·억양 등에 대한 느낌을 추구하기 위해서, 개별적인 언어권에 속하는 시인들은 (새로운 자유리듬이 과거부터 알려진 모든 것과 일치하지 않으며, 범위에서 훨씬 넘어서고 있다 하더라도) 그들 나름으로 고친 시적 전통뿐만 아니라, 그들 당대의 언어관습을 향해 갔다.

그런데도 불구하고 이런 지역적인 발전들은, 인간이 일반적으로 갖는 어떤 리듬 속성과 한계뿐만 아니라 유럽의 공통적인 문화유산에 대한 관계, 모더니즘 운동에 공통된 기능적 경향들의 관계로 말미암아 비슷한 경향들을 보여주었다. 이러한 근거에서 보자면 비교연구 방법은 한 언어권 안에서 '당연하게' 여겨지는 것을 고찰하는 일보다 훨씬 계발적일 수 있다.

자유리듬적 시에서 표방된 경향들은 좀더 '말하기와 비슷한' '산문적' 표현을 추구하는 데에서, 운율적인 시에서 할 수 있는 것 이상으로 리듬 차원에서 잘 조직되는 개별적 구조를 창조하려는 노력으로 달려갔다. 이는 시의 전면적인 통일성보다 부분적 결과를 선호하는 데에서 그렇게 된 것이다. 이런 양극적인 경향은 시의 표현법뿐만 아니라 리듬에도 자주 나타난다. 이 두 경향은 그 흐름을 차단하는 대가를 치르면서

의 논문은 일찍이 1903년부터 이미 발표되고 있었다. 영국 시인에게 영향을 미쳤던 빌드락(C. Vildrac)과 뒤아멜(G. Duhamel)의 《시적 기법론》(*Notes sur la technique poétique*, Paris, 1910)은 '이미지스트'인 바딤 셰르셰네비치(Vadim Šeršenevič)가 1920년에 러시아어로 번역한 바 있다.

까지, 아니 기꺼이 흐름을 차단해서라도 '음악적' 유동성을 피하고 단한 단어의 가치라도 되찾으려는 시도일 수 있다.

많은 오해가 내용에서 형식을 분리하려는 이론적인 시각과 마찬가지로 시에서 운율기능을 분리하려는 단순한 이론적 시각에서 비롯된다. 이런 식의 기준에서는 운율이 필수적이다. 그러나 시의 의미와 '세계'에 대해 운율이 소용되는 바를 분석해 보면, 운율의 기능은 다면적이어서 시적 체계에 따라 다양하다는 것을 알 수 있다. 현재 이루어진 중요한 고찰의 한 가지는 "운율이 미치는 결과는 …… 단어를 현재화하는 것이다. 말하자면 단어를 적시(摘示)하고 단어의 소리에 주목하게 한다. 좋은 시에서는 단어들의 관계가 강력하게 강조된다"고 주장한다.[39] 필자가 앞에서 행한 구별에 따르면, 운율은 그것만으로 이런 '단어의 현재화(actualization of words)'를 빚어내지 못한다고 하겠다. 운율이 ('음악적이고' 인상주의적인 시에서처럼) 상반된 결과를 보여줄 수 있기 때문이다. 여기에서 말하는 '좋은 시'는 리듬요소가 주도적으로 시 형성 작업을 수행하는 시를 뜻한다. 자유리듬은 이런 시를 목표로 하는 경우가 많다. "'시행의 통일성과 응집력'은 단어들을 좀더 밀접시키고 서로 작용하게 하면서 중복시키고 엇갈리게 한다. 이렇게 함으로써 단어들이 갖는 풍부한 '측면적인' 잠재적 의미를 보여준다."[40] 이를 행하는 다양한 방법으로 말미암아 자유리듬을 어떤 구체적 방법의 한 가지 형태로만 언급하는 것은 불가능하다. 다음에서 필자는 자유리듬의 몇 가지 주요원리의 대요를 언급해 보려고 한다. 이렇게 하는 데 유념해야 할 점은 자유리듬의 현재화가 이러한 다양함을 따른다는 것과 어떤 포괄적 원리보다도 시사하는 바가 더 풍부하고 복잡하다는 것이다.

현상학적 증거는 자유리듬이 허다한 운율텍스트들보다 더 '리듬적'이면서도 '산문적' 영향은 덜하다는 점을 보여준다. 자유리듬이 고도로 조

---

39) R. Wellek/A. Warren, 《문학의 이론》.
40) 티냐노프의 언급을 인용한 것. V. Erlich, 《러시아 형식주의》, p.194.

직되는 경우도 있는데, 결코 산문과 시의 어중간한 상태가 아니라는 점을 상세히 보여줄 수 있다. 다른 문학 종류에 비해 시가 갖는 유일한 본질적 차별성은 엄격한 음절수를 요구하는 것이라는 그리스 시대까지 소급되는 오해가 있다. 엄격한 음절수는 (리듬 없는 운율처럼) 불충분한 것일 뿐만 아니라 불필요한 것이다. 엄격한 음절수로 표현의 유연성과 다양성이 쉽게 제한될 수 있기 때문이다. 더구나 자유리듬에서 음절수가 맺는 관계가 차별적인 리듬요인이라 하더라도, 음절수가 엄격하지 않을수록 산문에 더 가까워진다고 보는 것도 오류에 불과하다. 산문리듬의 연구에서 알 수 있듯이, 많은 시에서 그러한 것보다도 더 모든 차원에서 음절수가 '규칙적인' 산문을 찾아낼 수 있다. 나아가 거의 규칙적인 산문은, 산문에 가까운 많은 시들보다 더 '음악적'이면서도 더 단조롭게 읽히는 경우가 많다.[41]

약강 5보율은 '산문처럼' 들릴 수도 있다. 반면에 비규칙적인 음절수가 이루는 관계는 단지 규칙적인 산문과 다르다는 점으로 그 자체가 리듬요인이 될 수 있다. 그러므로 현대시는 특징적인 리듬장치로 한쪽에서는 강박수(弱拍數)를 최대한 활용하고(마야코프스키의 경우), 다른 한쪽에서는 연접되는 강세를 활용하기도 한다(아우구스트 슈트람, 마야코프스키, 윌리엄 칼러스 윌리엄스의 경우. 엘리어트도 자주 활용했다). 이와 흡사하게 긴 시행과 아주 짧은 시행을 병치하는 것도, 이것이 음절수의 규칙성 등에 상반되기는 하지만, 역시 리듬요인이다.

원칙의 순정성(純正性)만이 (여하튼 우리가 원칙의 세부사항을 고려하더라도) 시의 특질은 아니다. 산문이란 한 극과 대립되는 시의 '대극적' 특징이라고 할 수 있는 요인이 많이 있다. 시적 언어의 특질도 있다. 그러나 모든 시에 다 나타나지만 어떤 산문텍스트에는 거의 나타나지 않는 차별성에 이름 붙이기는 가능하지 않은 일이다. 이와 똑같은 일이 음절군이나 단어군의 수적(數的) 관계에도 적용되는데, 만일 그 수적 관

---

41) V. Pjast, 《현대 운율론》(*Sovremennoe stixovedenie*), Leningrad, 1931.

계가 엄격하지 않다면 그렇다. 그런데도 리듬의 차이는 분명하며, 그것은 무엇보다도 존재론적이다. 예를 들어 괴테의 〈모든 산정 위에서〉(Über allen Gipfeln)라는 시에서 시를 형성하는 요인으로 'u'음에 관해 많이 언급해 왔다. 산문에도 이런 음이 가득 차 있거나 반복된다. 그러나 만일 이런 음의 기능이나 다른 존재론적 체계를 고려하지 않는다면, 이 소리들을 헤아린 단순한 숫자는 별로 의미가 없다. 이러한 점은 시의 언어들이 불러일으키는 의미의 모호성이나 내포성이나 어떤 다양성에 대해서도 사실이다. 그런데 이런 모호성이나 내포성이나 다양성은 산문작품에서 대개 아무 작용도 하지 않는다. 시의 차별성은 시행에 있다. 그러나 시적 리듬과 시라는 존재 자체를 창조하는 데에서 시행의 중요성을 아주 높이 사기는 어렵다.

우리가 시를 다시 써서 시행들을 새롭게 배열해 보면 놀랄 만한 차이를 발견할 수 있다. 또한 시를 산문 쓰듯 쓰면, 특유한 리듬뿐만 아니라 예술작품 자체인 시를 잃어버리게 되는 경우도 허다하다. 오직 조심스럽고 정밀하게 분석하는 일만이 음절수나 헤아리는 짓거리를 뛰어넘어, 이런 현상을 설명할 수 있는 미묘한 차이를 보여줄 수 있다.[42]

다른 구조틀에서도 나타나지만, 특히 시의 구조틀에서 리듬요소와 비유요소들은 이것들의 상대적 위치와 기능에 따라서, 우리가 지각하는 과정에서 다시 강세되고 다시 조직되어 재해석된다. 또한 다른 시각과 특정한 무게중심을 갖게 되어 시의 '세계'를 형성하는데 중요한 역할을 수행한다. 단어가 갖는 중요성에 대한 우리의 자신감은 이런 조건들에 의한다. 이처럼 존재론적으로 차이가 나는 구조틀의 표지가 시행이다.

더욱이 시행은 리듬에 관해 구체적으로 맡은 일을 충족시킬 수 있고

---

42) Wellek/Warren, 《문학의 이론》, p.173. 브로워(R.A. Brower)의 《빛이 쏟아지는 벌판》(*The Fields of Light*, New York, 1951, p.60)의 예가 있다. 저자가 차이에 대해 미묘한 감정을 드러내고 있긴 하지만, 그는 "이런 일이 왜 어떻게 해서 일어나게 되는지 설명할 수 있다고 생각하는 것은 어리석다"고 본다. 더 좋은 증거자료로는 유리 티냐노프의 《시적 언어의 문제》(1924, 특히 pp.36~39)를 참조할 것.

또 충족시킨다. 만일 시행이 구문군(構文群)과 일치하지 않는다면, 시행과 리듬이라는 두 가지 요인들 사이에 긴장 상태가 조성된다. 이 요인들은 (특히 억양과 같은) 다른 요인들 몇 가지를 만들어내거나 변형시키고 또한 산문에 놓일 경우의 위치에 비해, 시행의 양쪽 끝에 놓여 있는 단어들을 재차 강조할 수도 있다.[43] 만일 문장이 길면, 시행의 분절마디는 강세들을 수평화하고 강세 간격을 균일화하는 것 이외에도, 문장에서 구절이 나누어지는 것과 구절이 단계적으로 이행되는 것을 단순화시킨다. 아울러 문장의 억양을 깨트려서 연속된 부분들을 병렬관계의 단위들로 다시 구성하게 된다.

4.

대개 시행은 지각할 수 있는 (2, 3 또는 4개의) 강세군(强勢群)이거나 이런 강세군이 이루는 2음보구(혹은 3음보구)다. 그러므로 1) 시행은 상호관계적 단위이고, 2) 시행에서 이런 단위의 주요한 구성소로 눈에 띄는 것은 강세다. 강세의 분명한 위치로 강세의 차이는 수평화되고, 따라서 가능한 경우에 언제나 강세 사이의 음절 간격이 조절된다. 시행의 수적 관계나 따지는 일반적 경향으로 이와 같은 전반적인 리듬조직의 원리에 관한 특별한 논의가 필요하겠지만, 필자는 어떤 자유리듬 유형을 논의하기 위한 바탕으로 마땅히 이해해야 할 중요한 견해만 언급해보려고 한다.

가능한 모든 운율적 배열, 행길이 등이 시에 공통적으로 사용되는 것이 아니라는 점은 여러 번 언급한 바 있다.

형태심리학이 시사하는 바와 같이, 인간의 지각과정에서 주된 경향

---

43) 특히 F. Lockemann, 《시와 음률형》, p.94와 H. Maeder, 〈횔덜린과 언어〉를 참조하라.

은 지각할 수 있도록 비슷한 요소들을 무리 짓고, 비슷한 무리들을 좀 더 상위의 무리로 묶는 식으로 조직하는 것이다. 시의 리듬을 조직하는 데에서 어떤 기성질서나 군집(群集)의 계층구조를 설정하지 않는다. 단지 어떤 조직을 할 수 있는 가능성만 제시할 뿐인데, 이는 독자들에 의해 실현된다. 독자는 이를 실현하는 데에서, 일부는 (전통·관습적 지식 등과 같은) 습관이나 동의에 의해서, 일부는 (리듬관성·리듬충동 등과 같은) 인간의 리듬속성에 의해 조절되는 감정에 의거해 실현한다. 이러한 근거 위에서만 (야콥슨이 말하는) '기대치(期待値)'나 '좌절된 기대'를 언급할 수 있다. 부분적인 질서에 의해 이루어지는 리듬충동의 바탕 위에서만 운율은 존재한다. 이러한 차원에서만 우리는 리듬의 '혼란', '일탈', 혹은 병행관계, 리듬의 '주도동기(leitmotif)' 등을 이해할 수 있다.

물론 우리가 지각하는 경향은 아주 유동적인 것이어서, 엄청날 정도로 다양한 구조의 변화와 의미강조의 미묘한 차이에 의해 조절되기도 한다. 실제로 이러한 경향들로 말미암아 무한한 표현이 가능하다고 여겨질 정도다.

그러므로 필자는 형태심리학의 규정을 따라 리듬을 설명하려고 하지 않는다. 그보다는 텍스트의 구조를 분석하고 이 텍스트가 어떤 유의 낭독방법을 요구하는지 묻고자 한다. 아니면 모든 국면에서 시작품의 언어를 생생하게 실현할 수 있는 낭독법이 무엇인지 묻고자 한다.

그렇다 해도 정신생리학적 한계(나 기능)는 남는다. 예를 들어 두 강세 사이의 평균적 간격은 제한받는다. 이는 '음악적' 방면으로 논의하는 이론가들이 생각하는 것과 같은 정확한 규칙성을 뜻하는 것이 아니다. 그러나 커다란 차이가 생길 경우에는 규칙성을 생각하지 않을 수 없다. 말하자면 각운에 약음이 많이 들어 있으면 강세음절이 집중되어 있는 경우보다 더 빨리 읽게 되거나, 아니면 적어도 정상적인 낭독법에서 크게 벗어나서 아주 뚜렷하게 들리기 때문이다.

리듬요소를 무리를 짓는 데에서 상이한 리듬체계에 의거하는 시들이 보여주는 증거는, 우리가 언어재료를 단순한 무리들로 이루어지는 계층구조로 무리 지을 때마다 이 재료를 조직하는 전반적인 규칙이 있다는 것을 시사한다(이 규칙에 관해서는 여기에서 상론하지 않겠다). 유사한 단위들의 변이형은 이렇게 해서 구조적으로 무리 짓는 것이 인정된다. 말하자면 대칭과 비대칭, 여러 다른 층위에서 이루어지는 길이의 상태, 운율군(韻律群)과 어군(語群)의 상호작용, 중첩 등은 다른 리듬효과를 일으킨다. 단순군(單純群)이라는 말로 필자는 좀 작은 단위들 두 세 개가 이루는 무리(왜냐하면 2개나 3개의 단위는 보다 작은 무리로 분할할 수 없기 때문이다)와 경우에 따라서는 4개의 단위들로도 이루어진 무리를 뜻한다. 그런데 4개의 단위군은 내적으로 균형 잡힌 구성단위다(보통 2＋2로 구성되지만 때로는 1＋3으로도 이루어진다). 일정한 조직은 모두 이런 원칙 위에서 이루어져야 한다. 단지 국지적인 변이형만이 원칙에서 벗어날 수 있다.

사태는 최저 층위에서 분명해진다. 즉 운율적 음보는 2개나 3개의 음절(혹은 이런 무리의 2보율)로 이루어진다. 장음 하나와 단음 셋으로 이루어지는 4음절 음보(paeon)는 아주 강력한 요인이 방해하지만 않는다면, 약강격이나 강약격 2보율로 읽혀진다. 약음이 많이 나타나는 것은 이것이 규칙적이 아닐 경우에만, 즉 자유리듬이나 산문에서만 그런 것이다.

필자는 여기에서 최상위 층위인 시련(詩聯)의 구조는 논의하지 않겠다. 그러나 이 층위에서도 규칙적 시련을 염두에 둘 수 있다는 (그래서 지속할 수 있다는) 것은 분명한데, 이는 압운의 변이형들을 조직해서 3번 이상 같은 조직체가 반복되지 않게 하는 경우뿐이다(예를 들어 8행시체인 오타바 리마[ottava rima]도 3개의 a b 압운군과 한 쌍의 c c 압운 연구(聯句)로 이루어진다).

몇 가지의 중간 층위도 있을 수 있는데, 이것도 시행구조에 해당된다. 자주 언급된 바와 같이 강세가 4개 이상인 시행은 단일한 단위처럼 유지될 수 없어서 필연적으로 두 무리로 나누어진다.[44] 통례적인 설명은 8개나 9개의 음절이 (또는 이런 정도가) 정상적인 구문단위('Kolon', 또는

'syntagma'[45])라고 한다. 그러나 이것이 사실이라 해도, 무리 짓는 요인
이 결정적인 것은 분명하다(음보에 대해서는 생리학적인 설명이 또한 필
요하지만, 무리 짓는 군집유형은 규범적인 것 같다). 그러므로 모든 5보율
행이 반드시 둘로 나누어지지 않는다. 예를 들자면 "And smooth as
Monumental Alabaster ; 기념비의 설화석고처럼 부드러운"(〈오셀로〉
[Othello])이란 시행을 하나의 단위처럼 읽을 수 있다. 이 나누어지지 않
는 5보율은 (카이저[46]의 언급에도 불구하고) 한 행을 (5개가 아닌) 3개의
강세군처럼 생각할 경우에만 가능한데, 심지어 이 강세군이 유독 주된
강세들이라 하더라도 그렇다.

이러한 것이 모든 시행에 해당되는지 여부는 중요하지 않다. 시들 사
이의 주요한 리듬 차이가 대체로 시행 하나하나의 길이에 달려있다는
것은 여전히 사실이다. 근본적으로 하나의 단위인 2개나 3개의 강세는
내적으로 균형 잡힌 시행을 만들어낼 수 없으며, 좀더 커다란 무리의
일부분일 뿐이다. 다른 체계들에서, 특히 민속학 분야에서 4개의 강세
를 선호하는 것은 분명하다. 영어의 5보율은 특히 장시에서 그러한데,
그 내적인 군집들을 계속 변형시켜가며 시의 내용을 전달하는데, 대칭
되는 단위로 빚어지는 단조로움을 피하려는 것이다. 이에 반해 러시아
에서는 같은 목적으로 4개의 약강격 단위를 사용해서, 러시아어에서 활
용할 수 있는 단어경계를 사용해 커다란 변이를 가해 단조로움을 피하
고 있다. 이런 식이다.

차이가 아무리 크더라도, 어떤 단위도 이것을 지각할 수 있는 방식으

---

44) W. Kayser, 《독일운율론 입문》(*Kleine deutsche Versschule*), Bern, 1946, p.18.
45) V.V. Vinogradov, 〈러시아어의 통사와 구문〉(Ponjatie sintagmy v sintaksise
   russkogo jazyka), 《현대 러시아어 구문의 문제》(*Voprosy sintaksisa sovre-
   mennogo russkogo jazyka*), Moscow, 1950 ; S. Karcevskij, 《문장 음운론 》(*Sur
   la phonologie de la phrase*), 《프라하언어학회보》(*Travaux du cercle linguis-
   tique de Prague*) 4, 1931, pp.188~223 참조. 시의 경우는 Kayser, 《언어예술작
   품》 참조.
46) W. Kayser, 《독일운율론 입문》.

로 무리 짓지 못한다면 변함없는 규범으로 염두에 둘 수 없다. 이런 식으로 단위가 무리 지워지지 않으면, (가령 16음절과 같은) 어떤 일정수를 기억하거나 '느낄' 수 없다. 프랑스의 고전적인 6+6 구조의 시에서 이루어지는 (사소한 것이라 해도) 강세조직은 비록 시행에 따라 달라지기는 하지만, 약강격이나 약약강격처럼 규칙적으로 되려는 경향이 있다는 것을 (세르비엥을 위시한 몇 사람이) 이미 보여준 바 있다. 따라서 시인은 (뿐만 아니라 독자도) 6음절로만 헤아려서는 안 된다. 시인은 이러한 단위를 단순한 음절군의 단순한 군집(2*3 또는 3*2)으로 느낄 수 있다. 이런 단순한 음절군은 대개 최소의 리듬-구문 단위와 일치한다.

　분명 이런 견해들은 상당히 가다듬을 필요가 있다. 우리의 목적에서 보면 지각가능성이 일정수보다 더 중요하다는 사실은 쓸모 있는 것이다. 이는 어쩌면 토마셰프스키가 운율을 단순히 시행의 등가성(等價性)을 측정하는 보조장치로만 간주했을 때 염두에 두었던 그것이다.[47]

　'자연스러운' 자유리듬 체계인 헤브라이어 성서의 시는 근본적으로 이러한 원칙 위에서 이루어진 것이다. '시행' 하나는 2개(또는 드물게 3개)의 단순한 무리로 이루어지는데, 구문구조와 의미구조에서 대개 병행하거나 아니면 부분적으로 병치되어 있다. 이런 기본 단위들은 똑같지 않다. 엄격한 수를 이루려고 텍스트를 고치는 모든 노력은 어떤 텍스트적 관점에서도 전혀 의미가 없다. (정확한 시절(詩節)을 다시 구성해 보려는 시도도 전혀 의미가 없다). 그러나 이렇게 할 필요도 없다. 리듬의 인상은 '불규칙성'에도 불구하고 이어지게 마련이다. 기본단위들은 결코 한 개의 강세로 이루어지지 않으며 또한 넷 이상의 강세로 이루어지지도 않는다. 즉 이 기본단위들은 lim 4라고 기호화할 수 있는 둘이나 셋, 또는 네 개의 강세로 이루어진 단순한 무리들이다.[48] 이런 강세들은 (복잡한 어미변화를 일으키는 그리스어나 라틴어에서는) 주된 어강세(語强

---

47) B. Tomaševskij, 《운문에 관해》, p.46.
48) 여기의 'lim'은 수학의 극한값을 뜻하는 limit로, 필자는 수학적 표기법을 빌려
　　표현해 본 것이다[편역자 주].

勢)들이고, 구문에서 반복되어 강화되기 때문에 강력하다. 그러므로 무리들을 비슷하거나 단순한 상호관련적 단위들로 지각할 수 있다. 이러한 단위에서 강세의 수가 적더라도, 강세들은 단어에 특별한 무게를 실려주고 있어서 눈에 띄게 된다.

음절에는 규칙성이 전혀 필요 없다 해도, 강세들 사이의 간격은 2개의 이웃한 강세들을 고려하지 않고 긴 단어에 이차적 강세를 줌으로써 한정된 범위 안에서 이루어진다.

현대시가 아무리 복잡하게 얽혀진 것이라 해도, 시행의 길이는 제한받는다. 카이저는 에른스트 슈타들러의 긴 시행들을 (운율적인 경우에서조차) 단일한 단위들로 파악하기 어렵다고 불만을 토로한 적이 있다. 그러나 적어도 시인이 지각하는 과정에서는 이 긴 시행들이 의미를 띤다고 보아야 할 것이다. (몇 개의 '설명할 수 있는' 예외들도 있지만) 매리앤 무어나 휘트먼의 긴 시행들처럼 슈타들러의 긴 시행들도 단순강세군들의 단순군, 즉 $\lim 4^{\lim 4}$를 넘어서지 않기 때문이다. 그러나 이런 시행들은 시에서 제일 긴 행들이다. 대개 하나나 둘, 또는 둘보다 약간 많은 여러 가지 길이와 구조로 된 무리들이다. 서로 관련되는 무리들 하나하나에서 강세의 수가 적기 때문에 눈에 띄는 것도 있다. 이런 것은 관련된 무리들을 균등화하는 데 도움이 된다. 또 단어 하나하나의 특징적인 면을 강조해서 문장이 길게 일직선으로 전개되는 데에서 국지적인 요소들을 두드러지게 할 뿐만 아니라, 상대적으로 일시적인 독립과 고립이 이루어지도록 하는 데에도 도움이 된다.

이러한 조건에서 강세가 눈에 띄게 두드러질 때 강세는 상대적으로 질서를 이룬다. 또한 강세들 사이에 있는 음절 간격은 상관적 관계를 갖는다. 이 간격은 국지적으로 리듬을 표현하는 경우에 중요한 수단 가운데 하나다.

물론 단어들의 의미와 구문관계가 이런 음절 간격을 유지한다면, 가령 단어 한 무리의 무게가 진술된 문장 전체보다 더 중요하고, 억양이 이루는 종속관계에 저항할 수 있을 만큼 충분히 독립적이라면(주로 소리가 길게 파동 치는 것을 단절하는 것이 이런 취지에 도움이 되는데), 음절 간격은 국지적인 리듬을 표현할 수 있다.

시의 리듬이 시적 언어의 '밀접도(유리 티냐노프)'를 강조하는 것처럼, 생략된 시적 언어의 밀접도도 시적 리듬을 강조한다. 분명한 것은 현대시가 음절관계의 분야뿐만 아니라 거의 모든 시적 언어의 분야에서 새로운 길을 모색해 왔다는 사실이다. 자유리듬은 이 새로운 매체의 일부분이며, 이러한 차원에서만 연구할 수 있다고 본다.

* 출전 : Benjamin Hrushovski, "On Free Rhythms in Modern Poetry : Preliminary Remarks toward a Critical Theory of Their Structures and Functions", Thomas A. Sebeok(ed), *Style in Language*, Cambridge, Mass. : The MIT Press, 1960, 1975, pp.173~190.

3. 시 리듬의 기본요인 억양

얀 무카르조프스키

최근까지 (리듬을 나누는 경우에 같거나 적어도 정확히 동량적(同量的)으로 지속하는 것을 뜻하는) 등시성(等時性) 개념을 명시적으로든 암시적으로든, 시의 리듬을 분석하는 출발점으로 인정해 왔다. 그러므로 대부분의 시이론은 주로 가장 적은 리듬 마디를, 말하자면 쉽게 비교할 수 있고 실험으로도 검증할 수 있는 지속량을 고찰한다. 우리는 등시성을 추구하는 경향이 언어표현에서 리듬조직을 이루는 몇 가지 방식에 고유한 것이라는 사실을 부인하지 않는다. 더욱이 (이 연구에서 관심을 두지 않는) 음량운율론 이외에 이러한 경향이 아주 뚜렷하게 나타나는 시형태도 있다. 예를 들어 민요조의 시가에는 낭송할 때 운율을 맞추어야 하는 자장가와 셈놀이용 노래들이 있다. 반면에 ('주관적인' 등시성은 지각되는 대상보다 오로지 지각하는 주체의 태도만 규정하기 때문에) 최소한 객관적으로 확인해 볼 수 있는 등시성이 거의 아무런 역할도 하지 못하는 시 유형도 있다. 그러므로 운율에 관한 일반론을 등시성에 토대를 두면, 우리의 연구범위는 위태로울 정도로 협소해지게 된다. 나아가 시 리듬에 관한 우리의 시각은 출발부터 왜곡될 소지를 안게 된다.

물론 리듬 연속체가 시간 속에서 흘러간다는 것은 사실이다. 그러나 우리의 관심은 시간의 흐름을 측정할 수 있는 가능성에 필연적으로 이끌리지 않는다. 오히려 이 연속체의 형태(Gestalt)에 먼저 이끌리게 된다. 빗토리오 베누씨는 이 점에 관해 다음과 같이 언급했다.

리듬현상이 작용하기 시작하자마자 그것은 더 이상 일차적으로 지각할 수 있는 지속이 되지 못한다(지속은 확장성이 있는 것으로, 이것의 상대적으로 뚜렷한 특질은 그 지속량의 크기에 있다). 지속은 자체에 우리가 주목하도록 강요한다. 그러나 (주어진 시간 간격에 맞춰 서로 이어지는 소리들로 이루어지는) 양적 차원에서 결정되는 어떤 토대와 밀접한 관계를 맺고 있어서 전적으로 음량적인 것이다. 그렇지만 선율의 형상이 이것의 토대를 제공하는 다면적인 음조와 다르듯이 지속은 음량과 다르다. 선율이 음조와 이 음조의 간격 자체에서 주의를 딴 데로 돌리듯이, 리듬의 형태(Gestalt)도 형태의 전달체들 사이에 나타나는 시간 간격의 뚜렷한 면모를 철저하게 억누른다.[1]

따라서 다음과 같이 시적 리듬의 본질 문제를 제기해야 한다. 운문형태가 이루어지는 데에서 어떤 요인을 필수적이며 기본적인 것으로 지적할 수 있을까?[2] 이렇게 제기된 문제에 대답할 수 있다면, **모든** 시의 유형에 공통된 특질을 파악할 수 있을 것이다. 우리가 논의 자료를 뽑아내는 언어적·운율적인 체계에 적어도 시의 유형이 관계되는 한에서 그렇다. 전통적 운율론은 강세에 근거하는 운율체계에서 시형식의 외형이 고정된 강음수(強音數)에 의해서만, 말하자면 음절체계상 고정된 음절수에 의해서만 부여된다는 점을 우리가 믿도록 했다. 따라서 서로 다른 운율체계에 속한 시행의 내적 조직을 서로 연결시키는 공통된 구조

---

1) Vittorio Benusssi, 《시간인식의 심리학》(*Psychologie der Zeitauffassung*), Heidelberg, 1913, p.420.
2) 앙토완 메이유(Antoine Meillet), 《그리스 운율의 인도유럽어적 기원》(*Origines indoeuropéenes des mètres grecs*, Paris, 1923)와 몇몇 러시아 이론가들 (가령 보리스 토마셰프스키, 《러시아 작시법》[*Russkoe stixosloženie*], Petrograd, 1923)을 참고하라. 러시아 이론가들은 운문을 (이론적으로) 이차적인 리듬 마디로 분할하기에 앞서 근본적으로 리듬 단위로 이해해야 한다는 견해를 펼쳐 왔다.

적 특질은 없다. 그러나 (가령 체코 시나 독일 시처럼) 성조체계뿐만 아
니라 (프랑스 시처럼) 음절체계에서도 어떤 자유시 유형을 발견할 수 있
는데, 이런 자유시 유형은 적절한 운율체계 수단에 의거하는 내적 조직
이 결여되어 있는데도 불구하고 시의 모습을 띤다.

다음은 체코 시의 경우다.

Má touha mne vodí jak vzdalující se bubeník
Stromy podobné plynovým plamenům gestikulují jak ramena v tanci
Připojuješ své kroky k prodavačum preclíků
Líbezná eskadrona[3]

독일 시의 경우는 다음과 같다.

Zu meinem fünfundzwanzigsten Jubiläum als deutscher Dichter
lade ich mir alle Götter.
Auch Timur, den Esel Bileams, sowie den Oberhofmarchall ihrer
Majestät der Kaiserin v. Mirbach.
Kurz
sämtliche Notabilitäten.[4]

프랑스 시의 경우다.

Maintenant tu marches dans Paris tout seul parmi la foule
Des troupeaux d'autobus mugissants près de toi roulent

---

3) 욕망은 출발하는 고수(鼓手)처럼 나를 이끈다 / 가스불꽃 같은 나무들은 어깻짓
   하며 손짓한다 / 너는 과자행상인과 발걸음을 맞춘다 / 즐거운 기병대처럼 ── 비테
   츠슬라프 네즈발, "Procházky", *Praha s prsty deště.*
4) 독일 시인으로 나의 25주년 기념축제에 / 모든 신들을 초대합니다. / 티무르도,
   에젤 빌레암도, 밀바하 여제폐하의 재상도. / 줄이옵고 / 모든 덕망 높으신 분네. ──
   아르노 홀츠, 〈용의 모티프〉(Drachenmotiv), 《자유시 국제심포지움》(*Interna-
   tional Symposium on Free Verse,* Milan, 1909)에서 인용.

L'angoisse de l'amour te serre le gosier
Comme si tu ne devais jamais plus être aimé[5]

세 개의 예시는 모두 세 가지의 다른 운율체계로 이루어졌지만(체코 시와 독일 시의 운율체계는 둘 다 '악센트율'이긴 하지만, 체코 시와 독일 시에서 시행의 운율원리는 똑같지 않다), 이것들은 동일한 리듬조직 원리를 갖고 있는데 아주 단순하다. 여기의 예시들에 특유한 억양은 무엇보다도 각 행말에 표현되는 정해진 선율방식에 의해 규정된다. 우리가 이 특유한 억양을 지적하지 않는다면 운율구도가 전혀 없는 셈이다. 시행을 종결짓는 억양이 정해진 방식을 따르는 이런 유형의 시는 'Vere dignum et iustum est ; 매우 위엄 있으며 공정하도다'처럼 노래할 때에 종결음절을 따르는 예배식의 서창조(敍唱調)를 생각나게 한다. 자신의 시를 낭송하면서 비테츠슬라프 네즈발이 각 시행의 억양을 거반 순수한 음악적 종결율조(cadence)로 종결한 것을 주목해 보는 것도 흥미로운 일이다.

따라서 시 리듬의 가장 기본적인 전달체에 관해 알고자 한다면, 억양에 관심을 돌려야 한다. 여러 가지 운율체계에서 억양만이 리듬전달체의 역할을 충족시키는 시 유형이 있다는 것을 방금 확인했다. 먼저 구문의 억양에 주목해야 한다. 억양의 구도가 시행에서 계속 존속하며 작용하는 것이 분명하기 때문이다. 이것은 구문의 억양이 문장의 의미구조와 밀접하게 결합되어 있다는 사실에서 나타나는 결과다. 물론 우리는 여기에서 억양을 음운론적 요소라는 차원에서만 관심을 두고 있다. 이는 억양이 음성적으로 실현되는 데 부수되는 뉘앙스에 관해서는 별로 설명할 의도가 없다는 것을 뜻한다. 억양을 낭송적 속성으로 다루려는 것이 아니라 시적 텍스트의 구성성분으로 다루고자 한다. 또한 우리가

---

5) 이제 너는 완전히 외톨이로 파리의 군중 사이를 걸어간다 / 무리진 버스들이 네 곁을 소리소리 지르며 굴러간다 / 사랑의 두려움이 네 목을 죈다 / 어디 두 번 다시 감히 사랑을 받겠다고 ── 기욤 아폴리네르, 〈지대〉(Zone), 《알코올》(Alcools).

다음의 단락에서 언급하는 억양에 관한 내용이 언어체계에만 적용된다
는 사실에도 주목해야 한다. 이런 언어체계에서 억양은 문장 음운론에
국한되고 (예컨대 '선율적' 강세가 없는 언어의) 단어 음운론에는 관여하
지 않는다. 우리는 구문의 억양 특성을 세르게이 카르체프스키의 〈문장
음운론〉(Sur la phonologie de la phrase)에서 빌려왔다. 우리의 의도에
따라 적절하게 선별하며 인용해 보기로 한다.

　　문장은 의미소통이 실현된 단위인데, 자체의 문법구조는 없다. 그러나 문
장은 억양에 의해 제시되는 특정한 음성구조를 갖고 있다. 문장을 이루는 것
은 바로 억양이다. 어떤 단어나 단어군(單語群)이든 어떤 문법 형태든 어떤
감탄사든지, 상황에 따라 의미소통 단위의 기능을 수행할 수 있다. 억양은 이
런 실질적인 기호적 가치들을 실현하게 되며, 이 순간에 우리는 문장과 만나
게 된다. …… 그러나 여기에서 우리는 감정을 표현하는 음성의 변화에 관심
을 두는 것이 아니다. 마찬가지로 의지문(意志文) 유형에도 관심을 두지 않는
다. 우리는 다만 …… 문제제기 대 해답이라는 두 가지 변형의 구문적 억양에
만 관심을 둔다. 문제제기와 해답은 가장 다양한 태도를 포괄할 수 있고 또한
아주 다양한 상황에 부합할 수 있는 광범위한 두 가지 역동적 구도다. ……이
렇듯이 지적이면서 무력한 데도 불구하고, 억양은 언어 메커니즘에서 불가결
한 부분이다. 심리적인 것이지만, 내면의 말조차 언제나 억양을 지닌다. 또한
조금만 주의를 기울여 보면 내면의 말도 대화의 형태를 갖추고 있는 것을 알
수 있다. 말하자면 우리는 자신과 대화하면서, '대화상대자'에게 묻고 대답한
다. 요컨대 우리는 문장을 만들어낸다. …… 모든 지적인 문장은 너무 짧지만
않다면, 두 부분이나 두 개의 구문 도막으로 나누어지는 경향이 있다. 따라서
한 번의 휴지(休止)에 의해 나누어지는 두 개의 음성상 절정이 생겨나는데,
첫 번째 절정은 강도(强度)뿐만 아니라 표현성에서도 두 번째 것을 능가한다.
[억양이 있는] 행은 첫째 부분에서 상승하고 둘째 부분에서는 하강한다. ……
　문장구조는 …… 문제제기와 해답의 종합체(synthese)다. …… (여기서는 문
장을 두 부분으로 나누는 것만 가리키는 데 사용하는 용어인) 문장 분할은
주어와 서술어를 구분하는 것과 아무 관계도 없으며, 일반적인 어떤 문법적
대립과도 관련이 없다. 따라서 '심리적 주어'나 '심리적 서술어'와 같은 용어
도 피하고자 한다.[6]

그러므로 카르체프스키에 의하면, 구문억양의 중요한 속성은 다음과 같다. 두 부분으로 분할되는 것[7], 이 두 부분의 관계를 문제제기와 해답의 관계에 일치시키는 것, 문장이 이렇게 분할되는 것과 문장이 의미적 차원에서 조직되는 것의 관계가 그것이다.

이제 시의 억양에 관해 좀더 면밀히 고찰해 보기로 한다. 시를 큰 소리로 낭송하면서 억양에 주의를 기울여 보면, 처음부터 어떤 억양구도가 지속적으로 반복되는 것을 들을 수 있다. 이 억양구도는 구문적 조직과 의미적 조직의 다양함에도 불구하고, 언제나 각각의 시행에서 되풀이된다. 물론 이 구도의 세부사항이 시 전체를 통해 변하지 않는다고 주장하는 것은 아니다. 그런데도 억양구도의 전체적 윤곽은 계속 동일하다. 그러나 우리가 어떤 행을 주어진 시적 맥락에서 뽑아내 산문처럼 낭송한다면(그 행이 어떤 것이든 별 어려움 없이 이렇게 할 수 있다), 이러한 변화로 특히 영향받는 것은 억양이다. 먼저 프랑스 시에서 실례를 들어본다.

---

6) S. Karcevskij, "Sur la phonologie de la phrase", 《프라하언어학회보》 (*Travaux de Cercle linguistique de Prague*) 4, Prague, 1931, pp.188~227.

7) 음성학에서도 문장이 억양 차원에서 두 부분으로 분절(分節)되는 것을 음성 현상이자 조음(調音) 현상이라고 주장한다. 오토 예스페르센(Otto Jespersen)은 《음성학 입문》(*Lehrbuch der Phonetik*, Leipzig/Berlin, 1904, p.228)에서 문장 발단부의 상승조(上昇調)와 문장 종결부의 하강조가 내쉬는 날숨의 생리학과 관련이 있다고 한다. 또한 요세프 흘룸스키(Josef Chlumský)는 《체코어의 음량, 선율, 강세》(*Česká kvantita, melodie a přízvuk*, Prague, 1928)에서 "긍정문은 두 부분으로 나뉘어 지는데, 첫째 부분은 둘째 부분보다 더 높은 음조층을 유지한다"(p.xxxiii)는 점을 도해해서 보여주고 있다. 문장의 2분절에 관한 흥미로운 자료는 마르탱(L. Martin)의 《프랑스 문학의 균형성》(*Les symétries du français littéraire*, Paris, 1924)에서 찾아볼 수 있다. 끝으로 1932년 암스텔담에서 개최된 '제2차 음성학대회'에서 행한 에버하르트 츠비르너(Eberhard Zwirner)의 강연에 대해 언급해 둔다. 그는 이 강연에서 억양이 있는 행에서 이어지는 모음과 자음만 발음할 수 있는 실어증환자의 말을 그림으로 그려서 설명했다. 그런데도 환자의 '문장'에 나타나는 억양은 분명히 2분절되는 것으로 판명되었다.

　　　　Et que je suis plus pauvre que personne[8]

　우리는 이 문장을 가령 "Vous savez que je n'ai rien et que je suis plus pauvre que personne ; 내가 아무 것도 가진 게 없으며 누구보다도 가난하다는 것을 당신은 잘 아실 겁니다"와 같은 산문의 문맥에 속하는 것으로 쉽게 생각할 수 있다. 그런데 폴 베를렌의 시에서 보게 되는 시적 문맥은 다음과 같다.

　　　　Vous connaissez tout cela, tout cela,
　　　　Et que je suis plus pauvre que personne,
　　　　Vous connaissez tout cela, tout cela.[9]

　만일 산문처럼 읽은 이 문장의 억양을, 시로 이해하고 읽을 때의 억양과 비교해 보면 상당한 차이가 있는 것을 알 수 있다. 즉 이 문장에 나타나는 억양에 따른 마디 두 개의 분할점이 시로 이해할 경우에는 산문으로 읽을 경우와 다른 위치에 오게 된다. 산문적 문맥에서는 억양분할이 pauvre 다음에서 일어나지만, 시적 문맥에서는 suis 다음에 일어나게 된다. 이에 관한 설명은 간단하다. 이 시행에서 suis가 네 번째 음절의 위치에 있는데, 뒤에는 프랑스 10음절 시의 중간휴지가 고정된 자리를 차지한다. 따라서 운율적 이유에서 시의 억양분할이 결정된 것이다. 그러나 (이미 살펴본 바와 같이, 어떤 문장에서 리듬에 따라 양분되는 자리와 다른 위치에서 나누어지는) 의미의 양분현상은 시행에서 철저하게 억제될 수 없다. 왜냐하면 문장의 의미구조는 그 문장이 시로 간주된다는 사실로 말미암아, 적어도 본질적은 아니더라도, 변하지 않기 때문이다. 그러므로 구문의 억양분할은 시에서조차 잠재적으로 나타난다

---

8) L 그리고 내가 누구보다도 가난하다는 것을 — 폴 베를렌, 《예지》(*Sagesse*) II, 1.
9) 당신은 이 모든 것을 알지요, 이 모든 것을, / 그리고 내가 누구보다도 가난하다는 것을, / 당신은 이 모든 것을 알지요, 이 모든 것을.

고 추정할 수 있으며, 이것은 리듬 차원의 억양분할에서 구문의 억양분할이 다른 위치에 놓여진다 하더라도 사실이다. 사실 우리는 이런 결과를 음성적인 실현 자체에서 실제로 찾아낼 수 있다. 여기에서 실질적인 두 가지 억양구도가 시에서 동시에 일어나지만 언제나 일치되지 않는다고 본다. 그 가운데 하나는 문장의 의미구조에 얽매여 있고, 다른 하나는 시행의 리듬구조에 얽매여 있다. 전자는 언어의 억양이라고, 후자는 리듬의 억양이라고 일컬을 수 있다. 이런 구도는 둘 다 2분절적이다. 시를 낭송하는 동안 듣게 되는 억양이 나타나는 시행은, 동시적으로 존재하며 작용하는 이런 두 가지 구도를 이루는 에너지가 빚어내는 결과다. 또 바로 이 두 가지 구도와 이것들 사이의 긴장력이 겹쳐짐으로써 시에서 리듬 형태의 윤곽이 결정된다.

다른 실례로 아르노 홀츠가 쓴 시행(〈크리스마스〉(Weihnachten), 《기도서》[*Buch der Zeit*])을 인용해 본다.

Ihre grossen, blauen Augen leuchten[10]

앞서 인용한 베를렌의 시행처럼 홀츠의 시행도 원래의 문맥을 변경시키면 산문으로 볼 수 있는데, 홀츠의 시행은 다음과 같다.

In den offenen Mäulerchen ihre Finger
stehn um den Tisch die kleinen Dinger.
und um die Wette mit den Kerzen
puppern vor Freude ihre Herzen.
Ihre grossen, blauen Augen leuchten,
indes die unsern sich leichte feuchten.[11]

---

10) 그들의 크고 푸른 눈동자는 빛나고 있다.
11) 벌어진 자그만 입에 손가락을 물고 / 꼬마들이 식탁에 둘러서서, / 촛불과 경쟁하듯이 / 기쁨에 가슴이 뛰고 있다. / 그들의 크고 푸른 눈동자는 빛나는데, / 우리는 들뜬 기분에 젖어들어 간다.

이 문맥은 인용된 행들을 변경시키지 않고서도 다음과 같이 산문으로 바꿀 수 있다. "Die Kinder stehen am Christbaum. Sie sind glücklich ; ihre grossen, blauen Augen leuchten ; 아이들이 성탄목(聖誕木) 곁에 서 있다. 애들은 행복하다. 그들의 크고 푸른 눈동자가 빛나고 있다." 이 문장을 산문처럼 읽으면 Augen 다음에 중간의 억양분할이 이루어진다. 그러나 이를 시로 간주하면 grossen 다음에서 분할된다. 그렇다고 시에서 우리가 산문에서 찾아낸 것과 같은 분절현상이 완전히 사라지는 것은 아니다.

다음은 체코 시의 경우다.

> ze tvé krve zbyl tu | malý pohrobek[12]

이번에는 여섯 번째 음절 다음에 중간휴지가 있는, 말하자면 tu 다음에 중간휴지가 오는 강약격 6보율 시가 있다. 문맥은 다음과 같다.

> Nevím kde a máš-li jaký náhrobek
> ze tvé krve zbyl tu malý pohrobek
> hled' už slabikuje v Kanadě tvé knihy
> hled' už těší se jak půjde na dostihy[13]

그러나 우리가 다음과 같이 중간의 억양구획을 다른 위치에 놓는다면, 우리는 이 행을 자연히 산문처럼 발음하게 된다.

> ze tvé ˙krve | zbyl tu malý pohrobek

---

12) 당신의 핏줄이 여기에 어린 유복자를 남겨 놓았다 ― 비테츠슬라프 네즈발, 《에디슨》(*Edison*).
13) 당신의 묘비가 어디에 있는지 있었는지 없었는지조차 모른다 / 당신의 핏줄이 여기에 어린 유복자를 남겨 놓았다 / 이제 그 애가 캐나다에서 당신의 책을 읽는다 / 이제 그 애는 경마구경 가기를 바랄 정도다.

그러므로 한 문장으로 이루어진 시행이 리듬이나 의미상 양분되어 일치하지 않는 것도 가능할 뿐만 아니라, 위의 예들에서 보듯이 아주 일반적이기도 하다. 이런 불일치가 뚜렷해지면, 우리는 대개 '내적 연행(連行) ; internal enjambment(즉 반구(半句) 걸치기 ; rejet a l'hémistiche)'을 언급하게 된다. 이러한 현상의 몇 가지 실례를 모리스 그라몽의《프랑스 운문》(*Le vers français*)[14]에서 인용해 본다.

> Le plus vil artisan eut ses dogmes à soi
> Et chaque chrétien | fut | de différente loi[15]

(12음절 시인 알렉상드랭[alexandrin]의 규범화된 중간휴지에 의한) 리듬분할은 두 번째 행의 fut 뒤에서, 의미의 경계는 chrétien 뒤에서 찾아진다. 이러한 불일치는 리듬분할이 자체적으로 리듬이나 구문 차원에서 인접된 단어들을 분리시켜 이루어진다는 사실로 강조될 수 있다. 또 다른 실례는 다음과 같다.

> Comme si de ces fleurs ayant toutes une âme,
> La plus belle se fût | épanouie en femme[16]

낭독하는 동안 둘째 행은 이중으로 억양이 이루어지는 결과를 분명히 보여준다. 리듬분할은 fût 뒤에서, 의미의 분할은 épanouie 뒤에서 이루어진다. 4음절어인 épanouie는 이런 결과를 분리시켜서, 시행이 음성으로 실현되는 데에서 이 결과들이 서로 균형을 유지하며 저절로 나타날 수 있게 할 정도다.

---

14) *Le vers français*, 3rd ed., Paris, 1923.
15) 가장 천한 장인(匠人)은 자신의 도그마를 가졌고 / 기독교도들은 각기 다른 법에 속해 있다. ―브왈로,《풍자시》(*Satire*) XII.
16) 모든 꽃들이 제각기 하나의 영혼을 갖고 / 가장 아름다운 꽃이 여성으로 피어나 듯이 ―빅토르 위고,〈여인의 제전〉(La sacre de la femme).

이제까지 인용해 온 모든 시행들은 리듬과 의미에서 억양이 이중적
으로 이루어지며 서로 일치하지 않는 것을 보여준다. 그러나 풍부한 면
모에도 불구하고, 이런 사례들이 억양이 총체적으로 이루어지는 시행과
문장의 관계에서 나타나는 유일한 가능성을 보여주는 것은 아니다. 문
장의 억양구도와 리듬이 일치하는 경우는 많다. 그런데 문제는 이런 경
우에도 억양구도의 실제적인 이중성이 시행에 존재하는지의 여부다. 만
일 이중성이 사라진다면, 분명히 이중적인 억양구도가 중첩되는 데에서
시의 기본적인 리듬 윤곽이 결정된다는 우리의 주장은 틀린 것이 될 것
이다. 그러나 두 가지 억양구도가 일치하는 경우에도 이런 이중성이 존
재하는 것을 검증하기는 어렵지 않다. 여기에서도 산문 맥락으로 쉽게
끼워 넣을 수 있는 시행들을 고려하는 것으로 충분하다. 이러한 근거
위에서 우리는 시의 억양분절과 산문의 억양분절이 완전히 일치되면,
산문적 문맥보다는 시적 문맥에서 억양이 다르게 붙여지는 것을 알 수
있다. 빅토르 위고의 시선집《명상시집》(*Contemplations*) 제 3권에서
예를 들어 시작해 보기로 한다.

> Shakespeare songe ; loin du Versailles éclatant,
> Des buis taillés, des ifs peignés, où l'on entend
> Gémir la tragédie éplorée et prolixe
> Il contemple la foule avec son regard fixe,
> Et toute la forêt frissonne devant lui.[17]

우리는 끝에서 두 번째 행에 관심을 두는데, 이 행을 왜곡시키지 않
고서도 다음과 같이 산문 문맥으로 바꿀 수 있다. "Il arrive ; il
contemple la foule avec son regard fixe ; puis il s'en va à pas lents ;

---

17) 셰익스피어는 꿈꾼다. 소란한 베르사이유 궁에서 멀리 떨어져 있는 / 잘려진 회
  양목들, 잘 다듬어진 주목나무에서 멀리 떨어져 있는 / 사람들은 울음 섞이고 장
  황한 비극이 신음하는 것을 듣는다. / 그는 시선을 고정하고 군중을 응시하는데 /
  숲이 그 앞에서 떨고 있다.

그는 도착해서, 시선을 고정한 채 군중을 바라본다. 그런 다음 천천히
걸어간다." 운문과 산문 모두에서 억양분할이 같은 위치인 foule 다음에
서 이루어진다. 그러나 음성으로 실현하는 과정에서 억양은 운문과 산
문에 따라 달라진다. 무엇 때문에 이런 차이가 빚어지는가라는 문제는
여기에서 별로 중요하지 않다. 우리는 그 존재를 확인하는 데에만 관심
이 있기 때문이다.

　이는 시의 억양이 구문의 억양과 일치한다 하더라도, 시에서 억양구
도의 실질적인 이중성이 지속된다는 것을 입증해 준다. 그렇지 않다면
운문의 실현이 산문의 실현과 달라질 하등의 이유도 없을 것이다.

　독일 시에서 비슷한 예를 들어본다.

　　So heimlich war es die letzten Wochen,
　　Die Häuser nach Mehl und Honig rochen,
　　Die Dächer lagen dick verschneit,
　　Und fern, noch fern schien die schöne Zeit,
　　Man dachte an sie kaum dann und wann.[18]

　이 시구의 마지막 행을 가령 다음과 같은 문맥의 산문으로 간주하고
읽어 보자. "Die schöne Zeit war schon vorbei und man dachte an sie
kaum dann und wann ; 아름다운 세월이 벌써 지나갔기에 그 세월에
대해 어쩌다 간간이 생각하곤 했다." 여기에서도 행의 중간분할은 산문
으로 바뀐 다음에도 (sie 다음의) 그 위치가 변하지 않는다. 그렇지만 실
현되는 억양은 달라진다.

　체코 시의 예는 오타카르 브르제지나의 시에서 찾아볼 수 있다. 이것
은 자유시이기 때문에 산문적 문맥으로 다듬을 필요가 없다. 단지 어떤

---

18) 그처럼 은밀했던 지나간 나날들 / 집들은 밀가루와 벌꿀의 내음을 풍기고 / 지붕
　엔 눈이 두텁게 덮여 있다 / 아름다운 세월은 아스라이, 아주 아스라이 여겨졌고 /
　우리들은 간간이 그 세월을 생각할 뿐. ──아르노 홀츠, 〈크리스마스〉, 《기도서》.

문맥에서 뽑아낸 행으로만 생각해야 한다. 그러면 독자는 자신이 이 시행에 대해 취하는 태도에 따라 산문으로든 시로든 파악하게 된다.

> Nedočkavé hlasy všech vuní | zmatenè vyvalily se z nížin,
> Žíznivé klasy prohnuly se s bolestnou rozkoší | pod sesutím světla[19]
>
> Okna naše ukáží nám barvy | umyté nebeskou bouří[20]

리듬을 실어 낭송하든 리듬 없이 낭송하든 어느 경우든, 억양분할은 수직선으로 표시된 위치에 있다. 그러나 낭송자가 주어진 문장을 시로 생각하는 경우인지, 산문으로 간주하는 경우인지는 실현되는 억양의 성격에 따라 듣는 사람에게 분명해질 것이다.

그러므로 시의 억양은 항상 이중적이자 실제적인 억양구도에 의해 전달되며, 언제나 두 힘 사이에 있는 긴장의 결과다. 말하자면 이 힘들이 일치하든 않든 어떤 시행에서 특징적인 그런 관계이다. 억양에서 이루어지는 긴장관계는 또한 시의 다른 구성성분들의 상태와 구조에 반영되며, 심지어 그 의미구조에도 개입한다. 몇 가지 경우에서 억양과 의미구조의 관계는 아주 뚜렷하게 구체적으로 표현되기도 한다. 예를 들어 우리가 앞서 언급한 바 있는 '내적 연행(반구 걸치기)'이 있는 프랑스 시에서 그렇다. 행과 문장의 억양분할들 사이에 놓여 있는 단어는 대개 그 위치로 말미암아 의미적으로 강조되어서 전경화(前景化)된다.[21] 의미와 억양의 낭송 효과가 별로 뚜렷하지 않더라도, 이 효과는 계속 존속하며 작용한다. 이 시점에서 우리는 유리 티냐노프가 《시적 언어의 문제》(*Problema stixotvornogo jazyka*)에서 시적 리듬이 갖는 의미의 중요

---

19) 향훈을 듬뿍 담은 흥겨운 소리들이 뒤섞여 저지(低地)에서 쏟아져 나오고, / 목마른 이삭들은 빛이 물밀 듯 쏟아지는 가운데 고통스런 쾌감을 느끼며 늘어져 있다. ─ "Ranní modlitba"
20) 창문들은 하늘의 폭우로 씻겨진 색채를 보여주게 되리라. ─ "Víno silných"
21) M. Grammont, 《프랑스 운문》, pp.43~52.

성에 관해 아주 세밀하게 분석한 내용을 언급해야겠다.[22] 물론 구문억
양과 리듬억양이 둘 다 시작품에서 의미구조의 요인들이긴 하지만, 이
두 가지가 음운론적인 경우에만 그렇다. 말하자면 이것들이 음성실현
(곧 낭송)에서 빚어지는 여러 우발성과 무관한 경우에만 그렇다는 말이
다. 그런데도 만일 앞의 단락들에서 자주 음성의 실현에 의거해 왔다면,
이를 하나의 징후로 파악해온 것이다. 이것은 시에서 억양구도의 이중
성과 이 이중구도 속에서 빚어지는 긴장이 경험하는 소리와 무관하게
존재하며 작품에만 관련된다고 동시에 파악하기 때문이다.

우리는 논제를 주요한 요지에 따라 언급해 왔다. 그러나 상세한 논증
은 아직도 미흡한 상태다. 우리가 해온 주장에 대해 시에서 억양상 분
절된 마디의 하나나 또는 두 가지가 다 사라지는 경우도 있다고 반박할
논자도 있을 것이다. 일반적인 답을 해보자면, 두 개의 실질적인 억양구
도 사이의 긴장은 (해당되는 문맥에서 뽑아내면 때로 산문처럼 여겨질 수
도 있는) 고립된 시행의 문제가 아니라 문맥 전반의 문제여서, 리듬관성
으로 말미암아 억양의 긴장력은 두 개의 실질적인 억양구도 가운데 하
나가 빠져버린 시행에서도 작용할 수 있다는 것이다. 그렇지만 정확히
하기 위해서는 규칙적이 아닌 모든 경우에 대해서도 분명히 언급해야
한다.

먼저 이 연구의 서두에서 인용했던 자유시 형태들이 있다. 이것들은
종결방식에 의해서만 규정되기 때문에, 리듬 차원에서 2분절된 억양은
자유시에 전혀 없는 것이라고 반론할 수 있다. 그러나 그렇지 않다. 여
기에서 리듬-억양의 분절은, 첫 번째 마디는 종결율조를 갖고 있는 음
절들을 제외하더라도 전반적으로 아주 긴 시행을 에워싸는 경우가 많
으며, 두 번째 마디는 바로 이 종결율조에 의해 이루어진다는 의미에서
전적으로 비대칭적이다. 따라서 이런 분절은 구문의 억양구도와 관계를
맺는다(또 긴장 상태를 이룬다). 만약 이러한 긴장 상태가 사라지고 구문

---

22) *Problema stixotvornogo jazyka*, Leningrad, 1924.

의 억양만이 강조된다면, 이 시는 낭송할 때에 틀림없이 산문으로 여겨지고 또 산문처럼 들릴 것이다. 억양으로만 조직된, 그래서 당연히 운문인 자유시를 읽는다면, 우리가 첫 번째의 좀더 긴 마디를 종결율조보다 훨씬 빠르게 읽지 않을 수 없다는 것은 결정적인 사실이다. 이러한 이유는 우리가 종결율조와 이에 선행하는 율조를 서로 비교할 수 있고 리듬의 상호균형을 이루는 가치물로 간주하기 때문이다. 만일 똑같은 시를 산문으로 읽는다면, 첫째 부분의 가속도는 사라지고 만다.

우리 논제에서 모순되는 것으로 여겨지는 다른 것은 시행이다. 시행은 의미적(및 구문적) 견지에서 보자면, 문장이 아니라 문장의 일부거나 아니면 반대로 복합적인 구문단위들이다. 이런 시행들로 시는 문장에 나타나는 2분절적 억양이 없어도 이루어질 수 있다는 반론이 제기될 수 있다. 그러나 일반적으로 이러한 시행들이 구문의 억양분할 기능을 충분히 떠맡을 수 있는 (등위적인 구문요소들 사이에) 어떤 의미적 경계나 심지어 구문적 경계를 갖는 점을 설명해야 할 것이다. 두 문장을 포함하는 시행들을 고려해 보면, 이 문장들 사이에서 경계를 이루는 행(boundary line)이 구문의 억양분할 역할을 떠맡는 것은 자연스러운 일이다.

너무 짧아서 어떤 2분절도 담고 있지 않은 시행에 대해서도 언급해야겠다. 단어 하나가 한 행을 이루는 경우도 많다. 다음과 같은 경우가 그렇다.

Pod mými okny člověk pad.
Stařík —
Tváře vyhloubeny,
raneček v týle[23]

---

23) 누군가 내 방 창문 아래 쓰러져 있다 / 노인네가 — / 홀쭉한 볼, / 목에 걸친 조그만 보따리 — 오타카르 테르, "Milosrdenství", *Všemu na vzdory*.

여기서는 낭송할 때에 특정한 억양이 부족한 2분절을 보충해 준다. 말하자면 stařík은 그것을 어휘단위로 간주하느냐, 일어문(一語文)으로 간주하느냐, 또는 하나의 시행으로 간주하느냐에 따라 세 가지 다른 억양상 종결율조(intonational cadence)로 발음할 수 있다. 만일 아주 짧은 시행이 운율상 규칙적인 운문으로 씌어진 시의 구성성분이라면, 이는 인접한 시행들에 비해 불완전한 리듬단위로, 휴지에 의해 완결되는 운문의 단순한 일부로, 또는 때때로 선행한 시행의 종결율조를 그저 되풀이하는 것으로 여기게 되는 경우가 많다. 이는 대개 연 형식의 경우인데, 특히 다음과 같은 경우다.

> Dříve nežli rozkvěte,
>   z poupěte
> na tebe se z dálky dívá,
> krade tobě polibky,
>   z kolíbky
> tvého děcka tiše kývá[24]

더욱이 프랑스 시 운율법에서 뚜렷한 문제인 3분절 시행의 문제도 있다. 우리는 3분절 12음절 시(alexandrins tripartis ; 곧 3음보율[trimètres])를 염두에 두고 있다. 물론 이 3분절이 때로는 환상에 불과할 수 있다는 것도 사실이다. 그렇지만 3분절 12음절 시의 존재는 부인할 수 없으며, 이것이 프랑스 시, 특히 낭만주의 시의 발전과정에서 수행한 역할은 중요하다.[25] 3분절의 극단적 경우는 3음보율 종류다. 이것은 세 부분이 모두 구문 차원에서 병렬된 것인데, 아래와 같은 경우다.

---

24) 나뭇가지는 꽃피기 전에, / 봉오리에서 / 좀 떨어진 채 너를 바라본다 / 살며시 키스한다, / 그대 아기의 요람에서 / 나뭇가지는 끄덕끄덕 졸고 있다 ── 야로슬라프 브르홀리츠키, "Smrt", *Kytky aster*.

25) 그라몽, 《프랑스 운문》, pp.59~77.

Gardiens des monts, gardiens des lois, gardiens des villes
Malheur à vous! Malheur à moi! Malheur à tous
L'homme est brumeux, le monde est noir, le ciel est sombre[26]

그러나 병렬이 3분절의 분명한 근원으로 반드시 필요한 것은 아니다.

Où je l'ai vu | ouvrir son aile | et s'envoler[27]

비록 3음보율의 존재가 잘 입증된다 하더라도, 그래도 3음보율은 자율적인 리듬형식이 아니다. 언제나 리듬이나 억양 차원에서 2분절되는 시행들의 변형으로 여겨져 왔다. 특이한 것은 파울 슈타펠, 클레르 티쉬르, 외젠 리갈과 같은 비평가들이 "아주 약한 경우도 가끔 있지만, 빅토르 위고의 3음보율에서 여섯 번째 음절 뒤에서 언제나 강세 하나를 느낄 수 있다"[28]고 주장해온 점이다. 이런 견해가 옳던 그르던 간에, 이는 3음보율을 2분절 시의 변형으로 자연스럽게 평가하는 증거가 된다. 3음보율은 구문억양과 리듬억양 사이에서 이루어지는 아주 강력한 긴장 상태의 경우로 해석해야 한다. 이것의 증거는 바로 내적 연행을 갖는 2분절 12음절 시와 3음보율의 중간에 놓여 있는 행들이다. 구문상 2분절된 억양과 리듬상 2분절된 억양 사이에 존재하는 긴장은 다음에서 보듯이 아주 명백한 것이다.

Cet andalou | de race arabe | et mal dompté[29]

---

26) 산지기들이여, 법을 수호하는 자들이여, 도시를 지키는 자들이여, / 그대들에게 불행이 있을진저! 나에게 불행이 있을진저! 모두에게 불행이 있을진저 / 인간은 알기 어렵고, 세상은 캄캄하고, 하늘은 어둡구나. ―빅토르 위고, 〈의무〉(Le Dû) ; 《위고의 알렉상드랭조 리듬》(*Les rythmes dans l'alexandrin de V. Hugo*, Paris, 1929)에서 인용.
27) 거기서 난 그가 날개를 펴고 날아가는 것을 보았다. ―빅토르 위고 ; 그라몽의 《프랑스 운문》에서 인용.
28) 〈의무〉, 《위고의 알렉상드랭조 리듬》, p.162.

이 시행에서 구문억양의 분할은 andalou 다음에서 이루어진다. 프랑스의 알렉상드랭 시의 전통적인 중간휴지로 말미암은 리듬분할은 race 뒤에 온다. 그러나 이 위치는 (race arabe처럼) 명사와 형용사가 의미상 구문상으로 밀접히 결합되어 있어서 눈에 띄지 않게 되어 있다. 따라서 리듬분할은 다음의 두 음절 너머로 밀려가서 arabe 다음에 놓여진다. 낭송할 경우에 분할은 사실상 여기에서 이루어지고, 그래서 결과적으로 (6—6 대신에 4—4—4로) 균등한 3분절 행을 이룬다.

그러므로 3분절 시행이 있다는 것은 운문 형태를 이루게 되는 기본적인 2분절 억양에 대한 우리의 논지와 모순되지 않는다. 결국 단순히 위장된 2분절이 아닌 **진정한** 3분절이 시의 리듬을 방해한다는 사실에 대한 직접적 증거를 제시하기는 어렵지 않다. 물론 여기에서 우리는 고정된 운율형식이 3분절을 메워주지 못하는 자유시에 의지해야 하는데, 자유시는 의미와 구문 차원에서 3분절될 수 있다. 샤를 페기의 시행에서 예를 들어보기로 한다.

Tout était consommé. Ne parlons plus de cela. Cela me fait mal.[30]

이 세 문장을 한 행처럼 읽으려면, 절대로 필요한 것은 낭송할 때에 cela란 단어로 이루어진 두 번째의 종결 맺는 구문율조를, consommé란 단어로 이루어진 첫 번째의 종결 맺는 구문율조보다 더 분명히 강조해야 한다는 점이다. 따라서 mal이란 단어가 운반하는 세 번째의 종결율조는 셋 중에서 가장 뚜렷하게 표현된다. 달리 말해 보면, 두 번째의 종결율조는 시행의 중간에서 억양을 분할하는 구실을 하고, 세 번째 종결

---

29) 이 아랍족의 잘못 길들여진 안달루시아 말. ―호세 드 에레디아 ; 그라몽의 저서에서 인용.

30) 모든 것은 이루어졌습니다. 그것에 관해 더 말하지 마세요. 머리가 아플 지경이니까요. ―〈밤〉(La nuit) ;《페기 시선집》(*Morceaux choisis de Ch. Péguy, Paris*)에서 인용.

율조는 시행 전체를 종결 맺는다. 만일 이 세 가지 종결율조를 똑같은 표현방식으로 낭송하면, 이 시는 산문으로 바뀌게 된다. 오직 낭송할 때의 2분절적 억양만이 시적 리듬을 유지할 수 있다.

오타카르 브르제지나의 체코 시도 비슷한 결론으로 이끌어 간다.

Vření jeho odívá zvukem | písně hlasu nesmrtelného, | jenž hovoří v duších.[31]

우리가 자유시를 다루고 있긴 하지만(자유시는 길며 억양만으로 리듬을 이루기 때문에), 그 리듬은 nesmrtelného 뒤에서 분할되는 2분절적 억양이 유지되는 한에서 낭송할 때도 지속된다. 그렇지만 규칙적인 어순에 의해 (두 개의 마디로 된 주절과 세 번째 마디인 종속절로 이루어지는) 3분절을 이끌어 들인다면, 이 시는 리듬이 있는데도 불구하고 다음과 같은 산문으로 바뀐다.

Vření jeho odívá zvukem | písně nesmrtelného hlasu, | jenž hovoří v duších.

따라서 리듬의 효과는 다음과 같이 리듬 있는 산문이 만들어내는 인상과 같을 것이다.

Znám ještě mlčelivé roviny | dalekých rozloh | v zapadlých vévodstvích své duše, | neznámé, neohraničené | a zašeřelé od věků | v podmračné, večerní šero agonie ⋯⋯[32]

---

31) 그의 혼란은 불멸의 목소리로 부르는 노랫소리 속에 가라앉는다. 혼을 다해 부르는 그 노랫소리 속으로. ──"Polední zrání"

32) 지금도 알고 있다. 내 영혼의 외딴 영지(領地) 속 침묵의 공간을, 시대 따라 적막하고 가 없는 미지의 벌판이 고통에 찬 음울한 으스름 녘으로 물들어 가는 것을⋯⋯ ──카렐 흘라바첵, 〈몽상〉(Rêverie), *Pozdě k ránu*

그러므로 시리듬과 산문리듬의 차이를 이렇게 규정하는 것이 가능할 것 같다. 말하자면 리듬 있는 산문에서 이중적인 억양구도가 중첩되는 일은 전혀 없지만, 서로 비슷하고 구문의 억양에 의해 제시되며 여하한 긴장조차 없이 서로 잇따르는 일련의 억양 마디들이 연속된다고 규정할 수 있다.

억양과 관련해서 시적 리듬의 다른 가치체계에 관해서도 언급하겠다. 우리는 이런 모든 가치가 억양의 차원에서 이차적이란 의견을 표명해 왔다. 그러나 가치들이 덜 중요하다거나 억양이 모든 시형에서 반드시 직접적인 리듬 전달체가 될 수 없다고 주장하는 것은 결코 아니다. 다음과 같은 두 가지 사항만 강조해 둔다. 1) 2분절된 억양이 아주 약한 리듬조직을 갖는 시에서 유일한 리듬 전달체 구실을 충분히 할 수 있다는 것, 2) 분명한 리듬조직을 갖고 있는 시에서조차 2분절된 억양이 이 조직의 기본적 얼개가 될 수 있다는 것.

만일 자유시에서 억양만이 리듬을 조직하는 부담을 짊어지는 경우가 많다면, 전통적이고 규칙적인 운율구도를 갖는 시에서는 억양이 리듬을 변화시키는 요인으로 작용한다. 다른 요인들은 시행의 리듬 윤곽을 뚜렷하게 나타내는 역할을 충분히 하기 때문이다. 그러나 아주 정형적이고 규칙에 얽매여 시를 지어야 하는 시대가 지난 다음에 시적 리듬이 느슨해지는 현상이 일어난다고 하면, 억양이 그것의 모든 권리를 다시 주장하게 되리라는 것은 분명하다.

억양이 시의 내적 조직에서 달성할 수 있는 역할을 충분히 깨닫는다면, 우리는 시행을 둘로 나눈 두 도막을 연결하는 방법인 2분절된 억양에 주의를 기울여야 한다. 앞에서 언급한 바 있는 카르체프스키의 연구에서 다시 인용하며 논의를 시작해 보기로 한다. 억양에 의거해서 문장을 둘로 분할하는 내용을 다룬 부분에서 카르체프스키는 다음과 같이 언급하고 있다.

문장의 둘째 부분은 첫째 부분의 보완요소로만 존재한다. 그렇다고 해서 둘째 부분이 첫째 부분에 '종속된다'고 말할 수는 없다. 우리가 드는 실례는 분명하게 이런 견해가 여기에서 적절하지 않다는 것을 보여준다. 오히려 둘째 부분은 첫째 부분이 [수학적 의미에서 — 인용자] 작용한 것으로 간주하는 것이 더 정확하다고 본다. 사실 첫째 부분이 어느 정도까지 둘째 부분의 억양적 성격을 결정짓는다. 그러므로 예컨대 첫째 부분의 긴장을 높여주거나 약화시키는 것은 둘째 부분의 억양 조절에 달려 있다(p.207).

그래서 이런 현상은 시행에서도 마찬가지로 나타난다. 말하자면 시행의 둘째 마디도 첫째 마디와 연관시켜 판단해야 한다. 첫째 마디가 길고 낭랑하게 발성되고 둘째 마디가 짧고 리듬상 단순하게 발성되든지, 아니면 이 두 마디가 반대로 이루어져 있든지 간에, 첫 마디는 언제나 둘째 마디의 척도가 된다. 낭송할 때에 첫째 마디가 장황하면 짧은 둘째 마디의 낭송속도를 지연시키게 된다. 그러나 거꾸로 첫째 마디가 짧으면 둘째 마디의 낭송속도를 더 빠르게 한다. 특히 둘째 마디가 첫째 마디보다 훨씬 더 길다면 낭송속도는 상당히 빨라지게 된다. 이 두 마디가 똑같다면, 첫째 마디의 우위성은 느낄 수 없게 된다. 우리는 의미론적 관점에서도 똑같은 현상을 고찰할 수 있다. 만약 둘째 마디가 첫째 마디보다 상당히 짧다면, 둘째 마디에 담겨있는 의미적 가치들이 강조된다. 이는 둘째 마디의 비교적 균등한 의미영역에서 찾아낼 수 있는 의미단위들이 적기 때문이다.

시행의 두 마디를 각각 이루는 내적 조직은 음절 위주의 시에서는 음절의 수와 음절군(音節群)에 의해서, 순수한 악센트 위주의 시에서는 강음의 수에 의해서, 음절-성조 위주의 시에서는 음보의 수에 의해서 짜여지는데, 이 내적 조직은 두 마디의 상호대립 관계를 판단하는 척도로 쓰인다. 일반적인 견해는 여기에서 논의된 운율요인들에, 시행 전체에 걸쳐 균등하게 전개되는 등시성의 토대로 소용되는 역할이 있다고 한다. 그러나 이러한 견해는 시행의 전반적인 전개과정에서 시행이 운율적으로 동질적일 뿐만 아니라 2분절된 억양 차원에서도 대칭을 이룬다는 측면과 관련되는 한에서만 타당하다. 그러나 동일하지 않은 억양으로 도막을 이룬 시행을 보는 순간, 우리는 낭송할 때에 이 시행의 등시성이 다음과 같은 비대칭적인 억양으로 말미암아 왜곡되는 현상을 볼 수 있다. 비대칭적 억양이란 음절·강음·음보가 시행의 보다 긴 도막에서는 좀더 빠르게, 짧은 부분에서는 조금 더 느리게 서로 잇따르는 데에서 일어나는 현상이다. 약강 5보율로 짜여진 얀 네루다의 시 〈헬고란드스카의 로맨스〉(Romance helgolandská), (《발라드와 로맨스》[*Ballady a romance*])에서 두 행을 들어본다.

> Bouř žene koráb | u divokém běhu
> A koráb k světlu žene se | a v trysku[33]

앞서의 예들처럼 억양분할은 수직선으로 표시했다. 첫째 시행의 첫 도막은 두 개의 음보로 이루어져 있고, 둘째 도막은 세 개의 음보로 이루어져 있다. 따라서 홀수의 음보로 가능한 대로 균등하게 분할되어 있다. 이에 비해 둘째 시행의 첫 도막은 네 개의 음보로, 둘째 도막은 단 한 개의 음보로 이루어져 있다. 낭송할 때에 청각만으로도 둘째 행 첫 도막의 낭송 템포가 둘째 행 둘째 도막과 첫째 행 첫 도막의 낭송 템포보다 더 빠르다는 사실을 어렵지 않게 알아낼 수 있다. 그러므로 음보의 등시성은 억양 도막의 불균등성으로 말미암아 왜곡되고 만다.
　이제 요약해 보기로 한다. 시의 리듬조직에서 억양이 하는 역할은 (시의) 구문상 리듬상의 이중적 억양구도를 중첩시키고 긴장시키는 데 있다. 이런 두 구도는 각각 중간분할에 의해 분절되는 2분절적인 것이다. 이런 분절들은 서로 일치되기도 하고 불일치되기도 하지만, 항상 실질적으로 존재하는 것들이다. 바로 이 2분절된 도막의 상호관계에서 구문억양과 리듬억양 사이에 긴장이 일어나고 시가 통일된 형상이란 특성을 보여주게 된다. 끊임없이 지각되는 이 긴장 상태가 시의 리듬과

---

33) 폭풍우가 거친 항로로 배를 몰아간다 / 배는 빛을 향해 전속력으로 달려간다.

산문의 리듬을 구별할 수 있는 근본특성이다. 시행에서 이중적인 2분절 억양은 리듬조직의 토대를 이룬다. 언어리듬의 최고형식인 시행을 규정할 수 있는 것은 억양뿐이다. 이런 의미로 이해되는 억양 차원에서 보자면, 리듬을 조직하는 다른 수단들은 이차적인 것에 불과하다. 만일 다른 리듬요인들이 있다면, 그것들은 2분절적 억양이 제시하는 배경에 대해서만 스스로를 보여줄 수 있다.

끝으로 이 연구의 의도는 시적 억양의 문제를 전반적으로 논의하려는 것이 아니었다는 점을 덧붙여 말해 둔다. 오직 리듬의 기본단위인 시행의 내적 조직과 관련해서 시의 억양을 탐구하려고 했다. 따라서 이런 구성단위의 한계를 넘어서는 것은 모두 제외했다. 연행과 시련(詩聯)의 억양구조에 관한 논의는 이 연구의 범위를 넘어선다는 뜻이다.

* 출전 : Jan Mukařsovský, "Intonation as the Basic Factor of Poetic Rhythm", J. Burbank/P. Steiner(tr/eds), *The Word and Verbal Art*, New Haven : Yale University Press, 1977, pp.116~133.

이 글은 "Intonation comme facteur du rythme poétique", 《네덜란드의 실험음성학 문헌》([*Archives néerlandaises de Phonétique experimentale*] 8-9, 1933)의 번역이다. 체코어 본은 "Intonace jako činitel básnického rytmu", 《체코 시학 선집》(*Kapitoly z české poetiky*, Prague, 1941)이다.

제5부 ● 읽기, 가치판단

1. 언어예술에 대한 반응 ▪ 펠릭스 보디츠카

2. 수사학, 시학, 시 ▪ 조나단 컬러

3. 저항시의 읽기 － 제3세계의 시 ▪ 바바라 할로

4. 가치판단과 정전 ▪ 마틴 몽고메리 외

1. 언어예술에 대한 반응

펠릭스 보디츠카

구조미학적 틀에서 문학작품은 대중을 지향하는 미적 기호로 이해한다. 따라서 우리는 작품의 존재뿐만 아니라 그 수용도 늘 염두에 두어야 한다. 또한 문학작품은 독자 집단에 의해 미학적으로 지각되고 해석되며 가치판단 된다는 사실도 유의해야 한다. 읽기에 의해서만 작품은 미학적으로 구체화되고, 독자의 의식 속에서 미적 대상이 된다. 미적으로 지각하는 일은 **가치판단**과 밀접한 관계가 있다. 가치판단은 판단의 어떤 기준을 전제로 하는데, 이 기준은 언제나 변하지 않는 것이 아니다. 그러므로 역사적 기원이란 관점에서 보자면, 작품의 가치는 양적으로도 일정불변한 것이 아니다. 가치판단의 기준과 문학적 가치 자체는 역사의 흐름에 따라 끊임없이 변하기 때문에, 이러한 변화를 기록하는 것은 문학의 역사학이 의당 그래야 할 직분이라고 본다.

이미 출판되었거나 다른 방법으로 퍼져 있는 문학작품은 대중의 자산이어서, 당대의 예술취향에 따라 연구해야 한다. 이런 예술취향의 면모를 문학 영역에서 확인하는 것은, 문학사가가 언어예술에 대한 반응과 실제의 가치판단을 파악하려고 한다면, 틀림없이 그의 최우선적 과제가 될 것이다. 우리는 작품이 전개되면서 빚어내는 가치를 분별하는 과정에서 직면하게 되는 문학발전의 연구에서 작품이 실제로 어떻게 미학적으로 작용하는지, 또 어떻게 평가되는지 고려하지 않으면서 작품을 발전적 계열체의 연결고리 하나로 파악했었다.[1] 이제는 관심을 미적 대상 및 미적 가치물인 작품으로 돌려야 하겠다. 이런 목적을 의중에 두고서 미적 인식의 발전을 연구해야 하는데, 이런 발전이 갖는 초개인적 차원에서, 또 언어예술에 대한 시대적 태도가 포괄되는 한에서 연구해야 한다.

독자의 특정한 심리적 성향이나 또는 독자의 개인적인 공감이나 반감에서 일시적으로 야기되는 주관적인 가치판단은 문학현상에 관한 시대적 태도에서 분리해내야 한다. 이는 역사적인 보편성으로 뚜렷하게 나타나는 특질들만이 우리의 실질적인 탐구목표이기 때문에 그렇다. 이런 목표가 실질적으로 이르게 되는 것은, 발전적 계열체와 문학구조의 특유한 발전의 관계를 탐구하려는 목적에서 문학규범이 역사적으로 발전하며 이루는 규범을 재창조하는 일이다. 자연히 문학규범의 양상은 시작부터 작품에 대해 어떤 관계를 맺게 된다. 얀 무카르조프스키는 이러한 관점에서 문학작품을 "일부는 긍정적으로, 일부는 부정적으로 적용되는 다양한 규범이 역동적인 평형 상태를 이루는 것"[2]이라고 규정한 바 있다.

어디선가 우리는 작품의 발생론을 다루면서 이런 관련성을 탐구해본 적이 있다.[3] 앞으로 더 고려해야 할 점은, 작품이 어떤 식으로 문학 안

---

1) 〈문학구조의 발전〉(Vývoj literárni struktury), (eds)B. Havránek/J. Mukařovský, 《언어와 시론 선집》(Čteni o jazyce a poesii), Prague, 1942, pp.344~355.

2) J. Mukařovský, 〈미적 규범〉(La norme esthétique), 《제 9차 국제철학대회보》(Travaux du IXe Congrès International de Philosophie), Paris, 1937, p.75.

3) 〈문학작품의 발생과 역사적 현실의 관계〉(Genese literárních děl a jejich vztah k historické skutečnosti), (eds)B. Havránek/J. Mukařovský, 《언어와 시론 선집》, pp.355~370.

에 자리를 잡는가라는 점을 결정해 주는 일련의 시대적 규범의 존재를 설명하는 일이다. 새로운 문학작품과 미학적 규범의 관계는 역동적인 긴장 상태에서 이루어진다. 그런데 이 긴장 상태는 많은 경우에 작품이 원래의 규범이 진행하는 방향과 다른 방향으로 규범을 바꿔놓을 수 있는 힘을 지니고 있어서 빚어지기도 한다. 그러므로 작품이 기존의 규범에 따르는 경우에만 긍정적으로 평가해서는 안 된다. 미학적 기대는 규범과 다른 새로운 것을 지향하기 때문이다. 우리가 지금 문학규범을 택해서 이것이 보여주는 발전의 연속성 측면에서 고찰해 보면, 현존하는 문학작품들이 이루는 역사적 계열체 및 결과적으로 빚어지는 문학구조의 발전현상과 더불어 규범적인 역사적 계열체가 이루는 상호관계를 규명하는 것도 가능하다. 이런 계열체들 사이에는 언제나 명확히 병행하는 상관관계가 있다. 규범의 창조와 새로운 문학현실의 창조라는 두 가지 창조성은, 이것들이 타파하려는 공통된 문학적 전통의 토대 위에서 이루어지기 때문이다. 그런데도 여전히 이 두 계열체는 한데 합쳐지지 않는다. 문학작품의 삶이 보여주는 모든 다양함은 실제로 작품과 규범 사이의 역동적 긴장관계에서 솟아나기 때문이다. 제일 흔한 경우는 문학의 진화가 문학취향을 앞질러서 문학규범이 그 뒤에 처지는 경우다. 그러나 반대의 경우도 있을 수 있는데, 특히 문학규범의 발전을 촉진시키는 기능을 맡은 비평가가 문학 창조에서 결과적으로만 구체화되는 요구를 전개시켜 갈 경우다. 다시 말하자면 우리는 미적 지각이 전통적 관습에 의해 결정될 뿐만 아니라 새로운 구체적 작품에 대한 욕망에서도 결정된다는 사실을 염두에 두어야 한다. 그런데 이런 작품은 표현할 수 있는 것이기보다 막연히 직관적으로 느껴야 했던, 그래서 이제까지 문학에서 실현된 적이 없는 미의 개념에 합치된다. 문학구조의 특정한 상황은 확실히 특정시기의 규범을 가치판단할 수 있는 토대로 이바지한다. 그러나 문학구조를 계속 극복해야 하는 것으로 이해하는 경우라면 그렇다. 따라서 예외적인 문학규범만이 끝내 엄격하게 고정될 수 있다. 또한 어떤 문학이론이 문학현실과 융합되지 않고 하나의 규범처럼 존재하는 일도 가끔 생기는데, (다양한 독단적 시학들처럼) 역사적으로 예외적인 것이거나 계획된 유토피아거나, 경우에 따라서는 이론의 요구조건이 전면적으로 실현되지 않은 것으로 존재한다.

문학의 규범과 요구조건은 가치판단을 위한 토대를 제공한다. 우리는 어느 시대의 문학을 존재하는 일련의 작품 차원이 아니라, 일련의 대등한 문학적 가치물로 고찰해야 한다. 어떤 시대의 특정한 민족이나 특정한 사회계층에 속하는 문학계(文學界, literary public)는 그 범위 안에 가치의 위계구조에 따라 배열된 적정량의 작품을 유지하려고 한다. 새로운 작품 하나하나는 어떤 방식으로든 이 문학계에 포괄되어서, 전적으로 직관에 의거하는 독자에게 판단받는다. 그러나 가치판단은 문학적 가치척도가 일단 공적으로 확고하다고 인정받는 경우에만 의미를 띤다. 그러므로 이러한 판단 기능이 갖는 중요도는 비평가에 의해 이루어진다.

문학작품과 문학현실의 대립에서 빚어지는 아주 다양한 관계를 기록하는 것이 문학사가의 직분인 것과 마찬가지로, 어떤 작품과 독자계(讀者界, reading public)의 대립에서 빚어지는 동력학 또한 역사적 기술의 대상이다. 이렇게 해서 우리는 말 그대로의 이른바 문학적 삶의 진상을 파악하게 된다. 여기에서 작품은 미적 지각의 문제뿐만 아니라 가치의 문제도 되는데, 미적 영역뿐만 아니라 독자계의 전반적인 사회생활과도 관련을 맺는 일이 많다.

이제 문학사의 주요한 임무를 다음과 같이 요약해서 열거해 볼 수 있다. 이 임무는 어떤 작품과 이 작품을 지각하는 방식이 대립하는 범위 안에서 이루어진다.

첫째, 문학규범을 재구성하는 것과 어느 시대에서 이루어진 일련의 문학적 요구조건을 재구성하는 것.

둘째, 어느 시대의 문학을 재구성하는 것(즉 실제의 가치판단 대상이 되는 작품 전부를 재구성하는 것)과 어느 시대의 문학적 가치가 이루는 위계구조를 기술하는 것.

셋째, (과거와 현재의) 문학작품이 현재화(actualization)되는 것을 연구하는 것, 즉 (특히 문학비평에서 그러한데) 어느 특정 시대에서 이루어지는 관계의 틀에서 우리가 작품과 마주치는 경우에 작품이 택한 형태를 연구하는 것.

넷째, 문학의 영역과 문학 외적 영역에서 작품이 갖는 효력의 범위를 연구하는 것.

물론 부분적인 임무 전부는 상호연관되어 있으며 상호침투적이다. 자연히 이것은 주어진 임무와 관계있는 사실만을 모두 등재하는 문제가 아니다. 관련되는 것은 발전과정의 기본적 경향을 설정하려는 노력이다. 실은 끊임없이 변화를 지향하는 경향으로 말미암아 수반되는 이런 과정의 본질은 우리가 자연과학에서 이해하는 것과 같은 법칙에 이르는 것을 막는다. 특히 문학생산물의 지각자가 속하는 사회의 유기적 조직에 몇 가지 계층이 병행하며, 이 계층 하나하나는 언제나 다른 규범으로 끌려간다는 점을 유의해야 한다. 이와 같은 계층의 다양함이 (아들·아버지·할아버지 대의 문학규범처럼) 세대의 변화에 따라 규정되든, 아니면 (미학적으로 세련된 독자, 일반적인 독자 대중, 수준 이하의 문학생산물을 읽는 독자와 같은 식으로) 문학 대중의 수직적 분할에 의해 규정되든 간에 그렇다. 바로 이것이 문학사적 분석을 신중히 하려는 경우에 문학규범의 정교한 층위화를 무시하는 개괄을 피하게 되는 이유다. 독자계가 지역적·세대적·수직적으로 나누어지는 것을 알게 되면 다양한 사회계층으로 이루어진 독자의 문학취향에서 빚어지는 상호관계를 연구할 수 있다.

그러나 위에 언급한 임무와 관련해서 생겨나는 추가적인 방법론의 문제도 있다. 여기에서는 아주 중요한 것들만 지적해 보기로 한다.

문학규범의 재구성

문학규범 연구의 근원은 무엇일까?

1. 규범은 문학 자체에서, 말하자면 선호해서 읽는 작품에서 구현된다. 또한 측정되고 가치판단되는 새로운 문학작품과 대립해서 구현된다.

2. 규정적인 시학이나 당대의 문학이론은 어느 시대의 문학이 '마땅히' 따라야 하는 '규칙'을 확인할 수 있게 한다.

3. 문학비평의 가치판단, 가치판단의 관점과 방법, 문학창조와 관련된 비평적 요구조건은 특히 실질적인 근원을 이룬다. 역사가의 관심은 무엇보다도 이러한 비평행위에 집중되는데, 비평행위는 작품에 대한 독자의 적극적인 가치판단과 연관된 유일한 흔적이기 때문이다. 실제로 문학적 삶에 관여하면서 작품 둘레에 모여 무리를 이루는 사람들 가운데 일원인 비평가에게 주어진 역할이 있다. 미적 대상인 문학작품에 대한 자신의 의견을 표현하는 것, 어느 시대의 미학적 문학적 취향에 따라 이루어지는 구체적 모습인 작품의 현재화를 기록하는 것, 기존의 문학적 가치체계에서 작품이 차지하는 지위에 관한 견해를 표명하는 것, 이런 것은 비평가의 책임에 속한다. 마지막 역할에서 비평가는 자신의 비평적 판단에 따라 작품이 어느 정도로 문학발전의 요구조건에 따르는지 정해서 자기 의견을 표명한다. 문학사가의 본분은 어느 시대의 비평가가 어떻게 이런 기능을 충족하는지 살펴보는 것이다. 마찬가지로 시인이 부여받은 문학 직분에서 어떻게 자신의 기능을 실행하는지 판단하는 것도 문학사가의 본분이다. 비평이 문학의 발전을 지연시키는 결과를 빚는 시대도 있고, 반면에 역으로 문학의 발전을 자극하는 시대도 있다. 비평이 취향의 변화를 겪고 있는 대중을 도와주는 시대가 있는가 하면, 과거의 전통적 가치를 수호하는 시대도 있다. 그러나 가령 문학의 현재화에 관해 가치판단하거나 설명하는 것과 같은 기능을 비평이 소

홀히 하는 경우도 있다. 이 기능은 당대의 가치체계에서 빚어지는 결과로 자연히 나타나는데, 가치의 위계구조는 뒤틀려지고 문학취향은 형태를 갖추지 못하고 나타난다.

비평가는 어떤 요구조건을 실천하며, 역사가가 보여주는 어떤 방법을 택하기도 한다. 우리는 언어예술 작품을 분석하는 학문적 방법이나 문학사의 전개 방법과 문학비평의 방법을 같은 것으로 보아서는 안 된다. 그러므로 예컨대 (에밀 헨네퀸의 심미심리학[esthopsychologie]처럼) 19세기말에 뚜렷하게 나타나는 심리화하는 태도는 단순히 작품의 심리적 요인이 갖는 중요성을 학문적으로 이해하려는 데에서 비롯된 결과가 아니다. 이는 문학 창조의 요구조건인 심리적 요소를 강조하는 문학규범과 관련되기 때문이다. 비평의 방법은 주어진 요구조건에서 작품을 현재화하고 가치판단 하는 것을 촉진하는 데 반해, 문학사의 방법은 다른 역사적 현상과 연관해서 작품을 이해하고 해석하게 한다. 물론 과거에는 이 두 영역의 경계선이 겹쳐지는 일이 많아서, 무의식적으로 비평가는 역사가가 되고 역사가는 비평가가 되는 경우도 많았다. 그러므로 문학사적 작업은 어느 정도 규범을 이해하기 위한 근원이 된다. 특히 역사적 현실과 무관하게 선결해야 할 어떤 조건이란 관점에서 설명되는 판단적 견해를 강조하는 시대의 문학사에서는 더욱 그렇다. 여기에서 각각의 경우를 개별적으로 판단하면서 신중하게 전개해 갈 필요가 있다는 것은 말할 나위도 없다.

규범과 요구조건을 언급하는 경우에는 재료가 기법적인 관점(즉 규칙)에서 구성되는 방식과 요구조건이 단순히 관련되지 않는다는 점을 강조해 둘 필요가 있다. 무카르조프스키에 의하면 윤리적·사회적·종교적·철학적 등의 다른 요구조건들도 규범에 포괄된다고 한다. 이런 조건들은 문학주제의 문제에 속한다. 이런 시각에서 보자면, 문학은 미적 기능 차원에서 숙련되어야 한다는 일에 직면할 수밖에 없다. 역으로 당대적 삶이나 이데올로기라는 요구조건의 범위에서 작품에 대한 지각을 어떻게 유지할 것인가라는 점도 살펴볼 수 있다. 이런 요구조건은 문학의 미학적 가치판단에도 영향력을 행사한다. 어떤 예술작품을 지각하는 데에서 사회적 삶이란 현실과 사회적 가치의 관계라는 측면, 그리고 예술적 장치에 의해 전달되는 현실이란 면은 언제나 주제적 요소와 더불어 힘을 발휘한다. 결과적으로 가치판단 역시 삶의 중요한 구조 전반과 그 가치에 의해 제한받는 복합적인 전개과정의 결과라고 하겠다. 이는 무카르조프스키가 《미적 기능, 규범, 사회적 사실인 가치》(*Estetická funkce, norma a hodnota jako sociální fakty*)에서 전개했던 내용이다. 이러한 상황에서 가치판단의 대상이 되는 작품 하나하나는 지각하는 사회집단이 갖고 있는 습관과 관행적 견해에 마주치게 된다. 따라서 어느 특정시기에 작품이 현재화되는 것은 그 가치판단이 긍정적이든 부정적이든, 이런 습관과 관행의 배경에 맞서서 구체적으로 실현되는 것을 말한다. 문학적 전통이나 사회적 전통이 뒷받침되지 못하는 유별난 주제를 담고 있는 작품은 규범을 왜곡시키는 것으로 여겨진다. 이는 그 시대의 규범에서 관습적인 것으로 간주되는 주제를 예술적으로 새롭게 실천하는 경우에 왜곡시킨 것으로 간주하는 것과 마찬가지다.

어떤 종교적·사회적·미학적이거나 또는 다른 관념의 시각에서 이루어지는 문학작품의 비평행위를 문학규범에서 강력히 강조하기 때문에, 작품의 미학적 기능은 그것과 부합되는 이데올로기적 경향에 의해 떠받쳐질 경우에만 생생하게 지각할 수 있다(중세문학의 종교적 지향을 생각해 보라). 물론 작품을 미학적으로 지각하는 행위와 작품을 이데올로기적으로 판단하는 행위를 분리시키는 결정적인 분계선이 있는 것도 사실이다. 작품 자체와 그 구조는 전혀 고려하지 않고 작품이 무언가 의미소통하려는 현실에만 초점을 맞춰 작품의 가치판단을 하거나, 또 전달하려는 메시지의 진실성 차원에서만 작품을 비평하고 실제의 텍스트에 나타나는 시적 표현방식을 비평하지 않는다면, 그러면 탐구의 영역에서 본질적 요소가 정확히 제거되는 결과를 빚는다. 여기의 본질적 요소는 원래 의미소통 기능을 갖고 있는 일단의 기호체에서 미적 기호를 특별히 떼어낸 것을 말한다. 의미소통에만 초점을 맞추는 연구는 더 이상 문학사적 연구의 영역에 속하지 않는다. 대신 문학작품이 원천을 이루는 문화사적 일에 속한다. 그러나 방법론적 관점에서 보자면, 미학적 기능에 의거하는 문학작품은 그 기능을 중시한다는 조건에서만 신중하게 역사적 자료로 간주할 수 있다는 점도 늘 유념해야 한다. 이런 기능이 어떤 작품의 의미소통을 지배할 수 있기 때문이다. 특히 문학작품에는 다양한 해석을 가능하게 하는 복합의미를 추구하는 경향이 많이 나타나기 때문이다.

어느 시대의 문학과 가치의 위계구조를 재구성하기

우리를 에워싼 현실을 구성하는 현상들과 인간이 맺는 관계에서 본질적 특질은 이런 현상들을 가치판단할 수 있다는 점, 그리고 이 현상들이 주어진 가치와 조화를 이루면서 현행의 전반적인 가치체계의 일부가 된다는 점이다. 가치판단에는 현상에 대한 개인이나 인류사회 전체의 관계에서 빚어지는 불확실성과 막연함을 극복하려는 욕구가 포함된다. 따라서 가치판단에는 미적 지각도 수반된다. 문학과 관련해서 여기에서 문제되는 것은 문학작품이란 존재에서 비롯되는 긴장에 대한 지속적인 조절이라는 면과, 독자가 지각하면서 보여주는 일반적 성향이라는 다른 일면이다. 다시 말하자면 작품의 구조와 문학적 규범의 구조는 가치판단 속에서 교차한다.

문학사가의 관심은 문학이 진화하는 과정의 어느 시기에 나타나는 문학의 범위와 내용을 구성하는 데 집중된다. 우리는 여기에서 현존하는 문학을 염두에 두는데, 이런 문학은 독자가 능동적으로 인식하는 일부를 이룬다. 독자의 집중적인 관심 바깥에 있는, 그러니까 영속적으로든 일시적으로든 적극적인 미학적 영향력이 없는 역사적인 문학가치에 관심을 두는 것이 아니다. 현존하는 문학작품의 목록을 재구성하는 것은 어느 시대의 문학규범을 이해하는 데 중요하며, 또한 개별적인 작품과 저자의 문학적 생존능력이 변하는 것을 연구하는 데도 중요하다. 우리는 과거와 현재의 작가들 작품 중에서 어떤 작품이 선호되는지, 또 현재와 과거의 문학적 추세가 갖는 상관관계의 본질이 어떤 것인지 연구해야 한다. 출판된 작품 전부가 그 시대의 문학가치 속에서 어떤 위치를 차지하는 것이 아니다. 비록 작품이 나중에 의문의 여지없이 가치 있는 것으로 판명된다 하더라도 그렇다(물론 발간되자마자 역사적 가치를 갖는 작품들도 있다). 역으로 현존하는 문학의 영역에는 오래 전에 '고급'문학에서 밀려난 작품이나 (속요나 행상인이 부르는 잡가처럼) 저급한 문학취향의 작품이어서 문학의 영역에 결코 포함된 적이 없던 작품들도 편입될 수 있다.

문학취향의 분화 저변에 놓여 있는 사회적 기반에 대해 주도면밀한 관심을 기울이는 것은 어느 시대의 문학의식 연구에서 방법론적으로 필수적 조건이다. 이런 연구로 우리는 광범위한 독자계의 문학목록이 '고급'문학 독자의 목록에 비하여 어떤 관계에 있는지 알아낼 수 있다. 또한 독자가 선호하는 범위가 어떤 것이었는지, 독자계가 그 문학적 선호물에 대해 아주 동질적이었는지, 아니면 전혀 다른 이질적 집단으로 나뉘어 있었는지 등을 알아낼 수 있다. 여기에서 사회학적 특성이라는 과제와 직면하게 된다. 그러나 어떤 학자가 재료의 본질로 말미암아 생겨나는 문학적 관습의 힘과 전통적인 문학 전개과정의 힘을 무시하고, 어떤 집단의 현존조건 차원에서만 특정한 사회집단이 갖고 있는 문학규범의 기원을 설명하려고 한다면, 그는 틀림없이 오류를 범하고 만다. 특정 사회계층의 현존조건과 문학취향 사이에 어떤 명확한 관계가 있다는 것은 부인할 수 없다. 그러나 이런 의존관계를 인과율적으로 해석하는 데 객관적 증거는 충분한 것이 못된다. 문학구조의 발전처럼, 발전의 주요한 인과관계적 요소는 선행하는 문학단계에 내재적으로 포함되어 있다. 문학규범의 발전은 무엇보다도 문학규범의 구조적 요소를 구성하는 데에서 비롯하는 원인들에 의해 결정된다. 이는 새로운 발전 단계는 앞 시대의 규범에서 무시되었던 요소들을 정확히 맨 앞에 내세우기 때문이다. 그러므로 문학규범의 발전 또한 구조적 조건에서 해석할 수 있다. 그렇지만 여기에서도 타율적인 요인들이 규범과 당대적 가치를 창조하는 데 어느 정도 역할을 한다. 출판업자·서적시장·광고와 같은 요인들도 가치판단에 영향을 미치는 것들이며, 마찬가지로 정치적 사건의 급작스런 반전이나 정치적 압력도 규범이 바뀌는 원인이 될 수 있다. 역사가는 이런 타율적 요소들과 새롭게 구성된 문학규범에 내재된 조건들의 관계를 연구한다. 또한 이러한 외적 간섭이 자율적인 발전을 가속시키는지 지연시키는지 고찰하기도 한다. 혹은 외부의 파괴적인 개입에도 불구하고 새로운 규범과 새로운 가치판단을 설명하거나 해석할 사람이 어떻게 모색되는지 고찰한다. 또한 이 새로운 규범과 가치판단을 무력하게 하려는 압력을 이들이 얼마나 힘들여 피하는지도 고찰한다. 실제의 규범이 언제나 이런 식으로 행세하는 것은 아니다. 외적 간섭도 문학적 창조와 문학적 규범이 발전하는 노정에서 여러 갈래로 갈라지는 원인이 된다. 그러나 이와 같은 부조화로 모든 접촉점이 사라지는 지점까지 멀리 나갈 수 없는 일이다. 문학규범은 그것이 현재 이루어지는 작품에 영향을 미칠 수 있다 해도, 결국 현재의 문학창조물에 다소간 좌우되기 때문이다. 물론 여러 가능성이 있는 문학상황에서 요구조건들이 일시적으로라도 확실하게 벗어날 수는 있다. 그러나 만일 문학이 나타날 수밖에 없는 방도에 관한 생각이 단지 끝없는 사색의 문제로만 머무르지 않는다면, 문학현실은 미래의 노력을 위한 토대로 분명 기여할 것이다.

문학작품에 대한 반응과 문학작품의 현재화

만일 문학사가 문학의 삶에 핵심적인 특질을 이해하는 데 도달한다면, 문학작품의 긍정적이거나 부정적인 가치판단을 확인할 필요가 있고, 또한 대중의 취향에 대해서도 어떤 결론을 내릴 필요가 있다. 뿐만 아니라 이런 것 이상으로, 역사의 연속성 차원에서 문학사는 미학적 의도를 갖는 독서행위에 나타나는 문학작품의 구체적 형상을 연구해 볼 필요도 있다. 예전의 문학사는 개별적 작품을 확정된 가치를 갖는 존재로 다루면서, 이러한 가치가 독자와 비평가에 의해 어떻게 이해되고 해명되는지 고찰하는 것이 상례였다. 가치판단에 차이가 나고 불일치가 나타나는 것은 단 하나의 '올바른' 미적 규범만 있다는 가정에서 보자면, 문학취향의 오류와 결함이라고 설명했다. 그러나 문학사가·미학자·비평가는 단 하나의 '올바른' 미적 규범에 대해 전혀 의견일치를 이루지 못했다. 결과적으로 유일하게 올바른 미적 규범은 존재하는 것이 아니어서, 유일한 가치판단이란 것도 있을 수 없다. 따라서 문학작품의 형상(즉 작품의 현재화)이 지각자의 마음에서 끊임없이 변하고 있어서 작품은 다양한 가치판단에 좌우된다. 현재화(즉 구체화[Konkretisation])라는 용어는 로만 잉가르덴이 《문학예술작품》(*Das literarische Kunstwerk*)에서 처음 사용한 말이다. 그는 또한 문학작품이 현재화되는 과정에서 이루어지는 문학작품의 삶을 탐구할 것을 요청했다. 잉가르덴은 문학구조 전반에 작용하는 발전의 역동성에 상관하지 않고, 절연된 정태적 용어로 작품의 구조를 파악하려고 했다. 그러므로 작품의 모든 미적 특질을 강조하는 식으로 작품을 현재화할 수 있다고 본다. 현재화하는 데에서 빚어지는 여러 가지 차이는 이미 작품의 본질 속에 불완전한 대로 들어 있는 요소들과 관련이 있으며, (예컨대 묘사의 짜임새처럼) 독자의 상상력 속에서 완성될 필요가 있는 것들이다. 그러나 만일 우리가 일면에서는 작품의 구조에 함축되어 있는 역사적 상황을 염두에 두고, 다른 면에서는 문학규범이 변하며 보여주는 발전의 연쇄성을 염두에 둔다면, 불완전한 구성성분뿐만 아니라 작품 전체의 미적 효과와 이것의 현재화도 마찬가지로 끊임없이 변하게 마련이라는 점을 알 수 있을 것이다. 지각되는 작품이 (달라진 언어상황, 다른 문학적 요구조건, 변화된 사회구조, 새로운 정신적이자 실제적인 가치체계 등과 같은) 새로운 맥락의 일부가 되자마자, 위와 같은 속성들은 바로 미학적으로 효과가 있는 것으로 이해된다. 그런데 이것들은 전에는 그렇게 이해하지 않던 것이어서, 긍정적인 가치판단은 전혀 다른 토대에 바탕을 둔다. 그러므로 문학작품에 대한 반응에서 이루어지는, 또 작품의 구조와 발전하는 문학규범의 관계에서 이루어지는 현재화의 변화를 연구하는 것이 바로 문학사의 직분이다. 이렇게 해서 시종일관 미적 대상인 작품에 관심을 집중할 수 있고, 작품에 나타나는 미적 기능의 사회적 차원을 연구할 수 있기 때문이다. 문학의 발전을 연구하면서[4] 우리는 현존하는 일련의 작품에서 작품이란 무엇인가라는 문제를 이해할 것을 강조한 바 있다. 그러나 이제는 문학의 삶을 연구하면서, 미학적인 지각과정에서 문학대중을 이루는 사람들의 마음에 실제로 이루어지는 작품이 어떤 것인지 강조해 보려고 한다.

작품의 생명력은 문학규범의 발전과 관련해서 작품에 잠재적으로 구현되는 속성에 좌우된다. 만일 규범이 변하는 데도 어떤 문학작품이 긍정적인 것으로 평가된다면, 시대적 문학규범의 소멸과 더불어 사라지고 마는 미적 호소력을 지닌 작품에 비해, 결과적으로 위대한 문학적 생애를 살게 된다. 문학작품에 대한 반응은 그것의 현재화에 동반되는 것이어서, 규범의 변화는 작품의 새로운 현재화를 필요로 한다. 방법론적 관점에서 본다면, 여기에서 원천이 되는 재료는 처음에 비평에 의한 현재화로 이루어진다는 점을 주목해야 한다. 이런 비평적 현재화는 전면적인 가치체계라는 견지에서 작품과 관계되며, 작품이 문학으로 편입되는 것을 촉진하기 때문이다. 더욱이 비평적 판단도 작품에서 즐거움을 주는 요소와 그렇지 않은 요소를 논의하는 데 주안점을 둔다. 유감스럽게도 우리는 이와 같은 현재화에 관한 기록만을 갖고 있을 뿐이며, 우리의 원천적 재료들은 언제나 똑같은 가치를 유지하지 못한다. 그러므로 문학작품의 삶에 관한 역사적 묘사는 필연적으로 이런 원천적 재료의 규모와 양에 좌우된다.

---

4) 주 1) 참조.

　　이국적인 문학환경에서 이루어진 작품에 대한 반응을 연구하는 경우에는 특별한 방법론적 문제가 제기된다. 어떤 의미에서는 번역조차 번역자가 영향을 미치는 현재화라 하겠다. 어떤 작품에 관한 외국의 독자와 비평가의 반응은 국내에서 이루어지는 그 작품에 대한 반응에 비해 전혀 다른 경우가 많다. 역시 규범이 다르기 때문이다.

문학작품의 문학적 영향과 문학외적 영향

　　지금까지 문학작품이 미적 지각의 대상인 경우에 독자에게 미치는 작품의 영향에 관해 언급해 왔다. 특히 작품과 독자 사이의 전형적 매개자인 비평가의 영향에 관해 언급해 왔다. 그러나 특정한 형태로 독자에게 영향을 미치는 작품은 또한 독자의 정신적 삶에도 영향을 미친다. 무엇보다도 작품은 스스로 작가 노릇도 하는 그런 독자의 문학취향에 영향을 미쳐 왔으며, 설령 독자가 이 점을 잘 깨닫지 못하더라도 독자 나름의 문학생산물에 영향을 끼칠 수 있다. 여기에서 우리는 영향의 문제와 직면하게 된다. 어디선가 이 문제를 발생론적 시각에서 다루어 본 적이 있는데,[5] 거기에서는 완결된 작품을 갖고 시작해서 작품의 발단과 형성에 영향을 미치는 여러 조건을 추적해 보았다. 그렇게 하면서 작품이 현재의 형식을 획득하는 데 기여하는 원천이나 요인으로 다른 문학작품들도 고려했다. 이제 우리는 정반대의 과정을 밟아보기로 한다. 관심의 중심에 있는 것은 영향받은 작품이 아니라 영향을 행사하는 작품이다. 우리의 임무는 이러한 문학적 현상을 모두 분별하는 것인데, 이런 현상들의 근원이나 미적 효과는 연구하는 작품의 존재에 좌우된다. 작품의 문학적 영향을 언급하면서, 우리는 의식적인 영향이나 무심결에 이루어지는 직접적인 영향 이외에 다음과 같은 경우도 간과해서는 안

---

5) 주 3) 참조.

된다. 그것은 새로운 문학작품이 예전에 이루어진 작품의 배경에 맞서서 완벽한 미적 완성도를 달성하는 경우인데, 이런 배경에서 안티테제처럼 새로운 문학작품이 나타난다. 이러한 일은 다음과 같은 경우에도 이루어진다. 가령 주제는 동일하지만 이 주제에 접근하는 데 활용된 방식이 다른 경우나, 이야기는 그대로 살려지지만 표현수단이 변한 경우나, 예전의 예술을 예술적으로 새롭게 다루어서 문제되는 그런 경우다.

　작품의 문학적 영향 이외에 문학외적 영역에서 이루어지는 작품의 영향도 규명할 수 있다. 특히 언어예술의 몇 가지 문제에 관한 설명이 실생활의 해결책으로 도움이 되는 경우에도 규명할 수 있다. 시작품에 특유한 미적 특질은 독자의 흥분하기 쉬운 성질에 강력하게 작용하는 잠재력을 갖고 있어서, 시에서 현실에 대한 관계를 포착하거나 제시하는 방법이 독자의 행태에도 영향을 미친다는 것은 일반적으로 잘 알려진 내용이다. 다음과 같이 잘 알려져 있는 경우도 생각해 볼 필요가 있다. 문학적 성격유형이 당대의 사회적 성격유형을 관례화하는 데 영향을 미치는 경우, 작품의 윤리가 사회의 윤리에 영향을 미치는 경우, 또 특정한 사회적·경제적·민족적 요구조건이나 그 밖의 다른 요구조건을 이끌어 들이려고 애쓰는 데에서 작품에 어떤 사회적 기능이 있다고 보는 경우가 그것이다. 계세시(戒世詩, didactic poetry)와 같이 특정한 의도를 갖는 문학은 이러한 관계에서 특별한 위치를 차지하는데, 문학외적인 영향을 고려하는 것은 작가가 갖고 있는 구도의 일부이기 때문이다. 그렇지만 이런 유의 연구는 문학사를 다른 역사학적 관심사와 마주치게 되는 분야로 끌고 갈 것이다. 다른 역사학의 관점에서 이러한 문학외적인 영향 범위를 문학사가가 하는 것보다 잘 판단하는 경우도 많다. 그러나 문학사가의 관심은 문학적 현상에 집중되어야 한다.

　　* 출전 : Felix Vodička, "Response to Verbal Art", Ladislav Matejka/ Irwin R. Titunik(eds), *Semiotics of Art*, Cambridge, Mass. : MIT Press,

1984, pp.197~208.

원문은 "Dějiny ohlasu literárnich děl", B. Havránek/J. Mukařovský (eds), 《언어와 시론 선집》(*Čteni o jazyce a poesii*, Prague, 1942, pp.371~384)이다.

2. 수사학, 시학, 시

조나단 컬러

필자는 문학적 효과를 설명하려는 시도가 시학이라고 규정한 적이 있는데, 문학적 효과를 빚어내는 관행과 독서의 작용을 기술하면서 그렇게 규정했다. 시학은 **수사학**과 밀접한 관계를 맺고 있다. 수사학은 고전주의 시대 이래로 언어를 설득력 있게 표현하는 원천에 관한 학문이었기 때문이다. 말하자면 수사학은 효과적인 담론을 구성하는 데 활용할 수 있는 언어와 사고의 기법을 연구한다. 아리스토텔레스는 시학에서 수사학을 분리시켜서 수사학은 설득의 기술로, 시학은 모방이나 재현의 기술로 다루었다. 그러나 중세와 르네상스 시대에서는 수사학과 시학을 융화시키는 것이 전통이었다. 그래서 수사학은 웅변술이 되었고, 시는 (가르쳐서 깨닫게 하고 즐거움을 주고 감동을 주려고 하기 때문에) 이런 기술 가운데 가장 우수한 본보기로 꼽혔다. 19세기에 들어와서는 수사학을 사상이나 시적 상상력과 같은 참된 행위와 분리된 인위적인 것으로 간주해서 탐탁치 않게 여겼다. 20세기 후기에 들어와서 수사학은 담론을 구성하는 능력에 관한 연구로 되살아나고 있다.

시는 수사학과 관계가 있다. 시는 비유적 표현을 풍부하게 사용하는 언어이며, 강력한 설득력을 발휘하는 언어다. 따라서 플라톤이 자신의 이상국가에서 시인을 추방한 이래로 사람들이 시를 공격하거나 헐뜯는 경우에, 시는 시민들을 오도하고 터무니없는 욕망을 부추기는 기만적이거나 천박한 수사적 기교로 간주되어 왔다. 아리스토텔레스는 수사학보다는 모방(mimesis)에 초점을 맞춰서 시의 가치를 역설했다. 그는 시가 강렬한 감정을 방출할 수 있는 안전한 방수로(放水路)를 제공한다고 주장했다. 따라서 시는 무지의 상태에서 깨달음의 상태로 나아가는 가치 있는 경험의 본보기가 된다고 주장했다. (그러므로 비극에서 '인지(認知)'하게 되는 결정적 순간에 주인공은 자신의 잘못을 깨닫고, 관객은 "신의 은총이 없었더라면 나도 저 지경이 되었을 텐데"라고 깨닫게 된다.) 문학의 근원과 전략을 설명하는 시학을, 수사적 비유나 설명하는 것으로 축소시킬 수 없다. 그러나 시학을 모든 유형의 언어행위에 관한 원천을 연구하는 확장된 수사학의 한 분야로 간주할 수는 있다.

문학이론은 수사학에 관심이 많으며, 이론가들은 수사적 비유의 성격과 기능을 논의한다. 일반적으로 수사적 비유는 '일상적인' 어법을 바꾸거나 이런 어법에서 벗어나는 것으로 규정되어 왔다. 예를 들어 "내 사랑은 붉디붉은 장미"라는 시구에서는 꽃이 아니라 무언가 아름답고 소중한 것을 뜻하기 위해 **장미**라는 말을 사용한다(이것은 은유법이다). 혹은 "비밀이 앉아 있다"라는 시구는 비밀을 앉는 것도 가능한 행위자로 만들고 있다(의인법). 원래 수사학자들은 (은유에서 그렇듯이) 단어의 의미를 '전환'하거나 변경시키는 특수한 '비유법(tropes)'과, 특별한 효과가 이루어지도록 단어를 배열하는 훨씬 잡다한 간접적인 '수사법(figures)'을 구별해 왔다. 수사법에는 (자음이 반복되는) 두운, ("진정하라, 내 심장이여!"처럼 일반적인 청자가 아닌 어떤 존재에게 말을 건네는) 돈호법, (모음이 반복되는) 모음운이 있다.

근래의 이론에서는 **비유법**과 **수사법**을 거의 구분하지 않으며, 심지어 비유법이나 수사법이 '일상적' 의미나 '문자적' 의미에서 벗어나 이루어진다는 견해조차 의문시한다. 예를 들자면, **은유**라는 용어 자체는 문자 그대로의 의미일까, 비유적 의미일까? 자크 데리다는 〈백색 신화〉

(White Mythology)에서 은유에 관한 이론적 설명이 얼마나 필연적으로 은유에 의존하게 되는지 보여주었다. 언어는 근본적으로 비유적이고, 우리가 문자 그대로 언어라고 부르는 것은 비유로 구성되어 있지만, 그 비유적 본질은 잊혀져 버렸다는 식의 역설적 결론조차 받아들이는 이론가들도 있다. 예를 들어 우리가 '어려운 문제'를 '파악하려고' 한다고 말할 경우에, 이 두 가지 표현은 그것들에서 가능한 비유적 성격이 망각되어 문자 그대로의 의미로 되어버린다는 것이다.

이런 관점에서 보자면, 문자적인 것과 비유적인 것을 전혀 구별할 수 없는 것도 아니다. 오히려 비유법과 수사법은 예외와 왜곡이 아닌 언어의 근본구조라고 하겠다. 전통적으로 가장 중요한 수사는 은유였다. 은유는 (토머스를 당나귀라고 일컫고, 내 사랑을 붉디붉은 장미라고 일컫는 식으로) 어떤 것을 다른 것으로 간주하는 것이다. 그러므로 은유는 지식을 얻게 되는 기본적 방식의 한 가지다. 말하자면 우리는 어떤 것을 다른 것으로 파악함으로써 그것을 깨닫게 된다. 이론가들은 '우리가 삶을 영위해 나가는 은유'가 '인생은 여로'라는 말처럼 근본적으로 은유적인 계획이라고 말한다. 우리는 이와 같은 계획으로 세계에 관해 생각하는 방식을 짜나간다. 우리는 인생에서 '어딘가에 도달하려고' 애쓰며, '갈 길을 찾고', '가려는 곳을 알고자 하며', '장애물과 마주치기도 한다'.

은유는 본래 경박하거나 장식적인 것이 아니라 사물을 인식하는 데에서 존중해야 할 것이기 때문에 언어와 상상력의 차원에서 근본적인 것으로 간주되어 왔다. 그렇지만 은유의 문학적인 힘은 그것이 지닌 모순에 의거하기도 한다. "아이는 어른의 아버지"라는 윌리엄 워즈워스의 시구는 우리로 하여금 걸음을 멈추고 생각하게 하며, 세대간의 관계를 새로운 견지에서 보도록 한다. 말하자면 이 시구는 아이와 훗날 이 아이가 자라서 어른이 되는 관계를 아버지와 자식의 관계에 빗대고 있다. 은유는 정교한 명제나 심지어는 이론까지 담을 수 있기 때문에, 은유는 가장 손쉽게 정당화할 수 있는 수사적 비유다.

그러나 이론가들은 다른 비유의 중요성도 강조해 왔다. 로만 야콥슨이 보기에 은유와 환유는 언어의 두 가지 기본적 구조다. 은유가 유사성에 의해 연결된다면, 환유는 인접성에 의해 연결된다. 환유는 우리가 '여왕'을 '왕관'이라고 말할 경우처럼, 어떤 것에서 그것과 인접해 있는 다른 것으로 이동해 간다. 환유는 공간적이며 시간적인 연속체에 사물을 연결시켜서 질서를 이루어낸다. 은유가 그렇게 하는 것처럼, 한 영역을 다른 영역에 직접 연결시키기보다는, 주어진 영역 안에서 어떤 것으로부터 다른 것으로 이동해 간다. 다른 이론가들은 은유와 환유에 **제유**와 **아이러니**를 덧붙여서 '주요한 수사법 네 가지'의 목록을 완성하기도 한다. 제유는 전체를 부분으로 대체하는 것이다. '열 명의 노동자'를 '열 개의 손'으로 대체하는 식이다. 제유는 어느 일부의 특성에서 전체의 특성을 미루어 짐작해서, 부분이 전체를 대표하게 한다. 아이러니는 현상과 실재를 병치시키는 것이다. 말하자면 이루어진 것이 예측된 것과 상반되는 경우다(기상통보관이 소풍간 날에 하필 비가 온다면?). 역사가인 헤이든 화이트는 자신이 '플롯구성(emplotment)'이라고 일컬은 역사의 설명방식을 분석하면서 은유, 환유, 제유, 아이러니라는 네 가지 주요한 비유법을 활용한 바 있다. 이런 비유법은 그것에 의거해 우리가 경험에 의미를 부여하게 되는 기본적인 수사구조다. 학문 차원의 수사학에 관한 근본 개념은 이 네 겹의 사례에 잘 표현되어 있는데, 다양하고 광범위한 담론에서 의미가 생산될 수 있게 하고 그 의미의 토대를 이루는 근본적인 언어구조가 있다는 것이다.

문학은 수사적 비유에 의존할 뿐만 아니라 좀더 커다란 구조에, 특히 문학장르에 의존한다. 장르는 무엇이며, 그 역할은 무엇일까? 서사시, **소설**과 같은 용어는 단순히 대충 닮은 듯한 면을 바탕으로 해서 작품을 분류하는 손쉬운 방편일까, 아니면 독자와 작가에게 어떤 기능을 행하는 것일까?

독자 차원에서 보자면 장르는 일련의 관행과 기대치(期待値)로 이루어진 것이다. 우리는 탐정소설이나 연애소설을 읽고 있는지, 아니면 서정시나 비극을 읽고 있는지 알고 있어서, 다른 것들을 살펴보아야 하고 어떤 것이 중요한 것인지 추측해 보아야 한다. 탐정소설을 읽는 경우에는 비극을 읽을 때에 하지 않는 방식으로 실마리를 찾는다. "비밀이 한 가운데 앉아 있다"는 시구처럼 서정시에서는 놀랄 만한 비유가 될 수 있는 것이 괴기담(怪奇譚)이나 공상과학 소설에서는 사소하고 지엽적인 세부사항이 될 수도 있다. 이런 작품에서는 비밀이 구체적 형태를 띨 수 있기 때문이다.

역사적으로 보면, 많은 장르 이론가들이 그리스인들의 주장을 따랐다. 그리스인들은 누가 말하는가에 따라 작품을 크게 세 가지로 분류했다. 화자가 일인칭으로 말하는 **시적인 것**이나 **서정시**, 화자는 자신의 목소리로 말하지만 다른 등장인물들도 그들 자신의 목소리로 말할 수 있는 **서사시**나 **설화**, 등장인물들이 모두 다 말하는 **드라마**가 그것이다. 이와 같은 구별을 할 수 있는 다른 방식은 화자와 청중의 관계에 초점을 맞추는 것이다. 서사시는 낭송으로 이루어진다. 말하자면 시인은 듣고 있는 청중과 직접 대면한다. 드라마에서는 관중으로부터 저자가 숨겨지고, 무대 위의 등장인물들이 말을 한다. 가장 복잡한 경우인 서정시에서는 시인이 청중에게 등을 돌린 채 노래하거나 읊조린다. 요컨대 시인은 "자기 자신이나 다른 사람에게, 즉 천지만물의 기운, 뮤즈의 여신, 개인적인 친구, 연인, 신, 의인화된 추상물, 혹은 자연물에게 말하고 있는 것처럼 가장한다." 이 세 가지 기본 장르에 소설이라는 현대적 장르를 덧붙일 수 있는데, 소설은 책에 의해서 독자에게 말을 건넨다.

고대나 르네상스 시대에 서사시와 비극은 최고의 문학적 업적이었으며, 야심만만한 시인이 성취하려는 최고의 위업이었다. 소설의 발명으로 문학현장에 새로운 경쟁자가 나타나게 되었지만, 18세기 말과 20세기 중기까지도 짧은 형식의 비서술적인 서정시가 문학의 정수로 간주되었다. 서정시는 한때는 주로 고상한 표현양식으로, 말하자면 문화적 가치와 태도를 우아하게 구체적으로 표현하는 양식으로 간주되었다. 그러나 그 뒤로 서정시는 강력한 감정을 표현하는 것으로, 다시 말해 일상적 삶과 선험적 가치를 다루면서 동시에 개별적 주체의 가장 내밀한 감정을 구체적으로 표현하는 것으로 간주되었다. 이런 생각은 지금도 지배적이다. 그렇지만 현대의 이론가들은 서정시를 시인의 감정을 표현한 것으로 다루기보다, 언어에 **관한** 연상적이자 상상적인 작업으로 다루는 경향이 훨씬 짙다. 말하자면 시를 문화적 가치를 저장하는 주요한 저장고로 간주하기보다 문화에 분열을 야기하는 언어를 결합하고 정식화된 표현을 실험하는 것으로 간주한다.

시에 관심을 집중하는 문학이론은 여러 가지 논의 가운데에서도 특히 시를 고찰하는 방식들이 갖는 상대적인 중요성을 논의한다. 시는 언어로 만들어지는 구조(즉 텍스트)이자 사건(즉 시인의 행위, 독자의 경험, 문학사적인 사건)이라는 것이다. 언어 구성물로 이해되는 시에서 중요한 문제는, 소리나 리듬과 같은 언어의 비의미적 자질과 의미의 관계에 관한 것인데, 다음과 같은 문제들이다. 언어의 비의미적 자질이 어떻게 작용하는가? 비의미적 자질은 의식적 무의식적으로 어떤 효과를 초래하는가? 의미적 자질과 비의미적 자질 사이에서 어떤 종류의 상호작용이 일어날 것으로 예상하는가?

시를 행위의 차원에서 볼 때 핵심적 문제는 바로 시를 쓰는 저자의 행위와 그 시에서 말하고 있는 화자 혹은 '목소리'의 행위에서 이루어지는 관계다. 이것은 복잡한 문제다. 저자는 시를 말하지 않는다. 시를 쓰면서 저자는 시를 말하는 그나 그녀나 혹은 또 다른 목소리를 상상한다. 가령 로버트 프로스트의 2행시 〈비밀이 앉아 있다〉(The Secret Sits)의 경우처럼, 시를 읽는 것은 "우리는 원무를 추며 추측한다 / 그러나 비밀이 한 가운데 앉아 있고 안다"[1]는 식으로 단어를 말하는 것과 같은 것이다. 시는 발화로 볼 수도 있다. 그러나 그것은 확정할 수 없는 입장에 처해있는 목소리가 말하는 발화다. 시의 단어를 읽는 것은 시를 말하는 입장에 우리 자신을 놓거나, 아니면 그것을 말하는 또 다른 목

---

1) We dance round in a ring and suppose, / But the Secret sits in the middle and knows.

소리를, 그러니까 우리가 흔히 저자가 구성하는 서술자나 화자의 목소리라고 말하는 그런 목소리를 상상하는 것이다. 그러므로 한편에는 역사적 개인인 로버트 프로스트가 있고, 다른 한편에는 이 특정한 발화를 내는 목소리가 있는 셈이다. 이 두 인물 사이에는 매개자라는 또 다른 인물이 있다. 한 명의 시인이 쓴 일련의 시를 연구하는 경우에 나타나는 시적 목소리라는 이미지가 그것이다(프로스트 시의 경우에는 어쩌면 무뚝뚝하고 현실적이긴 하지만 시골생활을 성찰하는 관찰자라는 이미지다). 이와 같은 다른 인물의 중요성은 시인에 따라 다르며, 비평적 연구의 종류에 따라서도 다양하다. 그러나 서정시를 생각해 볼 경우에 말하는 목소리와 시를 만들어낸 시인을, 따라서 이 목소리의 인물을 창조한 시인을 구별하는 데에서 **시작하는** 것이 중요하다.

 존 스튜어트 밀의 유명한 말에 따르면, 서정시는 어깨 너머로 듣게 되는 발화에 다름 아닌 것이다. 그렇다면 우리의 관심을 끄는 어떤 이야기를 엿듣게 될 때에 우리가 보여주는 특징적인 행위는 화자와 그가 하는 말의 맥락을 상상하거나 재구성하는 것이다. 말하자면, 어조를 확인하기 위해서 우리는 화자의 마음가짐·상황·관심사·태도를 추측하는 식이다(우리가 저자에 관해 알고 있는 바와 일치하는 경우도 있지만, 대개는 그렇지 않다). 20세기에 들어와 이런 식으로 서정시에 접근하는 것이 지배적인 방식을 이루어 왔다. 따라서 문학작품은 '실제 세계'의 발화를 허구적으로 모방하는 것이라고 간결하게 정당화하는 것도 가능하다. 그러므로 서정시는 개인적 발화를 허구적으로 모방하는 것이라고 하겠다. 이는 "[예컨대 나나 어떤 사람이 말할 수 있었는데] 내 사랑은 붉디붉은 장미와 같다"라고 하는 경우나, 혹은 "[예를 들어 나나 어떤 사람이 말할 수 있었는데] 우리는 원무를 추며 추측한다 …… "라고 하는 경우처럼, 마치 시 하나하나가 '[ ]' 속의 보이지 않는 말로 시작하는 것과 같다. 여기에서 시를 해석한다는 것은 바로 텍스트가 지적하는 것에서부터, 또한 화자와 공통된 상황, 그리고 화자의 태도가 보여주는 성격에 관한 일반적 지식에서부터 점검해 가는 일이다. 무엇 때문에 어떤 사람이 이런 식으로 말하게끔 되었을까? 학교와 대학에서 시를 감상하는 지배적 방식은 화자의 태도에 나타나는 복합성에 초점을 맞추는 것이다. 또 우리가 재구성하는 화자의 사고와 감정을 극화하는 차원에서 시에 초점을 맞추는 것이다.

이것은 서정시에 생산적으로 접근하는 방식이다. 많은 시들이 알아낼 수 있는 발화행위를, 예를 들어 경험의 의미를 숙고하거나, 친구나 애인에게 잔소리하거나, 존경심이나 헌신을 표현하는 발화행위를 수행하는 화자를 제시하기 때문이다. 그러나 우리가 아주 유명한 서정시, 가령 퍼시 셸리의 〈서풍부〉(Ode to the West Wind)의 첫머리인 "오 거친 서풍이여, 가을이란 존재의 숨결이여!"나, 윌리엄 블레이크의 〈호랑이〉(Tiger)의 첫 부분인 "호랑이, 호랑이, 눈부시게 불타오르는/한밤의 숲에서"로 시선을 돌리게 되면, 여러 가지 어려움이 생겨난다. 이런 시행을 읽고서 누가 어떤 상황에서 이런 식으로 말하게 되었는지, 혹은 그들이 어떤 시적이 아닌 행동을 행하게 되었는지 상상하는 것은 힘든 일이다. 우리가 생각해내기 쉬운 해답은, 이 화자들이 무엇엔가 넋을 잃고 있다가 과장된 태도를 취하면서 점차 시적으로 되어간다는 것이다. 우리가 이런 시들을 일상적인 발화행위를 허구적으로 모방한 것으로 이해한다면, 이 발화행위는 시 자체를 모방하는 행위로 볼 수 있을 것이다.

이런 예들이 제시하는 바는 서정시가 엉뚱하다는 것이다. 서정시는 실제의 청중보다 오히려 (바람, 호랑이, 내 영혼과 같은) 전혀 다른 것에 즐겨 말을 건네려고 할 뿐만 아니라, 과장된 말투로 말을 건넨다. 여기에서 가장 중요한 점은 바로 과장된 표현이다. 말하자면 호랑이는 그저 '오렌지색'이 아니라 불타고 있으며, 바람은 바로 '가을이라는 존재의 숨결'이고, 시의 후반부에서는 구세주이자 파괴자가 된다. 심지어 냉소적인 시들도 과장법적인 압축에 근거한다. 이런 압축에 해당하는 것은 프로스트가 인간의 행위를 원무 추는 행위로 축소하고, 많은 형태의 지식을 '추측하는 것'으로 간주하는 경우다.

여기에서 서정시의 핵심에 놓여 있는 것으로 여기는 역설이란 중요한 이론적 문제를 언급해 보기로 한다. 서정시의 엉뚱한 표현에는 고전주의 시대 이래로 이론가들이 '숭엄'이라고 일컬었던 것을 염원하는 바가 들어 있다. 숭엄은 인간의 이해능력을 초월해서, 경외심이나 강렬한 열정을 불러일으키며, 화자에게 인간의 능력을 뛰어넘는 어떤 느낌을 부여하는 것과 관련되는 관계를 뜻한다. 그러나 이러한 초월적인 염원은 돈호법·의인법·활유법과 같은 수사적 비유와 결합된다. **돈호법**은 실제의 청자가 아닌 존재에게 말을 건네는 비유법이며, **의인법**은 인간이 아닌 대상에 인간적 속성을 부여하는 것이고, **활유법**(prosopopoeia)은 생명이 없는 대상에게 말을 부여한다. 시가 바라는 최고의 염원이 어떻게 해서 이러한 수사적 기법과 관련될 수 있을까?

　서정시가 바람, 호랑이, 심장처럼 실제로는 청자가 아닌 존재에게 말을 건네려고 의사소통의 회로에서 벗어나거나 이 회로에 작용할 때에, 이것은 화자가 말하지 않고는 못 배기는 강력한 감정을 의미화하는 것이라고 하는 경우도 있다. 그러나 강렬한 정서는 특히 말을 건네는 행위나 기원하는 행위 자체의 속성으로 간주한다. 이러한 행위는 흔히 어떤 사태를 갈망하면서, 생명이 없는 대상에게 화자의 욕망에 따르도록 요구해서 그 사태가 이루어지게 하는 것이다. "오, 물결처럼 나뭇잎처럼 구름처럼 나를 밀어 올려다오!"라고 셸리 시의 화자는 재촉한다. 우주가 우리의 말을 귀담아 듣고 그에 따르게 하려는 과장법적인 요구는, 화자가 스스로를 숭엄한 시인이나 예언자로 만들려는 조처이다. 자연에게 말을 건넬 수 있고, 자연이 응답할 수 있는 그런 사람이 바로 숭엄한 시인이나 예언자다. 기원하는 '오'라는 소리는 시적 소명에 대한 비유이자, 말하는 목소리가 시의 단순한 화자가 아니라 시적 전통을 구현하고 시혼(詩魂)을 구현하는 자임을 주장하는 것이다. 바람에게 바람을 일으키라고 요구하거나, 태어나지 않은 아이에게 자신의 울부짖는 소리를 들어 달라고 요구하는 것은 시적인 제의(祭儀)행위다. 제의적이라고 하는 것은, 바람은 일어나지 않고 태어나지 않은 아이는 듣지 못하기 때문이다. 부름을 받으려고 목소리로 부른다. 목소리를 극화하려고 목소리로 부른다. 말하자면 목소리의 신원을 시적이고 예언적인 것으로 설정하기 위해 목소리의 힘에 대한 이미지를 불러내는 것이다. 불가능하고 과장된 것을 명령하는 어투인 돈호법은 시적인 사건을 불러일으킨다. 시 속의 사건에서 여하튼 이루어질 수 있다면, 앞으로 이루어질 수 있는 그런 일을 호출하는 것이다.

설화시는 사건을 이야기한다. 반면에 서정시는 기꺼이 사건이 되려고 한다. 그러나 시가 작용하리라는 보장은 전혀 없다. 또한 필자가 간략히 인용한 바에서 알 수 있듯이, 돈호법은 가장 노골적이며 아주 당혹스러울 정도로 '시적'이다. 또한 과장된 허튼 소리라고 제외해 버리기에는 아주 신비하며 취약한 것이다. "물결처럼 나뭇잎처럼 구름처럼 나를 밀어 올려다오!" 정말 허튼 소리다. 속이 들여다보일 정도다. 시인이 된다는 것은 이런 투의 일을 이루려고 애쓰는 것이며, 허튼 소리가 많이 들어 있다고 해서 시를 기각(棄却)하지 않도록 내기거는 일이다.

필자가 지적한 바와 같이, 시의 이론에서 가장 중요한 문제는 단어로 이루어진 구조 차원의 시와 사건 차원의 시 사이에서 빚어지는 관계다. 돈호법은 무엇인가 일어나도록 하려는 시도이자 동시에 그런 일이 언어 장치에 바탕을 둔다는 것을 드러내려고 한다. "오 거친 서풍이여!"처럼 돈호법적으로 말을 건네는 경우의 뜻이 없는 감탄사 '오'의 경우가 그렇다.

돈호법·의인법·활유법·과장법을 강조하는 것은 오랜 세월에 걸쳐 서정시를 다른 발화행위와 **구별하도록** 강조해 오고, 서정시가 가장 탁월한 문학형식이라고 강조해온 이론가들을 한 패가 되게 하는 일이다. 서정시는 "어순과 어형(語型)이란 문자적 측면에서 문학, 서사, 의미의 가설적 핵심을 극명하게 보여주는 장르"라고 노스롭 프라이가 말한 적이 있다. 말하자면 서정시는 언어 유형에서 나타나는 의미나 이야기를 우리에게 보여준다. 우리는 리듬구조 속에서 메아리치는 단어를 반복해 읽으며, 이야기나 의미가 나타나지 않는지 살펴본다.

프라이는 서정시와 다른 문학장르에 관해 생각하는 데 아주 귀중한 개요를 《비평의 해부》(*Anatomy of Criticism*)에서 제시한 바 있다. 프라이는 서정시의 기본적인 구성요소가 **재잘거리기**와 끼적대며 **낙서하기**이고, 이것의 근원은 바로 **주문**과 **수수께끼**라고 한다. 시는 재잘거리며, 소리·리듬·글자반복과 같은 언어의 비의미적 자질을 전경화해서 마법이나 주문을 만들어낸다.

> 이 칙칙한 시내, 말잔등 같은 고동색,
> 굽이치는 큰길 포효하며 흘러내리고 ……

시는 제멋대로 에두르는 당혹스러운 표현으로 낙서하듯 끼적거리거나 수수께끼를 건다. 도대체 '굽이치는 큰길'이란 무엇인가? "비밀이 한가운데 앉아 있고 안다"는 비밀은 무엇이란 말인가?

이와 같은 특징은 자장가와 민요에서 아주 두드러진다. 자장가와 민요에서 느끼는 즐거움은 흔히 리듬이나 주문이나 낯선 이미지 때문인 경우가 많다.

> 뜨거운 완두콩죽
> 차가운 완두콩죽
> 냄비의 완두콩죽
> 아흐레나 되었네.[2]

리듬유형과 압운구도는 이런 한 조각의 언어조직을 의기양양하게 과시하면서, (압운이 운을 이루는 말들과 맺는 관계에 의문이 제기될 경우에) 해석에서 특별한 관심을 불러일으킬 수도 있고 그에 관한 탐구를 보류시킬 수도 있다. 말하자면 시는 즐거움을 주는 나름의 질서를 갖고 있어서 의미에 관해 물어볼 필요가 없다. 리듬조직은 언어가 지식의 보호

---

2) Pease porridge hot, / Pease porridge cold, / Pease porridge in the pot, / Nine days old.

를 받게 하고 기계적인 기억 속에 머물러 있게 하기 때문이다. 우리는
완두콩죽이 무엇인지 알아내려고 애쓰지 않으면서도 〈뜨거운 완두콩
죽〉(Pease porridge hot)이란 민요를 쉽게 기억한다. 심지어 완두콩죽이
무슨 뜻인지 알아낸다 하더라도, 〈뜨거운 완두콩죽〉이란 민요를 잊어
버리기도 전에 그 뜻부터 먼저 잊어버리게 될 것이다.

시의 토대는 운율조직과 소리반복에 의해서 언어를 전경화하고 낯설
게 하는 것이다. 그러므로 시에 관한 이론들은 운율론적·음운론적·의
미론적·주제론적인 여러 가지 유형의 언어조직 사이에 관계를 설정한
다. 아주 일반적으로 다시 말해 보자면, 언어의 의미적 차원과 비의미적
차원 사이에, 말하자면 시가 말하는 의미와 이것을 말하는 방식 사이에
모종의 관계를 설정하는 일이다. 시는 기의를 흡수해서 다시 구성하는
기표의 구조라고 하겠다. 이는 단어들이 다른 문맥에서 띠게 되는 의미
를 동화시켜서 새로운 언어조직에 종속시키고, 어세(語勢) 및 발화의 집
중점을 변경하고, 문자적 의미를 비유적 의미로 바꿔치고, 대구법(對句
法)의 형태를 따라 말을 정렬해서, 시의 형식적 패턴이 의미구조에 영향
을 미치게 된다는 점에서 그렇다. 시의 스캔들이라고 할 수 있는 것은
바로 소리와 리듬이 갖고 있는 '우발적인' 특성이 체계적으로 사고를 오
염시키고 사고에 영향을 미친다는 점이다.

이런 차원에서 보자면, 서정시는 통일성과 자율성이란 관행에 근거
한다. 이는 마치 시를 대화의 일부처럼, 이 대화를 설명할 좀더 큰 맥락
이 필요한 한 조각처럼 간주해서는 안 되고, 시는 시 나름대로의 구조
를 갖는 것으로 가정하라는 식의 규칙이 있는 것과 같다. 시를 미학적
총체처럼 읽도록 하라. 시학의 전통은 다양한 이론모델들을 활용할 수
있게 한다. 20세기 초의 러시아 형식주의자들은 시의 구조가 갖는 한
차원은 다른 차원을 반영한다고 가정한 적이 있다. 낭만주의 이론가들
과 영미의 신비평가들은 시와 자연의 유기체 사이에서 유사성을 이끌
어낸 바 있다. 시의 모든 요소들은 조화롭게 서로 어울려져야 한다는
것이다. 후기구조주의자들의 읽기 방법은 시가 행하는 바와 시가 말하

는 것 사이에 불가피한 긴장이 작용한다고 가정한다. 말하자면 한 편의 시든 언어의 어떤 조각이든, 그것이 설교하는 바를 실천하기가 불가능하다고 가정하는 것이다.

최근 들어 시를 상호텍스트적인 구성물로 파악하는 개념들은 과거의 시들이 일으키는 반향이, 말하자면 과거의 시들이 통제할 수 없었던 반향이 시에 활력을 불어넣는다고 강조한다. 시가 조화로운 융합을 추구하건 해소할 길 없는 긴장을 추구하건, 통일성은 시의 속성이라기보다 해석자가 찾아내야 하는 어떤 것이 되고 있다. 독자가 시에서 통일성을 찾아내려면, ('우리'와 비밀 사이, 혹은 아는 것과 추측하는 것 사이의 그것처럼) 시 속의 대립관계를 확인하고, 시의 다른 요소들, 특히 비유적 표현이 어떻게 이러한 대립관계와 동조하는지 살펴보아야 한다.

에즈라 파운드의 유명한 2행시 〈지하철역에서〉(In a Station of the Metro)를 예로 들어보자.

> 군중 속에서 곡두같이 출몰하는 이 얼굴들,
> 젖은 검은 가지 위의 꽃잎들.[3]

이 시를 해석하려면 지하철의 군중과 자연의 풍경을 대조시키는 일이 필요하다. 이 시는 2행으로 짝을 이루어서, 지하철의 어둠 속에서 출몰하는 얼굴들과 검은 나뭇가지 위에 핀 꽃잎들의 병치관계를 강화시킨다. 하지만 그 다음에는 어떻다는 말인가? 시를 해석하는 일은 통일성이란 관행에만 의존하는 것이 아니라 의미화의 관행에도 의거한다. 의미화의 관행이란 외관상 아무리 사소해 보이는 것이라도 시에서는 중요한 것으로 가정될 수 있으며, 따라서 구체적인 세부항들은 일반적 의미를 가진 것으로 다루어야 한다는 규칙을 말한다. 이런 세부항들은 중요한 감정을 위한 기호나 의미를 암시하는 기호로, 토머스 엘리어트

---

3) The apparition of these faces in the crowd ; / Petals on a wet, black bough.

의 용어를 사용하자면 '객관적 상관물'로 읽혀져야 한다.

파운드의 단시에서 대립관계를 의미 있게 만들기 위해 독자들은 대구(對句)가 어떻게 작용하는지 생각해 볼 필요가 있다. 이 시는 지하철에서 마주치는 도시 군중의 광경과, 젖은 나뭇가지 위에 피어있는 꽃잎의 평화롭고 자연스런 광경을 **대조시킨** 것일까, 아니면 이 두 가지의 유사성에 주목하며 둘을 **등치시킨** 것일까? 두 가지 선택이 다 가능하지만, 후자가 훨씬 더 풍부한 읽기를 가능하게 할 것 같다. 후자는 전통적인 시 해석방법에서 강력하게 인정하는 방법을 생각나게 하기 때문이다. 군중 속의 얼굴들과 나뭇가지 위의 꽃잎들 사이에서 이루어지는 **유사성**을 인식하는 것은, 말하자면 군중 속의 얼굴들을 가지 위의 꽃잎들**처럼** 보는 것은 '세계를 새롭게 파악하는' 시적 상상력의 대표적인 구현 사례다. '세계를 새롭게 파악하는' 것은 예상하지 못했던 관계를 포착하고, 어쩌면 다른 관찰자들에게는 사소한 것이나 억제된 것일 수 있는 것에서 진가를 통찰하고, 형식적인 외관에서 오묘함을 찾아내는 것을 뜻한다. 그러므로 이 짧은 시에는 시 자체가 이룩하는 효과를 달성하기 위한 시적 상상력의 힘이 반영되어 있다. 이와 같은 사례는 시 해석의 기본적 관행을 구체적으로 보여준다. 이 시와 이 시가 만들어지는 과정이 시나 의미창조에 관해 말하는 바가 무엇인지 잘 생각해 보아야 한다. 우리는 수사적 작용이 전개되는 과정을 통해 시를 읽으며 시학을 탐구해 볼 수 있다. 이는 어느 면 우리가 시간에 대해 겪고 이해한 바가 소설에 반영된 것으로 보고, 소설을 읽으며 서사이론을 모색하는 것과 같은 행위다.

* 출전 : Jonathan Culler, "Rhetoric, Poetics, and Poetry", *Literary Theory : a very short introduction*, Oxford : Oxford University Press, 1997, pp.70~82.

참고문헌

은유에 관해서는 ; Jacques Derrida, 〈백색 신화 : 철학텍스트의 은유〉 (White Mythology : Metaphor in the Text of Philosophy), 《철학의 여백》(*Margins of Philosophy*), Chicago : University of Chicago Press, 1982, pp.207~271.

수사적 비유에 관해서는 ; Jonathan Culler, 〈은유의 선회〉(The Turns of Metaphor), 《기호의 모색 : 기호론, 문학, 해체》(*The Pursuit of Signs : Semiotics, Literature, Deconstruction*), London : Routledge and Kegan Paul, 1981, pp.188~209.

George Lakoff/Mark Johnson, 《은유와 삶》(*Metaphor We Live By*), Chicago : University of Chicago Press, 1980.

Roman Jakobson, 〈언어의 두 가지 양상과 실어증의 두 가지 유형〉 (Two Aspects of Language and Two Types of Aphasic Disturbances), 《문학의 언어》(*Language in Literature*), Cambridge, Mass.: Harvard University Press, 1987, pp.95~114.

말하기와 관련해서는 ; Northrop Frye, 《비평의 해부》(*The Anatomy of Criticism : Four Essays*), Princeton : Princeton University Press, 1965, p.249.

Hayden White, 《담론의 회귀선 : 문화비평론》(*Tropics of Discourse : Essays in Cultural Criticism*), Baltimore : Johns Hopkins University Press, 1978, pp.5~6, 58~75.

허구적 모방에 관해서는 ; Barbara Herrnstein Smith, 《담론의 여백 : 문학과 언어의 관계》(*On the Margins of Discourse : On the Relation of Language to Literature*), Chicago : University of Chicago Press, 1978, p.30.

Northrop Frye, 《비평의 해부》, pp.271~272, 275, 280.

수사학에 관해서는 ; Renato Barilli, 《수사》(*Rhetoric*), Minneapolis : University of Minnesota Press, 1989.

장르에 관해서는 ; Paul Hernadi, 《장르를 벗어나서 : 문학분류의 새 방향》(*Beyond Genre : New Directions in Literary Classification*), Ithaca, NY : Cornell University Press, 1972.

돈호법에 관해서는 ; Jonathan Culler, 〈돈호법〉(Apostrophe), 《기호의 모색》, pp.135~514.

시학에 관해서는 ; Jonathan Culler, 〈서정시의 시학〉(Poetics of the Lyric), 《구조주의 시학 : 구조주의, 언어학, 문학연구》(*Structuralist Poetics : Structuralism, Linguistics, and the Study of Literature*), London : Routledge and Kegan Paul, 1975, pp.161~188.

시의 이론적 문제와 관련된 논의로는 ; Chaviva Hosek/Patricia Parker (eds), 《서정시 : 신비평을 넘어서서》(*Lyric Poetry : Beyond New Criticism*), Ithaca, NY : Cornell University Press, 1985.

Jacques Derrida, 〈시는 어떤 것인가?〉(What is Poetry? ; Che cos'è la poesia?), Peggy Kamuf(ed), 《데리다 선집》(*A Derrida Reader : Between the Blinds*), New York : Columbia University Press, 1991, pp.221~246.

3. 저항시의 읽기 — 제3세계의 시

바바라 할로

시여
용서해다오 너를 이해하도록 거들어온 나를
네가 낱말로만 이루어지는 것이 아닌데도.
로퀴 달톤, 〈엘살바도르〉(El Salvador)

1. 시와 저항

니콜라스 기엔은 쿠바의 가장 저명한 현대시인으로 '쿠바작가동맹'
의장이다. 1902년에 태어난 기엔은 시인이면서 20세기에 벌어진 쿠바의
초창기 민족해방운동과 그 다음 단계의 쿠바혁명에 가담했다. 쿠바혁명
이 성공한 다음에는 혁명정권의 의회와 정부에서 활동했다.[1] 시인의 입
장에서는 도발적으로 독자들에게 쿠바와 중남미의 문화 및 그 역사적
과거가 지닌 생명력을 강력히 옹호할 것을 계속 주장해 왔다. 1972년에
발표한 시 〈저개발국의 문제〉(Problems of underdevelopment)에서는 이
렇게 썼다.

뒤퐁은 널 무식하다고 한다

---

1) 기엔은 1989년 아바나에서 사망했다. 기엔의 문학과 정치에 관한 연구로는
Keith Ellis, 《쿠바의 니콜라스 기엔 : 시와 이데올로기》(*Cuba's Nicolás Guillén :
Poetry and Ideology*, Toronto : University of Toronto Press, 1983)를 보라. 이
하에서는 《CNG》로 줄여서 표기한다.

빅토르 위고가 사랑했던 손자가
누군지 모르기 때문에.

뮐러는 악 쓴다
비스마르크가 죽은 날을 (정확한 그 날을)
네가 모르기 때문에.

영국놈인지 양키인지 잘 모르겠지만,
네 친구 스미스는
네가 '쉘' 석유회사 이름을 쓸 때 되게 성낸다.
(그건 네가 'ㄹ'도 빼먹고
더군다나 '셀'이라고 발음하기 때문이다.)

그래서 어떻단 말이냐?
이젠 네 차례, 그들에게 시켜보라
카카라히카라를 소리내 보라고
아콩카구아가 어딘지
수크레가 누군지
마르티가 죽은 곳이
이 행성의 어딘지를

그러니 부디
그들이 언제나 너에게 스페인어로만 말하게 해라.[2]

이 시의 제목인 '저개발국의 문제'는 시작부터 정치와 경제와 문화의 필연적 관계를 단정적으로 보여준다. '저개발'이란 용어는 경제학 이론 및 선진공업국들인 제1세계와 개발도상국들인 제3세계 사이에 이루어진 세계자본주의 체제의 역사적 관계를 분석한 논의에서 취한 말이다. 이 말은 앤드르 프랭크가 제기한 종속이론이나, 월터 로드니의《유럽의 아프리카 저개발화 정책》(*How Europe Underdeveloped Africa*)과 같

---

2)《톱니바퀴》(*La rueda dentada*), Havana : UNEAC, 1972. Ellis,《CNG》, pp.177~178에서 인용.

은 연구처럼 세계경제의 동역학에 관한 분석가와 평론가들이 제기한 종속이론을 생각나게 한다.[3] 더욱이 이 시는 시인이 상기시키는 유럽과 미국의 정치문화를 대표하는 자들을 차례로 아주 하찮은 형상으로 만들고 있어서, 시에 이데올로기적 전략도 숨겨져 있다고 본다. 빅토르 위고와 프랑스혁명, 소속된 유럽의 회원국가들을 중심으로 아프리카 대륙을 분할했던 1885년의 베를린 국제회의와 비스마르크(Otto von Bismarck), 끝으로 미제국주의에 속하는 다국적 기업들과 쉘 석유회사가 유럽과 미국의 정치문화를 대표하는 존재들이다. 헤게모니를 잡고 지배해온 이런 형상들에 맞서, 기옌은 중남미의 역사와 전통의 중요성을 역설한다. 그런데 이 시에서 형상들의 상징적인 키는 그들의 인간적 삶이 보여주는 사소한 점들과 결합되어 줄어들어 있다. 아프리카인과 아메리칸 인디언의 말소리를 연상시키는 말인 카카라히카라(Cacarajicara)는 지금은 찬성을 뜻하는 외침소리로 쓰이고 있지만, 실제로는 쿠바의 지명이다. 아르헨티나에 속한 안데스 산맥의 일부인 아콩카구아(Aconcagua)는 아메리카 대륙에서 제일 높은 산이다. 에쿠아도르와 페루를 해방시킨 베네수엘라의 독립운동 지도자인 안토니오 호세 수크레(Antonio José Sucré)는 1830년에 암살당한 인물이다. 19세기 쿠바의 시인이자 혁명가인 호세 마르티(Jose Martí)는 미국과 중남미에서 여러 해 동안 망명생활을 하다가 모국인 쿠바에서 1895년에 죽은 인물이다. 그의 이름을 딴 쿠바의 '호세 마르티 국립도서관'은 시인, 소설가, 쿠바혁명 연구자들의 지적 중심지를 이루고 있다.

시는 개인의 정체성이나 민족주의적 정서를 표현하는 수단으로만 봉

---

3) Andre Gunder Frank, 《자본주의와 중남미의 저개발 문제》(*Capitalism and Underdevelopment in Latin America*), New York : Monthly Review, 1967 ; 《종속의 심화와 저개발》(*Dependent Accumulation and Underdevelopment*), New York : Monthly Review, 1979 ; Samir Amin, 《불평등한 발전》(*Unequal Development*), New York : Monthly Review, 1976 ; Walter Rodney, *How Europe Underdeveloped Africa,* Washington, DC : Howard University Press, 1974.

사하는 것이 아니다. 민중의 문화적 제도와 역사적 존재의 일부인 시는
그 자체가 하나의 투쟁무대다. 이런 투쟁은 오늘날 인도네시아의 동티
모르에서 중미의 엘살바도르에 이르는 제3세계의 국가들에서 정치적·
군사적으로 뿐만 아니라 문화적으로도 다양하게 진행되고 있다. 그러나
유럽과 미국이라는 서구의 현대 식민주의 역사와 제국주의적 계획으로
말미암아 극적일 정도로 제약받고 있다. 최근의 탈식민지화와 후기식민
주의 단계에서 이루어지는 현재의 상황은 오랫동안 제3세계 사회를 특
징지어온 투쟁과 외세(外勢) 지배라는 조건을 더욱 심화시킬 뿐이라는
것을 많은 사례에서 볼 수 있다. 제3세계에 대해 제1세계가 군사·경제·
정치적으로 개입하는 데에서 빚어진 중대한 결과는, 특히 지난 150여
년 동안과 마찬가지로 오늘날에도 급박하게 벌어지는 결과는 제3세계
민중의 문화적 전통과 문학적 전통이 비극적일 정도로 붕괴되고 있다
는 사실이다. 이런 전통은 민중 자체를 민족이자 하나의 집단을 이루는
인민으로 확인하는 수단을 이루는 중요한 방식이다. 민중은 그들 나름
의 역사성을 갖고 있으며, 또한 역사가 전개되는 당대적인 활동토대에
서 자율적이며 자결적인 역할을 행할 권리를 갖고 있는 존재다.

저항운동을 이끄는 게릴라 지도자처럼 시인도 수탈당한 역사성을 되
찾고, 그것을 자력으로 다시 전유(專有)해서 새로운 세계사적 질서를 재
건하려는 노력이 필요하다. 칠레의 시인 파블로 네루다는 1934년에 암
살당한 니카라구아의 신망이 두텁던 지도자 아우구스토 산디노(Augusto
Sandino)를 추모하는 〈사시(史詩)〉(Epic)를 쓴 적이 있다. 암살은 미국
정부가 지원하는 소모사 정권에 의해 자행되었다.

> 평화를 위해 어느 슬픈 밤에
> 자신의 용맹한 저항을 축하하는 초대를
> 산디노 장군은 받아들였네
> 아메리카 대사와 더불어
> (그들은 해적처럼 수탈했네
> 대륙 전체의 이름을.)[4]

현재 니카라구아의 국가재건 정부의 문화부 장관인 에르네스토 카르데날도 〈경세시편(警世詩篇)〉(Epigrams)의 하나에서 위의 시와 마찬가지로 헤게모니를 장악하고 문화자산을 수탈하는 행위를 지적한 적이 있다.

> 사랑하는 이여,《노베다데스》지를 읽을 적이 있는가.
> 평화의 파수꾼, 노동의 수호신
> **미대륙 민주주의의 주창자**
> **미대륙 가톨릭교회의 옹호자**
> **민중의 보호자**
> 　　후원자 …… ?
> 그들은 민중의 언어를 강탈하고
> 민중의 말을 왜곡한다.
> (민중의 돈을 강탈하듯이)
> 이것이 시인들이 시를 그처럼 갈고 닦아야 하는 이유.
> 이것이 내가 사랑하는 시가 중요한 이유.　　　　　《NR》, p.85.
> 　　[《노베다데스》(*Novedades*) 지는 소모사 가문을 옹호한 잡지]

그러므로 해방투쟁에서 시가 맡는 결정적인 구실은 점령과 지배에 대한 집단적 반응을 결집시키는 힘으로서의 구실이자 민중의 기억과 의식을 저장하는 저장고의 구실이다. 레바논의 소설가이며 비평가인 엘리아스 호우리는 〈팔레스타인 시의 의미 세계〉(The world of meanings in Palestinian poetry)라는 글에서 다음과 같이 썼다.

> 언어는 바로 불변성(sumūd)의 틀 그것이다. …… 언어는 공동체가 지닌 기억의 저장고다. 근원적인 민족적 가치는 보존되어야 한다. 그러므로 시의 역

---

4) Pablo Neruda, "Epic", 《시인이 말하는 니카라구아 혁명》(*Nicaragua in Revolution : the Poets Speak*), (eds)Bridget Aldaraca / Edward Baker / Ileana Rodriguez/Marc Zimmerman, Minneapolis : Marxist Educational Press, 1980, p.51. 이하에서는 《NR》로 줄여 쓴다.

할은 중요하다. 정치적 결집의 수단으로 다른 어떤 문장 형식보다도 강력할 뿐만 아니라, 민중의 기억 속에서 민족의 연속성을 유지하기 때문에도 그렇다.[5]

비슷한 문제를 연구해온 케냐의 역사가 마이나 와 키냐티는, 케냐가 독립하고 나서 거의 20년이 지난 1980년에야 발간할 수 있었던 비밀결사 마우마우 단원의 애국시가를 모은 《산악의 천둥소리 : 마우마우의 애국시가》(*Thunder from the Mountains : Mau Mau Patriotic Songs*)를 편집해서 번역하고 출판하게 된 자신의 계획을 이렇게 쓴 적이 있다. "이런 시가들을 번역하게 된 주요한 목적은 바로 케냐의 반(反)마우마우적인 지식인과 그들의 상전인 제국주의자들에게 노래로 대답하려는 것이다. 그런데 이 지식인들과 상전들은 지금도 마우마우 운동의 민족주의적 성격을 계속 부정하고 있다."[6] 마우마우 해방운동의 일원이었던 사람들과 함께 이 선집을 만든 마이나에 의하면,

> 이 시가들은 반식민주의적 문화의 표현이라는 점 말고도, 마우마우 해방운동에 관한 중요한 지식의 저수지이자 일종의 기록보관소를 형성한다. 이 노래들로 말미암아 우리는 마우마우 역사의 한층 깊은 곳까지 규명할 수 있으며, 그 정치적 목적과 방법을 진정으로 이해할 수 있게 된다. 오늘날 이 시가들은 타민족의 지배에서 자기 나라를 해방시키려고 했던 우리 민중이 행한 결단의 메아리이자 기록이다.   《TM》, p.3.

그러나 에드워드 던과 고든 브라더스턴이 1968년에 발간된 중남미의 저항시 선집 《우리의 말 : 중남미 게릴라 시》(*Our Word : Guerrilla*

---

5) Elias Khouri, "The world of meanings in Palestinian poetry", 《잃어버린 기억》(*The Lost Memory*), Beirut : Institute for Arab Research, 1982, p.245. 이하에서는 《LM》으로 줄여 표기한다. 아랍어 원문을 필자가 번역한 것이다.

6) *Thunder from the Mountains : Mau Mau Patriotic Songs*, (ed)Maina wa Kinyatti, London : Zed Press, 1980, p.x. 이하에서는 《TM》으로 줄여 표기한다.

Poems from Latin America)의 서문에서 지적한 바와 같이, 민족해방을
위한 민중투쟁의 '전승적 기억'을 이룬다는 점에서도 소중할 뿐만 아니
라, 집단적 저항력을 결집시킬 수 있어서 중요한 저항시들은 언제나
"쉽게 입수할 수 있는 것이 아니다. 입수할 수 있다면 포함시켰을 많은
시인들이 더 있을 지도 모르겠다. 아니 있다고 본다."[7] 민족해방 조직체
와 저항운동이란 맥락에서 씌어진 이런 시들은 거의 20년이 지난 뒤에
도 서구의 문학제도에서는 이상하게도 소용되는 바가 없다. 이런 시들
은 서구의 시 비평가나 시 전문가들이 적용해온 시적 영감이나 시작법
이라는 관행적이며 규범적인 판단기준을 따르지 않는다. 어떤 저항시도
롤랑 바르트 식의 '텍스트의 즐거움'이라는 현대적 문학이론과 관련이
없으며, 윌리엄 워즈워스 투의 '고요함 속의 회상'이니 하는 낭만주의적
전통을 떠오르게 하지도 않는다. 그 대신 흔히 전쟁터에서 지어지거나
혹은 전쟁터에서 죽거나 다친 자들이나 부족의 전사자들을 기리며 지
어지는 저항시들은, 세계의 독자층을 이루며 경제적으로 월등한 유한계
급의 사치품에 불과한 경우가 많은 부르주아적 권력체제의 시에 도전
한다. 파키스탄 서부지역의 발루치스탄주의 '발루치 인민해방전선'의
일원인 발라치 칸과 같은 저항시인들은 감정을 돌이켜 보는 데에 어떤
즐거움도 고요함도 필요치 않다고 본다. 발라치 칸의 〈온유하게 소식
전할 길이 없네〉(I have no way of saying this gently)라는 시에서 메신
저인 시인은 해방투쟁의 싸움터에서 쓰러진 동지의 소식을 갖고 돌아
와서, 전사자의 아내에게 이렇게 말한다.

> 이 소식을 온유하게 전할 길이 없소
> 당신의 남편이 전쟁터에서 죽었다는.
> 당신 남편은 죽었다오.
> 자유에 대한 목마름으로

---

7) *Our Word : Guerrilla Poems from Latin America*, (eds)Edward Dorn/Gordon
Brotherston, London : Cape Goliard Press, 1968.

이 땅, 이 거친 대지에 대한 사랑을 주장했다오.

남편이자 게릴라였던 동지의 죽음에 대해 시인은 부인과 함께 비통
해 한다.

> 아주머니, 그토록 많은 꿈이
> 깨어져 버렸으니, 당신의 깨어진 꿈이
> 뾰족한 그믐달처럼
> 내 마음을 꿰뚫고 있소.[8]

이러한 일은 '가능한 일이다'. 문화제국주의의 형태를 분석하고 그것
이 제3세계뿐만 아니라 제1세계의 심성에 미친 영향을 분석한 《제국의
낡은 제복》(*The Empire's Old Clothes*)에서 칠레의 작가 아리엘 돌프만
이 서구의 독자들에게 다음처럼 상기시킨 바와 같이, 그것은

> 가능한 일이다. 이전에는 아무런 문제도 없었던 통치와 전통의 관습을 고
> 통스럽게 벗어던지며 다시 태어나는 변화를 겪고 있는 사회에서는 보다 많은
> 활력과 분노와 통찰력을 갖고 사회의 여러 유형과 구조를 비판할 수 있다는
> 것이. 이런 유형과 구조는 그 옹호자들이 그토록 정력적으로 선언한 바와 같
> 이, 표준화되어 획일적으로 온 세상에 퍼져 나간 그것이다.[9]

제3세계를 휩쓴 저항운동으로 생겨나고 만들어진 저항시는, 돌프만
본인이 '표준적이고 획일적인 문화 유형'이라고 일컬었던 유형을 격하
게 비판한 것과 관계가 있다. 여기의 유형이란 국제화된 문학장르와 문
학적 규약의 관행에 의해서든 교육제도의 구조에 의해서든 하여튼 현
재 널리 퍼져 있는 서구적 이데올로기의 지배 유형인 그것이다. 하나의

---

8) Balach Khan, "I have no way of saying this gently", 미발간 원고.
9) Ariel Dorfman, *The Empire's Old Clothes,* New York : Pantheon, 1983, pp.
8~9.

실례로 케냐의 소설가 응구기 와 티옹고의 경우를 들 수 있다. 그는 워즈워스의 시에 나오는 수선화가 어린 아들에게는 전혀 의미가 없다는 것을 알았다. 자기 아들이 받은 식민지를 벗어난 이후의 케냐 교육은 여전히 영국식 학교제도를 따르는 '교육인증제(GCE)'에 의한 잠정적인 교과과정의 기준과 제한에 의거해서 정해진 교육이었다. 응구기가 말한 바에 따르면, 그의 아들은 시험에서 수선화를 '호수에 사는 작은 물고기' 정도로 생각했다고 한다. 응구기처럼 저항시인들은 아프리카 서쪽의 군도로 이루어진 카포베르데 공화국의 작가인 오네시모 실베이라가 자신의 시에 붙인 제목처럼 〈별개의 시〉(a different poem)를, 말하자면 영국의 수선화도 아니고 '빵을 요구하는 입들'도 아닌 다른 유의 시를 적극적으로 요구한다.

> 섬주민들은 그들만을 위한
> 별개의 시를 원한다
> 한 마디 말조차 못하는 삶을
> 불평해도 유배되지 않는 그런 시를.
> 유산된 시대의 검은 젖으로
> 아이들이 자라지 않아도 되는 그런 시를
> 어미 없이 자랄 자식들의 장래를
> 어머니가 걱정하지 않아도 되는 그런 시를.
>
> 침묵의 써레질로
> 질식해버린 언어가 없는 그런 시를.[10]

실베이라 시의 제목은 달리 요구되는 시뿐만 아니라, 그런 요구를 일으키는 시 자체와도 관련이 있다. 저항시는 제국주의의 문화적 억압에

---

10) Onesimo Silveira, "A different poem", 《총탄이 꽃잎처럼 피어오를 때》(*When Bullets Begin to Flower : Poems of Resistance from Mozambique, Angola and Guiné*), (ed)Margaret Dickinson, Nairobi : East Africa Publishing House, 1972, p.83. 이하에서는 《WBBF》로 줄여 쓴다.

맞서는 역사적 투쟁과정에 적극적으로 관여한다. 따라서 저항시 자체가 갖는 논쟁적인 역사성을 옹호한다. 〈별개의 시〉로 입증된 제목 그대로의 별개의 시와 기예적(技藝的)으로 만들어진 시 사이에서 점차 벌어지고 있는 긴장관계는, 미래에 대한 전망을 명확히 하기 위해 과거와 현재의 급박한 임무를 쟁론해야 하는 저항운동의 역동성과 토의내용에 이미 근본적으로 나타나는 긴장관계에 다름 아닌 것이다. 이는 모잠비크의 민족해방 조직인 '모잠비크 해방전선(FRELIMO)'의 일원인 호르헤 레벨로의 다음과 같은 〈아직 씌어지지 않은 시〉(A poem yet to be written)에 다시 한 번 분명히 표현되어 있다.

> 쓸 수 있었으면
> 한 편의 시를
> 민중의 승리와 같은
> 그토록 아름답고 황홀하고
> 가슴 뛰게 하는 심원한 시를
>
> 우리가 승리한 이유를
> 설명해 주는 시를
> 투쟁하는 민중 ―
> 올바른 노선을 따르는
> 민중에 대한 시를
>
> 어느 날 누군가 쓰겠지,
> 한 편의 시이기 이전부터
> 이미 존재해온 이 목숨에 관해.[11]

  르로이 베일과 랜디지 화이트는 〈저항의 형식 : 식민지 시대 모잠비

---

11) Jorge Rebelo, "A poem yet to be written", 《희망의 해바라기》(*Sunflower of Hope : Poems from the Mozambican Revolution*), (ed)Chris Searle, London and New York : Allison and Busby, 1982, pp.64~65. 이하에서는 《SH》로 약기한다.

크의 노래와 권력 점유〉(Forms of resistance : songs and perceptions of power in colonial Mozambique)라는 글에서 아프리카의 시와 시적 표현은 "힘없는 자와 힘있는 자, 예속자와 보호자, 피지배자와 지배자 사이의 의사소통에서 중요한 통로로 환영받았다"고 언급하고 있다.[12] 그러나 저항시는 이러한 권력관계조차 변화시키려고 한다. '아직 씌어지지 않은 시'는 호르헤 레벨로가 다음과 같이 요구한 내용의 시가 되어야 할 것이다.

> 착취에 대한
> 무조건적인
> 　　거부.

　그러므로 '저항시'라고 일컬어지는 텍스트들은 현재 제멋대로 '제3세계'라고 분류하는 아프리카, 중남미, 아시아, 중근동 아랍권과 같은 세계의 시인들이 쓴 것들이다. 니카라구아의 토마스 보르헤, 남아프리카공화국의 데니스 브루터스, 팔레스타인의 마무드 다르위시와 같은 많은 시인들은 식민지 지배자들의 감옥에서 오랜 기간 투옥되고 고문받으며 고통을 겪었다. 그들도 발라치 칸처럼 민족해방전선의 적극적인 대원으로 총을 들고 전투에 참가했다. 니카라구아의 에르네스토 카르데날이나 앙골라의 아고스티노 네토처럼 게릴라였던 시인들은 식민권력의 학정과 억압적인 매판 괴뢰정권에 맞선 저항투쟁이 성공한 다음에 세워진 새로운 정부조직에 장관으로 입각하기도 했다. 정부가 그들의 정치적 참여를 제한하지 않았듯이 시적 행위도 제한하지 않았지만, 그들의 정치 참여는 시인의 사회적 역할에 관해 새로운 문제를 일으켰다. 이 문제는 바로 니카라구아의 '산디니스타 민족해방전선(FSLN)'에 속한 작

---

12) Leroy Vail/Landeg White, "Forms of resistance : songs and perceptions of power in colonial Mozambique", 《미국사학회지》(*American Historical Review*) 88, No. 4, 1983, p.888.

가들이 마거릿 랜덜과《공중제비에 목숨을 걸고》(*Risking a Somer-sault in the Air*)라는 책에서 토의해본 그 문제다.[13] 아직 해방투쟁이 끝나지 않은 팔레스타인이나 남아프리카공화국에서는 시가 해방운동에서 결정적인 역할을 계속 수행하고 있다. 시는 투쟁의 일부다. 투쟁이 행해지는 전쟁터의 하나다. 엘살바도르의 저항시인 로퀴 달톤은 시에 관한 시를 쓴 적이 있다.

> 시여
> 용서해다오 너를 이해하도록 거들어온 나를
> 네가 낱말로만 이루어지는 것이 아닌데도.

달톤은 1974년에 암살되었는데, 소속되어 있던 저항조직 '인민혁명군(ERP)'의 호전적인 대원들에 의해 암살된 것이 분명하다. 대원들은 엘살바도르와 중미의 역사적·정치적 상황에 관한 달톤의 분석과 이런 분석에 의거하는 전략에 대해 의견을 달리했던 자들이다. "낱말로만 이루어지는 것이 아닌" 그의 시는 게릴라 활동의 일부였으며, 이런 활동으로 시인은 자기 목숨을 대가로 억압된 민중의 해방과 자결권을 위한 투쟁 속에 자리할 수 있었다. 달톤은《중남미의 시와 투쟁정신》(*Poetry and Militancy in Latin America*)에 다음과 같이 쓴 바 있다.

> 혁명적이 된다는 것은 혁명으로 적들이 제거되고 어떤 의미에서든 혁명 자체가 강고해질 때에 의심할 바 없이 다소간 영광스럽고 영웅적일 수 있는 그런 일이다. 그러나 그렇게 되는 것은 대개 혁명적이라는 조건에 죽음으로 보답하는 경우다. 이것이야말로 진정 시의 위엄이다. 그러므로 시인은 자기 세대에 어울리는 시를 택해서 그것을 역사에 인계한다.[14]

---

13) Margaret Randall, *Risking a Somersault in the Air : Conversations with Nicaraguan Writers,* San Francisco : Solidarity Publications, 1984. 이하에서는 《RSA》로 줄여 쓴다.

14) Roque Dalton, *Poetry and Militancy in Latin America,* Willimantic, CT : Curbstone Press, 1981, p.28. 또한 Roque Dalton, 《은밀히 쓴 시편》(*Clandestine*

달톤의 저항시뿐만 아니라 다른 저항시인들이나 제3세계 시인들의 저항시도 '어느 쪽에 가담할 것'을 요구하는 역사적 과정의 일부이다. 그러나 아르망 마텔라르에 의하면, "제국주의의 이데올로기적 장치라는 문제와 씨름한다는 것은 이미 어느 쪽에 가담했다는 뜻이다. 이는 어떤 영역을 계급투쟁의 장(場)으로 파악하는 것인데, 이런 영역에서 계급투쟁에 등장하는 대부분의 연기자들은 중립성이란 쇼로 은폐하고 있다."[15] 예술을 위한 예술이란 믿음의 심미주의적 자기만족도, 또 과학적이거나 학문적인 객관성이란 이론적 주장도 서구의 문화적 헤게모니에 대해 저항문학이 제기하는 역사적 도전을 적절하게 설명할 수 없다. 이와 같은 역사적 사태에서, 보편적인 인간가치를 표현한다는 객관적이자 미학적인 서구의 고유한 문학관은 그것의 판단기준을 다시 규정하도록 강요받고 있다. 아울러 문화제국주의에 대한 제1세계의 탈식민주의적 계획에 필연적으로 관여할 운명에 처해 있다.

그렇지만 문화제국주의는 식민지가 된 국가와 마찬가지로 식민지에서 해방된 국가에서도 발견되는 경우가 많다. 예를 들어 1975년에 독립하기 이전의 포르투갈령 모잠비크처럼 현대판 신식민지인 케냐에서도 작가·예술가·지식인들은 국가장치의 억압적 지배에 탄압받고 있다. 하나의 실례로 대통령 조모 케냐타(Jomo Kenyatta) 치하의 1977년에 응구기 와 티옹고는 지쿠유 지역에서 성공적으로 성사시킨 집단연극 계획 때문에 1년 동안 감옥에 갇혀 있어야 했다. 이 계획은 전지역 주민을 효과적으로 결집시켜서 카미리투 마을에 민중연극물을 제작하고 공연하는 다목적 극장을 세우려는 것이었다.[16] 엘살바도르에서도 달톤은 서구

Poems, (tr)Jack Hirschman, *San Francisco : Solidarity Publications*, 1984)에 붙인 Margaret Randall의 〈서문〉(Introduction)과 John Beverley, 〈혁명과 글〉 (Writing from the revolution : Ernesto Cardenal and Roque Dalton), 《변신》 (*Metamorfosis* 5-6, 1-2, 1984/1985, pp.52~58)도 보라.

15) Armand Mattelart, 《다국적 기업과 문화 지배》(*Multinational Corporations and the Control of Culture*), (tr)Michael Chanan(New York : Humanities Press/ Brighton : Harvester Press, 1979), p.1.

세력들이, 특히 미국이 지원하는 매판적인 독재정권에 반대하는 저항운
동의 일원이었다. 마찬가지로 이란과 이라크 국경지역의 쿠르드족이나
파키스탄의 신드족과 발루치족과 같은 소수민족도 국가를 지배하는 신
식민주의적인 소수민족차별주의적 정권에 대항하는 민중저항운동을 벌
이고 있다.

2. 발루치 민족의 경우

파키스탄의 현대 희곡을 설명하면서, 에크발 아마드는 민중의 낙천
적 전통과 대립되는 '비애감'을 설정한 바 있다. 그는 "오늘날 매우 놀랄
만한 일은 지금 파키스탄에 극도의 비애감이 넘쳐나고 있는 점이다. 우
리는 국민의 에너지가 어떤 큰 슬픔으로 인해 약화되고 있는 것을 느낀
다"고 했다. 아마드가 보기에 이런 비애감이 예전의 "활력, 파키스탄의
길거리에 넘쳐나는 뚜렷한 생동감, 파키스탄인의 사회생활, 빠르게 움
직이는 교통 흐름, 사람들이 길거리에서 빈번하게 웃음을 터뜨리거나
노래하거나 활기차게 걷는 모습, 노동자들의 노동현장에서 보게 되는
강렬하고 활기찬 에너지"를 대체하고 있다는 것이다.[17] 이와 같은 언급
이 이루어지던 1980년에도 파키스탄 국민은 지아 울하크(Zia ul-Hag)
장군이 부토 정권을 축출한 1977년의 군부 쿠데타 충격에서 아직 헤어
나지 못하고 있었다. 지아 울하크는 2년 뒤에 전대통령 줄피카르 알리
부토(Zulfiqar Ali Bhutto)를 처형했다. 아마드는 길거리에 넘치는 비애
감이 국민들의 "어쩌면 수치심일 수도 있는 죄책감, 벌어진 일에 대한

---

16) Ross Kidd, 〈케냐의 민중극장과 민중투쟁〉(Popular theater and popular
struggle in Kenya : the story of Karmiriithu), 《인종과 계급》(*Race and Class*)
24, No. 3, 1983.
17) Nubar Housepian, 〈위기의 파키스탄〉(Pakistan in crisis : an interview with
Eqbal Ahmad), *Race and Class*, 22, No. 2, 1980, p.132.

자책감”에 자리하는 것으로 보았다.

비애감은 발루치족인 발라치 칸의 시에서도 울려나온다. 그러나 수치심이나 죄책감이 아니라, “태양이 나누어줄 수 있는 것보다 / 더 많은 빛을 꿈꾸는 아이들”(〈퀘에타〉[Quetta])의 슬픔인 그런 비애감이다. 아직도 끝나지 않고 계속되는 투쟁으로 말미암은 비애감이다. 발라치 칸이 지은 일련의 시들은 시인도 참가했던, 1973년에서 1977년에 걸쳐 발루치스탄주에서 벌어졌던 내란에 관해 말하고 있다.[18] 내란에 가담한 결과로 시인은 런던에서 여러 해 동안 망명생활을 해야 했고, 대사면이 이루어지고 나서도 몇 년이 지난 뒤에야 파키스탄으로 돌아올 수 있었다. 시인의 개인적 편력과정은 역사의 전개과정과 일치한다.

인도 대륙에서 영국의 직접 통치가 종식된 1947년에 분리되어 이슬람 국가로 독립한 이래로, 다수를 이루는 편잡인들이 통치해온 파키스탄의 역대 정권은 국가 안의 여러 민족들을 통합하는 일에 성공하지 못했다. 1971년에 벵갈족의 동파키스탄이 분리되어 방글라데시로 독립한 이후에 파키스탄의 신드주, 북서변경주, 발루치스탄주의 소수민족은 동등한 권리와 자치령 또는 그 어느 한 쪽을 위해 다양하게 투쟁하고 있다.[19] 1973년에서 1977년에 걸치는 발루치스탄 내란은 이슬라마바드의 중앙정부에 대한 발루치 민족의 봉기로는 가장 최근의 봉기였다. 이슬라마바드의 중앙정부는 발루치 민족의 대의권과 자치권에 대한 요구를 번갈아 가며 무시하거나 억압해 왔다. 이 요구는 발루치족의 본토가 되는 영역이 파키스탄, 이란, 아프가니스탄으로 분할되어 있어서 아주 복

---

18) 이런 시들은 시인이 저자에게 전해준 아직 출판하지 않은 원고꾸러미에서 인용하고 있다. 그러나 이 가운데 세 편의 시가 《세네카 리뷰》(*Seneca Review*, 14, No. 2, 1984)에 발표된 적이 있다.

19) Tariq Ali, 《파키스탄의 생존 가능성》(*Can Pakistan Survive? The Death of a State*, London : Verso, 1983) ; Selig Harrison, 《아프가니스탄의 그림자》(*In Afghanistan's Shadow : Baluch Nationalism and Soviet Temptations*), New York and Washington, DC : Carnegie Endowment for International Peace, 1981. 이하에서는 《IAS》로 줄여 쓴다.

잡하게 얽혀 있다. 발루치 민족의 거의 절반이 일자리나 정치적 문제나 가난으로 말미암아 발루치스탄을 떠나서 살고 있지만, 황량하고 바위투성이인 본토에 대한 열망은 그들의 전통 속에 깊숙이 뿌리박고 있다.

고토(故土) 회복에 대한 열망은 "우뚝 솟은 산마루는 우리의 동지 / 길없는 협곡은 우리의 동무"라고 노래하는 16세기에 지어진 전쟁을 읊은 민요에서도 울려나온다. 마찬가지로 나시르 칸(Nasir Khan)과 같은 민족영웅을 추모하는 현대의 애국시에서도 울려나온다.

> 다른 이들의 고국은 쾌적하고
> 사람들이 붐비고 풍요롭고 이름도 위대하고
> 꿀도 넘쳐흐르겠지만,
> 나시르에게 세상의 무엇보다도
> 더 아름다운 것은 '고국의 메마른 숲'.[20]

발라치 칸의 시 〈퀘에타〉도 예전에는 인도로 가는 관문이었고, 발루치스탄에서 가장 중요한 도회지의 하나였던 퀘에타의 현재 운명을 한탄한다. 거기에서는 지금 "제복이 다른 경찰과 군인이 / 십여 명씩 저벅거리며 순찰돌고, / 아이들은 좌판을 껴앉고 / 시선을 내리깐 채 두려움에 떨며 검문받는다"는 일이 벌어지고 있다. '발루치 기사들의 서사시'라고 할 수 있는 (〈새벽녘의 목소리〉[Voices of dawn]와 같은) 고대 민요들이나 발루치스탄 민족의 현대시가들처럼, 발라치 칸의 시들은 본토의 대지, 민족의 과거, 그들이 벌이는 현재의 투쟁을 기린다. 시인이 주장하는 바와 같은, "아름다운 대지의 비극에서 / 발루치인은 자신의 역사를 쓰게 되리라"(〈한밤에 묘지를 지나며〉[Passing a graveyard at night])는 이유 때문이다.

발라치 칸의 시들도 해방투쟁에 몸담고 있는 시인의 역할을 서정적으로 살펴보고 있으며, 또한 저항운동에서 빚어지는 시에 대한 도전을

---

20) Harrison, 《IAS》, pp.7∼8.

서정적으로 고찰한다. 마야라 누르를 위해 쓴 〈가수〉(The singer)나, "발루치 민족투쟁에 관한 우르두족 여성 시인의 시를 읽고 나서 그 시인"을 위해 쓴 〈돌의 말〉(The language of stones)과 같은 다수의 시들은 다른 작가들에게 받쳐진 시들이다. 시 〈돌의 말〉에서 발루치의 산악을 가로지르며 투쟁하는 시인은 시작법에서 변모된 양상뿐만 아니라 시적 영감으로 오래도록 숭배되어온 것들에 관해서도 곰곰이 생각한다.

> 난 완전히 질려버렸다.
> 어떤 식으로 쓰느냐?
> 인사말을 하느냐? 어디에 앉아 쓰느냐?
> 의자, 책상, 침대, 마루바닥, 어디에서?
> 이 끝없는 질문의 행진을 가끔
> 붉게 타오는 새벽녘에 곰곰 생각한다
> 순백의 종이 위에
> 나뭇잎처럼 내려앉는 것이 시라는 것을.

발루치 저항시인의 임무가 여전히 호라티우스가 말한 '즐거움과 교훈'이라는 이중적 요구에 지배받는다 하더라도, 억압의 역사에 맞서는 현재의 투쟁으로 말미암아 이 두 가지 요구에는 화급한 새로운 요구가 추가된다. 발라치 칸은 시 〈그러나 외동아들이어서〉(But being an only son)에서 매일 자기가 기르는 염소에서 신선한 젖을 짜서 게릴라들에게 전하지만, '외동아들이어서' 전투에 참가할 수 없는 젊은 목동을 묘사하고 있다.

> 그는 내 곁에서 어슬렁대며
> 이해할 수 없는 물건처럼 전혀 낯선 손길로
> 라디오와 타자기를 만지작댄다.
> 알기만 하면 내 소총 다루듯 잘 다루었을.

발루치스탄주는 파키스탄에서 제일 빈곤한 지역으로 전국민의 평균

문자해독률이 16퍼센트인 1976년에도 겨우 6에서 9퍼센트에 불과했다. 시인이 보여준 바와 같이, 교육의 필요성이 무장투쟁의 필요성만큼이나 절대적인 지역이다. 그렇지만 시에 관해 꾸준히 모색한 결과로, 시인은 가르쳐야 할 작가가 다음에는 동지들로부터 배워야 할 일도 많다는 것을 깨닫는다. "병사들은 본 적이 없다 / 바다를 / 난 제대로 설명하지 못했고 / 그들은 하늘과 같다고 / 상상한다"(〈바다〉[The sea])고 쓴 적이 있다. 그러므로 시인의 시들은 가르침에 이르기 직전에 멈춰 서서 가르침을 줄 수 있는 길만을 제시할 따름이다. 〈바다〉라는 시는 바다에 다다른 다음에 이렇게 끝맺는다. "내가 바닷가로 / 데려온 동지는 / 얼빠져 말을 잃었다 / 난 그에게 다가갈 수 없었다 / 한없는 침묵의 시간동안."

영어로 씌어지긴 했으나 발라치 칸의 시 내용은 투쟁 과정에서 발루치 민중이 당면하는 긴급한 교육적·문화적 사태의 중요한 대비책으로 취할 수도 있다. 발루치 민족이 자결권과 독립, 그리고 역사를 획득하는 데에는 병기공장뿐만 아니라 대중적인 문서보관소도 필요한데, 이런 시들은 문서보관소를 잘 만드는 데 이바지할 것이다. 그렇지만 독자라는 문제는 필연적으로 중대한 문제를 야기한다. 150년 전에야 비로소 발루치 학자들이 발루치어를 우르두어나 페르시아 문자로 옮겨 적기 시작했기 때문에, 발루치 민족의 구전 전통이나 문화 유산은 대부분 기록되지 못한 채 사라져 버렸다. 근래에 이르러서 아랍어와 흡사한 나스탈리크(Nastaliq)라고 부르는 발루치 문자가 민족주의적인 발루치 지식인들에 의해 발전되고 있다. 그러나 셀리그 해리슨에 따르면, 여전히 발루치 사회를 특징짓는 부족주의에 나타나는 "발루치 민족주의의 가장 중요한 표지의 하나는"

발루치 민족이 일반적으로 인정하는 문자로 표준어를 발전시킬 가능성이 보인다는 점이다. 비록 민족주의 운동에 수반해서 활발한 문학활동이 전개되어 왔지만, 발루치 민족의 서적, 잡지, 신문에는 널리 퍼져 있는 언어 혼란상이 반영되어 있다.　　　　　　　　　　　　　　　　　　《IAS》, p.185.

이러한 딜레마를 알면서도 영어로라도 시를 써야 하는 것은 발라치 칸이 다음과 같이 말한 바 때문이다. "전달하려는 의미를 따라 / 막대기로 / 땅바닥에 글을 쓴다"(〈부재의 시편 3〉[Poems of absence III]).

〈청년이 죽어갈 때〉(when the young die)라는 시에 나타나는 슬픔이나, "태양이 나누어줄 수 있는 것보다 / 더 많은 빛을 꿈꾸는 아이들"이라고 읊은 시행에 담긴 슬픔은 해방투쟁뿐만 아니라 의미소통을 위한 투쟁에서도 의미를 띤다. 발라치 칸이 필자에게 전해준 미발표 원고꾸러미에는 저항시는 물론이고, G., 달리(Dahli), 마야라 누르, 우르두족 여성시인, 호아란 마리(Hoaran Marri)에게 받친 애정시도 포함되어 있다. 사실 저항시를 애정시처럼 읽을 수 있고 반대로 애정시를 저항시처럼 읽을 수도 있어서 시적 범주는 붕괴되어 있지만, 새로운 표현 전략을 정교하게 만들어내고 있다. 집단적인 것으로 읽든 개인적인 것으로 읽든, 아이들의 놀이터를 가로질러 "특공대를 실어나르는 메르세데스 3톤 트럭"(〈아이들 놀이터〉[Children's playground])과 "동틀 녘 / 지평선 너머에서 둥실거리는 태양"과 더불어 "퍅퍅대는 헬리콥터 날개소리"를 담고 있는 시들은 거대한 짐을 짊어지고 있다. 시인에 따르면 "자신들의 여정과 정반대 방향으로 / 사라져가는 자기 육신의 / 역사를 완결지을 수 없는 이들"(〈청년이 죽어갈 때〉)이 짊어진 그런 짐이다.

3. 쪼개진 육신

파블로 네루다는 생애의 끝자락에 접어들어 《회고록》(*Memoirs*)을 쓰면서 이렇게 적었다.

'쪼개진 육신'이라는 오래된 주제가 있는데, 모든 나라의 민요에 반복되어 나타난다. 민요 가창자는 이 곳에는 자기 발이 있고, 저 곳에는 자기 내장이 있다고 상상하면서, 자기 육신 전체를 묘사해 간다. 이 육신은 그가 자기 뒤에 남긴 것인데, 온 나라 구석구석에 흩뿌려져 있다. 근래에 들어 내가 느끼

는 바가 이런 것이다.[21]

시인이 말하는 근래라고 하는 것은 1940년대의 칠레를 말한다. 당시 네루다는 당국의 눈을 피해 이 집 저 집으로 떠돌며 장편 서사시《일반 시곡집》(*Canto general*)을 마무리 짓고 있었는데, 민중들이 그에게 피난처를 제공했다. 쪼개진 시적 정체성은 민중들과 연대하면 재건된다. 그러나 제국주의 전략의 일환인 이 쪼개짐이라는 것은 저항운동과 민족해방 조직에 가담하고 있는 시인들에게 새로운 문학적·문화적 논제의 조건을 이룬다. 다음과 같은 〈중앙 아메리카〉(Central America)라는 네루다의 후기시에 표현된 위기감에 호응해서, 저항시인들은 많은 양의 새롭고 힘찬 문학작품과 시작품을 생산하고 있다.

> 말채찍처럼 가녀리고
> 고문처럼 뜨거운 대륙,
> 혼두라스에 있는 너의 발자국, 산토도밍고에 묻어있는
> 너의 피, 한 밤에
> 니카라구아에 있는 너의 눈이
> 나를 만지고 부르며 움켜잡는다.
> 아메리카 대륙 도처에서
> 난 대문을 두드리고
> 묶여있는 혀들에게 이야기를 청하며
> 커튼을 치고 손을
> 피 속에 담근다.
> 　　　　　서러운
> 내 조국에 대한, 거대한 침묵 체제가 내는
> 단말마의 비명에 대한,
> 메말라 버린 눈물을 흘리며
> 오랜 세월 고통 받는 민중에 대한 이야기를.　　　　　《NR》, p.21.

---

21) Pablo Neruda, *Memoirs*, (tr)Hardie St Martin(Harmondsworth : Penguin, 1978), p.173.

　이런 작품들에는 일관성과 규모뿐만 아니라, 서구적 문학관습 및 서구 문화권에서 이루어진 전통적 가치의 영향력에도 도전하는 면모가 나타나고 있어서 주목해야 한다.

　시인이 시 쓰는 맥락에서 보자면, 저항운동은 정치적 활동과 게릴라 활동으로 이루어진다. 이런 활동의 지속적인 목적은 무장투쟁에 의해 외부의 억압적 세력에서, 말하자면 제국주의적이자 식민주의적인 국가들에 의한 정치적·군사적·문화적인 헤게모니와 지배에서 조국과 인민을 해방시키려는 것이다. 1956년에 포르투갈령 앙골라에서 '앙골라 인민해방운동(MPLA)'이 조직되었다. 1961년 루안다에서 첫 무장봉기를 일으킨 지 14년 뒤인 1975년 11월 11일에 앙골라공화국의 독립이 선포되었다. 같은 해인 1975년에 '모잠비크 해방전선(FRELIMO)'이 이끌던 14년에 걸친 투쟁 끝에 포르투갈령 모잠비크가 해방되었다. 같은 식의 해방투쟁으로 성공한 것은 니카라구아의 '산디니스타 민족해방전선(FSLN)'이다. 이 조직은 1961년에 결성되었는데, 니카라구아 저항운동의 초기 영웅이었던 아우구스토 산디노의 이름을 따서 명명되었다. FSLN은 1979년 7월에 소모사 정권을 권좌에서 축출했다. 그러나 남아프리카의 '아프리카민족회의(ANC)'의 지도자인 넬슨 만델라(Nelson Mandela)는 남아프리카의 감옥에 여전히 갇혀 있지만, ANC는 인종격리정책을 쓰는 남아프리카의 백인정권에 대한 투쟁을 계속하고 있다. 1968년에 팔레스타인 독립운동을 위해 조직된 '팔레스타인 해방기구(PLO)' 또한 팔레스타인 민족의 자결권과 자주독립적인 팔레스타인국가 건설을 위한 투쟁을 계속하고 있다.[22]

　이와 같은 저항운동 및 정치적·군사적·문화적 전선에서 벌어지는 투쟁에서 새로운 문학의 신전이 솟아 오르는데, 이 문학은 제국주의와 착취에 맞서는 싸움으로 단련된 문학이다. 민족 정체성을 지니는 조직의

---

22) 바바라 할로의 책은 1987년에 출판된 책이다. 우리는 당시와 현재의 제3세계 상황이 많이 바뀌었다는 사실에 유의할 필요가 있다[편역자 주].

지지자이자 전투대원인 시인들은 자신들이 그 안에서 시를 쓰게 되는 보다 커다란 투쟁무대에 대한 자각을 시 속에 구체화한다. 쿠바의 기옌처럼 칠레의 네루다도 니카라구아의 아우구스토 산디노를 찬양하는 시를 썼다. 앙골라의 비리아토 다 크루스는 시 〈흑인 어머니〉(Black mother)에서 북미·중미·남미 세 대륙에 걸쳐 벌어진 투쟁을 찬양한다.

> 들려오는 목소리 있으니 사탕수수 농원에서
>   논에서 커피 농장에서
>   견직공장에서
>   목화밭에서,
> 들려오는 목소리 있으니 버지니아주의 농원에서
> 북캐롤라이나주, 남캐롤라이나주의
>   알라바마주의
>   쿠바의
>   브라질의 농장에서,
> 들려오는 목소리 있으니 브라질의 제당 공장에서
>   마차에서
>   남미 대초원에서, 공장에서
> 들려오는 목소리 있으니 할렘 남부지역에서
>   들려오는 목소리 있으니 빈민가에서
> 메아리지는 화차 소리 따라
>   미시시피강을 타고 올라오는 비통한 블루스 소리
> 캐로더의 목소리와 더불어 흐느끼는 소리
>   "주님의 역사(役事)가 이루어졌습니까"
>   랭스턴의 거만한 목소리에 담긴
>   기옌의 아름다운 목소리에 담긴
>   온갖 목소리들.   《WBBF》, pp.53~54.

여성시인 노에미아 드 수사는 모잠비크의 시인 무티마티 바나베 요아오를 이렇게 표현한다.

그는 농사꾼 아낙의 수줍음에 괴로워했다
아랍의 한낮에 햇빛이 가시처럼 꿰뚫는 것을 느꼈다
중국인과 시장 벤치에서 흥정했다
아시아인 장사꾼에게 묵은 배추를 팔았다
할렘가에서 메리언 앤더슨과 흑인 영가를 절규했다
일요일에 마림바 악기에 맞춰 흔들어댔다
그는 반역자들과 피맺힌 절규를 질러댔다.   《WBBF》, p.71.

남아프리카에서 넬슨 만델라가 수감되자 모잠비크에서 호세 크라베
이린아는 〈친구 넬슨 만델라가 로빈섬에 살러 간 이후로〉(Since my
friend Nelson Mandela went to live on Robben Island)라는 제목의 시를
썼다(《SH》, pp.134~136). 발루치스탄주에서 발라치 칸도 〈그러나 외
동아들이어서〉라는 시에서 이러한 투쟁을 기억하고 있다.

바위에서 바위로 옮겨가며
팔레스타인 주민들이 레바논에서
싸우며 죽어간다는 소식을 듣는다.
그들의 완강한 피는 내 뼈 속에도 흐른다.

그렇지만 베트남, 쿠르드스탄, 쿠바, 알제리 같은 곳에서 벌어지는 운
동뿐만 아니라 ANC, FRELIMO, MPLA, PLO, FSLN의 운동 하나하나
에서도 민족문화와 시라는 문제는 아주 중요하다. 이 문제가 일으키는
도발은 아밀카르 카브랄이 "어떤 민족의 민족해방 운동은 그 민족의 역
사적 인격을 탈환하려는 것이다. 그들이 종속되어온 제국주의의 지배를
괴멸시키고 자신들의 역사로 되돌아 가려는 것이다"[23]라고 썼을 때에
이미 제기된 바 있다. 해방투쟁에서 이루어지는 이와 같은 시의 복합적
인 역할은 시 자체의 일부를 이룬다.

---

23) Amilcar Cabral, 《통일과 투쟁》(*Unity and Struggle : Speeches and Writings
    of Amilcar Cabral*), (tr)Michael Wolfers, New York : Monthly Review, 1979,
    p.130.

A.N.C. 쿠말로는 현재 런던에 망명중인 남아프리카 시인이다. 그의 이름 A.N.C. 쿠말로는 필명이다. 자신의 시적 정체성을 '아프리카민족회의(ANC)'의 그것과 동일시하고, 남아프리카의 인종차별주의적인 백인정권에 대한 투쟁과 동일시해서 자신의 신원에 힘을 부여한다. 1912년에 결성되었으나 1948년에 공식적으로 출범한 ANC는 1950년대 초에 소극적인 저항과 파업을 선동하기 시작했다. 그 뒤 1961년에 중요한 내부 토론을 거쳐, 남아프리카와 그 민중을 백인정권과 억압적인 인종격리정책 체제에서 해방시키기 위해서는 혁명을 일으키고 무장투쟁을 해야 한다는 결정을 내렸다.[24] 쿠말로의 시 〈피처럼 붉은〉(Red our colour)에서는 시의 역할을 저항조직이 수행하는 게릴라 활동과 동일시하기까지 한다.

> 시를 쓰자
> 빌어먹을 교회종처럼 울려대는
> 피처럼 붉은 시를.
>
> 압제자의 면상을 짓이기고
> 그의 손아귀를 으깨버릴
> 시를.
>
> 시는 인간을 깨우쳐야 한다
> 죽음이 아니라 삶을
> 절망이 아니라 희망을
> 저녁 어스름이 아니라 밝아오는 새벽을
> 낡은 것이 아니라 새로운 것을

---

24) Joe Matthews, 〈남아프리카 혁명의 전개상〉(The development of the South African revolution), 《인종격리정책》(*Apartheid : a Collection of Writings on South African Racism by South Africans*), (ed)Alex La Guma, New York : International Publishers, 1971, pp.163~175. Gail Gerhart, 《남아프리카 흑인의 힘》(*Black Power in South Africa : the Evolution of an Ideology*), Los Angeles : University of California Press, 1979).

복종이 아니라 투쟁을.

시인이여
알려주자
꿈이 바뀔 수 있다는 것을
현실로.

자유를 알리자
그러나 재벌들은
응접실 벽을 꾸미도록 하자
이류시인들이 휘갈겨 쓴 향긋하기만 한 시들로.

자유를 말하자
민중이 눈뜨게 하자
군중의
힘에 대해

감방의 쇠창살을 풀잎처럼 휘여 버리고
거친 화강암 벽도 퍼티처럼 판판하게 만드는.

시인이여
사람들로 하여금
열쇠를 벼리도록 하자
10년이
    10년을 먹어치우기 전에
      10년을 먹어치우기 전에.[25]

[퍼티 : 유리창 따위의 접합제를 말함]

〈피처럼 붉은〉은 로퀴 달톤의 시처럼 시가 "낱말로만 이루어지는 것
이 아니다"라는 사실을 독자들이 깨닫도록 요구한다. 쿠말로가 요구한
바와 같이 시는 "피처럼 붉고" "종소리처럼 울려대는" 것이어야 한다.

---

25) Barry Feinberg(ed), 《민중시인》(*Poets to the People : South African Free-
dom Poems*), London : Allen and Unwin, 1972, pp.41~42. 이하에서는 《PP》로
약기.

시는 "압제자의 면상을 짓이기고" "그의 손아귀를 으깨버려야" 하며, 압제자와 그의 잘 꾸며진 실내와 응접실 벽에는 "이류시인들이 휘갈겨 쓴 향긋하기만 한" 시를 걸어놓게 해야 한다. 우아하고 비유적인 심미주의적 장식물로 치장하지 않은 쿠말로의 시는 엉성하지만 사납고 공격적이며 혁명을 부르짖는다.

1971년에 모잠비크의 FRELIMO는 해방운동에서 빚어진 저항시들을 모아 《전투 시편들》(*Poems of Combat*)이란 시집을 발간하면서 다음과 같이 주장했다.

> 우리의 시는 또한 슬로건이다. 슬로건처럼 시는 필연성에서, 현실에서 태어난다. 식민주의와 자본주의에서 문화와 시는 부자의 소일거리지만, 현재의 우리 시는 필연성이며, 우리의 가슴에서 터져 나와 우리의 정신을 북돋우고 의지를 인도하며 우리의 결정을 강화하고 시야를 넓혀주는 노래다.[26]

언어의 꾸밈없는 질박성이 공격성의 일면을 구성하는 많은 저항시들처럼, 쿠말로의 시가 갖는 논쟁적인 면모는 문화제국주의의 어떤 형태를 공격하는 저항시의 비판적 차원을 보여준다는 점이다. 쿠바 시인 니콜라스 기옌을 연구하며 키스 엘리스가 지적한 바와 같이, 제3세계의 시 대부분을 '선전문'이나 '격문'처럼 여겨서 배제하려는 경향은 실제로는 아주 국지적이거나 지역적인 면에 근거한 것에 불과한 시의 정의를 보편적인 것으로 제정하려는 시도에서 유래한다. 이런 시도의 하나는 아리스토텔레스가 《시학》(*Poetics*)과 《수사학》(*Rhetoric*)에서 기술한 내용을 따라 비유를 시적 언어의 근본성분으로 보려고 한다. 엘리스는 "사실상 비유는 현 세기의 어떤 무리들 가운데에서 그토록 많은 위세를 누려왔는데, 이 무리들의 경향은 시에 관한 종주권이 분명하지 않은 시를 '반시적(反詩的)인 것'이 구체적으로 표현된 것으로 간주하도록 조장한

---

26) Chris Searle, 〈언어의 결집력〉(The mobilization of words : poetry and resistance in Mozambique), *Race and Class* 23, No. 4, 1982, p.309.

다"(《CNG》, p.48)고 쓴 적이 있다. 쿠말로의 시에서 유일한 비유는, 더 정확하게 말하자면 직유이지만, 사회현실을 혁명적으로 변화시키고 억압적인 국가장치를 괴멸시키겠다고 직시하는 그것이다. 말하자면 시는 "감방의 쇠창살을 풀잎처럼 휘여버리고", "거친 화강암 벽도 퍼티처럼 판판하게 만들고", "교회종처럼 울려대는" 그런 것이어야 한다.

국가질서를 이루는 제도와 이에 의한 권위주의적 통치행태는 저항운동의 군사적·정치적 활동의 표적일 뿐만 아니라 저항시의 표적이다. 이러한 투쟁에 가담하는 시인 대다수는 이런 제도의 억압력을 직접 겪어왔다. 이런 경험에서 시인들은 시에 의해 사회체제가 새롭게 고쳐질 수 있다는 가능성을 명확히 밝히려고 애쓴다. 데니스 브루터스는 남아프리카의 독립기념일로 특별한 날인 1967년 6월 26일에 시 〈오늘 감옥에서〉(Today in prison)라는 시를 썼다. 현재는 미국에서 교편을 잡고 있는 남아프리카 시인 브루터스는 '남아프리카 인종평등 올림픽위원회'의 의장이기도 하다. 그는 로빈섬에서 18개월 동안 중노동형을 치루고 나서도 다시 1년간의 가택연금을 당한 뒤인 1966년에 남아프리카를 떠났다. 〈오늘 감옥에서〉라는 시는 감옥구조를 유지하는 국가의 존재를 감방 안에서 맹렬히 공격한 시다.

오늘 감옥에서
묵계하여
그들은 한 가지 노래만 부르리라
응코시 시켈렐라.
천천히 장엄하게
격정을 억누르며
감정에 사로잡혀.
목소리는 점점 강해지지만
눈물을 감추고
눈동자를 빛내면서
무리에서 떨어진 새처럼 거칠게

마음은 울려대지만
내려앉을 누군가의 이름을 찾고
이루어 놓은 일들을 살핀다.
아직도 해야 할 일을
더 많이 할 누군가를 찾는다.   《PP》, p.21.

시 〈피처럼 붉은〉처럼 브루터스의 시도 "무리에서 떨어진 새처럼 거칠게 / 마음은 울려대지만"이라는 직유 하나만 담고 있어서 언어적으로나 비유적으로나 삭막하다. 시 자체는 ANC의 단가(團歌)인 '응코시 시켈렐라 아프리카 ; Nkosi Sikelela Afrika'('신이여 아프리카를 구하소서', 곧 '아프리카 만세')의 중요성을 노래하는데, 남아프리카의 악명 높은 감옥의 하나에서 죄수들은 새로운 연대의 가능성을 예상하면서 단결한다. 집단저항의 토대를 이루는 이러한 연대감은 미래를 알리는 선구자인 "무리에서 떨어진 새"에 의한 예언적 호소로 축복받는다. 이는 시와 무장투쟁의 결속력을 보여주는 "내려앉을 이름을 찾고 / 이루어 놓은 일들"로 표현되어 있다.

시의 공동체적 기능을 알리기 위해 베네딕트 앤더슨은 자신이 '상상적 공동체'라고 일컬은 바 있는, 민족주의가 사회적으로 형성되고 성립되는 것을 확인시켜 주는 국가(國歌)의 각별한 중요성을 다음과 같이 강조한 적이 있다.

무엇보다도 시와 노래의 형식으로 제시되긴 하지만, 언어로도 제시되는 특정한 동시발생적인 공동체가 있다. 국경일에 부르는 국가를 예로 들어보자. 아무리 말이 유치하고 가락이 평범하더라도, 국가를 부르는 데에는 동시성의 경험이 작용한다. 정확히 그런 순간에는 전혀 낯선 사람들끼리도 같은 가사를 같은 가락으로 부른다. 바로 단일율조라는 이미지가 그것이다. 프랑스에서 '라 마르세예즈(la Marseillaise)', 호주에서 '춤추는 머틸다(Waltzing Matilda)', 인도네시아에서 '라야(Raya)'를 부르는 것은 상상적 공동체가 물리적인 울림소리로 실현되는 것을, 말하자면 단일율조가 실현되는 특별한 경우를 보여준다.[27]

정녕 앤더슨의 용어인 '상상적 공동체'의 국가라 하더라도, '응코시 시켈렐라 아프리카'는 아직 정식 국가는 아니지만, 민중이나 집단의 역사적 업적을 기리는 것 이상의 단가다. 또한 "이루어 놓은 일들을 살핀다/아직도 해야 할 일을/더 많이 할 누군가를 찾는다"고 표현해서 현재와 미래의 역사적 투쟁을 고취한다.

망명중인 남아프리카의 작가이자 신문기자이며 시인인 베리 페인버 그가 쓴 〈놀랍게도 노래부르며〉(Surprisingly singing)라는 시에서 놀랍게도 시를 지탱하고 시를 저항운동의 국기로 변화시키는 것은 노래 부르는 흑인들의 연대감이다. 이 국기는 아프리카 민족회의를 표상하는 색갈인 녹색·황금색·흑색으로 이루어져 있다.

> 백인들은 느릿느릿
> 안식일의 녹색 초원에서
> 볼링하는데,
> 황금색으로 돋아오르는
> 주말에
> 등뼈 휜
> 흑인이
> 집으로 돌아온다
> 놀랍게도
> 노래부르며.   《PP》, p.37.

시 자체는 규범적 시이며, 시인도 해방투쟁의 표준적 전달자다. 시인의 노래는 공동체의 송가와 다시 새롭게 결합되어, 저항운동과 민중을 고무시키는 슬로건과 일련의 시구를 만들어낸다. 그러므로 A.N.C. 쿠말로의 〈복수의 시〉(Poem of vengeance)는 1964년 11월에 프레토리아 감옥에서 교수형 당한 ANC의 순교자들을 추모하며 그들이 부른 해방의

---

27) Benedict Anderson, 《상상적 공동체》(*Imagined Communities : Reflections on the Origin and Spread of Nationalism*), London : Verso, 1983, p.31.

노래에 다시 활력을 불어넣는다.

　　그 으슥한 처형장에서
　　미니와 내 형제들이 어떻게 죽어갔는가?
　　당신은 물으리라 — 제발 말할 수 있게 해다오 —
　　내가 아는 바를.

　　노래불렀냐? 그럼 — 얼마나 잘 불렀다고!
　　잘 웃지도 않던
　　우람한 미니도
　　입가에 미소를 지었지
　　그러나 그의 눈동자는 완강했지
　　적들과 마주칠 때면
　　언제나 완강했으니.

　　고개를 높이 처들고 그들은
　　단단히 팔짱을 끼고 걸어갔지
　　미니의 노래를 부르면서
　　"나안츠 인도드 엠냐마 버워드"
　　— 흑인 버워드가 갖다 주는 것을 경계하라 —
　　"버워드를 경계하라"
　　민중은 이 노래를 택했다
　　"버워드를 경계하라"
　　세계는 미니와 더불어 노래한다.　　　　　　　　　《PP》, p.37.
　　　　[부유실레 미니(Vuyusile Mini)는 해방가를 많이 지은 작곡가]

　　나이지리아의 소설가 치누아 아체베의 우화소설《사물은 흩어진
다》(*Things Fall Apart*)의 앵무새처럼, 저항시인들은 움베르토 에코가
일종의 '기호학적인 게릴라 투쟁'이라고 일컬은 바에 가담한다. 이 투쟁
은 "표현이란 차원에서 전언은 바뀌지 않지만, 수신자는 자신이 행하는
해독의 자유를 재발견하게 되는 해독의 **전술**"을 행하는 것을 말한다.[28]

―――――――――――

28) Umberto Eco,《기호학 이론》(*A Thoery of Semiotics*), Bloomington, IN：

앙골라의 시인이며 MPLA의 일원인 헬더 네토가 〈죽은 자를 애도하지 않으리〉(We shall not mourn the dead)라는 시에서 표현한 바와 같이, 시를 통한 게릴라 투쟁은 병사들을 동원하는 것과 현존의 질서체제를 공격하는 것과 관련이 있다. 이 시는 도전적으로 "MPLA AVAAAAA NCAAA!"라고 끝맺고 있다. 모잠비크의 FRELIMO 대원으로 나중에 모잠비크 정부의 경제기획부 장관을 역임한 마르첼리노 도스 산토스의 시 〈동지에게 교훈을 환기시키며〉(To point a moral to a comrade)는 소책자 형태로 이루어지는 팸플릿 장르(pamphlet genre)의 또 다른 효용성을 보여준다. 4부로, 즉 네 개의 '팸플릿'으로 나누어진 이 시는 다음과 같은 FRELIMO의 슬로건으로 규칙적으로 나누어져 있다.

> 프렐리모의 강령을 실천하자
> 민족해방을 달성하자
> 인간에 의한 인간 착취를 끝내자　　　　　　　　　　《WBBF》, p.117.

이 시는 이렇게 끝난다.

> 우리는 프렐리모의 병사들
> 당의 과업을 달성하자
> 혁명의 토양을 일구자
> 인간에 의한 인간 착취를 끝내고 말
> 완벽한 민족독립을 이룩하자.　　　　　　　　　　《WBBF》, p.127.

　모잠비크의 저항시를 설명하면서 러셀 해밀턴은 이를 '사회의식의 시(committed poetry)'라고 일컬었다. 그는 이런 시는 "그것의 사회적 기능에 근거하는 나름의 미학적 약호(約號)를 갖는다"고 주장하며 다음과 같이 설명했다.

Indiana University Press, 1977 ; A.P. Foulkes, 《문학과 선전》(*Literature and Propaganda*), London and New York : Methuen, 1983, p.31에서 재인용.

　　무장투쟁의 절정기에 해방구에서, 국토의 여러 지역에서 모인 모잠비크인
들은 다른 부족들의 노래와 춤을 배웠다. 이렇게 해서 그들은 부족을 구별해
서 분열을 조장하는 감정을 말소시키는 데 효과가 있는 민족통일 정신을 고
양할 수 있었다. 해방된 지역의 막사에서 병사들은 자신들의 체험과 희망과
결의를 표현하는 시를 썼다. 교육적 도구라는 측면에서 시가 갖고 있는 기억
의 기능은 도덕 교육뿐만 아니라 모잠비크의 역사와 지리를 가르치는 데에도
유용하게 쓰이는 일이 많았다. 사실 시는 식민지가 되기 이전 시대에 쓰이던
문화적 표현이라는 사회적 기능을 탈환한 것이다. 혁명의 후원을 받으며 이
새로운 시가 역사와 전통을 담아서 전달하는 것에 비례해서 변화도 북돋아
주었다는 점을 제외하더라도 그렇다.[29]

　　저항시에 표출되는 시적 경향은, 서구의 문학적 제도나 학문적 제도
에서 전통적으로 장려해온 내용과 형식의 조화(bienséance)나 심지어
학문적 객관성을 숭배하는 것과 근본적으로 다르다. 아니, 대립하기까
지 한다. 그런 제도에서는 시와 문화가 어떤 정치적 역할을 행하거나
정치적 권력에 접근하는 것을 대개 부정한다. 대부분의 경우에 문학생
산물은 이른바 (서구적 개념의) '문학'이란 것으로 길들여지던가 아니면
인정받지 못한다. 예를 들어 《사물은 흩어진다》를 아리스토텔레스의
비극론 지침을 따라서, 주인공 오콩쿼를 성격상 비극적인 결함이 있는
주인공으로 읽는 것이 훨씬 쉽지, 유럽 백인종의 제국주의적 침략에 맞
서는 저항활동과 조화를 이루는 존재로 읽기는 쉽지 않다. 그렇지만 제
3세계 작가들은 일련의 다른 기준들을 설정한다. 그러므로 문화와 언어
는 그것이 투쟁의 일부이자, 《사물은 흩어진다》의 에진마(Ezinma) 우
화에 나오는 거북의 등딱지를 부수는 총·창·대포와 같은 무기나 다름
없다. 따라서 문화와 언어는 투쟁의 무대에서 결정적인 무기다. 적대자

---

29) Russell Hamilton, 〈모잠비크의 문화 변동과 문학 표현〉(Cultural change and
　　literary expression in Mozambique), 《논단》(*Issues : A Quarterly Journal of*
　　Africanist Opinion) 7, No 1, 1978, p.41.; 《제국의 목소리》(*Voices from an*
　　Empire : a History of Afro-Portuguese Literature), Minneapolis : University
　　of Minnesota Press, 1975.

에 대해 도전하고 주인공의 정체성을 다시 규정하기 위해 언어를 사용하는 것은 어떤 저항운동의 전략에나 결정적이다. 그러나 앵무새의 경우에서 보듯이 민중은 언어를 배우고 실천할 필요가 있다.

4. 시의 가르침

앙골라의 시인 안토니오 야신토는 시 〈날품팔이꾼의 편지〉(Letter from a contract worker)에서 전통적인 사회구조가 외세의 영향으로 산산이 부서졌는데도, 사회조직의 혁신방안을 강구하지 않는 사회가 겪는 좌절과 불안을 묘사하고 있다. 이 시는 원래 포르투갈어로 씌어졌고, 시선집 《총탄이 꽃잎처럼 피어오를 때》(*When Bullets Begin to Flower*)에 수록되어 있다.

편지 좀 써봤으면
내 사랑
보고 싶은
이 그리움을 전할
너를 잃을 것만 같은
이 두려움을 전할
내가 바라는 이상으로 더 은근한 그 일을 전할
편지를,
날 따라다니는 형언하기 어려운 고통을
내 삶을 휘감는 서러움을 전할 수 있는.

편지 좀 써봤으면
내 사랑
우리의 은밀한 비밀을
너에 대한
네게 대한 기억을 쓸 수 있는 편지를
타큘라 열매보다 붉은 입술

마콩구 잎보다 부드러운 눈동자
풋풋한 모바크 열매보다 탱탱한 젖가슴
사뿐한 걸음걸이
여기서 해볼 수 있는 어떤 애무보다도 더 부드러운
너의 애무를.

편지 좀 써봤으면
내 사랑
은밀한 그 곳에서 함께 보낸 대낮들을
우거진 풀숲에서 황홀했던 한밤들을 되돌이킬 수 있는
너의 다리가 이루어내는 그림자를
아스라이 펼쳐진 야자수 사이로
스며들던 달빛을 되돌이킬 수 있는,
미칠 듯한 우리의 열정을
이별의 쓰라림을 되돌이킬 수 있는 편지를.

편지 좀 써봤으면
내 사랑
울부짖지 않고는 읽을 수 없을
너의 아버지 봄보에게는 숨겨야 하고
어머니 키에자에게는 감춰야 할
날 아주 까맣게 잊지 않고는
읽을 수 없을,
킬롬보 마을의 어떤 사내도 거들떠보지 않게 만들
편지를.

편지 좀 써봤으면
내 사랑
스쳐가는 바람도 전할 수 있는 편지를
옻나무 커피나무
하이에나 물소
악어 민물고기도
귀 기울일 편지를
나무도 짐승도

우리의 찢어질 듯한 슬픔이 애처럽고
비통해서
헐떡이며
노래로 노래로
순결하면서도 뜨거운
너에게 전해 줄 수 있는,
불타오르는 말
슬픔에 넘친 말로
너에게 편지 좀 써봤으면.

편지 좀 써봤으면
내 사랑
그러나 왜 이럴까
왜, 왜, 왜 이다지도 쓰고 싶을까
넌 읽을 줄 모르고
난 쓸 줄 모르는데, 아 헛된 짓.   《WBBF》, pp.51~53.

　야신토의 시는 그 자체가 날품팔이꾼이 마을에 남겨두고 온 사랑하
는 이에게 보내는 씌어지지 않은 연애편지다. 여기의 날품팔이꾼들은
일정시간 동안 고용되어 착취나 다름없는 저임금을 받으며, 치발로
(chibalo)라고 일컬어지는 강제노동과 다를 바 없는 노동을 하는 아프리
카 토박이들이다. 이들은 흔히 세금 때문에 토착해 있던 땅에서 강제로
쫓겨나 날품팔이꾼으로 전락한 것인데, 점령권력이 부과하는 세금을 낼
수 있는 일거리를 찾기 위해서 그렇게 된 것이다.[30] 이 시의 젊은 노동

---

30) 마거릿 디킨슨(Margaret Dickinson)이 편집한 《총탄이 꽃잎처럼 피어오를 때》
　　의 〈서문〉(Introduction)을 참조할 것. 루스 퍼스트(Ruth First)의 《흑색의 금
　　광》(*Black Gold : the Mozambican Miner, Proletarian and Peasant*, New York :
　　St Martin's Press, 1983)은 모잠비크에서 혁명 이전과 이후에 이루어진 이주노동
　　의 역사를 연구한 책이다. 이 책에는 마푸토의 에두아르도 몽드레인 대학교의 연
　　구자들이 수집한 노래들이 수록되어 있는데, 광부들과 그들이 고향에 남겨두고
　　온 아낙네들이 불렀던 노래들이다.

자는 사랑하는 이에게 편지를 쓰고 싶은 강렬한 욕망으로 고통스러워한다. 각 연은 절망적인 외침으로 시작하고 있다. "편지 좀 써봤으면 / 내 사랑." 이 시는 연에서 연으로 나아가며 강력하고 열정적인 감정을 전개하는데, 이 사랑의 감정은 왜 편지를 쓸 수 없는지 간결히 말하면서 끝맺을 수밖에 없는 그런 표현으로 잦아든다. "넌 읽을 줄 모르고 / 난 쓸 줄 모르는데, 아 헛된 짓."

포르투갈 지배하의 아프리카 식민지에서는 단 2퍼센트의 아프리카인들만 읽을 수 있었다. 어느 면에서는 지식인과 민중, 말하자면 시인과 날품팔이꾼 사이의 불균형 문제를 표출하는 이 시는 제국주의적 헤게모니 아래 이루어진 피식민지의 종속적 조건을 극적으로 표현하고 있다. 하나하나의 연은 억압적 지배의 특징을 전하면서 이에 대해 가능한 반응을 시사한다. 1연의 시행들은 관행적인 연애편지 투로 이루어져 있다. 그러나 2연에서는 아프리카 토착어를 이끌어 들여서 현재의 사회적 상황 속에 깊숙이 새겨져 있는 갈등과 긴장을 어느새 암시한다. 3연에서 시인-화자는 이제는 잃어버린 과거에 대한 향수어린 이미지를 불러낸다. 그러나 애인의 부모와 그들이 결혼을 반대할 가능성을 언급하는 4연은 전통적 관습에 대한 비판도 시사한다. 5연은 그들이 정사를 벌이던 대지와 연인들의 연대감을 제시하는 데로 나아간다. 그러므로 이 시 자체는 서구문화와 그것의 제3세계에 대한 지배에서 나타나는 억압의 정치학을 섬세하게 드러냄으로써 연애시라는 장르를 해소시켜 버린다. 식민당국은 피식민지인의 연애뿐만 아니라 편지도 부정하기 때문이다. 시의 종결부는 시 자체를 넘어서서 시의 생산조건이란 외적 요소로 향한다. 따라서 문학작품의 종결과 자율성이란 판단기준은 말할 것도 없고, 서구 전통에 지배적인 개인적이고 낭만적인 사랑의 이데올로기조차 폭파시켜 버린다. 날품팔이꾼과 연인의 정사(情事)는 급격한 사회적 변화를 요구하는 행위다. 사회적 관습에서 혼인은 첫날밤에 의해 비로소 완성되는 행위이기 때문이다.

키스 엘리스에 의하면 러시아의 사회학자 게오르기 플레하노프가 예술을 위한 예술이란 경향 및 이것과 19세기 프랑스 부르주아 계급의 관계를 비판한 내용은 중남미에 적용될 수 없다고 한다.

플레하노프가 지적한 바 있는 (예술을 위한 예술과 같은) 19세기 프랑스 작가들에 나타나는 부르주아 계급에 대한 한결같은 경멸과 멸시는 중남미에는 어울리지 않는 내용이다. 중남미에는 그렇게 할 확정적이고 견고한 독자층이 있지도 않다. 더구나 일반인들을 경멸할 수 있는 그런 작가도 없다.

《CNG》, p.36.

어떤 예술적 표현양식의 품질인증표라고 할 수 있는, 일반 독자에 대해 멸시와 경멸을 드러내는 행위는 정치적 문화적 독립을 위해 투쟁하는 아프리카나 다른 제3세계와 전혀 관계가 없다. 앙골라가 독립하기 이전에 씌어진 야신토의 시 〈날품팔이꾼의 편지〉는 해방투쟁과 저항운동 전략이 발전하는 과정의 어떤 역사적 계기를 보여줄 뿐만 아니라, 제3세계에 대한 서구 전문가들의 일반적인 평가에도 계속 도전하는 것으로 볼 수 있다. 세계은행에 연구원으로 근무했던 경제학자 자크 루프(Jacques Loup)는 1980년에 발표한 글에서 다음과 같이 썼다.

[제3세계에서] 교육이 급속히 발전한다고 해서 우리가 제3세계의 교육 분야를 괴롭히는 수많은 문제를 잊어버릴 수는 없다. 학급규모가 급속히 늘어나는 추세에 직면하자 제3세계의 국가들은 교직원을 꽤 많이 확충해 왔다. 그런데도 교사 대 학생수의 비율은 현재에도 상당히 높다(선진국들보다 1.5배 이상으로 높다). 사실 1960년 이래로 거의 변화가 없다. 마찬가지로 중요한 문제는 학교 중퇴자의 비율인데, 아주 완만하게 낮아지고 있다. 그러나 1960년대 말에는 거의 절반에 가까운 학생들이 4학년이 되기 전에 학교를 중퇴했다.[31]

31) Jacques Loup, 《제3세계의 생존 가능성》(*Can the Third World Survive?*), Baltimore and London : Johns Hopkins University Press, 1983, p.24. 원래 1980년에 쓴 책이다.

세계은행보다는 통계에 대한 관심이 없지만, 야신토는 문맹 문제의 역사적 특수성을, 말하자면 월터 로드니가 표현한 바처럼 "유럽의 아프리카 저개발화 정책"을 강조한다.

교육 분야의 저개발 문제는 모잠비크의 세르지오 비에이라의 아래와 같은 시에도 천명되어 있다. "〈교육에 관한 시 4부〉(Four parts for a poem on education)는 미완성이다. 교육은 우리 모두를 위해 수립되어야 하는 것이기 때문이다."

> 우린 장님
> 무지라는 돌에 발부리를 채이는
> 동지들이여!
> 무지는 그들이 우리에게 원하는 것
> 주교님네들
> 회사원님네들
> 광산주님네들!
> 흑인의 대가리는
> 텅비었으나
> 어깨는 산을 움직일 수 있도다.
> 무식해서
> 그들이
> 우리 몸값을 적어 놓았는데도
> 그냥 글자만 바라본다!　　　　　　　　　《SH》, p.73.

저항운동에서 해방을 위한 중요한 안건으로 교육문제를 포함시켜야 할 필요성에 못지않게, 교육도 저항투쟁을 필요로 한다. 그러나 〈날품팔이꾼의 편지〉의 시인이 읽는 법을 배울 수 있는 특권을 누렸다는 사실은 분명하다. 시에 언술된 아이러니로 입증되는 것이지만, 그도 민중의 '교육자'라는 비판적 역할뿐만 아니라 나름대로의 문제틀도 의식하고 있다. 이 역할은 민족 본래의 온전한 사회 모습을 회복하고 구성하려는 자로서 행위하고 글 쓰는 역할이다. 야신토의 시가 시사하는 바와 같이 이러한 구성은 새로운 차원에 자리잡아야 한다. 심지어 사랑하는 여자의 부모로 표현되는 전통적 차원과도 다른 별개의 계획을 따라 자리잡아야 한다. 애인의 부모는 딸이 저지르는 전통을 거스르는 짓을 옳지 않다고 본다. 똑같이 아체베도 과거의 이그보(Igbo) 마을을 목가적인 에덴동산으로 묘사하지 않는다. 말하자면 이그보인들이 미래의 구원을 확실히 보증하기 위해서 탈환해야만 하는, "함께 제자리로 되돌려 놓아야 하는" 잃어버린 낙원으로 묘사하지 않는다. 그러므로 역사적 상황에 직면하는 저항시인들은 새로운 방법과 문화적 특성을 자신들의 특수한 경험에서 고심해 만들어낸다. 〈날품팔이꾼의 편지〉 다음에 쓴 야신토의 다른 시에는 남녀가 억지로 떨어지게 된 상황을 전혀 다른 어투로 빚어낸다. 발라치 칸의 〈온유하게 소식 전할 길이 없네〉라는 시처럼, 이 시에서도 이별은 저항투쟁에서 벌어진 긴급한 일 때문에 일어난 것으로 되어 있다.

> 카이앙가의 아낙은 흐느끼고
>
> 카이앙가는 전쟁터로 떠났네, 전쟁터로 떠났네
>
> 외딴 마을
> 오막살이 사이에서 조용히 장난치는 빛과 그림자
> 잠든 아이
> 꿈꾸며 조는 늙은이
> 헐떡이며 앉아 있는 개
> 거름더미에서 웅웅대는 파리
> 지붕에서 떨어지는 낙숫물
> ─ 남자의 부재는 삶에 영향을 미친다 ─　　　　　　　　《WBBF》, p.93.

해방운동 조직의 게릴라 대원이자 동지인 사람들은 비에이라의 시 〈교육에 관한 시 4부〉의 제2부에서는 교육자로 등장한다.

> 동지들이 돌아왔다

>   강경하게 외치던 동지들이
>   우리가 무시했던
>   어떤 말보다 더 강하게 외치던
>   말은 불씨
>   우리는 화약
>   우리 등을
>   휘게 하는 회사의
>   무게를 설명하는 말.
>   우리의 무지를 찢어버리는
>   채찍인 말
>   말로 우리는 이해한다.   《SH》, p.77.

   새로운 사회체제를 열고 전통적인 권위의 위계질서를 뒤집어 엎는 것이 바로 교육이다.

>   총화(銃火) 속의
>   아이들
>   어른을 가르치는
>   너희들은 열세 살
>   눈을 크게 뜨고
>   마루바닥에 써놓은 기호들을 보는
>
>   우린 읽고 쓰는 법을 배웠으나
>   말에 잘못을 저질렀다
>   우린 전혀 몰랐다
>   '人'과 'ㅈ'을
>   붙여야 할 때를
>   그러나 모두들 어떻게 쓰는지 잘 안다
>
>   전투
>   학교
>   협력
>   문화

우리는 기관총으로
　　자유를 철자한다.　　　　　　　　　　　　　　　　　《SH》, pp.78～79.

　그러므로 모잠비크의 FRELIMO 시인인 호르헤 레벨로는 그의 〈시〉
(Poem)에 이렇게 쓰고 있다.

　이 모든 것을 알려다오, 형제여.

　뒷날 단순한 말을 벼리리라
　어린애조차 알 수 있고
　바람처럼
　어느 집에나 들어갈 수 있고
　민중의 영혼에
　검붉은 잿불처럼 떨어지는 말을

　우리의 대지에서
　총탄은 꽃잎처럼 피어오른다.　　　　　　　　　　　　《WBBF》, p.129.

　에르네스토 카르데날이 〈경세시〉(Epigram)에 쓴 것과 같이, 민중의
언어는 강탈당하고 왜곡되어서 새 말이 필요하다. 저항의 교육은 비에
이라가 자신의 교육에 관한 시의 제4부에서 다음과 같이 외친 바로 나
아가게 되어 있다.

　내일,
　　그때
　식민주의 제국주의는
　고어사전에서나
　찾아볼 수 있는 말이 되리라.　　　　　　　　　　　　　《SH》, p.81.

　교육의 필요성을 말하는 시는 교육이 이루어지는 과정에 시인들을
관련시키기도 한다. 바로 카르데날이 〈요아퀸 파소스를 위한 비문〉
(Epitaph for Joaquin Pasos)에서 찬양한 니카라구아의 요아퀸 파소스와

같은 저항시인이다. 파소스는

> 시에서 정화해 왔다. 민중의 언어를
> 언젠가 씌어지게 될
> 무역협정, 헌법, 연애편지, 법령의 민중어를.　　　　　　　《NR》, p.87.

　여기에서 시적 언어는 정치적인 투쟁현실에서 벗어난 고상하거나 초월적인 표현수단으로 보는 것이 아니다. 그보다는 연애편지뿐만 아니라 법령의 언어로, 공적일 뿐만 아니라 개인적이기도 한 언어로 새로운 사회질서의 이데올로기적 토대를 이루는 데 없어서는 안 될 요소로 간주한다. 저항과 시의 결합된 힘에서 이루어지는 새로운 언어는 지금도 연마되고 있다. 무장투쟁만으로나 문화적 저항 단독으로는 필요한 근원을 제공할 수 없다. 더욱이 시는 외적, 침략자 그리고 식민주의로 말미암은 퇴보에 맞서야 할 뿐만 아니라 똑같이 시가 짊어진 과거라는 부담과도 맞서야 한다. 그러므로 현재 망명중인 팔레스타인의 시인 마무드 다르위시는 시 〈장미와 사전〉(The roses and the dictionary)에서 저항과 저항시인이라는 이중의 투쟁을 모색한다.

> 아무튼
> 난 해야만 한다
> 시인은 새 빵과
> 새 국가(國歌)를 만들어야 한다.
>
> 향료와 후추로 그득한 고대 전성기의
> 동굴을 지나
> 전설과 낡은 노예문서를 꺼낼 열쇠를 갖고 왔다.
> 주사위를 던지고 별을 모으는
> 노인의 역사를 보았다.
>
> 아무튼
> 나의 전설이 사라진다 하더라도
> 죽음을 거부해야 한다.

돌더미에서 빛과 새로운 시를 뒤져내야 한다.
사랑하는 이여, 어제 사전 속의 글자가
희미해진 것을 알았는가?
이 모든 말들이 어떻게 살아왔는지?
어떻게 이루어져 왔는지? 어떻게 전해졌는지?
우린 지금도 그것들에 기억과
비유와 미사여구의 물을 뿌린다.

아무튼
난 사전이나 디반에서
솟아오르는 장미는 거부해야 한다.
장미는 농부의 팔뚝에서, 노동자의 주먹에서 자라나는 것.
장미는 병사의 상처에서
바위 표면에서 자라나는 것.[32]
　[디반(diwan) : 페르시아나 아라비아의 시인 작품집이나 시선집의 통칭]

　역사적 전개과정의 필요성과 필연성 사이에서 이루어지는 긴장("아
무튼"), 자신의 긴장된 투쟁("난 해야만 한다") 속에 떠도는 다르위시의
시는 아랍 고전문학이 제공하는 사전적 정의와 관례를 거부한다("사전
이나 디반에서 / 솟아오르는 장미는"). 오히려 시인은 민중의 저항운동에
서, "농부의 팔뚝" "노동자의 주먹" "병사의 상처"에서 솟아오르게 될
새로운 의미를 역설한다. 다르위시의 민중투쟁에 대한 시적 호소는 엘
리아스 호우리가 팔레스타인 시를 논하면서 '민중가요식 접근법'이라고
일컬은 바를 규정한 것이다. 호우리는 이를 "정치적 행사에서 특별한
역할을 수행하는 [시의] 명료한 리듬"이라고 지적한 바 있다(《LM》,
p.230).
　이처럼 명료한 민중적 표현은 선동적인 아랍 지도자들과 실제의 역

---

32) A.M. Elmessiri(ed/tr), 《팔레스타인의 혼례식》(*The Palestinian Wedding : a
Bilingual Anthology of Contemporary Palestinian Resistance Poetry*), Wash-
ington, DC : Three Continents Press, 1982, p.31. 이하에서는 《PW》로 약기.

사적 기록에 의해 조작된 아랍어의 겉치레적인 수사에서 감지되는 부적절한 면 때문에 더군다나 필연적으로 나타날 수밖에 없다. 이런 부적절함은 이스라엘에서 사는 팔레스타인 작가 조하이르 사바그가 지적한 적이 있다. 공적으로는 발매금지되어 있지만, 대중적으로 알려져 있는 이집트의 시인 아마드 푸아드 네금, 음악가 셰이크 이맘(Sheikh Iman Aissa), 조각가 무하마드 알리(Muhammad Ali)에 관한 연구서인 《하나의 문제와 세 명의 투사》(*An Issue and Three Combatants*)에서 사바그는 아랍세계에서 벌어지는 혁명에 대해 쓴 작가들의 작품에 대해 억압하거나 의도적으로 무시하는 것을, 좌익 출판물에 대해 놀랄 정도로 무시하는 것을 비난하고 있다. 비평가이기도 한 사바그는 이 예술가들이 계속 침묵을 강요받는데도 그들에게 민중이 갈채를 보내는 의미를 역설한다.

　이집트와 다른 아랍권에서 캠프 데이비드 협정의 결과로 벌어진 망각·억압·가택연금·추방이라는 정책에도 불구하고 분명한 것은, 민중들 사이에서 아마드 푸아드 네금의 시와 셰이크 이맘 아이싸의 노래는 이집트에서, 우리의 대지에서, 말없는 아랍 세계 전체에서 널리 퍼져가고 있다는 사실이다.[33]

팔레스타인의 저항시인들과 그들의 아랍 동료들은 이스라엘의 팔레스타인 점령지역뿐만 아니라 전통적인 사회·정치·문학적 관례에 대한 투쟁에도 참가하고 있다. 이는 서구인들이 만일 결정해야 한다면, 서구적 시각에서는 인정하기에 아주 곤혹스런 투쟁이다. 그렇지만 이것이야말로 저항시인들과 전사들이 역설해온 투쟁이다. 이 투쟁은 그들 사회체제 속의 갈등과 역동성, 즉 내적 모순에서 빚어진다. 마찬가지로 세계사적 질서에 접근하려는 민중의 요구를 구체화하려는 체제를 억압하는, 민중의 역사성을 발견하고 구현하려는 혁명운동을 억압하는 외세의 헤

---

33) Zohair Sabagh, *An Issue and Three Combatnats*, Nazareth : Dar Abu Rahman, 1984, pp.12~13. 아랍어 원문을 필자가 번역한 것임.

게모니와 군사적·문화적으로 대립하는 데에서 빚어지고 있다. 서구가 그들의 지식이 갖는 한계를 배우는 데 이렇듯이 실패한 것을 파블로 네루다는 니카라구아 게릴라에 대한 연대감을 표현하면서 비난한다. 다음의 시행들은 네루다의 시 〈사시〉에서 뽑은 것이다.

> 교훈은 전혀 다른 것
> 웨스트포인트의 가르침은 이론적인 것
> 학교에서는 결코 가르칠 수 없는 것
> 살인자들도 살해될 수 있다는 것을.
> 양키들은 결코 배우지 못하리라
> 우리가 헐벗은 이 대지를 얼마나 사랑하는지
> 우리가 어떻게 국기를 지켜왔는지
> 우리는 수없는 고통과 사랑으로 꿰매 왔다.
> 양키들이 필라델피아에서 배울 수 없는 것을
> 니카라구아에서는 피로 가르친다.　　　　　　　　《NR》, p.53.

달리 말하자면, 선진국이라는 제1세계에 대해 어떤 책임을 지도록 요구하는 것이다. 그것은 낯설은 것을 가리키려고 어떤 식으로 선택했던 간에, 다른 사람들에 대한, 말하자면 '타자', '제3세계', '동양(oriental)'에 대한 책임이 아니라, 제1세계의 시각이 갖는 한계에 대해 책임지도록 요구하는 것이다.

5. 《팔레스타인의 혼례식》

압들와하브 엘메시리는 팔레스타인의 저항운동에서 나타난 주요한 시적 화자들이 표현한 일련의 시들을 수집하고 번역해서 《팔레스타인의 혼례식》(*The Palestinian Wedding*)이란 책으로 엮었다. 팔레스타인의 저항운동은 이스라엘과 제국주의적 서구 세력을 공격하고 제거해서 몰아내려는 운동이다. 산디니스타에 속한 시인들에 의해 산디니스타 혁명이 서술된 《시인이 말하는 니카라구아 혁명》(*Nicaragua in Revo-lution : The Poets Speak*)처럼, 이 책도 민족투쟁의 역사적 순간을 기린다. 민족투쟁은 궁극적으로 현대세계 전반에서 정치적·문화적 억압 세력들과 크게 맞서는 데에서 의미를 찾아내야 한다. 이 책은 이와 같이 폭넓은 맥락에서 수집된 시들을 차례를 정해 배열해 놓았다. 6부로 나누어진 이 시선집은 "혁명의 미학"편으로 시작해서 "비가", "팔레스타인인의 사랑", "강경노선", "저항운동" 끝으로 "승리"편으로 완결된다. 이러한 배열 속에는 함축적인 이야기가 담겨져 있는데, 엘메시리가 이 시선집에 붙인 비평적인 서문에 극명하게 표명한 다음과 같은 주장이 바로 그것이다.

> 의식적으로든 무의식적으로든, 국가를 이루기 위해 유대인을 팔레스타인에 복귀시키려는 시오니즘에 의해서만 팔레스타인 문제를 보는 사람은, 팔레스타인의 역사를 단순히 시오니즘 이주자들의 제국주의에 대한 반응으로 파악하는 것에 불과하다. 팔레스타인 지역에서 벌어진 시오니즘 이주정책이 팔레스타인 사회에 심대하며 지속적인 영향을 미쳐왔다는 것이 사실이라면, 무엇보다도 앞서 팔레스타인이 광범위한 아랍 문화와 민족을 형성하는 데 일부를 이루어 왔다는 사실도 기억하는 것이 중요하다. 똑같이 시오니즘과 시오니스트 국가 자체도 별개의 사회적·문화적 형성이 구현된 것으로, 즉 인종간의 선명한 구별을 전제로 해서 아프리카와 아시아 및 다른 세계관에 대해 제국주의적 살육을 자행한 19세기적 유럽의 구현으로 보아야 한다. …… 그러므로 팔레스타인과, 결과적으로 복합적인 문화형태의 일부인 팔레스타인 시는 폭넓은 범아랍적 맥락에서 파악해야 한다. 오히려 제한적이고 편협한 시오니즘 이주자들의 제국주의적 맥락에서 파악할 일이 아니다. 《PW》, p.1.

많은 시인들이 쓴 다량의 시를 모은 것이고, 더욱이 이 시들이 한 권의 시선집 이상의 것이 되도록 분류하고 의미 있게 배열해서, 《팔레스타인의 혼례식》은 곧장 팽팽한 병치 속에 초월적인 상징과 어디에나 내재된 이야기를 결합해 놓고 있다. 이런 것이 이미 성취된 역사적 순간을 기록한 《시인이 말하는 니카라구아 혁명》이나 《산악의 천둥소

리》와 다른 점이다. 이스라엘 당국에 의해 시장직에서 축출된 나사렛의
전임 시장이자 이스라엘 공산당인 라카당 소속의 이스라엘 국회의원인
타우피크 자야드는 〈올리브나무 위에서〉(On the trunk of an olive tree)
라는 시에서 이렇게 쓰고 있다.

> 난 새겨넣겠다. 강탈당한 우리 땅에서 벌어진
> 짓거리 하나하나를
> 우리 마을과 그 경계를
>
> 우리의 비극을 낱낱이
> 재앙의 단계를 낱낱이
> 시작부터
> 끝까지
> 우리집
> 안마당의
> 올리브나무에.　　　　　　　　　　　　　　《PW》, pp.55~59.

그러나 역사가 가하는 폭력에 대한 투쟁에서 시인들은 팔레스타인의
상징물에 기념시를 새겨넣을 뿐만 아니라 다음과 같은 살마 알야유시
의 시 〈여보 2〉(Dearest love Ⅱ)의 "카나리아새 떼"처럼 움직여 간다.

> 날아가다 무리에서 처져
> 길을 가로 지르며,
> 구도로에서 멀어지고 처져서
> 길을 가로 지르며.　　　　　　　　　　　《PW》, pp.79~81.

현재의 역사적 상황과 판단에 따라 세계사의 주류적 관점에서 무시
되는 다른 문화권의 문학처럼, 팔레스타인 문학도 그것이 '팔레스타인
적'이라는 사실을 거부하든가 인정하든가 해야 하는 운명에 처해 있다.
따라서 무비판적인 고찰이나 동일시를 면할 수 없게 되어 있다. 1967년
의 6일전쟁에서 이스라엘이 점령한 요르단강 서안(西岸)지구인 웨스트

뱅크의 빌제이트 대학교 영문학과장인 하난 미하일 아시라위는 〈점령 지역의 현대 팔레스타인 시〉(The contemporary Palestinian poetry of occupation)라는 논문에서 팔레스타인 문학사를 중단시키려는 위협에 대해 경고하고 있다.

이런 유의 연구에서 거의 피할 수 없는 것은 손쉬운 주제에 들어 있는 어떤 불충분한 면이나 문학적 단점을 정당화하려고 문학적 '변명'을 하거나 '옹호'해 보려는 행위다. 아무튼 문학은 '팔레스타인적'인 것이고, 유감스럽게도 이런 민족적 규정으로 그 자체가 민족적 자존심의 근원이며 저항의 수단이자 상징인 문학에 관한 어떤 객관적 연구나 비평에 결여되어 있는 바를 합리화하게 된다.

아시라위는 계속해서 이렇게 요구한다.

자기 행동에 대해 책임지지 않는 어린아이나 정신이상자처럼, 책임질 수 있는 비평을 오랫동안 회피해온 분야에 대해 가차없이 면밀한 탐구를 수행할 것을 요구해야 한다. 우리 문학은 비평가들에게 근본적으로 지적인 완전성을 갖춘 책임 있는 분석과 평가를 하도록 요구할 권리가 있다. 이런 지적 완전성은 이미 세계의 다른 문학권에서는 '향유'하고 있다.

그러나 동시에 다음과 같이 주장하기도 한다.

우리 문학이 태어나서 성장한 조건들을, 말하자면 사회적·정치적·문화적 조건들을 무시하는 것이 객관성의 의미라고 말하는 것은 아니다. 또한 개발도상국가는 본질적으로 저개발에 걸맞는 문학물을 산출한다는 식의 논리적 오류에 근거해서 개발도상국가의 문학에 겸양을 장려하려는 뜻도 아니다. 그보다는 객관적 조건을 연구함으로써, 이러한 조건 속에서 사는 민중의 문학작품에 대해, 변명이 아니라 보다 나은 이해를 할 수 있게 되리라고 본다. 팔레스타인인들은 생존투쟁에서 많은 도전에 직면해 왔다. 따라서 그들의 장기간에 걸친 험난한 투쟁에서 보자면 정직하고 건설적인 비평이 행하는 도전도 각주에 불과한 것이다.[34]

도전은 시에 구체적으로 표현된다. "사전이나 디반에서 / 솟아오르는 장미는 거부해야 한다"고 한 마무드 다르위시처럼, 사미 알콰심도 시인은 "처녀의 샘을 깊숙이 파들어 가야 한다"고 표현한다. 그러나 이렇게 하는 데에서 빚어지는 "상아탑이 무너져 내리는 것, / 모방자들의 포로가 되는 것에 대한 괴로움"(〈나지브 마푸즈에게〉[To Najib Mahfuz])도 경고한다. 이런 것이 관행적인 의미가 소용없다는 것을 공언하는 '혁명의 미학'으로, 시선집《팔레스타인의 혼례식》의 제1부 "혁명의 미학"편에 수록된 시들에 나타나는 그것이다. 관행적인 의미 및 이스라엘인들이 신과 맺었다는 역사해석의 성약설(聖約說)을 거부하면서 팔레스타인 저항운동의 시인들은 사건의 연대기를 다시 구성한다. 다일 야신(Dayr Yassin)과 카프르 콰심(Kafr Qassim)에서 벌어진 학살사건, 1948년의 이스라엘 건국이란 재앙, 1967년 6월의 패전, 이런 사건들은 시적 형상에서 하나의 매듭으로 작용하며 팔레스타인 현대사에서 중요한 사건으로 기념되고 있지만, 또한 목가적인 과거에 대한 애수어린 향수를 저버린 사건들이기도 하다. 자브라 자브라는 시 〈샘의 입구〉(The mouth of the well)에서 다일 야신을 이렇게 회상한다. "샘의 입구, / 한 떼의 쾌활한 처녀들이 / 친구들과 어울려 / 흥겹게 노래하며 / 샘물을 물통에 담던 곳." 라시드 후사인은 "자파의 중심지는 돌같이 단단한 침묵, / 달밤에 장례행렬이 천국의 거리를 지나간다"(〈자파〉[Jaffa])고 묘사했다. 마무드 다르위시는 카프르 콰심을 "그들이 길모퉁이에서 노동자들의 트럭을 정지시키기" 전에는 "올리브 나무들이 우거졌던 곳"으로 회상한다(〈희생자수 18명〉[Victim number 18]). 시온주의자들이 점령하던 날을 상기하면서 파드와 투칸은 이렇게 묻는다. "정말일 수 있을까, 추수철 / 곡식과 과일이 재로 변한다는 것이?"(〈슬픈 도회지〉[My sad city]) 타우피크 사이그는 팔레스타인 대지 자체에 말을 건다. "사실이냐, 젊다는

---

34) Hanan Mikhail Ashrawi, "The contemporary Palestinian poetry of occupation",《팔레스타인학보》(*Journal of Palestine Studies*) 7, No. 4, 1978, pp. 83~84.

것이, / 간들거리는 네 엉덩이가 / 젊은애들을 유혹했다는 것이?"(〈민족 찬가〉[A national hymn])

그러나 1967년의 6월전쟁을 시화하면서 알야유시는 상징적으로 과거를 만회하려는 이와 같은 노력을 외면하고 이렇게 적고 있다. "유월은 그녀에게 다리를 놓아준다 / 유월이 과거의 책을 모두 지워버리는 새로운 책인 것처럼"(〈여보 2〉). 이처럼 현재에서 잃어버린 과거를 상기해 불러내는 데에는 곤궁했던 과거 상황에 대한 향수어린 한탄 이상의 것이 담겨 있다. 이렇게 불러내어서 역사적 의미를 재창조하는 데에 연관시킨다. 갓산 카나파니의 초기 소설 〈동떨어진 방의 올빼미〉(The owl in a distant room)에 등장하는 화자는 다음과 같이 회상한다.

> 그 사건이 벌어진 날을 모르겠다. 받아들일 수 있는 어떤 이름이나 숫자보다도 그날의 재수가 엄청 나빴던 탓인지, 아버지께서도 잊어버리셨다고 한다. 그 자체가 역사의 흐름 속에 드리워진 시간의 표지였다. 그래서 사람들은 "저 일은 학살이 벌어진 날에서 한 달 지나 일어났다"는 식으로 말한다.[35]

기념시들이 자리잡고 있는 "비가"편의 다음 부분은 "팔레스타인인의 사랑"이란 제목으로 시들을 모아놓은 부분이다. "강경노선"편에는 다르위시의 〈아버지〉(My father)와 〈귀향을 기다리며〉(Awaiting the return)라는 두 편의 시가 들어 있는데, 거기에는 호메로스의 서사시 《오디세이》(Odyssey)에서 인유한 비유가 들어 있다. 다르위시는 두 편의 시에서 지금 영웅이 되는 자는 떠돌아 다니는 오디세우스가 아니라 집에 남아 있는 그의 아들 텔레마쿠스라는 식으로 그리스 전설을 변형시켜서 표현한다. 다음의 "저항운동"편에 수록된 시 가운데 제일 긴 시인 〈이루어지지 않은 것을 축복할지니〉(Blessed be that which has not come)에서 다르위시는 "옛날 옛적에 꿈이 있었는데 …… 옛날 옛적에 죽음이 있

---

35) Ghassan Kanafani, "The owl in a distant room", 《12번 병상 환자의 죽음》 (*Death of Bed Number 12*), Beirut : Institute for Arab Research, 1980, p.20. 아랍어 원문의 필자 역.

었는데"라는 식으로 쓰고 있다. 시선집의 제목도 이 시에서 따왔다.

> 가없는 안마당에서 벌어지는
> 끝맺지 못하는 혼례식
> 이것은 팔레스타인의 혼례식
> 절대로 연인은 연인에게 다가갈 수 없으리
> 순교자가 아니라면 …… 도망자가 아니라면.
> ― 어느 해부터 이런 비통한 일이 시작되었나?
> ― 끝이 없는 팔레스타인력(曆)에서 시작된 것.　　　《PW》, pp.201∼203.

마지막 "승리"편에는 시가 비판적 몫을 행하는 데도 불구하고, 아직 형성되고 있는 그런 미래에 대한 어두운 약속을 표현한 두 편의 시만 수록되어 있다.

《팔레스타인의 혼례식》은 카나파니에게 헌정된 책이다. 카나파니는 점령지역 팔레스타인에서 씌어진 팔레스타인인의 시를 처음으로 '저항시(resistance poetry)'라고 구별했다. 이 사실은 카나파니의 문학비평서에 붙인 서문에서 다르위시가 다음과 같이 주목하고 인정한 바 있다.

> 아랍의 여론을 점령지 문학으로 향하게 해준 사람은 갓산 카나파니였다. 아무리 과장되고 균형잡히지 않았다 하더라도, 갓산이 건네준 자료를 연구하는 이들에게 점령지 문학은 문젯거리였다. 그러나 '저항'이란 말은 갓산이 이 말을 시에 적용해서 특수한 의미를 부여할 때까지는 시와 아무런 관련이 없었다.[36]

저항시에 담겨진 이데올로기적인 급선무, 당대적인 절박한 사정, 관행적인 시학에 대한 요구사항, 이런 것은 문학비평가에게 예외적인 문

---

36) Mahmud Darwish, 〈갓산 카나파니의 《점령지 팔레스타인의 저항문학》에 붙인 서문〉(Introduction to Ghassan Kanafani, *Literature of resistance in occupied Palestine 1948∼1966*), 《문학연구》(*Literary Studies*), Beirut : Dar al-Tali'a, 1977, p.21. 아랍어 원문의 필자 역.

제를, 어쩌면 결정적일 수 있는 문제를 제기한다. 이 문제들은 카나파니
가 행한 문학연구 〈점령지 팔레스타인의 저항시 : 1948~1966〉(Poetry
of resistance in Occupied Palestine : 1948~1966)에서 이렇게 인정한 그
문제다. "이 연구에는 어떤 학문적 객관성도 들어 있지 않다. 아무튼 이
연구에는 '냉철한 객관성'이 결여되어 있다." 그런 다음에 비평가로서
카나파니는 계속해서 다음과 같이 주장한다.

> 어떤 논제에 대해 철저한 비판기능을 집중하는 이들이 있다. 그렇지만 이
> 것은 저항이란 문제의 일부를 이루는 우리들에게는 해당되지 않는다. 더욱이
> 저항문학이 발전해온 점령지 내부의 객관적 조건들은 아주 예외적이고 보기
> 드문 것이어서, 표준에 의거하는 판단에 따르지 않는다.[37]

자신의 뒤를 이은 하난 아시라위처럼, 카나파니는 여기에서 시에 버
금할 수 있는 비평을 요구하고 있다. 여기의 비평은 시의 시적 가치뿐
만 아니라 역사적 관련성도 당연히 설명할 수 있는 비평으로, 이데올로
기적 확신뿐만 아니라 문학적 의미와도 조화를 이룰 수 있는 비평을 말
한다. 또한 즉각적인 상징적 매개작용으로 시가 역사적 현실에 참여할
수 있는 역동력과 조화를 이루는 비평을 말한다.

팔레스타인 민중과 마찬가지로 팔레스타인 시도 현재의 사태로 말미
암아 도전받는다. 다르위시는 아직 이스라엘 지역에 거주하고 있던
1966년에 발표한 시 〈아버지〉에서 텔레마쿠스의 강경노선에 흠뻑 빠져
있었다.

> 아버지께서 말씀하시길
> 고국이 없는 자는
> 무덤도 없다고.

---

37) Ghassan Kanafani, 《점령지 팔레스타인의 저항문학》(*Literature of Resistance
in Occupied Palestine : 1948~1966*, Beirut : Institute for Arab Research, 1982),
p.12. 원래 1966년에 쓴 글로 원문은 아랍어인데, 필자가 번역한 것임.

······ 그렇다면 결코 내가 떠나는 일이 없기를!　　　　　《PW》, p.149.

　　16년이 지난 뒤에 시인은, 1982년 이스라엘이 레바논을 침공하고 여름 내내 레바논을 포위 공격한 결과로 베이루트가 함락되어 야세르 아라파트(Yasser Arafat)와 팔레스타인 게릴라들이 베이루트에서 떠나는 것을 보게 된다. 그것은 트로이전쟁이 끝난 다음에 지중해에서 오랜 동안 시련을 겪기 위해 바람이 휘몰아 치는 도시를 떠나는 오디세우스의 이미지에 다름 아닌 것이다. "팔레스타인인은 페니키아 해안에서 그리스 해변으로 떠도는 새로운 율리시즈다. 어떤 아랍 항구도 그를 받아들이지 않는다."[38] 시인들은 시를 통해 1982년에 발생한 사건에 대해 계속 반응을 보이고 있다. 이런 시로 새로운 시선집을 만드는 것은 시기상조이겠지만, 시편들에는 팔레스타인 저항시 전체에서 볼 수 있는 새로운 변수와 방향이 제시되어 있다. 가령 다르위시와 무인 바시수는 함께 장시 〈포위망 속의 참여 : 이스라엘 병사에게 보내는 편지〉(Participation from within the siege : letter to an Islaeli soldier)를 썼다. 가자지구의 젊은 시인 왈리드 알할리스는 이스라엘의 침공이 있고 2주가 지난 다음에 간단히 〈포위〉(al-Hisar)라고 제목붙인 시를 썼다. 다일 야신, 카프르 콰심, 1948년 이스라엘의 국가수립, 1967년의 6일전쟁, 1982년 이스라엘의 레바논 침공, 사브라(Sabra)와 샤틸라(Shatila) 난민촌 학살사건은 역사의 기록에 구두점을 찍는 결정적 국면들이다. 사미 알콰심은 〈콰트르 알나디〉(Qatr alnadi)를 짓고 거기에 "너의 열정이 그에게 잊어버린 언어를 상기시키기 때문"이라고 썼다. 다르위시의 장시 〈긴 그림자를 찬양하는 시〉(Poem in praise of the tall shadow)는 레바논 신문 《알사피르》(al-Safir)에 게재되었다.

　　그렇지만 팔레스타인 저항시인들이 보기에는 상황이 아주 급박해서, 시가 투쟁에서 행하는 역할과 그 관련성을 다시 생각하지 않을 수 없

---

38) *Kul al-Arab*(1982. 10. 13.)지의 면담기사. 아랍어 원문의 필자 역.

다.[39] 스페인에서 개최된 문학대회에 참가하고서 가진 대담에서 다르위시는 대담자의 질문에 다음과 같이 대답했다.

> 나도 시인인지 모르겠으나, 팔레스타인 사람들이 겪은 비극과 흘린 피의 양은 어떤 시로도 표현하거나 파악할 수 없을 정도로 크나큰 것입니다. 팔레스타인 사람들을 학살한 베이르트에서 벌어진 '최종적인 행위'를 기록하는 데 가장 신속하고 효과적인 수단은 시보다도 텔레비전이었습니다. 범죄행위를 집집마다 알려준 것은 텔레비전이었습니다. 모든 유럽인들이 범죄가 자기 집 안방에서 실제로 저질러지고 있다고 느낄 정도였으니까요. 내가 지금 말하려는 것은 팔레스타인의 비극은 어떤 말로도 제대로 표현하지 못할 정도로 크나크다는 사실입니다. 팔레스타인 시인은 팔레스타인 문제를 아랍세계의 자유라는 문제와 연계시켜야 한다고 주장하는 시인들이 있다고 하더라도 그렇다는 말입니다.[40]

팔레스타인의 저항시가 비평의 관습에 도전해온 것은 오래 되었다. 따라서 시인에 못지않은 위기감을 느끼는 비평가들도 있다. 엘리아스 호우리는 1982년 가을에 함락된 베이루트로 귀환한 일에 관해《알나다》(*al-Nada*) 신문에 다음과 같이 썼다.

> 필자가 이해하는 바로는 비평이 우선 해야 할 일은 문학텍스트를 시간의 맥락 속에 자리매김하는 일이다. …… 레바논에서 아랍민족이 겪은 것과 같은 아수라장이 벌어지는 시간에 당신은 어떤 식으로 비평 하겠는가? 이런 난리는 비평에 새로운 의미를 부여하게 된다. 말하자면 시간적 공백 상태에 대한 모색과 수락이라는 의미를 부여하게 되고, 판단 척도가 붕괴되는 상황에 대한 의미를 부여하게 된다(1982. 11.).

---

39) Barbara Harlow, 〈팔레스타인 혹은 안달루시아〉(Palestine or Andalusia : the literary response to the invasion of Lebanon),《인종과 계급》, 26, No. 2, 1984.
40) *Al-Hawadess*(1982. 11.)지와의 대담. 아랍어 원문의 필자 번역.

6. 새로운 문학

엘살바도르, 팔레스타인, 앙골라, 모잠비크, 남아프리카, 발루치스탄, 니카라구아에 이르는 저항시인들은 단독적인 해방투쟁이나 연대를 이룬 집단적 해방투쟁으로 역사적 기록을 변화시킬 수 있다는 내재적 가능성을 인정하고 전파해 왔다. 러셀 해밀턴이 모잠비크 시의 '기억 기능'이라고 지칭한 바나, 마이나 와 키냐티의 시선집 《산악의 천둥소리》에 중요한 요소로 작용하는 마우마우의 애국시가에 나타나는 '기록 보관소'의 기능은 시인과 비평가들이 저항시의 전략에서 빠져서는 안되는 요소로 이론화하고 있다. 에르네스토 카르데날은 자신의 시적 계획에 존재하는 비평적 차원을 '밖으로 드러내기(exteriorismo)'라고 기술한 바 있다. 이는 일상의 사실(史實)에 바탕을 둔 역사적 의미를 띠는 자잘한 일, 사건, 혁명투쟁의 행위자들에 관해 설명한 기록을 제공하는 일을 말한다. 중미 시에 나타나는 '밖으로 드러내기'는 엘리아스 호우리가 팔레스타인 문학에서 '기록적이거나 리얼리즘적인 시(shi'r waqi'i, 《LM》, p.251)'라고 지적한 바와 상당히 비슷하다는 것을 알 수 있다. 저항투쟁에서 생산되어 스스로의 역사를 주장하는 저항시에서 새로운 연대기가, 민중 영웅에 대한 새로운 연대감이 나타나고 있다. 그러므로 니카라구아의 시인 옥타비오 로블레토는 〈게릴라 전사를 위한 비가〉(Elegy for the guerrilla fighter)에서 이렇게 표현한다.

진실은 우리가 너무도 몰랐다는 사실.
수줍음 타는 청년, 시 쓰는 학생인 너를,
너의 시는 더군다나 몰랐다!

그러나 우리를 움켜잡는 너의 말은
자라리라

기름진 대지의 낟알처럼
번성하리라.   《NR》, p.193.

또한 FSLN 창설자의 한 사람인 토마스 보르헤가 다음과 같은 이유에서 프란치스코 드 아시스 페르난데스(Francisco de Asis Fernandez)를 위해서 쓴 시 〈토마스 보르헤에게 : 몽상을 거부하고 가버린〉(To Tomas Borge : gone, ceased to be a dream)의 경우에도 해당될 것이다.

대문, 테이블, 빵이란 말에서
최소한의 달콤한 의미를
다시 날조해 내는데
결코 잊어버릴 수 없는 말들이 부르쥔 주먹을 내지른다.
모님보, 마타갈파, 수브티아바, 에스텔리,
형제들.   《NR》, p.271.

네루다의 〈쪼개진 육신〉의 단장(斷章)들에서 역사는 중단되어 있고, 문화는 분열되어 있으며, 다른 문학집적체는 스스로 구성해가는 과정에 있다. 저항시는 이러한 문학집적체에서 중요한 부분을 이룬다. 미국과 유럽의 대학에서 또는 대학들 사이에서 협정된 서구적인 문학관례가 선전되고 전파되는 것에 대해 제3세계가 행하는 도전의 일부를 이룬다. 이런 문학집적체의 특징은 칠레의 시인이며 작곡자이자 가수인 빅토르 하라에 의해 아래와 같이 규정된 바 있다. 하라는 '새로운 칠레 가요운동'뿐만 아니라 살바도르 아옌데(salvador Allende)의 '인민통일운동'에도 적극적으로 가담해서 활동했다.

문화침략은 우리가 태양, 하늘, 별을 바라보는 것을 가로막는 잎이 무성한 나무와 같다. 그러므로 머리 위의 하늘을 바라보려면, 이 나무를 뿌리째 뽑아버려야 한다. 미제국주의는 음악에 의한 커뮤니케이션이란 마술을 잘 알고 있어서, 우리 젊은이들에게 온갖 종류의 상업적 쓰레기를 계속 채워넣고 있다. 전문기술을 갖고 있는 제국주의자들은 어떤 수단을 강구해 왔다. 첫째,

이른바 '저항음악'을 상업화하는 것, 둘째, 저항음악의 '우상'을 창조하는 것이 그것이다. 이 우상은 소비지향적인 음악산업의 다른 우상들처럼 동일한 규칙에 따르며 똑같은 속박에 괴로워하는 그런 존재에 불과해서, 잠시 존재하다가 이내 사라져 버린다. 이러는 동안에 우상은 청년들의 타고난 반항정신을 중화하는 데 유용하게 쓰인다. '저항가요'라는 말은 더 이상 타당하지 않다. 뜻이 모호하고 오용되어 왔기 때문이다. 차라리 '혁명가요'라는 말이 더 낫다고 본다.[41]

CIA가 지원한 1973년 9월의 군부 쿠데타로 아옌데가 살해되고 그의 인민통일 정부가 전복된 다음에, 하라는 칠레의 수도 산티아고의 국립경기장에서 고문받고 죽었다. 다른 저항시인들의 시와 마찬가지로 하라

---

41) Joan Jara, 《끝나지 않은 노래 : 빅토르 하라의 생애》(*An Unfinished Song : the Life of Victor Jara*), New York : Ticknor and Fields, 1984, p.121.
　다음의 시 〈칠레 스타디움〉(Chile stadium)은 하라가 군부 쿠데타 때 수천 명의 칠레인들과 함께 갇혀 고문받던 국립경기장 '칠레 스타디움'에서 지은 마지막 작품으로 일종의 유언시다. 이 시는 같이 갇혀있던 사람들에 의해 기억되어 몰래 구전되다가 나중에 알려지게 되었다. 하라의 부인 호앙은 하라에 대한 회상록 《끝나지 않은 노래》에서 "뒤에 빅토르의 마지막 시가 나에게 전달되었을 때, 그가 유언을 남기려고 했다는 것을 알았다. 당시 파시즘에 저항하고 인권과 평화를 위해 투쟁할 수 있는 그의 유일한 수단인 유언이라는 것을 알았다"(pp.250～251)고 쓰고 있다.
　여기 도시의 한 구석에 / 5천명이 모여 있다. / 5천명이나 / 온 도시, 온 나라에 모두 / 몇 명이나 살고 있을까? / 여기 홀로 / 씨 뿌리고 기계 돌리던 / 만 개의 손이 모여 있다. / 얼마나 많은 인류가 / 굶주림 추위 광란 고통 / 도덕적 억압 공포 광기에 노출되어 있을까? / 여섯 명은 이미 사라졌다 / 별이 빛나는 허공 속으로 스러지듯이. / 한 명은 죽었고 한 명은 전혀 상상도 할 수 없을 만큼 / 얻어맞고 죽었다. / 네 명은 자신들의 공포에 두려워 / 한 명은 허공 속으로 뛰어내렸고 / 한 명은 머리를 벽에 짓찧다 / 그렇지만 모두 죽음을 또렷이 응시하면서. / 도대체 파시즘이란 형상이 얼마나 두려움을 자아내기에! //
　내가 공포의 노래를 불러야만 할 때 / 노래가 얼마나 힘든지. / 내가 더불어 살아가야 하는 공포 / 내가 더불어 죽어가야 하는 공포. / 그토록 무한한 / 무한의 순간순간에서 스스로를 바라보는 것 / 그 가운데에서 침묵과 비명은 / 내 노래의 끝. / 내가 본 것, 결코 본 적이 없었다. / 내가 느꼈던 것, 느끼는 것이 / 이 순간의 원인일진저.

의 시도 계속 저항투쟁과 민족해방운동을 고취한다. 모잠비크의 시인 무티마티 바르나베 요아오는 사시 〈나 민중〉(I, the people)에서 다음과 같이 썼다. 이 시는 모잠비크가 1975년에 독립하고 나서야 FRELIMO에 의해 발표된 시다.

나는 한 가지 어투로만 생각할 수 없다는 것을 알고 있다.   《SH》, p.104.

* 출전 : Barbara Harlow, "Resistance Poetry", *Resistance Literature*, New York/London : Methuen, 1987, pp.31~74, 117~118.

4. 가치판단과 정전

마틴 몽고메리 외

폭넓게 '문학'이라고 지칭되는 글의 종류가 많이 있다. 그러나 모든 문학작품이 비평적 관심과 논의를 자극하는 것은 아니다. 문학비평가들은 대개 텍스트는 어느 정도 고유한 가치를 갖고 있어서 특별한 관심에 답하고, 그래서 '고전'이라는 위치를 차지한다고 생각한다. 이와 같은 고전적 텍스트들은 그것들이 갖는 특별한 가치나 그것들이 초래하는 논평의 양에 의해서 '위대한 문학(Great Literature)'의 정전(正典)을 이루고, 중등학교나 대학 교과과정의 핵심을 이룬다. 그러므로 문학연구의 중심을 이루고 비평행위를 이루는 것은 바로 가치의 판단이다.

1. 가치 있는 텍스트의 특징

이런 배경에서 프랭크 리비스와 같은 비평가들은 가치 있는 텍스트와 그렇지 않은 텍스트를 판단해 보려고 시도했다. 이러한 관점에서는 가치를 텍스트 자체에 존재하는 어떤 질적인 것으로 이해한다. 이와 같은 견해를 갖는 비평가들은 일반적으로 복합성, 미적 통일성, 문학적 언

어, 진지한 주제 및 문학전통에서 이루어지는 관계와 같은 특징의 중요
성을 강조한다.

1.1. 복합성

특별한 가치를 갖는다고 생각하는 문학텍스트의 특징은 일반적으로
플롯, 구조, 언어, 사상의 복합성에 의해 규정된다. 이러한 맥락에서 복
합성이란 말은 가치와 동의어로 쓰이는 경우가 많다. 그러나 복합성은
여러 가지 다른 것들로 이루어지기도 한다. 소설에서는 복합성이 전형
적으로 솜씨 있게 구성된 주된 플롯과 관련될 뿐만 아니라, 주플롯과
부차적 플롯이 공존하는 것과도 관련되는 경우가 많다. 부플롯은 주플
롯의 사건들을 반영하고 돋보이게 한다. 특별한 가치를 갖는 시의 구조
는 정밀한 검토에 보답할 수 있는 복합성을 담고 있다. 가령 어떤 시는
일련의 복잡한 대구들로 짜여진 구조를 지닌다. 시를 연구하면 할수록,
독자는 이런 식으로 시를 구성하는 시인의 기술을 잘 파악할 수 있다.
가치 있는 문학텍스트의 언어 또한 전형적으로 복합적이라고 본다. 작
가들은 대화할 때에 사용하는 말과 같은 '일상적인' 말을 그냥 택하는
것이 아니라, 운이 맞거나, 역사적인 연상을 일으키거나, 아름답거나,
특정한 문맥에 부합되는 '적합성'을 갖는 말들을 택한다. 따라서 독자들
은 말 하나하나가 보다 큰 복합구조의 일부를 이루기 때문에, 가치 있
는 텍스트를 쓰는 작가들은 적합한 말을 정확히 선택하기 위해 심혈을
기울여 고심한다고 생각한다. 시나 소설의 사상도 아무렇게나 택해지는
것이 아니다. 이것 또한 텍스트의 다른 생각과 공명하거나 일반적인 주
제 형태로 다시 확인되면서 복잡한 유형이나 구조를 이룬다. 언어, 구
조, 플롯, 사상 등과 같은 요소들이 복잡하게 얽혀지면서 텍스트의 **미적
통일성**을 이루어간다. 텍스트를 연구함으로써, 결과적으로 독자는 텍스
트의 모든 요소들이 전반적으로 동일한 구조가 이루어지게 한다는 것
을 알게 되고, 따라서 텍스트를 가치 있는 시로, 심지어 위대한 시로 생
각하는 것 같다. 그 대신, 동일한 판단기준을 적용해 보아도 텍스트에서

통일된 유형을 찾아낼 수 없으면, 그 텍스트는 가치가 높은 문학으로 간주하려고 하지 않는다.

1.2. 언어

가치의 문제라는 관점에서 가치 있는 텍스트의 언어에 특별히 관심을 집중하기도 한다. 가치 있는 텍스트의 언어는 우아하고, 기지가 넘치며, 유형화되어 있고, 통제될 수 있는 것이다. 요컨대 저자는 사려 깊게 선택하며, 독자는 저자가 보여주는 기술에 즐거움을 느낀다.

1.3. 주제

가치 있는 텍스트의 주제는 중요성이 인정되는 철학적 화제를 다루므로 대개 진지하다. 가치 있는 텍스트는 악의 본질, 금전이 초래하는 부도덕한 결과, 사랑의 가치 등과 같은 근본적 문제에 대한 통찰력을 독자에게 부여한다. 또한 독자에게 윤리적 도덕적 선택이 주는 극도의 어려움을 되풀이해 말한다. 이러한 이유에서 희극텍스트에서 보편적 주제로 생각하는 것을 말하지 않으면, 진지한 텍스트처럼 인정되는 일이 거의 없다. 가치 있는 텍스트는 보편적 주제를 다루기 때문에 지속적인 가치를 갖는다고 본다. 가령 셰익스피어의 작품은 그의 시대만이 아니라 모든 시대에 걸쳐서 중요성을 갖는다고 믿기 때문에 가치 있는 것으로 간주한다. 텍스트가 분명히 보편적인 문제를 다루면서, 동시에 특정한 정치적 문제를 상세히 논의할 수는 없다. 일반적으로 (공개적이고 열띤 비판적 논의인) 정치적 논쟁은 문학적 가치와 대립된다고 보며, '위대한 문학'의 보편적 의도보다 격이 떨어지는 것으로 보는 경우가 많다(풍자는 특정한 사회를 좀더 독특한 시각에서 비판하는 것이기보다 일반적인 인간에 관한 고찰이기 때문에 가치 있다고 보는 경우가 많다).

1.4. 정전

위에서 시사한 바와 같이, 정전은 가장 가치 있는 것으로 간주되는 일단의 텍스트를 말한다. 이런 텍스트는 대개 중·고등학교나 대학에서 가르치는 책들이다(특히 학교에서 가르치는 정전이 계속 바뀐다 하더라도 그렇다). 그러나 정전이 바뀌는 데도 불구하고, 학생들에게 정전에 포함될 수 있는 정선된 서적 목록을 열거해 보라고 하면, 결과는 대개 비슷하게 나타난다. 목록에 나오는 일류작가는 대체로 셰익스피어, 초서, 밀턴이다. 그런데 이러한 목록을 짜게 되는 경우에, 일반적으로 존 드라이든, 데이비드 로렌스, 알렉산더 포프, 조나단 스위프트, 제임스 조이스, 윌리엄 워즈워스, 존 키츠, 퍼시 셸리, 벤 존슨, 찰스 디킨스, 토머스 하디, 로버트 번스, 버지니아 울프, 제인 오스틴, 토머스 엘리어트, 브론테 자매와 같은 작가들을 포함시킬지의 여부에 관해 상당한 토론이 벌어진다. 이런 작가들은 몇 가지 특징을 갖고 있다. 첫째, 대부분 남성이다(학생들의 목록에 남성작가들만 들어가는 것은 전혀 이상한 일이 아니다). 둘째, 이들은 대개 중류나 상류계급 출신이며 모두 백인이다. 셋째, 모두 다 죽은 사람들이다. 정전에 포함되는 작가들은 분명히 가치 있는 텍스트를 썼다고 인정되는 작가들이다. 그렇지만 이런 작가들이 근본적으로 똑같은 사회-경제적, 인종적 집단에, 동일한 문화-사회적 성차(gender)의 집단에 속하는 것은 우연의 일치일까? 우리가 정전에 대해 의문을 한 가지 품게 되면, 곧 다른 의문이 뒤따라 일어나게 된다. 누구는 정전 목록에 들어가고 누구는 못 들어가고 하는 것을 누가 결정하는가? 또 대부분의 영문학과 학생들이, 많든 적든 간에 어떤 작가는 포함되고 어떤 작가는 포함되지 않는다는 것을 어떻게 해서 안단 말인가? 선택된 텍스트는 다른 것에 비해 그저 좀 나은 것에 불과한 데도, 대부분의 전통적 비평가들은 정전에 포함되거나 포함되지 않는 작가를 결정하는 데 관련되는 요인이 있다는 것을 고려하지 않는다. 그러므로 우리는 정전의 지위를 결정하고 강요하는 일련의 요인들을 고려해야 한다. 교육의 맥락에서 보자면 입시위원회도 있고, 교과과정을 짜는 사람도 있고, 개인적으로나 집단으로 교과과정에 포함시킬 책을 고르는 교사들도 있다. 대학에는 정전에 포함된 텍스트의 작가를 연구하거나 또

는 정전텍스트에 관한 연구논문이나 학생들을 위한 개론적 글을 발표
하는 연구원이나 비평가들이 있다. 교육적 맥락 이외에 비평가에게 정
전에 관한 책을 써달라고 의뢰하는 출판업자도 있고, 정전을 사들이는
도서관도 있고, 정전성에 관한 견해를 받아들이는 개별 독자도 있다. 우
리는 연구하는 과정에서 몇 가지 의문을 스스로 품을 수도 있다. 예컨
대 이런 의문들이다. 왜 셰익스피어를 연구하는가? 얼마나 많은 텍스트
가 현대작가, 여성작가, 노동계급출신 작가, 혹은 흑인작가에 의해 씌어
졌는가? 우리의 논의를 이루어가는 과정에 함축되는 것은 가치의 개념
이다.

2. 가치에 관한 최근의 비평적 시각

현대문학 이론가들은 문학적 가치의 문제에 별로 확실성이 없다고
토로한다. 많은 이론가들이 어떤 텍스트는 다른 것보다 나아 보인다고
생각하지만, 반면에 다른 이론가들은 가치라는 것은 어떤 텍스트를 배
제하기 위한 수단에 불과하다고 본다. 현재 판단과 가치의 문제에 관해
일련의 다른 견해들이 존재하고 있다.

예를 들어 롤랑 바르트는 문학적이라고 알려진 텍스트뿐만 아니라,
이언 플레밍의 007 시리즈의 한 권인 《골드핑거》(*Goldfinger*, 1959)와
같은 대중문학에서 뽑아낸 텍스트도 혁신적으로 분석한 적이 있다.[1] 그
러나 바르트는 텍스트들에는 차이가 있다고 생각하고, 자신의 글에서
이러한 차이를 설명하는 데 많은 관심을 기울였다. 그러나 텍스트에 가
치가 존재한다고 생각하기보다는, '텍스트의 즐거움'이란 논제로 관심
을 돌렸다. 말하자면 바르트는 작가가 자신의 재료를 통제하는 데에 학

---

1) R. Barthes, 《언어가 스치는 소리》(*The Rustle of Language*), Oxford：
Blackwell, 1986.

문적 즐거움을 느끼는 대신에, 읽는 과정을 좀더 성적인 즐거움과 연관시키는 데 즐거움을 느꼈다. 특히 그는 다른 텍스트에 비해 리얼리즘적 텍스트를 읽는 데에서 얻게 되는 즐거움의 여러 가지 형태를 밝혀 놓았다. 바르트는 리얼리즘적 텍스트를 **독자적**(readerly) 텍스트라고 일컬었다. 독자는 이런 텍스트를 읽는 과정에서 처음부터 자신이 읽고 있다는 사실을 깨닫지 못하고, 서사에 대한 즐거움에만 빠져버리기 때문이다. 그러나 바르트는 **작가적**(writerly) 텍스트를 더 좋아한다. 작가적 텍스트는 독자로 하여금 텍스트의 의미를 이해하도록 보다 강력하게 '작용' (하고 '놀이')하는 (실험적이며 전위예술적인 텍스트와 같은) 텍스트를 말한다. 작가적 텍스트는 글 쓰는 과정에 관심을 집중하게 한다. 말하자면 우리가 독자적 텍스트를 갖고 생각하지 않고 읽는 것처럼, 생각하지 않으며 읽기의 과정 속으로 빠져들지 않게 하는 것이다. 그러므로 바르트가 위계구조를 구성하는 데 반대했다 하더라도, 독자적 텍스트와 작가적 텍스트에 대해 가치판단을 한 것으로 볼 수 있다. 이러한 사실에도 불구하고 텍스트의 즐거움에 관한 그의 글은 정전텍스트를 다른 텍스트보다 본질적으로 좀더 가치 있는 것으로 보려는 전통적 견해에 의문을 제기한다.

마르크스주의 비평가들은 가치와 판단에 관한 견해가 쓸모 있는지의 여부에 대해 분명하지 않은 경우가 많다. 예컨대 테리 이글튼은 정전개념을 공격했는데, 정전텍스트가 정확하게 지배적 **이데올로기**를 유지하는 데 기여하기 때문이라고 주장한다.[2] 그러나 그는 가치 개념을 완벽하게 배제하려고 하지 않는다. 그도 또한 이데올로기를 의문시하거나 이데올로기에서 '도피'하려는 문학텍스트가 있어서, 독자로 하여금 자신의 입장을 돌아보게끔 하고, 또 의식을 고양시키는 데 이르게 한다고 생각하기 때문이다. 예를 들어 여성운동의 일환으로 페이 월던, 에리카

---

2) T. Eagleton, 《비평과 이데올로기》(*Criticism and Ideology*), London : Verso, 1976, esp., Ch.5, pp.162~187 ; 《문학이론 입문》(*Literary Theory : an Intro-duction*), Oxford : Basil Blackwell, 1983, Ch.1, pp.10~16.

종, 마거릿 앳우드, 앤젤라 카터가 쓴 페미니즘 소설은 여성의 사고방식
에 변화를 일으킨 아주 중요한 텍스트들이다. 이런 문학텍스트들은 여
성의 지위에 관한 이데올로기적 가정에 의문을 불러일으켰고, 따라서
불러일으키게 된 이유를 가치 있는 것으로 간주할 수 있다.

  미셸 푸코는 좀더 회의적 입장을 취해서, 텍스트에 가치가 있다고 보
는 생각을 전적으로 의문시했다.[3] 그는 문학텍스트가 실제로는 텅 빈
것이어서 다른 종류의 텍스트보다 오히려 가치가 들어 있지 않다고 주
장한다. 푸코가 지적한 대로, 문학텍스트는 '언술(言述)의 빈곤'을 보여
준다. 비평가들은 문학텍스트를 갖고 열심히 노력해서, 텍스트에 벌어
진 채로 있는 틈새를 메우려고 한다. 정전의 작가들에 관한 학술적인
논문과 책을 써서, 텍스트 자체가 말하는 데 성공하지 못한 전언을 자
꾸 반복해서 말하는 사람은 다름 아닌 비평가들 자신이다. 푸코도 작가
가 자신이 글로 쓰는 바를 전면적으로 통제할 수 있다는 견해를 의문시
한다. 그는 글 쓰는 과정에서 중요한 다른 요소들에도 관심을 기울인다.
이 다른 요소들은 작가로 하여금 어떤 장르나 문체의 범위 내에서 어떤
주제에 관해 글 쓰게끔 하는 그 시대의 상식적 지식, 문학전통, 경제적
문학적인 압력과 같은 것들이다.

3. 가치와 장르 / 매체

  지금까지 주로 문학텍스트를 중심으로 고찰해 왔다. 그러나 가치의
판단기준은 다른 장르나 매체를 고찰하는 데에도 중요하다. 가령 《칼라
퍼플》(*The Color Purple*)이나 (《늑대 가족》[*The Company of Wolves*]과
같이) 책을 토대로 해서 만들어진 영화를 보러 간 경우에, 사람들은 '책

---

3) Michel Foucault, 〈저자란 무엇인가?〉(What is an author?), 《언어, 역기억, 실
   천》(*Language, Counter-memory, Practice*), London : Blackwell, 1980 ; 박인기
   편역, 《작가란 무엇인가》, 지식산업사, 1997 참조.

만큼 재미있지 않네'라며 불만을 토로하는 경우가 많다. 어느 면 이런 판단은 특정한 책이나 영화의 가치보다는 일반적으로 영화나 소설의 상대적인 문화적 가치에 대한 맹목적인 가정에서 이루어진다. 왜냐하면 영화는 최근에 이루어진 좀더 대중적인 매체이자 보기에 따라 소설에 '기생하는' 매체여서, 사람들이 문학보다 가치가 떨어진다고 여기기 때문이다. 노래와 시를 대비해서 판단하는 경우에 노래에 대해서도 똑같은 말을 할 수 있다. 우리는 좋아하는 대중가요의 가사를 기억한다. 그러나 이 가사를 셰익스피어가 쓴 시를 분석하는 경우와 똑같은 방식으로 분석하지 않는다. 일반적으로 영문학 강의에서 대중가요를 분석하리라고는 기대조차 하지 않는다. 가요, 특히 대중가요는 정전의 위치를 부여받는 일이 거의 없기 때문이다.

정전에 관한 앞서의 중요한 설명을 돌이켜 보면, 정전에 포함되는 작가들 대다수가 소설가나 극작가보다는 시인이라는 것을 알 수 있을 것이다. 시는 산문보다 더 가치 있는 장르로 파악되는 경우가 많기 때문이다.

시는 산문보다 더 면밀한 주의를 기울이도록 요구한다. 시 장르 자체에서는 시와 운문으로 세분해서 구별하는 경우가 많다. 때로는 운문(verse)을 '시(poetry)'보다 솜씨가 떨어지는 시로 간주하는 경우도 있다. 최근에 일단의 페미니스트 작가들이 엮은 시집《패랭이꽃 사이에서》(*In the Pink*)를 '시'가 아니라 '운문'으로 분류해 버린 비평가들도 있다. 노동계급의 작가들이 쓴 시도 대부분 (경멸해서) 운문으로 분류한다.

3.1. 문학텍스트와 대중문화

우리는 대체로 여가를 보내기 위해 읽는 애정소설·탐정소설·스릴러물·만화 등과 같은 허구적 텍스트보다 문학텍스트가 질적으로 우수하다고 생각한다. 그렇지만 우리는 왜 이런 식으로 가치판단이 이루어지는지 의문을 품을 수 있다. 문학텍스트와 대중적 텍스트에서 얻게 되는 즐거움은 다를 수 있다. 우리는 이런 텍스트들을 환경에 따라서나 여러 다른 이유에서 찾아 읽기 때문이다. 그러나 어떤 유형의 텍스트가 다른 유형의 텍스트보다 더 낫다고 보는 데에서 오는 장점이 무엇인가라는 문제는 논란의 여지가 있다.

4. 가치판단과 과소평가된 텍스트

가치를 판단하는 과정을 단순히 무엇이 더 좋은 것인가라는 문제에 초점을 맞추는 것으로 간주하기보다, 가치판단은 책이 그저 읽혀지기만 하는 것을 방지하는 기능을 한다고 말하고 싶다. 가령 중등학교나 고등교육 기관에서 주로 정전텍스트만 연구한다는 사실은, 우리가 집에서 편안히 읽는 텍스트에는 정전텍스트를 읽을 때와 같은 분석이나 비평적 관심을 기울이지 않는다는 것을 의미한다. 이런 일로 초래되는 일반적인 결과는 바로, 우리가 학교나 대학에서 배운 문학적 분석을 위한 비평 솜씨를 일단 교육기관을 떠나고 나면 다시는 사용하려고 하지 않는다는 사실이다.

4.1. 여성의 글

일레인 쇼월터나 데일 스펜더와 같은 페미니즘 비평가들은 관습적으로 여성들이 문학텍스트를 쓰지 못하도록 부추김을 받아왔다고 주장한다.[4] 먼저 역사적으로 보자면, 여성들에게는 폭넓은 글을 쓰는 데, 특히 문학텍스트를 쓰는 데에 필요한 교육이 이루어지지 않았다. 따라서 (글을 쓰는 여성이 대거 늘어나기 시작했던) 18, 19세기 이전에는 일반적으로 뉴캐슬 공작 토머스 펠럼-홀리스(Thomas Pelham-Holles)의 부인과 같은 상류계급의 여성들만이 글을 쓸 수 있었다. 둘째, 사회 전반에서 글

---

4) E. Showalter, 《그들만의 문학》(*A Literature of Their Own*), Princeton : Princeton University Press, 1977 ; D. Spender, 《소설의 어머니들》(*Mothers of the Novel*), London : Pandora, 1986.

을 쓰는 것은 일종의 자기과시적인 것으로 간주되어서 성적인 빈정거
림이나 야기했다. 때문에 '상당한 가문의' 여성들은 글을 쓰지 않았다.
예를 들어 17세기에 글을 썼던 캐서린 필립스는 자기가 쓴 시를 친구들
이 발표한 것을 알고 대경실색했다고 한다. 자신에 대한 평판이 아주
나빠지리라고 걱정했기 때문이다. 19세기와 20세기에도 글을 쓰는 여성
들 대다수는 (조지 엘리어트[본명 : Mary Ann Cross], 조르주 상드[본명 :
Amandine-Aurore-Lucile Dudevant], 커러 벨[본명 : Charlotte Brontë]과
같은) 남성적 필명으로 가장하고 글을 쓰거나, 아니면 P.D. 제임스[Phyllis
Dorothy James], A.S. 바이트[Antonia Susan Byatt]라는 식으로 약자를 사
용해서) 저자의 성별을 드러내지 않을 수 있는 방법으로 이름을 제시하
고 글을 썼다. 여성 작가들은 이와 같은 방법으로 점잖지 못한 짓거리
라고 비난받는 것을 피하려고 했고, 자신들의 텍스트가 단지 성별 때문
에 수준 낮은 것으로 판단되는 문제에도 대응했다. 심지어 여성은 아이
를 낳고 기르기 위해서 창조적 에너지를 남겨두어야 하기 때문에 문학
을 생산해서는 안 된다는 극단적인 주장까지 한 비평가들도 있었다.[5]
여성들은 글 쓰는 데에서 (자서전, 종교시나 감상적(感傷的) 시, 서한문 등
과 같이) 가치를 덜 인정받는 장르나 어떤 스타일을 자신들의 영역으로
삼도록 부추켜지기도 했다. 순환논법을 따라, 여성들은 결국 이러한 장
르로 글을 쓰기 때문에 여성의 글은 열등하다는 식으로 파악된 것이다.
강요된 이별이나 연인의 비극적 죽음 등과 같이 처해진 상황에 따른 정
서적 반응을 다루는 여성의 시에 많은 비평가들이 '감상적'이란 꼬리표
를 붙였다. 수세기 전부터 여성 시인들 대부분이 어떤 주제 유형과 관
련된 시만 써왔기 때문에, 여성들의 시는 별로 중요하지 않다고 간주되
어 왔다. 이런 식의 대비는, 예를 들어 부부 사이인 엘리자베스 배렛 브
라우닝과 로버트 브라우닝의 작품과 이들의 작품에 관한 세평에서 아

---

5) C. Battersby, 《문화-사회적 성차와 재능》(*Gender and Genius : Towards a
   Feminist Aesthetics*), London : Women's Press, 1989.

주 극명하게 나타난다.

4.2. 흑인의 글

흑인들이 영어로 쓴 글도 상당히 많다. 이런 글 중에는 카릴 필립스, 바바라 버포드, 재키 케이와 같은 영국 흑인들이 쓴 것도 있다. 치누아 아체베, 응구기 와 티옹고, 부치 에메세타처럼 영국의 식민지였던 나라의 작가들이 쓴 것도 있는데, 이들은 문학적 글을 쓰는 언어로 영어를 사용한 작가들이다. 이러한 작품 가운데 중등학교나 고등교육 기관에서 중시하는 글은 없다. 이는 대학의 문학전공 학과들이 정전적인 문학에만 관심을 집중하고 정전적이 아닌 글에는 관심을 기울일 여유가 없기 때문일 것이다. 반면에 문학이란 어떤 것이어야 하는가에 관한 전통적인 가치판단에 따라 흑인의 글을 제외하기도 한다. 마찬가지 이유에서 여성의 글도 제외된다.

4.3. 노동계급의 글

문학전공 학과의 교과과정에 노동계급에 속하는 작가들이 거의 등장하지 않아서, 노동계급에 속하는 사람들은 문학을 생산하지 않는다는 식으로 생각하는 것도 가능하다. 노동계급 출신의 작가 이름을 대보라고 요구받으면, 우리는 겨우 광부의 아들로 태어난 데이비드 로렌스나 농부의 아들로 태어나 소작일도 했던 로버트 번스의 이름을 댈 것이다. 그러나 노동계급에 속하는 소설가나 시인들은 아주 많다. 마거릿 하크니스, 루이스 존스, 해롤드 히슬롭, 에설 메닌, 엘런 윌킨슨, 제임스 헨리, 로버트 트러셀 등이 그들이다. 이런 작가들이 쓴 글도 복합성·진지성 등과 같은 모든 판단기준에 부합된다. 따라서 전통적인 가치체계 속에서 이들의 글도 정전적인 문학과 더불어 마땅히 고찰해야 한다. 대신, 부르주아 문학이라고 생각하는 모델에 이들의 글을 그냥 맞추어 보겠다는 이유만으로 교과과정에 이들의 글을 포함시키는 문제는 논의하지 않는 것이 좋겠다. 차라리 중등학교와 대학에서 학생들은 모든 범위에

걸치는 글을 연구해야지, 어느 특정한 한 가지 계급의 글만 연구해서는
안 된다는 주장을 펼치는 것이 좋을 것이다.

5. 정전의 대안

대다수의 비평가들은 정전에 대한 견해 없이 비평한다는 것이 상상
하기도 어려운 일이라고 한다. 이렇기 때문에 정전이 도전받게 될 경우
에 비평가들은 새로운 정전을 설정하려고 애쓰는 경우가 많다. 그래서
일레인 쇼월터는 주류를 이루는 정전에 여성작가들이 배제되어 있어서,
여성작가들만으로 이루어진 정전을 설정할 필요성을 절감한 적이 있
다.[6] 대다수의 교사들에게 어떤 종류의 정전을 포함하지 않는 교과과정
을 구성한다는 일은 생각조차 할 수 없는 일이다. 그러나 정전을 구성
하는 데 어떤 작가들은 포함시켜야 하지만, 마찬가지로 어떤 작가들은
반드시 제외시켜야 하기 때문에, 여기에서 우리는 정전에 대한 대안을
생각하지 않을 수 없다.

대안의 하나는 가치를 판단하는 과정에 전혀 관여하지 않고 다만 텍
스트에 관해 설명만 하는 것이다. 대부분의 구조주의 비평은 반드시 저
자의 솜씨에 관해 언급하지 않으면서, 따라서 어느 작품이 다른 작품보
다 우수하다고 시사하지 않으면서도 작품의 구조를 분석할 수 있다는
원리에 근거를 두고 있다.[7] 다른 연구방식은 정전적 문학을 연구하는
대신에 작품이란 광범위한 실체를, 즉 '글'을 분석하는 것이다. 이러한
시각에서 보자면 문학텍스트는 여전히 연구되고 있지만, 그것은 광고·
과학텍스트·영화·텔레비전·대중문학 등과 같은 다른 텍스트들의 맥락
안에서만 연구된다. 우리는 이런 방식으로 장르와 매체를 가로지르는

---

6) E. Showalter, 《그들만의 문학》.
7) J. Culler, 《구조주의 시학》(*Structuralist Poetics*), London : Routledge and
   Kegan Paul, 1975, esp., Ch.11, pp.255~265.

유사성을 분석할 수 있다. 세 번째 접근방식은 어떤 작품을 고립적인 천재의 생산물로 분석하는 대신에, 특정한 방식으로 글을 쓰는 작가에게 가해지는 사회-정치적 압력과 문학적 압력을 분석하는 것이다. 이러한 과정은 작가를 자동장치와 같은 존재로 축소시키지 않는 대신에, 책이 씌어지는 방식을 결정짓는 많은 요인들이 있다고 파악한다. 이 경우에 책은 작가의 의식적인 의도에 의한 통제를 뛰어넘어 존재하는 것이다. 끝으로 문학을 연구하는 데에서 가치판단의 과정 자체를 분석하는 데로 방향을 옮겨가는 비평가들이 있다. 다시 말해, 우리가 여기에서 논의해 온 바와 같이, 그들은 사람들이 다른 텍스트는 놓아두고 굳이 어떤 텍스트만 연구하려고 하는지 그 이유를 고찰한다.

* 출전 : Martin Montgomery, Alan Durant, Nigel Fabb, Tom Furniss, Sara Mills, "Judgement and value", *Ways of Reading : Advanced reading skills for students of English literature*, London : Routledge, 1992, pp.240~248.

찾아보기(인명)

ㄱ

가로디(Roger Garaudy) 278
가르시아 로르카(Federico Garcia
  Lorca) 56, 59
게바우어(Jan Gebauer) 142
게오르게(Stefan George) 56, 58, 62
고골리(Nikolaj V. Gogol') 12~13,
  194
고드윈(William Godwin) 72
고르키(Maxim Gorky) 278
고티에(Judith Gautier) 288
괴테(J.W. von Goethe) 63, 318, 327
구르몽(Rémy de Gourmont) 284
그라몽(Maurice Grammont) 356,
  362~363
기옌(Nicolás Guillén) 405, 407, 426,
  430
긴즈버그(Allen Ginsberg) 47

ㄴ

네금 (Ahmad Fuad Negm) 448
네루다(Jan Neruda) 112, 143, 147,
  160, 368
네루다(Pablo Neruda) 56, 408, 423,
  426, 449~460
네즈발(Vítězslav Nezval) 12, 22~
  25, 126 130, 141, 159, 349~350,
  355
네토(Agostinho Neto) 415
네토(Helder Neto) 435
넴초바(Božena Němcová) 13, 21
노발리스(Novalis) 13, 200~201,
  311
누르(Mayara Noor) 421, 423
뉴턴(Isaac Newton) 254

ㄷ

다니엘(Arnaut Daniel) 203
다르위시(Mahmud Darwish) 415,

446~447, 453~458
다 크루스(Viriato da Cruz) 426
단테(Alighieri Dante) 254, 312
달리(Salvador Dali) 69, 423
달톤(Roque Dalton) 405, 416~417,
  429
당통(George Jacques Danton) 71
던(Edward Dorn) 410
던(John Donne) 296
데넘(John Denam) 287
데르차빈(Gavrila Deržavin) 211
데리다(Jacques Derrida) 390, 404
데믈(Jakub Deml) 151
도스 산토스(Marcelino dos Santos)
  435
돌프만(Ariel Dorfman) 412
두리히(Jaroslav Durych) 144
둘리틀[H.D.(Hilda Doolittle)] 322
뒤자르댕(Edouard Dujardin) 186
드라이든(John Dryden) 466
드 수사(Noémia de Souza) 426
디킨스(Charles Dickens) 466
딕(Viktor Dyk) 147, 169, 180, 183
딜런(Bob Dylan) 238

ㄹ

라신(Jean-Baptiste Racine) 54
라킨(Philip Larkin) 43
라포르그(Laforgue) 289~290
래드클리프(Ann Redcliff) 263

랜덜(Margaret Randall) 416
랜섬(John Crowe Ransom) 319
랭보(Arthur Rimbaud) 54~55, 288,
  296, 311
레니에(Henri de Regnier) 322
레벨로(Jorge Rebelo) 414~415,
  445
레오나르도 다 빈치(Leonardo da
  Vinci) 89, 104
레인(Craig Raine) 47
레포르마츠키(Reformatskij) 208
로렌스(David H. Lawrence) 17, 59,
  69, 255, 283, 285, 291, 297, 300,
  302, 308, 310, 466, 473
로베스피에르(Robespierre) 80
로블레토(Octavio Robleto) 459
로웰(Amy Lowell) 307
로트레아몽(Comte de Lautréamount)
  12
루미르파(Lumír) 128~130, 140,
  165
루소(Henri Rousseau) 12
루소(Jean Jacques Rousseau) 73
리갈(Eugène Rigal) 363
리드(Herbert Read) 284, 297
리비스(Frank R. Leavis) 30, 463
리처즈(Ivor A. Richards) 237
릴라당(Villiers de L'Isle-Adam)
  314
릴케(Rainer Maria Rilke) 56, 59,
  61, 322, 328

478

ㅁ

마르크스(Karl Marx) 57, 81, 83,
    217~218, 468
마리네티(Filippo Tommaso
    Marinetti) 321
마블(Andrew Marvell) 240
마야코프스키(Vladimir Majakovskij)
    18~19, 322, 325, 337
마차도(Manuel Machado) 56
마테시우스(Vilém Mathesius) 170,
    173
마텔라르(Armand Mattelart) 417
마하(Karel Hynek Mácha) 11, 15~
    21, 91, 120, 127, 136, 147, 153,
    171, 174, 178
마하르(Josef Svatopluk Machar)
    112, 157
마헨(Jiří Mahen) 169
만델라(Nelson Mandela) 425, 427
말라르메(Stéphane Mallarmé) 13,
    56, 60, 62, 141, 200, 284, 289~
    290, 309~310, 313~314
말레르브(François de Malherbe)
    287
말로(André Malraux) 56
말로우(Christopher Marlowe) 69
매스터스(Edgar Lee Masters) 307
맥케이그(Norman MacCaig) 244
메닌(Ethel Mannin) 473
메테를링크(Maurice Maeterlinck)
    180

모리츠(Karl Philipp Moritz) 198
몬탈레(Eugenio Montale) 56
몰리에르(Molière) 224~225
무소르그스키(Modest Musorgskij)
    12
무어(Marianne Moore) 320, 322,
    344
무카르조프스키(Jan Mukařovský)
    25, 85, 111, 119, 160, 170, 200,
    218, 220, 347, 379~380
미켈란젤로(Michelangelo
    Buonarroti) 88, 292
밀(John Stuart Mill) 395
밀턴(John Milton) 71, 248, 286

ㅂ

바르트(Roland Barthes) 411, 467~
    468
바사리(Giorgio Vasari) 87
바시수(Mu'in Basisu) 457
바이런(George G. Byron) 70~71,
    78
바이(Charles Bally) 116
바이트(A.S. Byatt) 472
바첵(Josef Vachek) 170
반스(Djuna Barnes) 311
반추라(Vladislav Vančura) 119,
    124, 158, 173
발레리(Paul Valéry) 32, 56, 62,
    263, 325

발자크(Honoré de Balzac) 272~273

방빌(Theodor de Banville) 56

버포드(Barbara Burford) 473

번스(Robert Burns) 259, 466, 473

베네트(Arnold Bennett) 314

베누씨(Vittorio Benussi) 348

베르길리우스(Publius Vergilius Maro) 294

베르트랑(Aloysius Bertrand) 289

베를렌(Paul-Marie Verlaine) 55, 61, 288~290, 296, 353~354

베일(Leroy Vail) 414

베처먼(John Betjeman) 47

벤(Gottfried Benn) 61

벨(Currer Bell) 472

보닥(Jindřich Vodák) 102

보들레르(Charles Baudelaire) 53~54, 61~62, 137, 158, 260, 264~266, 270, 289, 308

보르헤(Tomas Borge) 415, 460

볼로쉬노프(Valentin Nikolaevič Vološinov) 171, 182, 217~218

볼케르(Jiří Wolker) 157

부리안(Emil František Burian) 149, 180

뷜러(Karl Bühler) 116

브라더스턴(Gordon Brotherston) 408,

브라우닝(Elizabeth Barett Browning) 472

브라우닝(Robert Browning) 81, 472

브러레턴(Geoffrey Brereton) 284

브레히트(Beltolt Brecht) 56, 322, 327

브론테 자매[(Charlotte/Emily/Anne) Brontë] 466

브루터스(Dennis Brutus) 415, 431

브르제지나(Otakar Březina) 128, 153~154, 174, 184, 358, 365

브르홀리츠키(Jaroslav Vrchlický) 126, 128, 143, 157, 362

브리크(Osip Brik) 193, 208, 326

브린닌(John Brinnin) 311

브야젬스키(Petr A. Vjazemskij) 13

브왈로(Nicolas Boileau-Despréaux) 356

블랑쇼(Maurice Blanchot) 206

블랙머(Richard Palmer Blackmur) 320~321, 328

블레이크(William Blake) 60, 70, 396

블로크(Aleksandr A. Blok) 58, 321

비노그라도프(Viktor Vinogradov) 208

비에이라(Sergio Vieira) 442~443, 445

ㅅ

사바그(Zohair Sabbagh) 448

사비나(Karel Sabina) 11, 16, 19

사이그(Tawfig Sayigh) 453
사이먼(Paul Simon) 234~235, 237
상드(George Sand) 472
샤파르직(Pavel Josef Šafařík) 130
샤피로(Karl Jay Shapiro) 318, 323
샬다(František Xaver Šalda) 93, 112, 153
세르비엥(Pius Servien) 325, 343
셰익스피어(William Shakespeare) 38~40, 46, 53, 77, 226, 248, 254, 465~466, 470
셸리(Percy B. Shelley) 31, 52, 69~70, 72~79, 245, 256, 396~397, 466
셸링(Friedrich Wilhelm von Schelling) 198, 202
소쉬르(Ferdinand de Saussure) 131~132, 164
소포클레스(Sophocles) 78, 254
솔단(Fedor Soldan) 14
쇼월터(Elaine Showalter) 471, 474
수츠코바(Milada Součková) 186
쉬(Eugène Sue) 20
쉬클로프스키(Viktor Šklovskij) 25, 190, 192, 194~195, 200~202, 204, 206~208, 211, 273
슈타들러(Ernst Stadler) 344
슈타이거(Emil Staiger) 320, 333
슈타펠(Paul Stapfer) 363
슈텐젤(Julius Stenzel) 171
슈트람(August Stramm) 322, 337
슐레겔(August Wilhelm Schlegel) 199~200
스위프트(Jonathan Swift) 466
스윈번(Algernon C. Swinburne) 78, 81
스투데니초바(Eva Studeničová) 98
스티븐스(Wallace Stevens) 46, 243, 258~260, 320, 322
스펜더(Dale Spender) 471
스펜더(Stephen Spender) 53
시마(Josef Sima) 16
시트월(Edith Sitwell) 283
실베이라(Onesimo Silveira) 413

ㅇ

아널드(Matthew Arnold) 32, 46, 81, 286, 314
아르튀쉬코프(A.V. Artjuškov) 135
아리스토텔레스(Aristoteles) 6, 40, 51, 203, 209, 277, 389~390, 430, 436
아마드(Eqbal Ahmad) 418, 448
아시라위(Hanan Mikhail Ashrawi) 452, 456
아체베(Chinua Achebe) 434, 443, 473
아폴리네르(Guillaume Apollinaire) 350
알야유시(Salma al-Jayyusi) 451, 454
알콰심(Samih al-Qassim) 453, 457

알할리스(Walid al-Halis) 457
애쉬버리(John Ashbery) 45
앤더슨(Benedict Anderson) 427, 432~433
앳우드(Magaret Atwood) 469
야신토(Antonio Jacinto) 437, 439, 441~443
야콥슨(Roman Jakobson) 11, 116, 123, 138, 177, 191~193, 195~197, 199~201, 205, 207~208, 212, 323, 325~326, 340, 391
야쿠빈스키(Lev Jakubinskij) 189~191, 193
에레디아(José Maria de Heredia) 363
에르벤(Karel Jaromír Erben) 146
에메세타(Buchi Emecheta) 473
에이브럼스(Meyer H. Abrams) 240
에이헨바움(Boris Èjchenbaum) 192, 194, 206, 208~209, 211~212
에코(Umberto Eco) 434
엘리스(Keith Ellis) 430, 440
엘리어트(George Eliot) 472
엘리어트(Thomas Sterns Eliot) 32, 45, 52, 56, 255, 283, 320, 324, 401, 466
엘메시리(Abdelwahab Elmessiri) 449~450
엥겔스(Friedrich Engels) 81~82
예이츠(William Butler Yeats) 35, 45, 56, 59~60, 63, 255, 290, 311, 314, 320

오든(Wystan Hugh Auden) 43, 58, 61
오스틴(Jane Austin) 466
오언(Wilfred Owen) 46
올브라흐트(Ivan Olbracht) 119
와일드(Oscar Wilde) 33
요아오(Mutimati Barnabé João) 426, 462
울프(Virginia Woolf 314, 466
워즈워스(William Wordsworth) 33, 41~42, 70, 73~78, 80, 391, 411, 413, 466
웰던(Fay Weldon) 468
월러(Edmund Waller) 287
웹스터(John Webster) 295
위고(Victor Hugo) 20, 288, 356, 363, 406~407
윈터스(Yvor Winters) 324, 327
윌리엄스(William Carlos Williams) 41~43, 337
윌킨슨(Ellen Wilkinson) 473
융(Carl G. Jung) 59, 64
융(Václav Alois Jung) 123
융바우어(Gustav Jungbauer) 98
응구기 와 티옹고(Ngugi wa Thiong'o) 413, 417, 473
이글튼(Terry Eagleton) 468
입센(Henrik Ibsen) 102
잉가르덴(Roman Ingarden) 219~220, 384

482

ㅈ

자브라(Jabra Jabra) 453
자야드(Tawfiq Zayyad) 451
제임스(P.D. James) 17, 59, 295,
  311, 466, 472~473
젤너(František Gellner) 112
조이스(James Joyce) 17, 59, 311,
  466
존스(Lewis Jones) 473
존스(Mansell Jones) 289
존슨(Samuel Johnson) 466
종(Erica Jong) 469
주스(Marcel Jousse) 114
지르문스키(Viktor Žirmunskij)
  197, 208, 328
지버스(Eduard Sievers) 134, 140
지아 울하크(Zia ul-Haq) 418
지히(Otakar Zich) 133, 137, 161,
  179

ㅊ

차펙(Karel Čapek) 130, 141, 145,
  174
채프먼(George Chapman) 76
체르벤카(Miroslav Červenka) 138
초서(Geoffrey Chaucer) 99, 141,
  294, 466
츠비르너(Eberhard Zwirner) 352

ㅋ

카나파니(Ghassan Kanafani) 454,
  456
카람진(N. Karamzin) 211
카르납(Rudolf Karnap) 115
카르데날(Ernesto Cardenal) 409,
  415, 445, 459
카르체프스키(Sergej Karčevskij)
  163, 171, 351~352, 366
카를 4세 Karl IV(Charles IV) 87
카브랄(Amilcar Cabral) 427
카이저(Wolfgang Kayser) 323,
  342, 344
카터(Angela Carter) 469
칸트(Immanuel Kant) 25, 198, 200
칸(Balach Khan) 411, 415 419~
  423, 427, 443
칸(Gustave Khan) 288~290
칼라일(Thomas Carlyle) 202
커널리(Cyril Connolly) 64
커밍스(Edward Estlin Cummings)
  320, 322
케이(Jackie Kay) 473
코르지브스키(Alfred Korzybski)
  205
코페(François Coppée) 56
콜리지(Samuel Coleridge) 287
콰지모도(Salvatore Quasimodo) 56
쿠말로(A.N.C. Kumalo) 428~431,
  433
크라베이린아(José Craveirinha)

427

크랄리(Janko Král') 21~23
크루체니흐(Aleksej Kručenyx) 13
크바필로바(Hana Kvapilová) 102,
  104, 105
크바필(Jaroslav Kvapil) 103
클로델(Paul Claudel) 61
키냐티(Maina wa Kinyatti) 410,
  459
키에르케고르(Sören Aabye Kierke-
  gaard) 61
키츠(John Keats) 33, 70, 74~78,
  80, 466

E

타소(Torquato Tasso) 286
터너 (Cyril Tourneur) 295
테니슨(Alfred Tennyson) 33, 78,
  81, 320
테르(Otakar Theer) 360
텐(Hippolyte Taine) 92, 107
텐너(Jurius Tenner) 146
토마셰프스키(Boris Tomaševskij)
  206~208, 326, 343, 348
토만(Karel Toman) 158~159
토머스(Dylan Thomas) 45, 47
톨스토이(Lev Tolstoj) 14, 17, 273
투칸(Fadwa Tuqan) 453
트라브니첵(František Trávníček)
  142

트라클(Georg Trakl) 58, 322
트러셀(Robert Tressell) 473
트로츠키(Lev Trockij) 71
티냐노프(Jurij Tynjanov) 25, 195,
  200, 207~208, 210~213, 320, 326,
  336, 345, 359
티쇠르(Clair Tisseur) 363
티치아노(Tiziano Vecellio) 87
틸(Josef Kajetán Tyl) 20~21

ㅍ

파소스(Joaquin Pasos) 445~446
파스테르나크(Boris L. Pasternak)
  13, 58
파운드(Ezra Loomis Pound) 37, 62,
  255, 283, 285, 290, 296, 300~302,
  304~305, 307, 311, 320, 401~402
파푸시코바(Naděžda Melniková-
  Papoušková) 98
팡탱-라투르(Henri Fantin-Latour)
  55
페기(Charles Péguy) 364
페이터(Walter Pater) 46, 311
페인버그(Barry Feinberg) 433
포(Edgar Allan Poe) 61~62, 262
포테브냐(Aleksandr Potebnja) 190
포프(Alexander Pope) 244, 287,
  466
폴락(Milota Z. Polák) 138
푸쉬킨(Aleksandr Sergeevic

Puškin) 15, 17, 20, 123, 211
푸코(Michel Foucault) 469
푸흐마예르파(Puchmajer) 129
프라이(Northrop Frye) 195, 247,
  398~399
프라이어(Kimon Friar) 311
프란치아(Francesco Francia) 88
프로스트(Robert Frost) 394~396
프로이트(Sigmund Freud) 57~59
프로프(Vladimir Propp) 208
플라톤(Platon) 46, 268, 389
플레밍(Ian Fleming) 467
플레하노프(Georgij Plexanov) 440
플리츠카(Karel Plicka) 98
피셔르(Otakar Fischer) 119
피콕(Thomas Love Peacock) 255
핀투스(Kurt Pinthus) 321
필립스(Caryl Phillips) 473
필립스(Katherine Phillips) 472

ㅎ

하디(Thomas Hardy) 466
하라(Victor Jara) 460~461
하브라넥(Bohuslav Havránek) 118,
  120
하이네(Heinrich Heine) 318
하이데거(Martin Heidegger) 330
하크니스(Margaret Harkness) 473
해리슨(Selig Harkness) 422

해밀턴(Russell Hamilton) 435, 459
헤겔(G.W.F. Hegel) 270
헤르바르트(Johann F. Herbart) 177
헨네퀸(Émile Hennequin) 379
헨리(James Hanley) 473
호라티우스(Quintus Horatius
  Flaccus) 421
호메로스[Homeros(Homer)] 59,
  114, 454
호우리(Elias Khouri) 409, 447~
  459
호프만스탈(Hugo von Hofmann-
  sthal) 58
홀츠(Arno Holz) 349, 354, 358
홉킨스(Gerard Manley Hopkins)
  309
화이트(Hayden White) 392
화이트(Landeg White) 414
횔덜린(Friedrich Hölderlin) 318,
  324, 339
후사인(Rashid Husayn) 453
후설(Edmund Husserl) 160, 200,
  215~219
휘트먼[Walter(Walt) Whitman]
  254, 286, 289, 308, 344
흄(Tomas Ernest Hulme) 290, 310
흘라바첵(Karel Hlaváček) 151, 365
흘레브니코프(Velemir Xlebnikov)
  12, 191~192
히슬롭(Harold Heslop) 473